BASTEI
LÜBBE

Bisher sind im BASTEI-LÜBBE Taschenbuchprogramm von PIERS ANTHONY nachstehende Bände erschienen:

20 024 Hassans Reise
22 080 Ox
24 046 Omnivor
24 067 Orn

PIERS ANTHONY

ZEIT DER KÄMPFER

Die berühmte Titanen-Trilogie

BASTEI
LÜBBE

BASTEI-LÜBBE-TASCHENBUCH
Science Fiction Special
Band 24 084

Deutsche Lizenzausgabe 1986
Bastei-Verlag Gustav H. Lübbe GmbH & Co., Bergisch Gladbach
Originaltitel: Battle Circle
(Sos the Rope, Var the Stick, Neq the Sword)
Ins Deutsche übertragen von Dr. Ingrid Rothmann
Titelillustration: Gebrüder Hildebrandt
Umschlaggestaltung: Quadro-Grafik, Bensberg
Satz: Computersatz Bonn GmbH, Bonn
Druck und Verarbeitung:
Elsnerdruck, Berlin
Printed in Western Germany
ISBN 3-404-24084-7

Der Preis dieses Bandes versteht sich einschließlich
der gesetzlichen Mehrwertsteuer.

Inhalt

Das Erbe der Titanen

I

Die beiden auf der Wanderschaft befindlichen Krieger näherten sich der Herberge aus entgegengesetzten Richtungen. Beide waren nach herkömmlicher Art gekleidet: Dunkle Beinkleider, um die Taille und die Knie zusammengebunden; eine lose, weiße, hüftlange Jacke, die bis zu den Ellbogen reichte und vorn offenstand. Dazu elastische, leichte Schuhe. Beide trugen das Haar mittellang – vorn über den Brauen gekürzt, über Ohren und Hals ungekämmt. Die Bärte waren kurz und knapp gehalten.

Der Mann aus dem Osten trug das übliche gerade Schwert. Die Plastikscheide hatte er auf den breiten Rücken geschnallt. Er war jung und groß, nicht eben hübsch. Die schwarzen Brauen und Haare verliehen ihm ein abweisendes Aussehen, das seiner Natur nicht entsprach. Er war muskulös und trug sein Gewicht mit dem Selbstbewußtsein eines aktiven Kämpfers.

Der Krieger aus dem Westen war kleiner und schlanker, doch ebenfalls von kräftigem Körperbau. Blaue Augen und helles Haar umrahmten ein feingezeichnetes Gesicht, das ohne Bart fast weiblich gewirkt hätte, obwohl in seiner Haltung sonst nichts Weibisches war. Er schob einen einrädrigen Karren vor sich her, aus dem glänzende Metallstangen ragten.

Der Dunkelhaarige traf als erster vor dem runden Bau ein und wartete höflich, bis der andere angekommen war. Sie musterten einander flüchtig, bevor sie zum Sprechen ansetzten. Eine junge Frau kam jetzt heraus, bekleidet mit einem attraktiven Wickelgewand aus einem Stück. Sie sah von einem Besucher zum anderen. Ihr Blick blieb kurz an den schönen Goldreifen hängen, welche beide um das linke Handgelenk trugen. Sie verharrte in Schweigen.

Der Schwertkämpfer warf ihr einen Blick zu. Er bewunderte ihre für die Nacht offenen Flechten und die bewußt zur Schau getragene Üppigkeit ihrer Figur. Dann sprach er den Mann mit dem Karren an: »Wollt Ihr heute mit mir die Unterkunft teilen, Freund? Mein Sinn steht jetzt nicht danach, Männer im Zweikampf zu besiegen.«

»Mein Sinn steht nach dem Sieg im Ring«, gab der andere zurück, »doch ich teile gerne mit Euch die Herberge.«

Sie lächelten und tauschten einen Händedruck.

Der Blonde sah das Mädchen an. »Ich brauche keine Frau.«

Sie senkte enttäuscht den Blick, wandte sich aber sofort dem Schwertkämpfer zu. Nach schicklicher Pause sagte dieser: »Willst du es heute nacht mit mir versuchen, Mädchen?«

Das Mädchen errötete vor Freude. »Ich werde heute nacht zu dir kommen, Schwertkämpfer.«

Der Krieger lächelte und zog mit der Rechten den Armreif herunter. »Ich bin Sol, der Schwertkämpfer mit dem Hang zur Philosophie. Kannst du kochen?« Sie nickte. Er reichte ihr den Armreif. »Du wirst also auch für meinen Freund das Abendbrot bereiten und seine Uniform reinigen.«

Das Lächeln des anderen erstarb. »Habe ich Euren Namen etwa falsch verstanden, Herr? Sol – so heiße ich!«

Der Größere drehte sich stirnrunzelnd um. »Ich fürchte, Ihr habt Euch nicht verhört! Ich trage diesen Namen, seit ich im Frühjahr mit dem Schwert geübt und gekämpft habe! Vielleicht führt Ihr noch eine andere Waffe? Deswegen müssen wir uns doch nicht streiten.«

Das Mädchen ließ den Blick zwischen den beiden hin- und herwandern. »Eure Waffe ist sicher der Stab, Krieger«, sagte sie rasch und wies auf den Karren.

»Ich bin Sol«, sagte der Mann bestimmt. »Mit dem Stab und mit dem Schwert! Kein anderer darf meinen Namen tragen!«

Der Schwertkämpfer machte ein verdrossenes Gesicht. »Wollt Ihr wirklich streiten? Mir wäre eine Verständigung lieber.«

»Ich streite nur um Euren Namen. Wählt einen anderen – und es soll zwischen uns keine Fehde geben.«

»Den Namen habe ich mit meiner Klinge verdient. Ich kann ihn nicht aufgeben.«

»Dann muß ich ihn Euch im Ring rauben.«

»Ach, bitte«, bettelte das Mädchen, »wartet bis morgen! Drinnen gibt es Fernsehen und ein warmes Bad. Ich werde Euch ein köstliches Mahl zubereiten.«

»Willst du den Armreif eines Mannes haben, dessen Name in Frage gestellt wird?« fragte der Schwertträger leise. »Es muß jetzt sein, hübsches Kind. Du sollst dem Sieger dienen!«

Das Mädchen biß sich verlegen auf die roten Lippen und gab den Armreif zurück. »Gestattet ihr, daß ich zusehe?«

Achselzuckend wechselten die Männer einen Blick. »Schau nur zu, wenn du den Anblick ertragen kannst«, sagte der Blonde. Er ging auf einem ausgetretenen, rot markierten Seitenpfad voraus.

Hundert Meter unterhalb des Rundbaus war ein Ring von fünf Metern Durchmesser angelegt, mit einem hellgelben Plastikrand und einer äußeren Kiesumrahmung. In diesem Kreis wuchs dunkelgrüner, glattgeschorener Rasen. Ein grüner Rasenkreis – das war der Kampfring, das kulturelle Herzstück dieser Welt.

Der Schwarzhaarige legte Gürtel und Jacke ab und enthüllte dabei den muskulösen Körper eines Riesen. Muskelstränge zogen sich über Schultern, Brustkasten und Bauch. Der Nacken und die Taille waren dicke Wulste. Er zog sein Schwert, eine schimmernde Länge aus gehärtetem Stahl mit gehämmertem Silbergriff. Er ließ es mehrmals durch die Luft sausen und erprobte die Schärfe an einem in der Nähe stehenden Bäumchen. Ein einziger Streich, und der Baum fiel, knapp über dem Boden abgeschnitten, um.

Der blonde Krieger öffnete den Deckel seines Karrens und zog eine ähnliche Waffe heraus. In den Fächern steckten noch Dolche, Stockrapiere, eine Keule, die Metallkugel eines Morgensterns und die lange Kampfstange. »Ihr führt alle diese Waffen?« fragte das Mädchen erstaunt. Er nickte nur.

Die zwei Männer näherten sich dem Ring und standen sich am Plastikrand gegenüber, wobei ihre Zehen die Begrenzung berührten. »Ich kämpfe um den Namen«, erklärte der Blonde, »mit Schwert, Rapier, Stock, Stern, Messer und Keule. Wählt einen anderen Namen, und wir trennen uns in Frieden.«

»Bis zur Entscheidung bleibe ich namenlos«, erwiderte der Dunkle. »Mit dem Schwert verteidige ich den Anspruch auf meinen Namen. Und falls ich je eine andere Waffe führen sollte, dann nur, um mir den Namen zu bewahren. Wählt Eure beste Waffe! Ich werde Euch mit meinem Schwert entgegentreten.«

»Dann also um Name und Waffe«, sagte der Blonde ungeduldig. »Dem Sieger soll alles gehören. Da ich Euch nicht ans Leben will, trete ich mit der Stange in den Ring.«

»Einverstanden!« Jetzt war der andere Krieger an der Reihe, finster dreinzuschauen. »Der Unterlegene liefert seinen Namen und seine sechs Waffen ab und wird keinen Anspruch mehr darauf erheben!«

Das Mädchen erschrak, als es hörte, daß die Einsätze so maßlos erhöht wurden. Es wagte aber keinen Einspruch.

Die beiden betraten den Kampfring und waren sogleich in Bewegung – ein unentwirrbares Knäuel. Das Mädchen erwartete einen ungleichen Kampf; denn gewöhnlich fochten die kleineren Männer mit den leichteren oder schärferen Waffen, während die schwere Keule und die lange Fechtstange von den schwergewichtigen Männern bevorzugt wurden. Beide Kämpfer waren jedoch so erfahren, daß man von ihrer ungleichen Größe gar nichts merkte. Das Mädchen bemühte sich, Stoß und Gegenstoß zu verfolgen, wurde aber bald hoffnungslos verwirrt. Die Gestalten bewegten sich blitzschnell, hieben, duckten sich und parierten. Die Metallklinge prallte von der Metallstange ab und wurde ihrerseits wieder zur Abwehr benutzt.

Allmählich gelang es dem Mädchen doch, dem Verlauf des Kampfes zu folgen.

Das Schwert war eine ziemlich plumpe Waffe. Obwohl man einen Schwertstreich nicht leicht parieren konnte, war das Schwert nur langsam zu handhaben. Für den Gegner war es daher nicht schwierig, Abwehrbewegungen zu vollführen. Die lange Stange hingegen war leichter zu führen, als es auf den ersten Blick aussah, da sie mit beiden Händen gehalten wurde und man nicht so rasch aus dem Gleichgewicht kam. Doch konnte damit ein wirksamer Hieb nur gegen eine ungeschützte Stelle geführt werden. Das Schwert war in erster Linie eine

Angriffswaffe, die Stange eine Verteidigungswaffe. Immer wieder pfiff das Schwert grausam auf den Nacken, die Beine oder den Leib zu, wurde aber von der Stange gerade noch rechtzeitig abgefangen.

Zuerst hatte es danach ausgesehen, als suchten die Männer eine rasche, tödliche Entscheidung. Dann wurde klar, daß jeder mit einer Erwiderung seiner Angriffsfinten rechnete und nicht so sehr einen blutigen Sieg als vielmehr eine taktische Initiative zu erreichen suchte. Zum Schluß sah es nach einem unentschiedenen Kampf zwischen zwei außergewöhnlich begabten Kämpfern aus.

Dann wechselte das Tempo. Der blonde Sol ging zum Angriff über, drängte durch wiederholte Hiebe auf Arme, Beine und Kopf seinen Gegner zurück und brachte ihn aus dem Gleichgewicht. Der Schwertkämpfer sprang öfter zur Seite, als die Hiebe mit dem Eisen aufzufangen. Offenbar machte ihm das Gewicht seiner Waffe Schwierigkeiten, je länger der Kampf andauerte. Schwerter waren für längere Duelle ungeeignet. Der Stangenkämpfer hingegen hatte seine Kraft klug aufgespart und war jetzt entschieden im Vorteil. Bald würde der schwertführende Arm langsamer werden und den Körper nicht mehr decken können. Aber noch war es nicht soweit. Sogar sie, als unerfahrene Beobachterin, spürte, daß der große Mann, gemessen an seinen Muskelpaketen, zu rasch ermüdete. Es war also offensichtlich eine List, deren er sich bediente, um den Gegner zu täuschen. Auch der Stangenkämpfer hatte Verdacht geschöpft und wurde um so vorsichtiger, je langsamer die Bewegungen des anderen wurden. Er wollte sich keinesfalls eine Blöße geben.

Und dann griff der Schwertkämpfer zu einer erstaunlichen Kriegslist: Als sich ihm das Stangenende in raschem, horizontalem Schwung näherte, wich er weder aus, noch parierte er. Er warf sich einfach zu Boden, und die Stange sauste über ihn hinweg. Dann rollte er zur Seite und zielte mit einem mächtigen Rückhandschlag mit dem Schwert auf die Fußknöchel des Gegners. Der Stangenkämpfer sprang in die Höhe. Das unkonventionelle und gefährliche Manöver hatte ihn überrascht. Als er die Füße über der Klinge anzog, bewegte sich die Schneide schon wieder in entgegengesetzter Richtung. Dem Stangenkämpfer glückte kein zweiter Sprung mehr, es ging alles viel zu schnell. Aber so leicht ließ er sich nicht fangen. Er hatte sein Gleichgewicht halten und seine Waffe in der Gewalt behalten können. Er rammte das Stangenende in den Boden, als der Schwertstreich kam. Blut spritzte auf, als die Klinge in eine Wade schnitt – aber das Metall der Stange hatte die Wucht des Schwertstreiches abgefangen und ihn vor einem Sehnenschnitt oder noch Ärgerem bewahrt. Er war verwundet, aber noch kampffähig.

Die List war fehlgeschlagen. Das bedeutete für den Schwertkämpfer das Ende. Jetzt traf ihn die Stange seitlich am Kopf. Sich überschlagend rollte er aus dem Ring. Er fiel in den Kies und wollte benommen nach der Waffe greifen, war aber nicht mehr imstande, sie einzusetzen. Nach einem kurzen Augenblick bemerkte er, wo er sich befand, stieß ein enttäuschtes Stöhnen aus und ließ das Schwert fallen. Er hatte verloren.

Sol, der jetzt der allein berechtigte Träger dieses Namens war, stieß die Stange in den Boden neben seinem Karren und trat über die Plastikumrahmung des Ringes. Er packte den Arm des Verlierers und half ihm auf die Beine. »Kommt – wir müssen essen«, sagte er. Das Mädchen schrak aus seiner Versunkenheit. »Ja, ich werde eure Wunden pflegen«, sagte es. Es ging zu der Unterkunft voraus. Jetzt versuchte es nicht mehr, Eindruck zu machen. Seine Ungezwungenheit machte es noch hübscher.

Der Rundbau war ein glatter Zylinder von neun Meter Durchmesser und drei Meter Höhe. Die Außenwand aus hartem Plastik wirkte wie ein glatter Überzug. Obenauf befand sich ein durchsichtiger Kegel mit einer Kaminöffnung. Durch den Kegel konnte man schon aus einiger Entfernung in den Raum mit seinen schimmernden Apparaturen blicken, die dazu bestimmt waren, das Sonnenlicht einzufangen, umzuwandeln und Energie für den Betrieb der Aggregate zu liefern.

Es gab keine Fenster, nur eine Tür nach Süden hinaus. Es war eine Glasdrehtür, durch die man nur einzeln eintreten konnte und die keine kalte Luft einströmen ließ. Drinnen war es kühl und hell. Der große Innenraum wurde von diffusem Licht aus dem Boden und der Decke erleuchtet.

Das Mädchen klappte die mit Matratzen ausgerüsteten Schlafkojen von der gebogenen Innenwand herab und bedeutete den Kriegern, auf den Nylonpolstern Platz zu nehmen. Es ließ Wasser in die vor der Mittelsäule des Raumes angebrachte Spüle laufen und brachte gleich darauf eine Schüssel voll heißen Wassers. Es wusch damit das Blut von Sols Bein ab und verband ihm dann die Wunde. Während es anschließend auch die Wunde am Kopf des Unterlegenen versorgte, begannen die beiden Männer, sich zu unterhalten. Jetzt war der Streit beigelegt, sie hegten keinerlei Groll mehr gegeneinander.

»Wo habt Ihr diese Art, mit dem Schwert zu kämpfen gelernt?« fragte Sol und tat, als ob er die Handreichungen des Mädchens nicht bemerkte, obwohl es ihn mit mehr als bloß oberflächlicher Aufmerksamkeit bedachte. »Diese Finte – sie hätte mich fast erledigt.«

»Die herkömmliche Art, zu kämpfen, befriedigt mich nicht«, erwiderte der nunmehr Namenlose, als das Mädchen ihm die Wunde versorgte. »Ich fragte mich immer: ›Warum muß das sein?‹ – ›Wie kann man es verbessern?‹ und ›welche Bedeutung kommt dieser oder jener Handlung zu?‹ Ich studiere die Schriften der Alten und stoße dort manchmal auf die Lösung, wenn ich selbst keine Antwort auf meine Fragen finden kann.«

»Ich bin beeindruckt! Noch nie habe ich einen Krieger getroffen, der lesen kann. Und Ihr seid dazu noch ein Krieger, der sich wacker geschlagen hat!«

»Nicht gut genug«, antwortete der andere tonlos. »Jetzt muß ich den Weg auf den Berg antreten.«

»Es tut mir leid«, meinte Sol aufrichtig.

Der Namenlose nickte kurz. Eine Zeitlang fiel kein Wort. Sie benutzten nacheinander die ebenfalls in der Mittelsäule des Raumes untergebrachte Duschkabine, trockneten sich ab und zogen sich um, ohne sich um die Anwesenheit des Mädchens zu kümmern. An Kopf und Bein verbunden, verzehrten sie gemeinsam das von dem Mädchen bereitete Abendbrot. Inzwischen hatte das Mädchen an der Nordwand den Eßtisch heruntergeklappt und Stühle aufgestellt, dann aus Herd und Kühlschrank – den weiteren Einrichtungen der Mittelsäule – die

Speisen herausgeholt. Nach der Herkunft des würzigen weißen Fleisches und des köstlichen Weines fragten die Männer nicht. Diese Dinge wurden als selbstverständlich hingenommen. Als Krieger sah man auf dergleichen, wie auf die Herberge selbst, ein wenig von oben herab.

»Was ist Euer Ziel im Leben?« fragte der Namenlose, als sie beim Nachtisch angelangt waren und das Mädchen das Geschirr spülte.

»Ich habe die Absicht, ein großes Reich zu gründen.«

»Einen eigenen Stamm? Ich bezweifle nicht, daß Ihr dazu imstande seid!«

»Ein Reich! Viele Stämme. Ich bin ein geübter Krieger. Im Ring bin ich besser als jeder andere, den ich bisher gesehen habe. Ich nehme mir, was mein Arm mir einbringt. Aber ich bin – außer Euch – noch niemandem begegnet, den ich behalten möchte. Und wir beide haben nicht um die Herrschaft gekämpft. Hätte ich gewußt, wie gut Ihr seid, hätte ich andere Kampfbedingungen gestellt.«

Der andere überhörte das Kompliment geflissentlich, obwohl es ihn freute. »Zum Aufbau eines Stammes braucht man ehrenhafte Männer, die auf ihrem Gebiet Meister sind, die für einen kämpfen und andere Männer als Gefolgsleute nachziehen. Ihr braucht junge Leute, jung wie Ihr selbst, die auf Euren Rat hören und daraus Nutzen ziehen. Um ein Reich aufzubauen, braucht man aber noch mehr.«

»Mehr? Ich habe nicht einmal junge Krieger gefunden, um die es sich zu kämpfen lohnt. Nur unfähige Anfänger und schwache Alte.«

»Ich weiß. Auch im Osten habe ich wenig gute Kämpfer gesehen. Und hättet Ihr im Westen welche gefunden, wäret Ihr nicht allein unterwegs. Ich habe bisher noch nie einen Kampf verloren.« Er verfiel in Schweigen. Ihm war jetzt eingefallen, daß er selbst gar kein Krieger mehr war. Um seinen Schmerz darüber zu verbergen, sprach er weiter: »Ist euch aufgefallen, wie alt und wie vorsichtig die Meister sind? Wenn sie des Sieges nicht sicher sind, kämpfen sie überhaupt nicht. Dabei beweisen sie eine untrügliche Urteilskraft. Und die besten Krieger haben sie schon in ihrem Gefolge.«

»Ja«, pflichtete ihm Sol unwillig bei. »Die Guten kämpfen nicht um die Herrschaft, sondern nur zum Vergnügen. Das ärgert mich!«

»Warum sollen sie etwas riskieren? Warum soll ein alteingesessener Meister sein Lebenswerk aufs Spiel setzen, während Ihr nur Euren Körper anzubieten habt? Ihr müßt Euch einen Rang zulegen. Ihr müßt einen eigenen Stamm haben, der sich mit den anderen messen kann. Erst dann wird sich ein Stammesherr mit Euch im Ring messen.«

»Wie soll ich einen Stamm bilden, wenn kein erprobter Mann mit mir kämpfen will?« fragte Sol, in dem wieder der Zorn emporstieg. »Wissen Eure Bücher darauf eine Antwort?«

»Ich habe nie nach Herrschaft gestrebt. Wenn ich jedoch einen Stamm – oder ein Reich – aufbauen wollte, dann würde ich mir vielversprechende Jünglinge aussuchen und sie an mich binden, auch wenn sie im Kampfring noch nicht geübt sind. Ich würde sie an einen abgeschiedenen Ort bringen, ihnen alles Wissenswerte über den Kampf beibringen und sie gegeneinander und gegen mich antreten lassen, bis sie völlig durchtrainiert sind. Dann hätte ich einen ordentlichen Stamm, mit dem ich gegen andere alteingesessene Stämme antreten könnte.«

»Und wenn die anderen Stammesherren sich trotzdem weigern, in den Ring zu treten?« Sol war an dieser Wendung des Gespräches sehr interessiert.

»Da würde ich eben einen Weg finden, sie dazu zu überreden. Dabei muß man eine bestimmte Strategie anwenden. Die Bedingungen müssen entweder gleich oder ein wenig zugunsten der anderen Partei ausfallen. Ich würde den Stammesherren Gefolgsmänner zeigen, die sie gut gebrauchen können, und mit ihnen so lange feilschen, bis sie sich schämen würden, mir nicht zu solchen Bedingungen gegenüberzutreten.«

»Im Feilschen bin ich nicht gut«, sagte Sol.

»Damit könnt Ihr einen klugen Stammesgenossen betrauen. Ihr könnt ja auch andere für Euch kämpfen lassen. Ein Stammesherr braucht nicht alles selbst tun. Er teilt anderen ihre Aufgaben zu, während er über alle herrscht.«

Sol war nachdenklich geworden. »Darauf wäre ich nie gekommen. Kämpfer mit Waffen . . . und Kämpfer mit dem

Geist.« Er überlegte. »Wie lange würde es dauern, einen solchen Stamm auszubilden, wenn man die Leute beisammen hat?«

»Das hängt davon ab, wie gut man als Ausbilder ist und wie gut die Männer sind, mit denen man zusammenarbeiten muß, und wie die Männer miteinander auskommen. Es sind da viele Faktoren zu berücksichtigen.«

»Wenn man zum Beispiel Euch mit jenen Männern, die Ihr auf Euren Wanderungen getroffen habt, diese Aufgaben stellen würde?« – »Ein Jahr.«

»Ein ganzes Jahr!« Sol war erschrocken.

»Für sorgfältige Vorbereitung gibt es keinen Ersatz. Einen mittelmäßigen Stamm kann man vielleicht in einigen Monaten herausbilden, aber keine Organisation, mit der man ein Reich erobern will. Man muß sich auf alle Möglichkeiten vorbereiten. Das braucht eben seine Zeit, ständiges Bemühen und – Geduld.«

»Geduld habe ich nicht.«

Das Mädchen war inzwischen mit der Arbeit fertig und hörte ihnen wieder zu. Innerhalb der Behausung gab es keine abgeteilten Räume. Sie hatte sich hinter der Duschkabine umgezogen und trug jetzt ein aufreizendes Gewand, das Brust und Taille vorteilhaft betonte.

Sol blieb in Gedanken versunken und schien das Mädchen nicht zu bemerken, obwohl es näher gerückt war. »Wo gäbe es einen geeigneten Ort für eine Ausbildung, wo andere nicht spionieren und sich einmengen können?«

»Im Ödland.«

»Das Ödland! Kein Mensch geht ins Ödland!«

»Genau. Dort kann einem niemand in die Quere kommen oder Verdacht schöpfen. Könnt Ihr Euch etwas Besseres vorstellen?«

»Das bedeutet den Tod«, sagte das Mädchen, ihre mindere Stellung vergessend.

»Nicht unbedingt. Ich habe erfahren, daß die Todesgeister des Weltbrandes im Rückzug begriffen sind. Die alten Schriften nennen sie ›Strahlung‹. Sie vergeht mit der Zeit. Die Intensität wird in Röntgen gemessen und ist im Zentrum am stärksten.

Es müßte also möglich sein, an Hand der Pflanzen und Tiere festzustellen, ob ein bestimmtes Gebiet innerhalb der Markierung bereits sicher ist. Man muß natürlich vorsichtig sein und nicht zu tief in das Gebiet eindringen. Doch am Rande . . .«

»Ich will nicht, daß Ihr den Weg zum Berg antretet«, unterbrach ihn Sol. »Einen Mann wie Euch brauche ich.«

»Namenlos und waffenlos?« Der Schwarzhaarige lachte verbittert. »Geht Euren Weg, baut Euer Reich, Sol, Meister aller Waffen! Ich habe doch nur meine Ideen vorgebracht . . .«

Sol beharrte: »Dient mir ein Jahr lang, und ich werde Euch einen Teil des Namens zurückgeben. Ich brauche Euren Verstand, denn er ist viel schärfer als meiner.«

»Meinen Verstand!« Der Schwarzhaarige zeigte Interesse. Er hatte vom Berg gesprochen, wollte aber nicht sterben. Es gab ja noch so viele merkwürdige Dinge auszuloten, viele Bücher zu studieren, viele Gedanken zu denken. Er hatte seine Waffe im Ring erprobt, weil das die althergebrachte Art war, Männlichkeit zu beweisen. Doch ungeachtet seines Mutes und Körperbaues war er in seinem Herzen ein Gelehrter und Experimentierer.

Sol beobachtete ihn. »Ich biete Euch den Namen – Sos.«

»Sos – der Waffenlose«, sagte der andere leise und überlegte. Ihm gefiel der Klang des Namens gar nicht; doch er war eine brauchbare Alternative und kam seinem ursprünglichen Namen nahe. »Und welche Gegenleistung soll ich für den Namen erbringen?«

»Die Ausbildung, das Lager, den Aufbau des Reiches, wie Ihr ihn mir beschrieben habt. Ich möchte, daß Ihr mit Eurem Verstand für mich kämpft. Als mein Ratgeber!«

»Sos – der Ratgeber.« Die Vorstellung hatte von ihm Besitz ergriffen. Der Name klang jetzt schon viel besser. »Die Männer würden nicht auf mich hören. Wenn ich keine Autorität habe, führt es zu gar nichts. Falls es zu einer Meinungsverschiedenheit kommt, bin ich ohne Waffe . . .«

»Wer Streit anfängt, wird sterben«, sagt Sol mit Entschiedenheit. »Durch meine Hand.«

»Ein Jahr – und ich behalte dann den Namen?«

»Ja.«

Er dachte an die Herausforderung, an die Möglichkeit, seine Theorien in der Praxis zu erproben. »Ich nehme das Angebot an.«

Sie tauschten über den Tisch hinweg einen Händedruck. »Morgen fangen wir an«, sagte Sol.

Das Mädchen sah auf. »Ich möchte mitkommen«, sagte es.

Sol lächelte, ohne es anzusehen. »Sos, sie möchte wieder deinen Armreif!«

»Nein.« Besorgt merkte das Mädchen, daß ihre Andeutungen nichts nützten. »Nicht ohne –«

»Mädchen«, mahnte Sol ernst, »ich will keine Frau. Dieser Mann hat gut gekämpft. Er ist stärker als viele, die noch Waffen tragen, und er ist ein Gelehrter. Das bin ich nicht. Wenn du seine Insignien trägst, brauchst du dich nicht zu schämen.«

Sie schürzte die Lippen. »Dann komme ich einfach so mit.«

Sol zuckte die Achseln. »Wie du willst! Du wirst für uns kochen und waschen, bis du einen Mann nimmst. Wir werden nicht immer in einer Hütte Unterkunft finden.« Er hielt inne und dachte nach. »Sos, mein Ratgeber – ist das klug gehandelt?«

Sos studierte die Frau, die jetzt verdrossen, aber noch immer hübsch wirkte. Er versuchte, sich von ihrem Ausschnitt nicht beeindrucken zu lassen. »Ich glaube nicht. Sie ist gut gebaut, eine talentierte Köchin, aber halsstarrig. Wenn sie zu niemandem gehört, würde sie bloß ein Störenfried sein.«

Sie starrte Sos an. »Ich möchte einen Namen«, fuhr sie ihn scharf an, »einen ehrenhaften Namen!«

Sol ließ die Faust auf den Tisch sausen, daß die Kunststoffplatte sich durchbog. »Mädchen, du erweckst meinen Zorn. Willst du behaupten, daß es dem Namen, den ich zu vergeben habe, an Ehre gebricht?«

Das Mädchen trat hastig den Rückzug an. »Nein, Meister aller Waffen, aber Ihr habt mir Euren Namen nicht angeboten.«

»Dann nimm den Reifen eben!« Er warf ihr seinen goldenen Armreif hin. »Aber ich brauche eigentlich keine Frau.«

Verwirrt, aber überglücklich, hob sie das schwere Stück auf und bog es für ihr Handgelenk zurecht. Sos sah ihr voller Unbehagen zu.

II

Nach vierzehn Tagen stießen sie auf die roten Warnmarkierungen im Norden. Das Laubwerk wies keine Veränderungen auf. Doch sie wußten: Jenseits dieser unheimlichen Demarkationslinie würde es wenig Tiere und keine Menschen geben. Sogar diejenigen, die den Tod wählten, gaben dem Berg den Vorzug, denn dabei handelte es sich um ein rasches, ehrenhaftes Abschiednehmen, während das Ödland Schrecken, Pein und lange Qualen bedeutete. Sol hielt an, von den Markierungen beunruhigt. »Wenn es hier sicher ist, warum stehen die Warnpfähle denn überhaupt noch da?« wollte er wissen. Sola nickte heftig. Sie brauchte sich ihrer Furcht nicht zu schämen.

»Weil die Irren im Verlauf der letzten fünfzig Jahre ihre Karten nicht erneuert haben«, gab Sos zurück. »Dieses Gebiet ist für eine kartographische Neuerfassung überreif. In den nächsten Monaten wird es auch soweit sein. Man wird die Markierungen zehn oder fünfzehn Meilen weiter landeinwärts setzen. Ich habe es schon gesagt: Strahlung ist nichts Bleibendes. Sie wird langsam immer schwächer.«

Sol war noch nicht überzeugt. Schließlich trug er die Verantwortung. »Du behauptest also, diese ›Strahlung‹ sei etwas, das man zwar nicht hört, schmeckt oder fühlt, das einen aber dennoch töten kann. Ich weiß, du hast Bücher studiert. Doch scheint mir das alles keinen Sinn zu geben.«

»Vielleicht lügen die Bücher«, sagte Sola und setzte sich. Die Tage angestrengten Marschierens hatten ihre Beinmuskeln verstärkt, ihr aber nichts von ihrer Weiblichkeit genommen. Sie war eine attraktive Frau und wußte das genau.

»Ich habe selbst meine Zweifel«, mußte Sos zugeben. »Es gibt vieles, was ich nicht verstehe, und viele Bücher, die ich nicht enträtseln konnte. Ein Text behauptete, daß die Hälfte der Menschheit stirbt, wenn sie 450 Röntgen ausgesetzt ist, während Moskitos über hunderttausend Röntgen aushalten können. Aber ich weiß nicht, wieviel Strahlung ein Röntgen ist oder wie man ein Röntgen mißt. Die Irren haben Behälter, in denen es klickt, wenn man sich der Strahlung nähert. Auf diese Art schützen sie sich davor.«

»Ein Klicken ist ein Röntgen: So könnte es doch sein«, meinte Sola vereinfachend. »Das heißt, wenn die Bücher stimmen.«

»Ich denke doch. Zuerst ergibt vieles überhaupt keinen Sinn, aber einen Fehler habe ich in den Büchern nie gefunden. Diese Strahlung also wurde hier von dem großen Weltenbrand verursacht, soweit ich mich informieren konnte. Sie gleicht dem schwammigen Holz, das phosphoresziert. Untertags leuchtet der Schwamm nicht; obzwar man weiß, daß die Leuchtkraft vorhanden ist. Wenn man aber die hohle Hand darüberhält, damit kein Sonnenlicht darauffällt, und . . .«

». . .Schwammlicht«, unterbrach ihn Sol feierlich ernst.

»Stellt euch jetzt vor, daß dieses Schwammlicht giftig ist, daß es krank macht, wenn es eure Haut berührt. In der Nacht kann man der Strahlung ja ausweichen, doch untertags ist man in Gefahr. Man kann das Licht nicht sehen oder spüren. Genauso ist es mit der Strahlung: Sie füllt alles aus, wo sie vorhanden ist. Den Boden, die Räume, die Luft.«

»Woran merken wir, daß sie nicht vorhanden ist?« fragte Sola. Ihre Stimme war spröde und rauh, was Sos ihrer Furcht und Müdigkeit zuschrieb. Das Gehabe süßer Unschuld, das sie am ersten Abend in der Herberge zur Schau getragen hatte, war allmählich verlorengegangen.

»Strahlung wirkt auf Pflanzen und Tiere ein. Sie ziehen sich in die Randgebiete zurück. Im Strahlungszentrum ist alles tot. Solange Pflanzen und Tiere gesund aussehen, sind wir sicher. Hinter den Markierungen müßten noch ein paar Kilometer frei von dieser Strahlung sein. Ein Risiko ist es auf jeden Fall. Aber in Anbetracht der Umstände lohnt es sich.«

»Und keine Unterkünfte?« fragte Sola ein wenig hilflos.

»Das bezweifle ich. Die Irren fürchten die Strahlung ebenso wie wir. Also haben sie keine Ursache, hier zu bauen, ehe sie nicht neue Karten angefertigt haben. Wir werden im Freien kampieren müssen.«

»Da nehmen wir uns am besten Bogen und Zelte mit«, sagte Sol.

Die beiden Männer ließen Sola zur Bewachung von Sols Karren zurück, während sie sich auf den Weg zurück zur letzten Unterkunft machten. Sie betraten das zentralgeheizte Innere und wählten aus dem Waffenlager zwei starke Bogen und Pfeilpackungen. Dann stellten sie eine Campingausrüstung zusammen: Leichtes Plastikschuhwerk, Helme und Reisesäcke. Jeder jagte drei Pfeile in die Zielscheiben, um die Waffe in den Griff zu bekommen. Dann schulterten sie die Bogen und machten sich auf den Weg.

Sola lehnte schlafend an einem Baum. Das Wanderkleid war ihr bis auf die Schenkel hinaufgerutscht. Sos sah weg. Der Anblick ihres Körpers wühlte ihn auf trotz allem, was er über ihren Charakter wußte. Die Frauen hatte er so wahllos genommen, wie sie ihm über den Weg gelaufen waren, ohne eine dauerhafte Verbindung zu knüpfen. Doch dieses ununterbrochene Zusammensein mit der Frau eines anderen hatte eine Wirkung, die ihm nicht gefiel.

Sol weckte sie mit einem sanften Stoß. »Weib – so bewachst du meine Waffen?«

Verlegen und wütend sprang sie auf. »Genauso wie du dich um mich kümmerst!« gab sie heftig zurück. Dann biß sie sich rasch auf die Lippen.

Sol beachtete sie nicht weiter. »Suchen wir uns rasch einen Lagerplatz«, sagte er und betrachtete die nächstgelegene Markierung.

Sos reichte der Frau Helm und Schuhwerk. Er hatte die Sachen für sie mitgebracht. Sol hatte nicht daran gedacht. Sos fragte sich verwundert, warum die zwei noch beisammenblieben, wenn sie so schlecht miteinander auskamen. Bedeutete der Sex denn so viel?

Er wandte seinen Blick gewaltsam von ihr ab und verbot sich eine Antwort auf seine Frage.

Sie überschritten die Markierungslinie und drangen langsam ins Innere des Ödlandes vor. Sos unterdrückte seine Nervosität. Er wußte, wenn er Angst zeigte, würden die anderen sie um so mehr fühlen. Von ihm nahm man an, daß er alles wußte. Er mußte also beweisen, daß er recht hatte. Jetzt hingen von seiner Wachsamkeit drei Menschenleben ab.

Außerdem beschäftigte ihn noch ein intimes Problem. Sol hatte zu Beginn ihrer Bekanntschaft gesagt, er brauche keine Frau. Das hatte wie ein höfliches Nachgeben dem anderen

Mann gegenüber geklungen, da keine zweite Frau in Reichweite war. Doch dann hatte er dem Mädchen seinen Armreif gegeben und damit ihre Eheschließung besiegelt. Die beiden hatten zwei Wochen miteinander geschlafen, doch wagte sie es jetzt offen, ihrer Unzufriedenheit Ausdruck zu geben. Das beunruhigte Sos sehr.

Blätter und Unterholz schienen gesund, doch verstummte das Geraschel des Wildes, als sie tiefer ins Innere des Ödlandes vordrangen. Vögel und Insekten gab es noch, aber kein Wild, keine Murmeltiere und Bären. Sos hielt nach Spuren Ausschau und fand keine. Falls der Wildmangel für die Gegend typisch war, würden sie Schwierigkeiten haben, etwas Jagdbares vor ihre Pfeile zu bekommen. Das Vorhandensein von Vögeln deutete darauf hin, daß die Gegend für Menschen noch sicher war. Er kannte zwar die Strahlenempfindlichkeit der Vögel nicht, nahm aber an, daß die Warmblütler in diesem Punkte einander ähnlich waren. Die Vögel mußten während der Nistperiode an einer Stelle bleiben und hätten sicherlich Krankheitssymptome gezeigt, wenn die Strahlung hier zu stark war.

Die Bäume wichen einer weiten, offenen Fläche, durch die sich ein Fluß schlängelte. Die drei hielten an und tranken. Sos zögerte, bis er kleine Fische im Wasser sah, die seiner haschenden Hand flink entflohen. Wasser, in dem Fische gediehen, konnte der Mensch unbedenklich trinken.

Zwei Vögel schossen in lautlosem Tanz über die Grasfläche. Sie kreisten auf und nieder, der große hinter dem kleinen. Der große Vogel war ein Falke, der offenbar einen Sperling jagte. Die Jagd näherte sich dem Ende. Total erschöpft konnte das Vögelchen den gespreizten Fängen und dem mächtigen Schnabel des Falken kaum mehr ausweichen. Die Männer sahen gleichgültig zu.

Plötzlich kam der Sperling direkt auf sie zugeflattert, als flehe er sie um Schutz an. Der Falke schwankte, dann flog er ihm nach.

»Haltet ihn auf!« schrie Sola, von Mitleid mit dem schutzsuchenden Vogel ergriffen.

Erstaunt sah Sol sie an und wehrte dann mit einer Handbewegung den Falken ab.

Der Räuber flog fort, während der Spatz vor Solas Füßen zu Boden fiel und dort kläglich piepsend kauerte, unfähig oder zu verängstigt, um sich zu erheben. Sos hegte den Verdacht, daß er sich vor den Menschen ebenso fürchtete wie sein Verfolger. Der Falke kreiste zunächst in einiger Entfernung und faßte dann offenbar einen Entschluß. Er war hungrig.

Sol langte in seinen Waffensack – so rasch, daß seine Bewegung kaum wahrzunehmen war – und zog ein Stockrapier heraus. Als der Falke auf den kleinen Vogel herunterstoßen wollte, holte Sol aus. Sos sah, daß der Räuber außer Reichweite war, und schätzte, daß er für solche Mätzchen viel zu schnell reagieren würde. Doch dann hörte er einen schrillen Schrei, als der Stock den Räuber mitten im Sturzflug traf. Der zerschmetterte Vogelkörper wurde in den Fluß geschleudert.

Sos war ehrlich erstaunt. Das war die schnellste und präziseste Handhabung einer Waffe gewesen, die er je miterlebt hatte. Dabei hatte Sol die Bewegung fast lässig ausgeführt – eine zornige Aufwallung gegen ein Lebewesen, das seine Warnung mißachtete. Sos hatte geglaubt, Sol verdankte seinen Sieg im Ring mehr dem Glück als seiner Geschicklichkeit, obwohl der Krieger zweifellos sehr fähig war. Jetzt sah er, daß sein Sieg kein Zufall gewesen war. Sol hatte nur mit ihm gespielt, bis er verwundet worden war, und hatte dann rasch Schluß gemacht.

Das Vögelchen hüpfte und flatterte auf dem Boden. Sola wich erschrocken zurück, obwohl die Gefahr längst vorüber war. Sos zog aus seinem Campingsack einen Stulpenhandschuh und langte vorsichtig hinunter, um die flatternden Flügel zu umfassen und das erschrockene Tier hochzuheben.

Es war kein typischer Sperling. Auf den braunen Flügeln zeigten sich gelbe und orangefarbene Tupfer. Der Schnabel war groß und plump. »Das muß eine Mutation sein«, sagte Sos. »So einen Spatz habe ich noch nie gesehen.«

Sol zuckte nur die Achseln und angelte den toten Falken aus dem Wasser. Falls sie nichts Besseres fanden, mußte der Falke als Mahlzeit für sie ausreichen.

Sos öffnete die Hand und ließ den Sperling frei. Der aber blieb auf seiner Handfläche liegen und sah ihn an, zu erschrokken, um sich zu bewegen. »Flieg weg, Dummerchen«, sagte Sos und schüttelte ihn leicht.

Die kleinen Krallen klammerten sich an seinen Daumen.

Sos betastete den Vogel vorsichtig mit der bloßen Hand, beruhigt, daß das Tier nicht bösartig war. Behutsam untersuchte er, ob die Flügel gebrochen waren. Das Vögelchen sträubte sein Gefieder und blieb, obzwar es volle Bewegungsfreiheit hatte, sitzen. Beide Flügel waren heil geblieben, soweit man das beurteilen konnte. »Flieg weg«, drängte Sos und schwang die Hand in die Luft.

Der Vogel blieb sitzen und breitete seine Flügel nur aus, um das Gleichgewicht zu behalten.

»Wie du willst«, sagte Sos und setzte den Vogel auf seinen Schulterriemen, wo dieser hocken blieb. »Dummerchen«, wiederholte er nicht unfreundlich.

Die drei setzten den Marsch fort. Wiesen und Wälder wechselten mit Bauminseln ab. Mit Einbruch der Dämmerung wurde das Schwirren der Insekten stärker. Auf die Fährte größerer Tiere stießen sie nie. Am Ufer des Flusses schlugen sie endlich ihr Lager auf und machten sich daran, Fische zu fangen. Sos zündete ein Feuer an, während Sola das Fleisch des Falken säuberte und zum Braten vorbereitete. Sie war sehr geschickt und vielseitig in solchen Dingen.

Als die Nacht näher rückte, öffneten sie ihre Säcke und stellten zwei Zelte aus Nylonmaterial auf. Sos hob eine Rinne zur Entwässerung aus, während Sol isometrische Übungen machte. Sola sammelte trockene Äste fürs Feuer, dessen Flakkern ihr Trost zu bringen schien.

Der Vogel blieb die ganze Zeit über bei Sos und rührte sich von dessen Schulter nur weg, wenn Sos körperlich arbeitete. Er blieb dabei aber immer in Sos' Nähe. Fressen wollte er nicht. »Das wirst du nicht lange aushalten, Dummerchen«, mahnte Sos ihn zärtlich. Das sollte der Name des Vogels bleiben: Dummerchen.

Als Sos von der Grabarbeit zurückkam, tauchte vor ihm ein weißes Gebilde auf – geisterhaft still. Eine der Falkenmotten, stellte er fest und trat einen Schritt näher.

Da kreischte Dummerchen schrill auf und flatterte angriffslustig auf das Insekt zu. Ein kurzer Kampf in der Luft – bei dieser Beleuchtung wirkte das Insekt so groß wie der Vogel: Dann war der weiße Falter überwältigt und verschwand in dem Vogelschlund. Jetzt hatte Sos begriffen. Der Vogel war ein Nachttier und untertags aktionsunfähig. Wahrscheinlich hatte der Falke das Tier im Schlummer überrascht und das schlaftrunkene Tierchen verfolgt. Dummerchen hatte also bloß nach einem sicheren Plätzchen gesucht, wo er tagsüber sitzen und dösen konnte.

Am Morgen brachen sie das Lager wieder ab und drangen weiter in die verbotenen Gebiete ein. Auf dem Boden entdeckten sie auch an diesem Tag kein Leben – weder Säugetiere noch Amphibien oder Insekten. Dafür gab es Schmetterlinge, Bienen, Fliegen, geflügelte Käfer und große Nachtfalter in Hülle und Fülle. Nur der Boden selbst schien ohne Lebewesen zu sein. Aber gerade das Erdreich war doch eine der reichsten Brutstätten in der Natur!

Sollte etwa die Strahlung in der Erde länger wirksam bleiben als in den Bäumen, im Wasser oder in der Luft? Dabei hatten doch die meisten Insekten ein Larvenstadium im Boden oder im Wasser durchzumachen. Und die Pflanzen zeigten auch keine auffallenden Veränderungen.

Sos hockte sich nieder und wühlte das Erdreich mit einem Stock auf.

»Da waren sie: Raupen, Regenwürmer und Käfer – offenbar ganz normal entwickelt. Unter der Erde und darüber gab es also Leben. Was war aber mit den Oberflächenbewohnern geschehen?

»Suchen Sie einen Freund?« fragte Sola spöttisch. Sos machte gar nicht erst den Versuch, zu erklären, was ihn bewegte, weil er seiner Sache nicht ganz sicher war.

Am Nachmittag hatten sie endlich etwas Passendes gefunden, ein schönes, breites Tal. An einer Stelle, wo früher ein Fluß geflossen war, wucherte Unterholz und säumte das Ufer, wo der Fluß heute verlief. Flußaufwärts verengte sich das Tal zu einer Schlucht mit einem Wasserfall – war also sehr leicht zu bewachen. Flußabwärts verbreiterte sich der Fluß zu einem schilfbestandenen Sumpf, den man weder zu Fuß noch mit einem Boot leicht überqueren konnte. Über die runden Bergkuppen auf beiden Seiten führten grüne Saumpfade.

»Hier könnten hundert Mann mit ihren Familien lagern!« rief Sol aus. »Zwei bis dreihundert Leute!« Seitdem er entdeckt hatte, daß die Nemesis des Ödlands keine Zähne besaß, hatte sich seine Laune beträchtlich gehoben.

»Sieht gut aus«, mußte Sos zugeben. »Vorausgesetzt, es lauern hier keine unbekannten Gefahren.«

»Kein Wild«, sagte Sol ernst, »dafür aber Fische und Vögel. Wir könnten ja Verpflegungstrupps ausschicken. Außerdem habe ich unterwegs Obstbäume gesehen.« Sos merkte, wie sehr Sol dieses Projekt am Herzen lag und wie aufmerksam er alle entgegenstehenden Hindernisse registrierte. Immerhin lag eine Gefahr darin, sich einer Sache zu früh sicher zu sein.

»Fische und Obst!« rief Sola aus und verzog das Gesicht. Dennoch schien sie froh darüber zu sein, daß sie nicht tiefer in die Gefahrenzone eindrangen. Auch Sos atmete erleichtert auf. Er spürte das ungewisse Fluidum, das die Einöde ausstrahlte, und fühlte, daß sie mehr Geheimnisse barg, als man mit Röntgen messen konnte. Wieder kreischte Dummerchen, als die großen weißen Nachtfalter auftauchten. Ihre Farbe ließ sie größer erscheinen, als sie tatsächlich waren. Der Vogel flatterte ihnen aufgeregt nach. Offenbar waren Riesenfalter seine einzige Nahrung – seine Nahrung, überlegte Sos, womit er ihn zu Recht dem männlichen Geschlecht zuteilte. Der Vogel vertilgte eine Unmenge von diesen Insekten. Sammelte er sie in seinem Kropf für magere Nächte?

»Ein gräßlicher Lärm«, bemerkte Sola, womit sie Dummerchens schrille Schreie meinte. Sos fand keine passende Entgegnung. Diese Frau brachte es fertig, ihn zu faszinieren und gleichzeitig abzustoßen. Ihre Meinung über Dummerchen machte dem Vogel wohl nichts aus. Einer der Falter verharrte flatternd vor Sols Gesicht. Dieser machte eine blitzschnelle Bewegung und fing den Falter mit der Hand. Sol war neugierig. Als das Insekt ihn stach, stieß er einen Fluch aus und streifte das Tier ab. Dummerchen übernahm das Insekt.

»Es hat Euch gestochen?« fragte Sos. »Zeigt mir Eure Hand!« Er zog Sol näher ans Feuer und studierte den Einstich.

An der Daumenwurzel war ein rotgeränderter Fleck – ohne Entzündung oder Schwellung – zu sehen. »Wahrscheinlich nur ein Verteidigungsstich«, sagte Sos. »Ich bin kein Arzt, trotzdem gefällt mir die Sache nicht. An Eurer Stelle würde ich die Wunde aufschneiden und aussaugen, nur um sicherzugehen. Von einem Falter, der sticht, habe ich noch nie etwas gehört.«

»Meine eigene Hand soll ich verletzen?« lachte Sol. »Zerbrich dir den Kopf über andere Dinge, Ratgeber!«

»Ihr werdet doch mindestens eine Woche lang keinen Gegner herausfordern. Das ist genügend Zeit zum Heilen.«

»Nein!« Und dabei blieb es.

Sie schliefen so wie immer. Die Zelte standen nebeneinander. Das Paar schlief in dem einen Zelt, Sos in dem anderen. Er lag angespannt und schlaflos da und wußte nicht, was ihn beunruhigte. Als er endlich einschlief, träumte er von riesigen Schwingen und enormen Brüsten. Beide Gebilde waren leichenweiß. Er wußte nicht, welches ihm mehr Furcht einflößte.

Sol erwachte am nächsten Morgen nicht. Er lag voll angekleidet und glühend vor Fieber in seinem Zelt. Seine Augen waren halb offen und starr. Die Lider zuckten sporadisch. Die Atmung war schnell und flach, als wäre seine Brust beengt. Die Muskeln an Rumpf und Gliedern waren schlaff und schwer.

»Der Todesgeist hat ihn gepackt«, schrie Sola, »die Strahlung!«

Sos untersuchte den gepeinigten Körper. Die Festigkeit und Stärke dieses Körpers, auch während der Krankheit, beeindruckten ihn sehr. Er hatte Sol eher für durchtrainiert als stark gehalten, mußte aber seine Meinung berichtigen. Sols Bewegungen waren sehnig und geschmeidig. Man bemerkte dabei kaum das Spiel seiner Muskeln. Doch nun wütete ein verheerendes Gift in seinem Körper. Sol schwebte in großer Gefahr.

»Nein«, antwortete Sos. »Die Strahlung hätte doch auch uns auf gleiche Weise schaden müssen.«

»Was ist es denn sonst?« fragte sie ängstlich.

»Der harmlose Falterstich.« Die ironische Bemerkung war an Sola vergeudet. Er hatte von todesweißen Schwingen geträumt;

nicht sie. »Pack ihn an den Beinen! Ich möchte ihn ins Wasser tauchen und seinen Körper abkühlen.« Sos wünschte sich jetzt, er hätte mehr medizinische Werke gelesen, obwohl er die kaum verstanden hatte, die ihm erreichbar gewesen waren. Der Körper des Menschen reagierte von Natur aus meistens richtig. Wahrscheinlich erfüllte das Fieber einen guten Zweck, nämlich das Gift auszuglühen. Doch hatte Sos Angst, es zu sehr wüten zu lassen, weil sonst vielleicht das Gehirn angegriffen wurde.

Sola gehorchte. Mit vereinten Kräften schleppten sie den kräftigen Körper ans Flußufer. »Zieh ihn aus«, befahl Sos. »Vielleicht bekommt er nachher Schüttelfrost. Da können wir ihn nicht in nassen Kleidern liegen lassen.«

Sie zögerte. »Ich habe nie ...«

»Beeil dich!« rief er und schreckte sie zum Handeln auf. »Das Leben deines Mannes steht auf dem Spiel!«

Sos streifte die enge Nylonjacke herunter, während Sola die Hose um die Mitte lockerte und herunterzog. »Ach!« rief sie aus.

Er wollte sie zurechtweisen. In dieser Lage hatte sie bestimmt keinen Anlaß, sich zu zieren. Dann bemerkte er, was sie gesehen hatte. Und plötzlich verstand er, was zwischen den beiden nicht gestimmt hatte.

Verletzung, Geburtsfehler oder Mutation? Sol würde nie Vater werden können. Kein Wunder, daß er während seines Lebens so fanatisch den Erfolg suchte. Er würde nie Söhne haben, die seine Nachfolge antreten konnten.

»Trotzdem – er ist ein Mann«, sagte Sos. »Viele Frauen werden dich um seinen Armreif beneiden.« Er war verlegen, denn er erinnerte sich, wie Sol ihn auf ähnliche Weise nach ihrem Duell im Ring verteidigt hatte. »Sag es keinem weiter!«

»Nein«, sagte sie schaudernd, »niemandem.« Zwei Tränen liefen ihr die Wangen hinunter. »Niemals!« Er wußte, sie dachte an die gesunden Kinder, die sie von diesem hervorragenden Krieger hätte bekommen können, der in jeder – außer in einer – Hinsicht unübertrefflich war.

Sie senkten den Körper ins Wasser. Sos hielt den Kopf von Sol fest. Er hatte gehofft, der Kälteschock würde eine wohltätige Wirkung ausüben, doch zeigte sich keine Änderung im Zustand des Kranken. Sol würde leben oder sterben, wie es das Schicksal wollte. Es blieb ihnen nichts anderes übrig, als abzuwarten.

Nach einigen Minuten rollte er Sol aufs Ufer zurück. Dummerchen saß auf seinem Kopf. Ihn hatte die allgemeine Unruhe aufgeregt gemacht. Tiefem Wasser mißtraute das Tier.

Sos überlegte. »Wir müssen hierbleiben, bis sich sein Zustand ändert«, sagte er. »Er hat eine kräftige Konstitution. Möglich, daß die Krise schon vorüber ist. Trotzdem können wir nicht das Risiko eingehen, uns von den Biestern stechen zu lassen. Wahrscheinlich wären wir tot, ehe die Morgendämmerung anbricht. Am besten, wir schlafen untertags und halten während der Nacht Wache. Vielleicht haben wir alle in einem Zelt Platz und können Dummerchen draußen fliegen lassen. Ziehe auf jeden Fall Handschuhe in der Nacht an.«

»Ja«, sagte sie, weder aggressiv noch herablassend.

Er wußte, daß ihnen eine harte Zeit bevorstand. Bei Nacht würden sie Gefangene in ihrem Zelt sein, auf engstem Raum zusammengepfercht. Sie durften nicht ins Freie gehen, weil der weißgeflügelte Tod sie bedrohte, während sie für einen Mann zu sorgen hatten, der jeden Abend sterben konnte.

Auch der Gedanke tröstete Sos nicht, daß Sol, selbst wenn er wieder völlig gesund werden sollte, nie seine Frau besitzen konnte – jenes aufreizende weibliche Wesen, an dessen Seite Sos die Nacht verbringen würde.

III

»Seht doch!« rief Sola aus und wies auf den Abhang jenseits des Tales.

Es war Mittag. Sols Zustand hatte sich nicht gebessert. Sie hatten versucht, ihn zu füttern, doch Sols Kehle war wie gelähmt. Sie fürchteten, er würde beim Wassertrinken ersticken. Sos hatte ihn ins Zelt gelegt und gegen die Sonne und die unverschämt lästigen Fliegen abgeschirmt. Er war über seine Hilflosigkeit und das Unvermögen, mehr für Sol tun zu können, wütend. Den albernen Versuch des Mädchens, ihn ablenken zu wollen, beachtete er nicht weiter.

Ihre Probleme hatten leider erst begonnen. »Sos – so seht doch!« wiederholte Sola und faßte ihn am Arm.

»Laß mich«, brummte er, blickte aber auf.

Ein grauer Teppich breitete sich langsam über dem Hügel aus und rollte auf das Tal zu, als ob jemand aus einem riesigen Krug verdorbenes Öl über die Landschaft gieße.

»Was ist das?« fragte Sola mit einem Nachdruck, der ihm lästig war. Er merkte, daß sie offenbar seinen Rat schätzengelernt hatte. »Sind das etwa Röntgen?«

Er schirmte die Augen mit der Hand ab und versuchte, Einzelheiten wahrzunehmen. Offensichtlich war das Zeug dort kein Öl. »Ich fürchte, das dort ist die Ursache, warum es hier kein Wild gibt.« Seine unausgesprochene Angst hatte sich also schrecklich bewahrheitet.

Er ging an Sols Karren und zog zwei schlanke Stockrapiere heraus – hell glänzende Stäbe, sechzig Zentimeter lang, drei Zentimeter im Durchmesser, an den Enden abgerundet. Sie waren aus einer Holzimitation angefertigt und sehr hart. »Sola, nimm die zwei Stöcke. Wir müssen uns irgendwie zur Wehr setzen. Mit diesen Stöcken wird es dir wohl am besten gelingen.«

Sola nahm die Stöcke entgegen, obwohl sie in diese Waffen kein Vertrauen setzte, und blickte unverwandt auf die sich nähernde graue Flut.

Sos nahm eine Keule zur Hand – eine Waffe, die nicht länger als ein Stockrapier war, aus ähnlichem Material gefertigt, aber viel wuchtiger. Hinter dem schlanken Griff wurde die Waffe zu einem tropfenförmigen Gebilde. An der breitesten Stelle maß sie zwanzig Zentimeter im Durchmesser. Der Schwerpunkt der Waffe lag in dem wulstigen Ende, ihr Gewicht betrug etwa sechs Pfund. Nur ein kräftiger Mann konnte die Waffe mit Geschick handhaben. Mit voller Wucht geführt, hatte sie die Wirkung eines Schmiedehammers. Im Vergleich zu anderen Waffen war die Keule plump, doch ein einziger, wohlgezielter Schlag damit genügte meistens, um einen Kampf zu beenden. Deswegen wurde sie von Kriegern gefürchtet.

Sos war nicht ganz wohl dabei, als er die Keule zur Hand nahm. Erstens war es nicht seine eigene Waffe, zweitens war er durch einen Eid gebunden, nie wieder bewaffnet in den Ring zu treten. Er verdrängte diesen Gedanken und schüttelte den Kopf. Schließlich benützte er die Keule nicht als Waffe im Zweikampf. Er hatte auch nicht die Absicht, damit den Ring zu betreten. Er brauchte nur ein wirksames Verteidigungsmittel, um einer merkwürdigen, unbekannten Gefahr entgegenzutreten. Gleichgültig ob ehrenhaft oder unehrenhaft, ob Keule oder Bogen: diese Waffe war das beste zur Verfügung stehende Gerät, um ein sich näherndes Unheil abzuwehren.

»Wenn es da ist, schlag einfach zu«, befahl er Sola.

»Sos, das Zeug ist ja lebendig!«

»Das habe ich befürchtet. Kleine Tiere. Millionen, die den Boden verwüsten und jedes Lebewesen aus Fleisch und Blut verzehren. Sieht aus wie eine Ameisenarmee.«

»Ameisen!« sagte sie und blickte auf ihre zwei Stöcke.

»Wie Ameisen – nur größer.«

Der lebendige Teppich hatte das Plateau erreicht und näherte sich ihnen mit abscheulichem Gewimmel. Schon war die Vorhut so nahe, daß man Einzelheiten erkennen konnte.

»Mäuse!« rief Sola erleichtert aus. »Winzige Mäuse!«

»Möglich. Sie gehören zu den kleinsten Säugetieren und vermehren sich am raschesten. Säugetiere sind die gefährlichsten und vielseitigsten Wirbeltiere der Erde. Ich schätze, daß diese Tiere Fleischfresser sind, was immer sie sonst noch sein mögen.«

»Mäuse? Aber wie kommen sie dazu . . .«

»Die Strahlung. Sie wirkt auf die Nachkommenschaft ein und verursacht Mutationen. Die sind meist negativ. Aber die besten Mutanten setzen sich durch, und die Gattung selbst wird stärker als vorher. In den Büchern wird behauptet, daß sich der Mensch auf diese Art entwickelt hat.« – »Aber Mäuse!«

Die Vorhut wimmelte bereits vor ihren Füßen. Sos kam es albern vor, gegen diesen Feind, mit der Keule vorzugehen.

»Spitzmäuse, fürchte ich. Sie waren ursprünglich Insektenfresser. Wenn die Strahlung außer den Insekten alle Lebewesen vernichtet hat, dann sind die Mäuse die ersten Säugetiere, die wieder in das verseuchte Gebiet einrücken.« Sos hob ein Tier mit der handschuhgeschützten Rechten auf und zeigte es ihr. Sola sah nicht hin, nur Dummerchen beäugte die Maus und machte dabei einen kläglichen Eindruck. »Das kleinste, aber gefährlichste Säugetier! Fünf Zentimeter lang, scharfe Zähne, tödliches Nervengift – obwohl die Spitzmaus nicht genug davon produziert, um einen Menschen damit töten zu können. Dieses Tier greift alles Lebendige an und verzehrt pro Tag eine Fleischmenge, die seinem doppelten Gewicht entspricht.«

Sola tänzelte herum und versuchte, den angreifenden Zwergen auszuweichen. Sie schien sich nicht, wie andere Frauen, vor Mäusen hysterisch zu fürchten, wollte sie aber auch nicht an ihren Körper herankommen lassen. »Seht!« schrie sie. »Sie . . .«

Er hatte es bereits bemerkt. Ein Dutzend der kleinen Tiere kroch eben ins Zelt, kletterte über Sol hinweg und suchte nach der günstigsten Stelle zum Anbeißen.

Sos war mit einem Satz zur Stelle und bearbeitete den Boden wild mit der Keule, während Sola die Stöcke schwang. Doch die Horde war bereits in voller Stärke da. Für jede Maus, die sie erledigten, war ein Dutzend als Ersatz zur Stelle. Winzige Zähne suchten nach Beute. Die Körper der Verletzten wurden von den anderen Mäusen sofort zerfetzt und verzehrt. Die Angreifer waren winzig, doch es war ein Kampf auf Leben und Tod.

»Wir können sie nicht mehr abwehren!« keuchte Sos. »Rasch ins Wasser!«

Sie öffneten das Zelt, zogen Sol an den Armen heraus und sprangen ins Wasser. Sos watete bis zur Brust hinein und schüttelte die zu allem entschlossenen hartnäckigen kleinen Ungeheuer ab. Er sah, daß er an den Armen aus zahlreichen winzigen Wunden blutete. Er hoffte, er hatte sich geirrt, als er vorhin das Gift erwähnte. Er und Sola hatten schon so viele Bisse abbekommen, daß auch winzige Giftmengen jetzt lebensgefährlich werden konnten.

Die kleinen Kreaturen machten am Saum des Wassers halt. Einen Augenblick glaubte Sos schon, sein Manöver sei erfolgreich gewesen. Dann plumpsten die mutigsten Mäuse in das Wasser und durchschwammen den Fluß, die Knopfaugen immer auf ihr Ziel gerichtet. Danach sprangen immer mehr Mäuse hinein, bis die Wasseroberfläche vor pelzigen Leibern nur so wimmelte.

»Wir müssen ihnen entkommen!« rief Sos. »Schwimm los!« Dummerchen war bereits ans andere Ufer geflogen und kauerte ängstlich auf einem Busch. Jetzt war es kein Geheimnis mehr, warum das Ödland von anderen Säugetieren gemieden wurde. »Aber die Zelte und die Vorräte . . .!«

Sie hatte recht. Ein Zelt brauchten sie unbedingt, sonst waren sie während der Nacht den Faltern hilflos ausgeliefert. Die Spitzmausarmee war durch ihre gewaltige Anzahl nicht gefährdet – größere, hoch organisierte Lebewesen waren ihr nicht gewachsen. »Ich hole sie nach!« rief er, legte seinen Unterarm unter Sols Kinn und schwamm mit kräftigen Stößen auf das andere Ufer zu. Die Keule hatte er unterwegs weggeworfen. Sie war ohnehin nutzlos geworden.

Sie ließen die Tiere weit hinter sich und taumelten an Land. Sola kümmerte sich so gut um den Kranken, wie es unter den gegebenen Umständen möglich war, während Sos wieder ins Wasser sprang und ans andere Ufer zurückschwamm. Er durchquerte den Fluß – viel schneller als vorhin, weil er keine Last zu befördern hatte –, doch vor dem Ufer mußte er erst die wimmelnde Flut von Fleischfressern überwinden. Mit dem Gesicht befand er sich jetzt auf gleicher Höhe mit ihnen.

Er holte tief Luft und tauchte unter. Unter Wasser schwamm er so weit als möglich, bis er wieder hoch mußte, um Atem zu holen. Er stemmte die Beine gegen den Grund und ließ sich in einem ganz bestimmten Winkel nach oben schnellen. Er durchstieß die Wasseroberfläche, drängte dabei die Spitzmäuse in alle Richtungen auseinander, holte durch die zusammengepreßten Zähne Luft und tauchte abermals.

Am Ufer kroch er heraus, trat auf quietschendes, strampelndes Pelzwerk, erhaschte den nächstliegenden Sack und riß das Zelt aus seinen Verankerungen. Hätten sie die Zelte doch bloß zusammengefaltet und verstaut! Aber Sols Krankheit hatte eben vor allen anderen Verrichtungen Vorrang gehabt.

Die Tierchen waren überall, krabbelten über und im Sack und durch die Falten des zusammengeknüllten Zeltes. Die spitzen Schnauzen schnupperten in seinem Gesicht, die nadelscharfen Zähne suchten Beute, als er das Gepäck an seine Brust drückte. Er versuchte, sie schüttelnd abzuwehren, und wagte nicht, im Laufen innezuhalten. Sie hingen an ihm, peinigten ihn und sprangen nach seinen Augen, wenn er stehenbleiben wollte.

Mit geschlossenen Augen sprang er ins Wasser, spürte dabei die lebende Schicht, auf der er landete, und stieß wild mit den Füßen um sich. Diesmal konnte er nicht tauchen. Die Ausrüstung war sinksicher, das Zelt enthielt Luft, und beide Arme waren belastet. Noch immer wimmelten die kleinen Teufel auf der Zeltplane, krallten sich in seine Lippen und seine Nase und waren nicht abzuschütteln. Er hielt die Augen geschlossen und paddelte verzweifelt, immer hoffend, die richtige Richtung eingeschlagen zu haben, während die Bestien über seinen Kopf kletterten, an seinen Ohren nagten und in seine Nasenlöcher zu kriechen versuchten. Er hörte Dummerchens heiseren Schrei und wußte, daß der Vogel ihm entgegenflog. Auch er war auf der Flucht. Wenigstens während des Fluges konnte ihm nichts passieren. Sos hielt die Zähne zusammengepreßt und saugte so Luft ein, damit die kleinen Angreifer ihm nicht in den Mund dringen konnten. »Sos! Hierher!«

Sola lenkte ihn durch Zuruf. Dankbar richtete er sich nach ihrer Stimme. Und dann hatte er endlich die wimmelnde Brühe hinter sich und durchschwamm klares Wasser. Wieder war er ihnen entwischt!

Das Wasser war in die Ausrüstung und das Zelt gedrungen und hatte dadurch deren Schwimmfähigkeit zunichte gemacht. Sos konnte jetzt mit dem Kopf untertauchen und die Augen unter Wasser öffnen, während die Spitzmäuse von der Strömung weggetragen wurden.

Vor ihm waren Solas Beine und wiesen ihm den Weg. Noch nie hatte er etwas Verlockenderes zu Gesicht bekommen.

Bald darauf lag er ausgestreckt am Ufer. Sola streifte die noch an ihm haftenden Mäuse ab und zertrat sie am Boden.

»Weiter!« schrie sie ihm ins Ohr. »Die Biester haben bereits den Fluß zur Hälfte durchschwommen!«

Es gab für ihn keine Atempause, keine Ruhe, obwohl er unbeschreiblich müde war. Sos kämpfte sich auf die Beine und schüttelte sich wie ein großer zottiger Hund. Sein Gesicht brannte, die Armmuskeln waren verkrampft. Irgendwie bekam er Sols Körper vom Boden hoch, warf ihn über die Schulter und erklomm den steilen Abhang. Er keuchte, obwohl er sich nur zentimeterweise vorwärts bewegte.

»Weiter!« rief ihre dünne Stimme immer wieder. »Weiter, weiter, weiter!« Er sah sie vor sich. Sie trug den Sack mit der Ausrüstung. Das Zelt war hastig hineingestopft. Das Wasser lief Sola über den Rücken. Fabelhaftes Hinterteil, dachte Sos bei sich und versuchte, seine Aufmerksamkeit darauf und nicht auf das zentnerschwere Gewicht auf seinen Schultern zu konzentrieren. Es gelang ihm nicht ganz.

Die Flucht schien ewig zu dauern. Sie war ein Alptraum der Qualen und Mattigkeit. Seine Beine machten sinnlose Bewegungen. Seine Füße bohrten sich in den Boden. Er fiel hin, wurde von Solas unbarmherzigen Zurufen aufgerüttelt, taumelte ein paar Meter weiter und fiel wieder hin. Das wiederholte sich endlos. Pelzige Schnauzen mit schimmernden blutigen Zähnen knabberten an seinen Augen, an seinen Nasenlöchern, an seiner Zunge. Warme Leiber knirschten und quiekten unter seinen Füßen. Unmengen von Blut und Knorpeln. Phantastische, beinbleiche Schwingen wirbelten jetzt um ihn herum wie Schneeflocken, wohin er auch blickte.

Es wurde dunkel. Sos fror auf dem feuchten Boden. Neben ihm lag ein Toter. Er wälzte sich hin und her und fragte sich, warum der Tod noch nicht zu ihm gekommen war. Da, auf einmal ein Geflatter! Braune Flügel mit gelben Flecken – Dummerchen saß auf seinem Kopf.

»Gott sei Dank«, flüsterte er. Die Falter würden ihm heute nichts anhaben können. Das war der letzte Gedanke, bevor er in einen dunklen Abgrund fiel.

IV

Sos sah durch seine geschlossenen Lider einen zitternden Lichtschein und erwachte. Sol lag neben ihm. Er schien noch am Leben zu sein. Im flackernden Rot eines vor dem Zelt brennenden Feuers sah er Sola. Sie war nackt.

Jetzt bemerkte er, daß sie alle nackt waren.

»Die Kleider hängen auf der Leine neben dem Feuer«, hörte er sie sagen. »Ihr habt vor Kälte so gezittert, daß ich euch das triefende Zeug ausziehen mußte. Meine Sachen waren ebenfalls naß.«

»Du hast recht getan«, sagte er. Er fragte sich, wie sie es wohl geschafft hatte, ihm die Sachen auszuziehen. Das mußte für sie eine ordentliche Plackerei gewesen sein.

»Jetzt müßten die Sachen schon trocken sein«, sagte sie. »Aber die Falter . . .«

Er sah, daß das Zeltleinen sie vor den Biestern schützte. Sola hatte das Feuer so angelegt, daß der Schein durch das dünne Netz am Eingang einfiel und das Innere erwärmte, ohne daß sie dabei vom Rauch behelligt wurden. Sie hatte die beiden Männer mit dem Gesicht nach unten auf den Boden gelegt. Sie selbst kauerte zwischen ihnen und beugte sich so weit vor, daß die Zeltplane ihren Rücken nicht berührte. Keine bequeme Lage, dachte Sos, obwohl er aus diesem Blickwinkel ungehindert ihren Busen betrachten konnte.

Er schalt sich im stillen, daß ihn zu so unpassender Zeit sinnliche Gedanken bewegten. Doch lief es immer auf dasselbe hinaus. Er konnte Sola nicht ansehen, ohne daß er sie begehrte. Das hatte ihn schon im Traum erschreckt: Daß er die Frau eines Gefährten nahm und dadurch der Unehre verfiel. Sola hatte sehr vernünftig und besonnen gehandelt und ihren Mut bewiesen. Ihrem Verhalten ein sexuelles Motiv zu unterstellen, war eine Beleidigung. Sie war nackt und begehrenswert, aber sie trug den Armreif eines anderen.

»Vielleicht sollte ich die Sachen hereinholen«, sagte er.

»Nein. Die Falter schwirren überall, viel dichter als je zuvor. Dummerchen platzt schon fast, so viele hat er gefressen. Aber wir dürfen nicht einmal die Hand hinausstrecken.«

»Ich werde aber das Feuer neu schüren müssen.«

Draußen war es kalt, das spürte er trotz der Treibhausatmosphäre in dem geschlossenen Zelt. Und er sah, daß sie ebenfalls fröstelte.

»Wir könnten uns dichter zusammendrängen«, sagte sie. »Das wird uns warmhalten, wenn Ihr mein Gewicht aushalten könnt.«

Wieder sehr vernünftig von ihr. Das Zelt bot nicht genügend Platz für drei. Wenn Sola sich auf die beiden Männer legte, gab es mehr Platz und mehr Wärme. Beides war dringend notwendig.

Und sie verhielt sich betont sachlich.

Sollte er schwächer sein als sie?

Ihre Schenkel berührten seinen Fuß, ein wunderbares Gefühl. Dann hatte sie ihr Gewicht richtig verlagert. Verbotene Gefühle bewegten ihn jetzt.

»Ich glaube, er hat das Fieber überstanden«, sagte sie. »Wenn wir ihn heute nacht warmhalten können, hat sich sein Zustand bis morgen erheblich gebessert ...«

»Möglich, daß das Gift der Mäuse dem Faltergift entgegengewirkt hat«, sagte er, froh darüber, das Thema wechseln zu können. »Wo sind wir eigentlich? Ich kann mich an den Weg hierher nicht erinnern.«

»Hinter dem Hügel auf der anderen Seite des Flusses. Ich glaube nicht, daß die Mäuse uns hier einholen können. Heute nacht jedenfalls nicht. Oder wandern sie in der Nacht etwa auch?«

»Das glaube ich nicht. Bestimmt nicht, wenn sie tagsüber unterwegs waren. Irgendwann müssen sie auch rasten.« Er machte eine Pause. »Wir sind flußaufwärts gegangen? Das würde bedeuten, daß wir uns noch tiefer im Ödland befinden.«

»Aber Ihr habt doch gesagt, die Strahlung wäre nicht mehr vorhanden!«

»Ich habe nur gesagt, daß sie immer schwächer wird. Wie rasch und wie weit das geht, weiß ich nicht. Wir befinden uns vielleicht schon wieder im Strahlungsgebiet.«

»Ich spüre nichts«, sagte sie nervös.

»Das kann man nicht spüren.« Eine Debatte darüber war zwecklos. Es gab keine Möglichkeit, der Strahlung auszuweichen, wenn man einmal in ihr Randgebiet gekommen war. »Wenn die Pflanzen hier keine Veränderungen aufweisen, ist alles in Ordnung. Die Strahlen töten alles.« Doch die Insekten waren hundertmal unempfindlicher als die Menschen, und die Zahl der Falter hatte unermeßlich zugenommen.

Jetzt war die Unterhaltung verstummt. Er wußte, warum. Obwohl sie beide wußten, daß sie Wärme erzeugen mußten, wäre es doch peinlich gewesen, die Situation schamlos auszunützen. Er konnte sie nicht einfach einladen, ihre üppigen Brüste an seinen nackten Körper zu drücken, und sie konnte sich nicht ohne besonderen Grund auf ihn legen. Was dem Verstand nach durchaus berechtigt war, blieb in Wirklichkeit peinlich. Um so peinlicher, als ihn schon die Vorstellung einer solchen Berührung erregte, wenn sie auch aus noch so sachlichen Gründen geschah. Er war sicher, daß sie ihm die Erregung anmerken würde. Vielleicht hatte sie aber ein ebenso starkes Interesse daran. Sie wußten ja beide, daß Sol sie nie zur Frau machen würde.

»Der größte Beweis von Mut, den ich je erlebt habe«, murmelte sie, »zurückzugehen und das Zelt zu holen!«

»Das mußte sein. Ich kann mich nicht mehr daran erinnern. Nur noch, daß du mich unbarmherzig angetrieben hast.« Das hatte nicht sehr freundlich geklungen. »Du hattest natürlich recht. Das hat mich in Trab gehalten. Ich wußte ja gar nicht mehr, was ich tat.«

»Ich habe nur einmal ›weiter‹ gerufen.«

Also war das auch nur eine Halluzination gewesen?

»Aber du hast mich vor den Mäusen gerettet«, sagte er.

»Ich hatte Angst vor ihnen. Und Ihr habt Sol einfach auf die Schultern genommen und seid mir nachgegangen. Ich dachte schon, Ihr seid erledigt, als Ihr gestrauchelt seid. Aber Ihr habt Euch wieder hochgerappelt.«

»In den Büchern nennt man das die Kraft der Hysterie.«

»Ihr seid sehr stark«, stimmte sie ihm bei, ohne ihn zu verstehen. »Mit den Händen nicht so geschickt wie er – aber viel stärker.«

»Trotzdem – du hast die Ausrüstung getragen«, erinnerte er sie. »Und du hast alles wieder aufgebaut.« Er betrachtete das Zelt. Sie hatte neue Pflöcke schnitzen müssen. Die alten waren beim überstürzten Abbruch während der Mäuseinvasion verlorengegangen. Diese Pflöcke hatte sie dann mit einem Stein in den Boden gerammt. Das Zelt stand zwar nicht ganz fachgerecht da, und sie hatte auch vergessen, einen Entwässerungsgraben zu ziehen. Doch die Stangen standen fest, und die Zeltklappe war verschlossen. Mit etwas Glück und Umsicht würde es gelingen, die Falter fernzuhalten, und die Anlage des Feuers war geradezu genial. »Ausgezeichnet gemacht. Du bist geschickter, als ich dir ursprünglich zugetraut habe.«

»Danke«, sagte sie und senkte den Blick. »Es mußte sein.«

Wieder Schweigen. Das Feuer sank in sich zusammen. Er sah nur noch die Umrisse ihres Gesichtes und die Konturen ihrer Brüste. Sehr hübsch. Jetzt war es Zeit, sich zusammen hinzulegen. Doch sie warteten beide noch ab.

»Manchmal haben wir im Freien kampiert – damals, als ich noch mit meiner Familie zusammen war«, sagte sie. »Deswegen weiß ich, daß man ein Zelt am Abhang aufstellt. Für den Fall, daß es regnet.« Also hatte sie tatsächlich an die Notwendigkeit der Entwässerung gedacht! »Wir haben am Lagerfeuer immer Lieder gesungen – meine Brüder und ich. Wir wollten abends immer möglichst lange aufbleiben.«

»Wir auch«, sagte er, in Erinnerungen schwelgend. »Aber jetzt kann ich mich nur noch an ein Lied erinnern.«

»Sing es mir vor!«

»Das kann ich nicht«, weigerte er sich verlegen. »Meine Stimme ist nicht gut genug dafür.«

»Meine doch auch nicht. Wie heißt das Lied?«

»*Greensleeves* – eine Liebesballade.« Er stimmte den sehnsüchtigen Refrain an.

»Kann ein Mann eine Frau wirklich so lieben?« fragte sie nachdenklich.

»Manchmal. Das hängt vom Mann ab. Auch von der Frau, nehme ich an.« »Das müßte nett sein«, sagte sie traurig. »Niemals hat mir jemand seinen Armreif nur aus Kameradschaft überlassen. Außer . . .«

Sos merkte, daß sie zu Sol hinübersah. Er unterbrach ihre Gedankengänge. »Was suchst du bei einem Mann?«

»Vor allem den Führer. Mein Vater hat in seinem Stamm nur eine zweitrangige Rolle gespielt. Er wurde nie ein Stammesherr. Außerdem war unser Stamm nicht sehr groß. Schließlich wurde er schwer verwundet und hat sich zu den Irren zurückgezogen. Ich schämte mich dessen so sehr, daß ich mich selbständig gemacht habe. Ich möchte einen Namen, den jeder bewundert. Das wünsche ich mir mehr als alles andere.«

»Vielleicht hast du diesen Namen schon. Sol ist ein überragender Krieger und möchte ein eigenes Reich schaffen.«

Was sein Name ihr nicht geben konnte, sprach er auch jetzt nicht aus. »Ja.« Das klang nicht sehr glücklich.

»Und wie heißt dein Lied?«

»*Red River Valley.* Ich glaube, diesen Ort hat es tatsächlich gegeben – vor dem Weltenbrand.«

»Das stimmt. In Texas, glaube ich.«

Ohne daß er sie dazu drängte, stimmte sie das Lied an. Ihre ungeübte Stimme war viel besser als seine.

Denk an den Red River und
denk an das Mädchen, das treu dich geliebt . . .

»Wie kommt es, daß Ihr ein Gelehrter seid?« fragte sie dann, als wollte sie die Vertraulichkeit, die das Lied geschaffen hatte, wieder verdrängen.

»Die Irren haben im Osten eine Schule«, erklärte er. »Wißbegierig war ich schon immer. Ich habe Fragen gestellt, die niemand beantworten konnte – zum Beispiel die Frage nach der Ursache des Weltenbrandes. Schließlich haben mich meine Eltern zu den Irren geschickt. Ich sollte für sie arbeiten, und sie sollten mir dafür eine Erziehung angedeihen lassen. Also schleppte ich ihre Geräte und machte ihre Stuben sauber. Sie brachten mir dafür das Lesen und Rechnen bei.«

»Das muß schrecklich gewesen sein!«

»Es war herrlich! Ich hatte einen breiten Rücken, deswegen hat mir die Arbeit nichts ausgemacht. Als sie merkten, daß ich wirklich lernen wollte, steckten sie mich den ganzen Tag in die Schule. Die alten Bücher, die enthielten unglaubliche Dinge! Ich habe eine ganze Weltgeschichte gefunden – die Geschichte vor dem Weltenbrand, die Tausende von Jahren zurückreichte. Es hat früher Nationen und Reiche gegeben, die viel größer waren als heutzutage die Stämme. Und so viele Menschen, daß die Nahrung für sie nicht ausreichte! Man hat sogar Raumschiffe gebaut und wollte hinaus ins All zu den anderen Sternen, die wir am Himmel sehen ... .«

»Ach«, meinte sie enttäuscht, »das sind doch nur Sagen.«

Er gab es auf. Von den Irren abgesehen, kümmerte sich niemand um die Vergangenheit. Für den Durchschnittsmenschen begann die Welt mit dem großen Brand. Weiter zurück reichte die Wißbegierde nicht. Auf dem Erdkreis gab es zwei Gruppen, die Krieger und die Irren, sonst nichts. Die Krieger bildeten Nomadenfamilien und Stämme, die von Herberge zu Herberge zogen und von Lager zu Lager. Sie hatten sich eine eigene Satzung geschaffen und erzogen ihre Kinder danach. Die Irren hingegen waren Denker und Planer, die sich aus erfolglosen Kriegern und solchen, die sich im Ruhestand befanden, zusammensetzten.

Sie verwendeten große, vor dem Weltenbrand erfundene Maschinen, um Herbergen zu bauen und Wege durch die Wälder zu bahnen. Sie lieferten Waffen, Bekleidung und andere Gebrauchsgegenstände, behaupteten jedoch, diese Dinge nicht selbst zu erzeugen. Niemand wußte, woher diese Güter kamen. Kein Mensch machte sich auch deswegen Gedanken. Die Menschen hatten nur Sinn für die Aufgaben des Alltags, für die Probleme des Augenblicks. Solange dieses System funktionierte, kümmerte sich niemand um die Zusammenhänge. Wer sich mit den Studien der Vergangenheit abgab und mit unpraktischen Dingen beschäftigte, war irr. Daher der Name »Irre«. Das waren Männer, die den Nomaden sehr ähnlich waren, oft die Wahrheit kannten und alles andere als verrückt waren.

Sos hatte die Irren mit der Zeit achten gelernt. Die Vergangenheit war Sache der Irren – und, wie er vermutete, auch die Angelegenheiten der Zukunft. Sie allein führten nicht nur ein kontemplatives, sondern auch ein produktives Leben. Die gegenwärtige Situation war wohl zum Untergang verurteilt. Wie die Geschichte lehrte, war die Anarchie mit der Zeit immer von einer Zivilisation abgelöst worden.

»Warum seid Ihr kein ...« Sie unterbrach sich. Jetzt war der letzte Funken des Feuers erloschen. Nur ihre Stimme zeigte noch ihren Standort an. Durch seine sitzende Haltung hatte er seine Körperwärme ihr vorenthalten. Er spürte es, obwohl sie sich nicht beklagt hatte.

»...kein Irrer?« Das hatte er sich selbst schon oft gefragt. Doch das unbekümmerte Nomadenleben hatte auch seinen Reiz und seine schönen Momente. Auch war es gut, wenn man den Körper übte und sich als Krieger Ansehen verschaffte. Die Bücher enthielten viele Wunder. Aber auch die Welt von heute war voller Wunder. Er wollte beides – das Erlebnis des Geistes und des Körpers. »Ich glaube, ich bin auch glücklich mit einem Mann kämpfen zu können, wenn ich das will, und eine Frau zu lieben, wenn ich sie begehre. Es ist gut, einfach das zu tun, was ich will, ohne auf jemanden angewiesen zu sein, nur auf die Kraft meiner Arme im Ring vertrauend.«

Doch das stimmte ja nicht mehr! Er war seiner Rechte im Ring verlustig gegangen, und die Frau, die er begehrte, hatte sich an einen anderen gebunden. Seine eigene Dummheit hatte ihn in diese unbefriedigende Lage gebracht.

»Wir müssen schlafen«, sagte er schroff und legte sich hin.

Sie wartete, bis er sich zurechtgelegt hatte, und rollte sich dann, ohne ein Wort zu sagen, auf ihn. Sie legte sich mit dem Gesicht nach unten auf die Rücken der Männer. Sos spürte ihren Kopf mit den weichen Haaren auf der rechten Schulter. Ihre Flechten kitzelten ihn zwischen Arm und Rumpf. Doch er wußte, daß die Frauen sich der sexuell anregenden Wirkung von langen Haaren nicht immer bewußt waren. Ihre warme linke Brust lag auf seinem Rücken, der weiche Schenkel an seinem Knie. Ohnmächtig ballte er in der Dunkelheit die Fäuste.

V

»Ratgeber, wenn du mir noch einmal sagst, ich soll meine Rechte zu Brei zerschmettern, werde ich deinen Rat befolgen«, sagte Sol und gab damit seinen Irrtum, den Insektenstich betreffend, zu. Er war zwar noch sehr blaß, aber deutlich auf dem Wege der Besserung. Bevor er erwachte, hatten sie ihm eine frische Hose angezogen und überließen es ihm, Vermutungen über den Verbleib der alten Sachen anzustellen. Er erwähnte sie jedoch nicht.

Sola hatte von einem wilden Apfelbaum kleine grüne Früchte gepflückt und daraus eine gräßlich schmeckende Brühe gekocht. Sos berichtete von der Flucht vor den Mäusen und ließ dabei ein paar Einzelheiten aus, während die Frau zustimmend nickte.

»Also können wir das Tal für unsere Zwecke nicht gebrauchen«, sagte Sol.

»Im Gegenteil – es ist ein herrliches Übungsgelände.«

Sola verzog das Gesicht. »Und die Mäuse?«

Sos wandte sich an Sol. »Gebt mir zwanzig gute Männer, einen Monat Zeit, und ich sorge dafür, daß das Tal das ganze Jahr über sicher ist«, sagte er ernst.

Sol zuckte die Achseln. »Na gut.«

»Wie kommen wir hier raus?« fragte Sola.

»So, wie wir hereingekommen sind. Die Mäuse sind das Opfer ihrer Gefräßigkeit. Sie können nirgends lange bleiben, und hier im Tal haben sie nicht viel Freßbares gefunden. Sie sind sicher schon in fettere Weidegründe weitergezogen und werden bald das Zeitliche segnen. Ihr Lebenszyklus ist kurz. Wahrscheinlich geht nur jede dritte oder vierte Generation der Mäuse auf Wanderschaft.«

»Woher kommen die Mäuse?« fragte Sol.

»Wahrscheinlich handelt es sich hier um ein von der Strahlung erzeugtes Mutantengeschlecht.« Er wollte die Gesetze der Evolution erläutern, doch Sol gähnte. »Jedenfalls müssen sie sich irgendwie verändert haben, weil sie auf verseuchtem Gebiet überlebt haben, und machen jetzt jedes Leben auf dem Boden zunichte. Sie müssen immer weiter ausschwärmen oder verhungern. Das wird nicht ewig so weitergehen.«

»Und du kannst sie aus dem Tal vertreiben?«

»Ja, wenn ich die entsprechenden Maßnahmen ergreife.«

»Brechen wir auf!«

Das Tal war wieder leer und verlassen. Von den winzigen

Säugetieren war keine Spur zurückgeblieben – nur plattgedrücktes Gras und aufgewühltes Erdreich. Auf der Suche nach fetten Raupen hatten sie jeden Halm umgedreht. Eine sonderbare Heimsuchung.

Sol sah sich die Verwüstung an. »Zwanzig Leute?« meinte er nachdenklich.

»Und einen Monat Zeit.«

Sie zogen weiter.

Sol schien während der Wanderschaft frische Kräfte zu sammeln. Die zwei anderen tauschten Blicke und schüttelten den Kopf. Schließlich war Sol dem Tod nahe gewesen und mußte doch noch die Nachwehen spüren.

Sie schlugen ein rascheres Tempo an, weil sie noch vor Einbruch der Dämmerung das Ödland hinter sich bringen wollten. Jetzt wußten sie, wohin sie wollten, deswegen ging alles viel rascher. Bei Anbruch der Dunkelheit hatten sie bereits die roten Markierungen erreicht. Dummerchen blieb bei Sos. Er kauerte auf Sos' Schulter. Dem Vogel hatten sie es zu verdanken, daß sie auch während der Dunkelheit weitergehen konnten, bis sie die Herberge erreicht hatten. Er hielt ihnen die Falter vom Leib.

In der Herberge ließen sie sich erschöpft niedersinken und ruhten einen Tag und eine Nacht aus. Sie aalten sich in der geregelten Wärme, genossen den gesicherten Schlaf und das reichliche Essen. Sola schlief ohne weitere Klagen neben ihrem Mann. Offenbar bedeutete ihr die Erinnerung an die letzte Nacht im Ödland gar nichts, bis Sos hörte, wie sie *Greensleeves* summte. Da wußte er, daß es in diesem Ring noch keinen Sieger für sie gegeben hatte. Sie mußte sich zwischen zwei widersprechenden Wünschen entscheiden. Wenn sie sich zu einer Entscheidung durchgerungen hatte, würde sie Sol entweder seinen Armreif zurückgeben – oder ihn behalten.

Dummerchen schien keinerlei Mühe zu haben, sich an kleinere Insekten zu gewöhnen. Die weißen Falter waren ein Phänomen, das sich offenbar auf das Ödland beschränkte. Der Vogel hatte sich für Sols »Reich« entschieden, auch wenn er auf seinen Lieblingshappen verzichten mußte.

Sie zogen weiter. Nach zwei Tagen begegneten sie einem

Krieger, der einen Stab trug. Er war jung und blond wie Sol und lächelte unbekümmert. »Ich bin Sav, der Stockkämpfer«, sagte er, »und suche Abenteuer. Wer will sich mit mir im Kreise messen?«

»Ich kämpfe um Dienstbarkeit«, gab Sol zurück. »Ich möchte einen Stamm bilden.«

»So? Was für eine Waffe führt Ihr?«

»Wenn Ihr wollt, soll es der Stab sein.«

»Ihr führt mehr als nur eine Waffe?«

»Alle Waffen.«

»Würdet Ihr mit der Keule gegen mich antreten?«

»Ja.«

»Gegen die Keule kämpfe ich am besten.«

Sol öffnete seinen Waffenwagen und zog die Keule heraus.

Sav sah ihm freundlich zu. »Doch möchte ich keinen Stamm aufbauen. Mißversteht mich nicht, Freund – ich bin gewillt, mich Eurem Anhang zuzugesellen, wenn Ihr mich besiegt. Aber ich will Eure Dienste nicht, falls ich Euch schlage. Habt Ihr etwas anderes in die Waagschale zu werfen?«

Sol sah ihn erstaunt an und wandte sich an Sos.

»Er hat Euer Weib im Sinn«, sagte Sos und bemühte sich, sachlich zu bleiben. »Wenn sie für ein paar Nächte seinen Armreif annimmt, als Pfand . . .«

»Eine Nacht reicht«, sagte Sav. »Ich bleibe nicht gern an einem Ort.«

Sol wandte sich unsicher an Sola. Er hatte die Wahrheit gesagt, als er behauptete, zum Feilschen tauge er nicht. Mit den üblichen Bedingungen kam er zurecht, doch ein außergewöhnliches Abkommen oder eine Vereinbarung zwischen drei Personen machte ihn unsicher.

»Wenn Ihr meinen Gatten besiegt«, sagte Sola zum Stabkämpfer, »werde ich Euren Armreifen nehmen, solange Ihr wollt.« Sos begriff jetzt ihre Sehnsucht nach Aufmerksamkeiten, die nicht im Sexuellen gründeten. Diese Verpflichtungen waren Gewohnheitsrecht. Sie mußte eben einen Preis für ihre Schönheit bezahlen.

»Eine Nacht«, wiederholte Sav. »Nichts für ungut, Schönste. Zweimal wäre schon einmal zuviel.«

Sos sagte nichts mehr. Der Krieger war entwaffnend offen, und was immer Sola auch sein mochte – eine Heuchlerin war sie bestimmt nicht. Sie folgte dem Besten und begehrte seinen Namen. Falls sie sich selbst in die Waagschale werfen mußte, um den Besten zu finden, dann tat sie es. In ihrer Philosophie war für einen Unterlegenen kein Platz. Oder hatte sie solches Vertrauen zu Sol, daß sie wußte, sie riskierte nichts?

»Der Handel ist also abgemacht«, sagte Sol. Gemeinsam zogen sie zur nächsten, ein paar Kilometer entfernten Herberge.

Als die zwei Männer in den Ring traten, hatte Sos insgeheim Zweifel. Sol war zwar ungeheuer flink, doch die Keule war im Grunde genommen ein Kraftinstrument und verlangte nicht viel Technik. Auch wenn Sol sich unterwegs nichts hatte anmerken lassen, so hatte die Krankheit seine Kraft und Ausdauer bestimmt beeinträchtigt. Der Stab war eine Verteidigungswaffe, für ein längeres Duell vorzüglich geeignet, während die Keule die Kraft eines Kämpfers rasch erschöpfte. Sol hatte sich dummerweise den Bedingungen seines Gegners unterworfen und damit eine denkbar schlechte Ausgangsposition gewählt.

Doch was ging ihn das an? Siegte Sol, hatte der Stamm das erste Mitglied gewonnen. Verlor er, so nahm Sola einen anderen Armreif an, wurde Sava und wahrscheinlich bald wieder ungebunden. Sos war nicht sicher, welche Lösung ihm persönlich mehr nützte. Am besten, man überließ die Entscheidung dem Ring!

Nein! Er hatte sich entschieden, Sol als Entgelt für den Namen zu dienen. Er hätte dafür sorgen müssen, daß Sols Chancen gut standen. So wie die Dinge jetzt lagen, hatte er ihn bereits verraten. Jetzt konnte er nur hoffen, daß dieser Fehler Sol nicht den Sieg kostete.

Die zwei Männer traten in den Ring, und sofort begann der Kampf. Im Ring galten keine Manieren – nur Sieg und Niederlage.

Sav ging in Erwartung eines wilden Angriffs sofort in die Defensive. Der Angriff kam nicht. Die Stange war zwei Meter lang und hatte denselben Durchmesser wie ein Stockrapier, jedoch stumpfe Enden. Mit großer Wucht geführt, bog sie sich leicht durch, war aber sonst nichts anderes als eben eine lange

Stange. Sie war eine der primitivsten Waffen, führte selten zu einer raschen Entscheidung, konnte leicht jede andere Waffe abwehren, wurde aber selbst auch leicht abgewehrt.

Sol holte viermal mit der schweren Keule aus, beobachtete die Abwehrreaktionen seines Gegners und führte dann einen Rückhandschlag gegen dessen Brust, der an der horizontal gehaltenen Stange glatt vorbeiging.

Sav machte ein erstauntes Gesicht und rang nach Luft. Sol drückte mit der Keule gegen die Stange, und Sav fiel rücklings aus dem Ring.

Sos staunte. Das hatte so einfach ausgesehen wie ein glücklicher Zufall. Er wußte jedoch, daß es kein Zufall gewesen war. Sol hat fachmännisch die Reflexe seines Gegners getestet und dann so rasch und präzise zugeschlagen, daß keine Abwehrbewegung mehr möglich war. Ein bemerkenswertes Meisterstück mit der Keule. Sol, der außerhalb des Ringes nichts Besonderes darstellte, war im Ring ein taktisches Genie. Er hatte einen Mann gewonnen, einen tüchtigen und unversehrten Krieger.

Es sah so aus, als brauche Sol, was die Führung eines Kampfes betraf, keine Ratschläge.

Sav ertrug sein Los mit stoischer Ruhe. »Reichlich albern muß ich jetzt aussehen, nach meinem großen Gerede«, sagte er. Und dabei blieb es. Kein Trübsalblasen und keine weiteren Annäherungsversuche an Sola.

Nach der Wahrscheinlichkeitsrechnung, von der Sos gelesen hatte, würde es einige Wochen dauern, bevor sie wieder einem wirklich befähigten Krieger begegneten. Trotzdem trafen sie an diesem Nachmittag noch zwei Schwertkämpfer, Tor und Tyl. Der erste war dunkel, mit dichtem Bartwuchs, der zweite schlank und glattrasiert. Das war eine Anspielung auf die scharfe Klinge, die sie führten. Sos hatte einmal versucht, sich mit seinem Schwert zu rasieren, und hatte sich dabei das Gesicht schrecklich zugerichtet. Danach hatte er sich mit der Schere begnügt und es mit der Glätte nicht mehr so genau genommen. In den Unterkünften gab es elektrische Rasierapparate, obwohl nur wenige sich zur Benutzung dieser Geräte bequemten. Sos hatte nie verstehen können, warum es als unwürdig galt, die Rasierapparate der Irren zu benützen, da man doch auch ihre Lebensmittel aß. Irgendwie hatte sich diese Konvention eben herausgebildet.

Beide Schwertkämpfer waren verheiratet. Tor hatte ein Töchterchen. Die beiden Krieger waren Freunde, doch Tyl war der Anführer der kleinen Gruppe. Beide waren mit dem Kampf einverstanden. Zuerst war Tor an der Reihe. Er stellte die Bedingung, daß alles, was er gewann, Tyl gehören sollte. Das war so Sitte unter den Stämmen.

Gegen Tor trat Sol mit dem Schwert an. Die Schwerter waren gerade, flache, scharfe Waffen, einen halben Meter lang. Sie waren sehr spitz, wurden aber selten als Stichwaffe verwendet. Schwertkämpfe verliefen meist dramatisch und kurz. Unglücklicherweise kam es häufig zu Verletzungen und Todesfällen. Deswegen hatte Sol gegen Sos vor ein paar Wochen die Stange gewählt. Er war seiner Kunst sicher gewesen und hatte nicht riskieren wollen, seinen Gegner schwer zu verletzen.

»Weib und Tochter sehen zu«, murmelte Sola neben ihm. »Warum wählt er dieselbe Waffe?«

Sos verstand ihre Frage, Tora und Tori betreffend, auch Sols Wahl des Schwertes. »Weil Tyl ebenfalls zusieht«, murmelte er.

Tor war sehr kräftig und ging zu einem wilden Angriff über, während Sol bloß abwehrte. Dann griff Sol an – ohne jede Anstrengung, wie es schien und bedrängte seinen Gegner hart. Danach trat im Ring eine Pause ein. Keiner der beiden wagte einen neuen Angriff.

»Gib auf«, sagte Tyl zu seinem Mann.

Tor trat über die Begrenzung, und der Kampf war ohne Blutvergießen vorüber. Das kleine Mädchen staunte, ohne zu begreifen. Sola schien ebenso verwirrt. Doch Sos hatte zwei wichtige Dinge erfahren. Erstens hatte er gesehen, daß Tor ein erstklassiger Schwertkämpfer war, der ihn im Kampf wahrscheinlich besiegt hätte. Zweitens ahnte er, daß Tyl noch besser war. Dieses Paar war eine echte Rarität. Sie mußten bestimmt lange suchen, bis sie wieder Kriegern von solchem Format begegneten. Aber so war das eben mit der Wahrscheinlichkeitsrechnung.

Sola war der Meinung, Schwert gegen Schwert bedeute unbedingt Blutvergießen. Doch das hatte sich nicht bewahrheitet. Tor hatte Sol nur getestet, und war seinerseits getestet worden. Keiner der beiden hatte einen todbringenden Hieb anbringen wollen. Tyl hatte beobachtet. Nicht seinen eigenen Mann, dessen Fähigkeiten er kannte, sondern Sol. Und er hatte sich sein Urteil gebildet. Er hatte gesehen, was auch Sos gesehen hatte – daß Sol technisch klar überlegen und ihm der Sieg so gut wie sicher war. Tyl war vernünftig. Er hatte seinen Mann geopfert, bevor es zu einem unwiderruflichen Ende gekommen war. Vielleicht war das Kind enttäuscht, das seinen Vater für unverwundbar gehalten hatte. Doch ihm den Vater zu nehmen, um es eines Besseren zu belehren, wäre wohl zu roh gewesen.

»Ich verstehe jetzt«, sagte Sola leise. »Aber angenommen, sie sind einander ebenbürtig?« Sos gab keine Antwort.

Sol hatte wieder schmerzlos gesiegt und einen guten Mann gewonnen. Nur indem Sol eine Waffe verwendete, die Tyl sehr gut beherrschte, hatte Tor seinen Standpunkt klarmachen können.

Sos hatte bisher Sols Plänen gegenüber eine abwartende Haltung eingenommen. Er wußte, zu einer Reichsgründung brauchte man viel mehr als nur Geschicklichkeit und Können im Ring. Seine Zweifel waren jetzt zerstreut. Wenn Sol sich auch in seinen schwachen Perioden so glänzend schlagen konnte, waren nach seiner Genesung seinen Fähigkeiten keine Grenzen mehr gesetzt. Er hatte bis jetzt mit Stange, Keule und Schwert sein Können bewiesen und war nicht ein einziges Mal in Gefahr geraten, besiegt zu werden. Weiteren Stammesneuerwerbungen schien nichts im Wege zu stehen.

Tyl erhob sich und wartete mit einer Überraschung auf. Er legte sein Schwert ab und zog ein Paar Stockrapiere heraus. Er führte zwei Waffen und wollte Sol nicht mit dem Schwert gegenübertreten.

Sol lächelte bloß und nahm seine eigenen Rapiere zur Hand.

Der Kampf war kurz und brachte eine klare Entscheidung, wie Sos es erwartet hatte. Die vier Rapiere blitzten und wirbelten, schlugen, stießen und wehrten ab. Sie wirkten wie einfache Schwerter und leichte Stangen. Das war eine besondere

Kunstfertigkeit; denn man mußte zwei Instrumente gleichzeitig bedienen und abwehren. Dafür war ein hervorragendes Koordinationsvermögen erforderlich. Für die Zuschauer außerhalb des Ringes war es kaum möglich, zu unterscheiden, welcher der beiden besser war, bis ein Rapier aus dem Ring flog und Tyl taumelnd folgte, halb entwaffnet und besiegt. Seine linke Hand blutete.

Aber auch Sol war verwundet. Er blutete aus einer Schramme über dem Auge. Der Kampf war also nicht bloß einseitig gewesen. Jetzt gehörten schon drei Männer zu Sols Gruppe. Zwei davon waren keine Anfänger mehr.

Nach zwei Wochen hatte Sos seine zwanzig Mann beisammen. Er führte sie ins Ödland zurück, während Sol mit Sola allein weiterzog.

VI

»Schlagt eure Zelte am Abhang auf, immer zwei Männer pro Zelt oder eine Familie. Die Reserveausrüstung lassen wir am anderen Ufer«, befahl Sos seiner Gruppe, als sie im Tal angekommen waren. »Zwei Männer werden Tag und Nacht das Lager abschreiten. Die übrigen arbeiten am Tag und bleiben während der Nacht ohne Ausnahme in ihren Zelten. Die Nachtwachen werden sich durch Netze schützen und müssen jeden Kontakt mit den weißen Faltern vermeiden. Wir stellen jeden Tag vier Männer ab, die auf die Jagd gehen. Sie werden von vier Trägern begleitet. Die übrige Mannschaft wird den Graben ausheben.«

»Warum?« fragte einer. »Was soll dieser Unsinn?«

Das war Nar, ein prahlerischer Dolchkämpfer, der Befehle nicht gern befolgte. Sos erklärte den Grund.

»Erwartet ihr wirklich, daß wir einem Waffenlosen diese phantastische Geschichte glauben sollten?« rief Nar verärgert. »Einen Mann, dem Vögel wichtiger sind als Kämpfe?«

Sos beherrschte sich. Er hatte gewußt, es würde zu diesem Auftritt kommen. Immer gab es ein paar Flegel, die glaubten,

Ehre und Ritterlichkeit wären nur auf den Ring beschränkt. »Du wirst heute nacht Wache halten. Wenn du mir nicht glauben willst, brauchst du es ja nur darauf ankommen zu lassen. Laß dich doch von den Insekten stechen!« Er gab weitere Anweisungen, und die Männer machten sich daran, das Lager aufzubauen.

Tyl kam auf ihn zu. »Falls es Ärger mit den Leuten gibt, dann . . .« murmelte er.

Sos verstand. »Danke«, sagte er grimmig.

Nachmittags wurde es höchste Zeit, den Graben zu vermessen, den Sos plante. Sos wählte ein paar Leute aus und legte eine Schnur auf den Boden, die er an Pflöcken, die in den Boden gerammt waren, befestigte. Auf diese Weise grenzten sie einen weiten Halbkreis ab, der die am Flußufer gelagerte Ausrüstung umschloß. Der Radius betrug vierhundert Meter.

Als die Dämmerung hereinbrach, verpflegten sie sich aus ihren Vorräten. Sos inspizierte persönlich alle Zelte und bestand darauf, daß Ritzen und Spalten zwischen den Planen sofort zugestopft wurden. Sinn und Zweck dieser Anordnung war es, alles sicher abzudichten. Kein einziger Falter durfte in die Zelte hinein. Es erhob sich zwar ein allgemeines Murren; man befolgte aber Sos' Anweisungen. Als sich die Nacht über das Tal senkte, zogen sich alle Leute bis auf die zwei Wachen in die Zelte zurück.

Sos legte sich zur Ruhe. Er war zufrieden. Das war ein guter Anfang gewesen. Er fragte sich, wo sich wohl die Falter untertags verbergen mochten. Es mußte ein sicherer Ort sein, wo weder die Sonne noch die Mäuse sie erreichen konnten.

Sav, der mit ihm das Zelt teilte, war nicht so optimistisch. »Im Red River Valley wird es Ärger geben«, bemerkte er.

»Im Red River Valley?«

»Na, nach dem Lied, das Ihr immer summt. Ich kenne sämtliche Strophen.« »Na schön«, sagte Sos, peinlich berührt.

»Den Leuten wird das Graben und Tragen bald über sein«, fuhr Sav fort. Sein sonst so freundliches Gesicht war ernst. »Die Kinder werden über Nacht nicht in den Zelten bleiben wollen. Die kümmern sich um keine Lagerordnung. Falls ein Kind gestochen wird und stirbt . . .«

»...dann werden die Eltern mich dafür verantwortlich machen. Ich weiß.«

Disziplin war unbedingt nötig. Es war nötig, ein Exempel zu statuieren, bevor ihm die Zügel aus der Hand glitten.

Die Gelegenheit dazu ergab sich früher, als ihm lieb war. Am Morgen wurde Nar in seinem Zelt ertappt. Er hatte keinen Stich von den Faltern abbekommen. Er hatte die Wache im Zelt verschlafen.

Sos berief sofort eine Versammlung ein. Er suchte sich drei Männer aufs Geratewohl heraus. »Ihr seid offizielle Zeugen. Gebt acht auf alles, was ihr heute morgen zu sehen bekommt, und merkt es euch.« Sie nickten verwundert.

»Führt die Kinder weg«, befahl er als nächstes. Jetzt regten sich die Mütter auf, weil sie merkten, sie würden etwas Wichtiges versäumen. Ein paar Minuten später waren nur noch die Männer und die Hälfte der Frauen anwesend.

Er ließ Nar vortreten. »Du wirst beschuldigt, deine Pflichten vernachlässigt zu haben. Man hat dir die Wache übertragen. Statt dessen hast du im Zelt geschlafen. Was hast du zu deiner Verteidigung vorzubringen?«

Nar war wütend, daß man ihn erwischt hatte. Seine Verteidigung war auf Frechheit aufgebaut. »Na, Vogelmann, was wirst du jetzt unternehmen?«

Das war eine peinliche Situation. Sos konnte nicht sein Schwert ziehen und gleichzeitig seinem Eid treu bleiben, obwohl er keinen Zweifel hegte, gegen diesen Mann im Ring leicht bestehen zu können. Er konnte es sich auch nicht leisten, wochenlang zu warten, bis Sol wieder auftauchte. Er mußte sofort handeln. »Durch deine Nachlässigkeit hätten die Kinder im Lager den Tod finden können«, sagte er. »Zelte hätten undicht werden, oder die Mäuse hätten während der Nacht kommen können. Solange wir uns gegen diese Gefahren nicht genügend abgesichert haben, kann ich nicht zulassen, daß die Nachlässigkeit eines einzigen Mannes die ganze Gruppe gefährdet.«

»Welche Gefahr? Wie kommt es, daß keiner von uns bis jetzt diese Tierchen zu Gesicht bekommen hat?« erklärte Nar lachend. Auch unter den Zuschauern schienen einige erheitert. Sav lachte nicht. Er hatte genau das kommen sehen.

»Trotzdem garantiere ich dir ein ordentliches Verfahren«, sagte Sos ruhig. »Einen Zweikampf.«

Noch immer lachend zog Nar seine zwei Dolche aus dem Gürtel. »Ich werde mir einen großen Vogel zurechtschneiden.«

»Tyl, du übernimmst den Fall«, sagte Sos und drehte sich um. Er bemühte sich, seine Erregung niederzukämpfen. Sonst wäre er als Feigling gebrandmarkt gewesen.

Tyl trat vor und zog sein Schwert. »Bildet einen Kreis«, sagte er.

»Augenblick!« protestierte Nar beunruhigt. »Ich soll doch mit Sos kämpfen, mit dem Vogelhirn!«

Dummerchen hockte auf der Schulter von Sos. Im Moment hätte sich Sos allerdings gewünscht, die Treue des Vögelchens würde sich nicht so augenfällig äußern.

»Du stehst im Dienst von Sol«, sagte Tyl, »und bürgst mit deinem Leben dafür wie wir alle. Er hat Sos zum Führer dieser Gruppe ernannt, und Sos hat mich beauftragt, für Disziplin zu sorgen.«

»Na schön!« rief Nar unverschämt, obwohl er Angst hatte. »Dann bekommst eben du meinen Dolch in den Leib!«

Sos blickte weg, als das Kampfgetümmel anfing. Er war weder stolz auf sich noch auf das, was er hatte tun müssen. Doch hatte er keine andere Möglichkeit gesehen. Falls dieser Vorfall ein für allemal Disziplinlosigkeiten unterband, war die Sache den Aufwand wert. Es mußte sein.

Ein Schrei und Gurgeln ertönte, gefolgt vom dumpfen Aufprall eines Körpers auf dem Boden. Tyl stand neben dem Toten und wischte das helle Blut von seinem Schwert. »Er ist schuldig gesprochen worden«, sagte er leise.

Warum fühlte Sos sich jetzt ebenfalls schuldig?

Nach einer Woche war der Graben fertig, und die Leute schütteten bereits einen Wall hinter dem Graben auf. Sos hatte darauf bestanden, den Graben ganz flach anzulegen.

»Ein so kleines Rinnsal wird die Biester kaum aufhalten«, bemerkte Sav zweifelnd. »Habt Ihr nicht gesagt, daß sie schwimmen können?«

»Richtig!« Sos inspizierte die bewachten Feuerstellen, die am

Innenrand des Grabens in Abständen von hundert Metern angelegt worden waren.

Inzwischen schleppten Träger Alkoholfässer aus allen Herbergen in der Nähe des Ödlandes herbei. Der Alkohol war aber nicht zum Trinken bestimmt. Die Fässer wurden in regelmäßigen Abständen am Wall aufgestellt.

Wieder verging eine Woche. Keine einzige Maus ließ sich blicken. Eine Reihe von Kampfringen wurde angelegt, ein riesiges Hauptzelt aus zusammengenähten Einzelzelten hergestellt. Doch die Gruppe übernachtete weiterhin in den kleinen Zelten am anderen Flußufer.

Dort waren sie besser geschützt. Die Jagdgruppen meldeten, daß Wild jetzt häufiger anzutreffen war: Rotwild, wilde Ziegen, Wölfe und Großkatzen, ein paar Wildschweine und viele Nagetiere. Auf jeden Fall gab es genug frisches Fleisch für alle.

Tyl sorgte weiter für Disziplin, gewöhnlich mit dem Stock. Eine einzige Exekution, obwohl von zweifelhafter Berechtigung, hatte genügt. Doch die scheinbare Sinnlosigkeit der Arbeit machte die Leute mürrisch. Sie waren ehrenhafte Kämpfer, nicht an manuelle Arbeit gewöhnt, und wollten von einem »Feigling«, der keine Waffe trug, nur ungern Befehle entgegennehmen.

»Besser wäre es, Ihr führt Sie selbst aus«, sagte Sav. Er meinte damit eine von Tyls Anordnungen. »Das muß erledigt werden – das wissen wir alle –, doch wenn Tyl es tut, wird er zum Anführer. Kein Mensch respektiert Euch. Na, und der Vogel ist ja auch gerade kein Pluspunkt.«

Sav war ein so harmloser, unbekümmerter Kerl, daß man sein Gerede unmöglich als Beleidigung auffassen konnte. Er hatte ja recht. Sos führte seine Pläne auf Kosten seines Ansehens aus, das von vornherein schon kein gutes gewesen war. Keiner dieser Menschen kannte die Umstände, unter denen er seine Waffen verloren hatte, oder den Vertrag, der ihn an Sol band, und er hatte kein Interesse, es jedem auf die Nase zu binden.

Tyl war jetzt praktisch zum Führer der Talgruppe aufgerückt. Falls Sol nicht zurückkam, würde Tyl sicherlich die Macht an sich reißen. Er hatte ja ursprünglich einen eigenen Stamm aufbauen wollen und war ein äußerst geschickter Kämpfer. Wie Sol, hatte er unfähige Leute nicht als Gefolgsmänner angenommen und während seiner Wanderungen nur einen Krieger gewonnen. Wie Sol, wußte er aber auch zu würdigen, was man aus Durchschnittskämpfern machen konnte, wenn man sie richtig trainierte. War seine Hilfsbereitschaft echt, oder wartete er nur seine Zeit ab, während er bereits eine Gruppe von Anhängern um sich scharte?

Sos durfte keine Waffe tragen. Er war von Tyls gutem Willen und seinen eigenen geistigen Fähigkeiten abhängig. Er mußte ein Jahr Lehnsdienst ableisten und hatte die Absicht, die Zeit ehrenhaft abzudienen. Danach . . .

In der Nacht sah er Solas Gesicht und spürte ihren Körper. Ihr Haar lag an seiner Schulter. Auch bei ihr würde er als Mann ohne Waffe nichts ausrichten. In Wahrheit war er Sols ehrgeizigen Plänen ebenso gefährlich wie Tyl, weil er das anstrebte, was nur die absolute Führerschaft erreichen konnte. Sola würde nie den Armreif des zweiten Kriegers im Stamm oder gar des dritten oder vierten annehmen. Daran hatte sie keinen Zweifel gelassen.

Selbst wenn er eine Waffe gehabt hätte, wäre er Sol und auch Tyl im Ring nicht gewachsen gewesen. Auf einen Sieg zu vertrauen, wäre lebensgefährlich und unrealistisch gewesen. Bis zu einem gewissen Grad stellte sein waffenloser Status sogar einen Schutz für ihn dar.

Und da kam der Tag, wo die Spitzmäuse doch zuschlugen. Am Spätnachmittag brodelten sie über den Abhang herunter und strömten auf die Abwehranlagen des Lagers zu. Sos war sogar froh, als er sie sah. Ihr Auftauchen würde wenigstens seine Vorsichtsmaßnahmen rechtfertigen. Die Biester waren schon länger nicht hiergewesen, wie das Wiederauftauchen des Wildes bewies. Wenn sie überhaupt nicht gekommen wären, hätte das paradoxerweise sein Programm empfindlich gestört.

»Die Fässer herunter!« rief er, und die für diese Aufgabe bestimmten Leute stachen die Plastikbehälter an und schütteten die Flüssigkeit in den flachen Graben.

»Frauen und Kinder in die Zelte!« Unter schrillem Protestgeschrei, weil sie etwas Aufregendes zu versäumen fürchteten, durchwateten die Familien den Fluß und erklommen den Abhang.

»Mit den Waffen aufstellen!« Alle nicht anderweitig Beschäftigten stellten sich in Abwehrformation auf. Als sie die Größe des Schwarmes ihres Gegners sahen, waren sie doch peinlich berührt. Es waren fünfzehn Männer und ein paar halbwüchsige Jungen versammelt. Die Jagdabteilung war noch unterwegs. Männer an den Fässern schüttelten den letzten Tropfen Alkohol heraus, nicht ohne bedauernde Blicke auf die verschwendete Flüssigkeit. Dann stellten sie sich neben den Holzgriffen der Brandwerfer auf. Sos wartete noch, in der Hoffnung, die Jäger würden auftauchen. Doch keiner von ihnen tauchte in der Nähe des Lagers auf.

Die Mäuse wogten am Rand des Grabens. Dort gerieten sie ins Stocken, weil sie dem Geruch des Alkohols mißtrauten. Wie beim letztenmal sprangen die mutigsten Tiere zuerst, dann setzte die Massenüberquerung ein. Sos fragte sich, ob die Tiere sich ebenso am Alkohol berauschen konnten wie Menschen.

»Feuer!« rief er. Der Trommler schlug eine langsame, regelmäßige Kadenz. In regelmäßigen Abständen legten die Männer Feuer an die Zünder und sprangen sofort wieder zurück. Das war einer der wunden Punkte des Ausbildungsprogramms gewesen: Erwachsene Männer mußten nach einem bestimmten Rhythmus gedrillt werden.

Ein Flammenvorhang schoß vom Graben hoch. Gestank und Rauch von nicht vollständig verbranntem Alkohol verpestete die Luft. Jetzt waren sie von einem wachsenden Halbkreis aus Feuer eingekreist. Die Männer an den Brandwerfern schirmten die Augen ab und blickten offenen Mundes in die Flammen. Jetzt erst konnten sie ermessen, was dem Mann hätte passieren können, der dem Feuer zu langsam auswich.

Sos hatte diesen Plan sorgfältig ausgearbeitet. Aus seiner Lektüre wußte er, daß Alkohol in seinen verschiedenen Formen auf dem Wasser schwamm und dort auch besser brennen würde als an Land, wo Erde oder Holz ihn aufsaugen konnten. Die Wasserschicht im Graben war die ideale Unterlage. Die Strömung würde den Alkohol entlang des ganzen Kreises verteilen. Er war froh, daß er jetzt den Beweis dafür hatte. Sogar er selbst war von Zweifeln geplagt gewesen, da sein gesunder Menschenverstand ihn gewarnt hatte, weil das Wasser sonst doch ein Feuer löschte. Wieso hatte er nicht vorher ein Experiment gemacht?

Einige Tiere hatten es geschafft. Die Männer waren bereits eifrig dabei, den Boden mit Stöcken und Keulen zu bearbeiten und die wilden und flinken Tierchen zu erschlagen. Einige fluchten, als sie Bisse abbekamen. Jetzt konnte man die Gefährlichkeit und die Wildheit der kleinen Feinde nicht mehr verächtlich machen.

Die Flammen sanken in sich zusammen. Der Alkohol verflüchtigte sich zu rasch. Auf ein Zeichen von Sos hin rollten die Männer weitere Fässer aus dem großen Hauptzelt. Sie mußten mit dem Ausgießen warten, bis das Feuer völlig erloschen war, sonst wären sie inmitten der Flammen gefangen gewesen, oder die explodierenden Fässer hätten sie in Stücke gerissen. Das war ein Problem, das Sos nicht vorausgesehen hatte. Der Brand im Graben war zwar erloschen, doch einzelne Flammen züngelten noch an den Grabenrändern, wo der Zündstoff in den Boden eingesickert war.

Tor, der Schwertkämpfer, kam mit versengtem Bart zu Sos. »Der obere Grabenabschnitt ist gefährdet«, keuchte er. »Wenn Ihr dort nicht sofort ausgießen laßt . . .«

Sos fluchte. Daß er nicht früher daran gedacht hatte. Die Strömung hatte den höher gelegenen Abschnitt des Grabens natürlich zuerst von den Flammen und Leichen gesäubert. Dort schwärmten bereits neue Angriffswellen der Mäuse herüber, um ihre gebratene Vorhut zu vertilgen und die Brustwehr zu erklimmen. Dort konnte man ein ganzes Faß auf einmal hineinschütten. Die Strömung würde den Alkohol verdünnt durch den ganzen Graben schwemmen und es ihnen ermöglichen, das Feuer unter Kontrolle zu halten. »Kümmere dich darum!« wies er Tor an. Dieser lief weg und rief die Männer, die in der Nähe standen, zu Hilfe.

Alle schlugen und droschen auf das wimmelnde Heer dieser winzigen Säugetiere ein. Der Schwarm jenseits des Grabens erinnerte Sos wieder an eine Abteilung von Ameisen, nur fehlt den Mäusen die Organisation der Insekten. Als Tor Sos' Plan in die Tat umsetzte, flammte das Feuer wieder auf, doch schien die Zahl der Feinde nicht abzunehmen. Woher kamen diese Massen bloß?

Sos sollte das bald herausfinden. Die Mäuse schwammen hinaus in den Fluß und kehrten hinter der Grabeneinmündung wieder ans Ufer zurück. Viele schafften es nicht, weil sie von ihrem Trupp abgetrieben wurden. Sie schwammen dann ans andere Ufer und gingen dort an Land. Viele ertranken in der Hauptströmung, noch mehr starben im Fluß beim Kampf um die Leichen. Doch war der Nachschub so reichlich, daß fünf oder zehn Prozent der Mäuse, die das Ufer hinter der Brustwehr erreichten, genügten, um das befestigte Lager zu überfluten.

Ob direkt in den Fluß gegossener Alkohol sie aufhalten würde? Sos traf sofort eine Entscheidung. Es war nicht mehr genügend Alkohol vorrätig. Falls dieser Plan nicht klappte, wurde wahrscheinlich die ganze Schar der Verteidiger von den Flammen eingekesselt, während die Tiere das Lager überschwemmten.

Sos entschied sich zum Rückzug. Die Mäuse hatten diese Schlacht gewonnen.

»Räumen!« befahl er.

Die Männer, die noch vor kurzem über diesen winzigen Feind gelächelt hatten, atmeten erleichtert auf. Die Mäuse hingen ihnen an den Armen und Beinen. Sie krabbelten in ihren Hosen und bedeckten den Boden wie ein Teppich. Überall nagten ihre Zähnchen. Die Krieger sprangen ins Wasser und schwammen um ihr Leben. Sie tauchten so oft als möglich unter. Es war ein totaler Rückzug.

Sos vergewisserte sich kurz, daß keine Verwundeten zurückgeblieben waren, und folgte dann den anderen.

Mittlerweile war es Spätnachmittag geworden. Würde ihnen noch Zeit bleiben, die Zelte vor Einbruch der Dunkelheit abzubrechen? Oder würden die Mäuse haltmachen, bevor sie das Zeltlager erreichten? Sos mußte sich rasch entscheiden.

Er konnte das Risiko nicht auf sich nehmen. »Nehmt die Zelte und zieht euch so weit als möglich zurück!« rief er. »Ledige Männer können hier lagern und Wache halten.« Er hatte Reserveausrüstungen innerhalb der Umfriedung gelagert für den Fall, daß die Mäuse unerwartet vom Fluß her angriffen. Diese Reserven waren jetzt unzugänglich. Wieder eine Fehlentscheidung. Doch bevor er nicht den Wanderweg und den Wanderzyklus der Tiere genau kannte, mußte man solche Verluste in Kauf nehmen.

In dieser Nacht stürmten die Mäuse den Hügel nicht. Sie gehörten zur Gattung der Tagräuber. Vielleicht waren auch die Falter die Ursache dafür. Am Morgen überquerte die Hauptarmee – gesättigt von den Toten und noch immer sehr zahlreich – den Fluß und marschierte flußabwärts. Nur ein paar beherzte Kletterer an den Seitenflügeln erreichten die Zelte.

Sos hielt Umschau. Sein Lagerplatz auf dem Hügel war von den Mäusen leicht zu erreichen. Wenn sie den Hügel nicht stürmten, konnte das nur bedeuten, daß die Route der Mäuse dem Zufall überlassen war. Offensichtlich würden sie jeden Hügel überrennen, wenn sie nur wollten. Offenbar paßten sich aber die Mäuse auf ihren Wanderungen den landschaftlichen Gegebenheiten an und zogen erst dann bergauf, wo sich ihnen ein leichter Weg anbot.

Wenigstens hatte er eines festgestellt. Die Mäuse wanderten nur in Gruppen und waren demnach der Gruppendynamik unterworfen. Er rief sich die betreffende Abhandlung über dieses Thema ins Gedächtnis. Bei der Lektüre damals hatte er nicht ahnen können, daß das Thema einmal lebenswichtige Bedeutung für ihn haben könne. Gruppen wurden immer von Führern geformt und spiegelten die Persönlichkeit und die Antriebskräfte dieser Führer wider. Dirigiert man also diese Schlüsselfiguren um, dann wird die ganze Horde umgelenkt. Diesen Punkt mußte er genau überdenken und seiner jetzigen Lage anpassen.

Am vernünftigsten wäre es gewesen, den Wanderweg der Mäuse zu verfolgen und festzustellen, wo der Zug endete. Vor allem mußte man feststellen, wo die Mäuse sich sammelten. Vielleicht fand man eine Brutstätte, die man in Brand setzen konnte, bevor die nächste Generation zu einer Bedrohung würde. Er hatte sich vor allem mit Verteidigungsmaßnahmen beschäftigt und sah nun, daß das nicht genügte.

Am Mittag war der Feind wieder abgezogen. Man konnte das Lager wieder betreten. Es war vollkommen verwüstet. Sogar das Nylon der Zeltplanen war von den Zähnen zernagt worden und von Dungschichten verdorben.

Sofort wurde ein Komitee aufgestellt, das sich mit dem Problem, wie man die Mäuse verfolgen und zerstreuen konnte, beschäftigte. Die Frauen und Kinder säuberten inzwischen den Lagerhalbkreis und stellten neue Zelte auf. Ihr Lagerplatz war jetzt so sicher wie jeder andere, denn ein zweites Mäuseheer wäre glatt verhungert, wenn es der ersten Schar sofort gefolgt wäre. Der nächste Angriff der Mäuse würde wahrscheinlich vom anderen Ufer her erfolgen. Die Knochen und die Ausrüstung des vermißten Jagdtrupps wurden einige Kilometer flußaufwärts gefunden. Jetzt schätzten die Männer im Lager die Gefahr erst richtig ein. Beschwerden über die Arbeit wurden nicht mehr laut. Auch Sos behandelte man jetzt mit mehr Respekt als bisher. Er hatte bewiesen, daß seine Maßnahmen berechtigt waren und er mehr Umsicht besaß als jeder andere im Lager.

VII

Sol traf vierzehn Tage später mit fünfzig Männern im Lager ein. Jetzt hatte er einen verhältnismäßig großen Stamm von fünfundsechzig Kriegern, der allerdings zum Großteil aus unerfahrenen und ungeübten Jünglingen bestand. Wie Sos schon bei ihrem ersten Gespräch hervorgehoben hatte, waren die besten Krieger bereits an alteingesessene Stämme gebunden. Doch diese Situation würde sich mit den Jahren ändern.

Sos ließ die Zeugen von Nars Hinrichtung vortreten. Sie mußten berichten, was sie beobachtet hatten. Es waren nur noch zwei Zeugen am Leben. Der dritte war am Tag der »Mäuseschlacht« auf der Jagd gewesen. Sos war nicht sicher, wie der Stammesherr seinen Lagebericht aufnehmen würde, da die Talgruppe unter seiner Leitung fünf Männer eingebüßt hatte. Das war immerhin ein Viertel seiner Mannschaft, die Sol in seiner Obhut zurückgelassen hatte.

»Es waren nachts also zwei Wachen für das Lager eingeteilt?« fragte Sol.

Die Zeugen nickten. »Immer.«

»Und der zweite Posten hat damals nicht gemeldet, daß sein Kollege geschlafen hat?«

Sos schlug sich mit der flachen Hand gegen die Stirn. Als Mann, der auf seinen Verstand so stolz war, hatte er sich einen groben Schnitzer geleistet. Zwei waren also schuldig gewesen, nicht nur einer.

Tyl mußte mit zwei Stockrapieren in den Ring treten, während Sos und Sol sich zu einer Privatunterhaltung zurückzogen. Sos beschrieb in allen Einzelheiten die Ereignisse der vergangenen fünf Wochen. Diesmal hörte Sol sehr aufmerksam zu, geschichtliche oder biologische Probleme überging er, doch die praktischen Belange seiner Reichsgründung interessierten ihn um so mehr. Sos hätte gern gewußt, ob Sol ebenfalls mit disziplinaren Schwierigkeiten zu kämpfen gehabt hatte. Möglich war das ja.

»Und du kannst diese neuen Männer zu einer Truppe verschmelzen, die sich gegen andere Stämme behaupten kann?« fragte Sol.

»Ich denke ja. Ein halbes Jahr wird es dauern, weil wir viele Männer zu einer schlagkräftigen Truppe zusammenschweißen müssen. Vorausgesetzt, daß sie mir bedingungslos gehorchen.«

»Sie gehorchen Tyl.«

Sos sah Sol beunruhigt an. Er hatte mit Sols direkter Unterstützung für diese Aufgabe gerechnet. »Wollt Ihr denn nicht dableiben?«

»Ich mache mich morgen wieder auf den Weg, um neue Leute zu gewinnen. Die Ausbildung überlasse ich dir.«

»Fünfundsechzig Krieger! Das wird Ärger geben!«

»Wegen Tyl, meinst du? Möchte er denn selbst Führer werden?« Wenn es um sein Reich ging, wurde Sol hellhörig.

»Er hat nie etwas davon gesagt und bisher immer zu mir gehalten«, mußte Sol zugeben, weil er fair sein wollte. »Doch wäre er kein hervorragender Krieger, wenn er nicht solche Überlegungen anstellen würde.«

»Und was rätst du mir in diesem Fall?«

Jetzt lag die Entscheidung wieder bei ihm. Manchmal war Sols Vertrauen direkt peinlich. Sos konnte nicht verlangen, daß der Herr bei seinem Stamm blieb. Sol liebte es, neue Krieger im Kampf anzuwerben. Er konnte Sol höchstens bitten, Tyl mitzunehmen. Doch würde Sos dann einen anderen Krieger brauchen, der für Disziplin sorgte, und dieser würde ihn dann vor die gleichen Probleme stellen wie Tyl. »Ich habe keinen Beweis dafür, daß Tyl gegen seine Ehre verstößt«, sagte er. »Am besten ist es, man bindet ihn fest an den Stamm. Man muß ihm zeigen, daß er mehr dadurch gewinnt, daß er hierbleibt, als wenn er auf eigene Faust loszieht und Mitglieder unseres Stammes abwirbt!«

»Er riskiert seinen Kopf, wenn er sich gegen mich erhebt!«

»Trotzdem. Ihr könnt ihn zum obersten Krieger ernennen, solange Ihr abwesend seid und ihm eine eigene Gruppe geben. Verleiht ihm einen Titel, der seinen Ehrgeiz befriedigt.«

»Ich möchte, daß du meine Leute ausbildest, Sos.«

»Stellt ihn über mich und erteilt ihm die Befehle.«

Sol überlegte. »Gut. Und was muß ich dir dafür geben?«

»Mir?« Sos war überrascht. »Ich habe eingewilligt, Euch ein Jahr lang zu dienen, um mir einen Namen zu verdienen. Mehr braucht Ihr mir nicht zu geben.« Doch er sah jetzt Sols Standpunkt ein. Wenn Tyls Treue Stützpfeiler verlangte, wie stand es dann mit seiner eigenen Treue? Sol war sich bewußt, daß, auf lange Sicht gesehen, die Ausbildung der Truppe wichtiger war als der Auftrag, für Disziplin zu sorgen. Und über Sos hatte Sol weniger Gewalt als über die andern Mitglieder des Stammes. Theoretisch konnte Sos auf den Namen verzichten und jederzeit gehen.

»Mir gefällt dein Vogel«, sagte Sol plötzlich. »Würdest du ihn mir geben?«

Sos schielte nach dem kleinen Kerl auf seiner Schulter. Der Vogel war so sehr zu einem Teil seines Lebens geworden, daß er kaum noch an ihn dachte. »Dummerchen gehört niemandem. Ihr habt gewiß denselben Anspruch auf ihn wie ich. Ihr habt schließlich den Falken erlegt und ihn gerettet. Der Vogel hat sich zufällig für mich entschieden, obwohl ich nichts für ihn getan habe und ihn sogar verscheuchen wollte. Ich kann ihn Euch deshalb nicht geben.«

»Auf diese Art habe ich auch meinen Armreif verloren, sagte Sol und faßte nach seinem leeren Gelenk.

Sos blickte unbehaglich beiseite.

»Wenn ich mir deinen Vogel borge und er sich paart und fortpflanzt, würde ich dir das Ei geben«, murmelte Sol.

Sos ging nicht darauf ein. Er war wütend über die versteckte Anspielung.

Sie sprachen nicht mehr miteinander. Am nächsten Morgen brach Sol allein auf, und Sola blieb im Lager.

Tyl schien mit seiner Beförderung recht zufrieden. Sobald der Herr außer Sicht war, ließ er Sos zu sich kommen. »Ich möchte, daß Ihr diesen Haufen zur besten Streitmacht dieses Gebietes macht«, sagte er. »Wer sich drücken will, wird mir Rede und Antwort stehen müssen.«

Sos nickte und fuhr mit seinem ursprünglichen Plan fort.

Zunächst beobachtete er jeden Mann bei der Arbeit im Ring, schatzte dessen Stil, seine Stärken und Schwächen ab und machte sich auf einem Blatt Papier in der Schrift der alten Texte Notizen. Dann stufte er die Krieger nach ihrer Waffe ein: Erstes Schwert, Zweites Schwert; Erster Stab, Zweiter Stab, und so weiter. In seiner Aufstellung hatte er zwanzig Schwerter. Es war die beliebteste Waffe, obwohl die Ausfallquote durch Tote und Verletzte sehr hoch war. Außerdem notierte er sich sechzehn Keulen, zwölf Stäbe, zehn Stöcke, fünf Dolche und einen einzigen Morgenstern.

Im ersten Monat wurde nur innerhalb der einzelnen Waffengruppen gedrillt und geübt. Das Training war viel härter, als es die Krieger bisher gewohnt gewesen waren. Da Partner immer ausreichend zur Verfügung standen, gab es zwischen den einzelnen Waffengängen keine Verzögerungen oder lange Anreisen.

Jeder übte mit seiner Waffe, bis er müde wurde, lief dann eine Runde durch das Lager und übte weiter. Der beste Mann der Waffengruppe wurde ihr Führer und durfte die anderen in den Feinheiten seiner Kunst unterweisen. Diese Rangordnung konnte durch eine Herausforderung innerhalb der Gruppe geändert werden, so daß jeder, der zur Meisterschaft heranreifte, in einen höheren Rang aufsteigen konnte. Als die Männer daran Geschmack gefunden hatten, kam es zu lebhaftem Wettstreit. Zuschauer aus anderen Waffengattungen spendeten Beifall, feuerten die Krieger durch Zurufe an und gaben acht, daß keine unerlaubten Tricks angewandt wurden.

Der Morgenstern mußte, weil er allein war, mit den Keulen kämpfen. Als Waffe war der Morgenstern eine Rarität. Sie bestand aus einem kurzen, plumpen Griff, an dem an einer Kette eine schwere stachelbewehrte Kugel hing. Der Morgenstern war ein besonders gefährliches Ding. Da man die Kugel nur schwer beeinflussen konnte, war es auch unmöglich, damit einen leichten Schlag auszuführen. Der Stachelstern traf entweder sein Ziel und riß Fleisch und Knochen heraus, oder er traf nicht. Als Verteidigungswaffe war er nicht zu verwenden. Der Unterlegene in einem Morgensternduell wurde oft tödlich getroffen oder schwer verletzt, auch in »freundschaftlichen« Duellen. Sogar erfahrene Krieger maßen sich nur ungern mit einem wütenden Sternkämpfer. Die Verletzungen waren zu häufig.

So gingen die Tage dahin. Die Leute merkten kaum, daß sie Fortschritte machten, doch Sos registrierte ihn sehr genau. Eine Reihe von Kriegern hatte sich zu wahren Künstlern im Zweikampf entwickelt.

Zu zweit und zu dritt kamen neue Männer mit ihren Familien und gesellten sich dem Stamm zu. Sol hatte sie hierhergeschickt. Sie wurden in die einzelnen Waffengruppen eingegliedert und nach ihrer Befähigung eingestuft. Die Altgedienten waren der Meinung, daß die Qualität der Rekruten anscheinend im Sinken war. Am Ende des ersten Monats war der Stamm auf über hundert Kämpfer angewachsen.

Zuerst kamen viele Jünglinge, die nur aufgenommen wurden, weil erfahrene Männer nicht verfügbar waren. Sos hatte Sol gewarnt, sich nicht durch das Ungeschick oder das Aussehen der Anfänger irreführen zu lassen. Mit fortschreitendem Training lernten die jungen Leute die lebenswichtigen Feinheiten der Waffentechnik. Sie durchliefen rasch die Rangstufen ihrer Waffengattungen. Einige seiner besten Krieger wären auf der Wanderschaft bestimmt nicht lange genug am Leben geblieben, um ihr Talent voll entfalten zu können, vermutete Sos. Die Eingliederung in Sols Stamm war für sie ein großes Glück.

Allmählich begriffen diese Zusammengewürfelten und manchmal aufsässigen Einzelgänger, die der Zufall hierhergeführt hatte, den Geist dieser Gruppe. Sie spürten, daß dieser Stamm offensichtlich zu Höherem berufen war. Sos wählte die intelligentesten Leute aus und erteilte ihnen Unterricht in Gruppentaktik: Wann man kämpfen und wann man nicht kämpfen soll. Wie man es anstellt, zu siegen, wenn die Chancen gleich zu sein scheinen.

»Wir haben eine Gruppe, die aus sechs Leuten besteht – nach Fähigkeiten abgestuft. Dann stoßen wir plötzlich auf eine Gruppe von sechs Leuten, von denen jeder ein wenig besser ist als unsere eigenen Leute. Für welche Kampfordnung entscheiden wir uns?« fragte Sos seine Schüler eines Tages.

»Um wieviel besser sind die Leute der anderen Gruppe?« wollte Tun wissen. Er war ein Keulenkämpfer im niederen Rang, weil er für rasche Bewegungen zu schwerfällig gebaut war.

»Der beste Mann kann deinen Besten erledigen. Der Zweite deinen Zweiten, nicht aber den Ersten. Der Dritte kann deinen Dritten besiegen, aber nicht den Zweiten oder Ersten, und so weiter.«

»Ich habe also niemanden, der den Ersten schlagen kann?«

»Niemanden – und er besteht auf einem Kampf, so wie die andern auch.«

»Doch der fremde Erste wird doch sicherlich nicht abseits stehen und zulassen, daß mein Erster einen Krieger geringerer Stufe besiegt. Er wird meinen besten Mann herausfordern und ihn mir wegnehmen. Dann wird der Zweite dasselbe mit dem Zweiten machen ...«

»Richtig.«

Tun überlegte. »Das Kriegsglück könnte mir einen Sieg, vielleicht sogar zwei bescheren. Besser wäre es allerdings, wenn ich diesem Stamm gar nicht erst begegnete.« Tors Miene hellte sich auf. »Ich könnte fünf der anderen erledigen und büße dabei nur meinen Schlechtesten ein«, rief er eifrig.

»Wie denn?« fragte Tun. »Die anderen sind doch alle besser als . . .«

»Ich schicke meinen Sechsten gegen den fremden Anführer los, als wäre er mein bester Mann, und lasse dann erst die fünf besten Krieger antreten.«

»Dein Erster würde doch nie einwilligen, nach deinem Sechsten in den Ring zu treten!«

»Mein Bester wird meinen Befehlen folgen, auch wenn er sich dabei beleidigt fühlt«, sagte Tor. »Er wird sich mit dem fremden Zweiten messen, ihn besiegen, dann wird mein Zweiter den fremden Dritten übernehmen, und zuletzt tritt mein Fünfter gegen den fremden Sechsten an.«

»Doch der fremde Erste . . .«

»Wird nur meinen Sechsten besiegen, den ich wahrscheinlich ohnehin verloren hätte.«

»Und dann hast du zehn Mann, während der andere nur mehr zwei hat«, beendete Sos die Debatte. »Doch vor dem Kampf war das andere Team besser als deines.«

Tun staunte und lachte dann. Er hatte jetzt begriffen; denn dumm war er ganz bestimmt nicht. »Ich werde daran denken!« rief er aus. Dann wurde er wieder ernst. »Nur – was ist, wenn der andere Beste nur gegen meinen Besten kämpfen will?«

»Woher soll er wissen, wer der Beste ist?« fragte Tor. »Woran erkennst du seinen Rang?«

Sie kamen überein, daß diese Strategie nur wirksam war, wenn man vorher einen Kundschafter ausgeschickt hatte – am besten einen erfahrenen Krieger im Ruhestand. Es dauerte nicht lange, und sie knobelten eifrig ähnliche Probleme aus und forderten sich gegenseitig zur Lösung auf. Sie holten sich aus der Spielabteilung der Herberge Brettspiele und verwendeten sie zu taktischen Übungen, wobei die höheren Werte größere Fähigkeiten anzeigten. Dabei erwies sich Tor bald als der Klügste und wurde mit der Zeit so gut, daß er fast jede beliebige Partie gewinnen konnte. Sos hatte diese Art von Wettkampf angeregt, war aber manchmal dabei seinen eigenen Schülern nicht mehr gewachsen. Doch hatte er ihnen gezeigt, wie man mit Intelligenz siegen kann, wenn man mit brutaler Gewalt nichts mehr ausrichtet. Das befriedigte ihn ungemein.

Im zweiten Monat, als die Rangordnung in den einzelnen Gruppen festgelegt war, begannen Wettkämpfe zwischen den einzelnen Waffengattungen. Die Ausbilder wurden wieder Mitglieder ihrer Truppe und schworen, alle Feinde dank ihrer jetzt verfeinerten Waffentechnik zu besiegen. Jede Untergruppe besaß ihren eigenen Corpsgeist und war begierig, ihre Überlegenheit zu beweisen.

Sos lehrte sie zählen: Einen Punkt für jeden Sieg, für eine Niederlage nichts. Einige lachten, als sie sahen, daß erwachsene Männer Papier und Bleistift bei sich trugen und die Schreiber der Irren nachahmten. Bald übernahmen die Frauen diese Aufgabe. Sos lehrte sie, wie man für jede Gruppe ein Zeichen einsetzt und auf einer öffentlichen Anschlagtafel die Punkte notiert. Er schlug vor, sie sollten Symbole erlernen – stilisierte Schwerter, Keulen und andere Waffen, gefolgt von Strichen, die Siege bedeuteten. Täglich sah man die Männer zu der Tafel pilgern und Siege bejubeln oder Tabellenverluste beklagen. Als die Striche nicht mehr ausreichten, weil es sich um höhere Zahlen handelte, lernten die Frauen arabische Ziffern. Die Männer wollten den Frauen nicht nachstehen.

Dieses Ergebnis hatte Sos nicht vorausgesehen. Der Stamm lernte rechnen! Er beobachtete eines Tages ein kleines Mädchen, das sich an den Fingern das Tagesergebnis ihrer Gruppe abzählte. Dann nahm sie den Bleistift und schrieb 56 neben das Schwertsymbol.

Da merkte er, wie einfach es war, einen Kursus für Mathematik anzuregen. Vielleicht konnte er auch die Leute im Lesen und Schreiben unterrichten. Die Nomaden waren Analphabeten, weil sie keinen Grund sahen, sich mit der Schrift zu beschäftigen. Sollte sich jedoch herausstellen, daß man auch als Krieger lesen lernen mußte, konnte sich die Lage rasch ändern. Doch Sos war viel zu beschäftigt, um sich im Augenblick mit diesem Problem abzugeben.

Die Dolchkämpfer waren, da sie die kleinste Gruppe bildeten, im Nachteil. Ihr Führer beklagte sich bei Sos, daß sie – selbst wenn alle fünf Mitglieder jedes Duell gewannen – kaum mit den Schwertkämpfern mithalten konnten. Auch wenn diese ein paar Kämpfe verloren, konnten sie trotzdem am Tag oft mehr Punkte buchen als die Dolchkämpfer. Sos entschied, daß dieser Einwand berechtigt war, und zeigte seinen Leuten, wie man mit Prozentzahlen arbeiten konnte: die Anzahl der Punkte pro Mann. Jetzt mußte er doch mit Mathematikkursen beginnen, weil er den Frauen zuerst beibringen mußte, wie man Durchschnittswerte berechnete.

Sola beteiligte sich am Unterricht. Sie war zwar nicht die intelligenteste Frau im Lager, aber da sie allein war, hatte sie viel Zeit. Um die anderen Frauen zu unterrichten, reichte ihre Intelligenz aus.

Sos wußte ihre Hilfe zu schätzen. Doch beunruhigte ihn das nahe Zusammensein mit ihr. Sie war viel zu schön und rückte ihm viel zu nahe, wenn er etwas erklärte.

Im Ring geschahen merkwürdige Dinge. Man entdeckte, daß die hervorragendsten Schwertkämpfer sich oft nicht gegen die Keulen behaupten konnten. Und dann verloren die Kämpfer, die die Keulen besiegen konnten, wieder gegen die Stangen. Die Ausbilder erkannten bald die Notwendigkeit, die Rangordnung vor jedem Kampf zu ändern und sich nach der Waffentype des Gegners zu richten.

Tyl ertappte Tor dabei, wie er in seinem Zelt Dominosteine aufstellte. Er lachte darüber. Dann sah er, daß Tor sich Notizen machte und eine herrlich erfolgreiche Schlachtordnung durchexerzierte. Da verging Tyl das Lachen. Tyl, der sich zunächst von diesem Treiben ferngehalten hatte, weil er glaubte, das seiner Stellung schuldig zu sein, beobachtete die taktischen Fortschritte und entschloß sich, mitzumachen. Keiner im Stamm konnte sich erlauben, auf seinen Lorbeeren auszuruhen. Es gab bereits Schwertkämpfer, die mit Tyl rivalisieren wollten. Bald sah man auch Tyl in seinem Zelt über Dominosteinen brüten.

Im dritten Monat begann der Drill im paarweisen Zweikampf. Je zwei Kämpfer mußten im Ring gegeneinander antreten und als Team siegen.

»Vier Mann im Ring?« fragte Tyl befremdet, »was soll das denn?«

»Schon was vom Stamm des Pit gehört?«

»Nein.«

»Eine sehr mächtige Organisation im Osten. Die haben ihre

Schwerter, Keulen und Stäbe paarweise aufgestellt. Sie betreten den Ring nie als Einzelkämpfer. Möchtest du, daß wir wegen eines Versäumnisses gegen sie unterliegen?«

»Nein!« Und die Ausbildung ging planmäßig weiter.

Dolche und Stöcke zusammen hatten keine Schwierigkeiten. Aber die Stäbe kamen sich gegenseitig ins Gehege, und die freischwingenden Schwerter und Keulen konnten die Partner ebenso verletzen wie die Gegner.

Der erste Tag des paarweisen Trainings war verlustreich. Wieder geriet die Rangordnung durcheinander, als die zusammengespannten Ersten und Zweiten Schwerter vom Zehnten und Fünfzehnten als Paar schmählich besiegt wurden. Warum wohl? Weil die Klassekämpfer Individualisten waren, während bei den unteren Rängen sich klugerweise ergänzende Stile gepaart hatten. Der angriffslustige, aber tollkühne Angreifer wurde vom gesetzten, aber sicheren Verteidiger unterstüzt. Während die zwei Klasseschwertkämpfer einander im Stich ließen und mit den Hieben geizten, weil sie Freund und Feind manchmal nicht unterscheiden konnten, gewann die reibungslose Zusammenarbeit der schlechteren Kämpfer die Oberhand.

Dann folgten wieder Wettkämpfe der verschiedenen Gruppen untereinander mit verschobener Rangordnung und schließlich das gemischte Doppel. Das Schwert wurde gepaart mit der Keule, der Dolch mit dem Stab, bis jeder Kämpfer imstande war, zusammen mit jeder beliebigen Waffe gegen jede andere Kombination anzutreten und sie erfolgreich zu bekämpfen.

Die Zählung mußte ebenfalls geändert werden. Die Frauen lernten das Bruchrechnen und teilten den Siegern die entsprechenden Punkte zu.

Die Monate vergingen wie im Flug, während man die unendlichen Variationsmöglichkeiten durchprobierte. Es entwickelte sich ein erprobter Kampfkader, der die Neuankömmlinge, die zunächst verwirrt waren, in die Mangel nahm und ihnen zeigte, wie man sich verbesserte und in der Rangordnung höher stieg.

Die Blätter fielen von den Bäumen. Dann kam der Schnee. Falter und Mäuse verschwanden aus dem Ödland, obwohl die

Wachsamkeit und die Gegenmaßnahmen des Stammes sie schon seit einiger Zeit verhältnismäßig unschädlich gemacht hatten. Tatsächlich war Mäusestew zu einer Lieblingsspeise aufgerückt. Es fiel den Kriegern nicht leicht, bei Einbruch des Winters auf diese überreiche Fleischquelle verzichten zu müssen.

Jeden Tag wurden die Kampfringe saubergefegt, und der Drill ging weiter, bei Schnee und Sonnenschein. Ständig stießen neue Krieger zum Stamm.

Doch Sol war noch immer nicht zurückgekehrt.

VIII

Mit dem Einbruch der kühlen Witterung zog Sav ins Hauptzelt, das von einem ständigen Feuer erwärmt wurde. Man hatte das große Zelt in viele kleine Wohnungen unterteilt, um den Familien wenigstens eine gewisse Privatsphäre zu verschaffen. Auf der Suche nach Armreifen stießen immer mehr heiratsfähige junge Frauen zum Stamm. Sav ließ seinen Reif unter ihnen kreisen.

Sos blieb in seinem kleinen Zelt, weil er sich nicht gern unter die Waffenträger mischen wollte. Seine Machtlosigkeit im Ring war eine Quelle wachsender Bekümmerung, obwohl er das nicht offen zugeben konnte. Bevor man ihm das Waffenprivileg entzogen hatte, hatte er das Ausmaß seines Dranges, sich zu bestätigen und Probleme mit der Kraft seines Armes zu lösen, unterschätzt. Er mußte wieder eine Waffe führen. Doch war er von allen sechs Waffentypen, die die Irren lieferten, ausgeschlossen. Die Waffen wurden irgendwo in Mengen produziert, standardisiert und zur freien Verfügung in den Herbergen gelagert. Die anderen Alternativen, wie zum Beispiel Pfeil und Bogen, waren im Ring nicht zu gebrauchen.

Darüber hatte er sich schon oft gewundert. Warum unterzogen sich die Irren der Mühe, diese Dinge zu liefern, den Nomaden eine Existenz zu ermöglichen und sich um den Gebrauch, den die Menschen von den Waffen machten, überhaupt nicht zu kümmern? Manchmal hatte er geglaubt, eine Antwort gefunden zu haben. Inzwischen war er ein Mitglied der Kampfgesellschaft geworden und mußte sich nach deren Bedingungen richten. Wenn er dazu imstande war.

Er streifte die Kleider ab und kroch in seinen warmen Schlafsack. Das war auch ein Gegenstand, den die Irren freundlicherweise im Winter lieferten. In der nächstgelegenen Herberge waren viel mehr als sonst gelagert gewesen – als Reaktion auf den gesteigerten Verbrauch auch der anderen Güter. Die Irren wußten bestimmt von der Existenz dieses Trainingslagers, schienen sich aber nicht weiter darum zu kümmern. Wo immer auch Menschen lebten – die Irren schickten Vorräte und kümmerten sich offenbar um nichts sonst.

Neben sich hatte Sos eine kleine Gaslampe, die es ihm ermöglichte, die Bücher zu lesen, die die Irren hinterließen. Sogar in diesem Punkt waren sie großzügig. Als er angefangen hatte, aus der Herberge Bücher mitzunehmen, waren plötzlich mehr Bücher aufgetaucht, und zwar Bücher über Themen, die er zu bevorzugen schien. Sos zündete die Lampe an und schlug das Buch auf. Es war ein Werk über die Landwirtschaft vor dem Weltenbrand. Sos versuchte zu lesen; doch der Text war sehr kompliziert, und er konnte sich nicht konzentrieren. Da war von Sorten und Mengen von Kunstdünger für bestimmte Anbauflächen, von Fruchtfolge, Schädlingsbekämpfung, Anwendung von Giften und von Vorsichtsmaßnahmen die Rede. Für Sos war das alles unverständlich, da er doch nur wissen wollte, wie man Erdnüsse und Karotten anbaute. Er legte das Buch weg und löschte das Licht.

Seit Sav weg war, fühlte Sos sich einsam. Der Schlaf wollte nicht kommen. Er dachte an Sav, der seinen Armreif wandern ließ und dort drüben im Hauptzelt williges Fleisch umarmte. Sos hätte es ihm gleichtun können. Manch eine Frau hatte seinen Armreif vielsagend angesehen, obwohl er keine Waffe trug. Er hatte sich eingeredet, seine Stellung verlange, daß er ungebunden blieb – auch in einsamen Nächten. Doch wußte er, daß das Selbstbetrug war. Der Besitz einer Frau machte eine Hälfte des Mannestums aus. Ein Krieger konnte seinen Ruf auf diese Art ebenso untermauern wie im Ring. In Wahrheit wollte er keine Frau nehmen, weil er sich seiner Waffenlosigkeit schämte.

Jemand näherte sich seinem Zelt. Wahrscheinlich Tor, der ihm vertraulich einen Vorschlag machen wollte. Der Bartträger hatte Verstand und interessierte sich so sehr für Gruppenorganisation und Taktik, daß er Sos auf diesem Gebiet bereits ausgestochen hatte. Soweit es die besonderen Umstände ihrer Stellung erlaubten, waren sie gute Freunde geworden. Sos hatte manchmal bei Tors Familie gegessen, obwohl der Kotakt mit der behäbigen, gutmütigen Tora und der altklugen Tori ihn nur daran erinnerte, wie sehr er sich eine eigene Familie gewünscht hatte.

Gewünscht hatte? Es war doch umgekehrt. Bis vor kurzem war er sich dieses Verlangens nicht bewußt gewesen.

»Sos?«

Das war eine weibliche Stimme – eine, die er nur zu gut kannte.

»Was willst du, Sola?«

Ihr mit einer Kapuze umhülltes Haupt hob sich im Eingang schwarz gegen den weißen Schneehintergrund ab. »Darf ich hinein? Hier draußen ist es kalt.«

»Drinnen ist es auch kalt, Sola. Du solltest in dein eigenes Zelt gehen.« Wie er, hatte sie ihre eigene Unterkunft, die in der Nähe von Tyls Zelt aufgestellt war. Sola hatte sich nämlich mit Tyla angefreundet. Noch immer trug sie Sols Armreif, und die Männer hielten sich deshalb von ihr peinlichst fern. »Laß mich ein«, sagte sie.

Mit einem nackten Arm zog er das Drahtgeflecht hoch. Nach dem Löschen des Lichtes hatte er vergessen, die Zeltklappe zu verschließen. Sola kroch auf Händen und Knien herein, stieß dabei fast die Lampe um und legte sich neben seinen Schlafsack. Sos ließ jetzt den Nylonverschluß herunter und schnitt damit den Lichteinfall von draußen und, wie er hoffte, den Wärmeverlust ab.

»Ich habe es satt, allein zu schlafen«, sagte sie.

»Du bist also zum Schlafen gekommen?«

»Ja.«

Er hatte diese Frage spaßhaft gemeint und war jetzt verblüfft von ihrer Antwort. Eine plötzlich aufflammende wilde Hoffnung ließ seine Pulse schneller schlagen. Das Überraschungsmoment war zu groß. Er hatte sich selbst doppelt betrogen: Weder sein Rang noch seine Waffenlosigkeit konnten ihn von einer Verbindung abhalten und von seiner Bessenheit nach einer Frau. Von dem Begehren nach dieser Frau.

»Möchtest du meinen Armreif?«

»Nein.«

Die Enttäuschung war noch wilder. »Verschwinde!«

»Nein.«

»Ich werde nie den Armreif eines andern Mannes in den Schmutz ziehen. Oder meinen eigenen zum Ehebruch mißbrauchen. Wenn du nicht freiwillig gehst, schaffe ich dich gewaltsam hinaus.«

»Und wenn ich schreie und das ganze Lager auf die Beine bringe?« sagte sie leise.

Sos fiel ein, daß er in seiner Lektüre auf eine ähnliche Situation gestoßen war. Er wußte, ein Mann, der ein einziges Mal einer Versuchung nachgab, war nie wieder Herr seiner Entschlüsse. Mit der Zeit würde es nur ärger werden. »Schrei, wenn du willst. Du wirst jedenfalls nicht hierbleiben.«

»Ihr werdet nicht Hand an mich legen«, sagte sie selbstzufrieden, ohne sich zu rühren.

Sos setzte sich auf und faßte nach ihrem Pelzumhang. Er war wütend auf sie und sein sündhaftes Verlangen. Das Zeug rutschte vorne auseinander, da sie es nur umgewickelt und nicht geschlossen hatte. Seine Hände und das gedämpfte, vom Schnee draußen reflektierte Licht sagten ihm, daß sie darunter nichts anhatte. Kein Wunder, daß sie gefroren hatte.

»Würde nicht sehr gut aussehen – ein nackter Mann, der in seinem Zelt mit einer nackten Frau kämpft«, sagte sie.

»Das passiert immer wieder.«

»Nicht, wenn sie sich wehrt.«

»In meinem Zelt? Man würde fragen, warum sie nackt gekommen ist und vor dem Eintreten nicht geschrien hat.«

»Sie ist angekleidet gekommen, weil sie ein schwieriges Problem besprechen wollte. Einen Fehler beim Rechnen.« Sie kramte in der Tasche und zog einen Zettel mit daraufgekritzelten Zahlen heraus. Er konnte die Zahlen zwar nicht sehen, war aber sicher, daß sie ihre Hausaufgabe in dieser Hinsicht zurechtgemacht hatte. Auf jeden Fall, war der Fehler seiner Aufmerksamkeit würdig. »Er hat sie ins Zelt gezerrt – nein, sie hineingelockt – und ihr dann die Kleider vom Leibe gerissen.«

Da war er schön in ihre Falle getappt! Ihr Mundwerk war geschliffen. Falls sie Alarm schlug, war es mit seiner Tätigkeit für die Gruppe vorbei. »Was willst du?«

»Ich möchte mich wärmen. In Eurem Schlafsack ist Platz für zwei.«

»Damit gewinnst du gar nichts. Willst du mich vertreiben?«

»Nein.«

Sie hatte den Reißverschluß gefunden und öffnete den Sack. Kalte Luft drang ein. Gleich darauf lag sie bloß und warm neben ihm. Ihr Umhang war draußen geblieben, der Reißverschluß des Schlafsackes wieder geschlossen.

»Schlaf jetzt.« Er versuchte sich umzudrehen, doch die Bewegung brachte sie nur noch enger zueinander.

Sie versuchte, seinen Kopf an sich zu ziehen und faßte mit einer Hand nach seinem Haar. Doch er blieb steif. »Ach, Sos, ich bin doch nicht gekommen, um dich zu quälen!«

Eine Antwort darauf ersparte er sich.

Eine Weile blieb sie ruhig liegen. Ihre glühende Weiblichkeit setzte seinem Widerstand stark zu. Alles, was er sich so ersehnt hatte, war jetzt so nahe. Erreichbar – im Namen der Unehre.

Warum hatte sie diesen Weg gewählt? Sie hätte doch nur Sols Armreif für eine Weile abzulegen brauchen . . .

Wieder löste sich eine Figur aus dem Schatten des Hauptzeltes und stapfte durch den festen Schnee. Obwohl er die Augen geschlossen hatte, merkte es Sos, weil er den Schritt erkannt hatte. Es war Tor.

»Du hast erreicht, was du wolltest. Tor kommt.«

Jetzt wurde ihr Bluff offenbar, denn sie verkroch sich in den Sack und wollte sich verstecken.

»Schickt ihn weg!« flüsterte sie.

Sos packte ihren Umhang und warf ihn in das Zelt hinein. Er

zog den Verschluß des Sackes über ihren Kopf und hoffte, sie würde nicht ersticken. Dann wartete er.

Tors Schritte kamen bis vors Zelt und hielten dort an. Kein Wort wurde gesprochen. Dann machte Tor kehrt und ging wieder fort. Offenbar glaubte er, das dunkle, geschlossene Zelt bedeutete, daß sein Freund schon eingeschlafen war.

Solas Kopf tauchte auf, als die Luft wieder rein war.

»Ihr wollt mich«, sagte sie. »Ihr hättet mich kompromittieren können . . .«

»Sicherlich will ich dich. Leg den Armreif ab und nimm meinen, wenn du einen Beweis willst.«

»Erinnert Ihr Euch, daß wir schon nebeneinander gelegen haben?« murmelte sie und vermied diesmal eine direkte Ablehnung.

»*Greensleeves.*«

»Und *Red River Valley.* Und Ihr habt mich gefragt, was ich in einem Mann suche. Führerschaft, habe ich gesagt.«

»Du hast deine Wahl getroffen.« Er selbst hörte die Verbitterung aus seiner Stimme heraus.

»Aber damals wußte ich nicht, was er wollte.«

Sie wechselte die Stellung, legte den freien Arm unter den seinen und um seinen Rücken. Sos konnte seine Leidenschaft nicht mehr zügeln. Er fühlte, daß auch sie es wußte.

»Ihr seid der Führer dieses Lagers«, sagte sie. »Das weiß jeder, sogar Tyl. Sogar Sol. Er hatte es als erster gewußt.«

»Warum behältst du seinen Armreif?«

»Weil ich keine selbstsüchtige Frau bin!« fuhr sie ihn an. Das setzte ihn in Erstaunen. »Er hat mir seinen Namen gegeben, obwohl er es eigentlich gar nicht wollte. Und ich muß ihm etwas als Gegenleistung geben, auch wenn ich es nicht will. Ich kann ihn nicht verlassen, ehe wir nicht quitt sind.«

»Ich verstehe nicht.«

Jetzt war sie verbittert. »Ihr versteht genau!«

»Du hast ein merkwürdiges Rechensystem.«

»Es ist sein System, nicht meines. Das paßt nicht in deine Ziffern!«

»Warum suchst du dir für deinen Zweck nicht einen anderen aus?«

»Weil er Euch vertraut – und ich Euch liebe.«

Diese Feststellung konnte er nicht widerlegen. Sola hatte das erste Angebot gemacht, nicht er.

»Wenn Ihr mich bittet, gehe ich jetzt«, flüsterte sie. »Ohne Geschrei, ohne Ärger. Und ich werde nie wiederkommen.«

Sie konnte sich diese Geste leisten. Sie hatte bereits gewonnen. Wortlos umfing er sie und suchte ihre Lippen und ihren Körper.

Jetzt war sie die Zurückhaltende. »Ihr kennt den Preis?«

»Ich kenne den Preis.«

Ihre Leidenschaft war so ungezügelt wie die seine.

IX

Im Frühjahr tauchte Sol wieder auf, mager, narbenbedeckt und ernst. Er zog seinen Waffenkarren hinter sich her. Mehr als zweihundert Mann begrüßten ihn, hart und kampfbegierig. Sie wußten, daß seine Rückkehr jetzt den Anfang ernsthafter Waffenduelle bedeutete.

Sol hörte sich Tyls Bericht an und nickte sachlich. »Wir marschieren morgen los«, sagte er.

In dieser Nacht kam Sav wieder zu Sos ins Zelt. Sos fiel auf, daß Savs Wegbleiben und Wiederkommen bemerkenswert gut eingeteilt gewesen war, doch machte er keine direkte Anspielung. »Dein Armreif ist also müde geworden?«

»Ich bleibe gern in Bewegung. Jetzt bin ich müde.«

»Auf diese Art kann man keine Familie gründen.«

»Natürlich nicht. Jetzt brauche ich meine Kräfte. Ich bin zweiter Stabkämpfer geworden.«

Der Stamm hatte sich in Marsch gesetzt. Die Schwerter, fünfzig an der Zahl, gingen voran, und behaupteten ihren Vorrang als Gewinner des Lagerturniers. Dann folgten die Dolche, Gewinner nach Punkten, dann Stangen, Stäbe und Keulen. Der Morgenstern kam als letzter. Er rangierte tief unten, wurde aber nicht ausgeschieden. »Meine Waffe ist kein Spielzeug«, sagte er, nicht ohne Berechtigung.

Sol kämpfte nicht mehr. Er blieb bei Sola, zeigte ungewöhnlich Besorgtheit um ihr Wohlergehen und versuchte nicht, die tadellose Militärmaschine, die Sos ihm geschaffen hatte, zu beeinflussen. Wußte er, was sein Weib den Winter über getrieben hatte? Es mußte wohl so sein, denn Sola war schwanger.

Tyl führte den Stamm. Wenn sie einem Einzelgänger begegneten, der einwilligte, sich mit ihnen zu messen, ließ Tyl den Führer der entsprechenden Waffengattung einen Vertreter auswählen, der den Ring betrat. Der Vorteil des erweiterten Trainings zeigte sich sofort. Die ausgewählten Krieger waren meist in besserer Verfassung als ihre Gegner. Sie waren die überlegenen Strategen und gingen meist als Sieger aus der Begegnung hervor. Und wenn sie unterlagen, kam es meistens so, daß der Sieger, der die Größe und Macht des Stammes erfaßte, anschließend den Gruppenführer herausforderte, um in den Stamm aufgenommen zu werden.

Nur Sos blieb unabhängig. Er wünschte, es wäre anders gewesen.

Nach einer Woche holten sie einen anderen Stamm ein. Er umfaßte an die vierzig Mann. Der Führer war der typische alte Haudegen, wie Sos sie von früher her kannte. Der Haudegen übersah sofort die Lage und war einverstanden, nur vier Krieger für den Ring zu bestimmen: Ein Schwert, einen Stab, eine Stange und eine Keule. Mehr wollte er nicht riskieren.

Verdrossen zog sich Tyl zu einer Beratung mit Sol zurück.

»Es ist nur ein kleiner Stamm, er besitzt aber viele gute Männer. Aus ihren Bewegungen und der Art ihrer Narben ersehe ich, daß es erfahrene und tüchtige Krieger sind.«

»Das sagen auch die Berichte unserer Späher«, murmelte Sos.

»Er will nicht einmal seinen Besten gegen uns antreten lassen«, sagte Tyl indigniert.

»Stelle fünfzig Mann auf und fordere ihn selbst um den Preis seiner ganzen Gruppe heraus. Er soll unsere Leute besichtigen und sich überzeugen, daß sich das Risiko lohnt.«

Tyl lächelte und holte Sols offizielle Zustimmung ein – eine reine Formalität. Gleich darauf waren fünfundvierzig Krieger versammelt.

»Das wird nicht klappen«, murmelte Tor.

Der schlaue Stammesführer sah sich das Angebot an und brummte zustimmend. »Gute Männer«, mußte er anerkennen. Dann faßte er Tyl ins Auge. »Seid Ihr nicht ein Kämpfer zweier Waffen?«

»Schwert und Stock.«

»Ihr seid früher allein gewandert, und jetzt seid Ihr der Zweite Befehlshaber eines Stammes von zweihundert!«

»Richtig.«

»Gegen Euch werde ich nicht kämpfen!«

»Ihr besteht also auf einer Begegnung mit Sol?«

»Ganz und gar nicht.«

Tyl bewahrte nur mit äußerster Beherrschung seine Ruhe und wandte sich an Sos.

»Was nun, Ratgeber?« fragte er ironisch.

»Richte dich nach Tors Rat.« Sos wußte zwar nicht, was der Bartträger im Sinn hatte, vermutete aber, daß es klappen würde.

»Ich glaube, sein Stolz ist sein schwacher Punkt«, sagte Tor im Verschwörerton. »Er wird nicht kämpfen, wenn er fürchtet, zu verlieren, und er wird nur wenige Kämpfer auf einmal aufstellen, damit er sofort aufhören kann, wenn ihm das Schicksal nicht gewogen ist. So haben wir keinen Gewinn zu erwarten. Wenn es uns aber glückt, ihn lächerlich zu machen . . .«

»Wunderbar!« rief Sos aus. »Wir suchen Witzbolde aus und lassen ihn gegen sie antreten!«

»Außerdem ein paar Lästermäuler. Die lautesten, die wir haben.«

»Davon haben wir genug«, murmelte Sos. Er dachte an das boshafte Wortgeplänkel, das jeden Gruppenwettkampf begleitete. Tyl zuckte die Achseln. »Du übernimmst die Sache. Ich möchte nichts damit zu tun haben.« Er ging zu seinem Zelt.

»Er wollte wirklich selbst antreten«, bemerkte Tor. »Doch hat er gar keine Chance. Er lacht ja nie.«

Sie verglichen die Qualifikationen und wählten ein passendes Quartett für den Ring aus. Dann stellten sie einen Spezialtrupp von Zuschauern zusammen, der in der ersten Reihe Aufstellung nehmen sollte.

Die erste Begegnung begann am Mittag. Der gegnerische Schwertkämpfer näherte sich dem Ring – ein großer, ernster Mann jenseits der ersten Jugendblüte. Aus Sols Reihen kam Dal, der zweite Dolchkämpfer, ein rundgesichtiger, stämmiger Kerl, dessen fortwährendes Lachen eher wie ein Kichern klang. Er war kein überragender Kämpfer. Das intensive Training hatte jedoch seine beste Eigenschaft klar aufgezeigt: Er war noch nie von einem Schwert besiegt worden. Den Grund dafür hatte noch niemand definieren können, da untersetzte Männer im Kampf mit geschliffenen Waffen im allgemeinen sehr gefährdet waren.

Der Schwertkämpfer starrte seinen Gegner düster an, trat in den Ring und warf sich in Positur. Dal zog eine seiner Klingen, stellte sich dem Gegner gegenüber auf – und imitierte gekonnt mit seiner zwanzig Zentimeter langen Klinge die steife Haltung des anderen. Die ausgesuchten Zuschauer lachten.

Mehr verblüfft als wütend, versuchte der Schwertkämpfer eine Finte. Dal konterte mit dem kleinen Messer, als wäre es ein Schwert in voller Größe. Wieder lachten die Zuschauer, lauter als unbedingt nötig.

Sos warf einen heimlichen Blick auf den fremden Stammesführer. Dem Mann war bestimmt nicht zum Lachen zumute.

Jetzt griff der Schwertkämpfer ernsthaft an. Dal mußte seinen zweiten Dolch ziehen und die schwerere Waffe mit raschen Finten und Manövern abwehren. Zwei Dolche wurden im allgemeinen einem Schwert gegenüber nicht als gleichwertig angesehen, wenn der Dolchkämpfer nicht ausgesprochen beweglich war. Dal wirkte gar nicht agil. Doch sein rundlicher Körper konnte immer im letzten Moment dem Schwert ausweichen. Er zog blitzschnellen Nutzen aus der Trägheit des Schwertes. Wer die zwei Klingen im Ring beobachtete, vergaß keinen Augenblick, daß es eben zwei waren. Es war zwecklos, ein Messer allein zu blockieren, wenn das zweite bereits auf einen verwundbaren Punkt zielte.

Bei einem besseren Schwertkämpfer wäre diese Taktik geradezu tollkühn gewesen. Doch glückte es Dal immer wieder, den Gegner zurückzudrängen und ungedeckt zu stellen. Dal stach jedoch nicht zu. Statt dessen schnitt er eine Locke vom

Haar des Schwertkämpfers und schwenkte sie wie eine Quaste. Die Zuschauer grölten. Er schlitzte die Hosen des Schwertkämpfers auf und zwang ihn so, hastig nach hinten zu fassen, während Sols Leute sich vor Lachen auf dem Boden wälzten, ihre eigenen Hosen aufrissen und sich gegenseitig auf Schulter und Rücken klopften.

Schließlich stolperte der Mann über Dals Fuß und fiel schändlich geschlagen aus dem Ring. Doch Dal blieb im Ring. Er focht mit seinen Waffen weiter, als hätte er nicht bemerkt, daß sein Gegner schon außer Gefecht war.

Der gegnerische Stammesherr sah mit eisiger Miene zu.

Als nächster trat der Stabkämpfer in den Ring. Gegen ihn hatte Tor die Stöcke aufgestellt. Das gleiche Schauspiel wiederholte sich. Kin, der Stockkämpfer, kämpfte possenhaft mit einer Hand, während er den zweiten Stock zum Gaudium der Gaffer unter seinem Arm trug, zwischen den Zähnen oder Beinen. Damit bewirkte er, daß der Stabkämpfer unfähig und untrainiert wirkte, obwohl das nicht der Fall war. Sogar einige Krieger des gegnerischen Stammes lachten, aber nicht ihr Anführer.

Beim dritten Treffen war es umgekehrt: Sav trat gegen den Stockkämpfer an. Er summte ein fröhliches Volkslied, als er mit dem Stabende den etwas ausladenden Bauch seines Gegners berührte und dessen Annäherung verhinderte. Der Mann mußte beide Stöcke in eine Hand nehmen, um mit der anderen nach dem Stab greifen zu können. »Nein, Jon, nein, nein, nein!« jubilierte Sav, als er dem Gegner beide Stöcke aus der Hand schlug.

Obwohl das nicht sein wirklicher Name war, wurde der Mann von nun an immer Jon genannt.

Gegen die Keule trat Mok, der Morgenstern an. Er trat in den Ring und ließ die stachelbewehrte Kugel über dem Kopf kreisen, so daß der Wind durch die Stacheln pfiff. Als die Keule ihn blockieren wollte, wickelte sich die Kette um den Griff, bis die kreisende Kugel die Hand des Keulenkämpfers zerquetschte. Mok riß die Waffe zurück, während der Mann seine blutenden Finger anstarrte.

Mok erwischte die Keule, drehte sie um und bot seinem Gegner den Griff mit der Verbeugung an. »Ihr habt noch eine zweite Hand«, sagte er ritterlich. »Warum wollt Ihr sie nutzlos vergeuden?« Der Mann sah ihn an und trat völlig gedemütigt rücklings aus dem Ring. Der letzte Kampf war vorbei.

Der fremde Stammesführer war fast von Sinnen. »Noch nie habe ich so – so . . .!«

»Was habt Ihr denn von den Possenreißern erwartet, die Ihr gegen uns aufgestellt habt?« entgegnete ein schlanker Jüngling mit Babygesicht, der sich auf sein Schwert stützte. Er war unter den Spöttern der erste gewesen, obwohl er aussah, als könne er kaum seine Waffe heben. »Wir wollten kämpfen; aber Eure hüpfenden Clowns . . .«

»Du!« rief der Führer wütend, »dann kämpfe gefälligst gegen meinen ersten Schwertkämpfer!«

Der Junge schien erschrocken. »Aber Ihr wolltet doch nur vier . . .«

»Nein. Alle meine Leute werden kämpfen! Zuerst möchte ich dich – und diesen komischen Bart neben dir! Und diese zwei großmäuligen Keulenkämpfer!«

»Gemacht!« rief der Junge, stand auf und lief zum Ring. Es war Neq, trotz seiner Jugend und zarten Gestalt der vierte Schwertkämpfer unter fünfzig.

Der Bärtige war natürlich der kluge Tor selbst, jetzt dritter Schwertkämpfer. Die zwei Keulenkämpfer waren Nummer eins und zwei in ihrer Gruppe von siebenunddreißig Mann.

Bei Tagesende war Sols Stamm um zirka dreißig Mann stärker.

Sol überlegte die Sache einen Tag lang. Er unterhielt sich mit Tyl und überlegte weiter. Schließlich ließ er Sos und Tor kommen. »Wir haben den Ring entweiht«, sagte er. »Wir kämpfen, um zu gewinnen oder zu verlieren, nicht um zu lachen.«

Dann schickte er Sos dem anderen Anführer nach. Er sollte sich entschuldigen und ein ernstes Revancheturnier anbieten. Doch der Mann hatte genug. »Wäret Ihr nicht waffenlos, würde ich Euch den Schädel im Ring spalten«, sagte er.

So ging es weiter. Die im Ödland verbrachten Monate hatten die Gruppe zu einer erstklassigen Streitmacht gemacht. Die auf verschiedenen Waffentypen basierende Rangordnung hatte die

Krieger genau auf den ihnen zustehenden Platz verwiesen, wo sie gewinnen konnten. Natürlich hatten sie auch einige Verluste, die aber durch den Zuwachs reichlich wettgemacht wurden. Zufällig bot sich Tyl die Chance, im Ring gegen einen Anführer anzutreten. Er gewann zweimal und brachte zu seinem Stolz Sols Stamm siebzig Krieger ein.

Nur einmal trat dem Stamm ein ernsthaftes Hindernis in den Weg, doch nicht in Gestalt eines anderen Stammes. Eines Tages kam ein riesiger muskelbepackter Mann einen Hügel herabgeschlendert. Er schwang seine Keule, als wäre sie ein Stockschläger. Sos war einer der größten Männer des Stammes, doch der Fremde war erheblich größer und in den Schultern breiter als er. Der Fremde war Bog, von angenehmem Naturell und spärlichem Verstand. Sein größtes Vergnügen war es, Gegner im Ring zu besiegen.

»Kämpfen? Gut, gut!« rief er mit breitem Lächeln aus. »Einer, zwei, drei auf einmal! Geht in Ordnung!« Er sprang erwartungsvoll in den Ring. Sos hatte den Eindruck, der Mann könne höchstens bis drei zählen.

Tyl, dessen Neugier erwacht war, schickte den ersten Keulenkämpfer in den Ring. Bog stürzte sich ohne höhere Taktik in den Kampf. Er schwang die Keule mit Wildheit auf und nieder. Ob Treffer oder nicht, Bog fuhr ungestüm fort und prügelte den anderen aus dem Ring, ehe dieser wieder einen festen Stand gewonnen hatte.

Bog grinste triumphierend. »Mehr!« rief er.

Stirnrunzelnd sah Tyl den ehemaligen ersten Keulenkämpfer des Stammes an, einen Mann, der schon des öfteren im Ring gewonnen hatte. Er schickte den zweiten Mann in den Ring.

Der Vorgang wiederholte sich. Zwei Männer lagen betäubt und völlig geschlagen am Boden.

Das gleiche Schicksal erlitten die zwei besten Schwerter, Stöcke und ein Stab in rascher Folge.

»Mehr!« rief Bog selig, doch Tyl hatte genug. Fünf Klassekämpfer waren verloren, und das im Verlauf von nur zehn Minuten. Dabei schien der Sieger kaum ermattet.

»Morgen«, sagte er zu dem riesigen Keulenschläger.

»Gut«, stimmte Bog enttäuscht zu und nahm die Gastlichkeit

des Stammes für den Abend in Anspruch. Er vertilgte zum Abendbrot zwei komplette Portionen und beschlief drei willige Frauen, bevor er sich für die Nacht zurückzog. Männlein und Weiblein bestaunten seine diversen Unersättlichkeiten und konnten sie kaum fassen. Doch waren die Tatsachen nicht zu widerlegen. Bog eroberte alle – eine, zwei, drei auf einmal.

Am nächsten Tag war er so gut wie am Tag zuvor. Diesmal sah Sol zu, als Bog Keulen, Stöcke und Dolche mit gleicher Fertigkeit außer Gefecht setzte und sogar den schrecklichen Morgenstern erledigte. Wenn er einen Treffer abbekam, achtete er nicht weiter darauf, obwohl manche Hiebe ihn grausam verwundeten. Er leckte das Blut wie ein Tiger und lachte nur. Ihn abzuwehren nützte nichts. Er war so stark, daß es für ihn keine wirksame Behinderung gab. »Mehr!« rief er unermüdlich nach jedem Debakel. »Diesen Mann müssen wir haben!« sagte Sol.

»Wir haben niemanden, der ihn besiegen kann«, erwiderte Tyl. »Er hat ja schon neun unserer Besten erledigt und spürt noch immer keine Müdigkeit. Ich könnte ihn zwar mit dem Schwert töten; doch ohne Blutvergießen kann ich ihm nicht beikommen. Tot nützt er uns nichts.«

»Man müßte ihm mit der Keule entgegentreten«, sagte Sos. »Das ist die einzige Waffe, die genügend Masse hat, um ihn zu bremsen. Eine starke, agile und ausdauernde Keule.«

Tyl starrte vielsagend die drei besten Keulenkämpfer an, die sich auf Bogs Seite beim Ring aufgestellt hatten. Alle trugen Verbände. »Wenn unsere Spitzenkämpfer so aussehen, dann nehmen wir einen unqualifizierten Krieger«, bemerkte er.

»Ja«, sagte Sol und stand auf.

»Einen Moment«, riefen beide Männer. »Riskiert es nicht selbst«, fügte Sos hinzu. »Für Euch steht zuviel auf dem Spiel.«

»Der Tag, an dem mich ein Mann mit irgendeiner Waffe besiegt«, sagte Sol ernst, »ist der Tag, an dem ich zum Berg gehe.« Er nahm seine Keule und trat in den Ring.

»Der Herr selbst!« rief Bog, als er ihn erkannte. »Guter Kampf?«

»Er hat nicht mal Bedingungen gestellt«, knurrte Tyl. »Das wird bloß ein Kampf Mann gegen Mann!«

»Guter Kampf«, sagte Sol und trat in den Ring.

Sos stimmte ihm bei. Es war eine sträfliche Verschwendung, Sol in dem ungestümen Streben nach einem Reich in den Ring zu lassen, wenn es um weniger als einen ganzen Stamm ging. Ein Unfall war ja nicht auszuschließen. Doch hatten sie schon länger merken müssen, daß ihr Anführer jetzt andere Dinge im Kopf hatte als sein Reich. Sol wollte seine Männlichkeit durch Kampfkraft unter Beweis stellen. In diesem Punkt durfte er nicht den leisesten Zweifel aufkommen lassen, auch nicht bei sich selbst. Er hatte sein Training regelmäßig betrieben und seinen Körper in Form gehalten.

Vielleicht konnte ihm nur ein Waffenloser wie Sos nachfühlen, wie tief die Narben jenes anderen Mangels reichten.

Bog stürzte sich mit seinem typischen Windmühlenangriff auf den Gegner. Sol parierte und wich gekonnt aus. Bog war weitaus größer, doch Sol war flinker und parierte die gefährlichen Schwünge, bevor sie zu voller Wucht gediehen waren. Er duckte sich unter einem Hieb und erwischte mit jedem kurzen präzisen Schlag, den Sos bei ihm schon kannte, Bog seitlich am Kopf. In Sols Hand war die Keule keine plumpe oder gar langsame Waffe. Der Riese nahm den Schlag hin, ohne ihn zu bemerken. Er holte, ohne zu zögern, wieder aus und lächelte dabei. Sol mußte rücklings ausweichen und sehr geschickt agieren, um nicht aus dem Ring gedrängt zu werden. Bog setzte ihm hart zu. Sols Strategie war denkbar einfach. Er sparte Kraft und ließ den anderen nutzlos Energie verschwenden. Wenn sich eine Blöße in der Deckung bot, schlug er mit der Keule zu, traf Kopf, Schulter oder Bauch und schwächte den Gegner damit noch mehr. Das war eine gute Taktik – nur ließ Bog sich eben nicht schwächen. »Gut!« grunzte er, wenn Sol getroffen hatte, und holte von neuem aus.

Eine halbe Stunde verging, während der ganze Stamm sich staunend um die Arena sammelte. Sie alle kannten Sols Können. Bogs nicht erlahmende Kraft war ihnen ein Rätsel. Die Keule war eine massive Waffe und schien mit jedem Schwung schwerer zu werden. Längere Handhabung ließ den Arm unweigerlich ermatten, doch Bog wurde weder langsamer noch zeigte er Ermüdung. Woher kam seine Ausdauer?

Sol hatte die Abwartemethode satt. Er ging zum Angriff über. Jetzt schlug er ähnlich wie Bog um sich und zwang den Größeren zu Defensivmaßnahmen. Diese sah man bei Bog jetzt zum erstenmal. Bis jetzt hatte man nur gesehen, daß Bog keine Verteidigung kannte, weil er sie nie gebraucht hatte. Es zeigte sich, daß er in der Verteidigung ungeübt war und mit voller Wucht einen Schlag seitlich an den Hals bekam.

Sos rieb sich mitfühlend den Nacken, als er sah, daß Bog vor Schmerz zusammenzuckte. Der Schlag hätte ihn für den Rest des Tages außer Gefecht setzen können. Das war jedoch nicht der Fall. Bog zögerte momentan, schüttelte den Kopf und grinste. »Gut!« sagte er und schwang mächtig seine eigene Waffe.

Sol kam ins Schwitzen und mußte wieder Verteidigungsstellung beziehen. Erneut wehrte er Bog mit intelligenten Manövern ab, während der Riese den Angriff so wild vorantrieb wie vorhin. Sol hatte am Kopf und am Rumpf noch nichts abbekommen. Seine Verteidigung war viel zu gekonnt, als daß der Gegner sie hätte durchdringen können. Doch war er nicht imstande, Bog ins Wanken zu bringen oder in die Knie zu zwingen.

Nach einer weiteren halben Stunde versuchte er es noch einmal, ohne Erfolg. Bog schienen Verletzungen nichts auszumachen. Jetzt mußte sich Sol mit einer Hinhaltetaktik zufriedengeben.

»Was ist der Rekord für Keule gegen Keule?« fragte einer.

»Vierunddreißig Minuten«, antwortete ein anderer.

Der Zeitnehmer, den Tor aus der Herberge entliehen hatte, zeigte auf hundertvier Minuten. »Unmöglich, dieses Tempo unbegrenzt beizubehalten«, sagte er.

Die Schatten wurden länger. Der Kampf dauerte an.

Sos, Tyl und Tor besprachen sich mit den anderen Ausbildern. »Die machen womöglich weiter, bis es dunkel wird!« rief Tor ungläubig aus. »Sol wird nicht aufgeben wollen, und Bog weiß gar nicht, wie man aufgibt!«

»Wir müssen den Kampf abbrechen, bevor beide tot umfallen«, sagte Sos.

»Wie?«

Das war eben das Problem. Keiner der Teilnehmer würde

freiwillig aufgeben wollen. So viel stand fest. Ein Ende war nicht abzusehen.

Bogs Kraft schien unbegrenzt, doch Sols Entschlossenheit und Fertigkeit war ihr gewachsen. Je dunkler es wurde, desto größer wurde das Risiko für einen lebensgefährlichen Höhepunkt. Man mußte dem Kampf ein Ende machen.

Es war eine Situation, mit der sich kein Mensch bisher befaßt hatte. Niemand kannte einen ethisch gerechtfertigten Ausweg. Schließlich entschloß man sich, den Kampfkodex etwas freier auszulegen.

Die Stabmannschaft übernahm diese Aufgabe. Eine Abteilung betrat den Ring, trennte die Kombattanten und schleppte sie weg. »Zurück!« rief Sav. »Ausgleich! Keine Entscheidung!«

Bog mußte sich erst fassen.

»Essen!« brüllte Sos ihn an. »Schlaf! Frauen!«

Das wirkte. »Schon gut!« Der ungeheure Keulenkämpfer war einverstanden.

Sol überlegte. Er sah, daß die Schatten schon sehr lang waren.

»Gut«, sagte er schließlich.

Bog kam auf ihn zu und schüttelte ihm die Hand. »Ihr sehr gut für kleinen Mann«, sagte er höflich. »Nächstes Mal fangen wir in der Früh an, ja? Längerer Tag!«

»Gut!« erwiderte Sol. Alles lachte.

In dieser Nacht massierte Sola Sols Arme, Beine und Rücken mit einer Salbe und behütete ganze zwölf Stunden lang seinen Erschöpfungsschlaf. Bog gab sich mit einer einzigen überreichlichen Mahlzeit zufrieden und mit einer strammen, gutgepolsterten Maid. Eine Versorgung seiner Verletzungen lehnte er ab. »Guter Kampf«, sagte er befriedigt.

Am nächsten Tag zog er seiner Wege und ließ die Krieger, die er besiegt hatte, zurück. »Nur zum Spaß«, erklärte er. »Gut, gut!«

Sie sahen ihm nach, wie er den Pfad entlangging, unmelodiös vor sich hinsummte und seine Keule durch die Luft wirbeln ließ.

X

»Mein Jahr ist um«, sagte Sos.

»Ich möchte, daß du bleibst«, erwiderte Sol bedächtig. »Du hast mir gut gedient!«

»Ihr habt fünfhundert Mann und ein Elitekorps von Ausbildern. Ihr braucht mich nicht mehr.«

Sol sah auf. Sos erschrak, als er Tränen in dessen Augen sah. »Ich brauche dich«, sagte Sol. »Einen anderen Freund habe ich nicht.« Sos wußte nicht, was er darauf sagen sollte.

Sola gesellte sich zu ihnen. Sie war hochschwanger. Bald würde sie sich zur Entbindung auf den Weg in ein Krankenhaus der Irren begeben.

»Vielleicht werdet Ihr einen Sohn bekommen«, sagte Sos.

»Wenn du gefunden hast, was du suchst, dann komm zurück«, sagte Sol und fügte sich ins Unvermeidliche.

»Das werde ich.«

Mehr konnten sie einander nicht sagen.

Sos verließ das Lager noch am gleichen Nachmittag und zog nach Osten. Mit jedem Tag wurde die Umgebung vertrauter, als er sich der Heimat seiner Kindheit näherte. Er streifte entlang der markierten Ödländer nahe der Küste und dachte an die mächtigen Städte, die hier gestanden hatten, wo jetzt der Strahlentod herrschte. Ob es je wieder solche Menschenzusammenballungen geben würde? Die Bücher behaupteten, daß im Zentrum dieser Siedlungen kein Grün gewachsen sei; daß Beton und Asphalt den Boden zwischen den Gebäuden bedeckt hätten; daß Maschinen, wie die, welche heute die Irren benutzten, überall gewesen wären und alle Arbeiten verrichtet hätten. Doch das alles war im großen Feuer untergegangen. Warum? Es gab so viele unbeantwortete Fragen!

Nach einem Monat Wanderschaft hatte er die Schule erreicht, die er besucht hatte, ehe er seine Streifzüge als Krieger begann. Es waren seither nur eineinhalb Jahre vergangen, doch hatte die Zeit damals eine ganze andere Eigenschaft seines Wesens entwickelt – eine Eigenschaft, die ihm jetzt fremd und merkwürdig vorkam. Trotzdem fand er sich hier in der Schule noch gut zurecht.

Er trat durch den gewölbten Haupteingang und ging den wohlvertrauten Gang entlang, bis er zu der Tür mit der Aufschrift »Direktion« kam. Ein Mädchen, an das er sich nicht erinnern konnte, saß hinter dem Schreibtisch. Das war sicher eine frischgebackene Absolventin, hübsch, aber noch sehr jung. »Ich möchte Mr. Jones sprechen«, sagte er und sprach dabei den ungewohnten Namen vorsichtig aus.

»Wen darf ich melden?« Sie starrte Dummerchen an, der wie immer auf Sos' Schulter hockte.

»Sos«, sagte er, bevor ihm einfiel, daß der Name ihr nichts sagen konnte. »Ein früherer Student. Er kennt mich.«

Sie sprach leise in eine Sprechanlage und wartete auf die Antwort. »Dr. Jones empfängt Sie sofort.« Sie lächelte ihm zu, als wäre er kein zausbärtiger, schmutzverkrusteter Wilder mit einem gesprenkelten Vogel auf der Schulter.

Er erwiderte diese Geste, obwohl er wußte, daß ihr Lächeln nur Routine war. Dann durchschritt er die Tür zum Nebenzimmer.

Der Direktor kam zur Begrüßung hinter seinem Schreibtisch hervor. »Ja, natürlich erinnere ich mich! Absolvent aus dem Jahre 107. Sie sind damals hiergeblieben, um mit dem Schwert zu üben, nicht wahr? Wie nennen Sie sich jetzt?«

»Sos.«

Jones wußte das bereits und wollte ihm nur die Möglichkeit geben, die Änderung zu erklären. Sos ergriff diese Gelegenheit nicht sofort, und der in solchen Angelegenheiten sehr versierte Direktor kam ihm wieder zu Hilfe.

»Sos! Schöner Brauch, diese Namen mit den drei Buchstaben! Möchte wissen, woher die Sitte stammt. Nehmen Sie Platz, Sos, und erzählen Sie mir alles. Woher haben Sie das Vögelchen? Das ist ein echter Spottsperling, wenn mich mein Blick für die Fauna des Ödlandes nicht trügt.« Seine Stimme nahm einen sehr sanften väterlichen Ton an. »Ihr habt Euch in gefährlichen Gegenden bewegt, Krieger! Seid Ihr gekommen, um zu bleiben?«

»Ich weiß nicht. Ich glaube nicht. Ich – ich weiß nicht, wo im Augenblick meine Interessen liegen.« Wie schnell er doch in der Gegenwart dieses Mannes wieder zum Jüngling wurde!

»Ihr könnt Euch nicht klar darüber werden, ob Ihr gesund oder irr seid«, sagte Jones und lachte entwaffnend. »Ich weiß, es ist eine schwere Entscheidung. Manchmal wünschte ich mir auch, ich könnte alles hinwerfen und eine der herrlichen Waffen ergreifen – Sie haben doch niemanden getötet, hoffe ich?«

»Nein. Nicht direkt jedenfalls«, sagte er, eingedenk des Dolchkämpfers Nar und Tyls, der ihn exekutiert hatte. »Ich habe nur einige Male gekämpft. Immer um unbedeutende Dinge. Das letzte Mal um meinen Namen.«

»Ach, ich verstehe! Um mehr also nicht?«

»Vielleicht auch um eine Frau.«

»Ja. Das Leben ist auch in der einfachen Welt nicht immer ganz einfach. Wenn Sie mir genauer ...«

Sos berichtete von seinen Erlebnissen und überwand schließlich die emotionalen Hemmungen, während Jones mitfühlend zuhörte. »Ich verstehe«, sagte der Direktor zum Schluß. »Sie haben also ein Problem.« Er sann einen Augenblick nach und drückte dann auf die Taste der Sprechanlage. »Miss Smith, würden Sie die Kartei eines gewissen Sol heraussuchen? S-O-L. Wahrscheinlich letztes Jahr – nein, vor zwei Jahren. Westküste. Danke.«

»Hat er eine Schule besucht?« Diese Idee war Sos eigentlich noch nie gekommen.

»Hier sicher nicht. Doch haben wir auch andere Ausbildungsstätten, und es sieht ganz so aus, als habe er auch Unterricht genossen. Miss Smith wird es mit Hilfe des Computers überprüfen. Vielleicht finden wir einen Hinweis auf den Namen.«

Sie warteten einige Minuten. Sos fühlte sich immer unbehaglicher, als ihm einfiel, daß er sich vor dem Besuch der Schule eigentlich hätte waschen sollen. Die Irren waren Schmutzfetischisten – sie entfernten ihn immer wieder. Vielleicht deswegen, weil sie innerhalb ihrer Gebäude und Maschinen lebten, wo ein schlechter Geruch leicht zur Plage wurde.

»Das Mädchen«, sagte er, um die Zeit zu überbrücken ... »Miss Smith – ist sie eine Studentin?«

Jones lächelte wohlwollend. »Jetzt nicht mehr. Sie dürfte ein

Jahr älter sein als Sie. Ganz sicher wissen wir es nicht, weil man sie vor einigen Jahren als Wilde in der Nähe des Strahlengebietes aufgelesen hat und wir ihre Herkunft nie feststellen konnten. Sie wurde bei einer anderen Einheit unterrichtet. Ihre Verhaltensweise ist wechselvoll. Innerlich ist sie noch immer eine Nomadin, doch sonst ist sie einigermaßen gebildet und brauchbar.« Man konnte sich kaum vorstellen, daß dieses kultiviert erscheinende Wesen im Wald geboren war, obwohl er selbst dasselbe Schicksal erlebt hatte. »Beziehen Sie wirklich alle Leute aus . . .«

»Aus der wirklichen Welt? Fast alle. Ich war vor dreißig Jahren selbst Schwertträger.« – »Sie? Ein Schwertträger?«

»Ich nehme an, Ihr Erstaunen ist als Kompliment aufzufassen. Ja, ich habe im Ring gekämpft. Sie sehen . . .«

»Dr. Jones, ich hab's«, sagte die Sprechanlage. »S. O. L. Soll ich vorlesen?«

»Bitte.«

»Sol, angenommener Name für ein verstümmeltes Findelkind. Transplantation der Hoden. Insulintherapie. Umfassende manuelle Ausbildung, aus dem Waisenhaus in San Francisco B 107 entlassen. Möchten Sie weitere Einzelheiten?«

»Nein, danke, das reicht, Miss Smith!«

Er wandte seine Aufmerksamkeit wieder Sos zu. »Ihnen wird manches immer noch nicht klar sein. Es scheint, daß Ihr Freund Waise war. Es hat da vor zirka fünfzig Jahren an der Westküste eine unheilvolle Katastrophe gegeben, und wir mußten aus den Trümmern retten, was zu retten war. Familien wurden ausgelöscht, Kinder gemartert – Dinge, die immer wieder vorkommen, wenn man es mit Wilden zu tun hat. Sol wurde im Alter von fünf Jahren kastriert und sollte verbluten. Er gehörte zu denen, die wir noch rechtzeitig gefunden haben. Eine Transplantation hat seine Sexualhormone gerettet, ein Insulinschock hat die traumatischen Erinnerungen ausgelöscht. Aber mehr konnten wir nicht für ihn tun. Offenbar war sein Intellekt nicht so entwickelt wie bei Ihnen. Deshalb hat er eine manuelle Ausbildung erhalten. Und aus Ihren Erzählungen ersehe ich, daß die Ausbildung besonders erfolgreich gewesen ist. Er hat sich den Verhältnissen angepaßt.«

»Ja.« Sos konnte jetzt so manchen Wesenszug von Sol verstehen, den er vorher nicht begriffen hatte. Durch Stammesgrausamkeit im zarten Kindesalter verstümmelt und verwaist, war es ganz natürlich, daß er danach strebte, sich selbst möglichst wirksam zu schützen und alle Männer und Stämme, die eine persönliche Bedrohung darstellen konnten, aus dem Wege zu räumen. Im Waisenhaus erzogen, suchte er Freundschaft, ohne deren Wesen und Bedeutung richtig kennengelernt zu haben. Der Wunsch nach einer eigenen Familie, die er fanatisch verteidigen konnte, erschien jetzt in einem andern Licht. Wie kostbar mußte ihm ein Kind erscheinen – einem Mann, der nie Vater werden konnte!

Dieser Hintergrund, verbunden mit physischer Gewandtheit und einer Zähigkeit, die an Genialität grenzte: Das war Sol.

»Warum tut ihr das alles?« fragte Sos. »Ich meine . . . Herbergen bauen und sie ausstatten, Kinder erziehen, Ödgebiete markieren, Fernsehprogramme ausstrahlen. Ihr erntet doch keinen Dank dafür. Sie wissen ja, wie man Sie nennt.«

»Jene, die ein unproduktives Leben führen und nur Gefahr und Ruhm suchen, können sich dieser Einrichtungen bedienen«, sagte Jones. »Andere von uns ziehen es vor, ein nützliches und sicheres Leben zu führen. Das ist eine Sache des Temperamentes, das sich mit dem Lebensalter ändern kann.«

»Aber – ihr könnt doch das alles für euch allein haben! Wenn ihr die Krieger nicht ernährt und kleidet, würden sie doch untergehen!«

»Das ist doch schon Grund genug, unsere Arbeit fortzusetzen. Glauben Sie nicht?«

Sos schüttelte den Kopf. »Sie haben meine Frage nicht beantwortet!«

»Ich kann sie auch nicht beantworten. Mit der Zeit werden Sie sie selbst beantworten können. Dann werden Sie vielleicht zu uns kommen. Inzwischen sind wir immer bereit, zu helfen, wenn wir können.«

»Wie können Sie einem Mann helfen, der eine Waffe möchte, obwohl er geschworen hat, keine mehr zu tragen? Und der eine Frau liebt, die einem anderen verbunden ist?«

Wieder lächelte Jones. »Sie müssen entschuldigen, Sos,

wenn diese Probleme mir als sehr vergänglich und veränderlich erscheinen. Wenn Sie sie objektiv betrachten, werden Sie sehen, daß es doch Alternativen gibt.«

»Sie meinen – andere Frauen? Ich weiß, daß das Wort ›Miss‹, das Sie vor den Namen Ihrer Empfangsdame setzen, bedeutet, daß sie einen Gatten sucht. Aber mir liegt es nicht, an diese Dinge mit dem Verstand heranzugehen. Was den Armreif betrifft, so war ich gewillt, jedem Mädchen gegenüber fair zu sein, wie ich auch jedem Mann im Ring immer einen fairen Kampf geliefert habe. Meine Ideale sind nach Solas Vorbild geformt. Und sie liebt mich ebenfalls!«

»So ist es eben mit der Liebe«, pflichtete Jones bedauernd zu. »Wenn ich die Lage richtig erfasse, wird sie mit Ihnen gehen, sobald ihre Bindung an Sol erloschen ist. Und ich würde das, von ihrer Seite aus betrachtet, als eine sehr reife Ansicht bezeichnen.«

»Sie wird aber nicht einfach mit mir *gehen*. Sie will einen Namen mit Prestige. Und ich trage nicht einmal eine Waffe!«

»Aber sie hat doch Ihre Bedeutung für den Stamm anerkannt. Sind Sie sicher, ob nicht eher Sie als Sola nach Kriegsruhm dürsten?«

»Da bin ich mir wirklich nicht ganz sicher«, gab Sos zu. Seine Situation, die er so offen besprochen hatte, schien hoffnungsloser denn je.

»So läuft also alles auf eine Waffe hinaus. Sie haben aber doch nicht gelobt, alle Waffen zu meiden – nur die sechs Standardtypen!« – »Das kommt doch auf das gleiche hinaus – oder?«

»Keinesfalls. Es hat im Laufe der Erdgeschichte Hunderte von Waffen gegeben. Aus praktischen Gründen haben wir uns auf sechs beschränkt. Wir können aber auch Prototypen nicht standardisierter Waffen herstellen. Falls deren Beliebtheit steigen sollte, könnten wir dann die Massenproduktion aufnehmen. Sie, zum Beispiel, haben das gerade Schwert mit Korbgriff geführt – dem mittelalterlichen Modell nachgebildet, aber natürlich verbessert. Es gibt daneben auch noch das Krummschwert und das Florett zum Fechten. Das Florett sieht lange nicht so eindrucksvoll aus wie das Schwert, ist aber auf begrenztem Raum – wie zum Beispiel im Ring – eine viel tödlichere Waffe. Wir könnten ...«

»...Ich habe dem Schwert in allen seinen Formen abgeschworen. Ich möchte nicht mit Definitionen Haarspalterei treiben.«

»Das habe ich mir gedacht. Also fällt jede Variation von Klinge, Keule oder Stock weg, nicht wahr?« – »Ja.«

»Und Pistolen – überhaupt Schußwaffen jeder Art und Bumerange kommen ebenfalls nicht in Frage. Alles was man aus der Distanz verwendet und was nicht reine Muskelkraft erfordert. Für die Jagd lassen wir nur Pfeil und Bogen zu. Der Bogen ist aber für den Ring nicht geeignet.«

»Damit hätten wir alle Waffengattungen durch.«

»Aber nein! Der Mensch ist sehr erfinderisch, besonders wenn es um Methoden der Vernichtung geht. Nehmen Sie zum Beispiel die Peitsche, die man für gewöhnlich als Züchtigungsmittel verwendet, die aber auch als Waffe sehr wirksam ist. Ein langer, dünner Riemen an einem kurzen Griff. Damit kann man aus der Entfernung mit einer kleinen Handbewegung einem Mann das Hemd vom Rücken fetzen, seinen Arm treffen, ihn aus dem Gleichgewicht bringen oder ihm ein Auge ausschlagen. In geübter Hand eine gräßliche Waffe!«

»Wie schützt sie gegen einen Keulenschlag?«

»Genauso wie beim Dolch, fürchte ich. Der Peitschenträger muß der Keule ausweichen.«

»Ich möchte mich verteidigen und selbst angreifen können.«

Sos wurde immer zuversichtlicher, daß für ihn doch eine geeignete Waffe existierte. Er hatte nicht gedacht, daß Jones von den praktischen Seiten des Lebens so viel wußte. War es nicht ein Wunder, daß ihn sein Weg hierhergeführt hatte?

»Wahrscheinlich müssen wir improvisieren«, sagte Jones und spielte mit einem Stück Schnur zwischen seinen Fingern. »Ein Netz wäre eine gute Defensivwaffe, aber ...« Sein Blick war noch immer auf die Schnur gerichtet, seine Miene aufmerksam. »Das ... könnte es sein!« – »Eine Schnur?«

»Die Garotte. Ein Stück Schnur, mit der man einen Menschen erdrosselt. Sehr wirksam, kann ich Ihnen versichern!«

»Wie könnte ich einem Dolchkämpfer so nahe kommen, daß ich ihn erdrosseln kann, ohne daß er mich ausweidet? Gegen Schwert und Keule könnte ich noch weniger bestehen!«

»O doch, wenn die Schnur genügend lang ist. Ich stelle mir so etwas wie eine Kette vor. Flexibel, aber genügend hart, um eine Klinge zu zerbrechen; schwer genug, um einer Keule Widerstand zu bieten. Ein – hm – Metallseil vielleicht . . . Als Angriffs- und als Verteidigungswaffe gleich geeignet.«

»Ein Seil!« Sos versuchte, sich ein Seil als Waffe vorzustellen. Es gelang ihm nicht.

»Oder eine Wurfschlinge«, sagte Jones, der von seinen Ideen mitgerissen schien. »Nur dürften Sie natürlich nicht das ganze Ding werfen . . . Beschwerte Enden! Kommen Sie mit ins Lager! Wir werden sehen, was wir machen können.«

Als sie an Miss Smith vorübergingen, lächelte sie Sos wieder zu. Sos tat, als bemerke er das Lächeln nicht. Ihr Lächeln war sehr hübsch, ihr Haar war in glatte Wellen gelegt; doch konnte sie sich nicht im entferntesten mit Sola messen.

An diesem Tag gewann Sos eine Waffe. Doch dauerte es fünf Monate, bis er sie so gut beherrschte, daß er sich damit auf die Wanderschaft wagte.

Miss Smith sprach mit ihm kein Wort zum Abschied. Jones sagte ihm betrübt Lebewohl. »Es war nett, daß Sie wenigstens ein paar Monate bei uns geblieben sind, Sos. Falls es nicht klappen sollte . . .«

»Ich weiß nicht«, sagte Sos. Er war immer noch nicht bereit, irgend etwas zu garantieren. Dummerchen meldete sich mit einem Zwitschern . . .

XI

Wie vor zwei Jahren machte Sos sich auf den Weg, um sein Glück zu suchen. Damals war es Sol, der Schwertkämpfer, geworden, ohne zu ahnen, was für ein Schicksal der nur des Klanges wegen gewählte Name ihm bringen würde. Jetzt war er Sos, das Lasso.

Damals hatte er im Ring zum Vergnügen, um Ruhm und die Entscheidung kleinerer Meinungsverschiedenheiten gekämpft. Jetzt kämpfte er, um seine Technik zu vervollkommnen. Damals hatte er die Frauen genommen, wie es sich eben ergab. Jetzt träumte er nur von einer.

Die blonde Miss Smith hatte etwas an sich, das ihn unter anderen Umständen neugierig gemacht hätte. Erstens war sie gebildet. Bildung war in der Nomadenwelt selten anzutreffen. Sicher, sie gehörte jetzt zu den etablierten Irren – doch wäre sie bestimmt mit ihm gekommen, wenn er sie darum gebeten hätte. Soviel war ihm klargeworden. Er hatte sie nicht gefragt. Und jetzt war er im Zweifel, ob er damit nicht einen Fehler begangen hatte.

Er dachte an Sola, und sofort waren alle anderen Phantasiebilder weggefegt. Wo befand sich Sols Stamm wohl jetzt? Er hatte keine Ahnung. Er konnte nur losziehen, bis er zufällig etwas von dem Stamm erfuhr, und dessen Spur dann folgen, bis er den Stamm eingeholt hatte. In der Zwischenzeit mußte er seine Kampftechnik verbessern. Jetzt hatte er eine Waffe. Mit ihr wollte er sich eine Braut erringen.

Es war Vorfrühling, und die Knospen rundeten sich. Wie immer um diese Jahreszeit brachten die Männer ihre Familien zu den Herbergen, weil sie in den stürmischen Nächten keine Zelte mehr aufstellen wollten. Auch die jungen ledigen Mädchen fanden sich ein und versuchten, sich einen Krieger zu erobern. Sos mengte sich kameradschaftlich unter diese Gruppe, schlief, wenn nötig, auf dem Boden und weigerte sich, eine Schlafkabine mit einem Mädchen zu teilen, wenn er sich deswegen von seinem Armreif trennen mußte. Er unterhielt sich mit den Männern über verschiedene Themen. Sols Stamm? Nein – niemand wußte von seinem gegenwärtigen Aufenthalt, obwohl man Gerüchte gehört hatte. Ein großer Stamm – an die tausend Krieger. Vielleicht sollte er einen der Anführer fragen. Die wußten gewöhnlich Bescheid.

Am zweiten Tag der Wanderschaft ließ sich Sos in einen Kampf um die Ehre mit einem Stangenkämpfer ein. Der Mann hatte bezweifelt, daß ein Stück Seil als Waffe angesehen werden konnte. Sos hatte ihm freundlich eine Probe angeboten.

Neugierige Gaffer sammelten sich, als die zwei den Ring betraten.

Durch intensives Training hatte Sos erreicht, daß sein Körper in besserer Verfassung war als je zuvor. Er war vor zwei Jahren der Meinung gewesen, in seiner vollen Blüte gestanden zu haben. Doch inzwischen hatte sich seine Statur verändert. Er war breiter geworden und sehniger. Er war jetzt ein muskulöser, solide gebauter Mann von beträchtlicher Körperkraft. Manchmal fragte er sich, ob er von der Strahlung etwas abbekommen hatte und sie auf diese Weise ihre Wirkung zeigte.

Körperlich war er also fit. Doch war es schon lange her, seitdem er den Ring mit einer Waffe betreten hatte. Seine Hände wurden feucht. Plötzlich fühlte er sich seiner selbst nicht mehr sicher. Konnte er überhaupt noch kämpfen? Er mußte. Alle seine Hoffnungen gründeten darauf, daß er sich im Ring wieder bewährte.

Sein Lasso war eine dünne Metallschnur, über sechs Meter lang, an jedem Ende mit einer Kappe versehen und mit Gewichten beschwert. Unterwegs trug er es um seine Schultern geschlungen. Es wog etliche Pfund.

Dummerchen hatte gelernt, das Lasso genau zu beobachten. Sos machte einige Windungen locker und hielt eine lose Schlinge in der Hand, als er seinem Gegner gegenübertrat. Dummerchen flüchtete sich eilends auf einen Baum. Die zwei Stangen blinkten, als der andere angriff. Die rechte Stange zielte nach Sos' Kopf, während die linke in Abwehrhaltung gehalten wurde. Sos sprang beiseite und zog sich an den Rand des Ringes zurück. Seine Nervosität wich, als der Kampf begann. Er spürte, daß er in Form war. Sein Seil zischte vor, als sich der Mann wieder näherte, und umschlang das Gelenk des anderen. Ein Zug am Seil, und der Stangenkämpfer wurde taumelnd nach vorne gezogen.

Sos machte eine Handbewegung, und das Lasso war wieder lose. Es schnellte zurück in seine abwartende Hand. Wieder ging sein Gegner auf ihn los und teilte rasche Hiebe mit beiden Stangen aus, so daß ein Wurf mit der Lassoschlinge das Stangenpaar nicht gefährden konnte. Sos ließ diesmal die Schlinge über den Nacken des Gegners gleiten, duckte sich und sprang wieder außer Reichweite. Die Schlinge wurde fest zusammengezogen und würgte den Mann. Er war hilflos und fiel auf die Knie.

Wieder ein Zug am Lasso, und der Gegner war wieder frei. Sos hätte den Kampf jetzt beenden können, doch wollte er sich und den anderen beweisen, daß das Lasso in vielerlei Gestalt siegen konnte. Er wollte die Schwächen seiner Waffe herausfinden, ehe er eine ernsthafte Begegnung antrat.

Beim drittenmal näherte sich der Gegner schon vorsichtiger und hielt einen Arm hoch, um der schlängelnden Schnur zu entgehen. Der Mann wußte jetzt, daß das Seil zwar eine Rarität, aber kein Spielzeug war. Jedenfalls eine Waffe, vor der man auf der Hut sein mußte. Dann sprang er plötzlich vor und versuchte, einen Überraschungshieb anzubringen. Sos schlug ihm mit dem Seilende gegen die Stirn und blendete ihn.

Der Mann wich zurück. Er wußte, daß er geschlagen war. Über seinen Augen wurde eine rote Strieme sichtbar. Den Zuschauern war klar, daß Sos das Lasso absichtlich ein paar Zentimeter höher hielt, um seinem Gegner eine schreckliche Verwundung zu ersparen. Der Stabkämpfer mußte jetzt wegen seiner stark tränenden Augen fast blind zuschlagen.

Sos ließ alle Wachsamkeit beiseite und suchte nach einem versöhnlichen Weg, das Duell rasch zu beenden. Da gelang dem Gegner zufällig ein harter Schlag seitlich gegen Sos' Kopf. Der Kampfstock war zwar keine Keule, konnte einen Mann aber leicht außer Gefecht setzen. Sos war momentan ganz benommen. Sofort drang sein Gegner mit der anderen Stange auf ihn ein und drosch auf Sos' Kopf und Schultern ein, bis Sos endlich ausweichen konnte.

Er hatte tatsächlich zu lange nicht mehr im Ring gestanden! Er hätte seinen Angriff nie abbrechen dürfen. Dabei hatte er noch Glück, daß der andere nur mit Reflexen und nicht mit überlegtem Können arbeitete und ziellos zugeschlagen hatte. Sos hatte jedenfalls seine Lektion bekommen und würde sie nie mehr vergessen.

Sos hielt Distanz, bis sein Kopf wieder klar war. Dann wollte er den Kampf rasch beenden. Er warf das Lasso um die Beine des Mannes und riß ihm die Füße unter dem Leib weg. Mit eingezogenen Schultern, um die Schläge abzufangen, beugte er sich über den Gegner und fesselte ihm beide Arme mit einer zweiten Schlinge. Dann packte er die Schlingen mit beiden Händen und stemmte den Gegner hoch.

Sos warf seinen Gegner in hohem Bogen aus dem Ring. Er landete auf dem Rasen jenseits des Kiesstreifens. Ernsthaft verletzt war er nicht, aber völlig gedemütigt.

Das Lasso hatte sich im Kampf behauptet.

Die folgenden Wochen festigten Sos' Ruf als Kämpfer – auch gegen andere Waffen. Das Seil behinderte die Hand des Gegners, die das Schwert oder die Keule führte, und wirkte als Verteidigung, indem es den Angriff unmöglich machte. Die Lassoschlinge wiederum hielt ihm die Hände der Dolchkämpfer vom Leibe.

Noch immer hatte er nichts Konkretes von Sols Stamm erfahren, als habe der Erdboden ihn verschluckt. Schließlich befolgte Sos den Rat, den er in der Herberge bekommen hatte, und suchte den nächsten größeren Stamm auf.

Das war zufällig der sogenannte Doppelstamm von Pit. Sos war nicht sicher, ob dessen Anführer einem einzelnen Krieger Auskunft erteilen würde. Pit stand nämlich im Ruf, mürrisch und geheimnistuerisch zu sein. Doch Sos hatte keinen Partner, mit dem er gemeinsam um Auskunft hätte kämpfen können. Keiner der Männer, denen er begegnet war, war es wert, für ihn das Leben im Ring zu riskieren.

Sos tat diese Überlegungen mit einem Achselzucken ab und machte sich auf den Weg zum Lager Pits. Er mußte die Dinge eben an sich herankommen lassen.

Drei Tage später traf Sos einen riesigen Keulenkämpfer, der in die entgegengesetzte Richtung wanderte, seine Waffe in die Luft warf und unmelodiös vor sich hinsummte. Sos blieb erstaunt stehen. Nein, es war kein Zweifel möglich.

Das war Bog, der unermüdliche Kämpfer, der Sol einen halben Tag lang aus purer Freude am Kampf verdroschen hatte!

»Bog!« rief er.

Der Riese blieb stehen, ohne ihn wiederzuerkennen. »Wer bist du?« fragte er und richtete die Keule auf ihn.

Sos erklärte, wo sie einander begegnet waren. »Guter

Kampf!« rief Bog aus. An Sol konnte er sich erinnern, doch wußte er weder, wohin Sols Stamm gezogen war, noch interessierte es ihn.

»Warum kommst du nicht mir mir?« fragte ihn Sos, der an den Ruf von Pits Stamm dachte. Zusammen mit diesem Mann . . .?

»Ich bin auf der Suche nach Sol. Suchen wir ihn doch gemeinsam. Unterwegs ergibt sich vielleicht wieder die Gelegenheit zu einem guten Kampf.«

»Gut!« stimmte Bog herzlich zu. »Du kommst mit mir!«

»Ich möchte mich aber auch bei Pits Stamm erkundigen. Du gehst in die falsche Richtung!«

Bog konnte seinem Gedankengang nicht folgen. »Es ist mein Weg«, sagte er bestimmt und schwang die Keule.

Sos kannte nur einen Weg, ihn umzustimmen. »Ich kämpfe mit dir um die Richtung. Wenn ich gewinne, schlagen wir meinen Weg ein!«

»Gut!« stimmte Bog mit beängstigendem Enthusiasmus zu. Die Aussicht auf einen Kampf fesselte Bog sofort.

Sos mußte zwei Stunden in die falsche Richtung wandern, um den nächsten Ring zu erreichen. Dann war es bereits Spätnachmittag. Trotzdem war der Riese kampfbegierig.

»Wir hören auf, wenn es dämmert«, sagte Sos.

»Gut!« Sie traten in den Ring. Es waren Zuschauer da, die sich das Vergnügen nicht entgehen lassen wollten. Einige hatten Bog schon kämpfen sehen, andere wieder kannten Sos. Über den Ausgang dieses ungewöhnlichen Zweikampfes wurden wilde Spekulationen angestellt. Die meisten stritten sich darum, nach wieviel Minuten oder Sekunden Bog wohl siegen würde.

Der Kampf war genauso schlimm, wie Sos ihn erwartet hatte. Bog explodierte förmlich mit seiner Keule und achtete auf keine Hindernisse. Sos tauchte weg, schwankte, pendelte und wich. Er kam sich ohne feste Waffe ganz nackt vor und wußte, daß ihn früher oder später diese verfluchte Keule verwunden würde. Bog schien gar nicht zu merken, daß seine Hiebe dem Gegner weh taten. Für ihn war alles Sport.

Sos umwickelte den Arm Bogs mit einer raschen Wurfbewegung – Bog schwang die Keule, zog am Lasso und zog Sos mit sich. Dieser Mann hatte eine unglaubliche Kraft. Sos warf ihm eine Schlinge über den Kopf und zog sie hinten im Nacken zu. Bog schwang die Keule, als sei nichts geschehen. Seine Nakkenmuskeln waren so kräftig, daß ihn eine Drahtschlinge überhaupt nicht zu behindern schien.

Die Zuschauer staunten mit offenen Mündern. Bog war sich ihrer Gegenwart nicht einmal bewußt. Sos sah, daß einige sich an den Hals griffen und über Bogs Unverwundbarkeit den Kopf schüttelten. Sos lockerte den Würgegriff und konzentrierte sich jetzt auf Bogs Füße. Er umschlang sie, als sich eine Gelegenheit dazu bot, und zog fest an. Der Riese blieb mit gespreizten Beinen stehen, hielt sich durch den Rückstoß seiner eigenen Schwünge im Gleichgewicht und traf das straffe Seil mit einem Schmetterschlag, der das Lassoende aus Sos' Hand riß.

Sos durfte einfach nicht aufgeben. Er brauchte die Hilfe dieses Mannes und mußte sich vergewissern, daß seine Waffe gegen einen Spitzenkämpfer ebenso wirksam war wie gegen einen Durchschnittsgegner. Er entschloß sich zu einem Verzweiflungsschritt.

Er umschlang mit dem Lasso nicht Bogs Arm, sondern die Keule selbst und erwischte sie genau über dem Griff. Statt die Schlinge festzuziehen, ließ er sie locker. Dann warf er das Lassoende auf den Boden, stellte sich mit beiden Füßen darauf, und leistete mit seinem ganzen Gewicht Widerstand.

Als die Keule am Scheitelpunkt des Aufwärtsschwunges angelangt war, war das Seil straffgezogen. Sos wurde von der Gewalt des Zuges am Seil fast umgerissen. Die Keule wurde blockiert, und zwar in dem vom Gegner am wenigsten erwarteten Augenblick. Sie drehte sich in Bogs Hand – und flog aus dem Ring. Bog starrte der Waffe mit offenem Mund nach. Er begriff nicht, was geschehen war. Sos stand auf und holte sein Lasso ein. Noch war er nicht sicher, ob der Riese sich an die Regeln hielt und die Niederlage zugab.

Bog wollte seine Waffe zurückholen, hielt aber inne, als er merkte, daß er den Ring nicht verlassen konnte, ohne als Verlierer gebrandmarkt zu werden. Er war besiegt.

»Gib auf«, rief Sos einer Eingebung folgend. »Essen!«

»Gut!« antwortete Bog automatisch. Bevor er überhaupt merkte, was das bedeuten sollte, hatte Sos Bogs Arm schon freundschaftlich gepackt und führte ihn aus der Arena.

»Der Kampf war unentschieden wie bei Sol. Das heißt, keiner von uns hat gewonnen, keiner verloren. Wir sind einander ebenbürtig. Deswegen müssen wir das nächste Mal zusammen kämpfen. Als Team.«

Bog überlegte. Dann grinste er. »Gut!« Wenn man ihm etwas auf die einfachste Logik klarmachte, war er sehr rasch einverstanden.

Zufällig war in dieser Nacht keine Frau für einen Armreif zu haben. Bog sah sich in der Unterkunft um, umkreiste erstaunt die Mittelsäule und schaltete schließlich das Fernsehen ein. Für den Rest des Abends war er von den schweigend gestikulierenden Personen auf dem Bildschirm gefesselt und lächelte vergnügt über die gezeigten Trickfilme. Er war der erste Krieger, den Sos länger als zwei Stunden vor dem Fernsehschirm beobachtet hatte.

Zwei Tage darauf stießen sie auf Pits großen Stamm. Zwei Herolde kamen ihnen entgegen. Sos' Verdacht bewahrheitete sich. Der Stammesherr dachte gar nicht daran, sie zu empfangen.

»Sehr gut. Ich fordere deshalb den Anführer zum Kampf im Ring heraus.«

»Ihr?« sagte der Sprecher trocken, »und wer noch?«

»Und Bog, der Keulenkämpfer.«

»Wie Ihr wollt. Ihr werdet zuerst mit einem unserer schlechtesten Teams kämpfen müssen.«

»Einer, zwei, drei zugleich!« rief Bog vergnügt aus. »Gut, gut!«

»Mein Partner will damit sagen«, interpretierte Sos gewandt, »wir werden uns mit Eurem ersten, zweiten und dritten Team messen – hintereinander.« Er legte einige Verachtung in seine Stimme. »Dann werden wir die Teams Eurem Herrn gegen eine Auskunft wiederverkaufen. Sie werden in einer Verfassung sein, die es ihnen sowieso nicht erlaubt, sich auf Wanderung zu begeben.«

»Wir werden ja sehen«, antwortete der Mann kühl.

Das erste Team von Pit war ein Schwertkämpferpaar. Die beiden waren von gleichem Gewicht und gleicher Statur. Brüder wahrscheinlich, dachte Sos.

Sie schienen den Standort und die Haltung des Partners genau zu kennen, ohne überhaupt hinzusehen. Die beiden waren ein tadellos eingespieltes Paar, das schon jahrelang miteinander gekämpft hatte. Dessen war Sos sich sicher. Ein höchst gefährliches Team also – besser als alle, die Sos im Ödlandlager ausgebildet hatte. Und er selbst hatte mit Bog noch nie zusammengekämpft. Wahrscheinlich begriff Bog überhaupt nicht, worauf es im paarweisen Duell überhaupt ankam.

Doch baute Sos auf die Tatsache, daß das Lasso als Waffe diesen Männern fremd war. »Denk daran«, schärfte Sos Bog ein, »ich bin auf deiner Seite. Mich darfst du mit der Keule nicht schlagen!«

»Gut!« stimmte Bog ein wenig irritiert zu. Für ihn war alles, was sich im Ring abspielte, Sport. Über Technik oder Abmachungen zerbrach er sich nie den Kopf.

Die zwei Schwertkämpfer waren wunderbar aufeinander eingespielt. Beide waren erstklassig. Während einer angriff, wehrte der zweite ab. Während der erste sich erholte, übernahm der Partner den Angriff. Manchmal machten sie auch zusammen, ohne ein sichtbares Zeichen zu geben, einen Ausfall und schwangen die zwillingsgleichen Klingen mit vollendeter Präzision, nur Zentimeter voneinander entfernt.

Sos beobachtete sie beim kurzen Training vor dem eigentlichen Kampf. Die Lage änderte sich ein wenig, als Bog und Sos in den Ring traten. Bog, der im Ring in seine übliche Berserkerstimmung geriet, versuchte beide Gegner zugleich zu erledigen, während Sos sich im Hintergrund hielt, das Ende seines Lassos wurfbereit. Er beobachtete, griff nur warnend ein, wenn Bog vergaß, wer auf wessen Seite stand. Die verheerende Keule schlug beide Schwerter zum Entsetzen des gegnerischen Teams glatt beiseite. Die beiden wußten nicht, was sie davon halten sollten, und konnten kaum fassen, was hier geschah.

Die zwei waren weder feige noch dumm. Sie trennten sich jetzt. Einer versuchte, Bog defensiv von vorne zu binden, während der andere zu einem Hieb von der Flanke ansetzte.

Das war der Augenblick, da das Lasso vorwärts schnellte und das Handgelenk des Gegners umfing. Es war die einzige Bewegung, die Sos in diesem Duell machte, doch sie genügte. Bog griff die zwei Schwertkämpfer jetzt aus einer anderen Richtung an. Sos hatte recht behalten. Die beiden wären nicht imstande gewesen, mit ihnen die Wanderschaft fortzusetzen.

Das zweite Team bestand aus zwei Keulenkämpfern. Eine gute Idee, wie Sos dem Kampfleiter des Pit-Stammes zubilligen mußte. Aber nicht gut genug. Bog mähte die beiden mit Genuß nieder, während Sos unverletzt blieb. Dieser Kampf wurde noch rascher beendet als der erste.

Der Stratege des Stammes hatte jedoch aus den Rückschlägen gelernt. Das dritte Team bestand aus einem Stangenkämpfer und einem Netzwerfer.

Sos wußte sofort, diesmal würde es Schwierigkeiten geben. Von der Existenz nicht genormter Waffen hatte er erst erfahren, als er den Rat seines alten Mentors, Dr. Jones, eingeholt hatte. Allein die Tatsache, daß ein Mann ein Netz als Waffe hatte und damit im Ring umgehen konnte, bedeutete, daß er bei den Irren ausgebildet worden war. Und das war immer gefährlich.

Das zeigte sich sofort. Sobald die vier im Ring standen, warf der Netzkämpfer das Netz – und Bog war bereits hilflos gefangen. Er versuchte, die Keule zu schwingen, doch die geschmeidigen Nylonschnüre hielten ihn fest. Er versuchte, das Netz wegzustoßen, wußte aber nicht, wie. Inzwischen zog der Netzwerfer das feine, aber sehr starke Maschenwerk eng zusammen, bis Bog stolperte und umfiel wie ein riesiger Kokon.

Inzwischen war Sos verzweifelt bemüht, seinen Partner zu erreichen und ihm zu Hilfe zu kommen. Doch der Stangenkämpfer hielt ihn zurück. Der Mann machte keine aggressiven Bewegungen. Er blockierte Sos nur und war dabei sehr erfolgreich. Der Stangenkämpfer sah sich nie um, weil er volles Vertrauen zu seinem Partner hatte. Solange er sich auf Sos konzentrierte und sich nicht ablenken ließ, konnte Sos ihm nichts antun.

Der Netzwerfer hatte Bog jetzt vollkommen eingewickelt und rollte den riesigen Körper aus dem Ring. Sos konnte sich vorstellen, was als nächstes geschehen würde. Der seiner Waffe beraubte Netzwerfer würde nach dem Lasso fassen und versuchen, es in seine Gewalt zu bekommen. Dann würde er daran ziehen, während sein Partner angriff. Der Netzwerfer würde jede Blöße nützen, während sein Partner Sos ablenkte. Sie standen ja jetzt zu zweit gegen einen. Der Netzwerfer konnte natürlich mit bloßen Händen mit allem Biegsamen ausgezeichnet umgehen.

»Rollen, Bog, rollen!« rief Sos. »Zurück in den Ring. Rollen!«

Einmal in seinem Leben kapierte Bog sofort. Sein umwickelter Körper krümmte sich wie eine große Raupe und widersetzte sich den Bemühungen des Netzes, ihn über den Rand zu schaffen. Bog war ein Riesenstück Mannsbild und ließ sich gegen seinen Willen nicht so leicht bewegen. Bog stieß ein Brummen aus und der Stangenkämpfer blickte zu ihm hin. Das war sein Fehler.

Das Lasso ringelte sich um seinen Hals und würgte ihn, während die Zuschauer des Stammes aufstöhnten. Sos übersprang Bogs gekrümmten Körper und landete auf dem Rücken des Netzkämpfers. Er bekam den Mann zu fassen, hob ihn hoch und schleuderte ihn gegen seinen Partner. Eine rasche Folge von Lassowürfen, und beide waren wie ein Paket verschnürt, wobei die Stange zwischen ihnen zu liegen kam.

Sos näherte sich ihnen nicht leichtfertig. Noch immer waren sie imstande, gemeinsam zu manövrieren oder ihn zu fassen und sich an ihn zu hängen. Statt dessen bückte er sich zum Netz und befreite Bog. »Halte still!« rief er in Bogs Ohr, als der Kokon weiterzappelte. »Ich bin's! Sos!«

Da niemand die Gegner daran hinderte, kämpften sich die beiden rasch frei. Jetzt hatten sie auch schon wieder die Stange und das Netz gepackt, während Sos erst Bogs Beine aus den komplizierten, zähen Maschen befreit hatte. Sos hatte die Runde zunächst verloren.

»Rollen, Bog, rollen!« rief er noch einmal und gab seinem Partner einen kräftigen Stoß in die richtige Richtung. Bog trat mit den Beinen um sich und versuchte, die beiden Gegner zu treffen. Doch die Bewegung war zu plump. Die Gegner übersprangen Bogs Füße mit Leichtigkeit – und wurden in Taillenhöhe vom fliegenden Lasso eingeholt.

Alle vier landeten auf einem Haufen, vom Seil und Netz gefesselt. Doch das Netz war jetzt durch das Gewicht der Männer blockiert, während das Seil noch locker war. Sos wickelte es rasch um Bog und seine beiden Gegner und knüpfte es sorgfältig über dem zappelnden Bündel zusammen. Bog, der den Netzwerfer selbst gefesselt sah, grinste durch die Maschen und versuchte, mit seiner Riesenmasse den Mann zu zermalmen.

Sos angelte sich die Stange und zielte mit dem stumpfen Ende auf den Kopf des Besitzers. »Halt!« rief der Sprecher des Stammes. »Wir geben auf!«

Sos lächelte. Er hatte ohnehin nicht die Absicht gehabt, einen so unfairen Schlag auszuführen.

»Morgen werden die Pits mit Euch sprechen«, sagte der Herold, der seine Arroganz abgelegt hatte. Er beobachtete, wie sich die drei Männer aus den Maschen befreiten. »Nehmt heute nacht unsere Gastfreundschaft an.«

Es war eine großartige Bewirtung. Nach einer reichen Mahlzeit zogen sich Sos und Bog in die nächste Herberge zurück, die der Stamm für sie frei gemacht hatte. Zwei hübsche Mädchen tauchten auf und verlangten ihre Armreifen. »Nicht bei mir«, sagte Sos, der an Sola dachte. »Nichts für ungut.«

»Ich nehme beide!« rief Bog. Sos überließ ihn seinem Vergnügen. Heute setzte sich der Lassokämpfer vor das Fernsehen.

Am Morgen erfuhr Sos, warum die Pits so geheimnisvoll taten und warum sie den Stamm der Doppelkämpfer gebildet hatten. Die beiden waren Siamesische Zwillinge: Zwei Menschen, die durch einen Fleischstrang um die Taille aneinandergekettet waren. Beide trugen Schwerter. Sos war sicher, daß ihr Zusammenspiel im Kampf unübertrefflich war.

»Ja, wir wissen von Sols Stamm«, sagte der linke Zwilling. »Von den Stämmen vielmehr. Vor zwei Monaten hat Sol seinen Stamm in zehn Unterstämme zu je hundert Kriegern aufgeteilt, die das Land durchziehen und sich ständig vergrößern. Einer dieser Stämme wird sich bald im Ring mit uns messen.«

»So? Wer führt diesen Stamm?«

»Tor, das Schwert. Er soll ein fähiger Anführer sein.«

»Das will ich meinen!«

»Dürfen wir fragen, was ihr mit Sol zu schaffen habt? Wenn Ihr selbst einem Stamm beitreten wollt, können wir Euch und Eurem Partner sehr günstige Bedingungen bieten . . .«

Sos lehnte höflich ab. »Meine Angelegenheit ist rein privater Natur. Doch bin ich sicher, daß Bog gern einige Tage bei Euch bleibt, und mit Euch trainiert, solange Eure Männer und Frauen es aushalten und das Essen reicht . . .«

XII

»Ist das der Stamm von Sol, dem Meister aller Waffen?« fragte Sos.

Er hatte die Ankunft von Tors Unterstamm in Pits Lager nicht abgewartet, so gern er auch bei dem Kampf zwischen Tor und den routinierten Strategen der Pits dabeigewesen wäre. Wahrscheinlich gab es ein Unentschieden zwischen den Stämmen.

Er hatte sich auf die Suche nach Sol begeben. Da er jetzt wußte, wo er ihn finden konnte, war ihm jede Verzögerung unerträglich geworden.

Zufällig hatte er Tor unterwegs getroffen und von ihm genaue Hinweise erhalten. Trotzdem konnte er kaum glauben, daß er das richtige Lager vor sich sah, als er dort eintraf.

Überall übten die Krieger, doch keiner von ihnen war ihm bekannt. Im Lager herrschte eine gute Disziplin, doch wollte ihm die Atmosphäre nicht gefallen. Sollte er einen Monat lang gewandert sein, nur um Sols Niedergang mitzuerleben? Hoffentlich nicht!

»Sprecht doch mit Vit, dem Schwert!« empfahl ihm ein Krieger.

Sos suchte das Hauptzelt auf und fragte nach Vit. »Wer seid Ihr?« fragte die Zeltwache, ein dunkler Dolchkämpfer, und beäugte den Vogel auf Sos' Schulter.

»Tretet in den Ring, und ich werde Euch zeigen, wer ich

bin«, erwiderte Sos verärgert. Er hatte solche Formalitäten satt.

Die Wache stieß einen Pfiff aus. Aus der Schar der Trainierenden löste sich ein Mann und trottete auf sie zu. »Dieser Eindringling möchte sich im Ring bekannt machen«, sagte der Dolchkämpfer verächtlich. »Tu ihm den Gefallen!«

Der Mann drehte sich um und sah Sos an.

»Mok, der Morgenstern!« rief Sos aus.

Mok war überrascht. »Sos! Ihr seid zurückgekehrt! Ich habe Euch gar nicht wiedererkannt, so muskulös seid Ihr geworden!«

»Ihr kennt diesen Mann?« fragte die Wache.

»*Ihn kennen?* Das ist Sos, der Mann, der den Stamm aufgebaut hat! Sols Freund!«

Der Wachtposten zuckte gleichgültig mit den Achseln. »Soll er es im Ring beweisen!«

»Seid Ihr verrückt? Er trägt doch keine . . .« Mok hielt inne. »Oder doch?«

Sos hatte zwar sein Lasso bei sich, doch hatte Mok es nicht als Waffe erkannt. »Ja. Komm – ich werde dir meine Waffe vorführen.«

»Warum nicht gegen den Stab oder die Stange?« schlug Mok diplomatisch vor. »Meine Waffe ist . . .«

». . .ist zu gefährlich? Du scheinst wirklich an meiner Kampftüchtigkeit zu zweifeln.«

»Aber nein«, protestierte Mok, der offensichtlich aus Höflichkeit log. »Aber Ihr wißt ja, wie es mit dem Stern ist. Ein einziger unglücklicher Zufall . . .«

Sos lachte. »Du zwingst mich ja direkt, mich selbst zu verteidigen! Folge mir. Ich werde dich überzeugen.«

Mok begleitete Sos zum Ring. Es war ihm augenscheinlich nicht sehr wohl dabei zumute. »Falls etwas passiert . . .«

»Das ist meine Waffe«, sagte Sos und wickelte die Seilschlinge von der Schulter. »Wenn du dich fürchtest, dann bestimme einen anderen Krieger.«

Einige Männer lachten, und jetzt mußte Mok in den Ring steigen. Sos wußte, daß die Stichelei unfair gewesen war. Mok hatte ihn vor möglichen Verstümmelungen bewahren wollen.

Er war kein Feigling, und da er noch immer beim Stamm weilte, mußte seine Technik im Kampf noch sehr gut sein. Nun mußte Sos beweisen, daß das Seil eine echte Waffe war. Sonst würden Männer wie Mok nicht an Sos' neuen Status als Krieger glauben.

Im Ring gibt es keine Freundschaft. Mok hob seinen Morgenstern und ließ die stachelige Kugel um seinen Kopf kreisen. Er mußte angreifen, da er die Waffe nicht zur Verteidigung gebrauchen konnte. Sos hatte dem Morgenstern noch nie gegenübergestanden. Er entdeckte, daß das ein besonders furchteinflößendes Erlebnis war. Schon das leise Pfeifen der durch die Luft wirbelnden Stachelkugel war unheimlich.

Sos wich zurück und beobachtete die wirbelnde Kugel mit großem Respekt. Er schleuderte eine Schlinge in ihre Richtung, fing damit die Metallkette ein und riß Kugel, Kette und Holzgriff aus Moks Hand. Mok stand da und starrte so verständnislos drein wie Bog. Die Zuschauer lachten.

»Falls jemand glaubt, es besser zu machen als Mok, soll er doch in den Ring treten!« forderte Sos die Lacher auf.

Ein Stangenkämpfer nahm die Herausforderung an – und fiel rasch der Schlinge zum Opfer. Diesmal lachte Mok. »Kommt«, sagte er, »Ihr müßt jetzt mit Vit sprechen!«

Eine Gruppe von Männern versammelte sich murmelnd um den leeren Ring, als Sos wegging. Ein solches Schauspiel hatten sie noch nie erlebt.

»Ich bin froh, daß Ihr wieder da seid!« vertraute Mok ihm an, als sie zum Zelt kamen. »Es ist hier nicht mehr so, wie es war, seit . . .« Er brach ab, als sie sich der Wache näherten.

Diesmal gab es keinen Ärger vor dem Zelt. Mok führte Sos vor den Anführer. »Ja?«

Vit war ein großer, schlanker, sturer Mann in mittleren Jahren, der Sos bekannt vorkam. Auch der Name rief ein Bild in ihm wach. Dann hatte Sos ihn eingeordnet. Vit war der Schwertkämpfer, den Dal, der Dolchkämpfer, beim ersten Zusammentreffen mit einem anderen Stamm gedemütigt hatte. Die Zeiten hatten sich offenbar wirklich geändert.

»Ich bin Sos, das Lasso. Ich bin gekommen, um mit Sol zu sprechen.« – »Mit welchem Recht?«

Mok wollte erklärend eingreifen, doch Sos hatte genug. Er wußte, daß Vit ihn erkannt hatte und ihm bloß Hindernisse in den Weg legen wollte.

»Mit dem Recht meiner Waffe! Schlagt Euch mit mir im Ring, bevor Ihr versucht, unverschämt zu werden!« Es tat gut, wieder diese autoritäre Haltung einnehmen zu können. Eine Waffe, das machte schon einen großen Unterschied. Und Sos genoß das Gefühl.

Vit sah ihn schweigend an. »Seid Ihr Sos, das Lasso, der Bog, die Keule, vor fünf Wochen im Osten entwaffnet hat?« fragte er dann gelassen.

»Das bin ich.« Sos begann zu verstehen, wieso Vit so rasch zu dieser großen Machtposition aufgestiegen war: Er hatte sich völlig in der Gewalt und kannte sich aus. Überlegenheit im Ring war offenbar für eine führende Position nicht mehr unbedingt erforderlich. »Sol wird Euch morgen empfangen.«

»Morgen?«

»Er ist heute geschäftlich unterwegs. Nehmt für heute unsere Gastfreundschaft an.«

Sol geschäftlich unterwegs? Das gefiel Sos nicht. Sol sollte es eigentlich nicht mehr nötig haben, als Einzelkämpfer Krieger zu rekrutieren – nicht mit zehn Stämmen, der Keimzelle seines Reiches! Auf Inspektionsreise konnte er auch nicht sein. Der nächste Unterstamm war mindestens eine Wochenreise weit entfernt.

Aus einem Zeltabteil trat eine Frau und kam langsam auf sie zu. Sie war mit einem atemberaubend engen Sarong bekleidet und hatte sehr langes, sehr schwarzes Haar.

Es war Sola.

Sos wollte auf sie zu, wurde aber von Vit daran gehindert. »Augen weg von der Frau! Sie gehört dem Herrn!«

Sola sah auf und erkannte ihn. »Sos!« rief sie und faßte sich dann. »Ich kenne den Mann«, sagte sie förmlich zu Vit. »Ich möchte mit ihm sprechen!«

»Ihr werdet nicht mit ihm sprechen!« Vit blieb zwischen ihnen stehen.

Sos faßte wütend nach seinem Seil; doch Sola gab nach und zog sich in ihr Abteil zurück. Mok zupfte Sos am Arm. Sos faßte sich und drehte sich um. Irgendwas war hier faul, doch war jetzt nicht der Augenblick zum Eingreifen. Es war sicher nicht klug, seine frühere Vertrautheit mit Sola zu offenbaren.

»Die alten Getreuen sind weg«, sagte Mok beim Hinausgehen traurig. »Tyl, Tor, Sav, Tun – kaum einer jener Männer, mit denen wir das Lager im Ödland gebaut hatten, ist heute noch da.«

»Was ist denn mit ihnen geschehen?« Sos wußte es bereits, wollte aber Genaueres hören. Je mehr er von diesem Stamm zu Gesicht bekam, desto weniger gefiel er ihm. Hatte Sol tatsächlich noch die Zügel in der Hand, oder war er nur mehr ein Aushängeschild? Hatte es geheime Umtriebe gegeben, und er war entmachtet worden?

»Sie befehligen die anderen Stämme. Sol traut niemandem, den nicht Ihr ausgebildet habt. Sos, wir brauchen Euch! Ich wünschte, wir wären noch im Ödland – so wie einst.«

»Sol scheint aber Vit zu trauen.«

»Nicht so weit, daß er ihm das Kommando übergibt. Das hier ist Sols eigener Stamm, den er selbst, ohne Ratgeber, führt. Vit erledigt nur den Kleinkram.«

»Zum Beispiel die Bewachung Solas?«

»Das hat Sol verlangt. Während seiner Abwesenheit darf sie niemand sehen. Sol würde Vit töten, wenn . . . Aber, wie gesagt, alles ist anders geworden.«

Sos mußte ihm verstört recht geben. Das Lager war zwar in Ordnung; doch die Männer waren ihm fremd. Er erkannte kaum ein halbes Dutzend von den hundert, die er sah. Merkwürdig, daß der ihm Vertrauteste Mok war, mit dem er immer nur flüchtig zu tun gehabt hatte. Es handelte sich hier überhaupt nicht um ein normales Lager. Es war ein Militärlager – ein Typ, den er aus Büchern gut kannte, mit einem Leuteschinder an der Spitze. Der Corpsgeist, den er immer so gefördert hatte, war nicht mehr vorhanden.

Sos wählte ein kleines Zelt am Rande des Lagers. Er war beunruhigt, wollte aber nicht einschreiten, bevor er nicht Genaueres wußte. Offensichtlich hatte Vit die Oberaufsicht bekommen, weil er Befehle phantasielos befolgte und in dieser Hinsicht wirklich vertrauenswürdig war. Aber warum? Irgendwas war völlig schiefgegangen. Er konnte nicht glauben, daß seine Abwesenheit allein Schuld daran trug. Tors Stamm konnte diesem kaum gleichen. Was hatte Sols Streben nach einem Reich den richtigen Geist genommen?

Eine Frau näherte sich leise dem Zelt. »Armreif?« fragte sie gedämpft und verbarg ihr Gesicht in der Finsternis.

»Nein!« sagte er unfreundlich und riß seinen Blick von der sanduhrenförmigen Gestalt los, deren provozierende Umrisse sich vor den Lagerfeuern in der Ferne deutlich abhoben.

Sie zog den Zelteingang hoch und kniete nieder, damit er ihr Gesicht sehen konnte. »Willst du mich beschämen, Sos?«

»Ich habe nach keiner Frau verlangt«, sagte er, ohne sie anzusehen. »Geh weg – und nichts für ungut!«

Sie rührte sich nicht. *»Greensleeves«*, murmelte sie.

Ruckartig blickte er auf. »Sola!«

»Mit dem Erkennen ist es bei dir doch immer rasch gegangen«, sagte sie mit leisem Tadel. »Laß mich rein, bevor mich jemand sieht.«

Sie kroch hinein und verschloß den Eingang. »Ich habe mit dem für dich bestimmten Mädchen den Platz getauscht. Also sind wir halbwegs sicher. Trotzdem . . .«

»Was willst du? Ich dachte, du darfst nicht . . .«

Sie zog sich aus und kroch zu ihm aufs Lager. »Du mußt ordentlich trainiert haben!« – »Jetzt nicht mehr.«

»Doch! Nie habe ich einen muskulöseren Körper gespürt.«

»Ich wollte sagen, wir sind kein Liebespaar mehr. Wenn du dich tagsüber nicht mit mir treffen kannst, treffe ich mich auch nachts nicht mit dir!«

»Warum bist du dann hierhergekommen?« fragte sie und preßte ihren Körper, der noch schöner geworden war, an ihn. Die Schwangerschaft vom Vorjahr hatte ihre körperlichen Reize nur noch gesteigert.

»Ich bin gekommen, um dich in allen Ehren zu verlangen.«

»Dann verlange mich! Seit unserer ersten Begegnung hat kein anderer Mann mich berührt.«

»Morgen! Gib ihm seinen Armreif zurück und nimm meinen. Öffentlich!« – »Das werde ich, sagte sie. »Jetzt . . .«

»Nein!«

Sie rückte ab und versuchte, ihm im Dunklen ins Gesicht zu sehen. »Du meinst es ernst?«

»Ich liebe dich. Ich bin um deinetwillen gekommen. Doch möchte ich dich ehrenhaft erringen.«

Sie seufzte. »Ehre ist nicht so einfach, Sos!« Doch sie stand auf und zog sich an.

»Was ist hier passiert? Wo ist Sol? Warum verbirgst du dich vor den Leuten?«

»Sos, du hast uns verlassen. Das ist passiert! Du warst unser Herz und unsere Seele!«

»Das gibt keinen Sinn. Ich mußte weg. Du hast das Kind bekommen, seinen Sohn.«

»Nein!«

»Das war dein Preis. Ich möcht ihn nicht wieder bezahlen. Diesmal muß es mein Sohn sein, auf meinen Armreif hin empfangen.«

»Du verstehst überhaupt nichts«, schluchzte sie enttäuscht.

Er schwieg. Das Geheimnis schien ihm bei weitem noch nicht ausgelotet. Dann sagte er: »Ist es – tot?«

»Nein! Darum geht es auch nicht. Das . . . ach, du dummer, dummer Dickkopf! Du . . .« Sie erstickte an ihrem eigenen Gefühl und wandte sich schluchzend von ihm ab.

Sie ist raffinierter als früher, dachte er. Er gab nicht nach.

Schließlich wischte sie sich ihr Gesicht ab und kroch aus dem Zelt. Er war wieder allein . . .

XIII

Sol war ein wenig schmaler geworden, ein wenig ernster, hatte sich aber seine geschmeidige Anmut bewahrt. »Du bist also gekommen!« rief er aus und ergriff Sos' Hand mit offensichtlich außergewöhnlicher Freude.

»Schon gestern«, sagte Sos verlegen. »Ich habe mit Vit gesprochen. Er wollte nicht, daß ich mit deiner Frau spreche, und andere kenne ich hier kaum.«

Was hätte er sonst sagen sollen?

»Sie hätte trotzdem zu dir kommen sollen! Vit hat ja keine Ahnung ...« Sol hielt nachdenklich inne. »Wir kommen miteinander nicht gut aus. Sie bleibt meist für sich.«

Also machte sich Sol noch immer nichts aus Sola. Er hatte sie um des kommenden Erben willen beschützt und machte sich jetzt nicht einmal die Mühe eines Vorwandes. Aber warum hielt er sie dann streng isoliert? Es war nie Sols Art gewesen, sinnlos selbstsüchtig zu sein.

»Ich habe jetzt wieder eine Waffe«, sagte Sos. Als ihn der ansah, fügte er hinzu: »Das Lasso.«

»Darüber bin ich aber froh.«

Mehr gab es anscheinend nicht zu sagen. Ihre Wiederbegegnung war ebenso merkwürdig, wie es ihre Trennung gewesen war.

»Komm«, sagte Sol unvermittelt. »Ich zeige sie dir!«

Sos folgte ihm unbehaglich ins Hauptzelt. Er hätte zugeben sollen, daß er sich mit Sola bereits unterhalten hatte. Damit hätte er diese unechte Begrüßungszeremonie verhindern können. Er war in einer Sache gekommen, bei der es um Ehre ging – und machte sich bereits selbst zum Lügner.

Alles verlief so ganz anders, als Sos es erwartet hatte, ohne daß er sagen konnte, was er sich eigentlich vorgestellt hatte. Alles wirkte auf ihn so, als sei er im Ring dem Netz zum Opfer gefallen.

Sie blieben vor einer selbstgebastelten Wiege in einem kleinen Zeltabteil stehen. Sol bückte sich und hob ein lächelndes Baby heraus. »Das ist meine Tochter«, sagte er. »Diese Woche wird sie ein halbes Jahr alt.«

Sprachlos starrte Sos das kleine schwarzhaarige Ding an. Eine Tochter! Aus irgendeinem Grunde war ihm diese Möglichkeit nie in den Sinn gekommen.

»Sie wird ebenso schön werden wie ihre Mutter«, sagte Sol stolz. »Sieh mal, wie sie lächelt!«

Ja«, sagte Sol und fühlte sich so dumm, wie Sola ihn gestern gescholten hatte.

»Komm«, wiederholte Sol. »Wir nehmen sie auf einen Spaziergang mit!« Er hob das Baby auf seine Schulter und ging voraus. Das war also das weibliche Wesen, zu dessen Besuch er von Sol aufgefordert worden war, und nicht die Mutter! Hätte er es nur gewußt oder geahnt, oder hätte er besser hingehört, letzte Nacht!

Sola trat ihnen im Eingang entgegen. »Ich möchte mit«, sagte sie sanft.

Sol sagte gelangweilt: »Dann komm mit, Weib. Wir gehen nur spazieren.«

Die kleine Gruppe verließ das Lager und ging in den Wald. Es war wie in den alten Zeiten, als sie ins Ödland gewandert waren. Und doch wieder anders. Welch unglaubliche Ereignisse hatten sich doch aus der früheren Namensgleichheit entwikkelt. Das lief alles nicht richtig ab. Er war ja gekommen, um die Frau zu verlangen, die er liebte, und um Sol, wenn nötig, im Ring herauszufordern. Doch er brachte die richtigen Worte nicht über die Lippen. Er liebte Sola und sie liebte ihn, und ihr nomineller Gatte gab zu, daß die Ehe nichtig war. Trotzdem fühlte sich Sos wie ein unerwünschter Eindringling.

Dummerchen flog ihnen voraus, glücklich, sich zwischen den Bäumen austoben zu können. Oder vielleicht waren es die Insekten, die ihn lockten.

So konnte es nicht weitergehen. »Ich bin Solas wegen gekommen«, sagte Sos freimütig.

Sol zögerte keinen Moment. »Nimm sie«, sagte er, als wäre die Frau gar nicht anwesend.

»Mein Armreif um ihr Gelenk«, sagte Sos und fragte sich, ob er richtig verstanden worden war. »Kinder von ihr! Und sie soll Sola heißen!« – »Sicher.«

Das war unglaublich! »Du stellst keine Bedingungen?«

»Ich will nur deine Freundschaft.«

Sos sprudelte heraus: »Das ist aber doch keine Angelegenheit, die sehr freundschaftlich ist.«

»Warum nicht? *Ich habe sie nur für dich bewahrt.*«

»Du hast sie . . . durch Vit?«

War also diese übertriebene Wachsamkeit mit zu seinem, Sos' Nutzen, angeordnet worden?

»Warum . . .?«

»Ich will nicht, daß sie einen geringeren Namen trägt«, sagte Sol ruhig.

Wie paßte das alles zusammen? Einem freundschaftlichen Wechsel stand zwar kein sittliches Hindernis entgegen. Trotzdem. Es war irgendwie nicht in Ordnung. Es konnte so nicht gutgehen. Er würde zwar den Finger nicht genau auf den wunden Punkt der Angelegenheit legen können; aber er wußte, daß etwas faul daran war. »Gib mir Soli«, bat Sola.

Sol reichte ihr das Baby. Sie öffnete ihr Kleid und hielt Soli zum Stillen an die Brust, während sie weitergingen. Das war es! Das Kind!

»Kann es denn schon ohne Mutter sein?« fragte Sos.

»Nein«, antwortete Sola.

»Meine Tochter wirst du mir nicht nehmen«, sagte Sol. Zum erstenmal hatte er die Stimme erhoben.

»Nein, natürlich nicht. Aber solange sie nicht – entwöhnt ist ...«

»Überhaupt nicht«, sagte Sola fest. »Sie ist auch meine Tochter. Sie bleibt bei mir!«

»Soli gehört mir!« sagte Sol ausdrücklich. »Du, Weib, bleibe oder gehe, wie du willst. Trag den Armreif, den du willst; aber Soli gehört mir!«

Das Baby blickte auf und fing zu weinen an. Sol nahm das kleine Mädchen wieder auf den Arm. Sofort war es zufrieden und still. Sola verzog das Gesicht, sagte aber nichts.

»Auf deine Tochter erhebe ich keinen Anspruch«, sagte Sos vorsichtig. »Wenn sie aber ihre Mutter nicht entbehren kann ...«

Sol setzte sich auf einen umgestürzten Baum und schaukelte Soli auf seinen Knien. »Betrübnis hat sich über unser Lager gesenkt, als du fortzogst. Jetzt bist du zurück und führst eine Waffe. Herrsche über meinen Stamm, über mein Reich so wie früher. Ich möchte dich wieder an meiner Seite haben!«

»Ich bin aber gekommen, um Sola mitzunehmen! Sie kann nicht hierbleiben, wenn sie den Armreif gewechselt hat. Das würde Schmach über uns beide bringen.«

»Warum? – »Sola, die Sols Kind nährt!«

Sol überlegte. »Dann soll sie weiter meinen Armreif tragen. Sie ist trotzdem dein.« – *»Du möchtest Hörner tragen?«*

Sol ließ Soli auf den Knien hüpfen. Er summte eine Melodie

und fiel dann mit dem Text ein. Es war *Red River Valley.* Sos unterbrach ihn erschrocken: »Du hast es also mitangehört!«

»Ich habe gehört, wer mein wahrer Freund war, als ich fieberkrank dalag und mich nicht rühren konnte. Ich weiß, wer mich auf der Schulter getragen hat, damit ich nicht sterbe! Wenn ich schon Hörner tragen muß, dann möchte ich solche Hörner tragen. Und alle dürfen es sehen!«

»Nein!« rief Sos erschrocken.

»Laß mir nur meine Tochter! Sonst gehört alles dir.«

»Nicht auf unehrenhafte Weise!« Doch für diesen Protest schien es zu spät.

»Und Schmach werde ich nicht akzeptieren, ob es nun meine oder deine wäre.«

»Ich auch nicht«, sagte Sola leise. »Jetzt nicht mehr.«

»Kann zwischen uns Ehre sein?« sagte Sol zu ihr mit Nachdruck. »Es kann doch nur Freundschaft zwischen uns geben.«

Sie sahen einander schweigend an und suchten nach einer Lösung.

Sos ließ im Geist alle Möglichkeiten an sich vorüberziehen. Doch an der Lage änderte sich nichts. Er konnte wieder gehen – und alle seine Träume von einer Vereinigung mit der Frau, die er liebte, aufgeben, während sie bei dem Mann bleiben würde, den sie nicht liebte und der sich nichts aus ihr machte. Konnte er sich mit einer blonden Miss Smith trösten? Er konnte natürlich auch bleiben und die unehrenhafte Verbindung akzeptieren, die sich unweigerlich ergeben würde. Das war eine Situation, die seiner Stellung und Waffe unwürdig war. Er konnte auch kämpfen, um die Frau und die Ehre. Alles oder nichts!

Sol begegnete seinem Blick. Er war zu derselben Lösung gekommen. »Bildet einen Kreis!« sagte er.

»Nein!« rief Sola, die merkte, was sich zusammenbraute. »Dieser Ausweg ist falsch!«

»Deswegen muß die Sache trotzdem im Ring ausgetragen werden«, sagte Sos bedauernd. »Du und deine Tochter, ihr müßt zusammenbleiben!«

»Ich verlasse Soli«, sagte sie mit Überwindung. »Laß dich nicht wieder auf einen Kampf ein!«

Sol saß noch immer mit dem Baby da und sah dem Herrn eines Reiches gar nicht ähnlich. »Nein, es ist für eine Mutter ärger, wenn sie ihr Kind verläßt, als für einen Anführer, der seinen Stamm aufgibt. Daran habe ich vorhin gar nicht gedacht. Jetzt weiß ich es.«

»Du hast keine Waffe mitgebracht«, sagte Sola und versuchte damit, den Kampf aufzuschieben.

Sol beachtete sie nicht und blickte Sos an. »Ich möchte dich nicht töten. Wenn du willst, kannst du mir dienen. Du darfst tun und lassen, was du willst. Aber nie wieder sollst du die Waffe gegen mich erheben«, schloß er mit Mühe.

»Ich möchte dich nicht töten. Du magst Waffen und Reich behalten, aber Mutter und Kind kommen zu mir.«

Und dabei blieb es. Wenn Sol gewann, war Sos aller ehrenhaften Mittel beraubt, sein Ziel noch länger zu verfolgen. Gewann Sos, mußte Sol das Kind aufgeben und Sola freilassen, die dann mit Sos fortziehen konnte. Der Gewinner würde sein Verlangen erfüllt haben, dem Verlierer würde der Rest bleiben.

Und der Rest war, trotz der theoretischen Großzügigkeit der Bedingungen, der Berg! Sos würde nicht bleiben, um Solas Armreif durch Ehebruch zu entweihen, oder schmachvoll zu den Irren zurückkehren. Sol würde das Reich zurückweisen, wenn er einmal den Kampf verloren hatte. Das war schon immer klargewesen. Keine schöne Lage. Der Sieger würde Sorgen haben. Aber es war immerhin eine faire Lösung – eine Entscheidung durch den Kampf.

»Bildet den Ring«, sagte Sol zum zweitenmal.

»Aber deine Waffe . . .« Sie wiederholten sich. Keiner wollte wirklich kämpfen. Gab es denn keine andere Lösung?

Sol reichte Sola das Kind und spähte zwischen den Bäumen hindurch. Er erblickte einen passenden jungen Baum und streifte ihm mit der Hand Äste und Blätter ab. Als er Sols Absicht sah, machte sich Sos daran, auf dem Waldboden eine Fläche in passender Größe frei zu machen. Die Umstände waren primitiv, doch handelte es sich um eine Angelegenheit, die keiner vor dem Stamm austragen wollte.

Sie traten an den Rand der provisorischen Arena. Sola stand

verängstigt daneben. Bis auf das Kind in Solas Arm erinnerte die Szenerie Sos an ihre erste Begegnung.

Sos übertraf seinen Gegner immer noch an Gewicht. Er führte eine Waffe, die, wie er sicher war, Sol noch nie gesehen hatte. Sol hatte jetzt zwar nur eine improvisierte Waffe; aber er war der beste Kämpfer, den man jemals in der Arena erlebt hatte. Und die Waffe, die er sich hergerichtet hatte, war eine Stange!

Die einzige Waffe, gegen die das Lasso im Nachteil war.

Wäre Sols Waffenkarren in der Nähe gewesen, hätte er vielleicht das Schwert, die Keule oder einen anderen Standardtyp gewählt. Doch er hatte sich selbstsicher darauf verlassen, etwas in der Natur vorzufinden, womit er einen Sieg erringen konnte. »Danach werden wir Freunde sein«, sagte Sol.

»Wir werden Freunde sein.« Das war wichtiger als alles andere. Sie traten in den Ring.

Das Kind schrie.

XIV

Als Sos den Fuß des Berges erreicht hatte, war es Mittsommer. Es war eine merkwürdige Anhäufung aus Lava und Schlacke, die sich über der Ebene erhob. Der Berg war vom Weltenbrand geformt worden, war aber strahlungsfrei. Bis zum Fuß des Berges reichten Sträucher und verkümmerte Bäume. An den Hängen gab es nur mehr Unkraut und Flechten.

Sos blickte bergan, konnte aber den Gipfel nicht sehen. Ein paar hundert Meter vor ihm wurde die Sicht von großen Gebilden aus metallischen, asymmetrischen und häßlichen Blöcken versperrt. Im Dunst über ihm kreisten Raubvögel und beobachteten ihn.

Auf dem Berg wehte ein Wind, der schaurig um die schroffen Zacken heulte. Der Himmel war bedeckt und leuchtete fahl.

Das war also der Berg des Todes. Den Namen konnte niemand mißverstehen.

Sos griff nach seiner Schulter und hob Dummerchen hoch. Hübsch war der Vogel nie gewesen. Seine gefleckten braunen Federn hatten immer zerzaust gewirkt, und die Farbverteilung war rein zufällig. Doch Sos hatte sich während der Zeit ihrer Gemeinschaft daran gewöhnt. »Weiter gehst du nicht mit, kleiner Freund! Ich steige hinauf, um nie wiederzukehren. Aber das ist nicht deine Angelegenheit. Die Geier haben es nicht auf dich abgesehen.«

Er warf den Vogel in die Luft, doch Dummerchen breitete die Flügel aus, kreiste über ihm und setzte sich wieder auf seine Schulter.

Sos zuckte die Achseln. »Ich gebe dir deine Freiheit wieder, und du nimmst sie nicht an. Dumm!«

Es hatte keine Bedeutung, aber er war gerührt. Wieviel an menschlicher Treue und Liebe war bloß Unwissenheit oder Schicksalsbestimmung?

Sos trug noch immer das Lasso, doch nicht mehr als Waffe. Er packte einen schwachen jungen Baum und streifte ihm die Zweige ab, wie Sol es getan hatte. Damit hatte er sich einen Stock für den Aufstieg geschaffen. Er rückte sein schweres Gepäck zurecht und ging weiter.

Die Vorsprünge waren aus Metall, enorme Flächen und Streben, an den Ecken geschmolzen, fest in der Hauptmasse eingebettet. Die Spalten waren mit Steinen und Schmutz gefüllt. Es sah aus, als hätten tausend Männer das Zeug zusammengeschoben und in Brand gesetzt, immer vorausgesetzt natürlich, daß Metall brannte. Vielleicht hatten sie Alkohol darübergegossen? Unsinn. Das hier war das Werk des großen Weltenbrandes.

Auch in diesem Stadium seines Lebens verließ Sos noch nicht die Neugier um das Phänomen des Brandes. Wie war er zustande gekommen? Wie hatte er so verschiedenartige Dinge hervorbringen können – die auf unsichtbare Weise gefährlichen Ödländer und den mächtigen Berg des Todes? Falls er auf irgendeine Weise von Menschen selbst ausgelöst worden war, wie die Irren behaupteten – warum hatten sich die Titanen vor der Weltenwende dazu entschlossen?

Das war das Rätsel aller Dinge, unlösbar, Titanengeheimnis.

Die moderne Welt begann mit dem Brand. Was vorhergegangen war, war sagenhaft, Mythologie. Die Irren behaupteten, es hätte vorher eine merkwürdige Gesellschaftsordnung bestanden, eine Welt voll unglaublicher Maschinen, voll Luxus und Wissen und titanischer Gewalt. Von all dem war wenig übriggeblieben. Während Sos diesen Mythen doch Glauben schenkte – die ehrwürdigen Texte waren immerhin ein überzeugender Beweis –, so tat sein nüchterner Sinn doch alles als unbewiesen ab.

Anderen gegenüber hatte er die Geschichte der Vergangenheit als Tatsache hingestellt. Es war aber genauso realistisch, zu glauben, daß die Bücher selbst – zusammen mit den Menschen und der Landschaft – in einem einzigen Augenblick aus dem Nichts durch den Brand geschaffen worden waren.

Sos schob den Aufstieg unnötig hinaus. Wenn er ihn überhaupt unternehmen wollte, so war jetzt die richtige Zeit dafür. Wenn Angst ihn davon abhielt, hätte er es zugeben sollen, statt so zu tun, als philosophiere er. So oder so – Handeln tat not.

Er warf das Seil um ein balkenartiges Gebilde und zog sich hoch. Wahrscheinlich gab es eine leichtere Art aufzusteigen, da die vielen Menschen, die den Weg vor ihm gegangen waren, weder Seile besessen hatten noch wußten, wie diese zu gebrauchen waren. Doch er war nicht hierhergekommen, um einem leichten Weg zu folgen.

Sos kletterte auf die Balkenfläche und zog das Seil nach. Dummerchen, der während der Kletterei weggeflattert war, stürzte hierbei und streifte mit einem Flügel sein rechtes Ohr. Immer die rechte Schulter, nie die linke! Aber nicht für lange. Dieser Überhang war nur der erste von vielen – vertikal und horizontal, gewinkelt, groß, klein und unbestimmbar, gerade, gebogen und verdreht . . . Das würde eine ermüdende und nervenaufreibende Kletterei werden!

Am Abend zog er wärmere Sachen aus seinem Gepäck und verzehrte das feste Brot, das in der letzten Herberge für die Bergsteiger vorrätig war. Eigenartig von den Irren, den Stoff des Lebens für diejenigen bereitzustellen, die den Tod suchten!

Er hatte sich in der Herberge alles angesehen, weil er wußte, er würde dazu nie wieder eine Gelegenheit bekommen. Sogar das Fernsehen. Es war dieselbe stumme, sinnlose Pantomime wie immer. Männer und Frauen, gekleidet wie Irre, die sich in unverhohlener Offenheit bekämpften und küßten, aber nie eine ordentliche Waffe benützten oder handfest der Liebe pflogen. Wenn man sich anstrengte, war es möglich, sich eine Geschichte daraus zusammenzureimen. Doch jedesmal, wenn sich ein Sinn zu ergeben schien, änderte sich die Szene. Andere Typen erschienen und hielten Gläser hoch, in denen eine Flüssigkeit schäumte, oder sie steckten sich dünne zylindrische Stäbchen in den Mund und verbrannten sie. Kein Wunder, daß sich das kein Mensch mehr ansah. Einmal hatte er Dr. Jones über das Fernsehen befragt, doch der Direktor hatte nur gelächelt und gesagt, daß die Verwaltung dieser Technik nicht in seine Abteilung fiele. Alles wurde von irgendwelchen Bändern ausgestrahlt, die noch aus der Zeit vor dem Brand stammten, hatte Jones ihm erklärt.

Sos schob solche Albernheiten beiseite. Er mußte jetzt praktische Dinge überlegen. Er hatte sein Gepäck sorgfältig zusammengestellt, da er wußte, daß ein Mensch überall verhungern konnte, wenn er nicht die nötigen Vorbereitungen traf. Der Berg war ein Vermächtnis, das man nicht mit gewöhnlichem Hunger oder Durst in Zusammenhang bringen konnte. Die Flasche mit dem Stärkungsmittel hatte er schon geleert. Er wußte, in der Höhe würde es eßbaren Schnee geben. Was immer auf ihn lauern mochte – Unterernährung würde es nicht sein.

Was lauerte aber dann auf ihn? Das hatte ihm niemand sagen können, da es sich um eine Reise ohne Wiederkehr handelte und die Bücher darüber merkwürdig zurückhaltend waren. Die Bücher schienen alle kurz vor dem Brand aufzuhören, nur einige Handbücher, die die Irren benutzten, reichten auch in die Zeit nachher. Das konnte ein Beweis dafür sein, daß die Bücher wirklich aus der Zeit vor dem Brande stammten. Sonst waren sie kaum glaubwürdig, da sich keines auf die wirkliche Welt bezog. Bücher und Fernsehen waren Bestandteile der künstlichen und mythischen Sagenwelt, deren Existenz er an einem Tag glaubte und am nächsten wieder leugnete. Der Berg war vielleicht ein neuer Aspekt davon.

Da Sos seine Gedanken von dem Thema nicht losreißen konnte, gab es einen sehr praktischen Weg, sich davon zu befreien. Er wollte den Berg besteigen und selbst nachsehen. Wenigstens der Tod konnte doch nicht aus zweiter Hand stammen.

Dummerchen flatterte herum und suchte nach Insekten. »Flieg zurück, Vogelhirn«, riet ihm Sos. »Hier ist kein Plätzchen für dich.«

Der Vogel schien zu gehorchen, denn er flog außer Sichtweite. Sos gab sich seinen Tagträumen hin: Fernsehbilder, Eisenstangen, Solas düsteres Antlitz. Dann kam wieder die nebelhafte Ungewißheit über die Natur der Auslöschung, die er suchte.

Doch am kalten Morgen war Dummerchen wieder da. Sos hatte es geahnt.

Der zweite Tag des Aufstieges war leichter als der erste. Er legte die dreifache Strecke zurück. Das monströs geformte Metall wich gepreßtem Schutt, der von Unkraut bewachsen war. Riesige Partien in Auflösung begriffenen Gummis, längliche Metallflächen, Teile uralter Stiefel, gebackene Tonfragmente, Plastiktassen und Hunderte von Bronze- und Silbermünzen. Das mußten Geräte der Vor-Brand-Zivilisation sein, wenn man den Büchern traute. Er konnte sich nicht vorstellen, wozu die monströsen Gummigebilde gedient hatten, doch alles andere erinnerte an die Gegenstände, die in den Herbergen aufbewahrt wurden. Von den Münzen nahm man an, daß sie Statussymbole gewesen waren. Besaß man viel davon, war das mit einem Sieg im Ring zu vergleichen.

Wenn man den Büchern trauen durfte!

Am Spätnachmittag fing es zu regnen an. Sos grub eine Tasse aus dem Boden, klopfte den Schmutz heraus und sammelte damit Regenwasser. Er war durstig, und der Schnee war noch weiter entfernt als erwartet. Dummerchen hockte auf seiner Schulter und ließ sich nur ungern naßregnen. Schließlich rückte Sos sein Gepäck so zurecht, daß der Vogel geschützt war.

Am Abend schwirrten viele Insekten herum, als hätte die Nässe sie ins Freie gezwungen. Sos trug ein Mittel gegen Moskitos auf, während Dummerchen emporschoß und sich für magere Zeiten schadlos hielt.

Sos hatte seine Gedanken auf sein Ziel konzentriert, doch jetzt, da der Berg den Reiz des völlig Neuen eingebüßt hatte, kehrten seine Gedanken zu den erregendsten Episoden seines Lebens zurück. Er dachte an die erste Begegnung mit Sol. Beide waren sie damals im Ring noch Neulinge gewesen. Beide wollten sie die Welt erkunden und tasteten sich vorsichtig auf dem Weg voran, den das Herkommen vorschrieb. Offenbar hatte Sol alle seine Waffen in sportlichen Wettkämpfen erprobt, bis er seiner sicher war. Nach ihrer abendlichen Diskussion hatte Sol seinen Weg des Aufstieges gesehen. Für beide war es danach kein Spiel mehr. Ihre Füße waren bereits der unsichtbaren Spur gefolgt, die den einen zur Macht führten und den anderen – zum Berg.

Er dachte an Sola, die damals ein unschuldiges Mädchen gewesen war – süß und eifrig darauf bedacht, sich durch einen Armreif zu bestätigen. Sie hatte sich bestätigt – aber nicht durch den Armreif, den sie trug. Das – mehr als alles andere – hatte ihn hierhergeführt.

Merkwürdig, daß sich alle drei gleichzeitig begegnen mußten! Wären nur die beiden Männer zusammengetroffen, hätte das Reich sie vielleicht – sogar jetzt noch – vereint. Wäre das Mädchen vorher oder später aufgetaucht, hätte Sos sie vielleicht für eine Nacht genommen, wäre dann weitergezogen und hätte sie nie vermißt. Aber es war eben ein Dreiertreffen gewesen, und das Reich des Mannes war in seiner Entstehung mit dem weiblichen Samenkorn der Zerstörung befruchtet worden. Es war nicht das Mädchen als solches gewesen, das dabei eine Rolle gespielt hatte. Sie war ein Element gewesen, das den Anfang beeinflußte. Warum war sie ausgerechnet in diesem Augenblick aufgetaucht!

Er schloß die Augen und sah vor sich die Stange – blendend, schnell, wie sie ihn blockierte, ihn traf, ihm begegnete, wohin er sich auch wenden mochte; kein Verteidigungsinstrument, sondern eine grausame Angriffswaffe.

Und jetzt der Berg, die einzige ehrenhafte Alternative. Er hatte gegen den Besseren verloren.

Er schlief mit dem Bewußtsein ein, daß nicht einmal sein Sieg eine Lösung gebracht hätte.

Am dritten Tag fing der Schnee an. Sos umhüllte sich mit dem letzten schützenden Kleidungsstück und ging weiter. Dummerchen war bei ihm geblieben und schien sich nicht einmal schlecht zu fühlen. Sos schöpfte mit der Hand das weiße Pulver und stopfte es als Wasserersatz in den Mund. Das Zeug zerschmolz zu nichts und machte Wangen und Mund gefühllos. Als es Nacht wurde, stapfte er durch hohe Schneewächten und mußte sich vorsehen, um nicht in tückische Spalten zu tappen, die unter der glatten Oberfläche verborgen waren.

Er konnte keine geschützte Stelle mehr finden. Er legte sich auf die Seite, drehte dem Wind den Rücken zu und fühlte sich in seiner Vermummung ganz wohl. Dummerchen hockte zitternd neben seinem Gesicht. Plötzlich wurde ihm klar, daß der Vogel hier keine Nahrung mehr fand. Nicht hier im Schnee. Hier gab es keine lebenden Insekten mehr.

Er grub eine Handvoll Brot aus dem Proviant und hielt einen Krümel an Dummerchens Schnabel. Das Tier zeigte keine Reaktion. »Du wirst verhungern«, sagte Sos besorgt. Er sah, daß das Gefieder des Vogels bebte. Schließlich zog er den linken Handschuh aus, nahm den Vogel auf die nackte warme Handfläche und schützte ihn mit der rechten, behandschuhten Hand. Im Schlaf mußte er achtgeben, um den zarten Körper nicht zu zerdrücken.

Er wachte ein paarmal auf, als ihm kalte Windstöße ins Gesicht bliesen und durch seine Kleider drangen. Seine Linke blieb unbeweglich.

Am Morgen schien Dummerchen wohlauf zu sein, aber Sos wußte, das konnte nicht von langer Dauer sein. Der Vogel war nicht für Schnee und Kälte geschaffen. Sogar seine Färbung paßte nicht dazu. »Flieg wieder hinunter«, mahnte er ihn. »Hinunter! Dort ist es warm. Insekten!« Er schleuderte den kleinen Körper in die Luft – ohne Erfolg. Dummerchen breitete die Flügel aus, kämpfte heldenhaft gegen die kalte Luft und flog weiter bergauf.

Als Sos den Vogel wieder in die Hand nahm und sich zum Weiterklettern anschickte, fragte er sich, ob diese irregeleitete Treue nicht närrischer war als Sols Entschluß, eine Tochter, die er nicht gezeugt hatte, zu behalten. Eine Tochter? Oder war es nur ein stures Beharren auf einem alten Ehrenkodex, der bereits grausam verletzt worden war? Menschen waren irrationale Geschöpfe. Warum nicht auch Vögel? Wenn die Trennung zu schwer war, würden sie eben gemeinsam sterben.

Am vierten Tag kam Sturm auf. Sos ging weiter. Sein Gesicht war fast starr vor Kälte. Sos hatte eine Schneebrille, die er jetzt aufsetzte; doch Nase und Mund blieben unbedeckt. Als er die Hand ausstreckte, entdeckte er statt seines natürlichen Bartes einen Eisbart. Er versuchte ihn abzubrechen, wußte aber, daß es umsonst war. Es würde sich sofort ein neuer bilden.

Der Wind drang schneidend bis auf seine Haut. Vor kurzem noch hatte er geschwitzt und warme Sachen als lästig empfunden. Jetzt schien sich die Feuchtigkeit sofort in Eis zu verwandeln und an seinem Körper zu haften. Er hatte offenbar einen Fehler gemacht. Er hätte Kleidung und Tempo so abstimmen müssen, daß er gar nicht erst in Schweiß geraten wäre. Die Feuchtigkeit hatte nicht entweichen können und gefror natürlich. Diese Lektion kam zu spät.

Das war also der Tod des Berges. In den oberen Regionen im Schneesturm erfrieren oder in eine versteckte Spalte stürzen ... Er hatte zwar den Boden immer genau beobachtet, war aber bereits mehrere Male ausgerutscht und hingefallen. Bis jetzt hatte er dabei Glück gehabt. Die Kälte kroch ihm durch die Kleider und sog ihm die Lebenskraft aus den Poren. Wie das enden würde, war klar. Wenn man den Geschichten Glauben schenken konnte, war noch keiner vom Berg zurückgekehrt. Noch nie hatte man einen Körper gefunden oder gar gerettet. Kein Wunder!

Doch war das nicht der Berg, wie er sich ihn nach den Berichten vorgestellt hatte. Nach dem Metallkonglomerat am Fuße – vor wie vielen Tagen? – hatte er nichts Auffälliges mehr gesehen: Keine scharfen Kanten mehr, keine nackten Felsen oder trügerische Eisbrücken. Bei klarem Himmel hatte er auch keine anderen Bergketten oder Pässe entdecken können. Diese Bergflanke hatte, stetig ansteigend, aufwärts geführt. Sie erinnerte ihn an eine umgestülpte Schale. Nur die Kälte stellte eine echte Gefahr dar.

Auf keinen Fall gab es hier ein Hindernis für denjenigen, der sich entschloß, wieder kehrtzumachen. Es hatte doch bestimmt Leute gegeben, die aufgegeben hatten und an den Fuß des Berges zurückgekehrt waren. Leute, die sich entschlossen, weiterzuleben oder einen weniger mühsamen Weg einzuschlagen. Er selbst konnte doch auch kehrtmachen . . .

Er nahm den stillgewordenen Vogel von der Schulter. Nur mühsam konnte er seine Krallen lösen. »Wie wär's? Haben wir nicht schon genug von der Reise?«

Keine Antwort. Der kleine Körper war steif.

Sos hielt ihn nahe ans Gesicht und wollte seinen Augen nicht glauben. Er spreizte sanft mit den Fingern einen Flügel – er blieb steif. Das Tier war lieber gestorben, als seinen Gefährten zu verlassen. Und Sos hatte nicht einmal den Eintritt des Todes bemerkt. Wahre Freundschaft . . .

Er legte den gefiederten Leichnam in den Schnee und bedeckte ihn. Er fühlte einen Klumpen in der Kehle. »Tut mir leid, kleiner Freund«, sagte er. »Ein Mensch stirbt schwerer als ein Vogel.« Mehr brachte er nicht heraus.

Er sah bergan und stapfte weiter.

Jetzt war die Welt ein öder Ort für ihn geworden. Er hatte den Vogel wie eine Selbstverständlichkeit hingenommen. Sein plötzlicher Verlust brachte ihn völlig aus dem Gleichgewicht. Jetzt blieb ihm nichts übrig, als durchzuhalten. Er hatte einen treuen Freund getötet. In seiner Brust war eine Wunde, die nicht heilen wollte.

Es war nicht das erste Mal, daß seine Torheit einem anderen geschadet hatte. Sol hatte nur Freundschaft verlangt. Statt ihm diese zu versprechen, hatte Sos ihn in den Ring gezwungen. Warum hatte er bloß seinen Ehrbegriff so hartnäckig vertreten? Warum hatte er Sols letztes Angebot so entschlossen zurückgewiesen? Deswegen, weil er sich auf ein engherziges Ehrkonzept gestützt hatte, um seine eigenen, selbstsüchtigen Ziele rücksichtslos voranzutreiben? Egal, wer dabei geopfert wurde? Und weil er sein Ziel nicht erreicht hatte – mußte er da gleich alles zerstören, was ihm noch geblieben war? Er dachte wieder an den kleinen Vogel und hatte jetzt eine Antwort.

Der Berg wurde steiler. Der Sturm nahm zu. Soll es doch kommen, dachte er. Deswegen war er ja da. Er konnte nicht mehr unterscheiden, ob es Tag oder Nacht war. Seine Brille war eisverkrustet, wenn er sie überhaupt noch auf hatte. Es kümmerte ihn nicht. Überall wirbelndes Weiß. Er keuchte. Seine Lungen brannten. Er konnte nicht mehr genug Luft bekommen. Die steile Schneelandschaft vor ihm dehnte sich endlos.

Erst, als er fast im Schnee erstickte, merkte er, daß er hingefallen war. Er versuchte aufzustehen. Seine Glieder gehorchten ihm nicht mehr richtig.

»Komm!« hörte er Sola rufen, und er lauschte, obwohl er wußte, daß ihre Stimme nur eine Täuschung war. Er bewegte sich weiter, jetzt auf sichere Art – auf allen vieren.

Dann kroch er auf dem Bauch dahin, erstarrt bis auf den Schmerz in seinem Herzen.

Schließlich löschte eine angenehme Mattigkeit auch das aus.

XV

»Die Muskeln lockern! Es ist besser, Sie gehen, damit der Kreislauf wieder in Schwung kommt!«

Sos kam nur widerwillig zu sich. Er versuchte die Augen zu öffnen, doch die Dunkelheit blieb.

»He! Finger weg von dem Verband! Auch wenn Sie nicht schneeblind sind, so sind Sie doch erfroren. Hier, meine Hand ...!« Eine feste Männerhand stieß gegen seinen Arm.

»Bin ich gestorben?« fragte Sos und stützte sich auf die dargebotene Hand.

»Ja, in gewisser Weise. Sie werden nie mehr nach oben zurückkehren« – »Und – Dummerchen?«

»Was?« – »Mein Vogel. Ist er auch mitgekommen?«

Der Mann blieb stehen. »Entweder handelt es sich um ein Mißverständnis, oder Sie sind frecher als alle Teufel!«

Sos klammerte sich an den Arm des Mannes und schrie vor Schmerz auf. Er zog mit der freien Hand am Kopfverband und riß ihn weg. Schmerz überflutete ihn, doch er konnte wieder sehen.

Er befand sich in einem Herbergsraum und stand vor einem

gewöhnlichen Schlafabteil, das mit ungewöhnlichen Geräten ausgestattet war. Er trug seine Beinkleider, sonst nichts. Ein dünner Mann in einem weibischen weißen Arbeitskittel verzog das Gesicht, als Sos Griff stärker wurde. Sos ließ ihn los und sah sich nach dem Ausgang um.

Eine Herberge konnte das nicht sein, denn dieser Raum war viereckig. Die Standardeinrichtung hatte ihn zunächst irregeführt. Jedenfalls hatte er noch nie eine Unterkunft dieser Art gesehen.

»Eine ungewöhnliche Wiederbelebung, das muß ich sagen«, bemerkte der Mann und rieb sich den Arm. Er war in mittleren Jahren, mit schütterem Haar und blassen Zügen. Offenbar hatte er die Sonne und den Kampfring lange entbehrt.

»Sind Sie ein Irrer?«

»Die meisten Menschen in Ihrer Lage begnügen sich mit einem ›Oh, wo bin ich?‹ oder einer anderen Banalität. Sie sind ein Original!«

»Ich bin nicht auf den Berg gekommen, damit man sich über mich lustig macht«, sagte Sos streng und kam drohend auf den Mann im Kittel zu.

Der Mann drückte auf einen Knopf in der Wand. »Wir haben einen Lebenden!« rief er.

»Habe ich gesehen«, antwortete eine weibliche Stimme aus dem Nichts.

Eine Sprechanlage, dachte Sos. Also waren es Irre.

»Bring ihn in den Behandlungsraum! Ich übernehme ihn.«

Der Mann drückte auf einen anderen Knopf. Neben ihm glitt eine Tür auf. »Gehen Sie bis ans Ende. Dort werden alle Ihre Fragen beantwortet.«

Sos ging an ihm vorbei, mehr darauf bedacht, ins Freie zu kommen, als einen Unbekannten auszufragen. Doch der Gang führte nicht ins Freie. Er war unendlich lang, mit geschlossenen Türen auf beiden Seiten. Das war bestimmt keine Herberge. Das war vielmehr ein Gebäude. Es erinnerte ihn an eine von den Irren geführte Schule. Doch dafür war das Gebäude wieder zu groß.

Sos rüttelte an einer Tür. Sie war verschlossen. Er dachte schon daran, sie aufzubrechen, fürchtete jedoch, daß das zu lange dauern würde. Er hatte Kopfschmerzen. Seine Muskeln waren steif und schlaff zugleich. Im Magen spürte er Übelkeit. Er fühlte sich körperlich elend und wollte hinaus, bevor ihm noch andere weißbekittelte Unbekannte über den Weg liefen. Die Tür am Ende des Ganges stand offen. Sos betrat einen riesengroßen Raum, der mit merkwürdigen Gebilden angefüllt war: Horizontale Balken, vertikale Stangen; große Behälter, die aus zusammengebundenen Stäben bestanden. Er hatte keine Ahnung, was das bedeuten sollte, und war zu wirr und krank, um sich den Kopf darüber zu zerbrechen.

Eine leichte Hand legte sich auf seinen Arm. Vor Schreck sprang er zur Seite. Er faßte nach seinem Lasso und drehte sich blitzschnell nach dem Feind um.

Natürlich war das Lasso gar nicht mehr da. Der vermeintliche Feind war ein Mädchen. Ihr Kopf reichte ihm nicht einmal bis zur Schulter. Sie trug einen weißen Arbeitsmantel. Ihr Haar war unter einem knappen Käppchen zusammengefaßt, das sie knabenhaft aussehen ließ. Die kleinen Füße waren bloß.

Verlegen beruhigte sich Sos, obwohl sein Schädel dröhnte und ihn die Örtlichkeit noch immer durch ihre Abgeschlossenheit bedrückte. So nervös war er noch nie gewesen. Wenn er nur hinaus in den offenen Wald hätte gehen können . . .

»Darf ich das haben?« sagte das kleine Mädchen. Ihre federweichen Finger glitten über seinen Unterarm und faßten nach dem Armreif. Sie streifte ihn ab. Er faßte ärgerlich danach, doch sie entschlüpfte ihm. »Was machst du?« fragte er.

Sie legte die goldene Spange über ihr Gelenk und drückte sie zusammen. »Sehr hübsch. So etwas habe ich mir immer gewünscht«, sagte sie keck. Sie hob eine Braue: »Wie heißen Sie?«

»Sos, der – Sos«, sagte er, als ihm seine Niederlage im Ring einfiel. Er hatte sich wieder als waffenlos zu betrachten. Erneut wollte er nach ihr fassen, doch sie tänzelte weg.

»Ich hab' dir den Reif nicht gegeben.«

»Dann hol ihn dir wieder«, sagte sie und streckte ihm ihr Gelenk entgegen. Ihr Arm war schlank, aber schön geformt. Wie alt sie wohl sein mochte? Sicherlich nicht alt genug, um solche Spiele mit einem erwachsenen Mann zu treiben.

Noch einmal langte er nach ihr . . . und griff in die Luft.

»Mädchen, du ärgerst mich!«

»Wenn du dich so langsam ärgerst, wie du dich bewegst, dann habe ich nichts zu befürchten, Ungeheuer!«

Diesmal machte er einen Satz auf sie zu, weder im Ärger noch in der Bewegung langsam, und verfehlte sie abermals.

»Na los doch, Baby!« neckte sie ihn und schüttelte ihr erhobenes Handgelenk, so daß das Metallband verführerisch aufblitzte. »Du magst nicht, wenn man dich verspottet! Laß einer Frau doch nicht alles durchgehen! Fang mich!«

Sie wollte also, daß er sie jagte. Er wußte auch, daß er nicht ihrem Willen nachgeben durfte. Doch der Schmerz im Kopf und Körper beeinträchtigte seine Wachsamkeit. Er lief ihr nach.

Sie glitt die Wand entlang, sah sich nach ihm um und kicherte. Sie war so klein und zierlich, daß Beweglichkeit ihre zweite Natur war. Mit Bekleidung konnte sie nicht mehr als hundert Pfund wiegen. Als er sie fast eingeholt hatte, wich sie seitwärts aus und ließ eine vertikale Stange ausschwingen, über die er tolpatschig stolperte.

»Ein Glück, daß du nicht im Ring stehst!« zwitscherte sie. »Du kannst ja nicht mal gerade auf den Beinen stehen!«

Als er wieder hinter ihr her war, bewegte sie sich bereits zwischen den Geräten – mit einer Geschicklichkeit, die das Ergebnis langer Übung sein mußte.

Sos folgte ihr, faßte nach den aufrechten Stäben und schwang sich mit gesteigerter Gewandtheit weiter. Er fühlte sich bei diesen Bewegungen gleich viel besser, als schüttle er damit die Lethargie der eisigen Berge ab. Wieder hatte er sie eingeholt – und wieder entkam sie ihm überraschend.

Sie sprang in die Luft und faßte nach der untersten Sprosse einer Leiter, die von der hohen Decke hing. Wie eine Athletin klammerte sie sich mit den Beinen daran fest und stieg daran hoch, als wäre sie schwerelos. In Sekundenschnelle war sie außer Reichweite.

Sos packte die unterste Sprosse und entdeckte, daß sie aus biegsamem Plastik war. Er zog versuchsweise daran. Ein Zittern lief die Seile entlang, und das brachte auch das Mädchen in Bewegung. Seile? Er lächelte, schüttelte das Ding noch mehr und zwang das Mädchen damit, sich fest anzuklammern, damit es nicht abgeworfen wurde. Dann versuchte er hochzuklettern.

Die Strickleiter hielt sein Gewicht aus. Die Bewegung war ihm zwar ungewohnt, doch konnte er sich rasch anpassen. Schließlich hatte er gelernt, mit einem Seil umzugehen.

Sie spähte verstört hinunter, doch er kletterte ruhig weiter und beobachtete sie. In einigen Sekunden würde er nach ihrem Fuß fassen und sie nach unten ziehen können.

Sie streckte die Beine durch das Leiterende und hing jetzt mit dem Kopf nach unten. Der Arbeitskittel glitt ihr von den Schultern. Darunter trug sie einen leichten, knappen zweiteiligen Anzug, der wenig mehr als Busen und Hinterteil bedeckte. Sos revidierte seine Einschätzung ihres Alters: Sie war so wohlgerundet wie eben eine richtige Frau.

Sie sah ihn mit elfenhaftem Gesicht an, breitete den Kittel aus und ließ ihn auf sein nach oben gewendeten Gesicht fallen.

Er fluchte und versuchte, den Kittel abzustreifen. Dabei verlor er beinahe die Leiter aus dem Griff.

Bis er sich wieder abgesichert hatte und den leicht parfümierten Kittel losgeworden war, stand sie schon auf dem Boden unter ihm und kicherte fröhlich. Sie war also an ihm vorbeigeglitten. »Möchtest du deinen Armreif, Tolpatsch?« neckte sie ihn.

Sos ließ sich hinunter und landete auf dem Boden. Schon war sie wieder weg. Diesmal hatte sie das kastenartige Gebilde erklommen und wand sich über und unter den Stangen wie eine Schlange hindurch. Jetzt wußte er, daß er sie nicht fangen konnte. Sie war eine Turnerin. Größe und Gewicht kamen ihr bei den Geräten sehr zustatten.

»Gut«, sagte er verdrossen, aber nicht mehr böse. Er bewunderte ihren geschmeidigen und gesunden Körper. Wer hätte solche Rundungen in so knapper Verpackung vermutet?

»Behalte ihn!«

Einen Augenblick und verschiedene Drehungen, und sie stand neben ihm. »Du gibst also auf?«

Er ließ seine Finger über ihrem Oberarm einschnappen und benutzte dabei denselben Trick wie beim Seilwurf. »Nein!«

Sie zuckte unter dem harten Griff nicht einmal zusammen, und rammte ihre freie Hand mit der Kante in seinen Bauch, knapp unter dem Brustkasten, und zwar von unten nach oben. Dabei hielt sie die Finger steif ausgestreckt.

Die Wucht des Hiebes überraschte ihn. Er war momentan wie gelähmt. Doch behielt er seinen Griff bei und drückte sogar noch fester zu, bis ihr festes junges Fleisch gegen den Knochen gequetscht wurde.

Auch jetzt kein Zusammenzucken oder Aufschreien. Wieder versetzte sie ihm mit der flachen Hand einen Hieb – diesmal gegen die Kehle. Eine unglaublich schmerzhafte Stelle. Sein Mageninhalt kam hoch. Sos konnte weder den Atem anhalten noch aufschreien. Also übergab er sich keuchend und würgend.

Als er sich wieder seiner Umwelt bewußt wurde, saß er auf dem Boden. Sie kniete über seinen Beinen und hatte die Hände auf seine Schultern gelegt. »Sos, das tut mir leid. Aber du bist sehr stark.«

Er starrte sie benommen an. Sie war tatsächlich geübter, als er vermutet hatte. Sie war zwar eine Frau, aber ihre Hiebe saßen.

»Sos, ich würde deinen Armreif so gerne behalten. Ich weiß, welche Bedeutung er hat.«

Er dachte an die Art und Weise, wie Sol seinen Armreif Sola gegeben hatte. Die besonderen Umstände hatten zunächst nicht vermuten lassen, daß diese Verbindung sich so locker gestalten würde. War er nun selbst nahe daran, einen Armreif mutwillig zu vergeben, nur weil eine Frau ihn darum gebeten hatte? Er versuchte zu sprechen, doch sein Kehlkopf hatte sich von dem Hieb noch immer nicht erholt.

Sie hielt ihm ihr Gelenk entgegen. Er wich nicht zurück, sondern umfaßte es zögernd. Ihm fiel ein, daß er um Sola gekämpft hatte und unterlegen war, während diese Frau ihn um den Armreif herausgefordert und gewonnen hatte.

Vielleicht mußte man ihm den Reif mit Gewalt wegnehmen. Wenn er dazu schnell bereit gewesen wäre, hätte er ihn der blonden Miss Smith geben können. Er wußte doch, daß sie ihn begehrt hatte. Auch Sola hatte ihm ihre Liebe aufgezwungen und hatte erreicht, daß er ihre Liebe erwiderte. Ihm gefiel zwar nicht, was sich daraus über seinen Charakter ableiten ließ, doch war es besser, sich damit abzufinden, als es zu leugnen.

Er berührte den Armreif und ließ dann die Hand fallen.

»Danke, Sos«, murmelte sie und küßte ihn in den Nacken.

XVI

Beim Erwachen glaubte er erst, alles sei pure Einbildung gewesen. Wie all die merkwürdigen Dinge, die man im stummen Fernsehen zu sehen bekam. Aber sein Armreif war weg und hatte auf seinem rechten Handgelenk einen blassen Streifen hinterlassen. Jetzt war er allein in einer viereckigen Unterkunft und fühlte sich tadellos.

Man hatte ihn also doch vom Berg gerettet, wiederbelebt und hier zur Ruhe gebettet, während sein kleiner Freund das Zeitliche gesegnet hatte.

Er stand auf und fand sein Gewand sauber und ausgebessert neben der Schlafkoje vor. Wenn das der Tod war, überlegte er, so war er dem Leben nicht unähnlich. Unsinn. Es war nicht der Tod.

Hier gab es keine Lebensmittelvorräte und keine Waffen. Der Waffenständer fehlte überhaupt. Sos öffnete die Tür und hoffte, Wald oder eine vertraute Gegend oder wenigstens den Fuß des Berges zu sehen. Doch er sah vor sich nur eine kahle Mauer. Es war die gleiche Mauer, die er im Traum entlanggegangen war.

Also war der Traum keine Phantasie, sondern Wirklichkeit gewesen. »Ich werde bei dir sein, Sos.«

Das war die Stimme des Mädchens, der zierlichen Frau, die ihn geneckt und schließlich niedergeschlagen hatte. Seine Kehle schmerzte immer noch ein wenig, wie er jetzt merkte. Er betrachtete sein Handgelenk. Gut. Sie hatte also behauptet, sie wisse, was der Armreif bedeutet.

Sie kam lächelnd den Gang entlang. Jetzt hatte sie einen viel kleidsameren Kittel an. Das Haar, das sie jetzt sichtbar trug, war braun und lockig und steigerte ihre Weiblichkeit beträchtlich. Der Armreif glänzte an ihrem Arm. Offenbar hatte sie das Gold auf Hochglanz poliert. Er bemerkte, daß der Reif zwanglos ihr Gelenk umspannte und die Enden sich sogar überschnitten, während er an seinem Arm weit auseinanderklaffte. Hatte diese kleine Person ihn tatsächlich besiegt?

»Fühlst du dich besser, Sos?« fragte sie besorgt. »Ich weiß, gestern habe ich dich ordentlich herumgejagt. Aber der Arzt sagte, ein bißchen Bewegung wäre das beste für deinen Kreislauf. Also habe ich für Bewegung gesorgt.«

Er sah sie verständnislos an.

»Ach ja – du hast ja noch keine Ahnung von unserer Welt. »Sie lächelte bestrickend und nahm seinen Arm. »Du bist im Schnee fast erfroren, und wir mußten dich hereinschaffen, bevor du dauernden Schaden davongetragen hättest. Manchmal dauert eine völlige Genesung Wochen, aber dein Zustand war so gut, daß wir dir sofort das Stärkungsmittel gegeben haben. Eine Art Droge. Davon verstehe ich nicht viel. Sie entschlackt den Kreislauf und scheidet die beschädigten Gewebe aus. Es muß aber überall hingelangen, in Finger, Zehen und sonst . . . Wie gesagt, ich verstehe nichts davon. Ein paar gute Freiübungen bringen die Sache viel besser in Schwung. Dann schläft man und weiß als nächstes nur, daß man sich besser fühlt.«

»Ich kann mich nicht erinnern . . .«

»Sos, ich habe dich eingeschläfert. Nachdem ich dich geküßt habe. Es hängt davon ab, daß man die richtigen Druckpunkte berührt. Ich kann es dir zeigen, wenn . . .«

Er verneinte hastig. Sie hatte ihn also hierhergeschafft. Hatte sie ihn auch ausgezogen und seine Kleider gereinigt, wie Sola es vor langer Zeit getan hatte? Die Parallelen waren beunruhigend.

»Schon gut, Sos. Ich trage schließlich deinen Armreif. Letzte Nacht bin ich nicht bei dir geblieben. Ich wußte, du würdest nicht bei Bewußtsein sein. Von jetzt an bleibe ich bei dir.« Sie zögerte. »Es sei denn, du hast deine Absicht geändert . . .«

Sie war so klein, einer Puppe viel ähnlicher als einer Frau.

Ihre Besorgtheit war rührend, doch er wußte nicht, was er darauf antworten sollte. Sie wog nur halb soviel wie er. Was konnte sie schon von dem wissen, was zwischen Mann und Frau vorging!

»Ach, so ist das!« rief sie errötend aus, obwohl er kein Wort gesagt hatte. »Na, da gehen wir schnell zurück in dein Zimmer! Ich werde dir zeigen, daß ich nicht bloß klettern kann.«

Er mußte über ihren Eifer lächeln. »Nein, laß das. Ich glaube, du weißt, was man mit einem Mann tun kann.« Das Gejagtwerden hatte ihm gut gefallen.

Sie hatte ihn durch rechtwinkelig angelegte Korridore, die durch an der Decke angebrachte Lichtröhren erhellt wurden, in einen anderen Raum geführt. Diese merkwürdig abgeschlossene Welt schien endlos zu sein. Er hatte hier noch kein Tageslicht gesehen.

»Hier ist unsere Kantine. Wir sind eben zur rechten Zeit gekommen.«

Auf einer langen Theke standen Platten mit Speisen: Dünne Schinkenscheiben, dampfende Hafergrütze, weiche Eier, Wurst, getoastetes Brot und andere Dinge, die er nicht kannte. Weiter unten sah er Schalen mit Fruchtsaft, Milch und heißen Getränken, und auch ausgesuchte Puddings und Aufstriche, als hätte jemand die ganze Speisekammer einer Herberge für eine einzige Festivität geleert. Es war mehr vorhanden, als man essen konnte.

»Nimm, wenn du willst, und stelle es auf dein Tablett«, sagte sie. »Hier!« Sie hob von einem Stoß ein Plastiktablett ab und reichte es ihm. Dann nahm sie sich selbst eines, ging ihm voraus und suchte verschiedene Teller aus. Er folgte ihr und nahm von allem.

Lange vor dem Ende der Theke hatte er bereits keinen Platz mehr auf dem Tablett. »Hier«, sagte sie, »stell etwas auf mein Tablett!«

Der Gang erweiterte sich zu einem Eßraum – viereckige, weißgedeckte Tische. An einigen Tischen saßen Menschen und aßen. Alle Frauen und Männer trugen Arbeitsmäntel oder Kittel. Er fühlte sich hier fehl am Platz, weil er normal gekleidet war.

Sosa führte ihn an einen leeren Tisch und stellte die Speiseauswahl und die Getränke vor ihn hin.

»Ich könnte dich jetzt den anderen vorstellen; doch sind wir beim Essen lieber ungestört. Wenn man Gesellschaft haben will, läßt man die anderen Sessel offen stehen. Will man allein bleiben, dann stellt man sie so hin.« Sie lehnte die zwei unbesetzten Sessel gegen den Tisch. »Kein Mensch wird uns belästigen.« Sie besah sich seine Speisenfolge. »Eines merke dir, Sos – wir vergeuden hier nichts. Du mußt alles aufessen, was du dir nimmst.« Sos nickte. Er war ausgehungert.

»Wir nennen das die Unterwelt«, erklärte sie während des Essens, »doch betrachten wir uns nicht als Verbrecher.« Sie hielt inne. Er hatte die Anspielung ohnehin nicht verstanden.

»Jedenfalls sind wir hier alle tot. Ich meine, wir wären alle tot, wenn wir nicht – na, so wie du den Berg erstiegen hätten. Ich bin voriges Jahr gekommen. Jede Woche kommt jemand – jemand, der es schafft. Jemand, der nicht kehrtmacht. Deswegen bleibt unsere Zahl ziemlich konstant.«

Sos blickte mit vollem Mund auf. »Einige machen kehrt?«

»Die meisten. Sie werden müde, ändern ihre Absicht und gehen wieder hinunter.«

»Aber vom Berg ist noch niemand zurückgekehrt!«

»Das stimmt«, sagte sie unbehaglich.

Er drang nicht weiter in sie, sondern hob sich die Frage für später auf.

»Also sind wir wirklich tot, weil keiner von uns wieder in der wirklichen Welt auftaucht. Aber wir sind hier nicht müßig, sondern arbeiten sehr hart. Nach dem Essen zeige ich dir alles.«

Das tat sie denn auch. Sie führte ihn in die Küche, wo schwitzende Köche die Platten vorbereiteten und Hilfskräfte das gebrauchte Geschirr in eine Spülmaschine steckten. Sie zeigte ihm die Büros, in denen die Buchhaltung erledigt wurde. Den Sinn dieser Berechnungen erfaßte Sos nicht. Er merkte sich bloß, daß sie wichtig waren, um Bergbau, Industrie und Export im Gleichgewicht zu halten. Das ergab einen Sinn. Er dachte an die Berechnungen, die er hatte anstellen müssen, als er Sols Krieger trainiert hatte. Und diese Unterwelt hier war eine noch viel komplexere Gemeinschaft.

Sie führte ihn auf das Beobachtungsdeck. Dort saßen Männer, die Fernsehschirme beobachteten und merkwürdigen Geräuschen lauschten. Die Bilder waren nicht wie jene auf den Bildschirmen in der Herberge. Und das weckte seine Neugierde.

»Da ist Sos«, erklärte sie dem Aufsichthabenden. »Er ist vor achtundvierzig Stunden gekommen. Ich – ich habe ihn in meine Obhut genommen.«

»Na sicher, Sosa«, gab der Mann zurück, als er den Armreif sah. Er schüttelte Sos die Hand. »Ich bin Tom. Freut mich, dich kennenzulernen. Übrigens erkenne ich dich wieder. Ich habe dich nämlich hereingeschafft!« – »Mich hereingeschafft?«

An diesem Mann mit dem ungewöhnlichen Namen war etwas Seltsames und Unangenehmes – trotz seiner Höflichkeit.

»Ich zeig's dir.«

Tom ging an einen Fernsehschirm. »Das ist ein TV-Gerät, das die Ostflanke des Helikon bis unter die Schneegrenze beobachtet.« Er schaltete ein. Sos erkannte sogleich das zerklüftete Terrain, das er mit Hilfe des Seils überwunden hatte. Er hatte noch nie ein wirkliches Bild im Fernsehen gesehen – das heißt, eines, das der gegenwärtigen Welt entsprach, korrigierte er sich. Es faszinierte ihn.

»Helikon – der Berg?« fragte er und grübelte, wo er über diesen Namen schon einmal etwas gelesen hatte. »Der Sitz der ... Musen?«

Tom sah ihn an. Wieder lag etwas Merkwürdiges in seinen hellen Augen. »Woher willst du das wissen? Ja, da wir uns der Dinge der alten Welt entsinnen, haben wir ihn benannt nach ...« Einer von den anderen machte ihm sofort ein Zeichen, und Tom wandte seine Aufmerksamkeit wieder dem Apparat zu. »Jetzt kommt einer herunter. Da, ich stelle dir das Bild ein!«

Da fiel Sos wieder das Problem der Nimmerwiederkehr ein. »Diejenigen, die wieder hinuntergehen – wo bleiben sie?« Er bemerkte, daß Sosa sich von ihnen zurückgezogen hatte und ihren Armreif herumzeigte.

»Ich fürchte, du wirst es sowieso bald herausbekommen. Du wirst nicht begeistert sein«, sagte Tom und beobachtete ihn dabei mit merkwürdiger Eindringlichkeit. Sos gab sich Mühe, keine Reaktion zu zeigen. Diese Menschen kämpften offenbar nicht im Ring, sondern hatten andere Entscheidungsmethoden. Er sollte also etwas Unangenehmes erleben.

Tom hatte das Bild endlich richtig eingestellt. Er brachte die Person klar auf den Bildschirm. Das war ein Stabkämpfer mittleren Alters, schon etwas schwammig im Aussehen.

»Wahrscheinlich hat er seine Frau an einen Jüngeren verloren und hat sich entschlossen, das große Spiel zu spielen«, bemerkte Tom ohne Mitleid. »Das geht vielen so. Eine zerbrochene Romanze ist schon etwas, das den Mann zum Berg treiben kann.«

Sos' Magen krampfte sich zusammen, doch Tom sah ihn gar nicht an. »Der da ist bis zur Schneegrenze gekommen und hat dann den Rückweg angetreten, als er kalte Füße bekam. Wenn er seinen Entschluß nicht bald ändert . . .«

»Kommt das vor?«

»Aber ja! Manche schwanken ein halbes Dutzend Male. Die Sache ist folgendermaßen: Der Berg ist Wirklichkeit. Aus der Entfernung sieht der Tod ganz friedlich aus, doch die Höhe und der Schnee machen daraus eine Sache der Willenskraft. Wenn ein Mann nicht ernsthaft an den Tod denkt, bringt ihn der Aufstieg zum Nachdenken. Er überlegt, ob die Dinge daheim wirklich so schlecht stehen, ob er nicht zurückkehren und es noch einmal versuchen könnte. Wenn er schwach ist, beginnt er zu schwanken. Zauderer können wir hier natürlich nicht gebrauchen. Wir haben also ein natürliches Ausleseverfahren. Aber das wird dir nicht viel sagen.«

Sos ließ sich durch den herablassenden Ton und die Anspielung auf sein Nichtwissen nicht aus der Fassung bringen. Seine Allgemeinbildung konnte sich als versteckter Vorteil erweisen für den Fall, daß es ihm hier zu dumm wurde.

»Ein Mensch, der seine Überzeugung bis zum Ende durchhält, ist wert, gerettet zu werden«, fuhr Tom fort, während das Bild dem Stabkämpfer unbeirrt folgte. »Wir möchten sichergehen, daß der Bergsteiger dem Leben abgeschworen hat und nicht bei der erstbesten Gelegenheit kneifen wird. Die Prüfung, die der Berg darstellt, ist ein eindeutiger Beweis. Du warst ein gutes Beispiel – du bist schnurgerade und ohne Zögern aufgestiegen. Du und der Vogel. Schade, daß wir ihn nicht retten konnten, aber er hätte sich hier nicht wohl gefühlt. Wir haben gesehen, wie du ihn verjagen wolltest. Dann ist er erfroren. Einen Augenblick lang dachte ich schon, du würdest umkehren, aber du hast es nicht getan. Das hat mir gefallen.«

Dieser zynische Voyeur hatte also seine innersten Regungen mitbeobachten können. Sos behielt den ein wenig dümmlichen Ausdruck bei, den er angenommen hatte, seit er Verdacht geschöpft hatte, und sah zu, wie der Stabkämpfer sich an der Obergrenze der Metallschichten durchkämpfte. Vielleicht würde sich später eine Gelegenheit ergeben, Tom den Spott heimzuzahlen.

»Wie hast du mich gerettet?«

»Ich habe einen Schneeanzug angezogen und dich durch den nächsten Eingang hereingeschafft. Dazu waren drei von uns nötig. Du bist wie ein Bulle. Nachher . . . Ich glaube, die Wiederbelebung ist dir jetzt bereits vertraut. Wir mußten warten, bis du den ganzen Weg geschafft hattest. Manchmal unternehmen die Leute noch einen Ausbruchsversuch in letzter Minute und wollen wieder hinunter. Wir schaffen sie nicht herein, wenn sie in die falsche Richtung blicken – auch wenn sie erfrieren. Die Absicht ist es, die für uns zählt. Du hast es fast bis zum Gipfel geschafft. Für einen ungeübten Kletterer eine beachtliche Leistung . . .«

»Woher habt ihr gewußt, daß ich mich nicht töten werde, wenn ich erwache?«

»In diesem Punkt können wir nie sicher sein. Doch im allgemeinen entscheidet sich keiner für den Berg, wenn er ein Selbstmördertyp ist. Jeder kann sich selbst töten, doch nur der Berg bietet völliges und endgültiges Vergessen. Wenn man den Helikon besteigt, kehrt man nie zurück. Es gibt keine Leiche. Als ob man eine andere Welt betreten hätte – eine bessere vielleicht. Man gibt nicht auf, sondern verschafft sich einen ehrenvollen Abgang. Wenigstens sehe ich es so. Der Feigling begeht Selbstmord, der tapfere oder fromme Mensch geht auf den Berg.« Sos hielt manches davon für vernünftig, wollte es aber nicht zugeben. »Aber einige kehren um, hast du gesagt!«

»Die meisten. Das sind diejenigen, die den Anstieg als Mutprobe versuchen. Oder um Mitleid zu erregen. Oder auch nur aus Dummheit. Solche Leute brauchen wir hier nicht.«

»Und was ist mit dem Stabkämpfer da draußen? Wohin geht er, wenn du ihn nicht hereinschaffst?«

Tom runzelte die Stirn. »Ja, ich fürchte, er gibt auf.« Mit lauter Stimme rief er: »Bill, gibst du mir recht?«

»Ich fürchte, ja«, rief der Angesprochene zurück. »Wir machen lieber Schluß. Am Fuße des Berges ist noch ein anderer. Hat keinen Sinn, wenn der es sieht!«

»Es ist kein angenehmes Geschäft«, sagte Tom und leckte sich die Lippen. Diese Geste deutete aber eher auf eine gewisse Vorfreude hin. »Man kann schließlich eine Legende nicht auf Unsinn aufbauen. Deswegen.«

Er schaltete einen zweiten Schirm ein, auf dem ein Fadenkreuz erschien. Er drehte an den Knöpfen. Das Kreuz bewegte sich auf den Körper des Stabkämpfers zu. Er zog an einem roten Griff.

Von irgendwo schoß eine Feuersäule empor und hüllte den Mann ein. Sos sprang auf, konnte aber nur ohnmächtig zusehen. Eine volle Minute lang brannte die schreckliche Flamme auf dem Bildschirm. Dann schob Tom den Griff wieder hoch, und alles war vorbei.

Ein Aschenhaufen war alles, was von dem Stabkämpfer übriggeblieben war. »Flammenfeuer«, erklärte Tom.

Sos hatte den Tod schon öfters gesehen. Doch das hier entsetzte ihn. Diese Art des Tötens widersprach all seinen Ehrbegriffen. Keine Warnung, kein Kampfring, keine Trauer.

»Wenn ich . . .?«

Tom blickte ihn an. Das Licht vom Bildschirm wurde vom Weiß seiner Augen reflektiert. Das war die Frage, die er erwartet hatte.

»Ja«, sagte Tom.

Sosa zupfte an Sos' Ärmel. »Das reicht«, sagte sie. »Komm jetzt, Sos. Wir mußten es dir zeigen. So schlimm ist es gar nicht.«

»Was ist, wenn ich mich entschließe, wieder zu gehen?« fragte Sos. Dieser kühl berechnete Mord bedrückte ihn zutiefst!

Sie zog ihn fort. »Laß das, bitte!«

Also so ist das, dachte er. Es war also kein Scherz gewesen, als man den Berg als Land des Todes bezeichnet hatte. Manche waren wirklich tot und manche nur innerlich. Doch was hatte er denn sonst erwartet, als er zum Berg des Todes aufgebrochen war? Leben und Vergnügen?

»Wo sind denn hier die Frauen?« fragte er, als sie die lange Passage entlanggingen.

»Hier gibt es nicht viele. Der Berg ist keine Zuflucht für Frauen. Die wenigen, die wir haben, werden – geteilt.«

»Warum hast du dann meinen Armreif genommen?«

Sie ging schneller.

»Ich werde es dir sagen, Sos, wirklich – aber nicht jetzt, ja?«

Sie betraten eine riesige Werkshalle. Sos war schon vom Lagerraum der Irren beeindruckt gewesen, doch diese Anlage ließ ihn zu einem Nichts zusammenschrumpfen. In langen Reihen arbeiteten Männer mit Maschinen, die Metallgegenstände stanzten und formten.

»Aber das sind ja Waffen!« rief er aus.

»Na, irgendwer muß sie ja herstellen. Was hast du denn geglaubt?«

»Die Irren haben immer ...«

»Die Wahrheit ist folgende. Wir schürfen Metalle, schmelzen sie ein und erzeugen die Sachen. Die Irren verteilen sie und schicken uns als Gegenleistung Lebensmittel. Ich dachte, du hättest das schon begriffen, als ich dir unsere Rechnungsabteilung zeigte. Wir tauschen auch Informationen aus. Die Irren sind das, was man den Dienstleistungsteil der Wirtschaft nennt. Und wir sind der erzeugende Teil. Die Nomaden sind die Konsumenten. Wie du siehst, ist alles fein säuberlich ausbalanciert.«

»Aber warum?« Das war dieselbe Frage, die er in der Schule gestellt hatte. »Das muß jeder für sich selbst beantworten.«

Auch die gleiche Antwort. »Du sprichst so wie Jones!«

»Jones?«

»Mein Schuldirektor bei den Irren. Er hat mich Lesen gelehrt.«

Sie hielt erstaunt inne. »Sos, du kannst lesen?«

»Ich war immer schon sehr wißbegierig.« Seine Bildung hatte er eigentlich nicht offenbaren wollen. Doch hätte er sie auch nicht für immer verbergen können.

»Wirst du es mir zeigen. Wir haben hier so viele Bücher ...«

»So einfach ist das nicht. Es dauert Jahre.«

»Wir haben jahrelang Zeit, Sos. Komm, ich möchte gleich anfangen.« Sie zog ihn in eine andere Richtung. Sie war entzückend in ihrem Eifer.

Die Bibliothek war leicht zu erkennen. In vieler Hinsicht erinnerte ihn jetzt die Unterwelt an die Gebäude der Irren.

»Jim, das ist Sos. Er kann lesen!«

Der bebrillte Mann sprang erfreut lächelnd auf. »Wunderbar!« Er sah Sos von oben bis unten an und sagte dann etwas zweifelnd: »Du siehst eher wie ein Krieger aus. Nichts für ungut.«

»Und ein Krieger soll nicht lesen können?«

Jim nahm ein Buch zur Hand. »Eine Formalität, Sos. Aber würdest du daraus vorlesen? Nur einen Probeabsatz.«

Sos nahm den Band und schlug ihn irgendwo auf. *»Brutus:* Gaius Cassius, unser Weg scheint zu blutig, den Kopf und die Glieder abzuhacken ...«

»Genug, genug!« rief Jim. »Du kannst lesen, du kannst es. Hat man dich schon eingeteilt? Wir müssen dich hier in der Bibliothek haben! Wir haben hier so viele ...«

»Du könntest Leseunterricht erteilen«, fügte Sosa aufgeregt hinzu. »Wir möchten alle lernen, aber so wenige ...«

»Ich werde sofort Bob rufen! Was für eine Entdeckung!« Der Bibliothekar tastete nach der Sprechanlage auf seinem Schreibtisch. »Gehen wir«, sagte Sos, den das Aufsehen peinlich berührte. Er hatte Lesen immer als Privatangelegenheit betrachtet, außer in der Schule, und fand den Eifer der anderen bestürzend.

Die Gleichförmigkeit des Betriebes in der Unterwelt ließ den Tag endlos lang erscheinen. Sos war froh, als er sich endlich zurückziehen konnte. Auch war er gar nicht sicher, ob er den Rest seines Lebens unter dem Berg verbringen wollte, so außergewöhnlich diese Welt auch sein mochte.

»Es ist wirklich kein schlechtes Leben, Sos« sagte sie. »Man gewöhnt sich daran, und unsere Tätigkeit ist sehr wichtig. Wir sind die Fabrikanten für den ganzen Kontinent. Wir stellen alle Waffen her, die Grundausrüstung für die Herbergen, die vorfabrizierten Wände und Böden, die Vorrichtungen und elektronischen Ausrüstungen . . .«

»Warum hast du meinen Armreif genommen?«

Diese Frage ließ sie zunächst verstummen. »Na ja, wie gesagt, hier gibt es wenig Frauen. Man hat es daher so arrangiert, daß jeder Mann eine – eine Nacht wöchentlich hat. Es ist natürlich nicht so wie eine längere Gemeinschaft, aber andererseits gibt es Abwechslung. Es funktioniert eigentlich recht gut.«

Das Spiel der wandernden Armreifen. Ja, er konnte sich vorstellen, wie manche das genossen, obwohl er bemerkt hatte, daß die meisten Männer die »goldenen Zeichen« hier nicht ausnützten. »Warum bin ich davon ausgeschlossen?«

»Wenn du willst, kannst du mitmachen. Ich dachte nur . . .«

»Ich widerspreche ja nicht. Ich möchte nur wissen, warum. Warum bekomme ich eine Ganzzeitpartnerin, wenn es so wenig Frauen gibt?«

Ihre Lippen zitterten. »Möchtest – du ihn zurück?« Sie berührte den Armreif.

Widerstandslos ließ er sich packen und auf die Liege drükken. Sie erwiderte begierig seinen Kuß. »Nein, ich möchte den Reif nicht zurück. Ich – ach, zieh doch den verdammten Kittel aus!«

Konnte man von einer Frau Vernunft erwarten?

Sie entledigte sich ihrer Kleidung. Dann schien sie – ganz Frau – ihre Meinung zu ändern. »Sos . . .«

Etwas Ähnliches hatte er erwartet. »Weiter!«

»Ich bin unfruchtbar.« Er sah sie schweigend an.

»Ich habe viele Armreifen versucht. Schließlich habe ich mich bei den Irren untersuchen lassen. Ich werde nie ein eigenes Kind bekommen können. Deswegen bin ich auf den Berg gegangen. Doch hier sind Kinder womöglich noch wichtiger. Also . . .«

»Also hast du dir den ersten Mann geschnappt, den man vom Berg hereingeholt hat!«

»Nein, Sos. Ich habe abgewartet, bis ich auf der Liste an die Reihe kam. Aber wenn keine Liebe im Spiel ist und – na ja, manche haben sich beklagt, daß ich nicht leidenschaftlich bin. Also hatte es für mich nicht viel Sinn. Bob hatte mich deswegen zu der Rettungsmannschaft eingeteilt. Auf diese Art komme ich mit neuen Menschen zusammen. Derjenige, der Dienst hat, wenn jemand hereingeschafft wird, ist – verantwortlich. Er muß dem Neuen alles erklären und dafür sorgen, daß er sich wie zu Hause fühlt. Du bist der neunzehnte, den ich betreue – siebzehn Männer und zwei Frauen. Einige waren alt und verbittert. Du bist der erste, den ich wirklich . . . Aber das klingt ja noch ärger.«

Jung, stark, elastisch – die Antwort auf die Träume einer jungen Frau, dachte er. Warum auch nicht? Er verspürte keine Neigung, die für den wöchentlichen Dienst ausgesuchten Frauen zu umarmen. Da war es schon besser, *eine* zu haben – eine, die es vielleicht verstand, daß sein Herz woanders war.

»Und wenn ich ein Kind haben möchte?«

»Dann – bekommst du deinen Armreif zurück.«

Er sah sie an, wie sie so neben ihm saß und sich halb hinter dem zusammengeknüllten Kittel verbarg, als fürchte sie sich zu entblößen, solange ihre Gemeinschaft in Frage stand. Sie war klein und sehr weiblich geformt. Er dachte nach, was es bedeuten mochte, wenn man kein Kind bekommen konnte. Langsam begann er das zu verstehen. Früher hatte er nicht begreifen können, was als Antrieb hinter Sols Energie gestanden hatte.

»Ich bin zum Berg gegangen, weil ich die Frau, die ich liebe, nicht bekommen konnte«, sagte er. »Ich weiß, das alles ist jetzt vorbei. Aber mein Herz will es noch nicht wissen. Ich kann dir nur Freundschaft bieten.

»Dann gib mir Freundschaft«, sagte sie.

Er nahm sie ins Bett und faßte sie so vorsichtig an, wie er Dummerchen gehalten hatte. Als fürchte er, sie zu zerdrücken. Zuerst war er ganz passiv, weil er dachte, sie wäre damit zufrieden. Er hatte unrecht.

Trotzdem war es Sola, die er in Gedanken umarmte.

XVII

Bob, ein großer, aggressiver Mann, war der Führer der Berggruppe. »Ich habe gehört, daß du lesen kannst«, sagte er. »Wie kommt das?«

Sos erklärte, wo er seine Ausbildung erhalten hatte.

»Zu schade! Sos erwartete eine Erklärung.

»Zu schade, daß der nächste nicht lesen kann. Wir hätten dein Talent hier gut brauchen können!«

Sos wartete noch immer. Es war wie vor einem Duell gegen eine unbekannte Waffe im Ring. Bob besaß zwar nicht die spezifische Art des »Todesengels« Tom, doch hatte er einen ebenso merkwürdigen Namen und schien ein ebenso rücksichtsloser Mann zu sein. Ob dieser Wesenszug unter den Geretteten oft anzutreffen war? Wahrscheinlich war er typisch für sie.

Er hatte es selbst erlebt, wie sich die Art und Persönlichkeit eines Anführers auf die Gruppe übertrug. Sos hatte Sols Reich mit einer straffen Organisation, aber auch mit einem Hauch von Fröhlichkeit geformt. Er hatte erreicht, daß die Männer den Punktewettkampf mit Vergnügen austrugen, als ihre Meisterschaft zunahm. Nach seinem Weggehen hatte Tyl geherrscht und es nur noch mit Disziplin ohne Fröhlichkeit geschafft. Die Lager waren todernste Übungsstätten geworden. Merkwürdig, daß ihm das erst jetzt zum Bewußtsein gekommen war!

»Wir haben für dich eine besondere und bemerkenswerte Aufgabe«, fuhr Bob fort. »Ein einzigartiges Unternehmen!«

Da Sos nicht weiter darauf einging, verbreitete sich Bob über Einzelheiten. »Was sich auf der Oberfläche abspielt, ist uns nicht ganz unbekannt. Unkenntnis könnten wir uns auch nicht leisten. Unsere Informationen stammen natürlich zum größten Teil aus zweiter Hand. Unsere Fernsehanlagen reichen nicht weit über den Helikon hinaus. Dennoch haben wir eine bessere Gesamtübersicht als ihr Wilden. Dort oben ist ein Reich im Entstehen! Wir müssen es schleunigst zerstören.«

Offenbar hatte der so großartige Gesamtüberblick Sos' Stellung in dem System dieses Reiches trotzdem nicht enthüllt. Um so mehr war Sos jetzt überzeugt, daß es besser wäre, wenn sie hier nie bekannt würde. Dem Strategen eines solchen Reiches blühte sicher der Flammenwerfer, während ein uneingeweihter, wenn auch gebildeter Wilder sicher war.

»Du hast also noch nichts davon gehört?«

Die Verachtung war versteckt und vielleicht unbewußt. Daß ein Neuankömmling mehr wissen sollte als er, darauf war Bob scheinbar noch nicht gekommen. Die Frage bewies, daß er jeden Verdacht, den er gegen Sos gehegt haben mochte, für unbegründet hielt, wodurch er sich in seinem Vorhaben bestärkt sah.

»Das Reich wird von einem gewissen Sol geleitet und hat sich im vorigen Jahr enorm ausgeweitet. Einige unserer Neuen haben davon gehört. Sogar vom südamerikanischen Block haben wir davon erfahren.«

»Südamerika?« Sos hatte über diesen Kontinent aus der Zeit vor dem großen Brand gelesen. Auch über Afrika und Asien. Er hatte jedoch nicht gewußt, daß er noch existierte.

»Hast du gedacht, wir wären die einzige Einrichtung dieser Art auf der Welt? Auf jedem Kontinent gibt es einen oder mehrere Helikons. Wir sind untereinander verbunden. Einmal haben wir auch Personal ausgetauscht, trotz der Sprachschwierigkeiten. Südamerika ist besser entwickelt als wir. Die sind im Krieg auch nicht so arg mitgenommen worden. Wir haben einen spanischen Funker, und einige von den Südamerikanern sprechen Englisch. Also klappt die Verständigung. Doch das ist alles sehr weit weg. Wenn nun schon diese Leute dort von einem Reich bei uns wissen, dann ist es höchste Zeit, daß wir etwas dagegen unternehmen.«

»Warum?«

»Was glaubst du denn? Was geschieht mit dem friedlichen Gleichgewichtsstatus der Welt, wenn die Wilden wirklich anfingen, sich zu organisieren? Wenn sie ihre eigenen Waffen und Lebensmittel erzeugen? Dann verlieren wir jede Gewalt über sie!«

Sos merkte, daß weitere Fragen sich nur als gefährlich erweisen konnten. »Warum ausgerechnet ich?«

»Weil du der größte und härteste Wilde bist, der sich seit langem zu uns hochgekämpft hat! Du hast dich von den Strapazen des Berges in Rekordzeit erholt. Wenn jemand diese Aufgabe übernehmen kann, dann bist du es! Wir brauchen dafür einen robusten Mann – und das bist du!«

»Wofür?«

»Um ins Leben zurückzukehren und das Reich zu übernehmen!«

Falls Bob ihn hatte schockieren wollen, war es ihm jetzt gelungen. Ins Leben zurück! Zurückkehren ...

»Ich bin nicht euer Mann. Ich habe nämlich geschworen, nie wieder eine Waffe zu tragen!« Das stimmte zwar nicht ganz. Wenn man aber von ihm erwartete, Sol wieder mit der Waffe entgegenzutreten, dann stimmte es. Er wollte nie wieder Sol im Ring gegenüberstehen. Ungeachtet anderer Umstände, wollte er sich an die Abmachung ihrer letzten Begegnung halten. Das war Ehrensache – im Leben oder im Tod.

»Du nimmst einen Eid wirklich ernst?« Bobs Verachtung schwand, als er Sos ansah. »Und was ist, wenn wir dich dazu ausbilden, ohne Waffe zu kämpfen?«

»Ohne Waffe – im Ring?«

»Mit bloßen Händen! So wie dein kleines Mädchen. Dann werden deine kostbaren Gelübde nicht verletzt. Warum zögerst du? Bist du dir nicht bewußt, was das für dich bedeuten kann? Du wirst ein Reich haben!«

Ton und Tragweite des Vorgebrachten hatten Sos aufgebracht. Er durfte sich jedoch nicht weiter sträuben, wollte er nicht Verdacht erregen.

»Und wenn ich ablehne? Ich habe den Berg erstiegen, weil ich sterben wollte!«

»Ich glaube, du weißt bereits, daß es bei uns keine Weigerung gibt! Wenn persönliche Druckmittel oder Schmerz dir nichts ausmachen, wie ich annehme, dann gibt es noch andere Methoden. Im Augenblick sagen dir meine Worte vielleicht noch nichts, aber später würdest du draufkommen.« Und Bob erzählte ihm jetzt Dinge, welche Sos' ersten Eindruck von diesem Mann vollkommen bestätigen.

Sos fühlte sich plötzlich zu dieser neuen Aufgabe geradezu verpflichtet – aber nicht aus dem Grund, den der Herr der Unterwelt vermutete.

»Ins Leben?« fragte Sosa ungläubig, als er ihr davon erzählte.

»Dorthin ist noch niemand zurückgekehrt!«

»Ich werde der erste sein. Und ich werde es anonym tun.«

»Aber wenn du zurück willst – warum bist du dann hierher gekommen?«

»Ich will nicht zurück. *Ich muß!*«

»Aber . . .« Ihr fehlten die Worte. »Hat Bob dich bedroht? Du hättest nicht . . .«

»Das war ein zu großes Risiko, das ich nicht auf mich nehmen konnte.«

Sie sah ihn besorgt an. »Wäre sonst ihr – der Frau, die du . . . etwas passiert?«

»Ich vermute etwas von dieser Art.«

»Und wenn du gehst, gewinnst du sie zurück?«

Nach seinem Erlebnis auf dem Beobachtungsdeck war sich Sos bewußt, daß alles, was er sagte oder tat, vielleicht beobachtet wurde. Er konnte Sosa nicht mehr sagen, als ihm Bob gesagt hatte. »Da draußen ist ein Reich im Entstehen. Ich muß gehen und seinen Führer vernichten. Bis dahin dauert es noch ein Jahr, Sosa. Ich werde noch lange nicht dazu imstande sein. Zuerst muß ich noch viel lernen.«

Bob war vielleicht der Meinung, die Aussicht auf ein Reich hätte ihn umgestimmt. Bob durfte nie erfahren, wo Sos' wahre Treue lag! Wenn man gegen Sol jemanden ausschickte, dann war es besser, wenn es ein Freund von Sol war . . .

»Darf ich deinen Armreif behalten – das Jahr über?«

»Behalte ihn für immer, Sosa! Du wirst meine Ausbildung übernehmen!«

Sie sah ihn traurig an. »Unsere Begegnung war kein bloßer Zufall. Bob wußte bereits, wozu du bestimmt warst, bevor wir dich hereingeschafft haben. Er hat alles vorausgeplant.«

»So!«

»Zum Henker mit ihm!« weinte sie. »Es war grausam von ihm!«

»Nach seinen Überlegungen und seiner Überzeugung war das eben notwendig. Und Bob hat den geeignetsten Weg gewählt, um das zu tun, was getan werden mußte. Du und ich – wir sind eben nur Werkzeuge, die zufällig am besten geeignet sind. So leid es mir tut, Sosa . . .«

»Dir tut es leid!« murmelte sie. Dann aber lächelte sie und versuchte, aus der Situation das Beste herauszuholen. »Wenigstens wissen wir, woran wir sind!«

Sosa übernahm also seine Ausbildung. Sie lehrte ihn Hiebe und Griffe, die sie in der Kindheit von einem Stamme gelernt hatte, der seinen Frauen die Selbstverteidigung beibrachte – und die Unfruchtbaren verstieß. Männer verachteten natürlich die waffenlosen Techniken. Aber ebenso fanden sie es verächtlich, eine Frau zu nehmen, die eine leichte Beute darstellte. Deswegen wurde das Wissen von der Mutter auf die Tochter weitergegeben, *wie man einen Mann besiegt*.

Sos wußte nicht, welche Mittel Bob hatte anwenden müssen, um Sosa zu bewegen, diese Praktiken an einen Mann preiszugeben. Er fragte auch nicht weiter danach.

Sie zeigte ihm, wie man mit der bloßen Hand Holz spaltet, wie man bloße Füße, Ellbogen und Kopf als Waffe verwendet. Sie zeigte ihm die verwundbaren Punkte des menschlichen Körpers – Stellen, wo ein einziger Hieb betäuben, verletzen oder töten konnte. Sie ließ ihn in angriffslustigem Zorn auf sich losgehen und brachte ihn immer wieder zu Fall. Er mußte sie würgen. Sie brach seinen Griff, als hätte er in seinen zwei Daumen nicht mehr Kraft als sie in zwei Händen! Sie brachte die natürlichen Waffen des Körpers zur Geltung, die so einfach waren, daß die Menschen sie fast schon vergessen hatten: Zähne, Nägel, ausgestreckte Finger, Schädel und sogar die Stimme.

Als er diese grundlegenden Dinge meisterte, lehrte sie ihn zu kämpfen, wenn einzelne Teile des Körpers behindert sind – ein Arm, beide Arme, die Beine, die Augen. Er griff sie blindlings an, mit zusammengebundenen Füßen, mit Gewichten an den Gliedern, nach Genuß einer Droge, die ihn schwindlig machte. Er erkletterte die Hängeleiter, während seine Arme in einer Zwangsjacke steckten. Er schwang sich durch die Stangen, während ein Arm mit einem Fuß zusammengebunden war.

Dann war es damit vorbei. Er mußte in den Operationssaal und sich den Narkosemitteln und Skalpellen ausliefern. Der Chirurg brachte unter der Bauch- und Rückenhaut biegsame

Plastikplatten an, die stark genug waren, eine Messer- oder Schwertklinge abzuhalten. Um den Hals bekam er einen Kragen, der sich mit einem Schlüssel öffnen ließ. Arme und Beine wurden mit Metallschienen verstärkt. Das Gesicht wurde umgeformt, die Nase verstärkt, die Wangen mit Nylongewebe ausgefüllt. Kein Teil blieb, wie es war. Er war nicht mehr als Sos zu erkennen. Statt dessen konnte er sich nur schwerfällig, wie ein Roboter, fortbewegen und mußte gegen die Schmerzen der häßlichen Wiedergeburt ankämpfen.

Dann nahm Sos das Training wieder auf. Er arbeitete an den Geräten, die ihm bereits vertrauter waren als sein neuer Körper. Er erklomm die Leiter, turnte an den Stangen, hob Gewichte. Er übte sich im Gehen und härtete seine Hände und Füße ab. Mit der Zeit bildeten sich daran dicke Schwielen. Jetzt konnte Sosa mit voller Kraft – selbst mit einer Stange – Hiebe gegen seinen Magen, Nacken oder Kopf austeilen. Er lachte bloß dazu.

Dann entriß er ihr die Waffe und bog sie mit einem einzigen Griff zu einem S.

»Verdammter Gorilla«, beklagte sie sich. »Du hast ja Schwielen über deinen Schmerzpunkten!«

»Nylonschwielen«, sagte er trocken. »Ich könnte jetzt einen Gorilla zerreißen.« Seine Stimme klang rauh. Der Halskragen verhinderte alle sanfteren Töne.

»Du bist ein großes, häßliches Ungeheuer«, sagte sie und grub ihre Zähne in seine Ohrläppchen.

»Häßlich wie der Teufel«, mußte er ihr recht geben und entzog sich ihr.

»Gräßlicher Geschmack«, flüsterte sie, als sie sein Ohr losließ. »Ich liebe dich!«

Sie preßte die Lippen gegen sein Gesicht und küßte ihn wild. »Sos, bring mich in unser Zimmer. Ich möchte spüren, daß man mich braucht!«

Er gehorchte, doch das Ergebnis war nicht ganz harmonisch.

»Du denkst immer noch an sie«, beschuldigte sie ihn. »Auch wenn wir . . .«

»Das ist vorbei«, sagte er. Es klang nicht sehr überzeugend.

»Es ist nicht vorbei! Es hat noch nicht einmal angefangen. Du liebst sie immer noch, und du wirst zurückkehren!«

»Es ist ein Auftrag. Das weißt du.«

»Sie ist nicht der Auftrag. Jetzt wird es bald Zeit für dich, und ich werde dich nie wiedersehen. Und du sagst mir nicht einmal, daß du mich liebst!«

»Ich liebe dich wirklich.«

»Aber nicht so sehr wie sie.«

»Sosa, man kann sie kaum mit dir vergleichen! Du bist ein warmes, wunderbares Mädchen, und ich würde dich mit der Zeit noch viel mehr lieben. Ich kehre in die Welt zurück, möchte aber, daß du meinen Armreif behältst. Wie soll ich dich sonst überzeugen?«

Sie schmiegte sich an ihn. »Ich weiß, Sos. Ich bin eine eifersüchtige Gans, weil ich dich für immer verliere. Wie werde ich es aushalten? Den Rest des Lebens ohne dich . . .«

»Vielleicht schicke ich dir Ersatz.« Als er das aussprach, klang es gar nicht mehr komisch.

Jetzt erhellte sich ihre Miene. »Tun wir es noch einmal. Jede Minute zählt!«

»Halt ein, Weib! So ein Supermann bin ich auch wieder nicht!«

»Doch, das bist du«, sagte sie. Und sie bewies, daß sie recht hatte.

XVIII

Namenlos und waffenlos marschierte er dahin.

Es war Frühling – fast zwei Jahre, nachdem er niedergeschlagen zum Berg gewandert war. Sos war der Vergessenheit anheimgefallen. Der Körper, der heute seinen Geist beherbergte, war ein anderer. Sein Gesicht das Werk eines Labors. Seine Stimme ein Krächzen. Kontaktlinsen aus Plastik machten seine Augen unverwundbar. Seine Haare wuchsen pigmentlos.

Sos gab es nicht mehr. Doch geheime Erinnerungen waren in dem Namenlosen verblieben und ließen sich nicht wegwischen, wenn sie von vertrauten Bildern heraufbeschworen wurden. Er war zwar anonym, aber nicht gefühllos. Beinahe hätte er vergessen, daß er als Vernichtungsinstrument gekommen war, als er so dahinwanderte und dem kleinen Vogel auf seiner Schulter nachtrauerte. Er genoß die Waldpfade und freundlichen Herbergen ebenso wie als junger Schwertkämpfer vor über vier Jahren.

Das lag jetzt ein Leben und einen Tod zurück!

Er blieb neben einem Kampfring stehen – neben dem Ring, in dem Sol, das Schwert, mit Sol, dem Kämpfer aller Waffen, um Name und Waffe gekämpft hatte. Und, wie es sich herausgestellt hatte, um eine Frau! Wie anders sähe die Welt aus, hätte diese Begegnung nie stattgefunden!

Er betrat die Herberge und erkannte sogleich die aus der Unterwelt stammende Einrichtung. Merkwürdig, wie sich sein Wahrnehmungsvermögen verändert hatte! Nie hatte er sich früher ernsthaft gefragt, woher seine Nahrung stammte. Wie die meisten Nomaden hatte er diese Dinge für selbstverständlich angesehen. Wie war diese Naivität nur möglich gewesen?

Er nahm sich von den Vorräten und bereitete sich ein gewaltiges Mahl. Um seinen massiven Körper fit zu halten, mußte er große Mengen vertilgen. Doch war das Essen für ihn kein Vergnügen. Eine seiner Eigenschaften, die unter der künstlichen Steigerung seiner Kraft gelitten hatte, war das Geschmacksvermögen. Er fragte sich, ob die Chirurgen in der Vergangenheit wohl imstande gewesen waren, ihre Wunder zu wirken, ohne dabei Sinnesorgane zu zerstören. Oder hatten Maschinen die Stelle der Krieger eingenommen?

Bei Einbruch der Dämmerung kam ein Mädchen daher. Es war hübsch und jung. Als sie sein bloßes Handgelenk sah, hielt sie sich fern. Herbergen waren schon immer geeignete Plätze für die Jagd nach Armreifen gewesen. Ob die Irren wohl von diesem besonderen Aspekt ihrer Einrichtungen wußten?

Er schlief in einer Koje. Das Mädchen wählte aus Höflichkeit die anschließende. Sie schielte zu ihm hinüber, als sie merkte, daß er doch allein war. Aus seiner Lektüre wußte er, daß sich die Frauen vor dem Weltbrand vor den Männern hüten mußten und in Gegenwart eines Fremden nicht zu schlafen wagten.

Falls das stimmte – obwohl das von einer Zivilisation, die höher entwickelt war als die jetzige, kaum glaubhaft war –, hatte es inzwischen doch eine Weiterentwicklung gegeben. Denn es war undenkbar, daß ein Mann Gunstbeweise verlangte, die ihm nicht freiwillig angeboten wurden. Oder daß eine Frau damit launisch geizte. Doch er dachte auch daran, was Sosa ihm von ihrer Kindheit erzählt hatte. Es gab bestimmte Stämme, die Frauen anders einstuften. Also war nicht alles Schlechte vom Feuer ausgelöscht worden!

Das Mädchen konnte ihre Neugier nicht länger zügeln. »Wenn eine Frage gestattet ist – wo ist Eure Frau?«

Er dachte an Sosa, die kleine, kleine Sosa, die fast zu klein für einen normalen Armreif war, doch groß in ihren Handlungen und Verstand. Sie fehlte ihm sehr.

»Sie ist im Totenreich«, sagte er.

»Das tut mir leid«, sagte sie. Sie hatte ihn mißverstanden, wie es auch in seiner Absicht gelegen war. Wenn ein Mann seine Frau liebte, begrub er seinen Armreif mit ihr und nahm keinen anderen, ehe nicht die Trauerzeit vorüber war. Wie konnte er ihr erklären, daß es nicht Sosas Tod war, sondern seine Rückkehr ins Leben, die sie für immer getrennt hatte?

Das Mädchen setzte sich im Bett auf und faßte verlegen nach seiner Brust. »Ich hätte nicht fragen sollen«, sagte sie.

»Ich hätte es gleich sagen sollen.« Er wußte, wie häßlich er dieser Unschuld erscheinen mußte.

»Wenn Ihr wollt . . .?«

»Nichts für ungut«, sagte er bestimmt.

»Schon gut«, sagte sie erleichtert.

Würde dieses einfache, ungekünstelte Mädchen, das mit ihm die Unterkunft, nicht aber das Bett teilte – würde sie je die Wildheit der Leidenschaft und Trauer, die er erlebt hatte, erfahren? Würde ein stämmiger Krieger ihr morgen seinen Armreif geben und dann zum Berg ziehen, wenn er sie verlieren sollte?

Möglich war es ja. Denn das war der große moderne Traum vom Leben und von der Liebe. Im Geringsten unter den Menschen – ob Mann oder Frau – lag das Vermögen, tiefe Gefühle hervorzurufen. Das war das Wunder des Lebens.

Am Morgen machte sie ihm das Frühstück – wieder eine höfliche Geste, die bewies, daß sie gut erzogen war. Sie bemühte sich, nicht hinzusehen, als er aus der Dusche kam. Er segnete sie dafür. Dann zog er seiner Wege, das Mädchen ebenfalls. Diese eingebürgerten Sitten hatten schon etwas Gutes. Wären sie einander vor vier Jahren begegnet und wäre sie damals schon erwachsen gewesen . . .

Er brauchte bloß eine Woche, um jene Strecke zurückzulegen, die einstmals zwei Männer und ein Mädchen gewandert waren. Einige Unterkünfte waren besetzt, andere wieder nicht. Immer blieb er für sich und wurde nicht gestört. Ein wenig erstaunte es ihn schon, daß sich die Sitten so gar nicht geändert hatten. Das war auch ein Vorzug der Nomadengesellschaft, den er nie richtig gewürdigt hatte, bis er miterlebt hatte, wie rauh es anderswo zugehen konnte.

Dennoch gab es einige Änderungen. Die Markierungen waren zum Beispiel verschwunden. Anscheinend hatten die Irren – vielleicht beschleunigt durch seinen an Jones erstatteten Bericht – ihre Geigerzähler eingesetzt, die in der elektronischen Werkstatt der Unterwelt hergestellt wurden. Und sie hatten das Gebiet dann neu markiert. Das konnte bedeuten, daß die Falter und Mäuse ebenfalls verschwunden oder zumindest mit der übrigen Ökologie im besseren Gleichgewicht waren. Er entdeckte sogar Spuren huftragender Tiere. Wenigstens glaubte er, sich nicht in den Spuren zu täuschen.

Das alte Lager bestand noch – voll von Erinnerungen – und wurde immer noch benutzt. In den verschiedenen Kampfringen übten die Männer. Auch das große Zelt neben dem Fluß stand noch. Der Feuergraben war jedoch eingeebnet worden. Das war der endgültige Beweis, daß die Mäuse nicht mehr ausschwärmten. Endlich hatten sie der stärkeren Gattung Platz gemacht – dem Menschen!

Aber wer herrschte tiefer drinnen, im Ödland, wohin der Mensch noch nicht vordringen konnte? Und falls es wieder einen Weltenbrand geben sollte . . .

Warum war er so erstaunt, hier Menschen anzutreffen? Er hatte doch gewußt, daß dies der Fall sein würde. Hier war der Geburtsort des Reiches!

Er näherte sich dem Lager und wurde prompt aufgehalten. »Halt! Zu welchem Stamm gehört ihr?« fragte ein strammer Stabkämpfer und besah sich die Tunika, als versuchte er, seine Waffe zu identifizieren.

»Zu keinem Stamm. Ich möchte Euren Anführer sprechen.«

»Euer Name?«

»Ich bin namenlos. Führt mich vor Euern Herrn!«

Der Krieger wurde unfreundlich. »Fremdling, Euch gebührt eine Lektion in guten Manieren!«

Sos streckte nur die Hand aus und packte den Stab des Kriegers.

»He – was ...!« Der Mann mußte den Stab entweder loslassen oder ihm folgen. Abwehren konnte er ihn nicht. Gleich darauf streckte er die Hände nach oben, als Sos den Stab und den Mann mit einem Arm hochhob und ihn in der Luft herumschwenkte. »Wenn du mich nicht zu deinem Herrn führst, trage ich dich eigenhändig hin!«

Sos senkte plötzlich den Arm, und der Mann stürzte zu Boden, sich dabei noch immer an den Stab klammernd.

Inzwischen hatten sich Zuschauer eingefunden. Sos nahm nun den Stab, faßte ihn an beiden Enden und bog ihn zu einem Halbkreis zusammen. Dann übergab er das nutzlos gewordene Ding seinem Besitzer.

Man führte ihn daraufhin sehr rasch vor den Anführer.

Der war Sav.

»Was kann ich für Euch tun, starker Mann?« fragte Sav, der ihn mit seinen veränderten Zügen und dem Albinohaar nicht erkannte. »Wir sind hier sehr im Gedränge, aber falls Ihr gekommen seid, Euch uns anzuschließen ...«

»Gebt Euch und Euren Stamm zu erkennen und übergebt mir beides!« Zum erstenmal war Sos froh über die Rauheit seiner Stimme.

Sav lachte gutmütig. »Ich bin Sav, der Stabkämpfer, und überwache das Stabtraining für Sol, den Herrn des Reiches. Wenn Ihr nicht von Sol geschickt seid, übergebe ich Euch gar nichts!«

»Ich komme nicht von Sol. Ich bin gekommen, ihn zu bezwingen und statt seiner zu herrschen!«

»Sonst nichts? Also, Herr Namenlos, Ihr könnt hier gleich anfangen. Wir stellen einen Mann gegen Euch im Ring auf. Den müßt Ihr besiegen oder Euch unserem Stamm anschließen. Was ist Eure Waffe?«

»Außer meinen Händen habe ich keine Waffe.«

Sav studierte ihn interessiert. »Also noch einmal – Ihr habt keinen Namen, keinen Stamm, keine Waffe. Aber Ihr wollt dieses Lager übernehmen, nicht wahr?«

»Ja.«

»Vielleicht habe ich heute meinen langsamen Tag; aber ich kann Euch nicht ganz folgen: Wie wollt Ihr das schaffen?«

»Ich werde Euch im Ring besiegen.«

Sav lachte schallend. »Ohne Waffe?«

»Habt Ihr Angst, Euch mit mir zu messen?«

»Ich würde nicht mit Euch kämpfen, selbst wenn Ihr eine Waffe hättet. Es sei denn, Ihr habt einen Stamm von gleicher Größe in die Waagschale zu werfen. Kennt Ihr denn die Regeln nicht?«

»Ich wollte nur Zeit sparen.«

Sav blickte ihn jetzt eindringlicher an. »Ihr erinnert mich an jemanden. Nicht das Gesicht, auch nicht die Stimme. Ihr . . .«

»Dann wählt einen Mann gegen mich aus. Ich werde ihn besiegen und auch alle anderen, die Ihr nach ihm aufstellt, bis dieser Stamm mir gehört.«

Jetzt lag Mitleid in Savs Blick. »Ihr wollt wirklich einen geübten Stabkämpfer im Ring herausfordern? Mit bloßen Händen?«

Sos nickte.

»Das geht mir zwar gegen den Strich; aber mir soll's recht sein!«

Er forderte einen seiner Leute zum Duell auf und ging dann zum Ring voran.

Der ausgewählte Kämpfer war verlegen. »Er hat doch keine Waffe!« rief er. »Dann schlag ihn ein paarmal zusammen«, riet ihm Sav. »Er hat es so gewollt.«

Männer scharten sich um den Ring. Die Episode mit dem Stabkämpfer hatte sich herumgesprochen. Sos zog sein Übergewand aus und stand in kurzen Hosen und bloßen Füßen da.

Die Gaffer starrten ihn an. Das Obergewand hatte ihn bisher vom Kinn bis zum Knie und den Ellbogen verhüllt und nur die Hände und Füße freigelassen. Man hatte angenommen, er wäre ein großer, rundlicher Mann – schon älter nach der Haarfarbe und der ledernen Haut zu schließen. Seine Kraft, die er bereits bewiesen hatte, hatte die Leute neugierig gemacht.

»Bizeps wie Keulen!« rief jemand aus. »Seht mal seinen Nakken an!«

Jetzt trug Sos keinen Metallkragen mehr. Jetzt war sein Nakken eine solide Masse von Hornschwielen und Narbengewebe.

Der für ihn bestimmte Gegner starrte ihn offenen Mundes an.

Sav zog den Mann zurück. »Gom, geh du in den Ring!« sagte er kurz und bündig zu einem anderen.

Jetzt trat ein viel größerer Krieger vor, dessen Körper von vielen Kämpfen narbenbedeckt und verfärbt war. Das war ein Veteran. Er hielt die Waffe angriffsbereit und betrat, ohne zu zögern, den Ring.

Sos trat ebenfalls in den Ring und blieb mit in den Hüften gestützten Händen stehen.

Gom kannte keine Skrupel. Er holte ein paarmal aus, um zu sehen, was der Namenlose tun würde, und landete dann einen fürchterlichen Hieb seitlich an Sos' Hals.

Sos blieb stehen, ohne zu schwanken.

Der Stabkämpfer sah seine Waffe an, zuckte die Achseln und schlug abermals zu.

Nachdem Sos eine ganze Minute nur ruhig dagestanden hatte, bewegte er sich endlich. Er ging auf Gom zu, griff fast beiläufig nach dessen Stab, entwand ihm den anderen mit einer einzigen Handbewegung und schleuderte ihn aus dem Ring.

Sos hatte den Mann nicht berührt, und doch war der Krieger jetzt außer Gefecht. Er hatte nämlich versucht, sich am Stab festzuklammern.

Jetzt waren seine Finger gebrochen!

»Ich habe jetzt einen Mann und mich«, verkündete Sos. »Mein Mann ist nicht einsatzfähig. Deswegen kämpfe ich als nächstes gegen zwei.«

Erschüttert schickte Sav wieder einen Krieger in den Ring und bestimmte einen dritten als Nebenpartner. Sos packte wieder die zwei Stabenden der Waffe des einen Mannes und hielt sie fest, während der Krieger vergeblich versuchte, die Waffe freizubekommen. Schließlich verbog Sos die Stange. Dann ließ er sie los und trat zurück.

Der Mann stand da und hielt die zu einem Halbkreis verformte Stange verwirrt in der Hand. Sos berührte ihn jetzt nur mit einem Finger – und der Stabkämpfer taumelte aus dem Ring.

»Ich habe jetzt, mich eingeschlossen, vier Mann. Ich werde gegen vier andere Krieger antreten!«

Jetzt war bereits das ganze Lager um den Ring versammelt.

»Ihr habt es geschafft«, sagte Sav. »Ich will selbst mit Euch kämpfen!«

»Ihr und Euer ganzer Stamm gegen das, was ich habe?« höhnte Sos spöttisch.

»Meine Fertigkeit gegen Eure«, sagte Sav und ließ sich nicht aus der Ruhe bringen. »Mein Gruppe gegen Eure Dienste und gegen die genaue Auskunft über Euch selbst! Wer Ihr seid, woher Ihr kommt, wo Ihr so tapfer kämpfen gelernt habt, wer Euch geschickt hat!«

»Wenn Ihr gewinnt, könnt Ihr meine Dienste haben oder mein Leben. Über alles andere bin ich zum Schweigen verpflichtet. Nennt mir andere Bedingungen!«

Sav hob seinen Stab. »Fürchtet Ihr, mir entgegenzutreten?«

Die Männer lachten. Sav hatte die Unterhaltung gegen ihn zu wenden verstanden. Wer verhöhnte jetzt wen?

»Ich kann diese Informationen nicht als Kampfbedingung annehmen. Ich habe nicht das Recht dazu.«

»Ihr habt uns Eure Kraft gezeigt. Wir sind neugierig. Ihr wollt, daß ich mein ganzes Lager aufs Spiel setze. Aber Ihr, Ihr wollt nicht einmal Eure Geschichte preisgeben! Ich glaube, Ihr wollt gar nicht kämpfen, Fremdling!«

Die versammelten Männer pflichteten ihm lautstark bei und weideten sich an dieser abrupten Änderung der Lage.

Sos mußte Sav gewisse Führungsqualitäten zubilligen, die er vorher nicht an ihm bemerkt hatte. Sav hatte erkannt, daß er verlieren mußte, falls er den Ring betrat. Er lud Schimpf und Schande auf sich, wenn er es nicht tat. Und so hatte er versucht, Sos dazu zu bringen, sich zurückzuziehen. Sav konnte sich weigern zu kämpfen, wenn man seine Bedingungen nicht akzeptierte. Seine Weigerung war dann durchaus ehrenhaft. Und das würde sich sehr rasch bei Sols anderen Stammesführern herumsprechen. Seine Bedingung war ein taktischer Geniestreich.

Sos würde also einen Kompromiß schließen müssen. »Gut! Aber ich werde es nur Euch allein erzählen. Sonst niemandem!«

»Ich werde es erzählen, wem ich will!« legte Sav fest.

Dabei ließ es Sos bewenden. Falls er durch einen unglücklichen Zufall verlieren sollte, hoffte er, Sav unter vier Augen von der Notwendigkeit der Geheimhaltung zu überzeugen. Sav war ein vernünftiger Mensch. Er würde ihn sicher anhören und sich alles erst überlegen, ehe er etwas unternahm.

Es tat Sos leid, daß er diesen lächelnden Stabkämpfer verwunden mußte!

Sav betrat den Ring. Er war viel besser geworden. Sein Stab war unerhört schnell und sicher. Sos versuchte die Waffe zu fassen. Es glückte ihm nicht. Der Mann hatte davon profitiert, daß er die zwei minderen Kämpfer beim Duell beobachten konnte. Er ließ seinen Stab nie in Ruhestellung, so daß Sos ihn nicht fassen konnte. Er verschwendete auch keine Kraft mit Hieben auf die Wirbelsäule. Statt dessen zielte er auf Sos' Gesicht und hoffte so, seinen Gegner zu blenden. Außerdem hieb er ihm auf die Ellbogen, die Gelenke und Füße. Er blieb dauernd in Bewegung, als wäre er sicher, daß ein so massiger Körper wie der von Sos sehr rasch ermüden müßte.

Es nützte ihm aber nichts. Sos wartete nur ein paar Minuten, damit Sav vor seinen Leuten nicht das Gesicht verlor. Dann blockierte er den Stab und packte Savs Unterarm. Er riß ihn an sich und drückte mit der anderen Hand zu.

Man hörte ein Krachen.

Sos ließ Sav wieder los und schob den Mann aus dem Ring. Für die anwesenden Krieger gab es keinen Zweifel: Es war ein komplizierter, offener Bruch, den Sav erlitten hatte. Die Männer nahmen sich Savs an, der taumelnd nach seinem Arm faßte und den freigelegten Knochen zurechtzurücken versuchte, während Sos gleichgültig vom Ring aus zusah.

Notwendig war das nicht gewesen. Er hätte auf hundert sanftere Arten siegen können. Er hatte aber einen überzeugenden Sieg gebraucht. Hätte Sav nur knapp oder durch einen Trick verloren, hätten die Anwesenden seinen vollen Einsatz oder seinen Willen zum Sieg vielleicht bezweifelt. Der Armbruch war der sichtbare Beweis dafür, daß dem nicht so war. Savs Männer wußten nun, daß niemand hätte siegen können, wo ihr Anführer versagt hatte, und daß es bei diesem Kampf kein heimliches Einverständnis oder Feigheit gegeben hatte.

Sos hatte also seinem früheren Freund schreckliche Schmerzen zugefügt. Er wußte aber, daß dieser sie ertragen würde, um zu retten, was viel wichtiger war – den Ruf des Verlierers.

»Setzt Euren zweiten Mann zum Führer dieses Lagers ein!« befahl Sos dem Besiegten, scharf und ohne Mitgefühl. »Ihr und ich, wir machen uns morgen in aller Frühe auf den Weg. Wir beide allein!«

XIX

Zwei Männer verließen das Lager. Der eine trug den Arm in der Schlinge. Sie gingen an diesem Tag so weit, wie es der gebrochene Arm und der Blutverlust des Verletzten erlaubten, und kehrten über Nacht in einer Herberge ein.

»Warum?« fragte Sav, als Sos das Abendbrot zubereitete.

»Der Arm?«

»Nein. Das kann ich verstehen. Warum aber du?«

»Man hat mich dazu bestimmt, Sols Reich zu übernehmen. Er wird sich mit mir wohl kaum im Ring messen, wenn ich ihm nicht zuerst einen seiner Unterführer besiegt vorführe.«

Sav lehnte sich vorsichtig zurück. Er mußte auf seinen Arm achtgeben. »Ich meine, warum ausgerechnet du, Sos?«

Der erste Mann, der zweite Tag. Und schon war er, ohne es zu merken, erkannt worden!

»Du kannst mir vertrauen«, sagte Sav. »Ich habe niemandem von deinen Nächten mit Sola erzählt, obwohl ich damals nicht durch den Ehrenkodex des Ringes gebunden war. Jedenfalls nicht dir gegenüber. Ich werde es auch jetzt niemandem erzählen. Diese Information hätte nur mir allein gehört, wenn ich sie von dir bekommen hätte. Das war aber nicht der Fall.«

»Woher hast du es erfahren?«

»Wir haben doch eine ganze Weile das Zelt geteilt. Dabei habe ich dich ganz gut kennengelernt. Ich weiß, was du denkst und wie du riechst. Gestern konnte ich wegen der Schmerzen im Arm nicht einschlafen und ging an deinem Zelt vorbei.«

»Wie hast du mich im Schlaf erkannt?«

Sav lächelte. »An deinem Schnarchen.«

»Ich ...« Er hatte nicht einmal gewußt, daß er schnarchte.

»Und noch an ein oder zwei Dingen«, fuhr Sav fort. »Wie du auf die Stelle hingestarrt hast, wo unser kleines Zelt gestanden hatte. Dabei hast du aber nicht an mich gedacht! Und wie du *Red River Valley* heute unterwegs gesummt hast. Wie du dich bemüht hast, mich im Ring nicht zu jämmerlich abschneiden zu lassen, damit ich ehrenhaft verliere. Das hättest du alles gar nicht nötig gehabt. Du hast auf mich Rücksicht genommen, wie ich auf dich Rücksicht genommen habe.«

»Rücksicht auf mich?«

»Du weißt schon – ich habe dir den ganzen Winter über die Mädchen vom Hals gehalten, auch wenn ich selbst dafür einspringen mußte. Ich habe einen Mann zu Sol geschickt, als es Zeit wurde. Und dergleichen mehr.«

Also war Sol weggeblieben, bis Sola schwanger geworden war! *»Du hast über Sol – Bescheid gewußt?«*

»Ich bin von Natur aus neugierig. Aber ich kann den Mund halten.«

»Das ist wahr!« Sos brauchte einen Augenblick, um sich an die veränderte Situation zu gewöhnen. Der Stabkämpfer war viel verständiger und diskreter, als er jemals angenommen hatte. »Na gut, Sav, ich werde dir alles erzählen. Und du wirst mir sagen, wie ich meine Geheimnisse bewahren kann, ohne daß jemand anderer Verdacht schöpft. Einverstanden?«

»Ja. Außer ...«

»Keine Ausnahmen! Ich kann es außer dir niemandem sagen!«

»Einige werden dich auf jeden Fall wiedererkennen. Sol erkennt dich schon auf einige Meter Entfernung. So ist er eben. Auch Sola kannst du nicht lange hinters Licht führen. Die anderen – na ja, wenn wir es bei Tor schaffen, werden die anderen kein Problem sein.«

Sav hatte wahrscheinlich recht. Sos machte sich darüber keine besonderen Gedanken. Wenn er ehrlich sein Bestes tat, seine Identität zu verbergen, und dann trotzdem von den ihm Nahestehenden erkannt wurde, konnte man ihm deswegen kaum die Schuld geben. Seine wahre Identität würde sich auch nicht so rasch herumsprechen.

»Du hast gefragt, warum ich das alles tue. Diese Frage habe ich mir selbst gestellt. Man hat mich unter Druck gesetzt, doch hätte das nicht ausgereicht, wenn ich nicht selbst innere Zweifel gehabt hätte. *Warum gerade ich?* Weil ich das Reich aufgebaut habe, obwohl die das dort nicht gewußt haben. Ich habe damit angefangen, ich habe alles organisiert, ich habe die Ausbildung geleitet, ich habe Männer eingesetzt, die diese Aufgaben dann übernommen haben. Wenn das alles schlecht war, dann habe ich die moralische Verpflichtung, das Reich wieder aufzulösen. Und ich bin vielleicht der einzige, der das ohne unheilvolles Blutvergießen machen kann. Ich bin der einzige, der die Natur dieser Organisation und die Schlüsselfiguren wirklich versteht – und der Sol im Ring gewachsen ist!«

»Fange lieber von Anfang an«, sagte Sav. »Du bist weggegangen, und dann bist du mit dem Lasso wiedergekommen. Sol hat dich besiegt, und du bist zum Berg . . .«

Es wurde spät nachts, bevor Sos die ganze Geschichte erzählt hatte.

Tyls Lager war viel größer als das von Sav. Es war ein auf die Rekrutierung ausgerichteter Stamm, der sich nicht mehr mit der Ausbildung befaßte, und zählte fast fünfhundert Krieger. Diesmal gab es beim Lagereingang keinerlei Behinderung. Sav war ein hochgestelltes Mitglied der Hierarchie. Seine sonst so ruhige Stimme enthielt unmißverständlich Kommandotöne. Zehn Minuten nach ihrer Ankunft standen sie vor Tyl selbst.

»Kamerad, was führt dich her?« fragte Tyl vorsichtig und ließ den verwundeten Arm unerwähnt. Er sah älter, aber nicht weniger selbstsicher aus als früher.

»Ich diene einem neuen Herrn. Das ist der Namenlose, der mich ausgewählt und im Ring besiegt hat. Jetzt bietet er mich und meinen Stamm gegen dich und deinen Stamm.«

Tyl studierte Sos' Gewand und versuchte, die Gestalt darunter abzuschätzen. »Mit allem schuldigen Respekt, Exkamerad – mein Stamm ist mächtiger als deiner. Er muß sich zuerst mit meinen Unterführern messen.«

»Natürlich. Bestimme ein Drittel deines Stammes. Das entspricht etwa meiner – ehemaligen Mannschaftsstärke. Wenn der Namenlose deinen Mann besiegt hat, wird er sich mit beiden Abteilungen gegen den Rest messen. Du kannst ihn heute beobachten und morgen mit ihm kämpfen.«

»Du scheinst Vertrauen in ihn zu setzen«, bemerkte Tyl.

Sav wandte sich an Sos. »Wollt Ihr Euer Gewand ablegen?«

Sos kam der Aufforderung nach. Es war viel einfacher, Sav die Führung der Situation zu überlassen. Der Mann hatte Talent dafür. Dieser erste Erwerb war äußerst glücklich für ihn gewesen.

Tyl sah Sos an. »Ich verstehe«, sagte er beeindruckt. »Und welche Waffe führt er?« Dann wieder: »Ich verstehe.«

An diesem Nachmittag schlug Sos einen der Unterführer, einen Schwertkämpfer, mit einem einzigen Hammerschlag seiner Faust in dessen Leib. Er hatte das Schwert einfach an der Klinge gepackt und es festgehalten. Ein feiner Streifen auf seinen Schwielen zeigte an, wo die Waffe eingedrungen war. Das war alles. Er hatte die Hand fest um die Klinge geschlossen gehalten, doch das hatten die Zuschauer nicht bemerkt. Sie hatten angenommen, daß er der vollen Wucht des Schwertstreiches mit der ungeschützten Hand entgegengetreten war. Tyl war – wie Sav – rasch von Begriff. Auch er führte das Schwert. Er focht gegen Sos' Hände, als wären sie Dolche, und gegen dessen Kopf, als wäre er eine Keule, und hielt dabei immer vorsichtig Abstand. Das war eine kluge Strategie. Die sausende Klinge war eine ausgezeichnete Verteidigung, und Tyl wollte kein Risiko eingehen.

Eines hatte er jedoch vergessen: Sos hatte neben seinen Händen und seinem Kopf auch noch Füße. Ein fester Tritt gegen die Kniescheibe lähmte Tyl momentan. Doch er kämpfte weiter. Er war alles andere als ein Feigling. Erst als beide Knie aus den Gelenken gesprungen waren, versuchte er einen selbstmörderischen Angriff.

Sos ließ die Klinge in seinem Unterarm stecken und faßte dann mit den Fingern nach Tyls Nacken. Der Kampf war vorbei.

Dann zog Sos die Klinge heraus und versorgte selbst seine Wunde. Es war ein Stich, kein Schnitt gewesen. Die Metallverstärkung im Knochen hatte ein weiteres Eindringen verhindert. Der Arm würde rasch heilen.

Als Tyl wieder gehen konnte, machte sich Sos mit ihm und Sav auf den Weg zum nächsten großen Stamm, der Sols eigenem Lager schon beträchtlich näher lag. Tyl reiste mit seiner Familie, weil Sos keine rasche Rückkehr garantiert hatte. Tyla übernahm die Haushaltspflichten. Die Kinder starrten sprachlos den Mann an, der ihren Vater besiegt hatte. Sie konnten das kaum glauben. Um den Kampf selbst würdigen zu können, waren sie noch zu klein. Sie hatten nicht begriffen, daß Tyl bereits besiegt gewesen war, als er sich Sols wachsender Gruppe angeschlossen hatte.

Unterwegs konnte man sich nicht frei unterhalten. Tyl hatte den Namenlosen nicht erkannt, und Sav unterließ klug alle gefährlichen Bemerkungen.

Nach drei Wochen hatten sie Tors Stamm eingeholt. Sos hatte beschlossen, daß er einen weiteren Anführer in seinem Gefolge brauchte, ehe er Sol in den Ring zwingen konnte. Jetzt hatte er Gewalt über mehr als sechshundert Mann. Doch Sol waren noch acht Stämme, zum Teil sehr große Stämme, geblieben. Sol konnte sein Reich immer noch retten, wenn er diesen Stämmen nicht gestattete, Sos' Herausforderung anzunehmen, und wenn er sich selbst vom Kampf im Ring zurückhielt. Doch wenn Sos noch einen dritten Stamm dazugewann, konnte Sol einen solchen Verlust nicht mehr widerspruchslos hinnehmen.

Tors Stamm war kleiner als der Tyls und auch lockerer organisiert. Tor empfing Sos zu vertraulicher Beratung. Sav und Tyl blieben inzwischen draußen.

»Ich sehe, daß Ihr Familie habt«, sagte er.

Sos blickte auf sein bloßes Handgelenk. »Das war einmal.«

»Ach, ich verstehe.«

Tor, der nach einer Schwäche gesucht hatte, hatte sein Ziel verfehlt. »Soweit ich begriffen habe, seid Ihr aus dem Nichts gekommen, habt Sav und Tyl besiegt und wollt Sol um sein Reich herausfordern. Und Ihr betretet den Ring ohne Waffe.«

»Ja.«

»Für mich wäre es unsinnig, Euch persönlich entgegenzutreten, da Tyl der bessere Kämpfer ist.«

Sos sagte nichts darauf.

»Doch liegt es nicht in meiner Natur, einer Herausforderung auszuweichen. Nehmen wir folgendes an: Ich stelle meinen Stamm gegen Euren auf, wenn Ihr gegen meinen Vertreter antretet.«

»Einen Eurer Unterführer? Ich werde doch nicht sechshundert Mann gegen einen Untergebenen aufstellen!« Dabei blieb es Sos' einzige Sorge, daß Tor ihn nicht erkannte.

»Das habe ich nicht gesagt. Ich habe gesagt, mein Repräsentant, der nicht Mitglied meiner Gruppe ist, gegen Euch allein. Wenn er Euch schlägt, werdet Ihr Eure Leute freilassen und Eurer Wege gehen. Sol wird sie rechtzeitig wieder zurückgewinnen. Wenn Ihr ihn besiegt, übergebe ich Euch meine Gruppe, bleibe aber im Dienste Sols. Momentan möchte ich keinem anderen Herrn dienen.«

»Das ist eine merkwürdige Sache!« Sicher steckte auch etwas Besonderes dahinter, denn Tor war immer schon ein schlauer Fuchs gewesen. »Freund, Ihr selbst seid merkwürdig.«

Sos überdachte die Angelegenheit, konnte aber nichts Unfaires in den Bedingungen erkennen. Wenn er gewann, bekam er den Stamm. Verlor er, stand es ihm frei, sich später mit Sol zu messen. Es spielte keine Rolle, mit wem er kämpfte. Früher oder später mußte er den Mann ohnehin besiegen, um ein Wiedererstarken des Reiches unter einem neuen Herrn zu verhindern.

Tor schien ihn nicht zu erkennen, was Sos insgeheim Genugtuung bereitete. Vielleicht hatte er sich diesbezüglich zuviel Sorgen gemacht.

»Geht in Ordnung! Ich werde mit diesem Mann kämpfen.«

»Er wird in einigen Tagen hier sein. Ich habe bereits einen Boten nach ihm ausgeschickt. In der Zwischenzeit nehmt unsere Gastfreundschaft an.«

Sos stand auf. »Noch etwas«, sagte er. »Wer ist dieser Mann?«

»Er heißt Bog. Bog, die Keule.«

Also hatte Tor doch eine Arglist ausgeheckt. Ausgerechnet Bog, der einzige Krieger, den nicht einmal Sol hatte besiegen können!

Es dauerte drei Tage, bis Bog aufkreuzte, massig und fröhlich wie eh und je. Er hatte sich in den zwei Jahren überhaupt nicht verändert. Sos wäre am liebsten hinausgelaufen und hätte ihm die Hand gedrückt. Aber er war ja jetzt ein namenloser Fremder, mußte Bog anonym entgegentreten und ihn besiegen.

Bogs Erscheinen machte Sos klar, warum Tor die Bedingungen so gestellt hatte. Bog stand jedem Machtstreben völlig gleichgültig gegenüber. Er kämpfte aus purer Freude am Kampf und beanspruchte keinen Unterlegenen für sich. Tors Bote hatte nur zu flüstern brauchen: »Guter Kampf«, und Bog war schon unterwegs.

Auch in anderer Hinsicht hatte Tor eine gute Wahl getroffen: Bog war der einzige, der wirklich fast unverletzbar war.

Der Tag war bereits im Schwinden, und Tor wollte Bog bewegen, mit dem Kampf bis morgen zu warten.

»Starker Mann, langer Kampf«, erklärte er. »Dauert den ganzen Tag!« Bogs Grinsen wurde breiter. »Gut!«

Sos beobachtete, wie der Riese für drei aß und sich genießerisch die Lippen leckte, als sich eine Schar hübscher Mädchen um ihn scharte. Das war der Mann, der das Rezept für immerwährende Freuden gefunden hatte: Bärenkraft, starke Begierden und keine Gedanken an die Zukunft. Welches Vergnügen, wieder mit ihm zu wandern und sich in der Reflexion dieses Glückszustandes zu aalen! Die Wirklichkeit mochte andere beunruhigen – Bog niemals.

Sos mußte kämpfen, damit das, was an dem augenblicklichen System so gut war, auch erhalten blieb. Wenn er Bog besiegte, blieb gewährleistet, daß es immer freie Krieger geben würde, mit denen ein Mann wie Bog kämpfen konnte. Das Reich würde sie nie alle schlucken können.

Sie warteten nur den Sonnenaufgang ab. Um die Arena hatten sich die Zuschauer so dicht geschart, daß sich Tor nur mit Mühe einen Weg zum Ring bahnen konnte.

Nur zweimal, so berichtete die Legende, war Bog besiegt worden: Einmal war es vor dem Ende des Kampfes dunkel geworden, ein andermal hatte er seine Waffe durch einen unglücklichen Zufall verloren.

Er hatte jedoch nie wieder gegen das Netz oder eine unbekannte Waffe gekämpft.

Bog sprang in den Ring und schwang enthusiastisch seine Keule, während sich Sos außerhalb des Ringes seiner Kleider entledigte. Die zwei Männer begutachteten einander eingehend, während die Zuschauer die beiden abschätzten.

»Die sind ja beide gleich groß!« rief ein Krieger entsetzt aus.

Sos war erstaunt. Er – mit diesem Riesen gleich groß? Unmöglich!

Trotzdem war es Tatsache. Bog war zwar etwas größer und in den Schultern breiter, doch Sos war kräftiger gebaut. Er war jetzt beträchtlich größer als früher, aber immer noch schlank, obwohl er doppelt soviel wog wie damals als Schwertkämpfer – bei seiner ersten Wanderung. Sos trat in den Ring.

Bog kam wie üblich mit schwingender Keule auf ihn zu. Sos duckte sich und wich zunächst aus. Bog konnte ihm gefährlich werden. Einen Hieb mit der Keule hätte seine verstärkte Schädeldecke zwar ausgehalten, doch sein Hirn hätte gewackelt wie ein Pudding.

Sos wich also der Keule aus und blockierte mit einem Arm den Rückschwung. Mit der andern Faust hieb er in Bogs Magen – so kraftvoll, daß der Riese zurückwich. Das war ein Hieb, mit dem man Steine spalten konnte. Doch Bog hatte ihn kaum gespürt.

Sos merkte jetzt, daß Bog mit mehr Finessen kämpfen konnte, als er das früher für möglich gehalten hatte. Hinter seinem auffallenden Getue verbarg er ein ausgezeichnetes Selbstverteidigungssystem. Merkwürdig, daß ihm das früher nie aufgefallen war! War Bogs offen zur Schau getragene Dummheit nur gespielt? Hatte Sos – der es eigentlich hätte besser wissen müssen – einfach von vornherein angenommen, einem Mann dieser Größe und Kraft müsse es an geistigen Qualitäten mangeln?

Oder war Bog wie Sol eine Naturbegabung, die alles unbewußt machte und gewann, weil seine Instinkte intakt waren?

Doch selbst Bog mußte wunde Punkte haben. Der Kampf wogte hin und her. Es war offensichtlich, daß man Bog nicht mit simplen Kniffen beikommen konnte. Solange Bog bei Bewußtsein war, würde er weiterkämpfen, und er war so gebaut, daß man ihn nicht so leicht bewußtlos schlagen konnte. Ein Würgegriff von hinten? Bogs Keule würde, nach hinten oder seitlich gewirbelt, den Gegner zerschmettern, lange ehe Bog bewußtlos umfiel. Und wie sollte ein Unterarm zuwege bringen, was nicht einmal das Lasso fertiggebracht hatte!

Ein Hammerschlag auf die Schädelbasis? Wie Bog gebaut war, würde er ihn damit eher töten als zum Stehen bringen. Doch er hatte wunde Punkte: Ein Schlag in den Schritt, ein steifer Finger ins Auge: Jeder schnelle Schlag auf ein oberflächliches Organ würde ihn sicher erledigen!

Sos fuhr fort, sich zu ducken und Hiebe zu parieren. Sollte er es tun? War die absichtliche und dauernde Verwundung eines Freundes durch irgendeinen Zweck zu rechtfertigen?

Er überlegte nicht lange. Er wollte einfach weiterkämpfen, wie er mußte, nämlich fair! Er mußte den Kampf rasch und entschieden beenden. Das bedeutete, daß er wenigstens einen vollen Hieb mit der Keule in Kauf nehmen mußte, während er seine Angriffsposition aufbaute. Das war ein notwendiges Risiko.

Sos teilte den nächsten Stoß zeitlich genau ein, zog den Kopf an und zielte mit dem Fuß nach Bogs Kinn. Bogs Keule traf ihn am Schenkel, lähmte den Muskel und warf ihn seitlich um, doch seine Ferse hatte gleichzeitig Bog getroffen.

Zu hoch allerdings. Er hatte Bogs Stirn getroffen und den Kopf mit großer Wucht nach hinten geschleudert, die durch Bogs keulenschwingenden Hieb noch verstärkt worden war. Ein viel stärkerer Schlag also, als er beabsichtigt hatte.

Sos ließ sich zu Boden fallen, rollte weg und sprang wieder auf, um sich zu einem Knöchelangriff auf den Nacken bereitzumachen. Bog konnte nicht ausholen, solange er auf dem Boden lag.

Sos hielt inne. Plötzlich erkannte er, was geschehen war.

Der etwas danebengegangene Hieb, Bos Vorwärtsschwingen, der Rückstoßeffekt der Keule auf dem Bein, die Muskulatur, die den Nacken des Keulenkämpfers umspannte: All das hatte verhängnisvoll zusammengewirkt und hatte zur Folge, was Sos unbedingt hatte vermeiden wollen.

Bogs Genick war gebrochen.

Er war nicht tot; doch der Schaden war irreparabel. Falls er überlebte, würde er gelähmt bleiben. Bog würde nie wieder kämpfen können.

Sos sah auf und bemerkte erst jetzt wieder das Publikum, das er ganz vergessen hatte. Er begegnete Tors Blick. Tor nickte.

Sos nahm Bogs Keule und hieb mit aller Kraft auf das ihn anstarrende Haupt.

»Komm mit«, sagte Sav.

Sos folgte ihm in den Wald, ohne sich um die Richtung zu kümmern. Er fühlte sich so wie damals, als Dummerchen im Schnee verendet war. Bog war ein großer, glücklicher Kerl gewesen, schwer von Begriff vielleicht – und jetzt war er plötzlich auf eine Weise ums Leben gekommen, die niemand gewollt oder erwartet hatte, am allerwenigsten Sos selbst.

Wenigstens hatte er dafür gesorgt, daß der Mann so umgekommen war, wie er sich das sicher selbst gewünscht hätte. Durch einen Keulenschlag.

Ein schwacher Trost.

Sav blieb stehen. Sie befanden sich auf einer Waldlichtung, auf der sich eine kleine, rohe Steinpyramide erhob. Das war eine der Begräbnis- und Gedenkstätten, die von Stammesangehörigen unterhalten wurden, welche die Leichen der Freunde nicht den Irren zur Verbrennung übergeben wollten.

»Hätte man ihn in der Unterwelt retten können?« fragte Sav.

»Ich glaube, ja.«

»Wenn du versucht hättest, ihn hinzuschaffen?«

»Man hätte uns beide mit dem Flammenwerfer ausgelöscht. Ich darf nie zurückkehren.«

»Dann war es so am besten.«

Die Zeit schien stillzustehen, doch es war inzwischen ein Monat der Wanderung und Heilung vergangen. Jetzt stand er wieder an einer Andachtsstätte.

Sol kam, um dort zu beten.

Sol kniete am Fuß der Pyramide nieder. Sos ließ sich neben ihm nieder. So verharrten sie schweigend, eine ganze Weile.

»Ich hatte einen Freund«, sagte Sos schließlich. »Ich mußte ihm im Ring gegenübertreten, obwohl ich es lieber nicht getan hätte. Jetzt liegt er hier begraben.«

»Ich hatte auch einen Freund«, sagte Sol. »Mein Freund ist zum Berg gegangen.«

»Jetzt muß ich um ein Reich kämpfen, das ich nicht will, und muß vielleicht wieder töten. Dabei suche ich nur Freundschaft.«

»Ich habe den ganzen Tag um Freundschaft gebetet«, sagte Sol. »Als ich ins Lager zurückkehrte, dachte ich schon, mein Gebet wäre erhört worden. Doch er hat verlangt, was ich nicht geben konnte.« Er machte eine Pause. »Ich würde mein Reich hergeben, wenn ich den Freund wiederhätte.«

»Warum können wir zwei nicht einfach weggehen und nie wieder den Ring betreten?«

»Ich möchte nur meine Tochter mitnehmen.«

Er sah Sos an, zum erstenmal, seit Stab und Lasso sich getrennt hatten. Falls er in ihm mehr erkannt hatte als den namenlosen Herausforderer, so verriet er es jedenfalls mit keinem Wort.

»Ich würde Euch die Mutter meiner Tochter geben, da Euer Armreif tot ist.«

»Ich würde sie im Namen der Freundschaft annehmen.«

»Im Namen der Freundschaft!«

Sie standen auf und wechselten einen Händedruck. Das war das Äußerste. Es kam einem Wiedererkennen fast gleich.

Sols Lager war riesig. Fünf der restlichen Stämme hatten sich mit dem Herrn vereint, weil sie von der Ankunft des Herausforderers erfahren hatten. Zweitausend Mann mit Familien lagen im Wald und auf dem Feld, schliefen in Gemeinschaftszelten und verpflegten sich aus Gemeinschaftsküchen. Des Schreibens Kundige überwachten die Verteilung von Lebensmitteln und erteilten Unterricht im Lesen und Rechnen. Andere Gruppen gingen in die Berge und schürften nach Erzvorkommen, während andere den Boden bearbeiteten. Die Frauen webten und strickten in Gruppen. Eine Gruppe hatte sogar einen primitiven, selbstverfertigten Webstuhl. Das Reich war schon zu groß geworden, um sich aus den Herbergen eines Gebietes erhalten zu können, zu unabhängig, um sich auf eine fremde Quelle für Waffen und Bekleidung zu verlassen.

»Das ist Sola«, sagte Sol und stellte die schöne, üppige Frau vor. Zu ihr gewendet, sagte er: »Ich möchte dich dem Namenlosen geben. Er ist ein großer Krieger, obwohl er keine Waffe trägt.«

»Wie du willst«, sagte sie gleichgültig. Sie blickte durch Sos hindurch. »Wo ist sein Armreif? Wie soll ich mich nennen?«

»Behalte meinen Reif. Ich suche mir einen anderen.«

»Behalte den Namen, den du trägst«, sagte Sos. »Ich habe keinen besseren.«

»Ihr seid verrückt«, sagte Sola, an beide gewandt.

»Das ist Soli«, sagte Sol, als die Kleine das Zeltabteil betrat. Er hob sie hoch. Sie faßte nach einem kleinen Stab und schwang ihn wild.

»Ich bin eine Amazone«, rief sie aus und stieß mit dem Stab nach Sos. »Ich kämpfe im Ring!«

Sie gingen auf den Platz, wo sich die Unterführer versammelt hatten: Tyl, Tor und Tun, Neq und drei andere, die Sos nicht kannte. Als Sol und Sos sich näherten, bildeten sie einen Kreis.

»Wir haben uns provisorisch über die Bedingungen geeinigt«, sagte Sav, »die Zustimmung der beiden Herren natürlich vorausgesetzt.«

»Die Bedingungen sind folgende«, sagte Sol und nahm ihm die Gelegenheit, fortzufahren. »Das Reich wird aufgelöst. Jeder von Euch wird den Stamm, den er jetzt hat, in unser beider Namen regieren. Aber ihr werdet euch nie wieder im Ring messen!«

Sie starrten Sol verständnislos an. »Ihr habt bereits gekämpft?« fragte Tun.

»Ich habe den Ring aufgegeben.«

»Dann müssen wir dem Namenlosen dienen!«

»Ich habe ebenfalls dem Ring entsagt«, sagte Sos.

»Das Reich wird zerfallen, wenn es keinen von Euch beiden zum Herrn hat! Niemand anderer ist stark genug dazu!«

Sol wandte ihnen den Rücken zu. »Wir sind fertig! Nehmen wir unsere Sachen und gehen wir!«

»Eine Minute!« rief Tyl aus und lief ihnen steifbeinig nach. »Ihr schuldet uns eine Erklärung!«

Sol zuckte die Achseln und sagte gar nichts. Sos drehte sich um und sagte: »Vor vier Jahren habt ihr alle nur kleinen Stämmen gedient oder seid allein gewandert. Ihr habt in Herbergen geschlafen oder in kleinen Zelten und habt nichts gebraucht, was man euch nicht geliefert hat. Damals habt ihr tun und lassen können, was ihr wolltet. Jetzt wandert ihr in großen Stämmen umher und kämpft für andere. Ihr bebaut das Land und arbeitet, weil eure Zahl schon zu groß geworden ist. Ihr schürft nach Metallen, weil ihr das den Irren nicht mehr überlassen wollt, obwohl sie euer Vertrauen nie mißbraucht haben. Ihr lernt aus Büchern, weil ihr nach jenen Dingen strebt, die euch nur die Zivilisation bieten kann! So sollte es nicht sein! Wir wissen, wohin die Zivilisation führt. Sie zerstört alle Werte des Kampfringes. Sie bringt Kampf um materielle Güter, die ihr nicht braucht. Ihr werdet die Erde überfluten und eine Plage werden wie die Mäuse, die ihre Brutstätten verlassen haben. Die Berichte beweisen, daß das Endresultat eines Reiches – der Weltbrand ist.«

Er hatte nicht gut gesprochen.

Außer Sav sahen ihn alle ungläubig an. »Ihr behauptet also«, sagte Tor langsam, »es wird einen zweiten Brand geben, wenn wir nicht primitive, von den Irren abhängige Nomaden bleiben, höherer Dinge unkundig?«

»Mit der Zeit, ja. Das ist schon einmal geschehen. Unsere Pflicht ist es, dafür zu sorgen, daß es nie wieder geschieht.«

»Und ihr glaubt, man solle alles so belassen, wie es war – nämlich unorganisiert?«

»Ja.«

»Damit noch mehr Männer wie Bog im Ring sterben können?«

Sos war wie vor den Kopf geschlagen. Stand er überhaupt auf der richtigen Seite?

»Besser so, als daß wir alle im Weltenbrand umkommen«, warf Sol überraschend ein. »Im Moment sind wir noch zu wenige. Wir könnten uns nicht wieder erholen.«

Unbeabsichtigt hatte er Sos' Argument widersprochen, da das Hauptproblem des Reiches gerade die Übervölkerung war.

Neq wandte sich an Sol. »Und Ihr wollt den Ring retten, indem Ihr ihn verlaßt?«

Schließlich sprach Sav, der für beide Seiten Verständnis hatte.

»Mitunter muß man etwas, das man liebt und schätzt, aufgeben, um es zu erhalten. Das finde ich sehr vernünftig.«

»Ich nenne es Feigheit!« sagte Tyl.

Sol und Sos sprangen wütend auf ihn los.

Tyl blieb ruhig stehen. »Jeder von Euch beiden hat mich im Ring besiegt. Ich hätte beiden zu dienen. Wenn ihr beide aber nicht um die Vorherrschaft kämpfen wollt, muß ich Euch nennen, was Ihr seid.«

»Ihr habt kein Recht, ein Reich aufzubauen und es dann einfach wegzuwerfen«, sagte Tor. »Führerschaft bedeutet Verantwortung!«

»Wo habt Ihr denn so viel Geschichte gelernt?« fragte Neq. »Ich glaube nicht daran.«

»Wir hatten doch erst jetzt angefangen, wie Menschen zusammen zuarbeiten, anstatt wie Kinder zu spielen«, murmelte Tun.

Sol sah Sos an. »Sie haben keine Macht über uns. Sollen sie nur reden!«

Sos blieb unschlüssig stehen. Was diese plötzlich so energisch auftretenden Männer sagten, ergab einen bedrückenden Sinn. Wie konnte er sicher sein, daß der Herr der Unterwelt die Wahrheit gesagt hatte? Zivilisation hatte so viele offensichtliche Vorteile, und es hatte Tausende von Jahren gedauert, bis es zum Weltenbrand gekommen war. Und war wirklich die Zivilisation daran schuld gewesen, oder hatten dabei Faktoren eine Rolle gespielt, von denen er keine Ahnung hatte? Faktoren, die vielleicht gar nicht mehr existierten?

Die kleine Soli tauchte auf und lief auf Sol zu. »Wirst du jetzt kämpfen, Vater?«

Tyl versuchte sie abzuwehren. Er kauerte sich mühsam nieder. Seine Knie waren noch nicht ganz verheilt. »Soli, was würdest du tun, wenn dein Vater nicht mehr kämpfen will?«

Sie sah ihn erstaunt an. »Nicht kämpfen?«

Keiner sagte ein Wort.

»Wenn er sagt, er will nicht mehr in den Ring«, half ihr Tyl weiter. ». . . wenn er wegginge und nie wieder kämpfte?«

Soli brach in Schluchzen aus.

Tyl ließ sie los. Sie lief auf Sol zu. »Geh in den Ring, Vater«, rief sie. »Zeig's ihm!«

Wieder war es soweit. Niedergeschlagen blickte Sol auf Sos. »Ich muß für meine Tochter kämpfen.«

Sos kämpfte mit sich, aber er wußte bereits, daß eine friedliche Lösung jetzt nicht mehr möglich war. Das war eine schreckliche Entdeckung, daß nicht der Name, die Frau oder das Reich die Wurzel all ihrer Kämpfe gewesen war, sondern das Kind. Immer war es das »Soli« genannte Kind gewesen! Der Ring hatte bestimmt, wer den Namen und das Privileg der Vaterschaft für sich in Anspruch nehmen durfte.

Sol konnte nicht mehr zurück. Sos auch nicht. Bob aus der Unterwelt hatte klargemacht, was geschehen würde, wenn Sos das Reich bestehen ließ.

»Also dann morgen«, sagte Sos niedergeschlagen.

»Morgen – Freund!«

»Und der Sieger regiert das Reich – alles« rief Tyl, und die anderen stimmten zu. Warum wirkte ihr Lächeln so gierig?

Die beiden aßen zusammen mit Sola und Soli.

»Du wirst dich meiner Tochter annehmen«, sagte Sol. Er brauchte die Umstände nicht näher zu umreißen.

Sos nickte bloß.

Sola war direkter. »Möchtet Ihr mich heute nacht?«

War das die Frau, nach der er sich gesehnt hatte? Sos sah sie an, sah die üppige Figur, die edlen Züge. Sie hatte ihn nicht erkannt, dessen war er sicher. Sie war in der Zwischenzeit sehr selbstbewußt geworden.

»Sie – sie hat einen anderen geliebt«, sagte Sol. »Jetzt ist das Streben nach Macht ihr ein und alles. Es ist nicht ihre Schuld.«

»Ich liebe ihn immer noch«, sagte sie. »Mag sein Leib tot sein – die Erinnerung an ihn lebt. Mein eigener Körper spielt keine Rolle mehr.«

Sos sah sie an, doch vor sich sah er auch das Bild der kleinen Sosa aus der Unterwelt – des Mädchens, das seinen Armreif trug. Des Mädchens, welches Bob zu schicken gedroht hatte, falls Sos sich geweigert hätte, die Mission zu übernehmen. Das Mädchen wäre in Sols Lager gekommen, wie irgendeine, und hätte ihn mit einem vergifteten Stachel erstochen. Und dann sich selbst. Der Herr des Reiches wäre tot und entehrt gewesen. Und dieses Mädchen würde man sicher noch schicken, falls Sos versagen sollte.

Zuerst war es Sols Schicksal gewesen, das Sos Sorge bereitet hatte, obwohl Bob das nie vermutet hatte. Nur indem er die Mission auf sich nahm, konnte Sos den damit verbundenen Verrat umgehen. Aber mit der Zeit wurde ihm Sosas Wohl ebenso wichtig. Wenn er die Unterwelt hinterging, mußte Sosa dafür büßen.

Sol und Sosa – die zwei waren einander nie begegnet. Doch hatten sie sein Schicksal bestimmt. Er mußte so vorgehen, daß beide geschützt waren. Und keinem wagte er zu sagen, warum.

»Nimm sie im Namen der Freundschaft!« rief Sol aus. »Sonst habe ich nichts anzubieten.«

»Im Namen der Freundschaft«, murmelte Sos. Diese mit Opfer und Unehre belastete Affäre machte ihn seelisch krank. Er wußte, daß der Mann, den Sola in Gedanken umarmte, zum Berg gegangen war. Sie würde die Wahrheit nie erfahren.

Und die Frau, die er in Gedanken umarmte, würde Sosa sein. Auch sie würde es nie erfahren. Erst als er sie verlassen mußte, hatte er erkannt, wie sehr er sie liebte.

Am nächsten Tag trafen sie gegen Mittag beim Ring zusammen. Sos hätte sich am liebsten gewünscht, besiegt zu werden, obzwar er wußte, daß das keine Lösung bedeuten würde. Sols Sieg würde dessen Tod bedeuten. So hatte es die Unterwelt bestimmt.

Zweimal war er Sol im Kampf begegnet, hatte um den Sieg gekämpft und war unterlegen. Diesmal würde er insgeheim verlieren, nach außen aber mußte er gewinnen. Besser einer gedemütigt als zwei tot.

Sol hatte die Dolche gewählt. Sein schöner Körper glänzte in der Sonne. Sos stellte sich vor, wie dieser Körper aussehen würde, wenn erst der Namenlose Hand an ihn gelegt hatte. Er suchte krampfhaft nach einem Vorwand zur Verzögerung, fand aber keinen. Die Zuschauer waren in Massen herbeigeströmt und warteten.

Die Verpflichtung war bindend. Die Herren mußten sich messen. Im Ring hörte die Freundschaft auf. Sos hätte seinen Freund gern geschont, doch er mußte siegen.

Sie betraten gemeinsam den Ring und sahen einander einen Augenblick lang an. Vielleicht hofften sie auch jetzt noch auf eine Wendung. Sie waren die Herren und Meister, paradoxerweise aber nicht mehr Herr ihrer selbst.

Sos machte die erste Bewegung. Er sprang auf Sol zu. Er ließ seine Hand wie einen Schmiedehammer gegen dessen Leib vorschnellen – und mußte sofort um sein Gleichgewicht kämpfen, da der Schlag ins Leere gegangen war. Sol war ausgewichen, schneller, als es Sos möglich schien. Über dem Unterarm des Angreifers verlief ein oberflächlicher Schnitt. Die Faust hatte ihr Ziel verfehlt, das Messer keine ernsthafte Verletzung zugefügt. Die erste Geschicklichkeitsprobe war vorüber.

Sos unterließ einen zweiten Hieb. Er wußte es jetzt besser. Man konnte Sol nicht überrumpeln. Sol hatte das zweite Messer gar nicht eingesetzt. Er wußte, daß die scheinbare Schwerfälligkeit von Sos' Hand täuschte. Dahinter verbargen sich Taktik, Strategie und Geschicklichkeit. Sos wirkte nur deswegen plump, weil er nicht voreilig zuschlagen durfte. Das konnte sich als selbstmörderisch erweisen.

Sie umkreisten einander, beobachteten Fußstellung und Balance mehr als das Gesicht und die Hände. Der Gesichtsausdruck konnte täuschen, eine Handbewegung abrupt geändert werden – nicht aber eine Fußbewegung. Ohne Vorbereitung und Reaktion war da kein größeres Manöver möglich.

Sol bewegte sich hin und her, die beiden Dolchspitzen auf den Körper des Gegners gerichtet. Die eine zielte hoch, die andere tief. Sos packte Sols Gelenke. Jetzt war Sol wie gefesselt, obgleich Sos nur einen leichten Druck anwendete.

Sol war stark, doch mit der Kraft des Gegners konnte er sich nicht messen. Allmählich gaben seine Arme nach. Die Finger schienen schon die Dolche loszulassen. Doch dann drehte Sol die beiden, von den gegnerischen Händen umklammerten Gelenke. Kein Wunder – er hatte sich vorher eingeölt. Sein ganzer Körper glänzte.

Jetzt wurden die Dolche wieder lebendig und zielten auf die Handfesseln von Sos. Die Spitzen gruben sich in die geballten Hände und suchten die verwundbaren Sehnen.

Sos mußte ihn freigeben. Seine gehärtete Haut konnte leichtere Stiche verkraften, nicht aber gezielte Stiche, denen er hier ausgesetzt war. Er ließ nur ein Gelenk frei und zerrte mit aller Kraft an dem anderen. Er wollte es brechen, während sein Fuß gegen die Innenseite des gegnerischen Schenkels trat. Doch Sols zweite Klinge grub sich in Sos' anderen Unterarm, während Sos nicht den Schenkel, sondern nur den Hüftknochen mit dem Fußtritt getroffen hatte.

Die zweite Runde war beendet. Jetzt wußte man, daß der Namenlose die Dolche zwar packen, sie aber nicht festhalten konnte. Die erfahrenen Zuschauer nickten bedeutsam. Der eine war stärker, der andere schneller. Momentan lag der Vorteil bei Sol.

Der Kampf ging weiter. Sols Körper wies Wunden auf, Sos' Körper unzählige Schnitte. Doch keiner konnte sich entscheidend durchsetzen. Der Zweikampf war jetzt in ein Zermürbungsstadium getreten.

Das konnte unter Umständen sehr lange dauern – und das wünschte niemand. Man brauchte eine klare Entscheidung.

Sol zielte jetzt nicht mehr nach dem fast unverwundbar scheinenden Leib, sondern nach den Oberflächenmuskeln und Sehnen der Beine. Wäre ihm ein Schnitt geglückt, hätte er Sos zum Krüppel gemacht, und Sos wäre in hoffnungslosen Nachteil geraten. Sos sprang beiseite, aber die zwei Klingen folgten ihm. Jetzt hatte sich Sol wie eine Schlange gewunden, lag auf dem Rücken, die Füße in der Luft – bereit, den Angreifer zu treffen. Er war einigen Angriffen so geschickt begegnet, daß Sos sich fragte, ob Sol mit den Praktiken waffenloser Verteidigung nicht fast so gut vertraut war wie er.

Sos' einziger Vorteil lag in seiner Kraft.

Diese Kraft setzte er jetzt ein. Er ließ sich schwer auf Sol fallen und umklammerte dessen Kehle mit beiden Händen. Sol wiederum stach mit beiden Klingen seitwärts in Sos' Genick. Der Hals war bei Sos zwar der am besten geschützte Körperteil, konnte aber solchen Attacken nicht lange standhalten.

Sos richtete sich ein wenig auf und rollte den Gegner von einer Seite zur anderen, ohne seinen grausamen Griff zu lokkern. Sein Kopf schien in Flammen zu stehen, während die Klingen die empfindlichen Nervenstränge trafen. Er wußte, daß er die Partie verloren hatte. Die Klingen würden ihn töten, ehe Sol wirklich das Bewußtsein verlor.

Diesen Waffengang auf unblutige Art zu beenden, war nicht mehr möglich.

Sos griff nach Sols Haar, preßte dessen Kopf nieder und hämmerte gegen dessen Luftröhre.

Sol vermochte kaum mehr zu atmen und litt grausame Schmerzen. Noch immer zielten seine Dolche nach Sos' Gesicht.

Noch einmal setzte Sos seine ganze Kraft ein. Mit einer Hand faßte er eine Dolchklinge. Mit der anderen griff er nach Sols Haaren. Er stand auf und zerrte Sols Körper mit sich. Dann holte er aus und schleuderte den Freund aus dem Ring.

Er stürzte dem zu Boden gefallenen Gegner nach. Sol griff sich an den Hals. Sos grub seine Finger seitlich in Sols Nacken und massierte ihn. Dabei tropfte sein Blut auf Sols Brust, während er über Sol kauerte.

»Es ist aus!« rief jemand. »Ihr seid nicht mehr im Ring! Aufhören!«

Sos ließ nicht locker. Er hob einen Dolch auf und machte einen Schnitt in Sols Kehle.

Jemand versuchte, ihn wegzuzerren. Er wehrte ihn ab und erweiterte den Einschnitt in Sols Luftröhre bis zu einem kleinen Loch. Dann preßte er den Mund auf die Wunde und blies Luft hinein. Jetzt strömte Luft in die Lungen des bewußtlosen Sol. Sein Freund konnte wieder atmen!

Erst als Sav ihm etwas ins Ohr brüllte, hob Sos seine blutbefleckten Lippen und sank jetzt ohnmächtig zusammen.

Die Schmerzen im Nacken weckten ihn. Sein Hals war bandagiert. Über ihm stand Sola gebeugt und wischte ihm den Schweiß mit einem kühlen Schwamm aus dem Gesicht. »Ich erkenne dich«, murmelte sie, als sie in seine offenen Augen sah. »Ich werde dich nie verlassen, du Namenloser!«

Sos wollte sprechen, brachte aber kaum ein Krächzen hervor.

»Ja, du hast ihn gerettet«, sagte sie. »Wieder einmal. Er kann zwar nicht sprechen, ist aber in besserer Verfassung als du, obwohl du gewonnen hast.« Sie beugte sich über ihn und küßte ihn zart. »Es war wunderbar, ihn so zu retten. Aber es hat sich nichts geändert.«

Sos setzte sich auf. Er lag im Hauptzelt, offenbar in Solas Abteil. Sie waren allein.

Sola nahm seinen Arm. »Ich werde dich wecken, ehe er geht. Das verspreche ich. Leg dich hin, du holst dir sonst den Tod.«

Alles schien sich zu wiederholen. Schon einmal hatte sie ihn gepflegt, und er hatte sich in sie verliebt. Immer wenn er Hilfe gebraucht hatte, war sie dagewesen.

Dann kam der nächste Tag.

»Es ist Zeit«, sagte sie, nachdem sie ihn mit einem Kuß geweckt hatte. Sie hatte sich ihre besten Sachen angezogen und war so schön wie immer. Sos hatte seine Liebe für sie voreilig abgeschrieben. Sie war noch nicht erstorben.

Sol stand mit seinem Töchterchen draußen. Sein Hals war verbunden, sein Körper immer noch verfärbt. Sonst aber war er fit und stark. Er lächelte, als er Sos' ansichtig wurde, und schüttelte ihm die Hand. Worte waren überflüssig. Dann legte er Solis kleine Hand in die Hand von Sos und wandte sich um.

Schweigend standen die Männer des Lagers da, als Sol an ihnen vorbeiging. Er trug zwar Gepäck, aber keine Waffen.

»Vater!« rief Soli, riß sich von Sos los und lief Sol nach.

Sav sprang vor und packte sie. »Er geht zum Berg«, erklärte er leise. »Du mußt bei deiner Mutter und deinem neuen Vater bleiben!«

Soli machte sich wieder los und holte Sol ein. »Vater!«

Sol drehte sich um, kniete hin, küßte sie und wandte ihr Gesichtchen in die Richtung, aus der sie gekommen war. Er stand rasch auf und ging weiter. Sos mußte jetzt an Dummerchen denken, den er vergeblich zurückzuschicken versucht hatte.

»Vater!« rief sie wieder und wollte nicht von ihm lassen. »Ich komme mit!« Und um zu zeigen, daß sie alles begriffen hatte, fügte sie hinzu: »Ich werde mit dir sterben!«

Wieder wandte sich Sol um und sah die versammelten Männer beschwörend an. Keiner rührte sich.

Schließlich hob er Soli hoch und verließ das Lager.

Sola legte ihr Gesicht an Sos' Schulter und schluchzte lautlos. Sie holte ihre Tochter nicht zurück. »Sie gehört ihm. Sie hat ihm immer gehört«, sagte sie unter Tränen.

Während er den sich entfernenden einsamen Gestalten nachsah, stellte sich Sos vor, was die beiden erwartete. Sol würde mit der Kleinen den Berg ersteigen. Weder Schnee noch Todesangst würden ihn zurückhalten. Er würde weitergehen, bis ihn die Kälte überwältigte, und würde schließlich mit seinem eigenen Leib das Kind schützen – bis zum Ende.

Sos wußte auch, was dann geschehen würde und wer einen tapferen Gatten und eine kleine Tochter nur zu gern aufnehmen würde. In der Erholungsstation würde man sich um ihn reißen, und Soli würde vielleicht eine Spezialausbildung erhalten.

Das mußte so kommen, denn Sosa würde das Kind erkennen. Das Kind, das sie selbst so gern geboren hätte ...

Nimm sie, dachte er. Nimm sie – im Namen der Liebe!

Sos blieb und leitete die Auflösung des Reiches, wobei er sich nie sicher war, ob er richtig handeln würde. Er hatte das alles im Namen eines anderen aufgebaut. Jetzt richtete er es zugrunde im Namen einer selbstsüchtigen Machtgruppe, deren Absicht es war, das Entstehen einer neuen Zivilisation zu verhindern. Zu verhindern, daß sich Macht entfaltete.

In seinen wichtigsten Entscheidungen war Sos immer von den Handlungen anderer Menschen beeinflußt worden, so wie seine Liebe von jenen Frauen gelenkt worden war, die danach verlangt hatten.

Sol hatte ihm seinen Namen und die erste Aufgabe gegeben. Dr. Jones hatte ihm seine Waffe gegeben. Sol hatte ihn zum Berg geschickt. Bob hatte ihn zurückgeschickt. Sols Unterführer hatten ihm die Führerschaft aufgezwungen, ohne zu merken, daß er der eigentliche Feind des Reiches war.

Würde die Zeit kommen, wo er seine eigenen Entscheidungen traf?

Die Bedrohung, die gegen Sol bestanden hatte, traf nun Sos. Wenn er das Reich nicht auflöste, würde man jemanden nach ihm ausschicken – jemanden, den er nicht kannte, nicht erkennen konnte und gegen den er sich nicht würde schützen können. Geiseln würden dafür büßen, drei an der Zahl, eines davon ein Kind ...

Er sah Sola an. Sie war in ihrer Trauer noch schöner geworden. Gleichzeitig war sich Sos auch bewußt, daß die Frau, die er noch mehr liebte, Sol gehören würde. Also hatte sich nichts geändert. Liebe, kleine Sosa ...

Sos sah die Männer seines Reiches um sich versammelt. Tausende waren es nun. Sie hielten ihn jetzt für ihren Herrn. War er ein Held oder ein Schurke?

Wie würde er das Erbe verwalten ...?

Die Kinder der Titanen

I

Tyl von den Zwei Waffen lag im nächtlichen Getreidefeld auf der Lauer. Das eine Stockrapier hielt er in der Hand, das zweite trug er griffbereit im Gürtel. Zwei Stunden wartete er schon, ohne sich zu rühren.

Tyl war ein hübscher Mann, schlank und muskulös. Die harten Züge in seinem Gesicht verdankte er den Jahren der Macht. Das Imperium erstreckte sich über tausend Meilen, und er war nun hinter dem Herrn der zweite in der Hierarchie und der erste, was die praktische Ausübung der Macht anbelangte. Er bestimmte die Politik innerhalb der vom Herrn festgelegten großen Leitlinien und legte Rangordnung und Plazierungen der wichtigsten Unterführer fest. Tyl besaß Macht – doch sie rieb ihn auf.

Und dann hörte er es – ein Rascheln aus nördlicher Richtung, ein Rascheln, das für die hier heimischen Tiergattungen ungewöhnlich war.

Vorsichtig richtete er sich auf. Die hohen Halme schirmten ihn vor dem Eindringling ab. Es war eine mondlose Nacht, denn die unbekannte Bestie scheute das Licht. Tyl konnte die Richtung, die sie einschlug, nach seinen leisen Geräuschen bestimmen. Der Wind wehte von Norden. Andernfalls hätte das Wesen seine Witterung bekommen und wäre entwischt.

Kein Zweifel. Das war seine Jagdbeute. Jetzt erklomm das Tier den massiven Holzzaun, kletterte darüber hinweg und landete mit dumpfem Aufprall im Getreidefeld. Es hielt still und wartete ab, ob es entdeckt worden war. Ein überaus gewitztes Tier – eines das Fallgruben mied, Gift unberührt ließ und sich heftig zur Wehr setzte, wenn es in eine Falle geriet. In den vergangenen drei Monaten waren drei von Tyls Leuten bei nächtlichen Begegnungen mit diesem Wesen verwundet worden. Im Lager hatte es sich den Ruf eines Zauberwesens errungen, als böses Omen sozusagen, und selbst geübte Krieger zeigten unziemliche Angst vor der Finsternis.

Folglich war es nun Sache des Anführers die Angelegenheit zu bereinigen. Tyl, schon seit langem angeödet von der Routine einen nicht auf Eroberung befindlichen Stamm zu führen, freute sich über diese Herausforderung. Er wollte das Ding fangen und es dem Stamm vorführen: Seht her, das ist die Spukgestalt, deretwegen kleinmütige Naturen zu Memmen wurden!

Gefangenschaft und nicht der Tod, war das seiner Beute bestimmtes Los. Aus diesem Grund hatte er seine Stockrapiere an Stelle des Schwertes mitgebracht.

Wieder ein leises Geräusch. Jetzt begann es das reife Getreide von den Halmen zu reißen, um es auf der Stelle zu verschlingen. Das allein war schon ein Merkmal, das das Wesen von den gewöhnlichen Fleischfressern unterschied, denn die hätten kein Körnchen Getreide angerührt. Aber ein gewöhnlicher Pflanzenfresser konnte es auch nicht sein, denn ein solcher hätte die Ähren nicht auf diese Weise abgerissen und verschlungen. Und die Fußspuren, die man am Tag nach einem Raubzug entdeckte, stammten von keinem bekannten Tier. Breit und rund waren sie, mit den Abdrücken von vier gedrungenen Klauen oder Hufen – von keinem Bären stammend, nichts Natürliches.

Jetzt wurde es Zeit. Tyl näherte sich dem Wesen, in der einen Hand den Stock und mit der anderen behutsam die Getreidehalme teilend. Er wußte, daß er es nicht gänzlich überrumpeln konnte, hoffte aber doch, genügend nahe heranzukommen, um es mit einem plötzlichen Angriff zu überwältigen. Tyl stufte sich als den besten Stockkämpfer seiner Welt ein. Der einzige, der ihn hätte schlagen können, Stock gegen Stock, war tot, auf den Berg gestiegen. Es gab nichts, was Tyl fürchtete, wenn er so bewaffnet war.

Während des Anschleichens dachte er mit Wehmut an jene einzige Niederlage. Vor vier Jahren war es gewesen, als er noch jung war. Das hatte allein Sol geschafft – Sol der Meister aller

Waffen, Schöpfer des Imperiums, der kühnste Krieger seiner Zeit. Sol war zur Eroberung der Welt aufgebrochen, mit Tyl als Erstem Stellvertreter. Und so hatten sie es gehalten, bis der Namenlose kam.

Jetzt war Tyl ganz nahe. Die Freßgeräusche verstummten. Das Ding hatte ihn gehört!

Tyl wartete nicht erst ab, bis das schlaue Tier einen Entschluß gefaßt hatte. Er stürzte darauf zu ohne Rücksicht auf das Getreide, das er dabei zertrat. Beide Stockrapiere hielt er kampfbereit in der Hand und hieb sich damit den Weg durch die Ähren frei.

Das Wesen machte einen Satz. Tyl sah vor sich in der Dunkelheit ein behaartes Etwas, hörte sein unheimliches Grunzen. Er war sehr versucht, seine Taschenlampe anzuknipsen, wußte aber, daß er damit seine gute Nachtsicht, die er während des langen Wartens in der Finsternis geschärft hatte, einbüßen würde. Das Tier war nun am Zaun, doch der Zaun war hoch und war schwer zu überwinden. Tyl wußte, daß er es einholen konnte, ehe es darüber hinwegsetzte.

Auch das Tier wußte es. Mit dem Rücken zum Zaun und mit keuchenden Atemzügen stellte es sich ihm. Tyl sah das stumpfe Funkeln seiner Augen, die undeutlichen Umrisse des Körpers, der zottig, geduckt und drohend schien. Tyl ging mit beiden Stöcken darauf los und wollte einen raschen Hieb auf den Schädel anbringen, der das Tier sofort kampfunfähig machen würde.

Doch das Tier schien sich bei Waffen wie bei Fallen auszukennen. Es duckte sich, tauchte außer Reichweite der Stöcke, unterlief sie und grub seine Zähne in Tyls Knie. Er hieb ihm auf den Schädel, einmal, zweimal, spürte wie der üppige Pelz nachgab, und das Tier ließ los. Die Wunde war nicht weiter ernst, da die Schnauze des Tieres nicht vorstand und seine Zähne stumpf waren. Doch Tyls Knie litten noch immer unter dem Hieb, mit dem der Namenlose sie im Jahr zuvor fast zerschmettert hatte. Und außerdem war er wütend über seine Unaufmerksamkeit. Nichts hätte seine Defensive durchbrechen dürfen, ob bei Tag oder Nacht.

Das Wesen zog sich knurrend zurück, und Tyl erstarrte vor

Schrecken bei diesem Geräusch. Kein Wolf und keine Wildkatze konnten so artikulieren. Und als es nun sein Blut schmeckte, da wurde das Geschrei hungrig, ja herausfordernd.

Es sprang ihn nun mit aller Gewalt an. Diesmal hatte es das Tier auf seine Kehle abgesehen, wie er sich gedacht hatte. Wieder schlug Tyl auf den Schädel ein, und wieder kam es ihm zuvor und duckte sich, so daß der Schlag abrutschte. Die Bestie schlug gegen Tyls Brust, brachte ihn zu Fall und krallte die vorderen Klauen in seinen Nacken, während die Klauen der Hinterbeine sich in seine Leisten bohrten.

Tyl, überrascht von dieser Wildheit, teilte nun blindlings Hiebe aus, und das Tier ließ von ihm ab. Noch ehe er sich aufrappeln konnte, war es wieder auf den Beinen und kletterte über den Zaun, während er hinterherhumpelte und zu spät kam.

Vor Wut über das Entkommen der Beute fing er laut zu fluchen an, doch waren die Flüche mit einer gewissen grimmigen Achtung gefärbt. Er hatte die Kampfstätte bestimmt, und der Räuber hatte ihn hier hereingelegt. Nun aber wollte er sich die Situation zunutze machen. Ja, vielleicht hatte er jetzt sogar die besseren Chancen.

Das Lebewesen ließ sich vom Zaun fallen und entwischte in den Wald. Es blutete aus einer Wunde, die der Angreifer ihm zugefügt hatte und hinkte ein wenig, weil seine Fußknochen verbildet waren. Und dennoch kam es rasch vorwärts. Die hornhautbewehrten Zehen fanden im Gras eine gute Unterlage.

Und klug war es obendrein. Es hatte Tyl deutlich gesehen und seine Witterung aufgenommen. Nur der würgende Hunger hatte seine Wachsamkeit ein wenig dämpfen können. Es hatte die Rapiere als Waffen erkannt und war ihnen ausgewichen. Trotzdem hatte es Hiebe hinnehmen müssen, und sie hatten geschmerzt. Das Wesen überlegte, es drehte und wendete das Problem, während es eilig auf das Ödland zustrebte. Das Menschenvolk wurde immer eigensinniger, was die Feldfrüchte betraf. Jetzt lagen sie gar schon auf der Lauer, griffen an, nahmen die Verfolgung auf. Dieser da hätte beinahe Erfolg gehabt. Wäre der Hunger nicht so groß, hätte man das Gebiet besser gemieden. Man würde sich zum Schutz eben etwas Besseres einfallen lassen müssen.

Es drang nun ins Ödland ein, wohin kein Mensch ihm folgen konnte und hielt ein wenig inne, um zu Atem zu kommen. Es hob einen Ast mit seinen gedrungenen, fleckigen Gliedmaßen auf. Das Vorderglied war breit, die Klaue kräftig und flach – weniger als Waffe geeignet, denn als Schutz für die verhornten Finger. Es fuchtelte wild mit dem Stock und ahmte die Haltung des Mannes aus dem Kornfeld nach. Es hieb mit dem Holzstück gegen einen Baum, und das trockene Stück zerbrach. Ja, es hatte etwas dazugelernt.

Beim nächsten Raubzug würde es einen Stock mitnehmen.

II

Der Herr des Imperiums sann über der Nachricht, die Tyl von den Zwei Waffen ihm gesandt hatte. Tyl hatte sie natürlich nicht selbst geschrieben, denn wie die meisten Anführer der Nomaden war er Analphabet. Seine kluge Frau Tyla aber hatte die Kunst des Schreibens mit Begeisterung erlernt – wie viele der anderen Frauen – und beherrschte sie nun einigermaßen.

Der Herr konnte lesen und schreiben. Er glaubte an Bildung. Dennoch hatte er die Frauen nicht ermutigt zu lernen. Der Herr wußte auch um die Vorteile der Landwirtschaft und doch spielten die Farmen in seinen Überlegungen keine große Rolle. Er begriff die dynamischen Gesetze des Imperiums, denn er hatte – in anderer Gestalt – dieses Reich geschaffen und hatte den vorhandenen, ungezielten Ehrgeiz zu einem Machtgebilde geschaffen, wie es seit dem Blitz niemand mehr kannte. Und doch ließ er dieses Reich nun treiben, stagnieren und wieder auf Formlosigkeit zusteuern.

Tyls Botschaft war dem Wortlaut nach zwar ehrerbietig gehalten, enthielt aber dem Sinne nach eine kluge Herausforderung an Autorität und Politik des Herrn. Tyl war ein Aktivist, zu ungestüm, um eine Niederlage einfach hinzunehmen. Er war gewillt, den Herrn zum Handeln zu bringen oder ihm seine Macht abspenstig zu machen, damit eine neue Führung neue Politik brächte. Weil Tyl diesem Regime verpflichtet war, konnte er nichts Direktes unternehmen. Er würde sich niemals gegen den Mann erheben, der ihn im Ring bezwungen hatte. Nicht aus Feigheit, sondern aus Ehrgefühl war ihm das unmöglich.

Wenn nun der Herr sich nicht mit dieser Bedrohung der neuen Ernte befassen wollte, übte er Verrat am Ziel des Imperiums, oder aber er bewies Feigheit. Denn die Landwirtschaft war lebensnotwendig für das Wachstum. Die organisierten Nomaden konnten sich ständige Abhängigkeit von der Großzügigkeit der Irren nicht leisten. Ließ er dem Landwirtschaftsprogramm keine Unterstützung angedeihen, würde die daraus erwachsende Unruhe seinem Ruf schaden und schließlich dazu führen, daß sich der Widerstand um eine andere Führerpersönlichkeit scharte. Das konnte wiederum er sich nicht leisten, denn sehr bald würde er dann seine gesamte Zeit damit zubringen, die unkrautartig wuchernden Rivalen im Ring zu besiegen. Nein – seine Aufgabe war es, das Imperium zu beherrschen und für Frieden zu sorgen.

Ihm blieb also nichts übrig, als sich der Lösung dieses reichlich komplizierten Problems zu widmen. Leicht würde es nicht sein, denn dieses wilde Tier hatte sogar Tyl verletzt und war ihm entkommen. Ein Hinweis darauf, daß kein geringerer als der Herr es überwinden mußte.

Natürlich hätte man eine ganze Gruppe von Jägern losschikken können, doch hätte dies gegen die Regel des Einzelkampfes verstoßen und außerdem zuviel Getreide vernichtet. Irgendwie wäre es einem Eingeständnis von Feigheit gleichgekommen.

Ja, es war unumgänglich nötig, daß der Herr selbst sich im Kampf gegen das Untier bewies. Das war es, was Tyl anstrebte, denn ein Versagen würde mit Sicherheit dem Bild schaden, das von ihm existierte. Dem Herrn behagte es zwar gar nicht, daß er praktisch von Tyl in die Sache hineinmanövriert wurde, doch die Alternativen waren noch ärger, und insgeheim bewunderte er die Art und Weise, wie Tyl das alles eingefädelt hatte. Dieser Mann konnte in Zeiten gewisser Veränderungen einen wertvollen Verbündeten darstellen.

Der Namenlose, der Mann ohne Waffen, Herr des Imperiums, nahm Abschied von der Frau, die er dem früheren Herrn abgewonnen hatte, legte die Routineangelegenheiten in die Hände fähiger Untergebener und machte sich zu Fuß und allein auf den Weg zu Tyls Lager. Seinen grotesken und mächtigen Leib umhüllte er mit einem Mantel, doch alle, die ihm unterwegs begegneten, erkannten ihn und empfanden Furcht. Sein Haar war weiß, sein Antlitz häßlich, und es gab keinen Mann, der ihm im Rang überlegen gewesen wäre. Nach fünfzehn Tagen hatte er sein Ziel erreicht. Ein junger Stabkämpfer, der den Herrn noch nie zuvor gesehen hatte, forderte ihn am Rande des Lagers zum Kampf heraus. Der Namenlose nahm den Stab, bog einen Knoten hinein und reichte ihn dem Mann zurück. »Das zeige Tyl von den zwei Waffen«, erklärte er dazu.

Und Tyl eilte, so schnell er konnte, mit seinem Gefolge herbei. Er beorderte den Wachposten mit dem bretzelförmig gebogenen Stab auf die Felder. Weil er den Besucher nicht erkannt hatte, sollte er zur Strafe mit den Frauen arbeiten. Doch der Namenlose sagte: »Er war im Recht, mich im Zweifelsfall zum Kampf zu fordern. Jener, der diese Waffe wieder geradebiegt, soll ihn strafen, und kein anderer.« Und so entging der Mann der Strafe, denn nur ein Schmied hätte diesen Metallstab wieder zurechtbiegen können. Von da an kam es nicht mehr vor, daß der Namenlose von irgend jemandem im Lager nicht erkannt wurde.

Am nächsten Morgen rüstete der Herr sich mit einem Boten und mit einer Länge Seil aus, denn dies waren keine im Ring benutzten Waffen, und machte sich an die Verfolgung des Räubers. Einen Jagdhund nahm er mit und doppelte Ration. Einen anderen Begleiter wollte er nicht dulden. »Ich werde das Tier fangen«, verkündete er beim Aufbruch.

Tyl dachte sich seinen Teil und sagte nichts.

Die Fährte führte von den offenen Mais- und Buchweizenäkkern zu den Birken am Saum des Waldgebietes, und weiter hinein in das immer kleiner werdende Gebiet des hiesigen Ödlandes. Der Herr bemerkte die Markierungen, die die Irren angebracht hatten und die in gewissen Abständen versetzt wurden. Anders als die meisten anderen war er nicht abergläubisch und fürchtete diese Markierungen nicht. Er wußte, daß es eine Strahlung war, die diese Gebiete gefährlich machte – radioaktive Strahlung, die vom sagenhaften Weltenbrand herrührte.

Mit jedem Jahr nahm die in Röntgen gemessene Strahlung ab, und das am Rande des Ödlandes gelegene Gebiet wurde bewohnbar für Pflanze, Tier und Mensch. Solange es hier Leben gab, war wenig Gefahr von der Strahlung zu erwarten.

Doch am Rande lauerten andere Schrecken. Winzige Nagetiere schwärmten von Zeit zu Zeit aus und vertilgten alles Leben, das sich ihnen in den Weg stellte, ja sie verschlangen einander gegenseitig, wenn sich ihnen nichts anderes bot. Nachts krochen riesige weiße Falter aus, deren Stich tödlich war. Und am Feuer erzählte man sich schaurige Geschichten von seltsamen Bauten, in denen es spukte, von gepanzerten Gerippen und lebendigen Maschinen. Der Herr schenkte all dem wenig Glauben, und was er glaubte, das versuchte er sich auf natürliche Weise zu erklären. Doch wußte er, daß das Ödland nicht ungefährlich war und betrat es mit entsprechender Vorsicht.

Die Fährte streifte das Herz des radioaktiven Bereiches und verlief etwa eine Meile tief innerhalb der Grenzen der Irren. Das sagte dem Herrn etwas zusätzlich Wichtiges: nämlich daß das gejagte Lebewesen kein übernatürlicher Spuk aus der Welt des Schreckens war, sondern ein Tier des Randgebietes, das die Strahlung witterte. Das bedeutete, daß er es einholen konnte.

Zwei Tage lang verfolgte er die Spur, die der muntere Hund witterte. Er ernährte sich und den Hundegefährten aus den Vorräten, ergänzte den Speisezettel jedoch hin und wieder durch einen Hasen, den er mit seinem Bogen erlegte und dann briet. Er schlief im Freien und deckte sich gut zu. Es war Spätsommer, und der warme Irren-Schlafsack genügte vollauf. Für alle Fälle hatte er noch einen in Reserve. Eigentlich genoß er diese Spürjagd und ließ sich Zeit dabei.

Am Abend des zweiten Tages stellte er die Beute. Der Hund

stutzte, lief dann los, jaulte und kam verängstigt zurückgelaufen.

Das Ding hatte unter einer großen Eiche Standort bezogen. Es war an die vier Fuß groß, stand aufrecht und etwas gebückt. Schädel und Gesicht waren dicht behaart, das Fell an den Schultern zottig. Wo an Haupt und Gliedern Haut zu sehen war, war sie gelbgrau gefleckt und schmutzverkrustet.

Und doch es war kein Tier. Es war ein menschliches Wesen, ein Junge, durch Mutation verändert.

Der Junge hatte sich einen plumpen Knüppel zurechtgemacht. Es sah ganz so aus, als wolle er angreifen, denn er hatte schon seit geraumer Zeit gemerkt, daß er verfolgt wurde. Doch allein die Größe des Herrn schüchterte ihn ein, und er ergriff die Flucht und lief auf den Ballen seiner verhornten Füße davon.

Der Namenlose schlug an dieser Stelle sein Lager auf. Er hatte von Anfang an vermutet, der Räuber müßte ein Mensch oder wenigstens ein Menschenabkömmling sein, denn kein Tier hätte so gerissen und gezielt vorgehen können. Jetzt aber, da er die Bestätigung hatte, mußte er sich erst sein weiteres Vorgehen überlegen. Den Jungen zu töten ging nicht an, und nahm man ihn gefangen, würde es ihm erst recht schlecht ergehen, denn die aufgebrachten Farmer-Krieger würden ihm ein grausames Ende bereiten. In Fällen wie diesen erwies es sich, daß die Zivilisation nur hauchdünn war. Und doch mußte eine Lösung gefunden werden, denn der Herr mußte an seine politische Zukunft denken.

Er dachte lange und angestrengt nach. Und er faßte den Entschluß, den Jungen in sein eigenes Lager zu schaffen, damit der Wilde dort der menschlichen Gesellschaft eingegliedert werden konnte, ohne Vorurteile zu wecken. Dies aber bedeutete, daß man ihm Monate, ja vielleicht Jahre der größten Aufmerksamkeit würde widmen müssen.

Nun wagten sich die weißen Falter hervor. Er zog sich das Netz über den Kopf, machte seinen Schlafsack dicht und legte sich zur Ruhe. Für den Hund gab es keinen verläßlichen Schutz, denn das Tier konnte naturgemäß nicht die Notwendigkeit des Eingesperrtseins in einem engen Sack begreifen.

Hoffentlich würde er nicht nach einem Insekt schnappen und gestochen werden. Ein schieres Wunder, daß der Junge in diesem Gebiet hier überhaupt überleben konnte. Der Herr dachte an Sola, die Frau, die er einst geliebt hatte, und der er jetzt nur noch Liebe vorheuchelte. Er dachte an Sol, den Freund, den er zum Berg geschickt hatte, den Mann, für den er sein ganzes Imperium hingegeben hätte, nur um wieder mit Sol auf Fahrt zu gehen und mit ihm reden zu können, einfach so, ohne Kräftemessen. Und er dachte lange an die Frau aus Helicon, seiner wahren Ehegefährtin, die Frau, die er aufrichtig liebte, aber nie wiedersehen würde. Große Gedanken, schöne Gedanken. Er litt ein wenig, und dann schlief er ein.

Am nächsten Morgen ging die Jagd weiter. Der Hund war munter wie immer. Gut möglich, daß die Falter nicht wahllos zustachen. Vielleicht mußten sie, ähnlich den Bienen, sterben, sobald sie ihr Gift ausgespritzt hatten. Es war immerhin denkbar, daß sie einem nichts taten, wenn man sich vor ihnen in acht nahm und sie in Ruhe ließ. Damit wäre erklärt, warum der Junge hier unbeschadet überleben konnte.

Die Spur führte nun tiefer ins Ödland hinein. Jetzt würde sich zeigen, wer über mehr Mut und Entschlossenheit verfügte, Verfolger oder Verfolgter.

Der Junge hatte sich offensichtlich in diesem Gebiet schon länger herumgetrieben. Einer eventuell vorhandenen tödlichen Strahlung wäre er längst zum Opfer gefallen. Jedenfalls konnte der Herr höchstwahrscheinlich jegliche Strahlendosis aushalten, die der Junge aushielt. Falls dieser gehofft hatte, sich in der strahlenverseuchten Region verstecken zu können und dadurch seinem Schicksal zu entgehen, hatte er sich getäuscht.

Dennoch – der Herr mußte sich großen Zwang antun, je tiefer ihn die Spur in das Land der verkrüppelten und verformten Bäume führte. Hier hatte eine starke Strahlung gewirkt. Und das Wild machte sich rar. Auch ein Zeichen dafür, daß die Strahlung, wenn schon nicht mehr vorhanden, noch nicht lange abgeklungen war.

Wieder holte er den Jungen ein. Bei Tag sah man nun deutlicher, daß er gebückt ging und wie fleckig seine Haut war. Und wie er lief – die Fersen hoch, Knie gebeugt, so daß er nie mit der ganzen Sohle den Boden berührte. Dabei stützte er sich hin und wieder auf die vorderen Gliedmaßen – direkt unheimlich sah das aus. Hatte dieser Junge niemals unter Menschen gelebt?

»Komm!« rief der Waffenlose. »Ergib dich, und ich schone dein Leben und gebe dir Nahrung!«

Wie erwartet, schenkte der Verfolgte diesen Worten keine Beachtung. Wahrscheinlich hatte er nie sprechen gelernt.

Die Bäume schrumpften zu spärlichem Strauchwerk zusammen, zu Büschen mit verfärbten Rinden, mit Abschürfungen, denen Saft entströmte. Die Blätter waren welk und asymmetrisch – vergebliche Bemühungen sozusagen. Und dann ragten nur mehr grotesk verbogene Stöcke aus der Erde. Schließlich war nirgends mehr ein Lebenszeichen zu sehen, nichts als geschmolzene und zusammengebackene Asche und grünliches Glas. Der Hund, dem das tote und kahle Gebiet Angst einjagte, heulte, und dem Herrn war ebenfalls mehr als unwohl zumute, denn es war schrecklich hier.

Doch der Junge lief immer weiter und wich dabei unsichtbaren Hindernissen geschickt aus. Zunächst hielt der Namenlose dies für einen Trick, der den Verfolger irreführen sollte. Als er jedoch merkte, daß dies Manövrieren Formen annahm, die keineswegs dem Entkommen oder Verbergen dienlich waren, dachte er an Wahnsinn. Vielleicht ließ die Strahlung ihre Opfer erst wahnsinnig werden, ehe sie sie vernichtete. Schließlich aber wurde ihm klar, daß der Junge in Wirklichkeit jenen Stellen auswich, die radioaktiv verseucht waren. Er konnte also spüren, wo noch Strahlung vorhanden war!

Gefährliches Gelände war es! Der Namenlose folgte der Spur genau und behielt den Hund in unmittelbarer Nähe. Etwaige Abkürzungen hätten ihn womöglich dem unsichtbaren Schrekken ausgeliefert. Er setzte hier Leben und Gesundheit aufs Spiel, aber aufgeben wollte er nicht.

»Schämst du dich, weil du häßlich bist?« rief er. Er legte seinen weiten Umhang ab und zeigte seinen eigenen massiven, narbenbedeckten Torso, seinen Nacken, der so stark verknorpelt war, daß er an einen alten vergilbten Birkenstamm erinnerte. »Du bist nicht häßlicher, als ich es bin!«

Der Junge lief weiter.

Dann blieb der Herr stehen, denn er sah vor sich Gebäude.

Bauwerke waren eine Seltenheit in der Nomadenkultur. Es gab zwar die von den Irren unterhaltenen Herbergen, in denen auf Wanderschaft befindliche Krieger und ihre Familien eine Nacht oder gar zwei Wochen verbringen durften und nur verpflichtet waren, den Bau und die unmittelbare Umgebung in Ordnung zu halten. Dann gab es die Häuser der Irren selbst, und die Schulen und Ämter, die sie unterhielten. Und natürlich die unterirdischen Befestigungsanlagen der Unterwelt, in denen die von den Nomaden benutzten Waffen und Kleider hergestellt wurden. Das war aber nur dem Herrn selbst und den Irren bekannt. Doch die weiten Flächen Landes, das waren Feld und Gras und Wald, von dem großen Brand leergefegt, der die wundersame kriegerische Kultur der Alten vernichtet hatte. Im Gefolge der Strahlung war die Wildnis wiedergekehrt, offen und rein.

Die Gebäude vor ihm waren gewaltig und unförmig. Der Herr konnte sieben Etagen deutlich ausmachen, eine über der anderen. Und über der letzten Ebene ragten fiber-verkleidete Metallträger wie die Rippen einer toten Kuh in die Höhe. Dahinter erhob sich eine Struktur ähnlicher Art und nicht weit davon eine dritte.

Erstaunt sah der Herr sie und überlegte. Er hatte davon zwar in den alten Büchern gelesen, hatte es aber für einen Mythos gehalten. Das also war eine »Stadt«.

In den Texten wurde behauptet, vor dem Brand hätte die Menschheit an Zahl und Stärke gewaltig zugenommen, und die Menschen hätten in Städten gelebt, in denen jeder vorstellbare (und unvorstellbare) Komfort selbstverständlich gewesen wäre. In weiterer Folge hätten diese sagenhaft wohlhabenden Menschen dies alles in einem Feuerregen zerstört, in einer Explosion mit tödlicher Strahlung – dem Blitz –, nach der nur die verstreut lebenden Nomaden und Irren und Unterweltler geblieben waren, und dazu das ausgedehnte Ödland.

In dieser Sage hatte er Tausende Löcher entdeckt, die der Logik widersprachen. Denn erstens war klar, daß keine Kultur die den beschriebenen technischen Standard erreicht hatte, gleichzeitig so primitiv sein konnte, dies alles sinnlos fortzuwerfen. Und eine so radikal andere Kultur wie die der Nomaden konnte sich nicht so schnell und so ausgebildet aus der Asche entwickelt haben. Die letzte Wahrheit lag irgendwo im Ödland verborgen, dessen war er sicher, denn allein schon das Vorhandensein des Ödlands war ein Hinweis auf die Wirklichkeit des großen Brandes, welche Gründe immer auch dahintergesteckt haben mochten.

Und nun gab das Ödland einen Teil seiner Geheimnisse preis. Denn während der ganzen, der Katastrophe folgenden Jahrhunderte war kein Mensch weit in die abgesteckten Gebiete eingedrungen und hatte überlebt. Das verbotene Gebiet war mit der Zeit immer kleiner geworden. Der Herr wußte, es würde die Zeit kommen, in der das gesamte Gebiet dem Menschen wieder offenstand – wenn der Herr das selbst auch kaum noch erleben würde. Inzwischen aber hatte ihn das Entdeckungsfieber gepackt. So begierig war er, die Wahrheit zu erfahren, daß er mit Freuden die Strahlengefahr auf sich nahm.

Die Spuren des Jungen waren deutlich auf dem weichen Boden zu erkennen, den der kürzlich gefallene Regen noch mehr aufgeweicht hatte. Hier war kein Glas mehr zu sehen. Statt dessen säumten fahle Grashalme den Pfad. Nichts, nicht einmal die Strahlung war hier im Ödland von Dauer.

Der Junge war in dem Gebäude verschwunden. Die meisten Nomaden hegten eine Scheu vor festen Bauten jeglicher Größe und mieden sogar die verhältnismäßig kleinen Bauten der Irren. Doch der Herr war weit herumgekommen und hatte Erfahrungen gesammelt, wie kaum einer, und er wußte, daß an einem großen Bauwerk nichts Übernatürliches war. Gewiß, auch hier konnten Gefahren lauern, doch waren es Gefahren, die herunterfallende Balken, tiefe Gruben, Strahlen und erschrockene Tiere mit sich brachten und nichts wirklich Unheimliches.

Und doch zögerte er, ehe er diesen uralten Tempel betrat. Wie leicht geriet man im Inneren in eine Falle, und womöglich hatte der wilde Junge dort bereits eine für ihn vorbereitet. Schließlich hatte der Kerl Fallgruben für seine Verfolger gegraben und sie geschickt verdeckt. Eines der Dinge, die er offensichtlich aus den gegen ihn ergriffenen Maßnahmen gelernt hatte. Für ein Tier zu klug und nicht so übel für einen Menschen.

Der Herr sah sich um. Im Schutz der Fensterbögen sah er trockenes Holz. Das meiste war verrottet, aber etwas war noch übrig. Im Inneren mußte es mehr Holz geben. Das konnte er anzünden und den Jungen damit heraustreiben.

Doch vielleicht befanden sich Dinge von Wert im Gebäude, Maschinen, Bücher, Vorräte. Sollte er das alles einfach zerstören? Besser, das Gebäude so zu lassen und eine Einsatztruppe zu bilden, die das Haus zu einem späteren Zeitpunkt durchsuchen sollte.

Mit diesem Entschluß trat der Herr durch den größten Eingang und begann seine letzte Suche nach dem Jungen. Der Hund jaulte und drückte sich so eng an ihn, daß es immer schwieriger wurde, nicht über das Tier zu stolpern. Doch er stöberte die Fährte auf.

Steinstufen führten über eine Treppe von verschwenderischer Breite nach unten. Diesen Weg war der Junge geflohen. Sie hatten dem Räuber so leicht auf der Spur bleiben können, daß es direkt verdächtig war. Die Treppe schien der einzige Ausweg. Der Junge mußte da unten sein.

Ob es nicht klüger gewesen wäre, erst die oberen Stockwerke zu durchsuchen? Vielleicht lockte der Junge ihn bloß in eine Falle? Nein, am besten, man blieb ihm dicht auf den Fersen. Andernfalls war die Gefahr zu groß, daß man in den Bereich einer Strahlung geriet. Hätte er gewußt, daß die Jagd ihn so tief ins Ödland führen würde, dann hätte er sich einen Geigerzähler von den Irren verschafft. Er mußte jetzt eben mit besonderer Vorsicht ans Werk gehen. Dabei war ein Angriff des Jungen weniger zu fürchten als vielmehr die Strahlung, die überall lauern konnte.

Als der Namenlose sich dem allerletzten Raum näherte, kam ihm ein Gegenstand entgegengeflogen. Der Junge, der nun nicht mehr weiter konnte, empfing seinen Verfolger mit einem Geschoßhagel aller erreichbaren Gegenstände.

Der Herr hielt inne, und betrachtete das Ding, das ihn getroffen hatte. Er bückte sich, hob es auf und behielt dabei die Tür im Auge, damit er nicht überrumpelt wurde. Dann drehte und wendete er das Ding in der Hand und begutachtete es eingehend.

Aus Metall war es, war aber keine Dose und kein Werkzeug. Eine Waffe, aber kein Schwert, kein Stab oder Dolch. Das eine Ende war schwer und gebogen, das andere Ende hohl. Das Ding hatte ein gutes, solides Gewicht. Mehrere kleine Mechanismen waren daran angebracht.

Die Hand des Herrn geriet ins Zittern, als er es erkannte. Er hatte eine Beschreibung davon in den Büchern gelesen. Dies war ein Gegenstand aus alter Zeit.

Es war eine Feuerwaffe.

III

Der Junge stand gegrätscht auf ein paar alten Kisten und wollte eben wieder einen Metallstein werfen, denn der gewaltige Mann und das zahme Tier hatten ihn hier gestellt.

Noch nie zuvor war eine Verfolgung so erbarmungslos gewesen. Noch nie zuvor hatte er sein Versteck verteidigen müssen. Hätte er das geahnt, wäre er nicht hierher zurückgekehrt.

Aber hier waren so viele Gebiete, die ihn zurücktrieben, weil seine Haut zu brennen anfing! Dieser Bau hier war die einzig völlig sichere Stelle.

Wieder erschien der Riese im Eingang. Der Junge schleuderte den Metallbrocken und langte bereits nach dem nächsten. Diesmal aber wich der Mann aus und ließ eine Länge Seil vorwärts schnellen. Der Junge mußte feststellen, daß er eingefangen und gleich darauf völlig hilflos war. Als wäre es etwas Lebendiges, so wand und schlang sich das Seil um ihn.

Der Mann band ihn, hob ihn über eine seiner gewaltigen Schultern, trug ihn die Treppe hinauf und hinaus aus dem Haus. Die tierische Kraft des Mannes war beängstigend. Der Junge drehte und wand sich und biß zu, doch seine Zähne trafen auf Fleisch, das unempfindlich war wie Leder.

Seine Haut brannte, als der Mann heißes Gebiet durchschritt.

War das Ungeheuer auch dagegen gefeit? Er war auch unterwegs verschiedentlich mitten durch heiße Stellen gelaufen, Stellen, die der Junge peinlich mied. Wie konnte man es mit solcher Kraft aufnehmen?

Im Wald ließ der Mann ihn herunter und lockerte das Seil. Dabei gab er Laute von sich, die dem Jungen nur undeutlich vertraut waren. Kaum in Freiheit, machte der Junge einen Satz und wollte davon.

Das Seil schoß wie eine angreifende Schlange durch die Luft und schlang sich um seine Mitte und holte ihn zurück. Wieder war er gefangen. »Nein«, sagte der Mann, und diese klare Verneinung begriff der Junge.

Wieder löste der Riese das Seil und wieder stürzte der Junge davon. Wieder wurde er vom Lasso eingefangen.

»Nein!« wiederholte der Mann, und diesmal wurde das Wort von einem Hieb begleitet, der dem Jungen beinahe die Brust eindrückte. Er fiel um und spürte nur noch Schmerz und das Bedürfnis nach Luft.

Der Mann lockerte das Seil ein drittes Mal. Diesmal blieb der Junge da. Lektionen dieser Art merkte man sich rasch.

Sie marschierten nun zum weit entfernten Hauptlager. Der Junge ging voran, und der Blick des Mannes ruhte ständig auf ihm. Der Junge mied die kleiner werdenden Strahlungsflecken, und Mann und Tier folgten ihm. Am Abend hatten sie jene Stelle erreicht, an der sie einander am Vortag zum erstenmal gesehen hatten.

Der Mann öffnete seinen Sack und holte Stücke eines Stoffs hervor, der gut roch. Er biß davon ab, kaute mit Behagen und reichte dem Jungen davon. Die Einladung bedurfte keiner Wiederholung, denn dies war Nahrung.

Nach dem Essen urinierte der Mann gegen einen Baum und bedeckte sich sodann wieder. Der Junge folgte seinem Beispiel, ja, er ahmte sogar die aufrechte Haltung nach. Schon vor langer Zeit hatte er gelernt, seine Ausscheidungen bewußt zu steuern, denn achtlos abgelagerte Spuren konnten zur Entdeckung führen, aber noch nie war ihm der Gedanke gekommen, den Strahl mit der Hand zu lenken.

»Da«, sagte der Mann. Er drückte den Jungen sanft zu Boden

und schob ihn, Füße voran, in einen engen Sack. Der Junge wehrte sich, als ihm ein Netz über den Kopf gelegt wurde. »Bleib so über Nacht, oder –.« Und wieder landete die gewichtige Faust auf seiner Brust, sachter allerdings. Als zweite Warnung.

Nun kletterte der Mann in einiger Entfernung in einen zweiten Sack, und der Hund ließ sich unter dem Baum nieder.

Da lag nun der Junge, und es drängte ihn zur Flucht, doch er fürchtete die Gefahren der Nacht, besonders da die heiße Region so nahe war. Für gewöhnlich ging er während der Nacht auf Raub aus, denn er konnte im Dunkeln gut sehen, aber hier war es zu gefährlich. Einmal hatte ihn ein Insekt gestochen, und er war daran beinahe zugrunde gegangen. Zwar konnte man ihnen meist ausweichen, aber sie verkrochen sich unter das Laub und lauerten manchmal auf dem Boden. Unter dem Netz war er wenigstens sicher vor ihnen.

Wenn er nicht während der Nacht floh, würde er tagsüber keine Möglichkeit mehr haben. Das Seil war zu behende und geschickt, der Riese zu stark.

Er merkte, daß der Mann eingeschlafen war und faßte einen Entschluß. Leise setzte er sich auf und wollte sich aus dem Sack befreien.

Der Mann fuhr beim ersten Geräusch auf. »Nein!« rief er.

Es war gefährlich, gegen den Riesen anzutreten, der ihn womöglich wieder einholen würde. Der Junge legte sich resigniert nieder. Und schlief ein.

Am Morgen aßen sie wieder gemeinsam. Es war lange her, seitdem der Junge zwei so leicht errungene Mahlzeiten so rasch hintereinander genossen hatte. Das waren Bedingungen, an die man sich leicht gewöhnen konnte.

Dann hatte der Mann ihn an einen Wasserlauf geführt und sich selbst und ihn gewaschen. Er trug Salben aus seinem Gepäck auf die verschiedenen Schrammen und Wunden am Körper des Jungen auf und ersetzte die rohen Tierhäute durch ein viel zu großes Hemd und eine Hose. Nach diesem widerwärtigen Vorgang setzten sie den Marsch zum Menschenlager fort.

Die ungewohnten Kleidungsstücke rieben den Jungen. Noch einmal erwog er einen Fluchtversuch, ehe er in ein ihm völlig fremdes Gebiet gebracht wurde, doch eine gebrummte Warnung bewirkte, daß er seine Meinung änderte. Und Tatsache war, daß der Mann, abgesehen von seinen Absonderlichkeiten im Hinblick auf Kleidung und Urinieren, kein schlechter Herr war. Er strafte ihn nicht grundlos, und er bewies ihm sogar eine gewisse rauhe Freundlichkeit.

Gegen die Tagesmitte verlangsamte er den Schritt. Er schien müde oder schläfrig trotz seiner Riesenmuskeln und geriet ins Taumeln. Er blieb stehen, gab sein Frühstück von sich, und der Junge fragte sich dabei, ob es sich dabei abermals um irgendein in der Zivilisation übliches Ritual handle. Dann setzte der Riese sich nieder und machte ein verdrossenes Gesicht.

Der Junge beobachtete ihn eine ganze Weile. Als der Mann nicht aufstand, machte der Junge kehrt und ging den Weg zurück. Ungehindert fing er zu laufen an. Er war frei!

Er lief eine Meile und hielt an und entledigte sich der lästigen Menschenkleidung. Und er ahnte, was mit dem Riesen los war. Der Mann war nicht immun gegen die heißen Stellen. Er hatte sie ganz einfach nicht bemerkt und hatte sich ihnen unvorsichtig ausgesetzt. Und jetzt hatte ihn die Krankheit übermannt.

Auch das hatte der Junge auf beinharte Weise erlernt. Er hatte Verbrennungen erlitten, war schwach geworden, hatte erbrochen und hatte sich dem Tode nahe gefühlt. Doch er hatte überlebt, und in weiterer Folge hatte seine Haut eine gewisse Empfindlichkeit angenommen, die sich immer durch Brennen bemerkbar machte, wenn er sich gefährlichem Gelände näherte. Seine Brüder, denen jene Hautflecken fehlten, die ihn von ihnen unterschieden, verfügten nicht über diese Fähigkeit und waren auf schreckliche Weise gestorben. Er hatte auch ganz bestimmte Blätter entdeckt, die seine Haut kühlten, und bestimmte Früchte, die der Übelkeit entgegenwirkten. Aber niemals wieder wagte er sich in die heißen Gebiete. Seine Haut warnte ihn rechtzeitig, und die anderen Heilmittel nahm er nur zur Vorbeugung zu sich. Der Riesenmensch würde sehr krank werden, ja er würde vielleicht sogar sterben. In der Nacht würden die Falter kommen und später die Mäuse, und der Mann würde ihnen hilflos ausgeliefert sein. Wie dumm von dem Mann, ins Herz des Ödlands vorzudringen.

Dumm war er – aber auch kühn und gutmütig. Noch nie hatte ein Fremder dem Jungen geholfen oder ihm Nahrung gegeben, seit dem Tod seiner Eltern, und er fühlte sich von diesen Wohltaten seltsam bewegt. Irgendwo tief in seinem Inneren fand er die grundlegende Lehre: Gutes muß man mit Gutem vergelten. Es war das einzige, was ihm von den Lehren seiner schon lange toten Eltern geblieben war, deren Schädel längst unter der Sonne bleichten.

Dieser Riesenmensch war wie sein toter Vater: stark und ruhig, wild, wenn er in Wut geriet, aber sanftmütig, wenn er nicht gereizt wurde. Der Junge wußte beides zu schätzen, die ihm erwiesene Aufmerksamkeit und die straffe Disziplin. Einem solchen Mann konnte man trauen.

Er sammelte einige ganz bestimmte Pflanzen und lief zurück, seiner Motive ungewiß, seiner Handlungen sicher. Der Mann lag noch immer an derselben Stelle, sein Körper hatte sich gerötet. Der Junge legte nun eine Blätterkompresse auf den fieberheißen Leib und die Glieder und drückte Tropfen aus Pflanzenstengeln in den verzerrten Mund. Viel mehr konnte er nicht tun. Der Riese ließ sich wegen seiner Schwere nicht bewegen, und überdies konnten die plumpen Hände des Jungen ihn gar nicht richtig anfassen. Es wäre jedenfalls nicht ohne Verletzungen abgegangen.

Als die Nacht kam und es kühler wurde, erholte sich der Mann ein wenig. Er raffte sich unter Schmerzen auf und kroch in seinen Sack. Dann verlor er wieder das Bewußtsein.

Am Morgen schien er munter, doch geriet er ins Taumeln, als er einen Versuch machte, aufzustehen. Gehen konnte er nicht. Der Junge gab ihm einen Stengel zum Kauen und er kaute daran, ohne sich dessen richtig bewußt zu sein.

Am nächsten Tag ging der Proviant zur Neige, und der Junge mußte auf Nahrungssuche gehen. Bestimmte Früchte waren reif geworden, bestimmte Knollenpflanzen waren eßbar. Er pflückte sie und grub sie aus, band sie in die Jacke, die er nun nicht mehr anzog und lief mit dem Bündel zurück zu ihrem erzwungenen Lager. Auf diese Weise ernährte er sie beide.

Am vierten Tag fing die Haut des Mannes zu bluten an. Bestimmte Körperteile waren hart wie Stein und bluteten nicht.

Doch dort, wo die Haut natürlich war, traten Blutungen auf. Der Mann betastete sich erschrocken, verfiel aber wieder in Bewußtlosigkeit.

Der Junge suchte aus dem Vorratssack Stoff, tauchte das Zeug in Wasser und wusch das Blut ab. Doch die Blutungen wollten nicht aufhören, obwohl nirgends Wunden zu sehen waren. Da ließ er das Blut fließen und gerinnen. Damit wurde die Blutung verlangsamt. Er wußte, daß das Blut im Körper bleiben mußte, denn einmal, als er sich verletzt hatte und viel Blut verlor, hatte er sich tagelang sehr schwach gefühlt. Und wenn ein Tier zuviel Blut verlor, dann starb es.

Immer wenn der Mann zu sich kam, fütterte der Junge ihn mit Früchten und Halmen und mit anderen Dingen, die er schlucken konnte, ohne daran zu ersticken. Und immer wenn er wieder das Bewußtsein verlor, legte der Junge ihm die feuchten Blätter auf. Wurde es kalt, deckte er ihn mit dem Sack zu. Er legte sich neben ihn und schützte ihn vor dem ärgsten Nachtwind. Der Hund schleppte sich davon und verendete einige hundert Meter weiter.

Tage vergingen. Der Kranke zehrte sein eigenes Fleisch auf, wurde hager, und sein Leib nahm seltsame Formen an. Es war, als trüge er unter der Haut Steine und Bretter, aber so, daß keine Spitze durchstoßen konnte. Als nun aber das schützende Fleisch wegschmolz, lockerte sich die Rüstung. Sie behinderte seine Atmung, seine Ausscheidungen. Aber vielleicht hatten diese Verwachsungen auch die Strahlung abgewehrt. Der Junge wußte, daß gewisse Substanzen bis zu einem gewissen Grade dazu imstande waren. Der Mann verweigerte sich hartnäkkig dem Tod. Der Junge beobachtete ihn und spürte, daß er Zeuge eines gewaltigen Kampfes war, eines mutigen Kampfes mit einem schrecklichen Gegner. Der Vater und die Brüder des Jungen waren damals unterlegen. Sie hatten eher aufgegeben. Blut, Schweiß und Urin benetzten die Blätter, und Schmutz und Unrat bedeckten den Mann, und der Kampf ging weiter.

Und schließlich ging es bergauf mit ihm. Das Fieber ließ nach, die Blutungen hörten auf, seine Kraft kehrte wieder, und er fing zu essen an – zögernd zunächst, dann aber mit großem Appetit. Er erkannte den Jungen wieder und lächelte.

Es bestand nun eine Bindung zwischen ihnen. Mann und Junge waren Freunde geworden.

IV

Die Krieger versammelten sich um den Hauptring. Tyl von den zwei Waffen überwachte die Zeremonie. »Wer ist heute da, die Ehre des Mannestums zu fordern und einen Namen anzunehmen?« Er stellte diese Frage ohne besonderen Nachdruck. Seit acht Jahren übte er allmonatlich diese Funktion aus, und die Sache langweilte ihn.

Ein paar Jünglinge traten vor: schmächtige Halbwüchsige, denen man den Umgang mit der Waffe kaum zugetraut hätte. Tyl sehnte sich nach den alten Zeiten, als er Sol aller Waffen gedient hatte. Damals waren Männer noch richtige Männer gewesen, und ein Führer war ein Führer. Große Dinge hatten sich damals vorbereitet. Nun aber – lauter Schwächlinge und dazu nichts als Trägheit.

Ganz mühelos glückte ihm der rituell-verächtliche Ton. »Ihr werdet gegeneinander antreten«, erklärte er. »Ich teile euch paarweise ein, Mann gegen Mann im Ring. Wer sich im Ring behauptet, der gilt fortan als Krieger und darf Namen und Band und Waffe in Ehren führen. Der andere . . .«

Er ließ den Satz unvollendet. Niemand durfte Krieger genannt werden, wenn er nicht mindestens einmal im Ring den Sieg errungen hatte. Manch Hoffnungsvoller wurde immer wieder besiegt, manch einer gab schließlich auf und ging zu den Irren oder zum Berg. Aber die meisten suchten Zuflucht bei anderen Stämmen und versuchten es dort von neuem.

»Du, Keule«, sagte Tyl und deutete auf einen rundlichen angehenden Keulenkämpfer. »Du, Stab«, und er wählte einen linkisch wirkenden Stabkämpfer.

Die zwei sichtlich nervösen Jünglinge traten nun zaghaft in den Ring. Der Kampf begann, wobei der Keulenkämpfer weit ausholende ungeschickte Bewegungen vollführte, die der Stabkämpfer unbeholfen parierte. Im weiteren Verlauf gelang es dem Keulenkämpfer, die Hand des Gegners zu zerschmettern, und der Stab fiel zu Boden.

Dem Stabkämpfer reichte es. Er sprang aus dem Ring. Tyl war ganz elend zumute, nicht um der Tatsache von Sieg und Niederlage willen, sondern wegen der völligen Unfähigkeit. Wie sollten aus solchen Tölpeln richtige Krieger werden? Was für ein Gewinn stellte ein Sieger wie dieser Keulenschwinger für den Stamm dar? Seinen entscheidenden Schlag hatte er dem Glück zu verdanken.

Aber sicher konnte man ja nie sein, sinnierte er. Einige der Schwächsten, die er in das Trainingslager von Sav dem Stockkämpfer geschickt hatte, waren als beachtliche Krieger wiedergekommen. Was in einem Mann steckte, merkte man an der Art, wie er auf die Ausbildung reagierte. Das war die Lehre, die der Waffenlose verbreitet hatte, der nie im Ring gekämpft hatte. Wie hatte er doch geheißen? Sos. Sos war ein Jahr lang beim Stamm geblieben und hatte das System eingeführt. Dann war er für immer gegangen. Nicht viel von einem Mann, aber ein scharfer Verstand. Ja, am besten war es wohl, man gliederte den Keulenkämpfer dem Stamm ein und schickte ihn zu Sav. Vielleicht kam etwas Gutes dabei heraus. Wenn nicht, dann war es sicher kein Schaden.

Als nächstes trat ein Paar Dolchkämpfer gegeneinander an. Es wurde ein blutiger Kampf, doch der Sieger sah wenigstens wie ein angehender Mann aus.

Dann trat ein Schwertkämpfer gegen einen Stockkämpfer an. Tyl sah diesem Kampf mit besonderem Interesse zu, denn seine eigenen Waffen waren Schwert und Stock, und er hätte sich mehr Kämpfer dieser Sorte im Stamm gewünscht. Die Stöcke waren gut für die Disziplin, das Schwert für den Sieg.

Der Stockkämpfer traf seinen Gegner seitlich am Kopf und ließ dem entscheidenden Schlag viele weitere auf Nacken und Schultern folgen. Dabei ließ seine Wachsamkeit nach, und die blanke Klinge traf ihn an der Kehle. Er war sofort tot. Dabei hatte er so vielversprechend ausgesehen. Seine Bewegungen waren flink, sein Ziel sicher. Der Schwertkämpfer war zwar kräftig, hatte aber zunächst sehr viel langsamer gewirkt.

Tyl schloß entsetzt die Augen. Diese Tollkühnheit! Der Aussichtsreichere hatte sich vor Begeisterung hinreißen lassen und war dem anderen buchstäblich in die Klinge gelaufen. Gab es denn noch Hoffnung für diese Generation?

Ein Jüngling war noch übrig – einer der seltenen Morgensternkämpfer. Es bedurfte besonderen Mutes, um sich diese Waffe zu wählen, und dazu einer gewissen Todesverachtung, denn der Morgenstern wirkte verheerend und war dabei eine unsichere Waffe. Tyl hatte ihn bis zuletzt warten lassen, weil er ihn gegen einen erfahrenen Krieger antreten lassen wollte. Damit wurden zwar die Erfolgschancen des Sterns geschmälert, die Überlebenschancen des Gegners aber gesteigert. Wenn er sich gut machte, wollte Tyl ihn nächsten Monat gegen einen leichten Gegner antreten lassen und ihn in den Stammesverband aufnehmen, sobald er Name und Waffenzeichen hatte.

Einer der Ringwachen unterbrach die Veranstaltung. »Fremde, Herr – Mann und Frau. Er ist häßlich wie der Teufel. Sie wohl auch.«

Noch immer verärgert, weil der vielversprechende Stockkämpfer den Tod gefunden hatte, fuhr Tyl den Mann an: »Ist dein Armreif schon so abgenutzt, daß du eine Häßliche nicht deutlich erkennen kannst?«

»Sie ist verschleiert.«

Tyls Interesse erwachte. »Welche Frau würde wohl ihr Gesicht verhüllen?«

Der Posten schob die Schultern hoch. »Soll ich sie hierherbringen?«

Tyl nickte.

Kaum war der Mann gegangen, wandte er sich wieder dem Problem des Morgensterns zu. Am besten würde wohl ein alter Stabkämpfer sein, denn ein Morgenstern konnte andere Waffenträger schwer verletzen oder gar töten, auch wenn er von einem Anfänger geführt wurde. Er rief einen Mann herbei, der schon im Ring gegen Morgensternkämpfer angetreten war und gab ihm entsprechende Anweisungen.

Noch ehe der Kampf begann, trafen die Fremden ein. Ja, der Mann war wirklich häßlich. Irgendwie bucklig, dazu verformte Hände und große entfärbte Hautstellen an Gliedern und Leib. Seine gebückte Haltung bewirkte, daß seine Augen unter buschigen Brauen von unten heraufstarrten. Sonderbar und eindrucksvoll wirkte das. Er bewegte sich geschmeidig, ungeachtet seines seltsamen Ganges. Mit seinen Füßen stimmte irgend etwas nicht.

Die Frau war in einen langen Mantel gehüllt, der ihre Gestalt so verbarg wie der Schleier ihr Gesicht. Ihrem Schritt aber sah er an, daß sie weder jung noch dick war. Wenn sie ihm nicht einen Vorwand lieferte, sie auskleiden zu lassen, würde er wohl nicht mehr über sie in Erfahrung bringen.

»Ich bin Tyl, Führer dieses Lagers im Namen des Namenlosen«, sagte er zu dem Mann. »Was führt Euch hierher?«

Der Mann zeigte sein linkes Handgelenk. Es war nackt.

»Ihr seid gekommen, Euch einen Armreif zu verdienen?« Tyl war erstaunt, daß ein so muskelbepackter, narbenbedeckter und furchteinflößender Mann wie dieser hier noch kein Krieger war. Aber ein zweiter Blick, ein Blick auf die beinahe nutzlosen Hände brachte die Aufklärung. Wie hätte er kämpfen können, wenn er keine Waffe anfassen konnte?

Oder war er etwa ein zweiter waffenloser Krieger? Tyl kannte nur einen im ganzen Imperium, der aber war *der* Waffenlose, der Herr. Tyl selbst war von ihm im Ring besiegt worden.

»Welche Waffe habt Ihr Euch erwählt?« fragte er.

Der Mann faßte in seinen Gürtel und enthüllte zwei, unter den losen Falten seiner Jacke hängende Stockrapiere.

Tyl war erleichtert und enttäuscht. Ein neuer Waffenloser wäre recht interessant gewesen. Dann aber kam ihm eine Idee. »Würdet Ihr gegen den Morgenstern antreten?«

Der Mann nickte, und sagte kein Wort. Tyl deutete zum Ring. »Morgenstern, hier ist dein Gegner«, rief er. Kaum hatte er den Satz beendet, schien sich die Zuschauerschar verdoppelt zu haben. Dieser Wettkampf versprach interessant zu werden!

Der Morgenstern trat in den Ring und hob die stachelbewehrte Kugel. Der Fremde zog Jacke und Gamaschen aus und stand nun in konventionellen Beinkleidern da, die an ihm recht sonderbar aussahen. Das Fleisch auf der massiven Brust war gelblich getönt. Die Beine waren ungewöhnlich stämmig und muskulös, die kurzen Füße bloß. Seine Zehennägel krümmten sich ähnlich Hufen um die Zehen. Ein seltsamer Mann!

Die Arme waren nicht richtig proportioniert entwickelt, obgleich sie an einem Mann mit nicht so wuchtigem Oberbau recht eindrucksvoll gewirkt hätten. Die Hände aber, die sich nun um die Stöcke schlossen, erinnerten an Greifzangen. Ihr Griff war sonderbar unbeholfen – aber fest.

Die verschleierte Frau ließ sich am Ring nieder und sah zu. Ihre Verhüllung war ebenso merkwürdig wie der Körperbau des jungen Buckligen.

Der Stockkämpfer betrat den Ring argwöhnisch witternd wie ein Tier, das einer Falle ausweichen möchte. Der Morgenstern ließ seine an einer Kette hängende Waffe über dem Kopf wirbeln. Einen Augenblick lang sahen die zwei einander an. Dann kam der Sternkämpfer näher, wobei die Kreisbahn seines wirbelnden Zuschlaghammers den Körper seines Gegners zu durchschneiden drohte.

Der Stockkämpfer duckte sich. Dem Anprall der eisernen stachelbewehrten Kugel hätte niemand standhalten können. Seine kräftigen Beine und seine gekrümmte Haltung erleichterten das Ausweichmanöver. Tief gebückt lief er durch den Ring und kam hinter dem Sternkämpfer zum Stehen.

Das sagte alles. Tyl wußte nun, daß der Morgenstern den Stockkämpfer nie schaffen würde, wenn dieser ebensogut springen, wie ducken und ausweichen konnte. Und wenn überhaupt, dann mußte der Sternkämpfer ihn bald schaffen, denn der wirbelnde Ball wirkte auf den ausgestreckten Arm sehr ermüdend.

Aber soweit sollte es gar nicht kommen. Noch ehe der Sternkämpfer sich neu orientieren konnte, hatten die gegnerischen Stöcke seinen Waffenarm getroffen, und er war nicht mehr fähig, seine Haltung zu wahren. Die Kreisbewegung der Kugel wurde langsamer, der Mann schwankte.

Tyl, der merkte, daß der Mann zu dumm war, um seine Niederlage zu erfassen, sprach statt seiner: »Der Stern ergibt sich!«

Der Sternkämpfer sah sich verwirrt um. »Aber ich stehe noch immer im Ring!«

Für Torheit hatte Tyl nichts übrig. »Dann bleib drin.«

Der Mann wollte seinen Stern wieder in Bewegung setzen,

war aber unsicher in seinen Bewegungen. Der Stockkämpfer kam ganz nahe heran und versetzte ihm einen Schlag auf den Schädel. Als Mann und Kugel zu Boden gingen, faßte der Stockkämpfer einen der Stöcke mit den Zähnen und faßte mit der freien Hand nach der Sternkette. Ein interessantes Manöver, da die typische Sternkette mit kleinen spitzen Stacheln versehen war, die einen solchen Griff eigentlich unmöglich machten. Doch das schien den Mann nicht zu stören. Er schleppte den Bewußtlosen an den Rand des Ringes, ließ ihn dann los und bückte sich, um ihn hinauszurollen.

Mit einem Gefühl, das reiner Freude eng verwandt war, verlieh Tyl dem grotesken Stockkämpfer den goldenen Reif der Mannbarkeit. Ihm fiel auf, daß die Hände des Mannes stark verhornt waren. Kein Wunder, daß ihm Stacheln nichts anhaben konnten. »Von nun an Krieger, nenne dich –« Tyl hielt inne. »Welchen Namen hast du erwählt?«

Der Mann setzte zum Sprechen an, doch seine Stimme war nur ein trockenes Keuchen. Es hörte sich an, als hätte auch sein Kehlkopf Hornhäute angesetzt. Das Wort, das er schließlich herausbrachte, klang wie ein Knurren.

Aber Tyl verstand es. »So nenne dich hinfort Var – Var der Stock.« Und dann fragte er: »Wer ist deine Gefährtin?«

Var schüttelte den zottigen gebeugten Kopf und sagte nichts. Nun aber trat die Frau vor und legte Mantel und Schleier ab.

»Sola!« rief Tyl aus. Er hatte die Frau des Herrn erkannt. Sie war noch immer hübsch, obwohl es schon zehn Jahre her war, seitdem er sie gesehen hatte. Sie war etwa vier Jahre bei Sol geblieben, dann war sie mit dem neuen Herrn des Imperiums gegangen. Und weil der Sieger waffenlos war, keinen Armreif trug und keinen Namen führte, hatte sie Reifen und Namen behalten, die sie bereits hatte. Das kam öffentlich eingestandenem Ehebruch gleich, doch hatte der Herr sie redlich gewonnen. Er war der mächtigste Mann, der je den Ring betreten hatte, bewaffnet oder nicht. Und wenn er selbst nichts auf Äußerlichkeiten gab, dann mußte sich jeder andere eine Bemerkung verkneifen.

Aber Sola hatte ihrem erwählten Gatten wenigstens die Treue gehalten, bis auf die Zeit ganz am Anfang, als sie sich mit diesem Sos vergnügt hatte. Aber was trieb sie jetzt? Warum wanderte sie mit diesem bislang namenlosen Jungen umher?

»Der Herr hat ihn ausgebildet«, sagte sie. »Er wollte aber, daß er sich selbst einen Namen erwirbt, ohne Begünstigung oder Benachteiligung.«

Also ein Schützling des Waffenlosen! Jetzt wurde ihm manches klar. Natürlich war die Ausbildung fabelhaft. Der Herr kannte alle Waffen und wußte, wie sie als Gegner einzuschätzen waren. Kräftig, das war klar. Und häßlich. Genau die Sorte Mann, die dem Namenlosen gefiel. Vielleicht hatte der Herr in seiner Jugend ebenso ausgesehen.

Und dann stellte er eine andere Verbindung her. »Der wilde Junge, der vor fünf Jahren hier die Felder unsicher machte. Ist er . . .?«

»Ja. Jetzt ist er ein Mann.«

Tyls Hände faßten nach seinen Stöcken. »Damals hat er mich gebissen. Jetzt will ich mich dafür rächen.«

»Nein«, sagte sie. »Deswegen bin ich gekommen. Ihr sollt Var nicht in den Ring führen.«

»Fürchtet er sich, mir am Tage entgegenzutreten?«

»Var fürchtet nichts und niemanden. Aber er ist noch jung und unerfahren, und ihr seid der Rangzweite im Imperium. Er kommt mit mir.«

»Braucht er zu seinem Schutz eine Frau?«

Aufrecht stand sie da mit der Figur eines eben heiratsfähig gewordenen Mädchens. »Wollt Ihr die Antwort von meinem Gemahl hören?«

Und Tyl, der dem Mann, den sie ihren Gatten nannte, verbunden war, und der selbst ein Mann von Ehre war, mußte seine Wut zügeln und den Kopf schütteln.

Sie wandte sich an Var. »Wir bleiben die Nacht über hier und machen uns morgen auf den Rückmarsch. Du wirst gewiß deinen Armreif ins Hauptzelt bringen wollen.«

Tyl mußte im stillen lachen. Der neue Krieger würde wegen seiner grotesken Merkmale niemanden finden, der seinen Armreif nahm. Mochte er allein feiern! Und vielleicht würden sie einander eines Tages wieder begegnen, wenn der Schutz des Namenlosen nicht mehr wirksam war . . .

V

Var kannte die Bedeutung des goldenen Armreifs sehr wohl. Er war das Produkt der Handwerkskunst der Irren und wurde von ihnen verteilt. Sie kosteten den Träger nichts und unterschieden sich durch nichts von Tausenden anderen. Doch der Reif wies ihn nicht nur als Mann aus, nein, er diente auch als Freibrief dafür, eine Frau wählen zu dürfen, eine Frau für eine Nacht oder für ein Jahr oder gar für ein ganzes Leben. Er mußte den Armreif nur um das zarte Gelenk eines Mädchens seiner Wahl legen, und sie war sein – vorausgesetzt, sie war einverstanden. Es hieß, daß die meisten Mädchen geschmeichelt waren, wenn man ihnen den Reif anbot und daß sie bemüht wären, ihn so lange als möglich zu behalten. Und ihnen lag besonders daran, mittels des Armreifs Söhne zu gebären, denn so wie der Mann sich im Ring bewies, so bewies sich eine Frau durch ihre Fruchtbarkeit. Das Land brauchte immer mehr Menschen.

Das große Zelt war eine Standardeinrichtung. Jedes Lager hatte ein solches Zelt, in dem alleinstehende Krieger wohnten und in dem ledige Mädchen sich für sie bereithielten. Im Winter wurde der Hauptraum von einem großen Feuer erwärmt, während die Paare, die die Räume am Rande belegten, sich lieber auf ihre Schlafsäcke und die gegenseitige Wärme verließen.

Var war überzeugt, er würde zu letzteren gehören. Und es war ja noch Sommer.

Es dämmerte, und die Lampen brannten bereits. Das allgemeine Abendessen war eben vorüber. Var, den sein eben errungener Name mutig machte, war ohnehin nicht hungrig.

Und da waren die Mädchen und rekelten sich auf selbstgefertigten Einrichtungsstücken. Die Irren stellten zwar alles bereit, was der Krieger brauchte, doch galt es ungehörig, unverdiente Waren in Anspruch zu nehmen. Im allgemeinen zogen die Nomaden Selbstgemachtes vor.

Er ging auf das nächste Mädchen zu. Sie trug ein reizvolles Wickelkleid, das vorne mit einer Silberschließe zusammengehalten wurde. Dieses Kleid war Zeichen dafür, daß sie zugänglich war. Sie hatte langes Haar, das ihr üppig über die Schultern fiel. Ihre Figur war erstklassig: hohe Brüste, wohlgeformte Schenkel.

Er sah sie fragend an, legte die Rechte auf seinen Armreif und wollte ihn vom Arm streifen. Das war eine bewährte Technik. Er hatte oft gesehen, wie die Krieger sie im Zelt des Herrn anwandten.

»Nein«, sagte sie.

Var hielt mitten in der Bewegung inne. Hatte er sie mißverstanden? Am liebsten hätte er sie gefragt, doch vermied er lieber jedes Wort. Worte waren unnötig. Seitdem er mit dem Herrn beisammen war, hatte er die Sprache erlernt oder vielmehr wiedererlernt. Nun verstand er zwar alles, doch Mund und Zunge waren nicht imstande, die Silben richtig wiederzugeben.

Also ging er ein wenig verärgert zur nächsten. Auf eine Weigerung war er nicht gefaßt gewesen, und er wußte nicht recht, wie er sich verhalten sollte. Das zweite Mädchen war etwas jünger, mit helleren Haaren. Eigentlich sah sie viel besser aus als die erste. Er faßte wieder nach seinem Reif.

Sie sah ihn gleichgültig an. »Kannst du nicht sprechen?«

Verlegen preßte er das Wort hervor: »A-m-rreif.« Armreif. In seinem Bewußtsein sah er es deutlich vor sich.

»Scher dich fort, Tölpel!«

Var wußte nicht recht, was er tun sollte, deswegen nickte er einfach und ging weiter.

Keines der Mädchen war interessiert. Manch eine zeigte ihm ihre Verachtung mit niederschmetternder Unverblümtheit.

Schließlich kam eine ältere Frau auf ihn zu. Sie trug bereits einen Reif. »Krieger, du verstehst es wohl nicht, deswegen will ich es dir erklären! Ich habe dich kämpfen gesehen. Glaube mir, daß ich dich nicht kränken möchte.«

Var war überglücklich, daß wenigstens eine ihn respektvoll behandelte. Dankbar hörte er ihr zu.

»Diese Mädchen hier sind noch jung«, sagte sie. »Die kennen keine Plackerei, haben noch keine Kinder geboren, haben wenig Erfahrung. Die sind nur aufs Vergnügen aus. Du – nun ja, du bist fremd hier und deswegen sind sie mißtrauisch . . . Und du bist ein noch unerfahrener Krieger, deswegen sehen sie dich von oben herab an. Und – das muß ich dir sagen – du bist nicht hübsch anzusehen. Das spielt im Ring zwar keine Rolle, aber hier ist es von Bedeutung. Eine Frau mit Erfahrung könnte Verständnis dafür aufbringen, aber diese vergnügungssüchtigen jungen Gänse niemals. Sie können nichts dafür. Die Zeit bringt es mit sich, daß sie anders werden – ähnlich einem Krieger. Auch ein Krieger kann Fehler machen.«

Var nickte. Ihre Worte bereiteten ihm zwar eine Enttäuschung, dennoch war er dankbar, obgleich er nicht alles verstand. »Wer –«

»Ich bin Tyla, die Frau des Anführers. Ich wollte dir das alles nur begreiflich machen.«

Er hatte sie eigentlich fragen wollen, an welches Mädchen er sich denn am besten wenden sollte, doch nun war er froh, daß er wußte, wer diese hilfsbereite Frau war.

»Geh zurück in dein Heimatlager, wo man dich kennt«, sagte sie. »Tyl kann dich nicht leiden, und damit stehen deine Chancen hier noch schlechter. Es tut mir leid, daß ich dir deinen großen Abend verderben muß, aber so ist es nun einmal.«

Jetzt hatte er begriffen. Er war hier nicht erwünscht. »Dank«, brachte er hervor.

»Viel Glück, Krieger. Dir wird die Richtige noch begegnen. Und das Warten wird sich lohnen. Hier hast du nichts verloren.«

Var verließ das Zelt. Erst als die kühle Nachtluft ihn umfing, kam die Reaktion. Er war hier nicht erwünscht. Im Lager des Herrn hatte man ihn liebevoll aufgenommen, und niemand hatte ihm gesagt, er wäre häßlich. Trotz seiner Kindheit und des Lebens in der Wildnis hatte er das Gefühl, seinen Platz in der Welt der Menschen zu finden. Jetzt wußte er, daß man ihn beschützt hatte, nicht körperlich, sondern menschlich. Und heute war er mit der Erreichung der Mannbarkeit der Wahrheit begegnet. Er war noch immer ein Kind der Wildnis, zum Leben mit den Menschen nicht geschaffen.

Zunächst war er so verlegen, daß ihm die Hitze in den Kopf stieg und seine Hände zitterten. Wie unbefangen er seinen schimmernden jungfräulichen Armreif angeboten hatte!

Und dann packte ihn der Zorn. Warum das alles? Welches Recht hatten diese gezähmten Menschen, so über ihn zu urteilen? Er hatte versucht, sich ihren Regeln anzupassen, und nun lehnten sie ihn ab. Und dabei hätte keiner von ihnen im Ödland lange überlebt.

Er holte seine schimmernden Metallstöcke hervor und wog sie liebevoll in der Hand. Ja, damit konnte er gut umgehen. Er war nun ein Krieger. Und er brauchte sich von niemandem mehr etwas gefallen zu lassen. Er betrat den Ring und schwenkte seine Waffen.

»Kommt und kämpft mit mir!« rief er. Er wußte, daß seine Worte nur als Gestammel herauskamen, doch das störte ihn nicht. »Ich fordere euch alle heraus!«

Aus einem kleinen Zelt trat ein Mann. »Was soll der Lärm?« Tyl war es, der Lagerführer, in einem groben wollenen Nachthemd. Der Mann, der Var bereits so deutlich seine Abneigung gezeigt hatte. Var konnte sich nicht erinnern, ihm jemals zuvor begegnet zu sein – obgleich der Mann natürlich unter den gaffenden Zuschauern gestanden haben mochte, die ihn neugierig angestarrt hatten, als der Herr ihn aus dem Ödland mitgebracht hatte.

»Was machst du da?« fragte Tyl und kam näher. Ein gelber Haarschopf baumelte seitlich an seinem Kopf.

»Komm und kämpfe mit mir!« rief Var. Die Bedeutung seiner Worte war unmißverständlich.

Tyl war wütend, aber er betrat den Ring nicht. »In der Dunkelheit wird nicht gekämpft«, sagte er. »Und außerdem möchte ich nicht mit dir kämpfen, wenn es mir auch ein großes Vergnügen wäre, dir deinen häßlichen Schädel blutig zu schlagen und dich heulend durch die Felder zu jagen. Also hör auf, dich wie ein Narr aufzuführen!«

Felder? Var spürte eine undeutliche Erinnerung aufsteigen.

Nun fanden sich andere ein, Männer, Frauen, aufgeregte Kinder. Sie starrten Var an, und er empfand, daß er jetzt eine noch viel lächerlichere Figur machte als vorhin im großen Zelt.

»Laßt ihn in Ruhe«, sagte Tyl und suchte mit einem beinahe komischen Schwenken seines Schopfes wieder sein Zelt auf.

Die anderen zerstreuten sich, und bald stand Var wieder allein da. Seine Kampflust hatte alles nur noch viel schlimmer gemacht.

Niedergeschlagen ging er nun dorthin, wo er Trost, wenn auch noch so zynisch vorgebracht, finden konnte; er suchte das einsam stehende Zelt seiner Reisegefährtin auf, der Frau des Herrn.

»Ich befürchtete, daß es so kommen würde«, sagte sie sonderbar leise. »Ich werde zu Tyl gehen und ihm sagen, er solle dir ein Mädchen aussuchen. Du sollst nicht um diese Nacht betrogen werden.«

»Nein!« rief Var aus, entsetzt, daß nun eine Frau bei einem Feind für ihn Fürsprache einlegen wollte. Menschliche Sitten und Gebräuche waren ihm zwar fremd, doch dies war eine Schande, das spürte er genau.

»Auch das habe ich vorausgesehen«, sagte sie philosophisch gelassen. »Deswegen ließ ich mein Zelt in einiger Entfernung vom Hauptlager aufstellen.«

Var verstand nichts mehr.

»Komm herein, leg dich nieder«, sagte sie. »Es ist nicht so arg, wie du glaubst. Ein Mann bewährt sich nicht an einem einzigen Tag oder während einer Nacht. Die Jahre sind es, die seinen wahren Wert zeigen.«

Var kroch ins Zelt und legte sich neben sie. Er kannte diese Frau eigentlich nicht sehr gut. Während all der Jahre, die der Herr seiner Ausbildung gewidmet hatte, hatte sie sich stets abseits gehalten und ihn bloß im Rechnen unterrichtet. Dank ihr konnte er nun bis hundert zählen und einfache Rechnungen ausführen. Diese Rechnungen waren in seinen Augen schwierig und sinnlos. Er hatte die Stunden gehaßt, und Sola hatte das Ihre getan, daß er sich besonders dumm vorkommen mußte. Doch der Herr hatte darauf bestanden. Vars Begegnungen mit ihr hinterließen keinen besonders positiven Eindruck.

Wie erstaunt war er daher, als man sie beauftragte, ihn zur Männlichkeitsprobe zu begleiten – oder hatte sie es sogar freiwillig getan? Eine Frau! Es sollte sich zeigen, daß sie auch in den Angelegenheiten der Männer sehr bewandert war. Sie war sehr gut zu Fuß, so daß sie täglich eine hübsche Strecke zurücklegten, und sie kannte den Weg. Als sie Fremden begegnet waren, hatte sie das Reden übernommen. Die Nächte hatten sie in den Herbergen verbracht, obwohl ihm zum Übernachten noch immer ein Baum viel lieber war. Sie hatte sich abseits gehalten, hatte jedoch beim Duschen ihren Körper nicht ganz verhüllt und auch nicht, als sie sich für die Nacht umzog, und das hatte ihn nicht wenig gequält. Seine Natur war tierhaft. Jede Frau, auch wenn sie so alt war wie diese, reizte ihn. Und sie kannte seine Herkunft und wußte um seine tierhafte Sinnlichkeit.

Und nun, in diesem fremden, abweisenden Lager, durch seine Mißerfolge zutiefst gekränkt, war er zu ihr gekommen, zu seinem einzigen Kontakt mit seinem einzigen Freund, dem Herrn.

»Du hast also die jungen Mädchen gefragt und sie haben dich ausgelacht«, sagte sie. »Ich hätte dir Besseres gewünscht, aber ich war schließlich selbst jung und ebenso beschränkt. Damals hielt ich Macht für das Wichtigste, Macht und die Ehe mit einem Führer. So verlor ich den Mann, den ich liebte, und jetzt bereue ich es.«

So hatte er sie noch nie reden gehört. Var lag still da. Im Augenblick genügte es ihm zuzuhören. Das war besser, als an seine Demütigung denken zu müssen. Sie meinte damit natürlich ihren früheren Mann Sol aller Waffen, der sein Imperium an den Herrn verloren hatte und mit seinem Töchterchen zum Berg gegangen war. Diese Episode war bereits Legende geworden. Alle wußten um diese Machtübergabe und um den tragischen Selbstmord von Vater und Tochter.

Wenn Sola Macht so sehr geliebt hatte, daß sie dafür den geliebten Mann und das Kind, das sie ihm gebar, aufgeben konnte, und den Sieger in ihr Bett genommen hatte, dann war es kein Wunder, daß sie nun litt.

»Komm, bringen wir die Sache hinter uns«, hörte er sie sagen.

Er glaubte eine Zurechtweisung herauszuhören und wollte aus dem Zelt kriechen.

»Nein«, sagte sie leise und hielt ihn zurück. »Die Nacht ist dein, und du sollst sie in vollen Zügen genießen. Ich werde deine Frau sein.«

Verwirrt stieß Var einen gutturalen Laut aus. Hatte er sie richtig verstanden?

»Es tut mir leid, Var«, erklärte sie. »Ich war wohl zu direkt. Lege dich hin.«

Er legte sich wieder hin.

»Du wilder Junge«, fuhr sie fort. »Solange du keine Frau genommen hast, bist du kein Mann. So will es unser ungeschriebenes Gesetz. Ich bin mitgekommen, um dafür zu sorgen, daß du alle Bedingungen erfüllst. Ich habe –« sie ließ eine kleine Pause eintreten – »dies schon einmal getan. Vor langer Zeit. Mein Mann weiß es. Glaube mir, Var, obwohl dies nun aussieht wie eine Verletzung der Regeln, die wir dich lehrten, muß es so sein. Mehr kann ich dir nicht erklären. Aber eines mußt du begreifen, und mir etwas versprechen.«

Nun mußte er sprechen. »Der Herr –«

»Var, er weiß es!« flüsterte sie voller Wildheit. »Aber er wird nie davon sprechen. Dies alles wurde vor etwa zehn Jahren entschieden. Und du mußt auch eines wissen: Ich bin älter als du, doch ich bin noch im gebärfähigen Alter. Der Namenlose ist steril. Wenn ich heute oder in den folgenden Nächten – erst wenn wir angekommen sind, ist Schluß – von dir ein Kind empfange, wird es das Kind des Namenlosen sein. Ich werde niemals deinen Reif tragen. Nach dieser Wanderung werde ich dich niemals wieder berühren. Nie werde ich ein Wort darüber verlauten lassen, was zwischen uns geschah, und du auch nicht. Sollte ich schwanger werden, wird man dich fortschikken. Du hast an mich keine Forderung zu stellen. Es wird so sein, als hätte es sich nie zugetragen, bis auf die Tatsache, daß du ein Mann sein wirst. Verstehst du?«

»Nein, nein«, stammelte er. Ganz übel war ihm schon vor Verlangen nach ihr.

»Du verstehst also.« Sie streckte die Hand aus und berührte seine Lenden. »Du verstehst.« Er verstand nur, daß sie ihm ihren Körper anbot, und daß er nicht die Kraft hatte abzulehnen. Er war in der Wildnis aufgewachsen. Die Willigkeit des Weibchens war der Befehl für das Männchen. »Du mußt mir versprechen«, sagte sie, nahm seine unförmige Hand und führte sie an ihre Brust. »Du mußt versprechen . . .«

In ihm wuchs die Hitze und verdrängte alle eventuell noch vorhandenen Skrupel. Var wußte, daß er es tun würde. Vielleicht würde der Herr ihn töten, aber heute ...

»Du mußt versprechen, daß du den Mann töten wirst, der meinem Kind Leid zufügt.«

Var überlief es eiskalt. »Du hast kein Kind!« stieß er hervor. »Kein Kind, dem man etwas tun kann.« Und wieder spürte er, wie grob und unbeholfen seine Worte waren. Er war noch immer ein Wilder.

»Versprich es mir.«

»Wie kann ich dir versprechen, wenn dein Kind schon seit langem tot ist?«

Sie brachte ihn mit dem ersten Kuß zum Schweigen, den er je bekommen hatte. »Sollte es jemals ein Kind geben, dann gilt dein Wort«, sagte sie.

»Ich verspreche es.« Was hätte er auch sagen sollen?

Nun ließ sie ihren Körper sprechen, diese angeblich so kalte und gleichgültige Frau. Trotz seiner Unerfahrenheit erkannte Var in ihr eine Wildheit, wie er sie noch nie gespürt hatte. Sie war heiß, sie war leidenschaftlich, sie war wild. Kein Wunder, daß man momentan vergessen konnte, daß sie in Wahrheit in mittleren Jahren war.

Als er kam, merkte er, daß es vielleicht sein eigenes Kind sein würde, daß er zu rächen gelobt hatte ... anonym.

VI

Der Herr erwartete sie. Er benutzte eine der Herbergen der Irren als Arbeitsraum und umgab sich dort mit ganzen Schubladen voller beschriebener Papiere. Var hatte den Zweck dieser Aufzeichnungen nie begriffen, doch stellte er die Weisheit seines Wohltäters nicht in Frage. Der Herr konnte lesen und schreiben. Ehrfurchteinflößende, aber nutzlose Fertigkeiten.

»Hier ist dein Krieger«, sagte Sola. »Var der Stockkämpfer, ein Mann in des Wortes wahrster Bedeutung.« Und mit rätselhaftem Lächeln ging sie zu ihrem eigenen Zelt.

Der Herr stand in der gläsernen Drehtür der zylindrischen Herberge und begutachtete Var. »Ja, du hast dich verändert. Weißt du jetzt, was es heißt, ein Geheimnis zu wahren? Es zu kennen und nicht weiterzuerzählen?«

Var nickte und dachte an das, was zwischen ihm und der Frau des Herrn geschehen war.

»Ich habe ein Geheimnis für dich. Komm mit.« Ohne weitere Frage oder Erklärung führte der Namenlose ihn fort von dem Bau und ließ die Tür sich drehen. Var warf einen Blick zurück auf den funkelnden durchsichtigen Zylinder, der die Herberge und ihre geheimnisvollen Mechanismen krönte. Dann drehte er sich rasch um und folgte dem Herrn.

Sie marschierten eine Meile weit, vorüber an Kriegern und deren Familien, die ihren verschiedenen Beschäftigungen nachgingen – Waffenübungen, Ausbessern von Kleidung, Ausnehmen von Wild – und tauschten unverbindliche Grüße aus. Der Herr hatte es nicht eilig. »Manchmal gerät ein Mensch in eine nicht selbst verschuldete oder gewählte Lage«, sagte er, »und er muß Schweigen bewahren, auch wenn ihm nach Reden zumute wäre. Die anderen halten ihn deshalb vielleicht für feige. Aber es gibt einen Mut, der anders ist als der im Ring geforderte.«

Var merkte, daß sein Freund ihm etwas Wichtiges sagte und daß das Geheimnis, das er ihm anvertrauen wollte, wichtig für sein ganzes Leben sein würde wie das Geheimnis Solas für seine Männlichkeit. Seltsame Dinge schienen sich vorzubereiten. Die Lage begann sich für ihn im Gegensatz zu früher völlig zu ändern.

Als sie außer Sicht- und Hörweite der anderen waren, verließ der Herr den ausgetretenen Pfad und fing zu laufen an. Gewichtig trabte er dahin, so daß der Boden erbebte, und sein Atem geräuschvoll keuchte, doch er lief sicheren Schrittes. Var lief mit, viel leichter und sehr neugierig. Er wußte wohl, daß der Herr ruhelos war – aber wohin führte er ihn jetzt?

Ihr Weg führte sie auf die hiesigen Ödland-Markierungen zu, sodann die Markierungspfähle entlang, endlich zwischen ihnen hindurch. Var hatte gedacht, der Waffenlose fürchte diese Gebiete seit seiner schweren Strahlenkrankheit, als sie einander begegnet waren. Damals hatte er Monate gebraucht, um wieder zu Kräften zu kommen. Und nachher hatte er die Folgen dieser Krankheit peinlich vor allen verborgen. Alle wußten, daß der Herr das Ödland mied und dabei äußerste Vorsicht walten ließ.

Aber nun war klar, daß er sich nicht fürchtete. Warum hatte er die anderen in dem Glauben gelassen? War es das, was er gemeint hatte, als er von jener anderen Art von Mut gesprochen hatte? Aber welchen Grund konnte er dafür haben?

Tief drinnen im Ödland an einer Stelle, wo es keine Strahlung mehr gab, stand ein Lager. Es wurde von sonderbaren Kriegern bewohnt, von Männern, wie Var sie nie zuvor gesehen hatte. Sie trugen merkwürdige grüne Anzüge mit Knöpfen und Taschen, und auf den Köpfen trugen sie umgedrehte Töpfe. Sie hatten Metallbrocken in der Hand.

Der Anführer dieses merkwürdigen Stammes war sofort zur Stelle. Er wirkte klein und stämmig und hatte gelocktes gelbes Haar. Für den Kampf im Ring schien er ungeeignet. »Das ist Jim«, sagte der Herr. »Var der Stock«, setzte er hinzu, und damit war die Vorstellungszeremonie erledigt.

Die zwei Männer beäugten einander argwöhnisch.

»Jim und Var«, sagte der Herr voll Ingrimm. »Ihr kennt einander noch nicht, aber ich möchte, daß ihr mein Wort für bare Münze nehmt: ihr könnt einander vertrauen. Ihr beide habt ein ähnliches Los – Jims Bruder ging vor zwanzig Jahren zum Berg. Var hat seine Angehörigen im Ödland verloren.«

Var war nicht weiter beeindruckt, und der andere schien seine Empfindung zu teilen. Ein Leben ohne Angehörige war kein persönliches Verdienst.

»Var ist ein Krieger, den ich persönlich ausgebildet habe. Seine Haut ist so strahlenempfindlich, so daß er – egal wohin er geht – jede Strahlung sofort spürt.«

Jims Interesse regte sich. »Und Jim – Jim das Gewehr wenn du willst – kann lesen und schreiben. Ich habe ihn vor Jahren getroffen, als die ... als sich die Notwendigkeit ergab. Er hat die alten Texte studiert und weiß von Schußwaffen mehr als jeder andere unter den Nomaden. Er bildet seine Gruppe in den alten Techniken der Kriegsführung aus.«

Jetzt erkannte Var die Waffe des Mannes. Es war einer jener Metallbrocken, die man in bestimmten Ödland-Gebäuden fand. Für den Einsatz im Ring schienen diese Dinger unbrauchbar. Es war daran keine scharfe Schneide zu sehen, und als Keule war die Waffe auch nicht einzusetzen, weil sie zu klein und zu plump war. Und schleuderte man sie einmal fort, dann war sie verloren.

»Var soll als Verbindungsmann zwischen dieser Gruppe und den anderen dienen«, sagte der Herr. »Sein Einverständnis vorausgesetzt. Später soll er als Späher arbeiten. Aber ich möchte auch, daß er schießen lernt.«

Jim und Var taten nichts weiter, als einander ansehen. »Nun, ich will das Eis brechen«, sagte der Herr. »Und dann muß ich zurück, ehe man mich vermißt. Var, würdest du mir den Krug holen?« Er deutete auf einen braunen Keramikkrug auf einem Baumstumpf.

Jim wollte etwas sagen, doch der Herr hob die Hand. Var lief zu dem Baumstumpf. Auf halbem Weg hielt er inne. Seine Haut brannte. Er ging ein paar Schritte zurück, wich seitlich aus und sah sich nach einem Weg aus dem Strahlungsbereich um.

Er brauchte dazu einige Minuten, schließlich aber fand er einen freien Zugang und holte sich den Krug. Er nahm denselben Weg zurück. Zu Jim und dem Herrn hatte sich ein Dutzend anderer gesellt, die schweigend zusahen.

Var brachte den Krug.

»Ja, es stimmt! Ein lebendiger Geigerzähler!« rief Jim verblüfft aus. »Den können wir tatsächlich gut gebrauchen.«

Der Herr gab Var den Krug zurück. »Sei so gut und stelle ihn in fünfzehn Meter Entfernung auf die Erde.«

Var kam der Bitte nach.

»Und jetzt zeige, was deine Schußwaffe kann«, sagte der Herr zu Jim.

Der Mann ging ins Zelt und kam mit einem Gegenstand wieder, der einem in der Scheide steckenden Schwert ähnelte. Er hielt ihn in die Höhe und richtete das schmale Ende auf den Krug. »Es gibt ein lautes Geräusch«, warnte der Herr Var. »Es wird dir aber nichts ausmachen. Sieh genau zu dem Krug hin.«

Das tat Var. Plötzlich ertönte neben ihm ein Donnerschlag, der ihn hochspringen ließ und bewirkte, daß er nach seiner Waffe griff. Der in einiger Entfernung stehende Krug zersprang wie von einer Keule zerschmettert. Niemand hatte ihn berührt oder etwas danach geworfen.

»Das haben Metallstücke aus diesem Gewehr bewirkt«, erklärte der Herr. Jim wird dir zeigen, wie es funktioniert. Wenn du willst, kannst du bei ihm bleiben. Ich komme in den nächsten Tagen wieder.« Und damit ging er und verfiel bald wieder in seinen Trab.

Jim wandte sich an Var. »Wie kommt es, daß du noch ungebunden bist, wenn er dich doch selbst ausgebildet hat und dich sogar in sein Geheimnis einweiht?«

Var ließ sich Zeit mit der Antwort. Ihm war bislang nicht klar gewesen, daß er zu niemandem gehörte. Er war nicht Mitglied des Imperiums des Namenlosen auch nicht Mitglied eines der unterworfenen Stämme, denn er war im Ring nie besiegt worden. Sein einziger Kampf war der um sein Mannestum gewesen. Für gewöhnlich schloß sich ein Krieger einem Stamm seiner Wahl an, indem er dessen Anführer zum rituellen Kampf herausforderte. Verlor er – was eigentlich unvermeidlich war, denn kein Neuling konnte es mit einem Anführer aufnehmen –, dann war er gemäß der Nomadenregel gebunden, und dem Willen des Anführers oder dessen Unterführers untertan. Kämpfte er gegen einen Mann aus einem anderen Stamm und verlor er, dann ging seine Bindung an den anderen Stamm über. Gewann er, dann schloß sich der Verlierer seinem Stamm an. Seitdem Var Name und Armreif errungen hatte, war er frei in seinen Handlungen, solange, bis er diese Freiheit im Ring verlor.

Warum hatte der Waffenlose nie irgendwelche Verfügungen für Var getroffen? Und woher wußte Jim von diesem Versäumnis? »Er achtete darauf, daß er seine Aufforderung in eine Bitte kleidete«, meinte Jim. »Das bedeutet, daß er dir nicht befehlen kann.«

»Ich . . . ich weiß nicht warum«, erwiderte Var. Und als er die Verblüffung in der Miene des anderen las, wiederholte er, diesmal um mehr Deutlichkeit bemüht: »Ich . . . weiß . . . nicht.«

»Nun, es geht mich ja nichts an«, versicherte Jim leichthin und tat so, als wäre ihm Vars unbeholfene Ausdrucksweise nicht weiter aufgefallen. »Ich jedenfalls mache mir diese Mühe nicht. Wenn ich dir sage, du sollst etwas tun, dann ist es kein Befehl, sondern nur ein guter Rat. Okay?«

»Okay«, wiederholte Var, dem diese Silben überraschend glatt von den Lippen gingen.

»Und ich werde dir sehr viel zu sagen haben, denn diese Waffen sind gefährlich. Sie können töten wie ein Schwert, und das aus großer Entfernung. Du hast ja den Krug gesehen.«

Var hatte ihn gesehen. An Stelle des Kruges hätte ein Mensch stehen können.

Jim faßte nach dem Metall an seiner Hüfte. »Jetzt die erste Lektion. Das hier ist eine Pistole, eine kleine Handfeuerwaffe. Eine von Hunderten, die wir in einem der Gebäude des Ödlandes in Kisten gestapelt fanden. Wir mußten diese Klicker-Dinger benutzen, um uns einen Weg ins Innere aufzuzeichnen. Ich weiß gar nicht, woher der Boß davon wußte. Ich leite dieses Lager seit drei Jahren, bilde die Leute aus, die er mir schickt . . . aber das ist jetzt nebensächlich.« Er machte etwas daran, und das Metall klappte auf. »Hohl, wie du siehst. Das ist der Lauf, und das ist eine Patrone. Man steckt die Patrone da hinein, klappt zu und wenn man diesen Abzug zieht – bumm! Die Patrone explodiert und ein Teil davon kommt hier heraus, ganz schnell. Wie ein Dolch, der geschleudert wird. Sieh gut zu.«

Er stellte ein Stück Holz auf, richtete das hohle Ende der Pistole darauf und drückte den Zeigefinger gegen das Ding, das er Abzug nannte. »Achtung«, sagte er und es knallte. Rauch kräuselte sich aus der Waffe, und das Holzstückchen tat einen Sprung.

Jim ließ nun die Waffe aufklappen und zeigte Var das Innere. »Siehst du, die Patrone ist weg. Und wenn du dir das Zielobjekt ansiehst – das Holz da drüben –, wirst du sehen, wo die Kugel eingeschlagen hat.« Er bot Var die Waffe an. »Und jetzt versuchst du es mal.«

Var nahm die Waffe und brachte mit etlicher Mühe eine Patrone hinein. Seine Hand aber konnte den Griff nicht richtig fassen, seine Finger waren zu dick und verformt, um den Abzug zu betätigen. Jim, der diese Schwierigkeit sofort erfaßte, gab ihm rasch eine größere Waffe. Mit dieser konnte Var umgehen.

Der Schock pflanzte sich in seinen Arm fort, doch war er leicht im Vergleich zu einem Hieb im Ring. Seine Kugel bohrte sich ins Erdreich. »Wir werden dir das Zielen schon noch beibringen«, versprach Jim. »Denk dran, die Knarre ist eine Waffe, aber anders als die Waffen, die du gewöhnt bist, kann sie auch ungewollt töten. Behandle sie daher so wie ein in Bewegung befindliches Schwert. Nämlich mit Respekt.«

In den folgenden Tagen lernte Var eine ganze Menge. Er hatte geglaubt, es gäbe nur noch wenig für ihn zu lernen, nachdem Sola ihn mit den wundersamen menschenfreundlichen Einzelheiten der Fortpflanzung des Lebens bekannt gemacht hatte. Jetzt zeigte Jim ihm die verheerenden menschenfeindlichen Einrichtungen, die Leben beendeten.

Wochen später kam der Herr, ihn zu holen. »Jetzt kennst du einen Teil meines Geheimnisses«, sagte er. »Und ich werde dir auch alles übrige sagen. Das hier ist eine Invasionstruppe. Wir werden eine Invasion gegen den Berg beginnen.«

»Den Berg!«

»Gegen den Berg des Todes, jawohl! Er ist nämlich nicht das, was du glaubst, was alle Nomaden glauben. Nicht alle, die dorthin gehen, müssen sterben. In seinem Inneren leben Menschen ähnlich den Irren, aber mit Waffen ausgerüstet. Sie nehmen Geiseln.« Er unterbrach sich und schwieg einen Augenblick. »Wir müssen den Berg erobern und diese Menschen heraustreiben. Erst dann ist die Sicherheit des Imperiums gewährleistet.«

»Ich verstehe das nicht.« Eigentlich klang Vars Frage nur wie ein fragendes Knurren. »Sechs Jahre lang habe ich das Imperium an der weiteren Ausbreitung gehindert, weil ich die Macht der Unterwelt fürchtete. Aber jetzt bin ich für einen Schlag gegen die im Berg bereit. Ich will damit nicht sagen, daß es böse Menschen sind, aber sie müssen vernichtet werden. Und wenn dieser Feind erst erledigt ist, dann wird das Imperium sich rasch ausdehnen, und wir werden die Zivilisation über den gesamten Kontinent verbreiten.«

Also hatten sich die Gerüchte der Unzufriedenen auch in diesem Punkte geirrt! Der Waffenlose unterdrückte das Imperium nicht, wenigstens nicht für immer.

»Ich habe für dich einen gefährlichen Auftrag. Ich habe dir Handlungsfreiheit gelassen und dich nicht an mich gebunden, damit du dich selbst entscheiden kannst. Du wirst ganz allein arbeiten müssen, an sehr unwirtlichen Orten, und außer mir darfst du niemandem von deiner Mission und von deinen Abenteuern erzählen. Jim sagte ich, du seist ein Verbindungsmann und Späher, aber es handelt sich um ein gefährliches Ausspähen, von dem er sich keine Vorstellung machen kann. Du wirst vielleicht einen gewaltsamen Tod erleiden, aber nicht den im Ring. Vielleicht wird man dich foltern. Du wirst womöglich von tödlichen Strahlen gefangen. Du wirst die Regeln des Ringes verletzen müssen, um deine Mission erfolgreich abzuschließen, denn wir haben es mit skrupellosen Menschen zu tun. Der Führer der Unterwelt hat für unsere Sitten und unsere Ehre nur Verachtung übrig.«

Der Herr wartete, doch Var gab keine Antwort.

»Du darfst dir nach deiner Rückkehr etwas wünschen. Ich möchte dir fair entgegenkommen.«

»Wenn ich das getan habe«, formulierte Var sorgfältig, »werde ich dann zum Imperium gehören?«

Der Namenlose sah ihn erstaunt an. Dann fing er zu lachen an. Auch Var lachte, obwohl er nicht wußte, was daran so komisch war.

VII

Der Eingang war nur ein Loch im Boden einer Höhle, in dem das Wasser während eines Unwetters verschwand. Darunter aber weitete sich der Durchlaß zu einem Gewölbe aus, in dem er fast aufrecht stehen konnte. Hier blieb Var eine ganze Weile, reglos, bis er im Dunkeln sehen konnte und alle Gerüche in sich aufgenommen hatte.

Er wußte, in welcher Richtung der Berg lag. Dieser Orientierungssinn, wie auch der Geruchssinn und die ausgezeichnete Nachtsicht und seine Fähigkeit, gebückt zu laufen, waren ihm von seinem Leben in der Widlnis geblieben. Ja, eigentlich war er noch immer in der Wildnis zu Hause. Er streifte die Schuhe ab. Gemocht hatte er sie nie besonders, und für seine Aufgabe waren die hufähnlichen Zehen besser geeignet.

Noch immer drang Wasser ein, aber der Hauptteil der Höhle war trocken. Am Boden lag Kies. Die Seitenwände waren glitschig. Moosähnlicher Schwamm wuchs daran. Auf eine bloße Vermutung hin, die seine Beobachtungsgabe ihm eingab, nahm Var seinen Stock und kratzte damit an der Wand. Unter der schleimigen Lebensschicht knirschte Metall auf Metall.

Diese Höhle war also nicht natürlich. Der Herr hatte schon angedeutet, daß dies der Fall sein könnte. Der Berg als Ganzes sei künstlich, hatte er gesagt, obwohl auch der Herr nicht wußte, wie das alles entstanden sein konnte.

Die Chancen, daß eine künstliche Höhle mit einem künstlichen Berg in Verbindung stehen konnte, standen gut.

Augen, Ohren und Nase hatten sich an die Umgebung gewöhnt, und Var konnte weiter vordringen. Seine Aufgabe war es, einen Weg in den gefürchteten Berg zu finden und kartographisch festzulegen. Einen Weg, der die Verteidigungsanlagen an der Oberfläche umging und der für Menschen begehbar war. Fand er diesen Weg, ohne daß die Unterweltler es merkten, dann war dem Imperium ein nahezu unblutiger Sieg gewiß. Gab es diesen Weg nicht, dann kam es zu einem an der Oberfläche geführten, schrecklichen Kampf. Von seiner Mission hingen Menschenleben ab, ja vielleicht sogar das Leben des Herrn.

Er kam nun zu einer Gabelung im Tunnel. Die auf den Berg zu führende Röhre war voller Schotter und losen Steinbrocken. Die andere war breit und sauber. Var wußte warum: Bei starkem Regen nahm das Wasser diesen Weg und riß alle Hindernisse mit sich fort. Er würde dem Lauf des Wassers folgen müssen, um sicher zu sein, daß er überhaupt irgendwohin gelangte, doch würde er daneben sorgfältig das Wetter beobachten müssen, damit das Wasser ihn nicht einholte. War es möglich, ein Unwetter vorauszusehen – unter der Erde?

Der Gang wurde breiter, je höher er anstieg. Die Wände waren metallisch und fast senkrecht. Ganz oben sah man nun deutlich Metallverstrebungen. Der Boden verbreiterte und vertiefte sich, und Var spähte vorsichtig hinunter und entdeckte glitschigen Schlamm und darin Bewegung: Würmer, Larven und Ärgeres. Es hatte Zeiten gegeben, da er sie mit Genuß verzehrt hatte, doch inzwischen hatte die Zivilisation seinen Geschmack beeinflußt.

Er tastete mit dem Fuß die ebene Fläche der oberen Plattform ab. Unter der verkrusteten Schmutzschicht lag ein Fliesenboden. Die Geräusche erweckten den Eindruck von Festigkeit.

Der Herr hatte ihm gesagt, in diesem Bereich gäbe es viele Gegenstände aus der Zeit vor dem großen Blitz. Die Alten hatten Gebäude und Tunnels und wundersame Maschinen gebaut, und davon war einiges erhalten, obwohl kein Mensch ihre Funktion durchschaute. Var war nicht annähernd imstande, den Sinn eines großen, langen Raumes mit verfliestem Boden und einem tiefen, raumteilenden Graben zu erfassen.

Er ging weiter, lauschte auf alle verdächtigen Geräusche und sog prüfend die abgestandene Luft durch die Nase. Seine Augen waren zwar nachtsichtig, aber in dieser absolut lichtlosen Schwärze konnte auch er nicht viel erkennen.

Schließlich verengte sich die Plattform, und die Wand ging schräg in die Senke über. Der einzige Weg, der übrigblieb, führte hinunter. Die Alten konnten ihn unmöglich zum Gehen benutzt haben, da er ins Nichts führte. Sie seien wie die Irren oder wie die Unterweltler gewesen, hatte der Herr gesagt, nur noch schlimmer. Ihre Motive waren undurchschaubar. Dieser Gang hier war der beste Beweis. So viel Mühe und Aufwand für eine gänzlich sinnlose Konstruktion . . .

Vorsichtig kletterte er hinunter. Die Senke war nur wenige Fuß tief und auch nicht weiter gefährlich. Es war das Leben im Schlamm, das ihn Vorsicht walten ließ. Bei unbekannten Lebewesen wußte man nie, welche unangenehmen Überraschungen einem bevorstanden.

Doch der Schlamm erwies sich als härter, als es zunächst ausgesehen hatte. Daran war nur die Dunkelheit schuld. Aus dieser dunklen Masse hoben sich zwei schmale Metalleisten ab, die in einigen Fuß Entfernung parallel zueinanderlagen. Ganz fest waren sie, und ließen sich nicht biegen und nicht bewegen, gleichgültig, wieviel Kraft er auch aufwandte. Und sie reichten, so weit er sehen konnte. Er entdeckte, daß er, wenn er auf einer balancierte und so weiterging, nicht mit dem Schmutz in Berührung kam, und das war immerhin etwas.

Er ging weiter. Seine Huf-Zehen, die auch durch das Tragen von Schuhen nicht weicher geworden waren, schlugen schwer aufs Metall, bis er endlich das richtige Gefühl dafür bekommen hatte. Er konnte nun trotz Dunkelheit und schmaler Trittfläche gut das Gleichgewicht halten. Der Tunnel erstreckte sich ins Unendliche und führte nicht auf den Berg zu. Er zögerte weiterzugehen, weil er die Wassermassen eines Unwetters fürchtete, vor denen es womöglich kein Entkommen gab. Dann aber wurde ihm klar, daß der Tunnel so groß war, daß es lange dauern würde, bis er sich gänzlich füllte, und dazu bemerkte er schleimige Wasserstandspuren an den Wänden, bloß zwei, drei Fuß über den Schienen. Sollte es wirklich zum Äußersten kommen, konnte er schwimmen oder weiterwaten.

Aber auch so war das Weiterverfolgen des Ganges zwecklos. Er machte wieder eine Biegung, entfernte sich immer mehr vom Berg und wurde daher für die Zwecke des Herrn unbrauchbar.

Er wollte noch fünf Minuten weitergehen und dann kehrtmachen. Doch er mußte bereits nach einer Minute haltmachen. Der Tunnel endete hier. Oder vielmehr er wurde durch etwas blockiert. Durch einen gewaltigen Metallstöpsel mit Verankerungen und Ringen und Spalten.

Var hieb mit dem Stock darauf ein. Das Ding war hohl, aber fest. Es lag auf den Schienen auf, und war ein wenig erhöht, so daß es den Boden nicht berührte.

Ob hinter diesem Hindernis eine Kreuzung oder Abzweigung lag? Var suchte nach einem festen Halt und zog sich an dem Stöpsel hoch. Er mußte herausbekommen, ob es oben einen Durchgang gab.

Es gab ihn. Er steckte den Kopf hinein und atmete die muffige Luft ein. Ein Klopfen auf die Seitenteile klang metallisch. Schließlich kletterte er durch die Öffnung.

Der Boden dahinter war höher, als man von draußen sehen konnte, und mit einer dicken Schicht von Schmutz bedeckt. Hier roch es wie in einem der Häuser im Ödland. Es gab Vorrichtungen, die waren wie Sitze, und dann etwas in regelmäßigen Abständen, das Fenster sein konnten, nur war der Zwischenraum zwischen diesen Öffnungen und der nackten Tunnelwand sehr gering. Und alles war finster. Seine Augen waren nutzlos, und die Ohren von der langen Stille überreizt. Var mußte schließlich die Taschenlampe der Irren zu Hilfe nehmen, die der Herr ihm gegeben hatte. Denn es gab hier Leben.

Vor ihm rührte sich etwas. Var unterdrückte den Reflex hochzuspringen und richtete den Lichtstrahl auf das Geräusch, während er seine Augen mit der anderen Hand vor der Helligkeit abschirmte.

Eine Ratte war es, ein geflecktes Tier mit großen Augen, das mit schmerzlichem Aufquietschen vor dem Licht floh.

Var wußte: Ratten traten nie einzeln auf. Wo eine existierte, da konnten auch Hunderte leben. Und wo Ratten hausten, da gab es auch Raubtiere. Vielleicht nur kleine – Wiesel, Nerze, Mungos – wahrscheinlich aber sehr zahlreich. Auch die Ratten konnten in größerer Zahl gemeingefährlich werden, wie ihn seine Erfahrung in den Ödland-Häusern gelehrt hatte.

Er lief den schmalen Gang zwischen den Sitzen entlang, auf den Ausgang zu, den ihm seine Taschenlampe zeigte. Er mußte sich beeilen, ehe sich hier zu viele dieser Tiere zusammenrotteten. Ratten ließen sich nämlich nicht lange grundlos einschüchtern.

Hinter der Tür lag eine Art Kammer und wieder eine Tür. Wieder so eine geheimnisvolle Anlage der Alten!

Und in dieser Kammer lag eine Schlange. Ein Tier von mehreren Fuß Länge. Nicht giftig, wie er annahm, aber unbekannt, möglicherweise eine Mutation. Er wich zurück.

Hinter ihm hatten sich die Ratten bereits formiert. Var schritt mitten durch ihre Scharen, indem er seinen Lichtstrahl jeweils dorthin richtete, wo er seinen nächsten Schritt setzte. Die Ratten wichen zappelnd zurück. Doch hinter ihm schlossen sie sich wieder dicht zusammen und zeigten drohend ihre kleinen Zähne. Viel zu angriffslustig für Vars Geschmack. Er war da in ein scheußliches Nest geraten, und auf ihrem eigenen Gebiet konnten Ratten frech werden.

Er kletterte aus dem Fenster und ließ sich auf den nassen Boden des Tunnels fallen. Seine Füße versanken im Schlamm. Der Boden war hier weicher. Var knipste die Taschenlampe aus, wartete, bis seine Augen sich an die Dunkelheit gewöhnt hatten und suchte wieder eine Schiene, auf der er den Rückweg durch den Tunnel antreten konnte.

Er mußte einen anderen Weg in den Berg finden. Nicht die Ratten und Schlangen waren es, die ihn hier hinderten, sondern die Wahrscheinlichkeit, daß hier noch andere Tiere lauerten. Ein größerer Trupp Menschen würde sie alle aufscheuchen. Und die Richtung stimmte ohnehin nicht.

Doch so einfach sollte er hier nicht wegkommen. Er spürte, daß etwas Leises den Tunnel entlangkam. Er spürte den Luftzug und ging nervös in Verteidigungsstellung. Es war eine Fledermaus, die erste von vielen.

Wie ernährten sich diese vielen Tiere? Hier existierten keine Grünpflanzen, nur Schimmel und Pilze. Und Insekten. Jetzt hörte er ihr Geflatter und Gekrabbel, als sie sich von der Fledermaus aufgescheucht aus ihren myriaden Schlupfwinkeln in die muffige Luft erhoben.

Widerstrebend ließ er seine Lampe aufleuchten.

Es waren weiße Falter darunter.

Vars Herz pochte. Er konnte diesen tödlichen Insekten nicht ausweichen, er konnte nur still stehen – und das brachte wieder andere Gefahren mit sich. Er mußte weiter, und wenn er dabei einem Falter in die Quere kam . . . es blieben ihm zwei Stunden, an die Oberfläche zu kommen und Hilfe zu holen, ehe das Gift ihn in eine totale und möglicherweise tödliche Bewußtlosigkeit stürzte. Mit Sicherheit tödlich, wenn es ihn hier unten in den Tunnels übermannte, wo kein Mensch ihn je finden würde. Auch wenn er nur einen kleinen Stich abbekam, der ihn nur schwächte. Der Regen würde bald kommen . . . oder die Ratten und die Schlangen.

Aber nicht alle weißen Falter waren Mutanten wie im Ödland. Diese da sahen kleiner aus. Vielleicht waren sie harmlos.

Falls sie doch zu der todbringenden Sorte gehörten, dann war dieser Weg hier unbrauchbar. Für Menschen unpassierbar, auch wenn er geradewegs zum Berg führte. Eine weitere Erkundung hatte keinen Sinn.

Am besten, man verschaffte sich sofort Gewißheit. Var lief die Schiene entlang, bis er eine der hohen Plattformen erreichte. Er kletterte hinauf, orientierte sich kurz und erkannte den Ausgangspunkt seines Weges. Er machte Jagd auf einen weißen Falter und fing einen zwischen den zwei gewölbten Handflächen. Nur seine Finger waren ungeschickt, aber die Gelenke und Handflächen konnte er geschickt einsetzen.

So hielt er das Insekt zwischen den Händen, voller Angst, aber mit grimmiger Entschlossenheit. Dreißig Sekunden lang stand er so da und beobachtete seine zitternden, schweißnassen Finger.

Der Falter flatterte in seinem Kerker, aber Var spürte keinen Einstich. Er drückte sachte zu, und das Tier wollte sich freikämpfen.

Schließlich ließ er es frei. Der Falter war harmlos.

Nun machte er eine Pause und wartete ab, bis er sein Gleichgewicht wiedergefunden hatte. Eher wäre er mit lahmen Händen gegen einen Meister im Schwertkampf im Ring angetreten, als wieder gegen einen Ödland-Falter. Aber er wußte jetzt, daß der Weg frei war.

Er durchquerte die Doppelgleis-Senke und gelangte zur anderen Plattform. Von hier aus führten Tunnels in die richtige Richtung. Er schalt sich, daß er sie vorhin nicht bemerkt hatte, entschied sich für einen Tunnel und machte sich auf den Weg.

Und hielt sogleich inne. Seine Haut brannte.

Hier gab es Strahlung. Sehr intensive Strahlung.

Er machte kehrt und versuchte es mit einer anderen Abzweigung. Doch traf es ihn noch früher. Unpassierbar.

Er versuchte einen dritten. Diesmal kam er etwas weiter, stieß schließlich aber wieder gegen eine Strahlungsmauer. Es war, als wäre der Berg durch Röntgen abgeschirmt.

Blieb also nur der Tunnel mit den Schienen, der in die andere Richtung führte. Vielleicht konnte man damit die tödlichen Strahlen umgehen. Er mußte es ausprobieren.

Var sprang hinunter und lief die Schienen entlang. Er kam weiter als vorhin, denn jetzt setzte er seine Schritte schon viel sicherer. Der Tunnel machte eine Biegung in Richtung Berg.

Immer weiter führte er, meilenweit. Var kam an einer langen Reihe von Plattformen vorbei und spürte einen Hauch von Strahlung. Aber noch ehe er haltmachen und umkehren konnte, war die Strahlung auch schon vorbei, und er konnte weiter. Für einen längeren Aufenthalt war dieser Bereich nicht geeignet.

Der Schotter zwischen den Schienen wurde gröber, die Wände rauher und gefurchter, so als wäre diese Region durch gewaltigen Druck erschüttert und zusammengepreßt worden. Während seiner in der Wildnis verbrachten Jahre hatte er zusammengebrochene Bauwerke dieser Art gesehen. Er fragte sich, ob Schutt und Strahlung irgendwie miteinander in Verbindung standen. Eine müßige Spekulation.

Er war dem Berg schon sehr nahe, als er eine dritte Erweiterung des Tunnels mit einer weiteren Plattform erreichte. Überall stieß er dort auf Geröll und an manchen Stellen auch auf Strahlung. Er lief schnell weiter, da ihm die Wände hier recht brüchig erschienen. Ein Ödland-Bau in diesem Zustand wäre bei dem kleinsten Anlaß zusammengebrochen, und hier würde sich herabfallendes Gestein besonders verheerend auswirken.

Schließlich waren die Schienen zu Ende. Verbogenes Metall ragte turmartig in die Höhe, dahinter türmten sich Gesteinsmassen und machten den Tunnel unpassierbar.

Var ging den Weg zurück zur dritten Plattform. Er erkletterte die zum Berg hin gelegene Seite, wich sorgfältig dem Geröll aus und gab acht auf eventuelles Hautbrennen. Immer wenn er Strahlung spürte, wich er aus. Der Herr hatte eine völlig strahlungsfreie Route verlangt, denn gewöhnliche Menschen waren der Strahlung gegenüber anfälliger als Var, trotz ihrer Fähigkeit, diese Strahlung mit klickenden Kästchen aufzuspüren.

Zwei Gänge waren auf diese unsichtbare Weise versperrt. Der dritte erwies sich als einigermaßen passierbar. Große Haufen von Losung zeigten an, daß Tiere die Passierbarkeit bereits entdeckt hatten. Dies wiederum ließ darauf schließen, daß der Gang zu einem Ziel führte, vielleicht an die Oberfläche, denn

Tiere würden in so großer Zahl nicht in eine Sackgasse laufen.

Der Gang verzweigte sich, die Alten hatten sich offenbar nicht für eine Richtung entscheiden können – und wieder wählte Var jene Abzweigung, die zum Berg führte.

Doch hier war der Bau eines Tieres, eines großen Tieres. Der Kot war groß und frisch, die Ausscheidung eines Fleischfressers. Schon konnte Var die Ausdünstungen riechen, und dann hörte er die Schritte.

Er hätte davonlaufen können, blieb aber stehen und wartete, weil er wissen mußte, was hier lauerte. Vorsichtig richtete er den Lichtstrahl in die Richtung, aus der das Geräusch kam.

Ratten huschten aufgeschreckt davon. Und dann erschien ein plumper Schädel, froschähnlich, mit Glotzaugen und Hornschnabel. Ein zahnloses Maul, darin ein rosa Aufblitzen. Eine Ratte quietschte, tat einen Sprung und wurde von einem rosa Band in die Mundöffnung gezerrt. Eine überlange, klebrige Zunge war ihr zum Verhängnis geworden.

Der Lichtstrahl tanzte über ein Glotzauge, und das Tier zwinkerte und wich aus. Es sah aus wie ein ungeheurer Salamander. Als Var vor ihm zurückwich, kam der gewaltige Leib, etwa fünf Meter lang, zum Vorschein. Die Haut schimmerte geschmeidig. Die Beine waren plump, der Schweif kurz.

Var war nicht ganz sicher, ob er das Tier mit seinen zwei Stöcken würde töten können, aber er konnte es verletzen und zurücktreiben. Er sah nun, daß er eine Amphibienmutation vor sich hatte. Die feuchte Haut und die flossenähnlichen Gliedmaßen waren Anzeichen dafür, daß das Tier viel Zeit im Wasser zubrachte. Und noch etwas fiel ihm auf. Var verspürte ein leichtes Hautbrennen. Das Tier war also radioaktiv.

Dies bedeutete, daß es hier Wasser gab, vermutlich einen überfluteten Tunnel, Wasser, das ins strahlenverseuchte Gebiet reichte und verseucht war. Und es existierten sicher noch andere Wesen dieser Art. Also war dieser Weg für den Menschen auch nicht geeignet.

Var drehte sich um und spurtete los, nicht weil er das Tier fürchtete, sondern weil er seine Nähe meiden wollte. Gegen den Riesensalamander vorzugehen, war nicht notwendig.

Blieb also nur die andere Abzweigung. Er lief weiter, getrieben von der immer knapper werdenden Zeit. Außerdem machte sich der Hunger bei ihm bemerkbar. Er hätte sich auch so eine lange Zunge gewünscht, die die Jagd erleichterte. Der Mensch mußte eben auf manche Vorteile verzichten.

Der Tunnel weitete sich, und am anderen Ende dieser Erweiterung sah er Licht.

Kein Tageslicht. Es war vielmehr der gelbe Schein einer elektrischen Birne. Er hatte den Berg erreicht.

Der Gang war hier sauber und breit. Kisten waren übereinandergestapelt und boten ihm ein wenig Deckung. Dies mußte ein Lagerraum sein.

Seine Mission war erfolgreich beendet. Er konnte nun kehrtmachen und die bewaffneten Truppen hier hereinführen. Sicher ging es von hier aus weiter in die Zentralbereiche des Berges. Und hier war die Stelle, von wo aus die Männer ihren Angriff beginnen konnten.

Dennoch – er wollte sich vergewissern, denn es war nicht auszudenken, wenn durch einen Zufall der Weg doch nicht offen gewesen wäre. Er wagte sich weiter vor, immer hinter den Kisten Deckung suchend, obwohl niemand zu sehen war. Da entdeckte er am anderen Ende eine geschlossene Tür. Vorsichtig schlich er näher. Er faßte nach der sonderbaren Klinke . . .

Und hörte Schritte.

Var wollte sofort in Richtung Tunnel davon, merkte aber, daß er dazu keine Zeit mehr hatte. Er drückte sich hinter die Kisten, als auch schon die Tür aufging. Er wollte zunächst abwarten. Entdeckte man ihn, konnte er den Mann töten und die Flucht ergreifen. Er faßte nach seinen zwei Stöcken. Dabei wagte er nicht einmal einen Blick aus seiner Deckung heraus, weil er eine Entdeckung fürchtete.

Die Schritte kamen auf ihn zu, sonderbar leichte und rasche Schritte. Als die Person an ihm vorüberging, steckte Var vorsichtig den Kopf hervor und riskierte einen Blick.

Es war eine Frau.

Er umfaßte die Stöcke fester. Wie sollte er eine Frau töten? Im Ring kämpften nur Männer. Zwar waren die Frauen nicht ausdrücklich davon ausgeschlossen. Es mangelte ihnen aber an Intelligenz und Geschick, und überdies bestand ihre Hauptaufgabe darin, die Männer zu unterhalten und ihnen zur Seite zu stehen. Und wenn er sie tötete – was sollte er dann mit der Leiche machen? Eine Leiche ließ sich nur schwer für längere Zeit verbergen, des Geruches wegen. Und damit würde er seine Anwesenheit, wenn auch nicht gleich, verraten. Jedenfalls zu früh, als daß die Nomaden hier heimlich hätten eindringen können.

Sie war in mittleren Jahren, wenn auch von zierlicherem Körperbau als jene anderen Frauen ihres Alters, die er kannte, nämlich Sola. Das braune Haar war kurz und gelockt, und ihr Gesicht hatte etwas Elfenhaftes an sich. Sie bewegte sich mit viel Anmut. Fast hätte Var sie für ein Kind gehalten. Sahen alle Unterweltler so aus? Klein, nicht mehr jung und zierlich? Dann brauchte man sich ja wegen des bevorstehenden Kampfes keine Sorgen zu machen.

Sie warf einen Blick auf den Boden – und hielt inne.

Auf dem staubigen Boden hob sich Vars Spur deutlich ab. Der runde verhornte Ballen, die schützenden um die Zehen herum gewachsenen Nägel. Das sah nicht unbedingt nach einer menschlichen Spur aus, aber in jedem Fall wußte sie nun, daß hier etwas Größeres als eine Ratte eingedrungen war.

Var ging mit erhobenen Stöcken auf sie los. Ihm blieb nichts anderes übrig. Sie drehte sich um, die kleinen Hände schützend erhoben. Seine Stöcke trafen ihr Ziel nicht . . . verfehlten ihren Kopf . . . er geriet aus dem Gleichgewicht, fiel gegen die Mauer, rutschte zu Boden.

Dann hatte er sich gefangen und wollte wieder angreifen. Sie hatte inzwischen ihr Gewand abgestreift und stand kampf- und abwehrbereit da. In ihrem kurzen Hemdchen wirkte sie erstaunlich weiblich für ihr Alter. Wieder ganz wie Sola.

Er hatte diese wachsame, von Kampfgeschick kündende Haltung schon kennengelernt. Damals als der Herr ihn im Ödland eingefangen hatte. Und immer wenn die Männer einander im Ring gegenüberstanden. Unglaublich, daß eine Frau jenseits ihrer Blüte, noch dazu kaum größer als ein Kind, so viel Kampfgeist zeigte. Doch er hatte gelernt, sich mit Seltsamkeiten abzufinden und sich entsprechend zu verhalten.

Er machte kehrt und kroch in den Tunnel zurück.

Kaum im Dunkeln verschwunden, rollte er sich zurecht und wartete mit schlagbereiten Stöcken, daß ihr Kopf in der knappen Öffnung auftauchte. Doch sie bewies Klugheit und folgte ihm nicht. Er riskierte einen Blick zurück und sah, daß sie noch immer dastand und wartete.

Er kroch rasch weiter. Als er sich in Sicherheit wähnte, fing er zu laufen an, und achtete dabei darauf, daß er denselben Weg wie zuvor nahm. Er mußte schleunigst Bericht erstatten.

VIII

Der Herr hörte sich seinen Bericht ganz unbeteiligt an. Var fürchtete schon, er hätte versagt, auch wenn er nicht genau wußte wie, denn er hatte schließlich tatsächlich einen Weg in den Berg gefunden. »Wenn sie es dem Herrn des Berges berichtet, wird man den Gang versperren. Aber wir könnten ihn ja wieder frei machen –«

»Gegen einen Flammenwerfer richten wir nichts aus«, sagte der Namenlose düster. Und dann stützte er den Kopf in die Hand – zu Vars großer Verwunderung. »Hätte ich das geahnt! Sie, ausgerechnet sie! Ich wäre selbst gegangen!«

Var starrte ihn verständnislos an. »Ihr kennt die Frau?«

»Sosa.«

Var wartete auf eine weitere Erklärung. Sie kam nicht. Der Name allein bedeutete für Var nichts.

Nach längerer Pause sagte der Waffenlose: »Wir werden einen direkten Frontalangriff starten müssen. Hol mir Tyl her.«

Var ging. Tyl gehörte nicht zu seinen Freunden und befand sich einige hundert Meilen weit in seinem eigenen Lager. Var mußte der Aufforderung nicht unbedingt nachkommen, und doch würde er Tyl holen.

Jim, der Gewehrschütze, trat ihm entgegen, als er aufbrechen wollte. »Zeig ihm dies hier«, sagte er. »Aber keinem anderen.« Und er gab Var eine Handfeuerwaffe und eine Schachtel Munition. Dazu eine schriftliche Nachricht.

Tyl war fasziniert von der Macht an sich und daher auch fasziniert von der Waffe. Und seine Haltung Var gegenüber änderte sich, als seine Frau ihm vorlas, was Jim ihm geschrieben hatte. Er lobte Var sogar wegen seiner Kenntnis der Feuerwaffen.

Var aber hatte noch nicht die Peinlichkeit seiner ersten Begegnung mit diesem Manne vergessen. Es dauerte eine Weile, bis er sich an die bislang ungewohnte Freundlichkeit gewöhnt hatte.

Doch als Tyl und sein ungeheuer großer Stamm den Berg erreicht hatten, waren sie Freunde geworden. Unzählige Male hatten sie gemeinsam den Ring betreten, aber nie um zu kämpfen. Und unter Tyls Anleitung wurde Var ein wahrer Meister mit den Stöcken. Er mußte sich eingestehen, daß seine damalige Herausforderung überheblich gewesen war. Tyl erwies sich als unschlagbar und konnte ihm viele Tricks beibringen.

»Du bist stark und mutig«, sagte er zu ihm, »aber es fehlt dir an Erfahrung. In einem oder zwei Jahren . . .«

Zusätzlich übte sich Var auch im Kampf gegen andere Waffen. Der Herr hatte ihn zwar in den grundlegenden Techniken unterwiesen, ein richtiger Kampf aber war doch etwas völlig anderes. Der Stock mußte lernen, das Schwert stumpf zu machen, die Keule abzulenken und auch den Stab – andernfalls war der Stock nutzlos. Inmitten von Tyls gedrilltem, kampfbereitem Stamm meisterte Vars Stock alle kniffligen Situationen.

Als weitaus tüchtigerer Krieger kehrte er in das geheime Lager des Namenlosen nahe dem Berg zurück. Jetzt wußte er, warum Tyl stellvertretend die Macht ausübte. Der Mann war anständig und vernünftig, ein geübter Krieger – der sich zudem durch kleinere Mißstimmungen nicht die Urteilskraft trüben ließ.

Var war zugegen, als der Waffenlose mit Tyl beriet.

»Du hast die Schußwaffe gesehen«, sagte der Herr. »Und du hast gesehen, was sie anzurichten vermag.«

Tyl nickte. Tatsächlich hatte er sie viele Male abgeschossen und sogar eine gewisse Fertigkeit darin erlangt. Er hatte damit sogar einen Hasen erlegt, etwas, das Var mit seinen steifen Fingern nicht fertigbrachte.

»Die Männer, denen wir gegenüberstehen werden, haben Schußwaffen und Schlimmeres. Bei ihnen gilt das Gesetz des Ringes nicht.«

Wieder nickte Tyl. Var wußte, wie sehr ihn die bei einem mit Schußwaffen geführten Kampf entstehenden Probleme interessierten.

»Sechs Jahre lang hielt ich das Imperium mit eiserner Faust zurück, aus Angst vor den Mördern der Unterwelt und ihren Waffen – solange wir selbst keine Schußwaffen hatten.«

Tyl wirkte überrascht. »Die Männer, die zum Berg gehen –«

»Nicht alle sterben dort!«

Var begriff nicht den Ausdruck, der nun über Tyls Antlitz glitt. »Sol aller Waffen ...«

»Er ist am Leben. Als Geisel.«

»Und Ihr –«

»Ich kam vom Berg zurück.«

Tyl blieb vor Überraschung der Mund offen. »Sos! Sos, das Seil! Und der Vogel –«

»Namenlos, waffenlos, hilflos. Ein unwissender Toter. Vorherbestimmt, das Imperium zu zerstören.«

Var begriff das alles nicht, obgleich er die Verwandtschaft des Namens »Sos« mit »Sosa« erkannte. Tyls Miene ließ vermuten, daß seine Ergebenheit vor allem Sol aller Waffen galt, dem früheren Herrn des Imperiums. Vielleicht hatte das Wissen, daß dieser Mann lebte, Tyl so erregt.

»Und –?« fragte Tyl.

»Jetzt haben wir auch Waffen.«

»Das Imperium –«

»Wird sich ausdehnen. Vielleicht wieder unter Sol, wie früher. Nach dem Sieg über den Berg –«

»Aber diese ... diese Schußwaffen ... gehören nicht zu den Waffen des Ringes!« protestierte Tyl.

»Es geht nicht um den Ring. Es geht um Krieg.«

Die Worte schockierten Var. Er wußte, was das war, ein Krieg. Der Herr hatte es ihm viele Male erzählt. Krieg war die Ursache des großen Brandes gewesen.

Der Herr warf ihm einen Blick zu, als ahne er seine Beunruhigung. »Ich habe dir gesagt, Krieg wäre schlecht und dürfe nie wieder über unsere Gesellschaft kommen. Er hat einst die Welt fast gänzlich zerstört. Aber wir sehen uns hier einem Problem gegenüber, das wir nicht anders lösen können. Der Berg muß besiegt werden. Dies wird der Krieg sein, der alle anderen Kriege beendet.«

Was der Herr sagte, klang vernünftig, doch wußte Var, daß daran etwas nicht stimmte. Diesem Projekt haftete etwas Böses an, und das war nicht nur das Böse des Krieges an sich. Zum erstenmal zog er die Weisheit des Waffenlosen in Zweifel. Da er aber nicht dahinterkommen konnte, was ihm Kopfzerbrechen machte, sagte er lieber gar nichts.

Auch Tyl sah unbehaglich drein, ließ sich aber auf keine Debatte ein. »Und wie sollen wir dies erreichen?«

Der Herr zeigte ihnen nun eine Skizze, die er sich während der vielen Monate im Lager angefertigt haben mußte. »Das ist eine Höhenlinienkarte, wie sie von den Irren genannt wird. Ich habe den Berg von allen Seiten skizziert. Hier, das ist unser jetziges Lager. Es liegt gut außerhalb des Verteidigungsgürtels. Da liegt die Herberge, in der die Selbstmörder vor dem Aufstieg einkehren. Und da liegt der Untergrundbahn-Tunnel, den Var erkundete.«

»Untergrundbahn?« Das Wort war für Tyl ebenso neu wie für Var.

»Die Alten benutzten diesen Gang für Fortbewegung über weite Strecken, mittels Metallfahrzeugen ähnlich den Traktoren der Irren, nur daß sie auf Schienen rollen und sich viel schneller fortbewegen. Die oberirdisch fahrenden nannte man ›Züge‹, und die unterirdischen ›Untergrundbahnen‹. Var sagte mir, er hätte unten einen richtigen Zug entdeckt.«

Var hatte ihm nichts dergleichen gesagt. Er hatte nur berichtet, einen Stöpsel, einen Einsturz, Strahlung, ein Ungeheuer. Einen Traktor hatte er nicht gesehen. Aber warum log der Herr?

»Ich hatte gehofft, einen dieser Tunnels zu einem Überraschungsangriff nutzen zu können. Aber jetzt weiß die Unterwelt Bescheid. Sie wissen, daß wir über die unten herrschende Strahlung informiert sind. Man wird uns zusätzliche Fallen stellen. Deswegen müssen wir unseren Angriff an der Oberfläche durchführen.«

Tyl war erleichtert. »Das wird mein Stamm übernehmen.«

Der Herr lächelte. »Ich zweifle die Fähigkeiten deines Stammes nicht an. Aber deine Leute sind Krieger des Ringes. Was können sie gegen Feuerwaffen ausrichten? Gegen Waffen, die aus der Deckung abgefeuert werden, aus großer Entfernung und ohne Vorwarnung. Und gegen Flammenwerfer?«

»Flammenwerfer?«

»Feuerkanonen, die einen Menschen in Sekundenschnelle verbrennen.«

Tyl nickte, doch Var sah ihm an, daß er diese Dinge nicht für wahr hielt, ungeachtet der anderen Wunder, von denen sie eben erfahren hatten. Auch Var glaubte es nicht. Falls man mit Feuer schoß, würde die Luftbewegung des Schusses es zum Erlöschen bringen.

»Kannst du dich erinnern, daß jemand von weißen Faltern berichtete, deren Stich tödlich ist? Von winzigen Tieren, die bewaffnete Krieger überrennen können? Von Feuer, das auf dem Wasser schwimmt?«

»Ja, ich weiß«, sagte Tyl und wurde plötzlich sehr nachdenklich.

Var begriff nicht, welchen Zusammenhang diese Fragen mit dem Problem hatten, da doch jedermann von den Motten und den Mäusen des Ödlandes wußte. Schwimmendes Feuer war zwar lächerlich. Aber Tyl sah aus, als glaubte er jetzt an Flammenwerfer.

»Es wird einen schrecklichen Kampf geben«, erklärte der Waffenlose. »Männer werden außerhalb des Ringes sterben und den nicht sehen, der sie tötet. Wir sind wie die Mäuse. Wir müssen ein Lager überfallen und werden in Massen sterben, aber wenn wir uns nicht unterkriegen lassen, werden wir den Berg trotz aller dort lauernden Schrecken einnehmen. Sprich mit deinen Unterführern. Sag ihnen, sie sollen Freiwillige aussuchen – echte Freiwillige, keine gezwungenen – für einen Kampf, in dem die Hälfte von ihnen sterben wird. Sie werden dabei nicht die gewohnten Waffen führen. Wer sich meldet, bekommt Schußwaffen und wird in der Handhabung unterrichtet.«

Tyl stand auf. Er lächelte. »Ich habe mich nach den alten Zeiten zurückgesehnt. Jetzt sind sie gekommen.«

Dreitausend Mann aus Tyls gewaltigem Stamm legten ihre alten Waffen aus der Hand und ließen sich im Gebrauch der Schußwaffen unterweisen. Tag und Nacht war Jims kleiner Stamm auf dem Schießstand. Jeder unterwies nur einen Neuling. Es wurde der Umgang mit Gewehren und Pistolen geübt, und wenn die benötigte Fertigkeit erworben war, bekam jeder zwanzig Rollen Munition und mußte sich im Hauptlager zurückmelden. Dazu bekam er den Befehl mit auf den Weg, die Waffe keinesfalls vor dem Kampf abzufeuern.

Var diente unterdessen als Verbindungsmann zwischen dem Herrn und Tyl und den Unterführern. Der Waffenlose brütete über seiner Karte und machte sich Notizen über die anzuwendende Strategie. »Wir sind Mäuse«, sagte er geheimnisvoll.

»Wir müssen uns die Taktik der Mäuse zunutze machen. Die anderen wissen, daß wir da sind, sie wissen aber nicht genau, wann und wie wir angreifen werden. Und sie werden ihre Geiseln nicht töten, ehe sie nicht sicher sind, daß sie sie nicht mehr zu Schacherzwecken benutzen können. Wir werden versuchen, sie zu überwältigen, ehe sie es merken. Dennoch erwarte ich nicht, daß ich aus diesem Feldzug als glücklicher Mensch hervorgehe.«

Die einzige Geisel, von der Var wußte, war Sol, der frühere Herr des Imperiums. Warum war dessen Wohlergehen mit einemmal so wichtig? Der Herr war doch gewiß nicht wieder auf einen Wettstreit mit ihm aus.

Man war nun bereit. Die Männer waren gut ausgebildet und in einem Ring, der den gesamten Berg umschlang, aufgestellt. Spezialeinheiten bewachten die Untergrundbahn und ihre untereinander verbundenen Tunnels. Fremde durften nicht in die Nähe. Frauen und Kinder mußten in ein Lager, einen Tagesmarsch entfernt.

Alles war bereit. Und doch kam es noch nicht zum Angriff, so daß die Männer mit der Zeit nervös wurden. Der Berg übte eine eigenartige Faszination aus. Sie hatten Feuerwaffen und glaubten, sie könnten damit jede Festung erobern, aber die Eroberung des Berges, das war der Sieg über den Tod selbst!

Und am ungeeignetsten Tag überhaupt setzte der Herr die Truppen in Bewegung. Trotz Tyls Enttäuschung und Vars Verblüffung ging er auf dem Höhepunkt eines gewaltigen Gewitters zum Angriff über.

Var und Tyl standen an der Seite des Namenlosen und beobachteten die Vorgänge von einer geschützten Stelle aus. Der Regen war so stark, daß man fast nichts sehen konnte.

»Die Blitze werden ihre Fernsehanlagen zeitweise außer Betrieb setzen«, erklärte der Herr. »Das war immer schon so. Der Donner wird unsere Schüsse übertönen. Der Regen wird unser Vorrücken decken und vielleicht sogar die Wirkung ihrer Flammenwerfer mindern. Das und unsere zahlenmäßige Überlegenheit dürften den Ausschlag geben.«

Der alte Kämpfer wußte also genau, was er tat, dachte Var im stillen. Die Bergbewohner würden sich von einem Angriff im Regen überrumpeln lassen.

Der Herr gab ihnen Feldstecher – auch eine von den Altvorderen gerettete Erfindung – und unterwies sie in deren Gebrauch. Damit konnten sie nun entfernte Teile des Berges wie aus nächster Nähe sehen. Der Regen ließ zwar alles verschwommen erscheinen, dennoch war die Wirkung überwältigend.

Var konnte beobachten, wie eine Abteilung auf die ersten vorragenden Metallträger am Fuße des Berges zuhielt. Der Berg bestand eigentlich aus einer abgestorbenen grauen Masse, mit einigen wenigen verformten Bäumen an der Basis und weiter oben ein paar kümmerlichen Pflanzen. Gut genährte Raubvögel hockten auf den Vorsprüngen und warteten! Heute würde ihnen reiche Beute zuteil werden.

Zwischen verbogenem Metall hindurch führten Wege bergan, für deren Überwindung die Truppen bestens ausgerüstet waren. Er konnte sehen, daß sich die Marschreihe bereits auflöste und die Leute sich nach einer günstigen, möglichst bergnahen Deckung umsahen.

Plötzlich erhob sich die Erde gegen sie. Männer wurden durch die Luft geschleudert und landeten auf Felsstücken, auf denen sie sich die Knochen brachen.

»Minen«, sagte der Herr. »Genau das hatte ich befürchtet.

Sprengkörper, die man unter der Erde vergräbt. Das Gewicht der anrückenden Truppe löst sie aus.« Er machte eine vielsagende Pause. »Für die Nachrückenden dürfte das Gelände nun sicher sein.«

Das Geräusch weiterer Explosionen aus der Ferne ließ vermuten, daß das gesamte Gebiet um den Berg mit Minen abgesichert war. Woher der Herr wohl so viel wußte, fragte Var sich. Der Herr verbrachte zwar sehr viel Zeit mit Lesen, doch war es, als hätte er die ganze Welt bereist und alle ihre Geheimnisse erfahren.

Eine zweite Angriffswelle brandete gegen den Berg und ging in Deckung. Die Minenexplosionen verstummten.

Die Krieger kletterten unter und zwischen den verbogenen Trägern hindurch und folgten den Pfaden, die man ihnen eingehämmert hatte. Aus dieser Entfernung sah die Marschreihe aus wie eine züngelnde Schlange, die auftauchte und dann wieder teilweise hinter einer Deckung verschwand. Schnell hatten die Krieger das erste Plateau erreicht.

Feuer brach aus den im Boden eingelassenen Röhren.

Jetzt erst glaubte Var es. Er konnte das verbrannte Fleisch der Sterbenden riechen.

Viele starben, doch es rückten bereits weitere nach. Sie griffen die Röhren von der Seite her an, denn das Feuer konnte immer nur aus einer Richtung gleichzeitig kommen. Sie schossen in die Öffnungen hinein, und die mit Keulen und Stangen Ausgerüsteten schlugen auf die vorstehenden Röhren und demolierten sie, bis schließlich das Feuer erlosch. Den Rest besorgte der Regen.

»Deine Leute sind tapfer und geschickt«, sagte der Herr zu Tyl.

Tyl ließ dieses Lob kalt. »Bei sonnigem Wetter hätte kein einziger überlebt. Das weiß ich genau.«

Und dann setzte das Abwehrfeuer ein. Die bereits verminderten und blessierten Truppen gewannen an Höhe, waren aber den versteckten Abwehranlagen der Unterwelt hilflos ausgesetzt – und die Verteidiger setzten andere Waffen ein als Pistolen.

»Maschinengewehre«, sagte der Namenlose. »Dagegen können wir nicht an. Laßt zum Rückzug blasen.«

Doch es war zu spät. Nur wenige kehrten vom Berg zurück.

Nachdem man die Verluste einigermaßen korrekt festgestellt hatte, wußte man, daß fast tausend Mann bei diesem einen Angriff um das Leben gekommen waren. Bei den Verteidigern schien es kein einziges Opfer zu beklagen zu geben.

»Haben wir verloren?« fragte Var zögernd im Schutze des Kommandozeltes. Er fühlte sich schuldig, weil er keinen sicheren unterirdischen Weg gefunden hatte und weil er seinen Erkundungsgang nicht hatte geheimhalten können. Viele tapfere Männer hätten noch am Leben sein können . . .

»Nur den ersten Kampf. Nicht den ganzen Feldzug. Wir werden das eingenommene Gebiet gut beobachten. Dort können sie keine neuen Minen und Flammenwerfer installieren. Und dazu wissen wir, wo sie ihre Maschinengewehre plaziert haben. Wir werden sie belagern. Wir werden Katapulte bauen und ihre Nester bombardieren. Wir werden sie mit Granaten eindecken. Mit der Zeit wird der Sieg uns zufallen.«

Ein Krieger näherte sich dem Eingang. »Ein beschriebenes Papier«, berichtete er. »Es wurde in einem Metallkästchen in unser Lager geworfen. An Euch adressiert.«

Der Herr nahm es entgegen. »Deine Kundigkeit des Lesens hat vielleicht den Verlauf des Kampfes zu unseren Gunsten gewendet.«

Geschmeichelt machte sich der Krieger wieder auf den Weg.

Der Herr studierte die Nachricht. Er lächelte grimmig. »Wir haben sie beeindruckt! Sie wollen mit uns verhandeln.«

»Sie wollen sich kampflos ergeben?«

»Nun, das nicht gerade.«

Var sah ihn verständnislos an. Der Herr las vor: »Wir schlagen zur Vermeidung von sinnlosen Opfern an Menschen und Material vor, den Kampf durch einen Zweikampf auszutragen. Ort: das Plateau am Gipfel des Mount Muse, zwölf Meilen südlich von Helicon. Datum: 6. August, B 118.

Sollte unser Vertreter gewinnen, werdet Ihr die Feindlichkeiten einstellen, euch aus diesem Gebiet für immer zurückziehen und keinen weiteren Angriff auf Helicon unternehmen. Sollte

Euer Vertreter gewinnen, werden wir euch Helicon unversehrt übergeben. Verständigt uns über die Fernsehanlage in der nächsten Herberge!«

Nach einer Weile fragte der Herr ihn: »Var, wie würdest du das nennen?«

Var wußte keine Antwort darauf.

»Klingt das nicht recht vernünftig? Glaubst du, unser Vertreter könnte den ihren im Einzelkampf besiegen?«

Var bezweifelte nicht, daß der Herr einen jeden, den ihm die Unterwelt entgegenschicken würde, besiegen konnte. Er nickte.

Der Herr zog eine Karte hervor. »Das hier ist der Berg. Siehst du, wie sich die Höhenlinien zusammendrängen?«

Wieder nickte Var.

»Das bedeutet, daß der Berg an dieser Stelle außergewöhnlich steil ist. Als ich ihn vermaß, sah ich, daß ich ihn nicht besteigen konnte. Jedenfalls nicht so ohne weiteres. Dafür bin ich zu ungeübt. Und am Gipfel liegen große Felsblöcke.«

Var sah nun vor seinem geistigen Auge, wie diese Blöcke von einem flinken Kletterer zufällig ins Rollen gebracht, einem langsamen auf den Kopf fielen. Der Namenlose war im Kampf unschlagbar, doch solche in Bewegung geratene Felsblöcke konnten ihn daran hindern, überhaupt den Gipfel zu erreichen. Vielleicht hatte man diesen Schauplatz eigens gewählt, damit man seine Teilnahme unterband und die Wahl eines geringeren Kämpfers erzwang.

»Dann also – ein anderer? Wir haben viele gute Krieger.« Var sagte »wir«, obgleich er wußte, daß er noch nicht Teil des Imperiums war.

»Das wird eine Kletterprobe und nicht nur einen Kampfwettstreit geben. Und uns bleiben zur Vorbereitung nur zwei Tage, denn heute haben wir nach dem Unterwelt-Kalender schon den vierten August.«

»Morgen in aller Früh gibt es einen Kletterwettbewerb!« schlug Var vor, wohl wissend, daß seine Worte der Aufregung wegen unverständlich klangen, aber der Herr würde sie schon erfassen. Der Waffenlose lächelte matt. »Und du befürchtest keinen Betrug?«

Nein, bislang nicht. Doch ihm war klar, daß die Nomaden wie ursprünglich geplant, immer noch den Berg gewaltsam nehmen konnten, wenn der Herr des Berges die durch die Wettkämpfer gefällte Entscheidung nicht anerkannte. Ein Versuch wäre also lohnenswert.

Der Waffenlose konnte seine Gedanken ausloten. »Also gut. Sag Tyl, er soll fünfzig der besten Krieger für einen Kletterwettbewerb auswählen. Heute abend nehme ich Kontakt mit dem Berg auf. Und morgen machen wir Übungen am Mount Muse.«

Sehr optimistisch wirkte er dabei nicht.

Am Tage des Wettbewerbs stand Var bei Tagesanbruch am Fuße des Mount Muse und wartete ab, bis das Licht zum Klettern ausreichte. Besser gesagt, ausreichend für die anderen war, denn deren Augen waren im Dunkeln nicht so gut wie Vars. Er hatte gewußt, daß dies seine Aufgabe sein würde, damals, als der Herr sich mit dem Wettkampf einverstanden erklärte. Var, mit seinen verhornten Händen, den hufähnlichen Füßen, seinem jahrelangen Leben in der Wildnis war der geschickteste Kletterer des Lagers. Klar, daß man ihn aufgestellt hatte. Und da er nicht zum Imperium des Herrn gehörte, konnte kein Mensch ihm die Teilnahme streitig machen.

Tyl hatte ihn lächelnd angesehen und nichts gesagt.

Und um die Mittagszeit hatte Var den Bewerb gewonnen.

»Aber er ist im Ring doch noch ein Neuling!« protestierte der Herr, den diese Entwicklung nicht wenig erstaunte.

Tyl lächelte. »Das hier sind die drei rangnächsten Gewinner. Soll er doch gegen sie antreten.«

Der Waffenlose, der seinetwegen sehr besorgt war, zeigte sich einverstanden. Noch von seiner vormittäglichen Anstrengung ermattet, stand Var nun dem Mann gegenüber, der zehn Minuten nach ihm den Gipfel erreicht hatte. Hätte es sich schon um den Kriegerwettbewerb auf dem Gipfel des Muse gehandelt, so hätte Var ausreichend Zeit gehabt, den Mann zu einem Krüppel zu machen, indem er Felsblöcke auf ihn niederrollen ließ. Und das war der eigentliche Sinn des Kletterwettbewerbes: Der beste Krieger des Imperiums würde im Nachteil sein, wenn er sehr viel langsamer kletterte als der, den der Herr des Berges sandte. Und wenn es dann zum eigentlichen Kampf kam, dann mußte er erst recht besser sein als der andere.

Der zweite im Klettern war ein hagerer Stangenkämpfer, der sich beim Klettern seiner Waffe sehr klug bedient hatte. Var trat in den Ring und ging im Geiste die Ratschläge durch, die der Herr und Tyl ihm gegeben hatten. Stock gegen Stange. Die Stockrapiere waren schneller, die Stangen länger. Stöcke waren aggressiv. Stangen passiver. Stöcke konnten eine doppelte Offensive starten, aber die Defensive eines guten Stangenkämpfers war kaum zu durchdringen. Und wenn der Stock nicht frühzeitig einen Durchbruch errang, würde die Stange schließlich eine gute Gelegenheit erspähen und punkten.

Der Stangenkämpfer war sich dieser Faktoren ebenso bewußt wie Var, und er war weitaus erfahrener. Sein Vorteil war die Zeit, und die wollte er sich offensichtlich zunutze machen. Er wehrte die Attacken nach herkömmlicher Weise ab, machte keine Fehler und forderte Var praktisch zum Angriff heraus.

Und Var tat ihm den Willen. Er attackierte die Waffe und nicht den Kämpfer und schuf damit eine Ablenkung, die er nützte und nach einer Öffnung Ausschau hielt. Er führte Scheinangriffe gegen den Kopf, gegen die Füße, gegen die Handknöchel, solange bis der Mann in seinen Reaktionen langsamer wurde und vor allem unachtsamer.

Sodann richtete Var heftige Schläge auf Kopf und Körper gleichzeitig. Die Stange erwiderte wirbelnd beide Angriffe, aber nicht schnell genug – das vorherige einschläfernde Zwischenspiel hatte gewirkt. Der Hieb auf den Kopf ging daneben, der Angriff auf den Körper aber saß. Mindestens eine Rippe war gebrochen.

Als der Mann sich krümmte und mit seiner Stange auf Vars ausgestreckten Arm zielte, trat Tyl an den Ring. »Blut ist geflossen«, sagte er. »Zieh dich zurück.«

Var hatte gewonnen. Der erreichte Vorteil hätte ihm normalerweise im weiteren Verlauf des Kampfes den Sieg gebracht, und mehr hatte er nicht zu beweisen brauchen. Es hatte keinen

Sinn, sich völlig zu verausgaben. Ein Sieg auf dieser Grundlage würde sich bei dem morgigen echten Kampf höchstens gegen ihn auswirken.

Der nächste Gegner war ein Dolchkämpfer. Var zitterte insgeheim, denn Messer waren schnell wie Stöcke, und der Kontakt mit ihnen weitaus gefährlicher. Schwert und Keule konnten sehr eindrucksvolle Waffen sein, ein geschickt geführter Dolch jedoch war im Ring unter Umständen verheerend.

Ein solcher Dolch mußte aber auch richtig gehandhabt werden. Die Flachseite der Klinge war meist wirkungslos, und zum Abwehren gegnerischer Hiebe waren Dolche ungeeignet. Als Angriffswaffen waren sie zwar gut, aber doch weniger wirksam als die einem doppelten Zweck dienenden Stöcke.

Var blieb keine andere Wahl. Er mußte gegen die Klinge antreten und war damit gezwungen, sich in erster Linie auf seine Verteidigung zu konzentrieren. Wenn es ihm gelang, eine Blöße in der Deckung des Gegners auszumachen, ohne daß er selbst seine Deckung opfern mußte, dann konnte er die Runde zu seinem Vorteil wenden. Wenn nicht ...

Zunächst führte der Dolch Scheinangriffe aus, und Var mußte ihnen auf herkömmliche Weise begegnen, wie es vorhin der Stangenkämpfer gegen ihn gehalten hatte. Und in weiterer Folge würde der Kampf ähnlich enden, nur würde diesmal er das Opfer sein, wenn es ihm nicht gelang, dieses Schema einmal zu durchbrechen.

Der Dolch ermüdete rasch. Es war ein älterer Mann, etwa im Alter des Herrn. Seine Erfahrung hatte es mit sich gebracht, daß er im Klettern einer der Besten war, doch beim Zweikampf forderte nun das Alter seinen Tribut. Das Nachlassen seiner Reaktionen war kaum merkbar, aber Var spürte, daß das Gleichgewicht sich langsam aber sicher zu seinen Gunsten verschob.

Kaum war ihm dies klargeworden, wußte er auch, daß der Sieg ihm so gut wie sicher war. Mit wachsendem Selbstvertrauen wehrte er die Klingenstöße ab. Und allmählich drängte er den Mann zurück, parierte immer flinker, bis schließlich der hart bedrängte Dolch einen Fehler beging, eine kleine Wunde an der Hand abbekam und zum Verlierer erklärt wurde.

Der Dritte war ein Stockkämpfer. »Ich bin Hul«, sagte er.

Var, den die zwei Begegnungen im Ring und der morgendliche Kletterwettkampf doch ziemlich erschöpft hatten, wußte sogleich, daß er seine Stellung als Wettkämpfer des Imperiums verloren hatte. Denn der Stockkämpfer war einer derjenigen, vor denen Tyl ihn gewarnt hatte, ein Spitzenkönner. Stock gegen Stock. In diesem Fall gab es für Var keinen Vorteil außer den der größeren Übung, und gegen diesen Mann konnte er sie nicht ins Treffen führen.

Hul blieb außerhalb des Ringes stehen. »Var der Stock«, sagte er mit wohlklingender Stimme. »Ich habe dich beobachtet und abgeschätzt. Ich könnte dich im Ring besiegen. Nächstes Jahr vielleicht nicht mehr, aber heute schaffe ich es. Aber ehe du zu Boden gehst, würdest du mir sicher eine Verletzung zufügen, denn du bist stark und entschlossen. Damit wäre ich dann morgen auf dem Berg behindert, und der Fall für das Imperium von vornherein benachteiligt. Überläßt du mir kampflos deinen Platz?«

Diese Bitte war nicht unvernünftig. Hul war ausgeruht, denn auch er war jung und kräftig, und er hatte sich vorbereiten können, während Var kämpfte. Aber auch mit etwas Müdigkeit in den Knochen hätte er siegen können, denn er war ein Meister im Stockkampf. Tyl irrte sich niemals in der Rangfolge, denn seine Aufgabe war es, die führenden Waffenkämpfer des gesamten Imperiums richtig zu reihen. Und da Var nicht aus dem Imperium war, war er nur sich selbst verantwortlich. Andernfalls wäre gar kein Vor-Wettbewerb nötig gewesen. Der Herr oder Tyl hätten den Krieger mit den allerbesten Aussichten ausgewählt und die Sache wäre erledigt gewesen. Var konnte ehrenvoll zurücktreten, denn er hatte sich zweimal als siegreich bewiesen und hätte mit seinem Rücktritt im Interesse des Imperiums gehandelt.

Aber Var war nicht vernünftig. Er hatte geglaubt, das Privileg, für den Herrn kämpfen und sein Gefährte sein zu dürfen, beim Klettern gewonnen und im Ring bestätigt zu haben. Das geforderte Opfer erregte seinen Zorn. »Nein!« rief er. Wie ein finsteres Grollen klang es. Er wollte sein Recht nicht aufgeben. Wenn überhaupt, dann mußte man es ihm nehmen –

Unbeirrt wandte Hul sich nun an Tyl. »Wenn der Waffenlose es zuläßt, möchte ich Var weichen. Einer von uns beiden muß seine Kraft sparen. Und wenn wir miteinander kämpfen, kann keiner damit haushalten. Er braucht die Ruhepause. Und er hat den Kampfgeist.«

Tyl nickte und gab damit stillschweigend auch das Einverständnis des Herrn zu erkennen. Var sollte in den folgenden Jahren noch oft an diese Handlungsweise Huls denken, und jedesmal, wenn er wieder daran dachte, hatte er wieder etwas daraus gelernt.

IX

Wieder Dämmerung. Diesmal kannte er die beste Aufstiegsroute schon, eine, die ihm eine halbe Stunde Aufstiegszeit ersparte. Und er brauchte auf niemand anderen zu warten. Dennoch war es mühsam und gefährlich, und ohne das richtige Licht wagte er es nicht. Ohne natürliches Licht. Wenn er nämlich eine Taschenlampe benutzte, hätte der gegnerische Kletterer ihn womöglich sehen können.

Auf der entgegengesetzten Seite würde der beste Kletterer, den der Berg aufbieten konnte, ebenfalls den Aufstieg beginnen. Er würde nackt sein, bis auf Schuhe allenfalls, denn der Herr hatte es so vorgeschlagen. Auch Var war nackt. Damit sollte sichergestellt werden, daß niemand heimlich eine Schußwaffe oder eine andere unerlaubte Waffe mit sich führte. Die Waffen, die der Herr für den Kampf benannt hatte, waren die im Ring üblichen: Keule, Stange, Stock, Schwert, Dolch oder Morgenstern. Kein Seil, kein Netz und keine Peitsche. Männer beider Gruppen wollten von weitem zusehen, damit keiner der Bergsteiger gegen die Bedingungen verstieß.

Natürlich würde man den Kampf auf dem Gipfelplateau nicht deutlich verfolgen können, weil die Entfernung zu groß war. Aber es würde nur der Sieger überleben, deswegen konnte es am Ausgang des Kampfes keine Zweifel geben.

Nun war es endlich hell genug. Var ging los, die Stöcke mittels eines fingerbreiten Gurtes um die Hüften geschnallt. Die Morgenkühle prickelte auf seiner Haut. Er freute sich auf die Wärme des Kletterns – und insgeheim darauf, daß er endlich den allzu neugierigen Blicken entfloh, die auf seinem bloßen Körper ruhten. Er wußte, daß er keine Augenweide war.

Der Aufstieg begann. Erst war es leicht, denn die Steigung war gering und er wich den Spalten aus, die in der Dunkelheit wahre Fußangeln darstellten. Dann gelangte er zu den geröllübersäten Schutthalden. Dort war es, wo er viel Zeit gewann, weil er eine hervorragende Route ausgearbeitet hatte. Tags zuvor hatte ihn an dieser Stelle ein Mann überholt, und Var hatte sich genau gemerkt, welchen Weg der andere genommen hatte. Der Vertreter des Berges mußte schon ein ausgezeichneter Athlet sein, wenn er Vars Zeit unterbieten wollte, und dazu kam der Umstand, daß er keinen Übungsaufstieg gemacht hatte. Nicht in jüngster Zeit jedenfalls. Natürlich war es möglich, daß der gegnerische Kletterer den Mount Muse vor der Belagerung der Nomaden täglich bezwungen hatte. Vielleicht hatte man auf der Seite des Gegners gerade aus diesem Grund diese Bedingungen gewählt. Wie dem auch sein mochte, Var wußte, daß er es hier mit jedem aufnehmen konnte.

Und er war sicher, daß die andere Bergflanke nicht besser aussah als seine. Das hatte er vom Gipfel aus feststellen können. Die Vereinbarung, daß er nicht auf die andere Seite dürfe, um sich einen Vorteil beim Klettern zu verschaffen oder gar den anderen zu behindern, war ganz sinnlos. Und er hatte sich vergewissert, daß es auf der anderen Seite keinen geheimen, von den Alten erbauten Tunnel gab. Die Bedingungen waren also fair.

Der letzte Abschnitt war der schwierigste. Der Hang wurde so steil, daß er fast senkrecht in die Tiefe abfiel. Doch es handelte sich dabei um eine durch die Perspektive hervorgerufene Täuschung. Und während des Kletterns sah Var nicht hinter sich.

Er stieß nun auf stufenartige Terrassen und auf Vorsprünge verschiedener Breite, von ganz schmalen Rissen in der Wand angefangen bis zu mehreren Fuß breiten Simsen. Hier bildeten Vars kurze verhornte Finger und harten Zehen wichtige

Trümpfe, denn er fand Halt auf schmalster Tritt- und Grifffläche. Immer höher kam er, bis er schließlich die offene Flanke des Berges kreuzte, voller Nervosität, weil er auf herunterkollerndes Geröll achten mußte. Falls der Gegner doch als erster oben angelangt war . . .

Aber Var sollte triumphieren. Es kamen keine Blöcke, und als er über den Rand des Gipfelplateaus lugte, fand er es leer vor.

Nun hing alles von seinem Kampfgeschick ab.

Er lief zur entgegengesetzten Seite des kleinen, etwa zehn Schritt im Durchmesser messenden Plateaus.

Der Krieger der Unterwelt war noch unterwegs. Var sah von oben den bloßen Rücken, den runden Kopf, die sich bewegenden Glieder, konnte aber keine weiteren Einzelheiten ausmachen. Der Mann hatte schätzungsweise noch fünf Minuten bis zum Gipfel vor sich. Das war eine große Erleichterung, denn dies bedeutete, daß Var zu Recht als Vertreter des Imperiums aufgestellt worden war. Die langsameren Teilnehmer hätten den Gipfel zu spät erreicht, und ganz besonders dieser Hul. Was hätten Hul sein Geschick und seine Kühnheit genützt, wenn man ihm noch während des Aufstiegs den Schädel zerschmettert hätte!

Var sah sich nach handlichen Steinen um. Ja, da lagen kleine, zum Werfen sehr geeignete. Und manche waren zum Hinunterrollen groß genug – und wehe, wenn sich ihnen etwas in den zerschmetternden Weg stellte!

Er wählte einen Stein zum Werfen aus und wog ihn in der Hand. Sein Griff war unbeholfen, aber zielen konnte er recht gut. Er spähte hinunter. Der Gegner hing am Rande eines schmalen Simses und tastete sich schrittweise weiter. Im Moment war er völlig hilflos. Wich er jetzt einem Stein aus, würde er abstürzen. Und er sah kein einziges Mal nach oben, so als käme ihm gar nicht der Gedanke an einen vorzeitigen, heimtückischen Angriff.

Var legte den Stein wieder weg, empört über sich selbst, weil er der Versuchung nachgegeben hatte, und schritt zurück zur anderen Seite des Plateaus. Der Herr hatte ungezählte Male betont, daß auch außerhalb des Ringes der Ehrenkodex galt. Im

Ring aber gab es nur das Gesetz von Tod und Sieg. Außerhalb des Ringes gab es keinen Sieg ohne Ehre. Nun war dieses Plateau der Ring. Die Menschen der Unterwelt mochten vielleicht nicht den Ehrbegriff der Nomaden teilen, aber dieser eine ganz bestimmte Fall war eindeutig eine Ausnahme. Er mußte das Eintreffen des Kriegers abwarten, ehe er die Feindseligkeiten eröffnete.

Var saß mit gekreuzten Beinen auf seiner Seite des Plateaus, als der andere Krieger endlich nach oben kam. Als erstes sah Var, daß er Stöcke trug, in einer um den Hals hängenden Schlinge. Er sollte also gegen seine eigene Waffe antreten!

Als nächstes fiel ihm auf, daß der Gegner klein war – besser gesagt winzig, fast zwergenhaft. Er reichte Var kaum bis zur Brust, und Var war, obwohl großgewachsen, kein Riese.

Das dritte Auffällige aber sah er nicht, denn es fehlte. Der nackte Krieger war entweder ein Kastrat oder –

Oder weiblichen Geschlechts.

»Ich bin bereit«, sagte der Krieger des Berges und faßte die zwei Stöcke.

Ja, es war ein Mädchen. Ihre Stimme war hoch und wohltönend. Das dichte schwarze Haar reichte ihr bis an die Ohren, ihre Züge waren anmutig, der Körper geschmeidig und zart. An den Füßen trug sie festgeschnürte Sandalen. Sie konnte nicht älter sein als neun, also halb so alt wie Var, der nach der Berechnung des Herrn etwa achtzehn war.

Nein, ein Irrtum war ausgeschlossen. Da stand sie, bewaffnet und zeigte weder Scheu noch Überraschung. Die Unterwelt hatte zur Vertretung ihrer Interessen ein Kind ausgeschickt.

Aber warum? Man wollte doch nicht etwa seine Ritterlichkeit herausfordern? Erwarteten sie, daß er das kleine Mädchen siegen ließ? Doch nicht, wenn das Schicksal von Berg und Imperium auf dem Spiel stand. Nicht, nachdem tausend Mann im Kampf gefallen waren. Und falls der Berg aufgeben wollte, dann wäre es wohl nicht notwendig gewesen, etwas so Absonderliches zu arrangieren und ein Kind zu opfern.

Var stand auf und entledigte sich seines Haltegürtels, hauptsächlich deswegen, damit er etwas zu tun hatte, während er nachdachte. Ihm kam natürlich auch der Gedanke, daß er sich in Gegenwart eines kleinen Mädchens seiner Nacktheit schämen mußte, doch sein Schamgefühl reichte nur bis zu seinem ersten Kontakt mit der Zivilisation zurück und saß nicht sehr tief. Der Ehrenkodex war ihm momentan wichtiger als persönliche Scham. Und dies war keine Frau, sondern ein Kind. Wäre da nicht ihre kleine Spalte gewesen, hätte sie ebensogut ein Junge sein können. Ihr Haar war ebenso kurz, ihr Brustkorb nicht breiter.

Er dachte flüchtig an Sola.

Vorsichtig ging er auf das Kind zu. Er bezweifelte, ob sie mit den großen Stöcken überhaupt richtig umgehen konnte.

Ihre zwei Stöcke begegneten seinem Angriff sehr gekonnt. Sie wußte genau, was sie tat.

Und so kämpften sie. Var besaß Größe und Kraft, das Kind aber verfügte über Schnelligkeit und Geschick. Die Chancen waren erstaunlicherweise ausgewogen.

Allmählich wurde Var klar, daß seine sonderbare Lage keineswegs ein bloßes Spiel war. Er war darauf eingestellt gewesen, einen wild kämpfenden Mann bis auf den Tod zu bekämpfen und hatte nun Mühe, mit einem Kind weiblichen Geschlechts fertig zu werden.

Doch wenn er sie nicht bezwang (der Gedanke an »Töten« war ihm nicht geheuer) würde er selbst bezwungen werden, und die Sache des Herrn wäre verloren.

Also war es besser, man brachte die Sache rasch hinter sich. Er ging nun ungehemmt zum Angriff über und bemühte sich mit aller Kraft, das Mädchen an den Rand zu drängen. Sie trat zurück, immer wieder einen Schritt. Ewig konnte das nicht so weitergehen. Stock traf auf Stock, keiner der Hiebe traf direkt das Fleisch, doch Var übte denselben Druck aus wie tags zuvor beim Kampf mit dem Dolch, und verbesserte so seine Position.

Zwei Schritte trennte sie nur noch vor dem Steilabfall, dann noch einer. Sie drehte sich blitzschnell um, ohne richtig hinzusehen, schlug einen der Stöcke hoch, duckte sich, schoß an ihm vorbei und erwischte sein Gelenk mit einem Schlag der Rückhand, der ihn total überraschte.

Var lachte ungläubig auf, als einer der Stöcke ihm aus der

starken Hand flog und den Abhang hinunterpolterte. Das ganze Manöver kam so schnell und war so sauber ausgeführt, daß er keine Chance gehabt hatte. Und nun, einer seiner Waffen beraubt, war er praktisch verloren. Ein einziger Stock konnte gegen zwei nichts mehr ausrichten.

Seine Unerfahrenheit im Ring hatte ihn also um den Sieg gebracht. Hul hätte sich nicht so einfach überrumpeln lassen und Tyl schon gar nicht. Wer aber hätte so viel Geschick von einem Kind erwartet?

Var wartete auf die Attacke, die nun folgen mußte. Er war zwar zur Niederlage verurteilt, wollte aber nicht kurzerhand aufgeben. Vielleicht konnte er sie seinerseits mit einem Satz überraschen oder sie vielleicht mit sich in die Tiefe reißen und den Kampf mit zweifachem Tod enden lassen.

Sie sah ihn kurz an. Und dann warf sie lässig einen ihrer Stöcke in die Tiefe – seinem hinterher.

Verblüfft sah Var, wie der Stock hinunterholperte. In diesem Augenblick hätte sie ihm glatt auf den Schädel schlagen können, ohne auf Gegenwehr zu stoßen, doch sie blieb auf Distanz. »Du –«

»So schuldest du mir einen«, sagte sie. »Ein fairer Kampf.« Und sie wollte mit dem einzelnen Stock auf ihn los.

Var mußte weiterkämpfen, doch war er einigermaßen durcheinander. Sie hatte sich eines Stockes entledigt, damit die Chancen wieder ausgewogen waren. Und das, als sie einem leichten Sieg nahe war. Dergleichen hatte er sich im Ring nie vorstellen können.

An ihren ernsten Absichten bestand aber weiterhin kein Zweifel. Sie machte ihm mit ihrer halben Waffe arg zu schaffen und landete wiederholt einen Treffer auf seiner unbewaffneten Seite. Es war ein sonderbarer Kampf, der ungewöhnliche Verrenkungen und Reflexe erforderlich machte, mittels derer der fehlende Stock ausgeglichen wurde. Die Eleganz der Doppelwaffe war damit zum Teufel.

Der etwas unbeholfene Kampf ging weiter. Und Var gewann allmählich die Oberhand, weil die Verminderung der Finesse auch ihr Geschick verringerte, ohne daß sie diesen Verlust wie Var durch Kraft ausgleichen konnte. Var agierte weiterhin zurückhaltend, weil er keine zweite Lektion von der Art wollte, die ihn einen Stock gekostet hatte. Das Kind war am gefährlichsten, wenn seine Lage am bedrängtesten schien.

Und ihm war noch immer nicht klar, was es bedeutete, daß sie ihren Stock geopfert hatte. Sicher war sie nicht so siegesgewiß, daß sie sich eigens entwaffnete, um die Spannung zu vergrößern. Und eine Niederlage konnte sie sich nicht wünschen . . .

Var hatte seine Kindheit im Ödland nur überlebt, weil er sich angewöhnt hatte, dem Unbekannten gegenüber auf der Hut zu sein. Nicht alles Unbekannte war körperlich.

Sie ermüdete, und er ließ ein wenig in seiner Heftigkeit, wenn auch nicht an Wachsamkeit, nach. Der Sonnenstand zeigte an, daß sie bereits drei Stunden lang kämpften. Der Nachmittag neigte sich dem Ende zu.

Aber wie würde es wohl enden, wenn ihr Kampf auf Leben und Tod sich auf ein bloßes Geplänkel reduzierte? Nur einer von ihnen konnte gewinnen. Auch eine Verzögerung vermochte an dieser harten Realität nichts zu ändern.

Dauerte der Kampf noch lange, dann blieb dem Sieger nicht mehr genügend Zeit vor Einbruch der Dunkelheit für den Abstieg. Der Berg war zu jeder Zeit gefährlich, in der Dunkelheit aber schien er unbezwingbar.

Das Ende ließ auf sich warten. Der Kampf war zu einer bloßen Spiegelfechterei geworden, denn keiner der beiden versuchte ernsthaft, den Sieg herbeizuführen. Jedenfalls nicht sofort. Beide hielten sich zurück, sparten Kraft, warteten auf eine entscheidende Blöße des anderen. Noch immer schlug Stock auf Stock, doch die dahinterstehende Kraft war nicht überzeugend, die Bewegungen bloße Routine. Und die Dunkelheit kam. Das Mädchen trat schließlich zurück und warf die Waffe von sich. »Wir sollen nicht in der Dunkelheit kämpfen«, sagte sie.

Var senkte seinen Stock. Er war einverstanden, fürchtete aber eine List.

Sie trat an den Rand des Abgrunds, ließ dort die Waffe liegen. »Sieh nicht her«, sagte sie und ging in Hockstellung.

Var wurde klar, daß sie Wasser lassen wollte. Wenn er ihr

aber den Rücken kehrte, konnte sie sich ihm von hinten nähern, ihm einen Stoß versetzen ... Nun ja, wenn er ihr während dieser Zeit der Waffenruhe nicht trauen konnte, dann hätte er sich damit gar nicht einverstanden erklären dürfen. Und dann war doch die Sache mit dem Stock gewesen. Ihre Ehrbegriffe waren zwar anders, wirkten aber ebenso bindend. Er drehte sich um und erleichterte seine Blase in die Dunkelheit unter ihm.

Nachdem sie ihre Notdurft verrichtet hatten, trafen sie im Mittelpunkt des Plateaus wieder aufeinander. Die Finsternis erfüllte die Landschaft wie ein großer Ozean, doch ihr Eiland war noch deutlich sichtbar. Und war einsam.

»Ich habe Hunger«, sagte sie.

Er war ebenfalls hungrig. Aber sie hatten nichts Eßbares bei sich. Alle hatten angenommen, der Kampf würde nur kurz dauern, und so hatte man keine Vorkehrungen für ein längeres Wegbleiben getroffen. Vielleicht steckte Absicht dahinter: Wenn die Kämpfer sich nicht mit aller Kraft stritten, würden Hunger und Durst den Kampf beflügeln.

»Du bist wohl nicht sehr redselig?« sagte sie.

»Ich spreche nicht gut«, erklärte Var ihr. Die verballhornten Silben übermittelten die Botschaft klarer als die Sprache selbst ...

Sie lächelte, und das sah sonderbar aus, ein weißes Aufblitzen in der Dunkelheit. »Mein Vater spricht gar nicht. Vor Jahren hat er eine Kehlkopfverletzung erlitten. Noch ehe meine Erinnerung einsetzt. Aber ich kann ihn trotzdem verstehen.«

Var nickte bloß.

»Warum gehst du nicht auf diese Seite und ich auf die andere? So könnten wir schlafen«, sagte sie. »Und morgen bringen wir die Sache zu einem Ende.«

Ihm war es recht. Er nahm seinen Stock und zeichnete damit einen Teilungsstrich auf die Plateaufläche. Sodann legte er sich auf seiner Hälfte zur Ruhe.

Das Mädchen blieb noch eine Weile sitzen. Sie sah sehr klein aus, wie sie so dasaß. »Wie heißt du?«

»Var.«

»Wie?«

»Var.«

»Ich sehe an deiner Kehle keine Narbe. Wie kommt es, daß du nicht sprechen kannst?«

Var versuchte sich eine einfache Antwort auszudenken und schaffte es nicht.

»Wie ist es denn draußen eigentlich?« fragte sie.

Er merkte nun, daß er auf ihre Fragen keine vernünftige Antwort geben mußte. Das Reden an sich war ihr wichtiger als das Zuhören.

»Kalt ist es«, sagte sie.

Var hatte darüber noch nicht nachgedacht, doch sie hatte recht. Es drohte hier auf dem Berg kalt zu werden, und sie beide waren nackt und hatten keine Schlafsäcke. Er konnte das natürlich gut aushalten, weil er in seiner Kindheit oft Nächte im Freien verbracht hatte. Sie aber war kleiner und dünner, und ihre Haut war weich.

Die Kälte würde ihr mehr als nur Unbehagen bereiten. Sie konnte an Unterkühlung sterben. Ihr zusammengekauerter unbehaarter Leib zitterte so heftig, daß der Boden mit erbebte.

Var setzte sich auf. »Ich schulde dir Dank wegen des Stokkes –« rief er ihr zu.

Sie wandte den Kopf. Mehr konnte er in der Dunkelheit nicht ausmachen. »Ich verstehe nicht.«

»Für den Stock – mein Dank.« Er bemühte sich um eine deutliche Aussprache.

»Stock«, sagte sie. »Dank.« Langsam dämmerte ihr die Bedeutung, doch nicht der Sinn, der dahintersteckte. Ihre Zähne schlugen aufeinander.

»Meine Körperwärme heute nacht.«

»Wärme? Nacht?« Sie war verblüfft.

Var stand auf und ging zu ihr hinüber. Er legte sich neben sie, umfing sie und zog sie an sich. »Schlafen – warm«, sagte er so klar wie nur möglich.

Für einen kurzen Augenblick war ihr Körper angespannt, und ihre Hände schnellten gegen seinen Nacken vor. Das war eine Geste, die er von einer Demonstration des Namenlosen her kannte. Sie war also im waffenlosen Kampf geübt! Dann aber entspannte sie sich.

»Du willst mich wärmen! Danke, Var!« Sie drehte sich um, rollte sich zusammen und drückte den zitternden Rücken an ihn. Er umfing sie mit Armen und Beinen. Sein Kinn, mit dem spärlichen Bartwuchs, ruhte in ihrem weichen Haar. Mit beiden Händen hielt er ihre Knie.

Var mußte an das erste Mal denken, als er eine Frau in den Armen gehalten hatte, damals vor nur wenigen Monaten. Aber das hier war anders. Sola war üppig und heiß gewesen, und dieses Kind hier war knochig und kalt. Die Beziehung war ganz anders. Doch fand er diese keusche Kameradschaft zum Schutz gegen die Kälte ebenso bedeutungsvoll wie die frühere sexuelle Beziehung. Die Lasten gleich verteilen – das gehörte zum Ehrenkodex des Ringes, wie er ihn verstand, und das war nichts, dessen man sich schämen mußte.

Und am Morgen würden sie den Kampf fortsetzen.

»Wer bist du?« fragte er sie. Diesmal brachte er es deutlich heraus.

»Soli. Mein Vater ist Sol von allen Waffen!«

Sol von allen Waffen! Der frühere Herr des Imperiums; der Mann, der es aus dem Nichts aufgebaut hatte. Kein Wunder, daß sie so geschickt war!

Und dann kam ihm ein schrecklicher Gedanke. »Deine Mutter – wer ist deine Mutter?«

»Ach, meine Mutter versteht mehr vom Kämpfen als mein Vater, aber sie kämpft ohne Waffen. Sie ist ganz klein, kaum größer als ich, dabei bin ich noch nicht ausgewachsen, aber wer sie angreift, der landet auf seinem Kopf!« Sie lachte. »Komisch ist das.«

Er war erleichtert, doch dann fiel ihm etwas anderes ein. »Sie . . . – deine Mutter – braunes, lockiges Haar, gute Figur?«

»Ja, das ist sie! Aber woher weißt du das? Sie hat die Unterwelt niemals verlassen, nicht seitdem ich da bin!«

Wieder fand Var keine Worte zu einer Erklärung. Und er konnte ihr schließlich nicht sagen, daß er versucht hatte, ihre Mutter zu töten.

»Natürlich ist Sosa nicht meine leibliche Mutter«, bemerkte Soli. »Ich bin draußen geboren worden. Mein Vater hat mich hineingebracht, als ich noch ganz klein war.«

Vars Schrecken kehrte wieder. »Du – du bist also Solas tote Tochter?«

»Nun ja, wir in der Unterwelt sind nicht richtig tot. Wir lassen die Nomaden bloß in dem Glauben, weil – ich weiß eigentlich nicht genau, warum. Sol war draußen mit Sola verheiratet, und ich bin ihr Kind. Es heißt, daß Sola hinterher den Namenlosen geheiratet hat.«

»Ja. Aber ihren Namen hat sie behalten.«

»Auch Sosa behielt ihren Namen. Komisch.«

Aber Var dachte an Solas Aufforderung: »Töte den Mann, der meinem Kind ein Leid zufügt!«

Var der Stock war dieser Mann, denn ihm oblag es, den Vertreter des Berges zu töten und das Imperium zu retten.

X

Var erwachte mehrere Male in dieser Nacht, denn die Kälte in dieser Höhe machte ihm zu schaffen. Ein Wind war aufgekommen und wehte die kostbare Wärme von seinem Rücken. Nur vorne, wo Soli sich an ihn schmiegte, war er warm. Allein hätte er überleben können, aber so war es besser.

Das Mädchen bewegte sich im Schlaf, doch immer, wenn Hände oder Füße sich ins Kalte streckten, rollte sie sich rasch wieder ein. Dennoch waren ihre Hände eiskalt. Hätte sie allein geschlafen, so hätte sie am Morgen kaum einen Stock in der Hand halten können. Var legte seine groben Hände über ihre feinen, zierlichen und schützte sie.

Schließlich kam die Dämmerung. Sie erhoben sich frierend und vollführten Sprünge, um den Blutkreislauf in Schwung zu bringen. Wieder mußten sie ihre Notdurft verrichten, doch es dauerte eine ganze Weile, ehe sie sich besser fühlten. Nebel umgab das Plateau und ließ die Täler ringsum unwirklich erscheinen.

»Was ist das?« fragte Soli und streckte die Hand nach ihm aus.

Einmal mehr war Var um eine Antwort verlegen. Er wußte,

was sie meinte, hatte aber keine Ahnung, wie die Frauen es nannten.

»Mein Vater Sol hat das nicht«, sagte sie.

Var wußte, daß sie sich irrte, denn hätte sie recht gehabt, wäre sie niemals geboren worden.

»Ich habe Hunger«, sagte sie. »Und Durst.«

Var verspürte ebenfalls Hunger und Durst. Sie waren der Lösung des Problems nicht näher als am Abend zuvor. Sie mußten kämpfen. Der Sieger würde absteigen und fürstlich speisen, was sie oder er begehrte. Der andere aber würde niemals wieder Nahrung brauchen. Er sah die zwei Stöcke, die quer über der Mittellinie lagen. Ein Stockpaar – einer gehörte ihm, der andere ihr.

Sie bemerkte seinen Blick. »Müssen wir kämpfen?«

Var war es, als könne er auf diese Frage niemals eine Antwort finden. Einerseits vertrat er hier das Imperium, andererseits mußte er seinen Schwur Sola gegenüber halten. Er zuckte die Schultern.

»Es ist neblig«, sagte sie listig. »Kein Mensch kann uns sehen.«

Sollte das heißen, daß sie ohne Augenzeugen nicht kämpfen sollten? Nun ja, für eine Ausrede reichte es. Der Nebel zeigte keine Anstalten, sich aufzulösen, und aus den Tiefen war kein Laut zu hören. Die Welt war nichts als Weiße.

»Warum steigen wir nicht ab und holen uns etwas zu essen?« fragte sie. »Und steigen wieder auf, noch ehe uns jemand sehen kann?«

Die Einfachheit und Direktheit ihrer Denkweise war erstaunlich. Ja, warum nicht? Er war froh, die Feindseligkeiten hinausschieben zu können, denn er wußte jetzt gar nicht mehr, ob er gewinnen oder verlieren wollte.

»Waffenruhe – bis der Nebel sich lichtet?« fragte er.

»Waffenruhe – bis der Nebel sich lichtet. Diesmal habe ich dich sehr gut verstanden.«

Und Var freute sich.

Sie machten den Abstieg auf Vars Bergseite, nachdem sie sich die Gurte für die Stöcke wiedergeholt hatten. Der dritte und vierte Stock blieben unauffindbar, die Halterungen aber lagen noch dort, wohin sie gefallen waren. Soli hatte Befürchtungen geäußert, daß die Unterwelt jeden beobachtete, der ihre Seite des Berges beging. »Fernseheinrichtungen – und ich weiß nicht, wo sie versteckt sind.«

»Soll das heißen, daß draußen Kameras angebracht sind?« Var wußte, was Fernsehen war. Er kannte die merkwürdigen, lautlosen Bilder aus den Kisten in den Herbergen.

»Ja«, sagte sie. »Kleine Aufnahmekameras, in Steinen angebracht, ferngesteuert.«

Var ließ das Thema fallen. Er hatte noch nie einen mit einem Fernsehauge ausgerüsteten Stein gesehen, doch im Ödland hatte es noch seltsamere Dinge gegeben.

Am Fuße des Berges war der Nebel womöglich noch dichter. Sie hielten sich an den Händen fest und schlichen zum Lager des Herrn. Doch Var zögerte. »Man wird mich erkennen«, flüsterte er.

»Oh.« Sie war erschrocken. »Könnte ich statt dessen hinein?«

»Du kennst die Anlage nicht.«

»Aber ich habe Hunger!« jammerte sie.

»Pst!« Er führte sie außer Hörweite. Ein Wachposten konnte sie hier jederzeit aufstöbern.

»Sag mir rasch, wie es da drinnen aussieht«, flüsterte sie verzweifelt. »Ich gehe rein und klaue uns etwas Eßbares.«

»Stehlen ist unehrenhaft!«

»Im Krieg ist es gerechtfertigt. Noch dazu aus feindlichem Lager.«

»Es ist mein Lager!«

»Ach, ja.« Sie überlegte. »Ich könnte trotzdem hinein. Und könnte um Essen bitten. Man kennt mich ja nicht.«

»Ohne Kleider?«

»Aber ich habe Hunger!«

Var gab keine Antwort. Sein Hunger wurde immer ärger.

Sie fing zu weinen an.

»Schon gut.« Var kämpfte mit Schuldgefühlen. »In der Herberge bekommst du etwas zum Anziehen.«

Sie liefen die eine Meile bis zur Herberge. Ehe Var Protest einlegen konnte, hatte Soli ihm Stock und Halterung in die

Hand gedrückt und war im Inneren verschwunden. Gleich darauf kam sie in Kittel, Sandalen und mit einem Haarband geschmückt wieder. Sauber und frisch sah sie aus.

»Ein Glück, daß niemand drinnen war!« regte Var sich auf.

»Doch, da war jemand. Eine Frau, die auf ihren Krieger wartete. Ich glaube, die Frauen werden aus dem Hauptlager ferngehalten. Sie machte einen Luftsprung, als ich hereinkam. Ich sagte ihr, ich hätte mich verirrt, und sie half mir.«

Wie einfach! Daran hätte er nie gedacht, oder aber er hätte es nicht gewagt. War sie frech oder nur naiv?

»Hier«, sagte sie und reichte ihm ein Kleiderbündel.

Angezogen machten sie sich daran, das Hauptlager auszukundschaften. Var fiel ein, daß ja eigentlich in der Herberge Lebensmittel hätten sein müssen, doch dann fiel ihm auch ein, daß die Nomaden diese Unterkünfte regelmäßig ausräumten. Für ein Lager von Bewaffneten brauchte man einen großen Lebensmittelvorrat, und die Herbergsnahrung war der Imperiumsnahrung weit überlegen. Andernfalls hätten sie ihr Problem leicht lösen können. Ihr Ernährungs-Problem, versteht sich.

»Ich werde zum Hauptzelt gehen müssen«, sagte sie. Var zeigte sich einverstanden. Der Hunger machte ihn kühner, nun, da sie ihre Blößen bedeckt hatten. »Ich werde sagen, ich wäre die Tochter von irgendwem, und ich möchte Essen für meine Familie holen.«

Var hielt dies für ein allzu kühnes Unterfangen, hatte aber keinen anderen Vorschlag parat. »Sei vorsichtig«, sagte er.

Er hielt sich im Wald in der Nähe des Zeltes versteckt und getraute sich nicht, sich wegzurühren, aus Angst, sie könnte ihn nicht mehr finden. Soli verschwand im Nebel.

Und dann fiel ihm ein, was ihm schon längst hätte einfallen sollen: daß nämlich im ganzen Lager nur Männer waren, und daß man jemanden nur einließ, wenn man ihn erkannte. Ein Fremder kam an den Posten nicht vorbei, schon gar nicht ein kleines Mädchen.

Und jetzt war es zu spät.

Soli hielt auf das große Zelt zu, fasziniert von seinen Ausmaßen. Ihr Herz pochte aufgeregt. Mit ihren Stöcken hätte sie sich wohler gefühlt, doch den einen Stock hatte sie bei Var gelassen, denn Kinder – besonders Mädchen – trugen hier keine Waffen.

Am Zelteingang stand ein Posten. Sie wollte sich einfach an ihm vorbeidrücken, als gehöre sie hierher, doch er versperrte ihr mit seiner Stange den Weg. »Wer bist du?« fragte er.

Sie dachte nicht daran, ihren richtigen Namen zu verraten. In aller Eile mußte sie einen erfinden. »Ich bin Sami. Mein Vater ist müde. Ich soll ihm Essen holen –«

»In diesem Lager haben wir keinen Sam, Mädchen. Einen so sonderbaren Namen hätte ich mir sicher gemerkt. Was willst du wirklich?«

»Sam das Schwert. Er ist eben angekommen. Er –«

»Kind, du lügst. Kein Krieger bringt seine Familie in dieses Lager. Ich bringe dich zum Herrn.« Er schubste sie mit der Stange ins Zelt.

In diesem Augenblick war sonst niemand zu sehen. Soli übersprang die Stange, stieß ihm die ausgestreckten Finger in die Augen, und schlug ihm, als sein Kopf zurückschnellte, mit der Handkante gegen die Kehle. Er brach lautlos zusammen.

Sie konnte ihn nicht wegschaffen, weil er zu schwer war. So ließ sie ihn liegen und trat ein, nachdem sie flüchtig ihren Kittel zurechtgezupft hatte. Wenn sie flink war, konnte sie sich noch immer das Essen verschaffen.

Aber das Frühstück war schon ausgegeben worden, und sie wagte nicht, den Koch direkt zu behelligen.

»Kol wurde überfallen!« rief jemand draußen vor dem Eingang. »Das Gelände durchsuchen!«

Sie würde nicht mehr rechtzeitig hinauskommen! Aber ihr Hunger trieb sie weiter. Sie mußte das Versagen durch Tollkühnheit wettmachen, wie Sosa ihr immer gepredigt hatte. Sosa wußte immer, wie man aus jämmerlichen Situationen das Beste herausholte.

Sie zog sich an den Eingang zurück, wohl wissend, was sich dort tat. Krieger kamen herbeigelaufen, hoben den Bewußtlosen hoch und riefen: »Wir haben nichts gesehen!«

»Ein Schlag auf die Kehle!« »Weit kann er nicht gekommen sein. Versucht es mit einem Netz!«

Und dann kam ein großer Mann daher. Soli erkannte ihn sofort: der Namenlose, Herr über das ganze Imperium. Er bewegte sich wie eine dahinrollende Maschine, und erschütterte den Boden mit der Wucht seiner Schritte. Häßlich war er. Und seine Stimme war fast so arg wie die Stimme Vars.

»Das war ein Angriff ohne Waffe. Der Berg hat einen Spion ausgeschickt.«

Mehr wollte Soli nicht hören. Sie lief aus dem Zelt und warf sich mit ausgestreckten Armen dem Ungeheuer entgegen.

Erstaunt faßte er sie an den Schultern und hob sie mit erschreckender Kraft hoch. »Was haben wir denn da?«

»Herr!« rief sie aus. »Helft mir! Ein Mann verfolgt mich!«

»Ein Kind!« sagte er. »Ein kleines Mädchen. Welche Familie?«

»Ich habe keine. Ich bin Waise. Ich bin gekommen, um mir Nahrung zu holen.«

Der Herr setzte sie nieder, hielt sie aber mit großer Kraft an einer Schulter fest. »Die Hand, die Kors Hals traf, war nicht größer als deine, Kind. Ich habe die Spuren gesehen. Du bist hier fremd, und ich kenne die Art des Berges. Du –«

Sie handelte, noch ehe sie die volle Bedeutung seiner Worte erfaßte. Ihre Knöchel rammten sich in seinen Umhang und zielten auf seinen Solarplexus.

Es war, als schlüge sie gegen eine Mauer. Sein Leib war aus Stahl.

»Versuch es ruhig noch einmal, kleine Spionin«, sagte er und lachte dabei.

Sie versuchte es. Ihr Knie bohrte sich in seinen Schritt, und eine Hand traf seinen Nacken.

Der Namenlose stand da und lachte. Und sein Griff an ihrer Schulter lockerte sich nicht. Mit der freien Hand schob er seinen Umhang zurück.

Sein Torso war eine unheimliche Muskelmasse, die sich mit seiner Atmung nicht völlig im Einklang befand. Der Nacken war eine fette Knorpelmasse.

»Kind, ich kenne die Tricks deines Führers. Was treibst du bei uns? Unser Kampf sollte durch einen Zweikampf unserer Auserwählten auf dem Berg ausgetragen werden.«

»Herr, ich ... ich glaubte, er wolle mich angreifen. Er drohte mir mit der Stange –« Sie suchte sich krampfhaft eine passende Geschichte zusammen. »Ich bin vom Stamm Pan.«

Das war Sosas Stamm gewesen, ehe sie zum Berg gegangen war. Dieser Stamm bildete seine Frauen im waffenlosen Kampf aus. »Ich bin ausgerissen. Und ich wollte mir Essen holen, sonst nichts.«

»Stamm Pan.« Er überlegte. Etwas sonderbar Sanftes streifte sein Gesicht. »Komm mit.« Er ließ sie los und ließ die Neugierigen stehen.

Keiner der anderen Krieger sagte ein Wort. Sie wußte, daß ein Fluchtversuch im Moment sinnlos war. Gehorsam folgte sie dem Waffenlosen.

Er betrat sein großes eigenes Zelt. Dort gab es Essen. Ihr leerer Magen ächzte nach etwas Eßbarem.

»Du hast Hunger – iß jetzt«, sagte er und setzte ihr eine Schüssel Hafergrütze und ein Gefäß mit Milch vor.

Begierig wollte sie nach beidem fassen, doch dann fiel ihr rechtzeitig ein, daß alles eine Falle sein konnte. Die Tischsitten der Nomaden unterschieden sich von denen der Unterwelt. Jeder Handgriff würde ihre Herkunft verraten. Und sie war nicht einmal sicher, ob die Nomaden überhaupt Tischgerät verwendeten.

Sie tauchte eine Faust in die Grütze und führte sie zum Mund. Die Milch ließ sie unberührt.

Der Namenlose sagte nichts.

»Ich habe Durst«, sagte sie.

Wortlos brachte er ihr einen Weinschlauch.

Sie setzte das Mundstück an. Und schnappte nach Luft. Es war eine bittere, schäumende Flüssigkeit. »Das ist kein Wasser!« rief sie. Ihre Wut war nicht gespielt.

»Beim Stamm Pan gibt es also keine Herbergen und kein Selbstgebrautes?« fragte er.

Da merkte sie, daß sie des Guten zuviel getan hatte. Die meisten Nomaden kannten natürlich zivilisierte Tischsitten, da es in den Herbergen Geschirr und Besteck gab. Und die wirklich unzivilisierten Stämme mußten Selbstgebrautes trinken.

Soli fing zu weinen an, weil sie unter dem unheimlichen Äußeren des Herrn einen weichen Menschen spürte. Das war ihre einzige Hoffnung.

Er brachte ihr Wasser.

»Es ergibt keinen Sinn«, sagte er, während sie gierig trank. »Bob würde niemals ein Kind ins Herzland des Feindes schikken. Das wäre sehr dumm, besonders jetzt.«

Soli hätte gern gewußt, woher er den Namen ihres Anführers kannte. Ach ja, sie waren ja miteinander in Verbindung getreten, um den Kampf auf dem Berg zu vereinbaren.

»Und kein gewöhnliches Kind beherrscht die Kunst der waffenlosen Selbstverteidigung.«

Sie merkte, daß es eigentlich ihre Fehler waren, die geholfen hatten, ihn abzulenken. »Kann ich meinem Freund etwas mitbringen?« fragte sie, weil ihr Var einfiel.

Der Namenlose hatte eben ein Gesicht gemacht, als wolle er ihr eine Frage stellen, statt dessen brach er in Gelächter aus. »Nimm soviel du tragen kannst, du Lausejunge! Dein Freund soll meinetwegen tagelang prassen, und es soll ihn glücklicher machen, als ich es bin!«

»Ich habe wirklich einen Freund«, sagte sie. Sein Ton erregte ihren Unwillen. Sie spürte, daß er sie aufziehen wollte, weil er glaubte, sie wollte alles für sich haben.

Er brachte einen Sack und stopfte ihn mit Eßbarem voll und vergaß auch nicht zwei Weinschläuche. »Nimm das und verschwinde aus meinem Lager, Kind. Geh weit weg. Geh zurück zu Pan – dort gibt es gute Frauen, sogar die Unfruchtbaren sind dort gut. Und besonders die. Hier haben wir Krieg, und du bist trotz deiner Verteidigungskünste ständig in Gefahr.«

Sie warf sich den schweren Sack über die Schulter und ging zum Ausgang.

»Mädchen!« rief er plötzlich, und sie machte vor Schreck einen Sprung, weil sie fürchtete, er hätte sie doch durchschaut. Bob, der Herr Helicons, war so. Er spielte mit einem Menschen, gab ihm scheinbar recht und verfuhr dann überraschend um so grausamer mit ihm. »Wenn du des Wanderns überdrüssig wirst, dann besuch mich einmal. Ich würde dich an Kindes Statt annehmen.«

Sie war erleichtert, weil sie wußte, daß es als Kompliment

gemeint war. Und ihr gefiel dieser riesige schreckliche Mann. »Danke«, sagte sie. »Vielleicht werdet Ihr eines Tages meinem richtigen Vater begegnen, ich glaube, ihr würdet aneinander Gefallen finden.«

»Dann bist du also noch nicht lange verwaist«, murmelte er, und lachte. Unter diesen Muskeln verbarg sich eine erschrekkende Intelligenz. »Wer ist dein Vater?«

Plötzlich fiel ihr ein, daß sich die beiden schon begegnet waren, denn der Namenlose hatte ihrem Vater das Imperium und ihre leibliche Mutter weggenommen. Sie wagte nicht mehr, Sols Namen zu nennen, denn die beiden Männer mußten Todfeinde sein.

»Danke«, sagte sie hastig und tat so, als hätte sie seine Frage gar nicht gehört. »Lebt wohl.« Und sie huschte aus dem Zelt.

Er ließ sie laufen. Sie wurde nicht verfolgt, weder offen noch heimlich.

XI

Var fühlte sich körperlich sehr schwach, als er Soli allein aus dem sich lichtenden Nebel kommen sah. Sie wurde nicht verfolgt. Er ließ sie an sich vorübergehen und wartete zur Sicherheit eine Weile ab.

Doch er hatte den Aufschrei gehört und hatte gesehen, daß die Männer zum Hauptzelt gelaufen waren. Den Eingang hatte er wegen des Nebels nicht erkennen können, aber er glaubte, ihre und des Herrn Stimme gehört zu haben. Es war etwas passiert, und er konnte weder eingreifen noch sich Gewißheit verschaffen. So mußte er tatenlos warten und umklammerte nervös die zwei Stöcke, ihren und seinen.

Sie kam leise in einem großen Bogen zurück und suchte ihn. Irgendwie mußte sie sich aus der Sache herausgeredet haben, falls er sich nicht alles nur eingebildet hatte. »Da«, flüsterte er. Sie kam auf ihn zugelaufen und drückte ihm einen schweren Sack in die Hand. Gemeinsam liefen sie nun fort vom Lager. Er wußte, daß man sie in dem Nebel nicht verfolgen würde, und das Gelände war viel zu uneben und rauh, als daß man ihre Fährte hätte später noch wahrnehmen können.

Am Fuße des Mount Muse legten sie eine Pause ein, und er kramte in dem Sack nach den gut riechenden Sachen. Er bekam einen Schlauch zu fassen und schlürfte gierig daran. Es war gutes, starkes Nomadenbier, ein Getränk, das die Irren nie zur Verfügung stellten. Dann holte er sich einen Leib dunkles Brot hervor und kaute während des Aufstiegs daran.

Kaum war der ärgste Hunger gestillt, begann Var sich wegen des Nebels Sorgen zu machen. Wenn er sich lichtete, ehe sie den Gipfel erreichten, wäre ihr Geheimnis gelüftet. Und was dann?

Doch der Nebel hielt stand. Beide waren sie erleichtert, als sie schweratmend das Plateau erreichten. Sie leerten den Sack auf den Boden aus und ließen es sich schmecken.

Natürlich war Brot mit eingepackt. Und Braten. Gebackene Kartoffeln, Äpfel, Nüsse und sogar Irren-Schokolade. In einem Schlauch war Milch, im anderen Bier.

»Wie bist du an all das herangekommen?« fragte Var kauend.

Soli, die wegen der verzehrten Grütze nicht mehr richtig hungrig war, probierte wieder das Bier. Sie hatte noch nie zuvor Bier getrunken, und es reizte sie seines fauligen Geschmakkes wegen. »Ich habe den Namenlosen darum gebeten.«

Var verschluckte sich und versprühte dabei Kartoffelstückchen. »Wie – warum –?«

Sie nahm einen Schluck Bier, unterdrückte jeden Brechreiz und berichtete die ganze Geschichte. »Und ich wünschte, sie wären nicht verfeindet«, schloß sie. »Sol und der Namenlose – andernfalls würden sie nämlich Gefallen aneinander finden. Dein Herr ist nämlich irgendwie sehr nett, trotz seines schrecklichen Äußeren.«

»Ja«, murmelte Var eingedenk seiner eigenen engen, fünf Jahre währenden Beziehung zu diesem Mann. »Aber eigentlich sind sie nicht verfeindet. Das hat der Herr mir mal gesagt. Sie waren Freunde, doch dann mußten sie aus irgendeinem Grund miteinander kämpfen. Sol gab dem Waffenlosen seine Frau samt Armreif und allem. Weil sie nicht sterben wollte, und außerdem liebte sie Sol nicht.«

Den Großteil seiner Erklärung hörte sie sich verwirrt an, weil sie das meiste erraten mußte, doch auf den letzten Teil reagierte sie sofort. »Sie hat ihn auch geliebt!« stieß sie hervor. »Sie war meine Mutter!«

Dieser neue Aspekt ließ ihn zurückschrecken. »Sie ist eine gute Frau«, sagte er schließlich. Das schien Soli zu beruhigen, doch Var hatte dabei eigentlich an die mit Sola unternommene Wanderung gedacht. Jetzt erst fiel ihm die Ähnlichkeit zwischen Mutter und Tochter auf. Aber konnte Sola überhaupt für jemanden Liebe empfunden haben, wenn sie so gehandelt hatte? Sie war von Mann zu Mann geflogen und hatte Var heimlich ihren Körper angeboten. Gewiß wußte der Herr davon – sie hatte jedenfalls behauptet, er wüßte es – und war er wirklich damit einverstanden gewesen. Wie ließ sich das erklären?

Und wieder einmal mehr stieß er auf das Problem seines Sola gegebenen Versprechens: jeden Mann zu töten, der ihrem Kind etwas zuleide tat. Was für eine Frau Sola war, oder warum sie sich nun um das Kind sorgte, das sie damals im Stich gelassen hatte – alles spielte keine Rolle. Er hatte geschworen. Wie konnte er nun gegen Soli kämpfen?

»Freunde«, murmelte Soli gedankenverloren vor sich hin. »Ich hätte ihm sagen können . . .« Sie nahm wieder einen Schluck Bier und ließ ein nomadenhaftes Rülpsen ertönen. »Var, wenn wir kämpfen und ich dich töte, dann wird der Waffenlose fortziehen, und Sol wird ihn niemals sehen. Wieder einmal.« Und sie fing zu weinen an.

»Wir können nicht kämpfen«, sagte Var, erleichtert, daß er diese Äußerung nun offiziell tun konnte.

Der Nebel hob sich.

»Man kann uns sehen!« rief Soli aus und sprang auf. Das stimmte zwar nicht, denn unten in der Tiefe lag noch Nebel, doch auch dieser begann sich aufzulösen. »Sie werden es merken. Rasch, die Stöcke!« Und sie sank zu Boden.

»Was ist denn?« fragte Var und wollte ihr aufhelfen.

Sie wackelte mit dem Kopf. »Ich fühle mich so sonderbar.« Und sie erbrach.

»Das Bier!« sagte Var, verärgert, daß er nicht an die Folgen für sie gedacht hatte. Als er das erste Mal davon gekostet hatte, war ihm auch übel geworden. »Du mußt eine ganze Menge getrunken haben, während wir miteinander sprachen.«

Aber der Sack war fast noch voll. Und Soli hing schweratmend an ihm.

Var wischte ihr übers Gesicht. »Soli, jetzt darf dir nicht schlecht sein. Alle sehen zu, deine Leute und meine. Wenn wir nicht kämpfen –«

»Wo ist mein Stock?« rief sie hysterisch. »Ich werde dir deinen dicken Schädel einschlagen. Laß mich in Ruhe!« Sie wollte wieder erbrechen, doch es wollte nichts mehr kommen.

Var hielt sie aufrecht. Er wußte nicht, wie er ihr sonst hätte helfen können. Er fürchtete, sie könnte sonst einfach zusammenbrechen oder über den Rand fallen. So oder so, es hätte keinen guten Eindruck gemacht, und die Zuschauer auf beiden Seiten wären argwöhnisch geworden . . .

Ja, der Eindruck! Den aus der Ferne Zusehenden mußte es vorkommen, als wären die beiden nun beim endgültigen Stadium des Kampfes angelangt und in einem Handgemenge begriffen, nachdem der Kampf die ganze Nacht gewährt hatte. Ja, das war nun der Kampf!

»Möchte schlafen«, murmelte Soli. »Hinlegen. Übel. Wärme mich Var, guter Nomade . . .« Ihre Knie gaben nach.

Var faßte unter ihre Arme und hielt sie aufrecht. »Wir dürfen nicht schlafen. Nicht, solange die anderen zusehen.«

»Mir egal. Laß mich los.« Und wieder fing sie an zu schluchzen. Var mußte sie hinsetzen.

»Das Bier ist es«, sagte sie, plötzlich hellwach geworden. »Ich bin betrunken. Ich durfte ja nie davon trinken. Sol und Sosa erlaubten es nicht. Schreckliches Zeug. Halte mich, Var. Ich bin so schwach. Ich habe Angst.«

Var merkte nun, daß es hoffnungslos war, den Anschein eines Kampfes aufrechtzuhalten. Er legte sich hin, legte den Arm um sie, und sie weinte und wollte gar nicht mehr aufhören.

Nach einer Weile hatte sie sich wieder in der Gewalt.

»Var, was sollen wir nur tun?«

Er wußte es nicht.

»Könnten wir beide nicht zurückgehen und sagen, es hätte nicht geklappt?« fragte sie flehend. Und noch ehe er antworten konnte, gab sie sich selbst die Antwort. »Nein. Bob würde mich als Verräterin töten. Und der Kampf würde weitergehen.«

Sie setzten sich nebeneinander hin und sahen hinweg über die Welt.

»Warum reden wir ihnen nicht ein, es hätte einer von uns beiden gewonnen?« fragte sie unvermittelt. »Dann wäre die Sache endgültig bereinigt.«

Var hatte zunächst seine Zweifel, aber je länger er überlegte, desto vernünftiger erschien ihm der Gedanke. »Und wer gewinnt?«

»Das müssen wir genau überlegen. Gewinne ich, werdet ihr Nomaden fortziehen. Gewinnst du, dann übernehmen sie die Unterwelt. Was ist nun besser?«

»Wenn wir eindringen, wird es viele Tote geben«, sagte er. »Vielleicht werden deine – werden Sol und Sosa sterben müssen.

»Nein«, sagte sie. »Nicht, wenn Helicon sich ergibt. Und du sagtest, sie wären Freunde. Sol und der Namenlose. Sie könnten ja später wieder gemeinsame Sache machen. Und ich würde Sola, meine leibliche Mutter sehen.« Und dann: »Sie könnte aber gar nicht besser sein als Sosa.«

Das ließ er sich durch den Kopf gehen. Es hörte sich vernünftig an. »Also ich gewinne?«

»Du gewinnst, Var.« Sie schenkte ihm ein leeres Lächeln und langte nach dem Brot.«

»Und was ist mit dir?«

»Ich verstecke mich. Und du sagst, ich wäre tot.«

»Aber Sol –«

»Wenn alles vorüber ist, werde ich Sol suchen und ihm sagen, daß ich nicht tot bin. Dann wird es keine Rolle mehr spielen.«

Var war dabei nicht ganz wohl zumute, aber Soli war ihrer Sache so sicher, daß er nichts mehr dagegen einwenden konnte. »Geh jetzt«, drängte sie. »Sag ihm, der Kampf wäre hart gewesen. Du hättest auch zu Boden gemußt, aber du hättest schließlich gewonnen.«

»Aber ich habe keine Verletzungen davongetragen!«

Sie kicherte. »Sieh deinen Arm an!«

Er begutachtete beide Arme. Der rechte war unversehrt, aber der linke, der waffenlose, war übersät mit blauen Flecken. Zu Beginn des Kampfes hatte sie echte Treffer gelandet. Soli selbst war unversehrt geblieben.

»Ich könnte dir ja noch einige Treffer ins Gesicht verpassen«, sagte sie lausbübisch. »Damit es besser aussieht.« Sie wollte ein Kichern unterdrücken; es glückte ihr nicht. »Jetzt habe ich etwas Falsches gesagt. Ich meinte den Kampf. So häßlich ist es nämlich gar nicht. Dein Gesicht.«

Var ließ sie dort liegen und begann den Abstieg. Sie wollte sich tot stellen, bis es dunkel wurde, und dann den leichtesten Abstieg wählen. Sie mußte sehr vorsichtig sein und sich Zeit lassen. Aber er konnte unmöglich auf sie warten. »Ich steige ab, noch ehe es ganz dunkel ist«, sagte sie. »Dann habe ich den Killer-Hang hinter mir, ehe ich nichts mehr sehen kann.«

Er hatte kaum ein paar Fuß an Höhe verloren, als er schon haltmachte und zu ihr hochrief: »Wo kann ich dich finden, falls etwas passiert?« Seine sonderbare Besorgtheit konnte er nicht so einfach ablegen.

»In der Nähe der Herberge«, rief sie zurück. »Sieh zu, daß du wegkommst, hinunterkommst, meine ich.«

Er gehorchte und achtete nicht weiter auf unterwegs erlittene Abschürfungen, denn sie würden den angeblichen Kampf bis zum Tod des Gegners sehr viel wahrscheinlicher erscheinen lassen. Er würde eine Lüge erzählen müssen, aber er tröstete sich damit, daß er das Rechte tat und dabei auch seinen Eid nicht brechen mußte. Er hatte die letzte Lektion gelernt, die der Herr ihm erteilt hatte.

»Var! Va-a-r!« rief Soli. Ihr dunkler Kopf lugte über den Rand des Bergplateaus.

»Was ist denn?«

»Deine Kleider!«

Die hatte er völlig vergessen! Er trug noch immer die gestohlenen Sachen. Wenn er in diesen Sachen zurückkehrte, würde alles herauskommen.

Verlegen kletterte er wieder hoch und entkleidete sich bis auf die Haut. Seine Sachen würden Soli wenigstens warmhalten.

An jenem Abend herrschte Jubel im Basislager des Herrn, und Var wurde auf ihm völlig ungewohnte Weise gefeiert. Er mußte essen, bis er nicht mehr konnte, und wagte nicht einzugestehen, daß er gar nicht hungrig war. Und zum erstenmal fanden die Frauen des benachbarten Lagers, die verdächtig schnell gekommen waren, nachdem die Nachricht vom Sieg sich verbreitet hatte, ihn anziehend. Aber alle seine Gedanken waren bei der kleinen Soli, die sich in der Dunkelheit über die trügerischen Klippen herunterkämpfte, und ihr Kleider- und Proviantbündel mit sich schleppte. Wenn sie abstürzte, würde ihre Täuschung offenbar . . .

Die Krieger nahmen natürlich an, daß er gegen einen männlichen Stockkämpfer gekämpft hatte, und Var ließ sie in dem Glauben. »Ich habe getötet«, sagte er und beließ es dabei. Er wehrte die Glückwünsche der Männer und die Aufmerksamkeit der Frauen ab, bis schließlich Tyl merkte, wie ihm zumute war und ihm für die Nacht ein Einzelzelt besorgte.

Am Morgen ging der Herr zur Herberge, um über die Fernsehanlage mit dem Berg Kontakt aufzunehmen, und er nahm Var mit. Der Herr hatte ihm keine Fragen gestellt und schien sehr zurückhaltend. »Falls Bob uns hereinlegen will, dann ist jetzt der Augenblick gekommen«, murmelte er. »Er ist nicht der Typ, der leicht nachgibt.«

Solis Einschätzung des Herrn der Unterwelt schien zutreffend. Es mußte sich um einen wahren Teufel handeln, dachte Var.

Sie betraten den glatten zylindrischen Bau, mit seinen Regalen voller Kleidung, den Sanitäreinrichtungen und den verschiedenen Apparaten, und der Herr schaltete die Fernsehanlage ein. Var wußte, daß sie nur knapp der Katastrophe entgangen waren, denn wäre sie eingeschaltet gewesen, als Soli hier eindrang, hätte die Unterwelt sofort gewußt, was gespielt wurde.

Das Bild, das nun erschien, war anders als die gewohnten eintönigen Filme, die Var hin und wieder gesehen hatte. Auch war es nicht stumm. Ein Raum wurde gezeigt, anders als die Herberge, aber mit Sicherheit das Werk der Irren-Maschinen. Viereckig mit Diagrammen auf der Wand und dazu Ventilationsröhren. Ein schwerer Metallschreibtisch stand in der Mitte. Eigentlich ähnelte er einem Raum in jenen Häusern, die er im Ödland durchstöbert hatte. Aber er war sauber und neu, und nicht verkommen und alt.

Hinter dem Schreibtisch saß ein Mann in einem gepolsterten Stuhl. Er war alt, älter als der Herr, mindestens dreißig, vielleicht auch mehr. Var wußte nicht, wie lange das Leben eines Menschen bemessen war, wenn ihm im Ring nichts zustieß. Der Mann auf dem Bildschirm hatte spärliches graubraunes Haar (das Bild war eigentlich in Schwarzweiß, doch das Haar sah tatsächlich so aus) und sein Gesicht war von harten Linien durchzogen.

»Hallo, Bob«, sagte der Herr grimmig.

»Na, wie steht's, Sos?« Sein Ton war knapp und selbstsicher, und er bewegte den langen dünnen Arm, als gäbe er nicht sichtbaren Untergebenen Anweisungen. Ein Menschenführer, ohne Zweifel. Aber Var konnte ihm nichts abgewinnen.

»Euer Vertreter ist nicht zurückgekehrt?«

Der Mann starrte ihn kalt an.

»Das ist Var der Stock, unser Vertreter«, sagte der Herr. »Er meldet mir, daß er gestern auf dem Gipfel des Muse euren Vertreter getötet hat.«

»Unmöglich! Dir ist hoffentlich klar, daß du allein Sol aller Waffen im ehrlichen Kampf hättest besiegen können.«

Der Herr war wie vor den Kopf geschlagen. »Sol! Du hast Sol geschickt?«

»Frag doch deinen angeblichen Sieger.«

Der Herr wandte sich an Var. »Sol hätte sich nicht besiegen lassen.«

»Nein«, sagte Var. »Sol war es nicht.« Er begriff nicht, warum der Herr der Unterwelt dieses Doppelspiel trieb.

»Dann vielleicht seine Gefährtin, wenn das Wort nicht als unpassend empfunden wird«, sagte Bob. Sein Blick verriet eine spezielle Intensität. »Die mit den todbringenden Händen und dem unfruchtbaren Leib.«

»Nein!« rief Var. Er spürte, daß er in eine Falle gelockt wurde, und reagierte entsprechend. Dem Herrn stand der Schweiß auf der Stirn. Es war, als fände der wirkliche Kampf erst hier statt und nicht auf dem Berg. Ein seltsamer Kampf mit tödlichen Worten und grausamen Anspielungen. Und Bob würde gewinnen.

Bob starrte auf seine Fingernägel. »Wer dann?«

Leise sagte Var: »Seine Tochter. Soli. Sie führte zwei Stökke.«

Der Herr machte den Mund auf, doch er sagte nichts. Er starrte Var an, als hätte ihn eine Kugel durchbohrt.

»Ich muß mich entschuldigen«, sagte Bob aalglatt. »Var war also doch oben. Und er hat unsere Kämpferin getötet. Ihre Eltern waren zur Mitarbeit nicht bereit und sind bei uns in Ungnade gefallen. Aber sie war, sagen wir, sehr naiv und bereitwillig. Leider war sie erst acht Jahre alt – besser gesagt, achteinhalb –, und meine Meinung ist, daß wir ein weiteres Vorgehen in dieser Sache am besten zugunsten eines neuen Wettkampfes zurückstellen . . .«

Var wurde eines klar: Die hochtrabenden Worte des Mannes bedeuteten, daß er sein Wort nicht halten wolle. Doch der Herr legte keinen Protest ein. Der Herr fuhr fort, Var benommen anzustarren.

Wieder trat eine Pause ein. »Du . . . du . . . hast Soli . . . getötet?« sagte der Herr schließlich, und seine Worte klangen so heiser, daß sie kaum verständlich waren.

Vor dem Führer der Unterwelt wagte Var nicht, die volle Wahrheit einzugestehen. »Ja.«

Der zitterte, als fröre ihn. Var verstand nichts mehr. Soli war nicht verwandt mit ihm. Der Herr hatte sie nicht mal erkannt, als sie ihn um Essen angebettelt hatte. Sicher, es war nicht eben menschenfreundlich, ein Mädchen zu töten, aber er hatte schließlich mit dem Vertreter des Berges kämpfen sollen, gleichgültig, in welcher Gestalt dieser erschien. Wäre es eine Eidechsenmutation gewesen, hätte er auch gekämpft. Warum also war der Herr so außer sich, und warum machte Bob ein so selbstzufriedenes Gesicht? Die beiden taten ja so, als hätte er den Kampf verloren!

»Also hatte ich doch recht«, sagte Bob. »Sol hat ja nie ein Wort darüber verlauten lassen. Aber offenkundig –«

»Var der Stock«, setzte der Herr formell und mit bebender

Stimme an. »Unsere Freundschaft ist beendet. Unser nächstes Zusammentreffen wird im Ring stattfinden. Keine Bedingungen – nur der Tod. Mit Rücksicht auf deine Unkenntnis und auf alles Vergangene, gebe ich dir einen Tag und eine Nacht Frist zur Flucht. Aber ab morgen bin ich hinter dir her!«

Damit drehte er sich um und zerschmetterte die Fernsehanlage mit einem Fausthieb. Das Glas zersprang, die Box kippte um. »Und dann kommst du dran!« schrie er den toten Apparat an. »Nicht ein einziger Raum im Berg wird vom Flammenwerfer verschont, und du wirst bei lebendigem Leibe geschmort!«

Noch nie hatte Var an einem Menschen so rasende Wut erlebt. Und er begriff nichts, wußte nur, daß der Herr sowohl ihn als auch den Herrn der Unterwelt töten wollte. Sein Freund mußte den Verstand verloren haben.

Var flüchtete aus der Herberge und lief immer weiter, verwirrt, beschämt, voller Angst.

XII

»Var!«

Er drehte sich um und faßte nach seinen neuen Stöcken. Dann aber beruhigte er sich. »Soli!«

»Ich habe dich aus der Herberge flüchten gesehen. Deswegen bin ich dir nachgelaufen. Var, was ist passiert?«

»Der Herr –« Var konnte nicht weiter, denn er verspürte unmännliches Elend. »Er –«

»War er denn nicht glücklich über deinen Sieg?«

»Der . . . Bob hat uns betrogen.«

»Oh.« Sie schüttelte mitleidig den Kopf. »Also alles umsonst! Kein Wunder, daß der Waffenlose vor Wut rast. Aber das ist doch nicht deine Schuld.«

»Er drohte mich zu töten.«

»Dich töten? Der Namenlose? Und warum?«

»Ich weiß es nicht.« Es war, als stelle sie als Erwachsene die Fragen, und er wäre das Kind.

»Aber er ist doch gütig – innerlich, meine ich. Das würde er nie tun. Und schon gar nicht bloß deswegen, weil es nicht klappte.«

Var zog die Schultern hoch. Er hatte gesehen, wie der Herr Amok gelaufen war. Er traute ihm jetzt alles zu.

»Und was wirst du nun tun, Var?«

»Fortgehen. Er gibt mir eine Frist. Einen Tag und eine Nacht.«

»Aber was fange ich nun an? Ich kann jetzt nicht mehr zurück zum Berg. Bob würde mich töten, und dazu noch Sol und Sosa. Weil wir verloren haben. Er sagte, er würde beide töten, wenn ich nicht kämpfe, und wenn er herausbekommt . . .«

Var stand da und wußte keine Antwort darauf.

»Ich glaube, wir beide sind nicht sehr klug vorgegangen«, sagte Soli und fing zu weinen an.

Er legte den Arm um sie. Seine Gefühle waren ihren ähnlich. »Ich weiß über die Nomaden nur sehr wenig«, sagte sie. »Ich bin nicht gern allein.«

»Ich auch nicht«, sagte Var, dem nun endgültig klar wurde, daß ihm das Ausgestoßensein drohte. Früher war er einsam gewesen und es hatte ihm genügt, doch inzwischen hatte er sich geändert.

»Gehen wir doch gemeinsam«, sagte Soli.

Var überlegte, und der Gedanke erschien ihm gut.

»Komm!« rief sie nun, plötzlich wieder hochgestimmt. »Wir könnten eine andere Herberge nach einer Reiseausrüstung durchsuchen und . . . und einfach davonlaufen! Weit weg! Du und ich! Und wir können im Ring kämpfen!«

»Ich möchte nicht mehr kämpfen«, sagte er.

»Dummkopf! Doch nicht gegeneinander! Gegen andere, meine ich. Und wir können mit unseren Gefangenen einen großen Stamm gründen, und dann zurückkommen und –«

»Nein! Gegen den Herrn kämpfe ich nicht!«

»Aber er wird dich verfolgen –«

»Ich werde immer weiter laufen.«

»Aber Var –!«

»Nein!« Er schüttelte sie ab. Soli fing zu weinen an, wie immer, wenn sie ihre Pläne durchkreuzt sah, und das tat ihm leid. Aber wie üblich wußte er auch jetzt nicht, was er hätte sagen sollen.

»Vermutlich ist es ähnlich, wie wenn man gegen den Vater kämpft«, sagte sie. Und damit schien die Sache erledigt.

»Aber alles andere können wir doch machen?« fragte sie schließlich listig.

Er lächelte. »Alles!«

Versöhnt traten die beiden ihre Flucht an.

Bei Einbruch der Dunkelheit suchten sie in einer leeren Herberge Zuflucht, die zwanzig Meilen vom Lager entfernt war.

»Fast wie zu Hause«, sagte Soli. Nur daß es rund ist. Und alles ist vorhanden. Vermutlich haben die Nomaden hier in dieser Woche nicht geplündert.«

Var zog die Schultern hoch. Zu Hause fühlte er sich zwar nicht in einer Herberge, doch war es immerhin noch besser als draußen auf Nahrungssuche gehen zu müssen. Allein wäre er tief drinnen im Wald geblieben, aber mit Soli . . .

»Ich kann uns eine richtige Unterwelt-Mahlzeit zubereiten«, sagte sie. »Du weißt doch hoffentlich, wie man mit Messer und Gabel umgeht? Ich habe den Köchen zugesehen. Sosa sagte, ich sollte für mich selbst sorgen können, weil ich es vielleicht eines Tages notwendig haben würde. Hm, das hier ist ein Elektroherd, und dieser Knopf ist zum Anheizen.«

Ein Wort haftete in seinem Gedächtnis, während er ihr zusah, wie sie eifrig Vorräte und Werkzeug zusammensuchte. Sosa. Der Name ihrer Stiefmutter, das wußte er. Die kleine Frau, der er unter der Erde begegnet war, und die ihn so leicht zu Boden gebracht hatte. Auch der Herr hatte den Namen ausgesprochen. Aber da war noch etwas anders –

Sos! Bob vom Berge hatte den Herrn Sos genannt! Und Tyl schon früher. Jetzt fiel es ihm ein. Als ob der Namenlose einen Namen hätte! Und Sos wäre somit der erste Mann von Sosa gewesen!

Aber Sol war mit Sosa verheiratet, dort unten im Berg. Und Sos war mit Sola verheiratet. Wie war es zu dieser Veränderung gekommen?

Und wenn Soli das Kind Sols und Solas war, gab es dann auch eine Sosi, von Sos und Sosa in die Welt gesetzt? Wenn ja, wo?

Diese komplizierten Gedankengänge bewirkten, daß sich in

Vars Kopf alles drehte. Aber irgendwo inmitten dieses Wirrwarrs lag die Antwort auf den unerklärlichen Wutausbruch des Herrn verborgen, dessen war er sicher. Wie sollte er das Problem nur entwirren?

Soli hatte unterdessen Ärger mit dem Kochen. »Ich brauche einen Öffner«, sagte sie, eine verschlossene Konserve hochhebend.

Var wußte nicht, was ein Dosenöffner war.

»Damit kann ich diese Tomaten aufkriegen.«

»Woher weißt du, was da drinnen ist?«

»Das steht auf dem Etikett. T-O-M-A-T-E. Die Irren schreiben immer alles drauf. So nennt ihr sie doch, oder?«

»Du kannst lesen? So wie der Herr?«

»Nicht sehr gut« gestand sie. »Jim, der Bibliothekar, hat es mir beigebracht. Er sagt, alle Kinder von Helicon sollten lesen lernen, für die Zeit, wenn die Zivilisation wiederkehrt. Wie öffne ich nun diese Dose?«

Auch sie nannte den Berg Helicon. So viele Kleinigkeiten waren anders! Und sie kannte den Bergbruder von Jim dem Gewehr, nicht den richtigen Jim.

Var nahm die Dose und ging mit ihr an den Waffenständer. Er suchte einen Dolch heraus und stieß ihn in das flache Ende des Zylinders. Roter Saft spritzte wie aus einer Wunde heraus.

Das triefende Ding brachte er Soli. Es waren tatsächlich Tomaten. »Sehr klug«, äußerte Soli bewundernd. Es war lächerlich, doch er war stolz.

Schließlich war sie fertig und trug das Essen auf. Var, der sich in seiner Kindheit Nahrung verschafft hatte, indem er alte Gebäude und die Abfallhaufen der Lager der Menschen durchstöberte, war nicht allzu überrascht. Er kaute an dem verbrannten Fleisch, schlürfte die Tomaten, verschlang die zähen Brötchen und zerschnitt das steinharte Eis mit dem Dolch. »Sehr gut«, sagte er schließlich, denn der Herr hatte immer wieder die große Bedeutung der Höflichkeit betont.

»Spar dir deinen Sarkasmus!«

Var kannte das Wort nicht und erwiderte nichts darauf. Warum gerieten die Menschen so oft grundlos in Zorn?

Nach dem Essen ging Var hinaus, um sein Wasser abzuschlagen.

Die sanitären Einrichtungen der Herberge waren ihm nicht vertraut. Soli duschte und klappte ein Kojenbett von der Wand.

»Schalte den Fernsehapparat nicht ein«, rief sie, als er wieder hereinkam. »Vielleicht ist eine Abhöreinrichtung eingebaut.«

Var hatte ohnehin nicht die Absicht gehabt und war verwundert ob ihrer Besorgnis. »Abhöreinrichtung?«

»Ach, du weißt schon. Die Unterwelt hat die Leitungen angezapft und weiß immer, wenn jemand fernsieht. Die Irren wissen es vielleicht auch. Damit sie den Nomaden auf der Spur bleiben. Wir wollen nicht, daß jemand weiß, wo wir sind.«

Er dachte an das Gespräch des Herrn mit dem Führer des Berges, mit Bob, und glaubte zu verstehen. Das Fernsehen war nicht unbedingt sinnlos. Er klappte das benachbarte Bett herunter und ließ sich darauffallen.

Nach einer Weile rollte er sich auf die andere Seite und sah den Fernsehapparat an. »Warum werden so langweilige Dinge gezeigt?« fragte er, ohne eine Antwort zu erwarten.

»So waren die Alten vor dem Brand«, sagte sie. »Sie taten langweilige Dinge, und nahmen es auf Band auf, und wir lassen die Bänder durch den Vorführapparat laufen, und das ist das Fernsehen. Jim sagt, das alles hätte etwas zu bedeuten, aber wir haben kein Tonsystem und können also nicht mit Sicherheit etwas darüber sagen.«

»Wir?«

»Die Unterwelt. Helicon. Jim sagt, wir müßten die Technik erhalten. Wir wissen zwar nicht, wie man Fernsehen macht, aber wir können es erhalten. Bis alle Ersatzteile verbraucht sind, jedenfalls. Die Irren wissen über Elektrizität mehr als wir. Die haben sogar Computer. Aber wir leisten mehr Arbeit.«

Vars Interesse war erwacht. »Was tut ihr denn?«

»Wir stellen Dinge her. Wir machen die Waffen und alles andere für die Herbergen. Die Irren übernehmen den Service. Sie stellen die Herbergen auf und versorgen sie mit Nahrung und anderem. Die Nomaden sind die Verbraucher – die tun nichts weiter.«

Das war zu hoch für Var, der vor Beginn des Kampfes noch niemals von der Unterwelt gehört hatte und auch nur eine ungefähre Ahnung davon hatte, was die Irren waren oder was sie taten. »Warum muß der Herr den Berg erobern, wenn der Berg so viel leistet?«

»Bob sagt, er wäre verrückt. Bob sat, er wäre ein Mann, der ein doppeltes Spiel treibe. Er hätte das Imperium eigentlich auflösen sollen. Statt dessen wandte er sich gegen den Berg. Bob ist deswegen außer sich.«

»Der Herr sagte, der Berg wäre böse. Er sagte, er könnte das Imperium erst richtig aufbauen, wenn der Berg erobert wäre. Und jetzt sagt er, er würde alles verbrennen, nachdem er mich getötet hätte.«

»Vielleicht ist er verrückt«, flüsterte sie.

Diese Frage stellte sich Var ebenfalls.

»Ich habe Angst«, sagte Soli nach einer Weile. »Bob sagt, wenn die Nomaden ein Imperium schaffen, würde es wieder einen großen Brand geben, dem dann keiner entkommen könnte. Er sagt, sie stellten das gewaltsame Element unserer Gesellschaft dar, und sie dürften keine Technik haben, weil es dann wieder zum Brand käme. Aber jetzt . . .«

Auch das konnte Var nicht begreifen. »Wer hat den Berg gemacht?« fragte er.

»Jim sagt, seiner Meinung nach hätte ihn die nach dem Brand entstandene Zivilisation geschaffen«, erklärte sie ein wenig unsicher. »Überall war Strahlung, und die Menschen starben. Da nahmen sie ihre großen Maschinen, schaufelten eine ganze Stadt auf einen Haufen zusammen und höhlten den Haufen aus. Dann leiteten sie Strom ein und retteten die klügsten Wissenschaftler und richteten es so ein, daß sonst niemand hineinkonnte. Aber immerhin brauchten sie Nahrung und anderes, deshalb mußten sie Handel treiben – und draußen hatten ein paar kluge Leute auch ein wenig Zivilisation gerettet, von irgendwoher, und das waren die Irren. Und mit denen wurde nun Handel getrieben. Und alle anderen, die Dummen, ließen sich treiben und bekämpften einander, und das waren die Nomaden. Nach einer gewissen Zeit wurden viele in Helicon zu alt, und sie starben und die Technik drohte verlorenzugehen. Deswegen mußte man für Nachschub sorgen, aber das mußte im geheimen vor sich gehen. Von den Irren wollte niemand kommen. Also nahm man jene auf, die gekommen waren zu sterben.«

»Ich glaube nicht, daß der Herr einen neuen Brand entfachen würde«, sagte Var. Doch dann mußte er an die unerklärliche Wut des Mannes denken, an seine Drohung, den Berg zu vernichten, und war seiner Sache nicht mehr so sicher.

Soli war so taktvoll, und sagte nichts darauf. Nach einer Weile schliefen sie ein.

Zwanzig Meilen weiter konnte der Namenlose, bei manchen als Sos bekannt, nicht schlafen. Er lief in seinem Zelt auf und ab, krank vor Wut über den Mord an seinem Kind, an dem Soli genannten Mädchen, in einem Ehebruch empfangen, aber Fleisch von seinem Fleisch. Seit seinem Aufenthalt im Berg war er steril, vielleicht als Folge der Operationen, die die Chirurgen des Helicon an ihm durchgeführt hatten, um ihn zum stärksten Mann der Welt zu machen. Er trug Metall unter seiner Haut und in seinen Weichteilen, Hormone hatten bewirkt, daß sein Leib sich weitete, aber er war von da an unfähig, ein Kind zu zeugen. Diese Soli, dem Gesetz nach das Kind des kastrierten Sol, war die einzige Tochter, die er jemals haben würde. Und obwohl er sie seit sechs Jahren nicht gesehen hatte, war sie ihm teurer als je zuvor. Jedes Mädchen ihres Alters war ihm teuer. Er hatte davon geträumt, sie wiederzusehen, und auch seinen wahren Freund Sol und seine Liebe, Sosa. Sie alle vier, gemeinsam, irgendwie –

Nun aber waren seine Hoffnungen zu Asche zerfallen. Nicht nur ein Mädchen, sondern die gesamte Grundlage seines Ehrgeizes war verloren. Nun hatten alle Dinge dieser Welt den Glanz verloren.

Soli – vielleicht war sie jenem knabenhaften Mädchen vom Stamme Pan ähnlich, flink und frech, und dabei nicht abgeneigt, ihre Tränen einzusetzen, wenn die Situation es erforderte. Das alles würde er nie erfahren, denn Var hatte sie getötet.

Var würde nun mit Sicherheit sterben. Und Helicon würde dem Erdboden gleichgemacht, denn Bob war der eigentlich Schuldige an diesem ironischen Mord. Keiner der Beteiligten würde überleben, nicht einmal Sos der Waffenlose, der die größte Schuld trug.

So lief er auf und ab, beherrscht von seinem verzweifelten Zorn, und erwartete ungeduldig den Morgen, um seinen Rachefeldzug zu beginnen. Tyl würde bis zu seiner Rückkehr die Belagerung Helicons leiten. Tyl würde mit Freuden das Kommando über die Krieger übernehmen.

XIII

Nach einem Monat hatten sie das Einflußgebiet des Herrn bereits weit hinter sich gelassen. Var aber wagte keine Pause einzulegen. Der Namenlose mochte langsam sein, aber er war fest entschlossen, wie Var von ihrer ersten Begegnung her noch wußte. Er wußte, daß die einzelnen Stammesführer den Herrn über die Route der Flüchtenden unterrichteten. Ein Entkommen war also nur durch ständige Flucht gewährleistet.

Zunächst hatte Soli sich immer versteckt, wenn sie auf Menschen trafen, denn sie war ja offiziell tot. Dann aber kamen sie auf die Idee, daß sie als Junge auftreten, ja daß sie sogar die Stöcke tragen könnte. Niemand würde sie erkennen. So wanderten sie weiter, ein häßlicher Mann mit einem bildhübschen Jungen, und niemand forderte sie zum Kampf heraus.

Sie zogen westwärts, denn das Imperium des Herrn lag im Osten, und Soli hatte gehört, im Süden läge der Ozean. Ein ausgedehntes verlassenes wüstenhaftes Ödland zwang sie nach Norden. Sie gingen Schwierigkeiten meist aus dem Weg, doch wenn sie sich ihnen erbarmungslos in den Weg stellten, schlugen sie zurück. Einmal forderte ein grobmäuliger Schwertkämpfer Var heraus und nannte ihn etwas, das er nicht verstand. Nur eines merkte er: es sollte eine Beleidigung sein. Er trat dem Schwertkämpfer im Ring entgegen, drückte ihm die Nase ein und schlug ihm mit den Stöcken über den Kopf. Keine schöne Sache. Ein andermal verweigerte ein kleiner Stamm ihnen den Zutritt zur Herberge. Var schlug einen blutig. Soli einen zweiten, die übrigen ergriffen die Flucht. Die außerhalb des Imperiums lebenden Krieger waren schwache Kämpfer.

Im zweiten Monat stießen sie auf eine so ausgedehnte Wüste, daß sie umkehren mußten. Aus Angst vor dem Herrn hielten sie sich an die Wildnis und mieden die begangenen Pfade.

Die Nahrungsbeschaffung erwies sich in diesem kargen Hügelland als äußerst schwierig. Zum Fallenstellen oder Jagen blieb keine Zeit. Soli mußte sich wieder in ein Mädchen verwandeln, um Herbergen betreten und Essen holen zu können, während Var draußen allein herumlungerte. Sie kam mit der Nachricht wieder, der Waffenlose hätte dieses Gebiet zwei oder drei Tage nach ihnen passiert. Er befand sich nun außerhalb seines Imperiums, doch war dieses weißhaarige Ungeheuer von einem Mann unverwechselbar. Wenn er sprach, dann nur, um Var zu beschreiben und sich über seinen Weg Sicherheit zu verschaffen. Den Ring betrat er nicht. Für Vars kleinen Begleiter zeigte er kein Interesse.

Also stimmte es. Der Herr war ihm auf der Spur und hatte alles andere zurückgelassen. Var verspürte Angst und Bedauern. Er hatte gehofft, der Feldzug gegen den Berg würde den Namenlosen so in Anspruch nehmen, daß ihm die Mordlust verging, und daß er nur einen Häscher nach ihm ausschickte. Var fühlte sich durchaus in der Lage, einen solchen Mann im Ring zu besiegen. Nur dem Herrn selbst konnte er nicht engegentreten, nicht aus Angst, obgleich er wußte, daß der Herr ihn töten würde, nein, allein deswegen, weil er sein einziger wahrer Freund gewesen war.

Doch jetzt wußte er, daß es sein mußte. Der Herr würde die Verfolgung nicht aufgeben.

Sie wandten sich nordwärts, gingen sehr schnell und schliefen im Wald, auf den offenen Ebenen, auf der Tundra. Soli holte Vorräte aus den Herbergen, manchmal als Mädchen, dann wieder als Junge.

Und doch lief ihnen die Nachricht voraus. Immer wenn sie Fremden begegneten, zogen sie Blicke auf sich, die halbes Erkennen andeuteten. »Du mit der fleckigen Haut, bist du nicht derjenige, hinter dem der große Rächer her ist?« Aber diese Begegnungen stellten kein Hindernis dar, denn Var eilte ein verheerender Ruf voraus, und in diesem Gebiet, wo die Krieger nur ungenügend ausgebildet waren, beruhte dieser Ruf auf Tatsachen. Die wenigen, die ihn herausforderten, waren hinkende Beweise seiner Kampfkraft.

Und nur wenige ahnten, daß sein jugendlicher Begleiter ein noch gefährlicherer Gegner war, weil er über eine ausgefeilte Stock-Technik verfügte und überdies die waffenlose Verteidigung beherrschte. Nur wenn sie als Paar gegen ein anderes Paar kämpfen mußten, trat diese Eigenschaft zutage. Soli, die gegnerischen Hieben hervorragend auszuweichen verstand, focht hinter Var und um ihn herum, und die Gegner waren bald erledigt.

Nach zwei weiteren Monaten ziellosen Wanderns gelangten sie an das Ende des Irren-Gebietes. Mit den Herbergen war nun Schluß, und die von den Irren-Traktoren geebneten leicht begehbaren Wege endeten hier ebenfalls. Die Einöde wurde zu einer echten Wildnis. Und es war Winter.

Furchtlos stießen sie ins schneebedeckte Unbekannte vor. Es war ein wilder Dschungel kahlastiger Bäume, durchzogen von Wasserrinnen und Steinen, über die man stolperte. Und das alles unter einer ebenmäßigen weißen Decke. Als es dunkelte, setzte wieder Schneefall ein, sachte zunächst, später heftiger. Soli wurde mißmutig und still, denn hier war alles ungewohnt für sie. Noch nie zuvor war sie mit Schnee in Berührung gekommen. Sie war ja nie oberhalb der Schneegrenze aus dem Berg gekommen. Für sie war er etwas Weißes, aber nicht unbedingt Kaltes oder Unbehagliches. Var merkte, daß die rauhe Wirklichkeit ihr zu schaffen machte und sie ängstigte, weil sie mit den Füßen einsank und ihr die kalte Nässe ins Gesicht flog.

Var grub ein Loch in den Schnee, bis er auf die noch nicht gefrorene Grasnarbe stieß. Rundherum schichtete er eine Mauer aus zusammengepreßtem Schnee auf. Auf den Boden breitete er eine Decke, darüber setzte er ein Zelt, auf dem sich der Schnee aufhäufen konnte. Bis auf eine Öffnung für die Atemluft machte er dieses Gebilde dicht und schaffte sie hinein. Er streifte ihr die Stiefel ab, leerte das eingedrungene Wasser aus und knetete ihre Füße, bis sie sich endlich wieder erwärmten. Sie ließ ihren Tränen längst nicht mehr so freien Lauf wie zu Beginn ihrer Bekanntschaft, und das bedauerte er, denn nun blieb das Elend in ihr stecken, und sie wurde es lange nicht los.

Nach dem Essen hielt er sie an sich gedrückt und versuchte sie zu trösten. Allmählich beruhigte sie sich und schlief ein.

Am Morgen aber war sie nicht wachzubekommen. Beunruhigt zog er sie trotz der Kälte ganz aus, trocknete sie ab und entdeckte schließlich die Einstichstelle: am blauen Fußknöchel knapp über ihrem unbeschuhten Fuß. Etwas Ähnliches wie ein Ödland-Falter hatte sie unbemerkt gestochen. Hatten sie ihr Lager etwa nahe einer Strahlungsrandzone aufgeschlagen? So weit entfernt, daß seine Haut nichts merkte, aber doch so nahe, daß typische Tiergattungen schon in Erscheinung traten? Wäre die Gegend nicht verschneit gewesen, hätte er sie womöglich erkannt. Wahrscheinlich gab es hier überwinternde Larven, die durch die Körperwärme zur Aktivität erwacht waren. Eine hatte zugestochen und Soli lag nun im Koma.

Zu dieser Jahreszeit und in dieser Gegend gab es kein Heilkraut, das ihren Zustand lindern konnte. Dazu kam ihre geringe Körpergröße. Hatte sie zuviel von dem Gift abbekommen, dann würde sie schlafen, bis sie starb. Eine kleine Dosis konnte sie überleben – wenn sie es ausreichend warm und trocken hatte.

Der Schneesturm war abgeflaut, würde aber wiederkommen. Und während der Nacht würde es wieder bitter kalt werden. Aber auch so war dies nicht der geeignete Ort für eine Kranke. Er mußte sie in eine geheizte Herberge schaffen.

Er baute das Zelt ab, packte alles hastig zusammen und schleppte sie, in Schlafsack und Zeltleinwand gehüllt, fort. Er kämpfte sich durch knietiefen Schnee, überwand hüfttiefe Wächten und gönnte sich keine Ruhepause, obwohl seine Arme unter der Last steif wurden und seine Füße bleiern.

Nach einer Stunde trat er in ein vom Schnee zugewehtes Erdloch, stolperte, fing sich und fing Soli noch rechtzeitig auf, die ihm von der Schulter gleiten wollte – doch dann brach er fast zusammen, als ihm der Schmerz das Bein hochschoß. Er schritt weiter aus, wie zuvor und beachtete den Schmerz nicht, bis der erst später eintretende Schmerz in seinem angeschwollenen Knöchel ihn zwang, stehenzubleiben. Er zog den Stiefel aus und rieb den Fuß mit Schnee ab. Barfuß lief er weiter.

Nach einer Weile mußte er erneut anhalten und sich allen überflüssigen Gewichts entledigen. Dann hob er Soli wieder hoch und lief weiter, weil er mußte. Und noch ehe es dunkel wurde, legte er ihren schlaffen Körper in der warmen Herberge nieder, der letzten, in der sie eingekehrt waren.

Solis Atem kam flach, doch fehlten ihr das Fieber und der Schüttelfrost einer ernsten Erkrankung. Var schöpfte Hoffnung, daß er es noch rechtzeitig geschafft hatte, und daß es sich nur um eine leichte Infektion handelte.

Er legte sich neben sie. Das Schmerzgefühl in seinem Bein meldete sich mit erschreckender Deutlichkeit. Die Verstauchung an sich wäre vielleicht nicht so schlimm gewesen, wenn er sie nicht durch sein Weiterlaufen verschlimmert hätte. Jetzt aber –

Da hörte er ein Geräusch.

Ein Mann näherte sich der Herberge. Er ging den eisigen Weg entlang, den die Irren freigeschaufelt hatten. Und seine Absicht war unverkennbar. Er wollte die Nacht in der Herberge verbringen.

Var hatte kaum eine halbe Stunde Ruhe gehabt, kaum ausreichend zur Kräftigung seiner Glieder, aber mehr als genug, daß sein Knöchel zu einer Qual hatte anschwellen können. Doch nun raffte er sich mühsam auf und umwickelte sein Bein mit einer Bandage, die ihm etwas mehr Standfestigkeit verlieh. Bislang hatten er und Soli sich versteckt halten können, doch wenn jemand sie nun sah, dann war ihr Geheimnis gelüftet. Sie hatten einen Marschtag verloren und der Herr würde gewiß in unmittelbarer Nähe sein. Innerhalb weniger Stunden konnte er zur Stelle sein, falls er von ihrem Aufenthalt hier erfuhr.

Aber die näher kommenden Schritte waren nicht die des Waffenlosen. Sie waren zu leicht und zu flink. Aber Var konnte neben sich in der Herberge keinen anderen dulden, nicht, solange Soli krank war, nicht, solange beide praktisch wehrlos waren.

Er zog sich mühsam den schweren Winterparka an, zog die Kapuze tief ins Gesicht, um so die Flecken über dem Bart zu verbergen, nahm seine Stöcke und kämpfte mit aller Gewalt gegen den Schmerz, der drohte, ihm das Bein unter dem Leib einknicken zu lassen. So trat er durch die Drehtür ins Freie, um dem Fremden zu begegnen.

Es war noch hell, obwohl der Tag sich dem Ende zuneigte. Der Schnee reflektierte das Licht der tiefstehenden Sonne, so daß er die Augen zusammenkneifen mußte. Es dauerte einen Augenblick, ehe er den Störenfried deutlich ausmachen konnte.

Der Mann war mittelgroß, hellhäutig und gut proportioniert. Er trug einen großen Wandersack, der hinter seinem Kopf in die Höhe ragte. Feine, fast weibliche Gesichtszüge, dazu seltsam geschmeidige Bewegungen. Er wirkte harmlos wie ein Wanderer, der das Land zum Vergnügen durchstreifte. Ein Einzelgänger. Var wußte, es war ein Fehler, ihm die Unterkunft in der warmen Herberge zu verweigern, noch dazu so spät am Tag, aber da Solis Gesundheit auf dem Spiel stand, blieb ihm keine andere Wahl. Der Herr hätte davon erfahren können und wäre zur Stelle gewesen, ehe sie wieder wohlauf war. Und das wäre ihrer beider Untergang gewesen. Er vertrat dem anderen den Weg.

Der Mann sagte kein Wort. Er sah Var nur fragend an.

»Meine – Schwester ist krank«, sagte Var, wohl wissend, daß seine Worte wie immer für einen Fremden fast unverständlich klangen. Wenn er jemanden kannte, fiel ihm das Sprechen leichter, weil der andere sich nach seinen Mundbewegungen richtete und sich alles zusammenreimen konnte. »Ich muß dafür sorgen, daß sie Ruhe hat.«

Der Reisende sagte noch immer kein Wort. Statt dessen machte er eine Bewegung, als wolle er an Var vorbei.

Wieder vertrat Var ihm den Weg. »Schwester – krank. Muß . . . Ruhe haben.« Er sprach die Worte so sorgfältig wie möglich aus.

Noch immer schweigend, wollte der Mann an ihm vorbei.

Var hob einen Stock.

Der Mann langte mit einer Hand über seine Schulter und zog seinen eigenen Stock hervor.

Also mußte die Sache im Ring ausgetragen werden.

Var hatte keine Lust, jetzt gegen diesen Mann zu kämpfen, denn er konnte sich gut in die Lage des anderen hineinversetzen. Var und Soli hätten auch jederzeit um ihr Recht, in einer Herberge zu wohnen, gekämpft. Der andere war mit Recht verärgert. Und Var befand sich in denkbar schlechter Verfassung für den Ring. Nur mit Mühe verbarg er die Schwäche seines Beines, dazu kam, daß die Mühen des Tages ihn allgemein sehr zugesetzt hatten. Und doch konnte er nicht die ganze Wahrheit enthüllen und eine Entdeckung riskieren. Der Mann mußte sich anderswo Quartier suchen.

Wenn der Fremde ein typischer Vertreter dieser Randgebiets-Krieger war, dann traute Var es sich zu, ihn trotz seiner eigenen Schwächen zu besiegen. Speziell in einem Kampf Stock gegen Stock. Einen Versuch mußte er wagen.

Der Mann ging ihm zum Ring voraus. Das bedeutete für Var eine Erleichterung, weil er sein Hinken verbergen konnte. Der Mann säuberte den Ring von Schnee, zog seinen zweiten Stock, legte den großen Proviantsack und seinen Parka ab und ging in Stellung. Und plötzlich sah er viel kämpferischer aus. Seine Bewegungen verrieten den Könner.

Var, der seine gefleckte Haut nicht den Blicken des anderen aussetzen wollte, mußte angezogen bleiben, obwohl seine Beweglichkeit dadurch erheblich eingeschränkt wurde. Er betrat den Ring, führte ein paar probeweise Angriffe, und sofort bestätigten sich Vars schlimmste Befürchtungen. Er stand einem Meister im Stockkampf gegenüber. Die Bewegungen des Mannes waren überaus glatt und gezielt, seine Hiebe höchst präzise. Noch nie zuvor hatte Var eine solche Körperbeherrschung gesehen. Und diese Behendigkeit – seine Hände waren einfach einmalig, und das bei dieser Kälte.

Da er wußte, daß er rasch siegen mußte, wenn es überhaupt eine Chance gab, legte Var sich mit Wildheit ins Zeug. Er war ein wenig größer als der Gegner und vermutlich stärker, und die Verzweiflung verlieh ihm ungewöhnliches Geschick, trotz seiner Verletzung. Tatsächlich focht er besser als je zuvor, und wußte doch, daß sein Kampfgeist nur wenige Minuten anhalten würde. Dann waren seine Reserven erschöpft. In einem Augenblick wie diesem hätte auch Tyl zurückweichen, seine Strategie ändern und zur Verteidigung übergehen müssen.

Doch der Fremde hielt jedem Angriff mit Leichtigkeit stand, sah Vars Strategie praktisch voraus und konnte so dessen Kraftaufwand unwirksam machen. Einer der fähigsten Stockkämpfer, die je den Ring betreten hatten!

Und dann, ganz plötzlich, ging der Mann zum Angriff über und durchdrang Vars Abwehr, als gäbe es sie gar nicht. Mit einem Hieb auf den Kopf setzte er ihn außer Gefecht. Halb bewußtlos fiel Var rücklings um. Er war am Ende.

Das Gesicht seitlich in den Schnee gedrückt, hörte Var etwas. Ein Geräusch, ein Beben des Bodens, wie von gewichtigen Füßen: kr, kr, kr. Ein weniger in freier Wildnis geübtes Ohr hätte es gar nicht wahrgenommen, und selbst Var hätte es überhört, wenn er nicht so dagelegen hätte, das Ohr auf den Boden gedrückt.

Es war der entfernte Schritt des Herrn.

Der Sieger stand über ihm und sah neugierig auf ihn herunter.

»Fremder!« rief Var halb im Fieberwahn. »Nie zuvor bin ich einem wie dir begegnet. Ich erbitte von dir –« Er merkte, daß er nicht verstanden wurde und verlangsamte seine Worte. »Laß niemanden in die Herberge! Bewache sie, gib ihr Zeit. . .«

Der Mann ging in Hockstellung und sah ihn an. Hatte er überhaupt etwas verstanden? Es war noch nie vorgekommen, daß der Verlierer vom Sieger etwas erbat, aber was sonst hätte er tun sollen?

»Ein Ödland-Insekt – sie wird sterben, wenn man sie nicht in Ruhe läßt« Und Var selbst würde sterben, wenn er sich nicht sofort fortschleppte. Aber wer würde sich dann um Soli kümmern. Würde der Herr hier anhalten und ihr beistehen? Gewiß nicht, solange die Fährte der Rache noch warm war! Nein, es mußte dieser Fremde sein – hoffentlich würde er es tun! Var spürte, daß sein überragendes Geschick im Ring mit einem strengen Pflichtgefühl gepaart sein mußte.

Der Mann faßte nach Vars verletztem Bein. Der Verband hatte sich gelockert. Die Schwellung war nun deutlich sichtbar. Er nickte. Gewonnen hätte er in jedem Fall, doch die Entdeckung, daß er es mit einem lahmenden Gegner zu tun gehabt hatte, nahm ihm jegliches Triumphgefühl. Er stand auf, trat aus dem Ring und ließ Var liegen. Er zog seinen Parka über, hob den Packsack auf den Rücken, nahm die Stöcke. So ging er den Weg entlang in die Richtung, aus der der Herr kommen würde.

Die Herberge überließ er Var.

Var stellte diesen Akt der Großmut von seiten des Fremden nicht weiter in Frage. Er raffte sich mühsam auf und hinkte zur Unterkunft zurück. Unterwegs drehte er sich mehrmals um und sah dem anderen nach. Schließlich trat er ein und schloß hinter sich die Tür.

Der Fremde würde dem Herrn unterwegs begegnen. Var war ihm nun auf Gedeih und Verderb ausgeliefert. Wer war dieser Schweigsame, und woher nahm er seine außergewöhnliche Kampftüchtigkeit? Diesem Krieger war kein einziger Stockkämpfer des Imperiums gewachsen.

Aber der Herr war kein Stockkämpfer. Was würde wohl passieren, wenn die beiden einander begegneten? Ob sie gegeneinander antraten? Oder miteinander redeten? Würden sie gemeinsam zur Herberge kommen oder aneinander vorübergehen? Oder würde der Herr allein kommen und die Flüchtlinge hier aufstöbern?

Soli regte sich, und Var vergaß alles andere. »Var . . . Var«, jammerte sie matt. Sie war auf dem Wege der Besserung! Wenn ihnen bloß die eine Nacht blieb.

Sie sollten ungestört bleiben. Var lag die ganze Zeit über auf der Lauer nach etwaigen Schritten, doch es kam niemand. Am Morgen war Soli wohlauf, wenn auch noch schwach. »Was ist passiert?« fragte sie.

»Ein Ödland-Falter hat dich gestochen – vielmehr seine Winterlarve«, erklärte Var, obwohl sich dies auf eine bloße Annahme gründete. »Sie erwachte zum Leben, weil wir den Boden erwärmten und hat dich erwischt. Ich habe dich hierhergeschafft.«

»Was sind das für Spuren, die du an dir hast?«

»Ich kämpfte mit einem, der hier hereinwollte.« Und das war alles, was er ihr sagte – nur damit sie sich keine Sorgen machte.

Diesmal nahmen sie noch zusätzlich Decken mit, damit sie den Boden doppelt abdecken konnten und Nässe und Larven fernhielten. Var erklärte, daß sie Zeit verloren hätten und nun weiter müßten. Er ließ sich zwar nicht genauer darüber aus, wie nahe der Herr bereits war, doch sie deutete seine drängende Hast richtig.

Und so nahmen sie ihren verzweifelten Treck wieder auf. Soli war sehr schwach, aber imstande zu gehen. In ihrer momentanen Verwirrung nahm sie Vars Hinken gar nicht wahr.

Als sie die Herberge hinter sich ließen, blickte sich Var noch einmal um und sah den Weg entlang. Wer war dieser schweigsame Mann gewesen, der ihre Flucht ermöglicht hatte? Würde er es jemals erfahren?

XIV

Sie marschierten den ganzen Winter über nach Norden und langten schließlich im Frühling weit jenseits des Bereichs der Irren an. Hier trafen sie auf völlig Fremde: Männer und Frauen, die Feuerwaffen und Bogen trugen, aber keine richtigen Waffen. Ihnen war der Kampf im Ring unbekannt, und sie lebten in Bauten, die primitiven, baufälligen Herbergen glichen. Um diese Häuser zu beheizen, verbrannten sie Holz, denn es gab keinen elektrischen Strom. Zur Beleuchtung dienten ihnen rußige Öl-Laternen. Sie sprachen einen unangenehm klingenden Dialekt und benahmen sich nicht sehr entgegenkommend. Es schien, als bilde jede Familie eine Insel für sich, bestellte ihre eigenen Äcker, jage in ihrem Revier und lasse alle Fremden unbehelligt. Man griff sie nicht an, half ihnen aber auch nicht weiter.

Noch immer war ihnen der Herr auf der Spur. Er fiel einen Monat zurück, holte sie dann aber fast bis auf Sichtweite ein und zwang ihnen ein schnelleres Tempo auf. Und nun begleitete der Schweigsame, mit dem Var gekämpft hatte, den Namenlosen. Die gelegentlich auftauchenden Gerüchte und Nachrichten beschrieben ihn so treffend, daß Var ihn identifizieren konnte. Soli sagte er von all dem kein Wort. Wenn sie gewußt hätte, daß ein Krieger dieser Qualität sich dem Herrn angeschlossen hatte. . .

Hatten die beiden miteinander gekämpft, und der Herr hatte den Fremden zum Angehörigen des Imperiums gemacht? Oder hatten sie sich nur zusammengetan, um mit vereinten Kräften den Unbilden des gefährlichen Hinterlandes zu trotzen?

Sommer. Das Land blieb zerklüftet, und die Verfolgung ging weiter. Soli war größer und kräftiger geworden. Sie wuchs sehr schnell und stellte sich sehr geschickt an. Von Var lernte sie, wie man im Wald mit Ranken Schlingen legte und kleines Getier fing. Wie man es abhäutete und ausnahm. Wie man Feuer anmachte und das Fleisch briet. Sie lernte, wie man eine Fallgrube anlegte und wie man sehr behaglich auf einem Baum schlafen konnte. Ihr Haar wuchs dicht und schwarz, und sie wurde ihrer leiblichen Mutter immer ähnlicher.

Soli lehrte ihn als Gegenleistung, was sie an waffenlosen Kampfgriffen von Sosa gelernt hatte und auch die ihr von Sol, ihrem Vater, erklärten Kampfstrategien. Denn beide wußten, daß der Herr sie schließlich doch einholen würde, und daß Var dann den entscheidenden Kampf ausfechten mußte. Der Namenlose würde den Kampf erzwingen.

»Aber es ist besser, wenn wir laufen, solange es geht«, sagte sie. Ihre Haltung hatte sich diesbezüglich im Laufe der Monate geändert. »Der Waffenlose besiegte Sol im Ring vor langer Zeit, als ich noch klein war, und Sol war der beste Kämpfer seiner Zeit.«

Var fragte sich, ob Sol so gut gewesen war, wie der Stockkämpfer, der nun mit dem Herrn ging, aber diese Überlegung behielt er für sich.

»Es war der Waffenlose, der meinen Vater auf die Kehle hieb, so heftig, daß er die Sprache verlor«, sagte sie, als wäre es ihr eben eingefallen. »Und doch sagt man, sie wären Freunde gewesen.«

»Sol kann nicht sprechen?« Vars ganzer Körper geriet ins Zittern, als in ihm der Argwohn wuchs. Plötzlich fiel ihm die Geschichte ein, die sie ihm auf dem Plateau erzählt hatte. Wie ihr Vater verletzt worden war und seine Sprache verloren hatte.

»Nein, er kann es nicht. Der Unterwelt-Chirurg wollte ihn operieren, aber Sol duldete das Messer nicht. Es war, als hätte er das Gefühl, er müßte diese Wunde weiterhin tragen. So hat Sosa es mir erzählt. Ich sollte nicht darüber sprechen, sagte sie noch.«

Var dachte an den hübschen Fremden, den Meister mit dem Stock.

Er glaubte nun zu wissen, wer dieser Mann war. »Was würde dein Vater wohl tun, wenn er glaubte, du wärest tot?«

»Ich weiß nicht. Diese Überlegung stelle ich nicht gern an, deswegen lassen wir das lieber. Er fehlt mir, und es tut mir richtig leid –« Doch sie ließ den Gedanken unvollendet. »Bob würde es ihm wahrscheinlich nicht sagen. Ich glaube, Bob tat so, als hätte man mich hinaus auf Erkundung geschickt und ich wäre nicht zurückgekommen. Bob sagt fast niemals die Wahrheit.«

»Aber wenn Sol herausfände –«

»Ich glaube, er würde Bob töten und –« Ihr blieb der Mund offen. »Var daran habe ich ja nie gedacht! Er würde aus der Unterwelt ausbrechen und –«

»Ich bin ihm begegnet«, sagte Var unvermittelt. »Als du krank warst. Wir kannten einander nicht. Und jetzt geht er mit dem Herrn.«

»Sol ist der Gefährte des Namenlosen? Das hätte mir von Anfang an klar sein müssen. Aber das ist ja herrlich, Var! Sie sind wieder beisammen. Sie müssen wirklich Freunde sein.«

Var erzählte ihr nun alles übrige. Wie er mit Sol gekämpft hatte und versucht hatte, ihn dem Herrn entgegenzuschicken. Auch von der sonderbaren Großmut des anderen berichtete er. »Ich hatte ja keine Ahnung«, schloß er. »Ich habe ihn vor dir ferngehalten.«

Sie gab ihm einen Kuß auf die Wange. Eine beunruhigend weibliche Geste. »Du wußtest es nicht! Und du hast für mich gekämpft?«

»Du kannst zu ihm zurück.«

»Wie gern würde ich das«, sagte sie. »Aber was würde aus dir?«

»Der Herr hat geschworen, mich zu töten. Ich muß weiter.«

»Wenn Sol mit dem Waffenlosen geht, muß er mit ihm eines Sinnes sein. Jetzt wollen sie dich beide töten.«

Var nickte bedrückt.

»Ich liebe meinen Vater mehr als alles andere«, sagte sie langsam. »Aber ich werde nicht zulassen, daß er dich tötet, Var. Du bist mein Freund. Du hast mir Wärme auf dem Gipfel gespendet, du hast mich vor Krankheit und Schnee gerettet.«

Er hatte gar nicht gewußt, daß sie diesen Dingen so große Bedeutung beimaß. »Du hast mir auch geholfen«, meinte er rauh.

»Laß mich noch ein Stück mit dir gehen. Vielleicht finde ich eine Möglichkeit, mit meinem Vater zu reden, und es gelingt ihm, den Namenlosen von der Jagd auf dich abzubringen.«

Var war ihr für diesen Entschluß überaus dankbar, doch war er nicht imstande, dieses Gefühl genauer zu analysieren. Vielleicht war es der Hoffnungsschimmer auf Versöhnung mit seinem Wohltäter, dem Herrn. Vielleicht war es auch nur, weil er nicht mehr allein wandern wollte. Aber größtenteils war es die Treue, die sie nun bewies, eine Treue, die ein verstecktes, aber mächtiges Bedürfnis in ihm füllte, das ihn elend sein ließ, seitdem der Herr sich von ihm abgewandt hatte. Einen Freund zu haben, ja, das war das Allerwichtigste.

Im Norden vor ihnen lag nun die See und versperrte ihnen mit ihrer salzigen Weite den Weg. Die Verfolger rückten immer näher. Die abweisenden Eingeborenen gaben ihnen mit zynischer Befriedigung zu verstehen, daß sie in der Falle saßen. Im Westen und Süden war das Meer; im Norden der ewige Schnee und im Osten zwei zu allem entschlossene Krieger.

»Als einziges bleibt der Tunnel«, murmelte ein Ladeninhaber mürrisch.

»Tunnel?« Var dachte an den Untergrundbahn-Tunnel in der Nähe des Berges. In einer solchen Röhre konnte man sich gut verstecken. »Strahlung?«

»Wer weiß das? Da kommt niemand mehr heraus.«

»Aber wohin führt der Tunnel?« fragte Soli.
»Hinüber nach China vielleicht.« Mehr wollte er ihnen nicht sagen. Mehr wußte er wahrscheinlich auch gar nicht.
»In China gibt es auch ein Helicon«, sagte Soli später. »Es heißt zwar anders, aber es ist dasselbe. Manchmal tauschten wir mit denen Nachrichten aus. Über Funk.«
»Aber wir kämpfen gegen den Berg!«
»Der Namenlose kämpft gegen ihn. Oder hat ihn bekämpft. Sol nicht. Wir nicht. Und es handelt sich um ein anderes Helicon. Vielleicht können wir von dort aus mit Sol Kontakt aufnehmen. Ich weiß nämlich in etwa, wo es liegt.«
Var blieb schwankend, hatte aber keine bessere Alternative anzubieten. Falls es einen Fluchtweg gab, mußte er ihn ausprobieren.
Der Tunneleingang war riesig, so groß, daß er dem größten Irren-Traktor Platz geboten hätte, ja sogar mehreren nebeneinander. Die Decke war gewölbt, die Wände etwas gekrümmt, ob mit Absicht oder als Folge eines beginnenden Zusammenbruchs, konnte Var zunächst nicht beurteilen. Aber bei näherer Untersuchung erwiesen sich die Wände als völlig verläßlich. Den Boden bedeckte eine feste Schmutzschicht, Metallschienen waren nicht vorhanden. Es war ein dunkles Loch.
»Wie die Unterwelt«, sagte Soli ungerührt. »Hinter dem Vorratsraum liegt eine alte Untergrundbahn mit Ratten darin. Ich spielte dort einige Male, aber Sosa sagte, der Bereich könnte strahlenverseucht sein.«
»Ja, das war er«, sagte Var.
»Woher weißt du das?«
Er berichtete von seinem Erkundungsgang. »Aber der Herr sagte, sie würde es ihnen sagen, und man würde uns Fallen stellen. Deswegen haben wir keinen Gebrauch davon gemacht.«
»Sie hat nichts gesagt. Bob wußte von der Untergrundbahn, doch er sagte, die Geigerzähler hätten angezeigt, daß der Tunnel unpassierbar sei. Deswegen befürchtete er von dieser Seite nichts. Als du dann kamst, war die Strahlung sicher schon geringer, aber Sosa verriet kein Wort.« Also hätten sie über diesen Weg eindringen können! Warum hatte Sosa nichts verraten?

Dann fiel es ihm ein: Sos – Sosa. Irgendwann in der Vergangenheit war sie seine Frau gewesen, und sie mußte ihn immer noch lieben. Deswegen hatte sie nichts verraten. Aber er glaubte, sie hätte es gesagt, und als Folge davon hatte der Kampf an der Oberfläche begonnen. Nur eine Ironie unter vielen.

Soli zündete eine ihrer zwei Laternen an und marschierte voran. Var blieb nichts übrig, als ihr zu folgen.

War es möglich, daß diese große Röhre tatsächlich den ganzen Ozean unterquerte? Wie schützte man sich da bloß vor Wassereinbrüchen?

Und warum kam niemand mehr heraus, wenn doch einige hineingegangen waren? Wenn Strahlung der Grund dafür war, dann würde er rasch dahinterkommen. Doch er fürchtete, daß es einen anderen Grund dafür gab. Im Randgebiet der Strahlung gab es, wie er wußte, viele andere Gefahren. Tiermutationen, angefangen von todbringenden Faltern bis zu Riesenamphibien und harmlosen Formen wie dem leuchtenden Sperling. Und was würde es hier geben?

Tief drinnen im Tunnel waren die Wände mit Fliesen ausgelegt. Das war sauber und viel schöner als das kahle Metall und Beton. Die Eingeborenen mußten die Fliesen in der Nähe des Ausgangs herausgerissen und für ihre Zwecke verwendet haben, hatten sich aber nicht weiter hineingewagt. Auch der Schmutz auf dem Boden wurde geringer, so daß sie nun auf der feinen grauen Fläche eines im Detail rauhen Materials marschierten, das aber als ganzes herrlich glatt war. Zum Laufen hervorragend geeignet, weil die Füße darauf gut hafteten.

Aber wie lange konnte es so weitergehen? Nach einem flotten Marsch von einer Stunde fragte er Soli: »Wie weit erstreckt sich der Ozean?«

»Jim hat mir eine Karte gezeigt. Er sagte, das wäre der Pazifik, und der ist zehntausend Meilen breit.«

»Zehntausend Meilen! Um da rüberzukommen, brauchen wir Jahre!«

»Nein. Das solltest du besser wissen. Du kannst doch rechnen. Wenn wir in einer Stunde vier Meilen zurücklegen, dann sind das an einem Tag nach zwölf Stunden fast fünfzig Meilen.«

»Also zwanzig Tage für tausend Meilen«, meinte er, nachdem er bedächtig nachgerechnet hatte. »Und für zehntausend Meilen – über sechs Monate. Und unsere Vorräte reichen kaum eine Woche!«

Sie lachte. »Hier in dieser Gegend ist die Entfernung nicht so groß. Vielleicht sogar weniger als hundert Meilen. Ich bin da nicht so sicher. Ich glaube, der Tunnel führt in gewissen Abständen an die Oberfläche, der Frischluftzufuhr wegen, und zwar auf den kleinen Inseln. Wir müssen die ganze Entfernung also nicht in einem zurücklegen.«

Var hoffte, daß sie recht hatte. Der Tunnel war künstlich angelegt, und seine feine Nase witterte bereits die Trockenheit, das Abgestorbene. Und wie sollten sie entkommen, wenn ihnen Gefahr begegnete?

So ging es eine weitere Stunde dahin. Soli schwang ihre Laterne, so daß die grotesken Schatten Kapriolen schlugen. Var war mittlerweile klargeworden, was ihn am meisten beunruhigte. In jenem anderen Tunnel, dem Untergrundbahntunnel, hatte es gewimmelt vor Leben, trotz der Strahlung. Und hier gab es weder das eine noch das andere. Var wußte, daß das Leben sich überall Einlaß verschaffte und an einem so geschützten Ort wie diesem hier hätte in irgendeiner Form gedeihen müssen. Warum war der Tunnel so sauber? Es mußte einen Grund dafür geben. Mäuse konnten hier nicht aufräumen, denn es waren nirgends Kotspuren zu sehen.

Sie legten eine kurze Rast ein und aßen und tranken und hinterließen die Abfälle ihres Stoffwechsels auf dem Boden, da sie sie nirgends vergraben konnten. Und weiter ging es.

Und dann kam ihnen plötzlich ein Ungeheuer entgegen. Es grollte und zischte, während es sich auf sie zu bewegte. Wasser schoß aus seinem Leib, und es war in Dampf gebadet. Ein gewaltiges Auge durchstach die Dunkelheit mit Licht.

Var erstarrte momentan vor Entsetzen. Dann aber gewannen seine Instinkte die Oberhand. Er wich zurück, drehte sich um, wollte loslaufen.

»Nein!« rief Soli, doch er beachtete sie nicht. Und weil er lief, lief sie mit – und faßte nach ihm, daß er hinfiel. Beide fielen, und der sich schnell nähernde Schein fiel auf sie.

»Maschine!« schrie sie. »Von Menschen gemacht. Die tut keinem Menschen etwas!« Jetzt war das Ding schon so nahe, daß sie nicht mehr davonlaufen konnten. Der Lärm war betäubend und erfüllte den Raum.

»Aufstehen!« rief Soli. »Zeig, daß du ein Mann bist!« Und das meinte sie wörtlich.

Var gehorchte, unfähig, einen eigenen Gedanken zu fassen. Menschen konnten ihm kaum Angst einjagen, doch ein Ding dieser Art hatte er noch nie erlebt.

Soli nahm seine Hand und blieb neben ihm stehen. »Stehenbleiben!« rief sie der Maschine zu und winkte mit einer Hand. Doch das Ding hielt nicht an.

»Seine Erkennungsanlage muß kaputt sein!« rief sie und war über dem Getöse kaum zu hören, obwohl ihr Mund knapp an seinem Ohr war. »Es erkennt uns nicht!«

Var wußte jetzt, warum der Tunnel so sauber war. Das aus dem Ding herausspritzende Wasser war vermutlich eine chemische Lösung, wie die Irren sie zur Reinigung verwendeten, eine Substanz, die alles Organische abtötete und auflöste. Und Menschen waren organisch.

Ein Entkommen war unmöglich. Das Ungeheuer füllte den Tunnel ganz aus und sprühte seine Chemikalien gegen Seitenwände und Decke. Die vorderen Fegeeinrichtungen saugten Schmutz in einen Trichter und vernichteten ihn. Sie konnten weder daran vorbei, noch konnten sie davonlaufen. Sie mußten den Kampf aufnehmen.

Und dann war es da.

Var hob Soli hoch und warf sie über den Trichter. Als er sah, daß ihr Körper an der Maschine Halt fand, sprang er selbst.

Er landete hart auf der Maschine und kämpfte darum, sein Bewußtsein nicht zu verlieren. Er breitete die Arme aus, und als er gegen etwas Weiches stieß, faßte er danach und zog es an sich. Mit der anderen Hand ertastete er einen Metallstab, an dem er sich festhielt.

Soli hielt er fest umfaßt. Den Körper an den warmen Scheinwerfer gedrückt, die Füße gegen den oberen Rand des Trichters gestützt, so fuhren sie auf der Maschine dahin.

Kaum fühlte er sich in seiner Stellung halbwegs sicher, untersuchte er Soli ... Sie war völlig schlaff. Er rückte sie nun so zurecht, daß ihr Kopf von seinem gestützt wurde. Dann legte er das Ohr an ihren Mund und spürte einen kleinen Luftzug, der bewies, daß sie noch am Leben war. Er besah Kopf und Körper so gut es eben ging – abwechselnd von dem grellen Licht geblendet und ins Dunkel getaucht – und konnte kein Blut an ihr entdecken. Sie lebte und war unversehrt, und falls die Gehirnerschütterung nicht zu schwer war, würde sie rechtzeitig wieder zu sich kommen. Er mußte sie bloß sicher und fest halten, bis die Maschine stehenblieb.

Er veränderte seine Position ein wenig und kauerte sich an den Trichterrand. Vor ihm wirbelten die Bürsten, hellbeleuchtet von der Lichtflut, und aus Düsen strömte Wasser, doch in der Luft lag noch immer Staubgeruch. Etwas Unsichtbares surrte und mahlte im Inneren des etwa metertiefen Trichters, etwas, das ihn an mahlende Zähne erinnerte. Er achtete darauf, nicht mit den Füßen in den Trichter zu geraten, da er mit Sicherheit wußte, daß er hier höchst gefährdet über einem gräßlichen Tod kauerte. Wieder verlagerte er Soli, und legte sie quer über seine Schenkel, wobei er ihre Schultern mit der freien Hand stützte und ihre Beine mit seinem Bein. Er wollte verhindern, daß sie in diesen bedrohlichen Schlund geriet.

Seine Muskeln ermüdeten, verkrampften sich, doch er veränderte seine Stellung nicht. Er wußte, daß es bei dieser Geschwindigkeit nicht mehr lange dauern konnte und merkte es am zusammengepreßten Schmutz, wo die Maschine stehenbleiben mußte. Sie reinigte nur bis dahin und aus irgendeinem Grund nicht weiter. Und wenn sie anhielt, konnten sie herunterspringen und waren frei. Sie würden die ersten sein, die diesem grausigen Tunnel entkamen. Es dauerte eine knappe halbe Stunde, und ein Licht wurde sichtbar, das blasse Oval des Eingangs jenseits der Reichweite des Lichtstrahles der Maschine. Das Fahrzeug kam keuchend zum Stehen, und seine eng zusammengedrängten Passagiere wurden in Dampf gehüllt. Var mußte entdecken, daß seine Füße eingeschlafen waren.

Soli war noch immer bewußtlos. Hilfe war von nirgendwoher zu erhoffen. Veränderte er jetzt seine Lage, dann rutschte er vermutlich samt Soli in den grauenvollen Trichter.

Die Maschine erbebte. Die wassersprühenden Düsen stellten sich ab. Das Mahlwerk zu Vars Füßen stellte die Tätigkeit ein, und er sah jetzt, daß seine Ängste begründet waren. Aber jetzt konnte er wenigstens hinuntersteigen auf diese Getriebe, ohne daß ihm die Füße zerquetscht wurden. Damit würde er den Kreislauf in den Beinen wieder in Schwung bringen und konnte Soli hinunterheben.

Das Licht erlosch, und es blieb nur der blasse Schimmer vom Ausgang her. Die Maschine setzte sich ruckartig wieder in Bewegung, diesmal in die andere Richtung. Soli rollte weg, und Var mußte sie fest packen, und bis er sie wieder sicher gelagert hatte, hatten sie schon zuviel Fahrt. Sprang er nun mit seinen kribbelnden Beinen und ihrem Gewicht ab, würden sie sich beide verletzen. Doch das Mahlwerk blieb ruhig. Für die Rückfahrt war es offenbar nicht eingeschaltet worden, auch die Sprühanlage und der Scheinwerfer nicht. Var bewegte einen Fuß abwärts und ließ sodann Soli hinuntergleiten. Das wiederkehrende Gefühl in den Beinen verursachte ihm zwar Schmerzen, doch nun standen sie sicher und bequem im Trichter und legten so den Rückweg zurück.

Aber warum kam sie nicht zu sich? Er bekam es mit der Angst zu tun. War sie mit dem Kopf allzu unsanft gegen den Scheinwerfer gestoßen und hatte einen Gehirnschaden davongetragen? Er hatte erlebt, daß Krieger, nachdem sie schwere Hiebe auf den Kopf bekommen hatten, daraufhin an geistiger Zerrüttung litten. Falls Soli ähnliches widerfahren war. . .

Immer weiter fuhr das Reinigungsfahrzeug und kehrte dorthin zurück, woher es gekommen war. Var, der sich völlig hilflos fühlte, hielt Soli fest im Arm und schlief ein.

Helles Licht riß ihn ruckartig aus seinem Schlummer. Die Maschine stand im Freien. Soli lag bewußtlos in seinem Arm.

Die Maschine hielt an, und plötzlich waren Menschen da. Erst waren es Männer mit merkwürdigen Waffen – nein, nein, das mußte Werkzeug sein – und dann große bewaffnete und in Rüstungen steckende Frauen, die ihn und Soli neugierig anstarrten. Manche trugen runde Scheiben aus bearbeitetem Leder, so daß ein Arm behindert und im Kampf nicht zu gebrauchen war.

»Seht euch das an!« rief eine verwundert. »Ein Bartgesicht und ein Kind!«

Var sagte zunächst nichts, da er Verdruß witterte. Diese Frauen hier waren aggressiv, kriegerisch, unweiblich, kurz, anders als alle, die er bisher gesehen hatte. Ihre Neugier schien nicht freundlichen Ursprungs. Wie Vögel sahen sie aus in ihren Metallhelmen.

Soli rührte sich nicht. Die Haltung der Frauen ließ nichts Gutes ahnen. Es war, als heckten sie irgendeine Scheußlichkeit aus. Var zog seine Stöcke hervor.

Sofort waren Bogen zur Hand, Pfeile mit Metallspitzen wurden aus verschiedenen Richtungen auf ihn gerichtet. Dagegen konnte er sich nicht schützen, und mit der noch immer bewußtlosen Soli war seine Lage schlechthin hoffnungslos. Er ließ seine Waffen fallen.

Die schweigsamen Männer kletterten auf die Maschine und machten sich mit ihren Geräten daran zu schaffen. Offenbar warteten sie das Fahrzeug, so wie die Irren ihre Traktoren warteten und sie nach jeder Fahrt einer Kontrolle unterzogen. Das war auch der Grund, warum diese Maschine noch funktionierte, obwohl ihre Schöpfer längst dahin waren.

»Heraus da!« rief die stämmige Frau, die hier wohl das Sagen hatte. In einer Hand hielt sie einen Speer, in der anderen einen Schild.

Var kam der Aufforderung nach und hob Soli behutsam herunter.

»Das Kind ist krank!« rief jemand. »Tötet es!«

Mit einem Arm hielt Var Soli umfaßt. Mit der anderen packte er die Anführerin der Weiber und bekam sie an den Haarflechten zu fassen. Er zerrte sie zu sich her und riß dabei ihren Kopf so stark nach vorne, daß ihr Nacken blank vor ihm lag. Ihr Schild war ihr im Weg und machte ihre verzweifelten Befreiungsversuche unwirksam. Var ließ mit gefletschten Zähnen ein Knurren ertönen.

»Erschießt ihn!« rief die Gefangene. Doch die Bogenschützinnen zögerten. Sonderbar. »Dieser da sieht aus wie ein richtiger Mann«, sagte die eine. »Die Königin würde höchst ungehalten sein.«

»Wenn meine kleine Freundin stirbt, dann zerfleische ich diesen Nacken!« drohte Var. Sein Atem streifte den Nacken, den er gebeugt vor sich hielt. Und das war keine leere Drohung. Er hatte seine Zähne schon oft als natürliche Waffe benutzt, mochten sie auch stumpf und plump verglichen mit den Zähnen der Raubtiere sein.

Eine andere trat vor. »Laß unsere Herrin frei. Wir werden das Kind gesundpflegen.«

Var stieß die Geisel von sich. Die faßte sich sofort und rieb sich den Nacken. »Schafft ihn zur Königin«, befahl sie.

Eine der Frauen machte Anstalten, ihm Soli abzunehmen. Var aber ließ es nicht zu. »Sie bleibt bei mir. Erst müßt ihr mich töten, denn ich töte jeden, der ihr etwas tut.« Vor langer Zeit hatte er Solis leiblicher Mutter einen Schwur geleistet, aber das allein war nicht der Grund dafür, daß er jetzt so sprach. Nein, Soli war für ihn sehr wichtig geworden, und er wollte sie nicht verlieren.

Sie gingen nun auf Wasser zu. Var sah, daß sie sich auf einer kleinen Insel befanden, die nur so groß war, daß sie als Auftauch- und Endpunkt für den Tunnel ausreichte. Die Reinigungsmaschine stand da, und kühlte zischend aus, während die Mechaniker sich über sie hermachten. In dieser Kultur waren die Männer die Irren, und die Frauen Nomaden-Krieger, so hatte es jedenfalls den Anschein. Nun, ihm sollte es recht sein.

Hinter der Maschine sah er ein Stück ebenes Land, das sich im weiteren Verlauf zu einer gewaltigen Brücke aus Metall und Stein erhob. Sie überspannte eine ungeheure Wasserfläche und verlor sich irgendwo außer Sichtweite in der Ferne.

Auf dem Wasser schwamm ein Boot. Var und Soli hatten solche Wasserfahrzeuge im Verlauf ihrer Wanderung schon gesehen und begriffen ihren Zweck, doch hatten sie noch nie eines von so nahe zu sehen bekommen. Dieses Boot war aus Metall, und Var verstand nicht, warum es auf dem Wasser schwamm, da doch Metall schwerer war als Wasser, wie er wußte.

Er wehrte sich zunächst gegen das Einsteigen, wußte aber, daß es keine andere Alternative gab. Offenbar befand sich die Königin nicht auf diesem Atoll. Und wenn er zuviel Widerstand leistete, würden er und Soli sterben.

Das Boot schwankte hin und her, als sie einstiegen. Var sah nun, daß das unterste Deck eigentlich unter der Wasseroberfläche lag. Eine der Frauen zog an einer Leine, und der Motor erwachte schleppend und prustend zum Leben. Dann glitt das ganze Ding weg vom Dock hinaus aufs freie Wasser.

Erstaunlich, daß außer Irren und Unterweltlern andere Menschen auch Motoren besaßen und beherrschten.

Das Boot durchpflügte den Ozean. Var, für den die schwankende Bewegung ungewohnt war, fühlte bald Übelkeit aufsteigen. Doch er setzte diesem Gefühl erbitterten Widerstand entgegen, da er wußte, daß jedes Zeichen von Schwäche ihn und Soli in Gefahr brachte. Wie lange würde Soli noch bewußtlos sein? Ohne sie fühlte er sich seltsam unbehaglich und verlassen.

Das Boot glitt parallel zur Riesenbrücke dahin. Träger und Pfeiler, ähnlich denen, die den Berg Helicon einfaßten, ragten aus dem Wasser, kreuzten sich in dieser und jener Richtung und bildeten so ein richtiges Verwirrspiel fürs Auge. Und doch waren die Träger planmäßig und funktionell. Sie dienten dazu, die hoch oben verlaufende Straße zu stützen. Irgendwo in diesem Gewirr war nämlich die Straße verborgen. Var konnte sie bloß von unten nicht sehen. Er hätte zu gern gewußt, warum die Amazonen nicht zu Fuß gingen, anstatt über das gefährliche Wasser dahinzurasen.

Nach einiger Zeit nahmen sie direkten Kurs auf die Brücke. Er sah einen großen Brückenbogen, unter dem ein Stück Wasserfläche frei war. Und in dieser Trägerwölbung hing etwas, das einem monströsen Hornissennest glich, ein Ding aus Holz und Seilen, verwoben mit Metall- und Glasstücken und anderen Materialien, die Var nicht erkennen konnte.

Darunter kam nun das Boot zum Halten, an einer Stelle, wo eine Glasglocke wenige Fuß über der Wasserfläche hing. Eine Strickleiter wurde heruntergelassen, die Frauen kletterten behende hinauf und verschwanden im Inneren.

Var mußte mit Soli hochklettern. Er legte sich die Kleine über die Schulter und faßte mit einer Hand nach der Leiter. Die geriet jedoch ins Schwingen und es sah fast so aus, als wäre sie nicht imstande, die doppelte Last zu tragen.

Nun denn, wenn sie riß, würde er schwimmen. Er war ohnehin nicht begeistert von der Aussicht, den Bienenstock betreten zu müssen. Diesen gepanzerten Weibern traute er nicht. Sprosse um Sprosse hantelte er sich und seine Last hoch, jedes Seilstück bedachtsam mit den unbeholfenen Fingern umfassend. Das Seil hielt die Last aus.

Die Leiter führte durch ein rundes Loch und war über einem metallenen Querstück befestigt. Var hielt sich daran fest und fand mit den Füßen auf einer Bretterplattform Halt. Er ließ Soli heruntergleiten. Sie befanden sich in einem engen Raum, dessen Seitenwände sich nach außen wölbten. Metallfolie war hier das am häufigsten verwendete Element.

Er sah jetzt, daß es noch andere Leitern gab. Und jede Etage war etwas größer als die vorhergehende, weil die Wände nach außen gewölbt waren. Er sah Türen und dazwischenliegende Kammern, mehr konnte er im Vorbeiklettern nicht ausmachen.

Schließlich standen sie in einem großen Raum mit anschließenden Kammern, ähnlich dem Hauptzelt des Herrn.

Auf einem Thron aus Rohrgeflecht saß die Königin: Aufgebläht, häßlich, ältlich, mit Juwelen behangen. Sie trug ein Kleid, dessen Gewebe funkelte und schimmerte. Von einem hohen steifen Kragen fiel es weit bis zu den dicken Fesseln. Vorne stand es offen.

Angeekelt wandte Var den Blick ab.

Waffen bedrohten ihn. »Fremdes Bartgesicht, sieh die Königin an!«

Er mußte hinsehen. Das gehörte wohl zum Protokoll. Sie erinnerte ihn an ein Figürchen, das der Herr ihm einmal gezeigt hatte: an eine Fruchtbarkeitsgöttin, ein Kunstwerk der Alten. Der Herr hatte erklärt, daß in manchen Kulturen eine solche Figur als der Inbegriff der Schönheit gelte. In Vars Augen aber wurden die weiblichen Attribute ins Gegenteil verkehrt, wenn sie derart groteske Proportionen annahmen.

»Zieht ihn aus«, sagte die Königin.

Wieder mußte Var rasch einen Entschluß fassen. Er konnte kämpfen, allerdings nicht sehr wirkungsvoll, während er Soli im Arm hielt, und beide würden verwundet oder gar getötet werden. Oder aber er ließ es sich gefallen, daß ihn diese Weiber auszogen. Nacktheit stellte für ihn kein starkes Tabu dar, doch wußte er, was es für andere bedeutete, und er wußte auch, daß diese Forderung eine Beleidigung darstellte. Dennoch –

Er gab nach. »Ihr habt versprochen, daß ihr für meine Freundin sorgen werdet«, sagte er.

Die Königin vollführte eine gebieterische Geste, die ihre verschiedenen anatomischen Bestandteile in ein gewaltiges Beben versetzten. Eine Unbewaffnete trat vor und nahm ihm Soli ab. Sie legte sie auf einen Diwan aus Strohgeflecht und untersuchte Soli unter Vars nervösen Blicken, während die bewaffneten Frauen ihm die Kleider vom Leibe streiften.

»Also ist er tatsächlich unversehrt«, sagte die Königin mit einem Blick, als begutachte sie ein Tier.

Die Pflegerin, die sich Solis annahm, sagte: »Gehirnerschütterung. Sieht nicht ernst aus. Prellung im Nacken, wahrscheinlich ist ein Nerv eingeklemmt. Der lockert sich mit Sicherheit wieder.« Sie befeuchtete Solis Gesicht mit Wasser aus einer Schüssel.

Das Mädchen stöhnte auf. Das war der erste Ton, den sie von sich gab, seitdem sie auf das Kehrfahrzeug gesprungen waren. Var wurde vor Erleichterung ganz schwach in den Knien. Wenn sie noch stöhnen konnte, dann konnte sie auch wieder gesund werden.

»Stark sieht er aus«, sagte die Königin. »Aber fleckig. Brauchen wir Gefleckte?«

Niemand gab ihr Antwort. Die Frage war wohl nur rhetorisch gemeint.

Gleich darauf entschied sie. »Ja, wir versuchen mal einen.« Sie machte Var ein Zeichen. »Deine Königin will dich beehren. Komm her.«

Von Speerspitzen vorwärts gestoßen, ging Var auf sie zu. Er hatte so eine Ahnung, was sie meinte, und er fand die Vorstellung ausgesprochen widerlich, doch die Waffen, die um ihn herum starrten, ließen jeden Protest vergeblich erscheinen. Er sah, daß Soli sich aufsetzte, und wollte zu ihr. Wenn seine Chancen nur ein wenig besser gestanden hätten! Allein hätte er einen Ausbruchsversuch gewagt. Jetzt aber wollte er keinen

Wirbel machen, der dem noch benommenen Mädchen womöglich geschadet hätte.

Unmittelbar vor der fetten Königin blieb er stehen. Aus der Nähe war sie noch abstoßender. Bei jedem Atemzug geriet ihr Fett ins Wabbeln. Ein feuchter unnatürlicher Geruch umgab sie.

Sie faßte mit ihrer grotesken Hand nach ihm. »Ja, deine Königin wird sich deiner einmal bedienen, jetzt – und nach ihr keine Frau mehr.«

Jetzt war eine Mißdeutung ihrer Absichten nicht mehr möglich. Var handelte. Er drehte sich blitzschnell zu seinen Bewacherinnen um, packte ihre Waffen und stieß damit die Frauen zu Boden. Er bekam den Griff eines Kampfbeiles zu fassen und hob die Klinge gegen die Königin.

Die Posten wichen zurück, denn auch seine Absicht war nicht mißzuverstehen. Er hätte den Schädel der Königin spalten können, noch ehe sie Hand an ihn legen konnten.

»Bringt sie her!« rief Var und wies auf Soli. Hoffentlich würden sie nicht auf die Idee kommen, seine Drohung zu erwidern, indem sie Soli bedrohten.

Bogen wurden hochgenommen, Pfeile auf ihn gerichtet. Var hielt das Beil mit beiden Händen über der Königin. Auch wenn ein Dutzend Pfeile ihn durchbohrten, würde er sie mit sich in den Tod nehmen.

Soli kam zu ihm, geschwächt zwar, aber immerhin auf eigenen Beinen. Ihre zwei Stöcke hatte sie immer noch. Sie waren von ihren Bewachern unbemerkt geblieben.

Da blitzte etwas auf. Var sprang zurück, als die Königin mit ihrem juwelenbesetzten Stilett auf ihn losging.

In diesem Augenblick der Verwirrung sah Var die Pfeile auf sich zukommen. Einer streifte sein Bein. Die Kriegerinnen kamen drohend näher.

Wutentbrannt sprang Var die Königin an und spaltete ihr den Schädel, das Beil mit beiden Händen schwingend. Ein Schreckensschrei erhob sich. Hinzusehen brauchte Var gar nicht. Ein Blick auf die blutige Klinge sagte alles.

Er packte Solis Arm und hechtete mit ihr in die anschließende Kammer gleich hinter dem Thron. Erst folgte ihnen niemand. Die Frauen waren noch geschockt vom Tod der Brut-Königin.

Eine Leiter war zur Hand. »Klettern!« rief er Soli zu, und sie kletterte wortlos hoch. Var blieb mit dem Beil in der Hand stehen, bereit, einen Angriff abzuwehren. Er war sicher, daß ihm selbst nicht die Chance bleiben würde, hochzuklettern.

Und dann, als die aufgebrachten Amazonen näher rückten, hieb er auf die Halterungen der Rohrgeflecht-Tür ein. Die Tür sank zusammen, und der darunterliegende Boden sackte ab. Er hackte weiter, bis ein ganzer Materialhaufen ihn vor den Verfolgern schützte. Dann sprang er zur Leiter.

Soli erwartete ihn bereits auf der nächsten Etage. »Wo sind wir?« fragte sie jämmerlich.

»In einem Ameisenbau!« keuchte er und zog sie durch die nächste Tür. »Ich habe eben die Ameisenkönigin getötet!«

Sie kamen nun in den zweiten großen Raum. Hier saßen Männer und flochten Körbe. Nackt, schwammig – Var sah sofort, daß es Kastraten waren. Kein Wunder, daß die Frauen von dem so überraschend aufgetauchten männlichen Wesen fasziniert waren. Sie bekamen nur selten einen nicht verstümmelten Mann zu sehen!

So harmlos, ja mitleiderregend diese Männer waren, die Amazonen waren es nicht! Schreiend stürzten sie durch die Tür herein.

Wieder liefen Var und Soli los. Aber der nächste Raum war ein kleines Kämmerchen, direkt an der sanften Kurve der Außenwand. Sie saßen in der Falle.

»Feuer!« rief Soli.

Var verwünschte sich, daß er selbst nicht eher daran gedacht hatte. Er suchte hastig nach seiner kostbaren Streichholzschachtel und nach Kerosin. Dieser trockene Bienenkorb würde lichterloh brennen.

Aber seine Streichholzpackung war nicht mehr vorhanden. Sie lag mit seinen Kleidern in der Thronhalle der Königin.

Aber Soli machte bereits Feuer mit der Packung aus ihrem Sack. Und als die ersten Kriegerinnen hereinstürzten, zündete sie eben eine Kerosinpfütze auf dem Boden an.

Die Amazone stürmte schreiend durchs plötzlich aufflammende Feuer. Var streckte sie mit einem Beilhieb nieder. Der Schild rollte weg. Feuer leckte an ihrem Körper.

»Wir sind in der Falle, Var!« schrie Soli. Im Moment war er so froh, sie körperlich und geistig unversehrt bei sich zu haben, daß er den Sinn ihrer Worte gar nicht beachtete. Die hektische Aktivität mußte sie vollends aus der Bewußtlosigkeit gerissen haben.

»Wir verbrennen!« schrie sie ihm ins Ohr.

Das wirkte. Er ging an die Wand und fing wie wild zu hakken an. Die Fasern waren zäh, und mehrmals schlug die Axt gegen Metall, aber schließlich glückte es ihm, eine Öffnung ins Freie zu schlagen.

»Schnell!« rief Soli, und er warf ihr während seiner Arbeit einen Blick zu. Zu seiner Verwunderung sah er, daß das Feuer bei weitem nicht alles verzehrte. Nur das Kerosin brannte! Soli stand dahinter, beide Stöcke in der Hand und wehrte alle Amazonen ab, die hindurch wollten. Zum Glück verhinderte die Enge des Raumes den wirksamen Einsatz von Pfeilen. Bald aber würde die Flüssigkeit verbrannt sein, und die Schar der aufgebrachten Weiber würde heranrücken. Einige versuchten sich bereits mit den Schilden gegen Solis Stöcke zu schützen.

»Durch das Loch!« rief Var ihr zu. Soli gehorchte blitzschnell, während er ihr Deckung gab.

Er hieb auf einem vorstoßenden Speer ein und schlüpfte selbst nach draußen, kaum daß ihre Füße verschwunden waren. Als er den Kopf hinaussteckte, sah er weit unter sich Wasser. Er hatte völlig vergessen, wie hoch sie sich befanden! Wie sollten sie so tief hinunterspringen?

Wo steckte Soli? Er sah sie weder an der Wand noch unten im Wasser. Wenn sie hinuntergefallen und ertrunken war . . .

»Hier!«

Er sah hoch. Sie klammerte sich an die Stützstruktur oberhalb des Loches.

Die Antwort auf ihr Problem hieß Klettern. Ja, sie konnten entlang des Seiles, das die gesamte Rahmenkonstruktion hielt, entkommen!

Ein behelmter Kopf zeigte sich im Loch. Soli langte herunter und hieb lässig mit dem Stock darauf. Der Kopf verschwand.

Sie kletterten weiter, wobei Var das Beil zwischen den Zähnen hielt. Es war leichter als damals vor langer Zeit der Aufstieg zum Bergplateau. Die Seile und Streben ließen sich gut anfassen, und die beiden gerieten allmählich in die Horizontale.

Ganz oben öffnete sich eine Tür, und ein Kopf erschien. Var holte mit dem Beil aus und der Deckel klappte sofort zu. Nun gehörte das Dach ihnen.

Das Seil, an dem der Bau hing, war viel dicker, als es zunächst aus der Ferne ausgesehen hatte. An der schmalsten Stelle maß es vier Fuß im Durchmesser. Die dicht miteinander verwobenen Fasern waren aus Metall, Nylon und Gummi.

Var hatte eigentlich geplant, dieses Halteseil durchzuschneiden und den gesamten Bau ins Wasser fallen zu lassen. Diesen Plan konnte er getrost aufgeben. Seine bereits schartige kleine Axt würde das nicht schaffen.

Sie erklommen die Seilsäule. Soli trug noch immer ihren schweren Packranzen, weil sie bislang keine Zeit gehabt hatten für Veränderungen. Glücklicherweise war dieser Abschnitt nur kurz. Var konnte nicht abschätzen, wie lange sie nach ihrer Bewußtlosigkeit diese Anstrengung aushalten konnte. Und falls die Amazonen sich wieder zeigten und ihre Pfeile auf sie abschossen . . .

Die Frauen tauchten auf, aber zu spät. Var und Soli hockten auf dem massiven Stahlträger, an dem der Bau hing, unerreichbar für die Pfeile. Sie waren in Sicherheit. Sie mußten jetzt nur noch nach oben zu der über die Brücke führenden Straße gelangen, und sich davonmachen, das war alles.

Nun, nicht ganz. Ein kalter Wind machte Var arg zu schaffen. Er mußte neue Kleider auftreiben und dazu Wandervorräte. Und neue Waffen. Das Beil war nicht ganz sein Fall, so nützlich es sich auch erwiesen hatte.

Er kroch voraus zu einem schräg geneigten Träger, der in den Irrgarten von Verstrebungen führte. Die wütenden Rufe der Amazonen verklangen, und ihre Pfeile blieben zurück. Er fragte sich, warum sie ihnen nicht folgten. Sicher wußten sie, wie man auf die eigentliche Brücke gelangte, da sie ja ihren Bau innerhalb der Konstruktion angesiedelt hatten.

Seine Haut brannte. Zunächst dachte er, es wäre der kalte Wind. Dann aber erkannte er das untrügliche Zeichen der Strahlung.

»Zurück!« rief er, Soli konnte es nicht spüren, würde aber bald die Wirkungen merken. »Strahlung.«

Sie zogen sich auf eine saubere Stelle zurück, wo einander schneidende Träger eine Art Korb bildeten. Jetzt wußten sie, warum die Amazonen von einer Verfolgung abgesehen hatten. Die Frauen mußten auf harte Weise erfahren haben, daß die Brücke unpassierbar war. Wahrscheinlich hatten sie ihren so verwundbaren Bau an die einzige Stelle verlegt, von der sie wußten, daß sie dort vor Eindringlingen sicher waren.

Var wußte, was er vorfinden würde. Die vor ihnen liegende Brücke würde gesättigt sein von Strahlen, die sie zu einem unbetretbaren Gelände machten. Wahrscheinlich war auch etwas Strahlung zwischen dem Bau und der Insel, wo der Tunnel auftauchte – und falls nicht, dort würden die Amazonen mit gespannten Bogen warten.

Soli, die sich bisher so tapfer gehalten hatte, gab nun auf. Sie legte den Kopf an Vars Schulter und weinte. Das hatte sie schon seit Monaten nicht mehr getan.

Der Wind war kälter geworden, und die Nacht rückte näher.

XV

Es wurde eine höchst unbehagliche Nacht. In Solis Sack fanden sich noch Proviant und etwas Kleidung, so daß Var sich innerlich und äußerlich ein wenig wappnen konnte. Doch die Härte der Träger, die Schärfe des immer wieder auffrischenden Windes, ihre zahlreichen Fleischwunden und die allgemeine Hoffnungslosigkeit ihrer Lage machten den Schlaf zu einem wahren Elend. Sie klammerten sich aneinander wie auf dem Gipfelplateau des Mount Muse, und flüsterten. »Schmerzt dein Kopf?« fragte Var und ließ die Frage beiläufiger klingen, als sie gemeint war.

»Ja. Ich muß mich wohl angeschlagen haben. Wie sind wir bloß aus dem Tunnel herausgekommen?«

Var sagte es ihr.

»Ich bin aufgewacht, als du mich auf die Beine stelltest«, sagte sie. »Ich hörte Stimmen und wurde geschüttelt, aber das alles war so weit weg, war vielleicht bloß ein Traum. Dann erwachte ich wieder und sah Wasser, wußte aber nicht, was gerade geschah und rührte mich nicht. Als du mich in den Bau schlepptest, war ich wieder ganz munter, wußte aber schon, daß ich mich da raushalten mußte. Ich hielt die Augen geschlossen, deswegen weiß ich nicht genau, wie alles war.«

Damit war erklärt, wieso sie so schnell auf die Beine gekommen war, als sie offiziell erwachte. Sie war so schlau gewesen, sich totzustellen, bis sie mehr wußte. Für Var war das zwar hart gewesen, doch er wußte, daß es sonst leicht noch schlimmer gekommen wäre. Die Amazonen waren sanfter mit ihm umgegangen, weil er für sie keine große Bedrohung darstellte, solange er das bewußtlose Mädchen mit sich schleppte.

»Diese Männer«, fuhr sie fort, »die waren fast so wie mein Vater. Bloß ist er kein Schwächling.«

Var wußte das. »Es waren Kastraten.«

»Aber diese Bienenhaus-Männer – wie konnten die –?« fragte sie.

Er wußte es nicht und wollte darüber keine Mutmaßungen anstellen. Dies war nun wirklich kein Gesprächsthema für ein weibliches Wesen, schon gar nicht für ein neun, ja fast zehnjähriges Mädchen.

»Var, was machen wir jetzt?« fragte sie nach einer Weile.

»Wenn es hell wird, könnten wir hinunterklettern und schwimmen. Vielleicht könnten wir so um den Strahlungsbereich herumkommen.«

»Ich kann nicht schwimmen.«

Sie war im Berg aufgewachsen. Sie hatte nie Gelegenheit gehabt, sich im offenen Wasser zu tummeln. Und während des Sommers und des Winters und des zweiten Sommers, die sie miteinander gewandert waren, hatte sich nie eine Gelegenheit zum Schwimmen geboten. Was sollten sie jetzt also anfangen?

»Wirst du es mir beibringen?« fragte sie schüchtern.

»Ich werde es dir beibringen.«

Schließlich schliefen sie doch ein. Der Wind legte sich, und das verbesserte die Lage.

Als wären sie ihrer Beute schon ganz sicher, hatten die Amazonen die zwei Flüchtlinge nicht unter Bewachung gestellt. Am nächsten Morgen stiegen Var und Soli unter einigen Schwierigkeiten zum Wasser ab. Er zeigte ihr die Schwimmbewegungen und wies sie an, sie solle den Kopf über Wasser halten. Soli hatte diese Kunst rasch gemeistert, spritzte aber viel Wasser auf und hielt sich eng an seiner Seite. »Es ist so tief!« rief sie aus. Sie schwammen westwärts, die Brücke entlang.

Die Strahlung kam, und sie mußten hinaus in den Ozean ausweichen. Soli bekam es mit der Angst zu tun, doch beide wußten, daß es keine andere Möglichkeit gab. Nach einer Weile mußte er wassertreten, während sie sich erschöpft an ihn klammerte. Ob die Tropfen auf ihrem Gesicht vom Wasser herrührten oder Tränen waren, konnte er nicht unterscheiden. Es stand jedenfalls fest, daß sie müde, verängstigt und verzweifelt war. Var überlegte, ob es günstig wäre, ein Boot zu stehlen, entschied sich dann aber dagegen. Sie wollten ja verborgen bleiben und nicht durch solche Aktivität ihre Anwesenheit zu erkennen geben. Am sichersten waren sie auf der Brücke, wenn sie nur erst die Strahlung hinter sich gelassen hätten!

Sie kamen nur langsam voran. Mehrmals gelangten sie sicher zu einem Pfeiler und hielten sich fest, während Soli jede Menge Salzwasser ausspuckte. Ihre Lippen waren blau, ihr Gesicht elend. Schließlich kletterte Var an einem Pfeiler hoch und kroch steifbeinig weiter, bis er wieder auf Strahlung stieß. Sie mußten wieder weiterschwimmen.

Beim nächsten Versuch, eine halbe Stunde später, war keine Strahlung mehr spürbar. Er half ihr hinauf. Die Sonne zeigte sich, und sie aalten sich in der Wärme und aßen aufgeweichtes Brot aus dem Sack.

Und dann ging es die ebene Straße entlang in Richtung China. Durch den Verlust von Vars Sack waren ihre Vorräte auf die Hälfte zusammengeschmolzen, aber es bestand immerhin die Hoffnung, daß sie Fische fangen konnten. Und falls es unterwegs noch andere Inseln gab, fanden sie dort vielleicht Früchte oder Beeren oder wenigstens Ratten.

Später am Tag senkte sich die Straße hinunter auf eine Insel, eine viel größere, mehrere Meilen messende, mit Bäumen und Seehunden und Vögeln und Häusern.

Sie mußten auf der Hut sein, denn es konnten immerhin hier Menschen leben, und ihr Bienenhaus-Erlebnis hatte sie gelehrt, ihren eigenen Spezies nicht über den Weg zu trauen. Var hatte die wahre Stärke des Irren-Nomaden-Systems noch nie zuvor richtig eingeschätzt und begriff auch jetzt noch seine Mechanismen nicht zur Gänze. Aber die Menschen seiner Heimat waren irgendwie zivilisiert und unterschieden sich von denen im Bienenhaus. In Amerika brauchte kein Mensch Kastration oder einen Kampf außerhalb des Ringes fürchten.

Die Insel war unbewohnt. Sie entdeckten alte Konservendosen, rührten diese aber nicht an. Stellenweise wuchsen spärliche Beeren, und die sammelten sie als willkommene Ergänzung ihrer Vorräte. Eines der Häuser erschien ihnen einigermaßen intakt, und sie machten sich daran, die Ratten daraus zu vertreiben. (Soli erklärte, sie könnte auf das Verzehren von Ratten noch verzichten.)

Es dämmerte schon, als sie näher kommendes Motorengeräusch hörten. Sie versteckten sich und lugten durch ein schmutzstarrendes Glasfenster hinaus. Ein Boot voller Amazonen legte am Strand an. Diese Insel war also ihr Plündergebiet.

Die Frauen gingen an Land und unterzogen das Gebiet einer gründlichen Durchsuchung. Es sah aus, als kämen sie nur selten hierher, andernfalls hätten sie es nicht so gründlich durchkämmen müssen. Ein wahres Glück, daß sie dem Haus, in dem Soli und Var sich versteckt hielten, nicht nahe kamen. Als nächstes kamen ein paar Kastraten an Land. Sie wurden zu jenen Stellen getrieben, wo Beeren wuchsen, und mußten sich mit ihren Körben auf Beerenlese machen, während die panzertragenden Frauen sich abwechselnd Waffenübungen unterzogen.

Nach zwei Stunden waren die Körbe voll, und die Männer bestiegen die Boote. Var und Soli atmeten auf. Erschraken aber, als nun zwei Menschen an Land gingen und direkt auf die Häuser zukamen. Ein junger Mann und eine Frau. Sie gingen ganz langsam, der Mann trübsinnig voran, während die Frau ihn dauernd weiterschubste.

»Hier«, sagte sie und blieb vor einem Haus stehen. Sie stieß die Tür auf. Holz und Mörtel prasselten herunter, und die Frau wurde von starkem Hustenreiz gepackt.

Sie versuchte es beim nächsten Haus, dessen Tür aber versperrt war. Sie schien eine kräftige Frau zu sein und wirkte recht robust in ihrer Rüstung, doch die Tür gab nicht nach. Var hatte am Abend zuvor dieselbe Erfahrung machen müssen.

Schließlich kam die Amazone zu dem Haus, in dem Var und Soli sich versteckten.

Die Flüchtlinge hatten im hinteren Raum Zuflucht gesucht, als die Tür aufgerissen wurde.

»Gut«, sagte die Amazone. »Hier ist alles halbwegs in Ordnung. Kaum zu glauben, daß es seit Jahren unbewohnt ist.«

Var wagte kaum zu atmen, während er aus dem dunklen Hinterzimmer herausspähte. Soli tat es ihm gleich. Es gab zwar einen Hinterausgang – das hatten sie herausgefunden, noch ehe sie hier eingezogen waren –, doch diese Tür quietschte laut, und man hätte ihre Flucht sofort entdeckt. Dann hätten sie die zwei Besucher töten müssen, und die Jagd hätte wieder begonnen, diesmal ohne Strahlung, hinter der man in Deckung gehen konnte. Andere Paare drangen in die benachbarten Häuser ein. Das konnten sie deutlich hören. Jedes noch so leise Geräusch würde alle aufscheuchen. Besser, man wartete ab.

»Ausziehen!« sagte die Frau so gebieterisch wie die verblichene Königin. Resigniert kam der Mann der Aufforderung nach. Var sah nun, daß er verstümmelt, aber nicht kastriert war.

Nun zog sich die Frau vom Helm bis zu den Beinschienen aus. Lächelnd stand sie da.

Und Var wurde schlagartig klar, daß die beiden hergekommen waren, um Sex zu machen! Und die anderen Paare ebenso. Er sah zu Soli hinüber. Was die Kleine sich wohl denken mochte! Aber er konnte ihr Gesicht in der Dunkelheit nicht ausmachen.

»Eine neue Königin wird gebraucht«, murmelte die Amazone und führte den Mann zu der kümmerlichen Matratze, auf der Var die Nacht verbracht hatte. »Ich habe vier gesunde Mädchen geboren. Noch eines, und ich kann mich am Wettbewerb um die Zucht-Führung beteiligen und mich um das Amt der Königin bewerben, wenn ich erst die anderen Bewerberinnen getötet habe . . . Du, mein Schönster, hast mir zu zweien dieser Töchter verholfen, und du sollst reich belohnt werden, wenn du mir noch ein Mädchen schenkst.«

»Ja«, äußerte der Mann bar jeder Begeisterung.

»Wenn du mich enttäuscht und nur einen Jungen machst, wird es dir übel ergehen.«

Der Mann nickte ergeben.

Enttäuscht mußte Var feststellen, daß er so etwas wie Neugier verspürte. Er hätte zu gern gesehen, was sich nun tat. Es war schrecklich – aber überwältigend.

Var, der sich ins Lauschen zu sehr vertieft hatte, verlor plötzlich das Gleichgewicht und polterte in den angrenzenden Raum.

Und dann ging alles ganz schnell. Var und Soli waren ertappt worden und mußten kämpfen. Noch ehe Var richtig wußte, was passiert war, lag das Amazonenpaar schon leblos auf dem Boden. Von den Booten und den anderen Hütten her hörte man Geschrei als Reaktion auf den kurzen Kampf. Var nahm der Amazone Pfeil und Bogen ab, Soli nahm den Speer. Dann rafften sie ihre eigenen Habseligkeiten zusammen und liefen durch die Hintertür hinaus. Trotz der Klemme, in der sie sich nun befanden, bedauerte Var, daß er nicht gesehen hatte, wie die Amazonen sich paarten. Ob er es je erfahren würde?

Bewaffnete Frauen stürmten vom Boot heran oder tauchten ein wenig ramponiert aus den Häusern auf. Fünf davon liefen auf Var und Soli zu, während die Männer unschlüssig am Strand auf und ab liefen. Drei hielten auf das eben verlassene Haus zu. Zwei sonderten sich ab und sicherten den Weg zur Brücke. Var sah, daß dieser Weg nun aussichtslos war. Die Frauen waren stark und die Chancen von fünf zu zwei bei hellichtem Tag standen eindeutig beim Gegner. Und die Männer würden natürlich ihren Weibern zu Hilfe kommen.

»Das Boot!« flüsterte Soli durchdringend. »Hier entlang!«

Var wußte, daß diese Richtung der reinste Irrsinn war. Soli aber lief bereits in rechten Winkeln auf den Weg des sich nähernden Trios zu. Er mußte ihr nach oder sie im Stich lassen. Rufen konnte er nicht, denn so hätten sie sich auf der Stelle verraten. Also lief er ihr nach. Sie hielt im Bogen auf das Boot zu. Die Amazonen, die auf dieses Manöver nicht gefaßt waren, beschränkten sich bei ihrer Suche auf die Häuser. Er hörte, wie sie aufkreischten, als sie das tote Paar fanden und wie sie durch die Häuser polterten. Soli hielt an, ehe sie auf die Männer bei den Booten stießen.

»Das sind Schwächlinge«, sagte sie atemlos. »Die kämpfen bestimmt nicht. Wenn wir sie anschreien und auf sie zustürmen, dann laufen sie weg.« Und sie setzte sich schreiend in Bewegung.

Wieder mußte Var ihr einfach folgen.

Die Männer stoben auseinander, obwohl sie zu viert waren, und voll ausgewachsen. Var staunte nicht wenig.

»Jetzt ins Boot!« rief Soli und kletterte auch schon an Bord.

Kaum hatte Var sich neben sie gesetzt, merkten die Amazonen, was passiert war und schlugen Alarm.

»Den Motor anwerfen!« rief Soli.

Er starrte sie verständnislos an.

»Schnur ziehen!« rief sie. Sie faßte nach einem Griff und zog heftig. Eine Leine hing daran, und gleich darauf ertönte ein Knall. Var fiel ein, daß er eine Amazone dasselbe hatte tun sehen, als man ihn und Soli im Boot zum Bau geschafft hatte.

Er faßte nach der Leine und zerrte mächtig daran. Die Leine gab ein ganzes Stück nach, der Motor heulte auf.

»Ich übernehme das Steuer!« übertönte Soli den Lärm. Sie hantierte an einem Rad herum. Zu Vars Verwunderung setzte das Boot sich in Bewegung. Soli wußte also, was sie da machte.

Unter ihrer Anleitung legten sie ab und glitten in tieferes Gewässer. Die Amazonen kamen gelaufen und schleuderten ihre Speere nach ihnen, doch war die Entfernung schon zu groß. Da gingen die Frauen in die Knie und brachten die Bogen in Anschlag.

Soli zog an einem anderen Griff, und der Motor verfielfachte sein Dröhnen. Das Boot tat einen Satz nach vorne.

Nun kamen die Pfeile dahergeschwirrt. Und es waren keine schlecht gezielten Schüsse. Der Maschinenbereich blieb ausgespart, den wollten die Schützinnen offenbar nicht beschädigen. Sie konzentrierten sich auf die Bootsinsassen. Und sie verfehlten ihr Ziel nur knapp. Nur Dank Solis Geschick mit dem Steuer entkamen sie dem ersten Pfeilhagel.

Schon lag die zweite Salve Pfeile im Anschlag, und diesmal würden sie treffen, trotz der immer größer werdenden Entfernung. Var nahm einen der runden Lederschilde der Amazonen und hielt ihn schützend hinter Solis Rücken, denn sie konnte den Pfeilen nicht ausweichen, während sie das Steuer hielt.

Drei Pfeile bohrten sich in den Schild. Tödliche Pfeile, wären sie nicht vom Leder aufgefangen worden. Zwei Pfeile trafen Var, der eine in den rechten Arm, der andere in den Unterleib. Er ließ sie stecken, nahm den Schild in die andere Hand und kniete hinter Soli nieder. So schützte er sie mit seinem Körper und dem Schild gleichzeitig.

Zwei weitere Pfeile schlugen dumpf ins Leder, schon mit geringerer Kraft. Ein weiterer Pfeil ritzte sein ungeschütztes Bein. Und einer surrte an seinem Kopf vorüber und schlug neben Soli ins Holz.

»Var, kannst du nicht . . .«, schimpfte sie, über die Schulter blickend. Jetzt erst merkte sie, wie es um ihn stand. Sie schrie auf. Var verlor das Bewußtsein.

XVI

Er erwachte und versank wieder in Bewußtlosigkeit, spürte Schmerzen und nahm das Vergehen der Zeit wahr, das Schaukeln der Wellen, Solis Fürsorge und sonst nichts. Die Pfeile waren aus seinem Arm, aus seinem Bein und aus seinen Eingeweiden entfernt, doch brachte ihm dies keine Erleichterung. Sein Leib brannte, seine Kehle war trocken, in seinem Inneren spürte er einen furchtbaren Druck.

Sie pflegte ihn. Sie setzte ihn in der Kabine des Bootes auf und führte Wasser an seinen Mund. Das verursachte ihm Übelkeit, und sein keuchendes Atmen zerriß grausam seinen Unterleib, doch Zunge und Kehle fühlten sich besser an. Er besudelte sich mehrere Male, und sie säuberte ihn, und als sie seine Genitalien wusch, da reagierte er darauf, und er schämte sich und konnte doch nichts dagegen tun. Er blutete noch immer aus seinen Wunden, und sie reinigte sie und verband sie, und wenn er sich bewegte, floß wieder heiß das Blut.

In seinem Delirium dachte er an den Herrn im Ödland, damals vor sieben Jahren, und an seine Strahlenkrankheit. Jetzt erst wußte Var, was der Mann mitgemacht hatte und warum er dem wilden Jungen, der ihn damals pflegte, solche Freundschaft entgegengebracht hatte. Dieser Gedanke aber brachte anderen Schmerz, denn er wußte noch immer nicht, warum der Herr diese Freundschaft gebrochen hatte und sein Todfeind geworden war.

Aber die meiste Zeit dachte er an Soli, die sich nun in seiner Hilflosigkeit seiner annahm. Noch ein Kind, aber schon eine Meisterin im Stockkampf und eine treue Gefährtin, die sich nie an seiner verfärbten Haut, der Grobheit seiner Hände und Füße und seinem Buckel gestört hatte. Sie hätte zu ihrem Vater, den sie liebte, zurückgehen können, und hatte es nicht getan. Sie hätte sogar zum Herrn gehen können, der sie hatte adoptieren wollen. Ein solches Angebot wurde nicht leichtfertig gemacht. Sie aber war bei Var geblieben, weil sie der Meinung war, daß er ihre Hilfe brauchte.

Und die brauchte er nun wirklich.

Nacht war es, und er schlief. Dann war es Tag, und er bewegte sich krampfgeplagt und im Halbschlaf, hörte das Dröhnen des Motors, roch das Benzin, das sie aus Reservekanistern nachfüllte. Wieder war es dunkel und kalt, und Soli nahm ihn in ihre Arme und hüllte sich und ihn in grobe Decken und wärmte ihn mit ihrem kleinen Körper, während seine Zähne aufeinanderschlugen. Doch er wurde nicht wieder gesund.

Während einer seiner helleren Perioden – die, wie er wohl wußte, nicht sehr häufig auftraten – sprach sie mit ihm über den Berg Helicon und die Nomaden.

»Weißt du, daß ich euch immer für Wilde gehalten habe«, sagte sie. »Dann aber traf ich dich und den Namenlosen, und merkte, daß ihr nur unwissend seid. Ich hielt es für gut, wenn ihr euch mit der Unterwelt-Technik näher befaßt.«

»Ja. . .« Er hätte ihr gern recht gegeben, hätte sich gern mit ihr auf gleicher Ebene unterhalten, überzeugt, daß er dazu befähigt war. Aber der Satz verlor sich in Schweigen.

»Jetzt weiß ich, wie es außerhalb des Einflußgebietes der Irren aussieht, wo auch der gemeine Mann über Technik verfügt, und da bin ich mir nicht mehr so sicher. Ich frage mich, ob die Nomaden nicht ihren einfachen, aber guten Ehrenkodex aufgeben würden, wenn. . .«

Ja, ja! Diese Frage hatte er sich auch gestellt. Doch hatte er sie nicht so deutlich formulieren können. Die Amazonen und ihre Motoren und ihre Barbarei. . . Das Boot fuhr ständig die Brücke entlang. Einmal spürte er Strahlung und schrie auf, und sie wich mit dem Boot aus.

Dann war die Zeit entweder vergangen oder stehengeblieben, und das Boot hatte festgemacht und Menschen waren zur Stelle. Keine Amazonen und keine Nomaden. Soli war verschwunden, dann war sie wieder da, weinend, und sie küßte ihn und war wieder verschwunden.

Ein Mann kam und stach ihn mit einem Stachel in den Arm. Als Var wieder erwachte, schmerzte sein Leib anders, es war ein Heilungsschmerz, und er wußte, daß er schließlich doch genesen würde. Aber Soli war nicht da.

Frauen kamen und fütterten ihn und säuberten ihn, und er schlief weiter. Und die Tage vergingen.

»Du bist nun wieder wohlauf«, sagte eines Tages ein Fremder. Er war schon in dem Alter, in dem man Haare verlor, dazu etwas untersetzt und schwammig. Bestimmt kein Krieger im Ring.

Und Var war gesund, wenn auch noch sehr geschwächt. Arm, Bein und Unterleib waren verheilt, und er konnte sein Essen bei sich behalten und es von sich geben ohne Blut. Aber diesem Mann traute er nicht, und Soli fehlte ihm sehr. Soli, die nicht mehr gekommen war seit damals, als sie ihn geküßt und dazu geweint hatte.

»Dieses Mädchen – wie ist deine Beziehung zu ihr?« fragte der Mann.

»Wir sind Freunde.«

»Du sprichst mit schwerem Akzent. Und es sieht aus, als hättest du ernste Strahlenverbrennungen davongetragen und dazu noch Verformungen aus der Kindheit. Woher kommst du?«

»Aus dem Einflußgebiet der Irren«, antwortete er und gebrauchte für die Irren das Wort, das auch Soli gebraucht hatte.

Der Mann runzelte die Stirn. »Willst du mich auf den Arm nehmen?«

»Manche nennen es Amerika. Die Irren teilen es sich mit den Nomaden.«

»Ach so.« Der Mann brachte ihm seltsame, vornehme Sachen zum Anziehen. »Nun, dann laß dir sagen, daß dies hier Neu Kreta auf den Aleuten ist. Wir sind zivilisiert, haben aber unsere eigenen Konventionen. Das Mädchen hat Verständnis dafür, fürchtet aber, daß du nicht viel davon halten würdest.«

»Soli – wo ist sie denn?«

»Sie befindet sich im Tempel, in Erwartung der Wonnen unseres Gottes. Wenn du willst, kannst du sie sehen.«

»Ja.« Var gefiel das Auftreten des Mannes gar nicht. Zwar strahlte er nicht Zynismus nach der Art Helicons aus, aber aufrichtig war er auch nicht.

Var zog sich an. In den langen, losen Hosen, dem langärmeligen weißen Hemd und ganz besonders in den steifen Lederschuhen, die seinen Füßen weh taten, fühlte er sich erbärmlich. Diese Sachen waren keineswegs das, was Var als zivilisierte Kleidung ansah. Doch der Mann bestand darauf, daß er diese Dinge anzog.

Sie befanden sich in einer Stadt. In keiner toten Ödland-Stadt, sondern in einer lebendigen Metropole mit hell erleuchteten Gebäuden und sich bewegenden Fahrzeugen. Menschen drängten sich in den sauberen Straßen. Var fühlte sich weniger ungemütlich, als er sah, daß die meisten Männer so gekleidet waren wie er.

Der Tempel war ein gewaltiger Bau, von hohen Säulen und

einer Mauer umgeben. Mit Feuerwaffen ausgerüstete Posten standen am Eingang. Var, der so schwach war, daß sogar der kurze Weg ihn ermüdet hatte, spürte Nervosität. Dazu kam, daß er selbst unbewaffnet war.

Im Tempelinneren sah er Priester in wallenden Gewändern und dazu eine erlesene Einrichtung. Nach verschiedenen Erklärungen, die Vars Führer abgeben mußte, landeten sie in einem Raum, der in der Mitte durch eine Reihe senkrechter Metallstäbe geteilt war, die etwa vier Zoll voneinander Abstand hielten.

Soli betrat nun die andere Hälfte des Raumes. Kaum sah sie Var, lief sie an die Stäbe und faßte nach seiner Hand. »Du bist wieder gesund!« rief sie mit gebrochener Stimme.

»Ja.« Was sie betraf, so hatte er seine Zweifel. Sie sah gut aus, doch ihr Benehmen war sonderbar. »Warum bist du hinter Gittern?«

»Ich bin im Tempel.« Sie schwieg und sah ihn an. »Ich habe mich mit etwas Bestimmtem einverstanden erklärt, und muß nun hierbleiben. Var, von nun an darf ich dich nicht wiedersehen.«

Der Umgang mit Worten fiel ihm noch immer schwer. Er wußte nicht, wie er sie dazu bringen konnte, die Wahrheit zu sagen. Besonders in Gegenwart des Fremden. Doch ihr angespanntes, beherrschtes und verzweifeltes Gehabe sagte ihm, daß etwas Schreckliches während seiner Krankheit passiert war, und daß Soli nicht erwartete, ihn wiederzusehen.

Und sie wollte nicht, daß er den Grund erfuhr.

Nun war sie ihm also ebenso entfremdet worden wie der Herr – und auch durch Dazwischentreten eines Dritten.

»Lebwohl, Var!«

Er wollte nicht Lebwohl sagen. Er drückte ihre Hand und wandte sich zum Gehen, wohl wissend, daß jetzt nicht die Gelegenheit zu einer Erwiderung war. Er wußte zuwenig.

Auf dem Rückweg dachte er nach, wie er nun vorzugehen hatte.

»Du mußt zur Arbeitsvermittlung gehen und dich um eine Ausbildungsstelle bewerben«, sagte der Mann. »Zunächst werden dir auch einfache Arbeiten schwerfallen.«

»Und was ist, wenn ich hier nicht bleiben will?« Aber ohne Soli gehe ich nicht, dachte er im stillen.

»Natürlich kannst du gehen, wenn du dir ein Boot kaufst und dazu Vorräte. Das hier ist eine freie Insel. Aber zu all dem brauchst du Geld.«

»Geld?«

»Wenn du nicht weißt, was das ist, dann hast du auch keines.«

Var ließ es dabei bewenden. Mit der Zeit würde er herausfinden, was Geld eigentlich war, und ob er es brauchte. Es klang so, als wäre es etwas Ähnliches wie Tauschhandel.

Sie betraten das Krankenhaus und gingen auf Vars Zimmer. »Noch einen oder zwei Tage, und du mußt hier raus«, sagte der Mann.

Var sah sich um. Von seinen oder Solis Habseligkeiten nirgends eine Spur, bis auf den Armreif, den er trug, und der war stumpf und zerkratzt. Er glaubte zu wissen, warum man ihm den gelassen hatte. Sie wußten wohl nicht, daß er aus Gold war.

Das Bett war ähnlich dem, das er in seiner Kindheit im Ödland gesehen hatte. An beiden Enden hohe Metallpfosten, wie Fensterkreuze oder wie die Stäbe im Tempelraum. Stäbe ließen sich lockern und losreißen . . .

»Und noch ein letztes Wort«, sagte der Mann. »Mach denen im Tempel keinen Ärger. Man wird dich nicht mehr zu ihr lassen.«

Var legte die Hand auf einen der Stäbe und drehte ein wenig dran. Er saß fest. »Warum nicht?«

»Weil sie nun eine Tempeljungfrau ist, unserem Gott Minos geweiht. Diese Mädchen werden während der Wartezeit lange völlig von allen Menschen getrennt gehalten.«

Var versuchte es an der nächsten Stange. Diese ließ sich drehen. »Warum?«

»So verlangen es die Gesetze. Wenn sie sich dem heiratsfähigen Alter nähern, ist die Gefahr zu groß, daß sie für den Gott an Wert verlieren.« Der Stab war nun locker. Var hob ihn hoch und ging damit auf den Mann zu, seine Schwäche unterdrükkend. »Was geschieht mit ihr?«

Der Mann sah ihn und die improvisierte Keule an, als wäre ihm die Bedrohung gar nicht klar. »Wirklich, es ist völlig überflüssig –«

»Sag es mir oder du mußt sterben.« Var, den die Angst um Soli trieb, war es ernst. Er war zwar schwach, doch dieser Mann war offensichtlich nicht kampferprobt. Einer oder zwei Hiebe würden ausreichen.

»Also gut. Sie wird Minos geopfert werden.«

Var spürte ein Schwindelgefühl, und seine Schwäche wuchs. Seine ärgsten Befürchtungen waren auf brutale Weise bestätigt worden. »Warum?«

»Du hast im Sterben gelegen. Ärztliche Betreuung ist kostspielig. Sie erklärte sich einverstanden, in den Tempel einzutreten. Das geschieht immer freiwillig, denn wir sind schließlich zivilisiert. Dafür haben wir dich gesundgepflegt. Und weil sie hübsch zu werden verspricht und dies dem Gott angenehm ist, erklärten wir uns mit diesem ungewöhnlichen Vorschlag einverstanden. Heute haben wir ihr bewiesen, daß wir uns an den Handel gehalten haben, und nun wird sie sich auch daran halten.«

»Sie wird – sterben?«

»Ja.«

Var ließ den Bettpfosten fallen und setzte sich verwirrt und entsetzt hin. »Wie?«

»Man wird sie an den Felsen vor dem Eingang zum Labyrinth anketten. Minos wird kommen und sie verschlingen, wie es seine Gewohnheit ist. Und dann wird das Glück einen Monat lang Neu Kreta wieder hold sein, denn unser Gott ist zufriedengestellt.«

Noch eines mußte Var unbedingt wissen. »Wann?«

»Ach, erst in zwei Jahren. Deine Freundin ist ja noch ein Kind.« Er warf Var einen undeutbaren Blick zu. »Andernfalls wäre sie gar nicht in Frage gekommen.«

Var verfolgte diese Andeutung nicht weiter. Es lag ihm nichts daran. Die Erleichterung war so kräfteverzehrend wie die Bedrohung. Zwei Jahre! Es gab tausend Dinge, die er während dieses Zeitraumes tun konnte, um sie zu retten.

»Denk daran, Nomade, sie hat sich zu einem Handel bereit

erklärt. Ungeachtet ihrer Jugend, schien sie uns eine Person zu sein, die ehrlich zu ihrem Wort steht. Sie wird ihr Versprechen, das dein Leben rettete, nicht brechen, egal, was du vielleicht versuchen magst.«

Und das war, wie Var enttäuscht feststellte, die Wahrheit. Soli war immer bedacht gewesen, einen Handel einzuhalten, jeden Handel. Sie hatte zwar nichts gegen die Anwendung kleiner Listen, wie etwa sich als Junge zu verkleiden oder sich die nötige Nahrung zusammenzustehlen, aber die große Linie mußte gewahrt werden.

Der Mann stand auf. »Mir ist klar, daß es dir schwerfällt, dich in eine fremde Kultur hineinzudenken, so wie es mir sicher schwerfiele, mich an euer System in Amerika mit Irren und Kampfringen zu gewöhnen.« Var fiel auf, daß der Mann trotz seiner angeblichen Unwissenheit schließlich doch etwas von der Existenz der Nomaden wußte. Vielleicht hatte Soli es ihm berichtet, und er hatte sich bei Var vergewissert. »Du wirst aber sehen, daß wir fair, ja sogar großzügig sein können, wenn man sich an unser System hält. Morgen wird man dich entlassen, und ich werde dich zur Arbeitsvermittlung bringen. Dort wird man deine Fähigkeiten testen und dir die erforderliche Ausbildung angedeihen lassen. Und dann liegt alles bei dir. Wenn du gute Arbeit leistest, wirst du auch gut essen.«

Er ging.

Var legte sich aufs Bett. Das Funktionieren dieses Systems imponierte ihm. Es wies gewisse Ähnlichkeiten mit dem Imperium auf. Doch er hatte nicht die Absicht, Soli sterben zu lassen.

Und er hatte viel Zeit zum Planen. Bis er sich etwas Passendes ausgedacht hatte, konnte er sich eine Zusammenarbeit mit den Menschen von Neu Kreta erlauben.

Var wurde Müllarbeiter. Weil er häßlich war und die angebotene Ausbildung nur oberflächlich, waren ihm gehobenere Arbeiten verwehrt. Weil er Analphabet war, und dazu ungeschickte Hände hatte, war er den komplizierten Tätigkeiten auf Neu Kreta, wo sich eine gebildete und technisierte Gesellschaft etabliert hatte, nicht gewachsen. Und die tägliche Schwerarbeit mit dem Müll hielt ihn in erstklassiger körperlicher Verfassung. Die Menschen mieden ihn, weil er schmutzig war, und weil er stank, und genau das wollte er. Das Zimmer, das er bewohnte, hatte fließendes Wasser und wurde im Winter beheizt. Es gab elektrisches Licht, das man einschaltete, indem er an einer Schnur zog, und er verdiente genügend dieser Metallmarken, Geld genannt, daß er sich Kleidung und Nahrung und hin und wieder etwas Vergnügen kaufen konnte.

Es dauerte ein Jahr, bis er entdeckte, wie kostbar hier sein goldener Armreif war. Er hatte geglaubt, er würde ihm höchstens ein paar Silbermarken einbringen, doch in Wahrheit hätte er damit, wäre der Reif geschätzt und verkauft worden, seinen gesamten Krankenhausaufenthalt bezahlen können. Das im Lande der Irren so verbreitete Metall war hier etwas Besonderes, denn hier wurde es in den Maschinen verwandt, wie, das wußte er allerdings nicht. Soli mußte das geahnt haben, und hatte sich dennoch in den Tempel verkauft und keinerlei Vorteil daraus gezogen.

Ihre Großzügigkeit war töricht. Ein Mann trug den Reif doch nur, um ihn der Frau seiner Wahl zu geben. Was kümmerte es sie, ob er den Reif trug oder nicht? Er hatte keine Frau, der er ihn geben konnte. Tagsüber tat Var, was von ihm verlangt wurde und ging damit Schwierigkeiten aus dem Weg. Nachts aber entledigte er sich seiner konventionellen Kleidung, zog sich Lumpenzeug an und durchstreifte bloßfüßig die wilden Regionen von Neu Kreta. Die Insel war groß, mindestens zwanzig Meilen im Durchmesser, und es gelang ihm, sie im Laufe der Zeit zu erkunden, ohne die Bewohner auf sich aufmerksam zu machen. Und überdies konnte er sich ungestört in seinen Waffen üben. Er fertigte ein hübsches Stockpaar aus altem Holz an und handhabte es bald so geschickt wie einst seine Metallstökke im Ring. Nicht das Gerät, sondern die geschickte Hand war es, was hier zählte. Er lernte das Land genau kennen und wagte sich sogar ein Stück in den dunklen Tunnel hinein, der von der Insel im Westen abzweigte. Der Gang war mit Abfällen gefüllt. Er wurde nicht von mechanischen Fegemaschinen saubergehalten, und war als Mülldeponie benutzt worden.

Und er erkundete das Tempel-Reservat. Es handelte sich um ein von Mauern umgebenes Viertel, etwa eineinhalb Meilen lang, das nicht allzu schwer bewacht wurde. Var konnte sich mühelos einschleichen. Die Mädchen wurden täglich ins Freie geführt, wo sie Bewegungen machen mußten, Soli unter ihnen. Var stellte fest, daß sie gut behandelt wurde. Allmonatlich bei Vollmond wurde eines der älteren Mädchen zu einer Schlucht geführt und dort angekettet. Am nächsten Abend war sie verschwunden. Den Gott Minos bekam Var niemals zu Gesicht, da das Ungeheuer eigenartigerweise nicht bei Vollmond fraß, sondern nur bei Tag. Und Var mußte tagsüber arbeiten und durfte nicht riskieren, daß man ihn innerhalb des Tempelviertels antraf.

Im zweiten Jahr baute er ein Boot. Kein so gutes wie das der Amazonen, in dem sie hier angekommen waren. (Was war daraus bloß geworden? Warum hatte man es nicht als Gegenwert für die ärztliche Betreuung einbehalten?) Und mit Sicherheit kein Boot, mit dem er die Fahrt aufs offene Meer wagen konnte, selbst wenn sein Geschick als Bootsführer dazu ausgereicht hätte. Aber das Boot würde genügen, um Soli Mut zu machen und ihr ein Versteck zu bieten, bis er bessere Vorkehrungen treffen konnte. Zunächst mußte er sie vor Minos retten.

Denn wenn man sie für den Gott in der Schlucht ankettete, und sie dann gerettet wurde, hätte sie sich der Form nach an den Handel gehalten. Sie hätte sich geopfert und wäre unerwartet befreit worden. Er mußte nur Minos davon abhalten, sie zu verschlingen. Dann mußte er sie mit sich nehmen, und der Tempel würde nie etwas erfahren.

Der Morgen kam. Var beobachtete alles, denn er kannte das allmonatliche Datum der Zeremonie (schließlich konnte er den Mond ebensogut beobachten wie ein Priester), und er wußte, daß sie an der Reihe sein mußte. Die meisten Mädchen waren nun jünger als sie, und der Tempel bot nicht länger als unbedingt notwendig Unterkunft und Verpflegung. An diesem Tag würde er seine Runden nicht machen – er würde nie wieder Müll wegschaffen.

Soli, die in den zwei Jahren fast erwachsen und heiratsfähig geworden war, wurde von verhüllten Priestern zur Schlucht geführt und dort angekettet. Die Männer – Var nahm an, daß es Männersache war, obwohl er sich über ihr Geschlecht nicht im klaren war – schlugen spitze Halterungen in den Stein und Solis Gelenke wurden in Schulterhöhe darin festgemacht. Er hatte Soli lange nicht aus der Nähe gesehen und mußte feststellen, daß sie ihrer leiblichen Mutter Sola mittlerweile sehr ähnlich geworden war.

Er lauerte hinter den Bäumen, bis die Priester verschwunden waren. Eine halbe Stunde wartete er, damit er sicher sein konnte, daß niemand zurückkam und daß niemand anders zusah. Die Schlucht war vom Tempel her nicht einzusehen, wahrscheinlich aus Rücksicht auf die zurückbleibenden Mädchen. Var wußte nun, wie die meisten der Unglücklichen hineinkamen. Sie gingen freiwillig, um ihre Familien vor Hunger zu bewahren, denn auf der Insel gab es viele Arme. Die Philosophie des »Wer-nicht-arbeitet-soll-nicht-Essen« war ein sehr dünner Deckmantel für die Unterdrückung der Glücklosen. Der Lohn, den Var bekam, war für eine Familie nicht ausreichend. Elend und Not waren weit verbreitet. Da war das System der Irren und Nomaden in Amerika schon besser, denn dort mußte niemand hungern.

Kaum hatte er sich vergewissert, daß er unbeobachtet war, ließ Var seine philosophischen Gedankengänge fallen, wagte sich aus seinem Versteck und betrat die Schlucht. Soli hörte ihn und sah mit einem kleinen Schrei auf, wohl in der Meinung, der Gott wäre gekommen. Dann erkannte sie ihn. »VAR!«

Er kam näher und faßte nach einer Halteklammer. »Ich habe dich niemals vergessen«, sagte er. »Glaubst du denn, ich würde dich auffressen lassen?«

Doch die Fessel war fest, und er hatte keinen Hebel, um die Halterung loszustemmen.

»Ich –« fing sie an, und plötzlich flossen ihr die Augen über. »Ich danke dir. Aber ich kann nicht mit dir gehen. Ich habe es versprochen.« »Du hast dein Versprechen eingelöst!« Er versuchte, das Metall im Stein zu lockern. Warum hatte er bloß nicht daran gedacht, Werkzeug mitzubringen?

»Nein. Erst wenn ich geopfert bin«, sagte sie.

Var zerrte an den anderen Fesseln. Ihm war, als spüre er ein Nachgeben.

»Ich kann das nicht zulassen«, sagte sie unter Tränen.

Var hörte gar nicht hin und zerrte weiter an dem Metall. Mit den Stöcken konnte er die Halterungen nicht losstemmen, da sie zu dick waren und neben ihren Gelenken keinen Platz fanden. Er hätte mit einem Stein auf das Metall einschlagen können, doch das Geräusch konnte die Priester oder den Gott Minos anlocken.

Da wurde er plötzlich zurückgestoßen.

Soli hatte den bloßen Fuß angezogen und ihn mit aller Kraft vor die Brust getreten. Jetzt wußte er: Sie meinte es ernst. Sie würde ihm Widerstand entgegensetzen und nicht zulassen, daß er sich an ihren Fesseln zu schaffen machte.

Also konnte er sie nicht befreien, ehe er sie nicht vorher bewußtlos geschlagen hatte. Und wie würde sie sich nachher zu ihm stellen, wenn er sie mit Gewalt hinderte, ihren Eid zu halten?

Jedenfalls brachte er es nicht über sich, sie zu schlagen. Bei jedem anderen, hätte er es gekonnt. Nicht bei Soli.

Er stand auf und sah sie an. »Dann werde ich Minos töten!« sagte er.

»Nein!« schrie sie vor Entsetzen auf. »Er ist ein Untier! Niemand kann ihm etwas tun!«

»Ich habe geschworen, ich würde jeden töten, der Solas Kind etwas zuleide tut«, sagte Var. »Diesen Schwur habe ich geleistet lange, ehe du deinen geleistet hast. Soll ich denn warten, bis er – bis das Ungeheuer kommt?«

»Aber Minos ist ein Gott, kein Mensch! Ihn kannst du nicht töten!«

»Er verschlingt Jungfrauen – und soll kein Tier sein?« Dann schämte er sich seiner Ironie. »Was immer er ist, ich trete ihm entgegen, wenn du jetzt nicht mit mir kommst.«

»Ich kann nicht.«

Var sah nun, daß jedes weitere Wort überflüssig war. Er betrat die Schlucht und sodann das Labyrinth ungeachtet ihrer leisen Rufe. Dort, wo die Wände sich zusammenschlossen, klaffte eine große offene Höhle. In ihrem Inneren zweigten mehrere kleinere Gänge ab. Var hielt die Stöcke bereit und schlich vorsichtig in einen der Gänge hinein.

Er führte zu einem mittelgroßen Gewölbe, in dem verstreute Knochen lagen. Var untersuchte sie nicht näher, er wußte ja, woher sie stammten. Erreichte er sein gestecktes Ziel nicht, dann würden heute auch Solis Gebeine hier landen. Er ging weiter.

Da fiel ihm ein, daß der Tier-Gott die Höhle verlassen und Soli angreifen könnte, während er die leeren Höhlen absuchte. Hastig zog er sich zum Eingang zurück, wobei er durch die Gebein-Höhle und eine leere Höhle gehen mußte.

Und plötzlich merkte er, daß er in dem Labyrinth die Orientierung verloren hatte. Er mußte eine Abzweigung übersehen haben und wußte nun nicht, wo er sich befand, oder in welcher Richtung der Eingang lag. Sein in der Wildnis geschärfter Orientierungssinn, auf den er sich normalerweise verlassen konnte, hatte ihn in diesem Moment im Stich gelassen.

Doch war er auch jetzt noch imstande, einen Ausweg zu finden. Er konnte seine eigene Spur wittern, oder aber, er konnte seinen zurückgelegten Weg mit Knochen markieren und einen falschen Ausgang nach dem anderen abstreichen. Aber dafür brauchte er Zeit, und Soli war vielleicht schon in diesem Augenblick in höchster Gefahr. Er entschloß sich für ein direkteres Vorgehen.

»Minos!« brüllte er. »Komm und kämpfe mit mir!«

»Muß ich das?« antwortete eine sanfte Stimme hinter ihm.

Var fuhr herum. – In einem der Gänge stand ein Mann.

Nein – kein Mann. Der Leib war der eines riesenhaften Kriegers, der Schädel aber war behaart und gehörnt. Nein, es war nicht nur ein Bart. Das Gesicht lief vorne zu einer Schnauze zu, und die Hörner sprossen knapp oberhalb der Ohren. Es war, als hätte man einen Stierschädel auf einen Menschenkörper verpflanzt. Und die Füße waren Hufe, keine verstümmelten Zehen wie bei Var, sondern feste runde Rinderhufe. Die Zähne hingegen waren nicht die eines Pflanzenfressers. Sie waren spitz wie Hundezähne.

Das also war Minos.

Var hatte schon allerhand Absonderlichkeiten kennengelernt und hatte auch hier etwas in dieser Art erwartet. Er vollführte eine Bewegung mit seinem Stock, und das Kampffieber in ihm wuchs. Vermutlich war es das, was andere Angst nannten.

»Was führt dich bei hellichtem Tag her, Var der Stock?« fragte der Gott ruhig. »Du bist bisher immer in der Dunkelheit gekommen, aber niemals in meine Behausung.«

»Ich bin gekommen, um zu kämpfen«, wiederholte Var. Niemand hatte ihm gesagt, daß der Gott sprechen könne, oder daß er so viel wisse. Woher kannte Minos Vars Namen?

»Natürlich. Warum aber ausgerechnet in diesem Augenblick? Vor mir liegt ein schwerer Tag. Gestern hätte ich dir mehr Zeit widmen können.«

»Draußen ist Soli, meine Freundin. Als Opfer. Ich habe geschworen, ich würde den Menschen – oder den Gott oder das Tier – töten, der ihr etwas antut. Und ich warte nicht erst ab, bis ihr etwas zustößt.«

Minos nickte, so daß seine Wollzotteln bebten. »Du bist mutig und treu. Aber glaubst du wirklich, daß du mich töten könntest?«

»Nein. Aber versuchen muß ich es, denn ohne Soli gibt es für mich kein Leben.«

»Komm. Wir können das alles ohne Unannehmlichkeiten regeln.« Minos drehte ihm den breiten Rücken und trottete mit klappernden Hufen den Gang entlang.

Der verdutzte Var folgte ihm.

Sie kamen in eine größere Kammer, in deren Mitte ein Felsblock lag. »Den stemme ich zur Übung immer hoch«, sagte Minos. »So.« Er bückte sich nach dem Stein, offenbar unbekümmert darüber, daß hinter ihm ein bewaffneter Gegner stand. An Armen und Rücken traten gewaltige Muskeln hervor. So viel Kraft hatte Var seit seinem Training mit dem Herrn nicht mehr gesehen. Der Stein kam vom Boden los. Minos hob ihn auf Brusthöhe, hielt ihn so sekundenlang und legte ihn wieder auf den Boden. »Man muß achtgeben, wenn man diese Dinger wieder losläßt.« Er keuchte. Und trat zurück. »Und jetzt du. Wenn du imstande bist, ihn zu heben, dann bist du eventuell ein Gegner für mich.«

Var hängte die Stöcke an den Gürtel und trat näher. Der Gott hatte ihm vertraut, und er war nun verpflichtet, das Vertrauen zu erwidern.

Er bemühte sich mit aller Kraft, schob und drückte. Er konnte den Stein nicht von der Stelle bewegen. Das Ding ließ sich nicht mal wegrollen.

Schließlich gab er auf. »Du hast recht. Ich bin nicht so stark wie du. Aber im Zweikampf könnte ich dich vielleicht schlagen.«

»Gewiß«, meinte Minos aufrichtig. Sein Gesicht nahm einen sonderbaren Ausdruck an, wenn er sprach, denn er mußte seinen Mund geschlossen um die Schnauze strecken und konnte die Worte nur teilweise mit dem Mund formen. Und seine Aussprache hörte sich komisch an. »Wenn du darauf bestehst, werden wir kämpfen. Aber erst wollen wir miteinander reden. Ich habe nur selten Gelegenheit, mit einem ehrenwerten Menschen zu reden.«

Var war diesem Vorschlag zugänglich. Solange der Gott mit ihm zusammen war, war Soli sicher. Er fragte sich bloß, was passiert wäre, wenn er einen Angriff gewagt hätte, während der Gott den Stein hob. Wahrscheinlich wäre ihm der Block an den Kopf geflogen . . .

Sie setzten sich in einer anderen Höhlenkammer auf grob zusammengebaute Sessel – Knochen mit Sehnen zusammengebunden. »Iß doch einen Happen«, sagte Minos. »Ich habe Nüsse anzubieten, Beeren, Brot – und natürlich Fleisch. Aber du weißt ja, woher das stammt.«

Var wußte es. Doch der Gedanke daran war für ihn längst nicht so schrecklich wie für andere, denn in seiner Kindheit als Wilder hatte er manches verzehrt. »Ich teile deine Mahlzeit.«

Minos langte in ein Loch und zog eine fleischige Rippe hervor. »Gestern gebraten, damit sie sich besser hält«, erklärte er und reichte Var das Stück. Für sich holte er eine zweite hervor.

Var nagte die Rippe ab. Viel schmackhafter als rohes Rattenfleisch, stellte er fest. Zu welchem Mädchen sie wohl gehört hatte? Wahrscheinlich zur letzten. Sie hatte nicht aufhören wollen zu schreien, als man sie draußen festmachte, und sie war zudem nicht sehr hübsch gewesen. Zu üppig, wie dieser Happen bewies. Var trank einen Schluck abgestandenen Wassers nach, den Minos ihm reichte.

»Woher kommst du?« fragte der Gott.

Var erklärte ihm die Ring-Kultur.

»Ich habe davon gehört«, sagte Minos. »Aber ich muß gestehen, daß ich es für einen Mythos hielt, eine Erfindung, wenn mir die Bemerkung gestattet ist. Jetzt sehe ich, daß es tatsächlich ein wundervolles Land ist. Warum seid ihr fort, du und das Mädchen?«

Auch das erklärte ihm Var. Die Unterhaltung mit diesem riesenhaften Gegner fiel ihm sehr leicht und nicht nur wegen des Aufschubs, den Soli damit erhielt.

Minos hörte sich geduldig die ganze Geschichte an. Dann sagte er: »Ist es möglich – ich spreche jetzt aus Unwissenheit, mußt du wissen –, daß der Namenlose in Wirklichkeit ihr Vater ist?«

Var saß da und kaute Jungfrauenfleisch, und plötzlich ging ihm ein Licht auf. Der Herr hatte geglaubt, Var hätte seine leibliche Tochter getötet!

»Eine Ironie des Schicksals«, sagte Minos, »falls es der Fall sein sollte. Aber die Lösung ist ganz einfach. Du brauchst sie ihm bei eurer nächsten Begegnung nur zu zeigen.«

»Außer –«

»Leider –«

»Mußt du sie auffressen?« Kaum zu glauben, daß ein so verständiges und zuvorkommendes Wesen in diesem Punkt so unnachgiebig war.

Minos seufzte. »Ich bin ein Gott. Und Götter halten sich nicht an die Konvention der Menschen – so lautet die Definition. Ich wünschte, es wäre anders.«

»Aber sicher hast du genügend Fleisch auf Vorrat, so daß du noch einen Monat auskommst?«

»Nein, habe ich nicht, denn es verdirbt, und ich bin ja kein Leichenfledderer. Ich muß wirklich bald darauf dringen, daß man mir hier ein Kühlsystem einrichtet. Aber das ist nicht das eigentliche Problem. Ich nehme die Opfer nicht nur des Fleisches wegen an.«

Var kaute verständnislos.

»Das Fleisch fällt dabei nur so für mich ab«, sagte Mino. »Ich nehme es, weil es praktisch ist und weil ich Verschwendung hasse. Ich mache das Beste aus der mir vom Tempel aufgezwungenen Lage.«

»Der Tempel verlangt, daß du das tust?«

»Alle Tempel und alle Religionen lassen ihre Götter ähnlich agieren. Das war immer schon so, auch vor dem Brand. Die Priester von Neu Kreta tun so, als dienten sie Minos, dabei dient Minos ihnen. Es handelt sich dabei um eine Methode der Steuerung des Bevölkerungswachstums zum Teil wenigstens, denn die Geburtenrate hängt vom Prozentsatz heiratsfähiger Mädchen innerhalb der Bevölkerung ab. Aber in der Hauptsache ist es ein Mittel, die Macht zu behalten, die andernfalls durch die Strömungen von Politik und Zeit anderswohin getrieben würde. Die einfachen Leute fürchten mich. Ich lauere am Bett eines jeden ungehorsamen Kindes. Ich bringe dem Steuersünder Unglück. Und doch bin ich allein und sterblich. Der Tempel hat mich durch Mutation und Operation hervorgebracht.«

»Wie den Herrn!« rief Var aus.

»Es scheint so. Diesen Mann möchte ich eines Tages gerne kennenlernen. Du hast sicher bemerkt, daß ich mich innerhalb meiner Behausung aufhalte. Sollte ich dem Eingang zu nahe kommen, so würde ich sofort die Herrschaft über mich verlieren. So bin ich angelegt, es liegt mir im Blut, im Gehirn.«

Das kam Var äußerst bemerkenswert vor, aber nicht seltsamer als andere Dinge, die er auf seiner Wanderung gesehen und gehört hatte. »Was passiert, wenn nun ein Irrtum unterläuft und das Opfer nicht rein ist?«

Minos lachte scheußlich und zeigt alle seine Zähne auf einer Seite. »Na, dann begebe ich mich zum Tempel und schlage Krach. Man sagt, daß dann einen Monat lang Unglück folgt.«

Die Audienz war beendet. »Jetzt muß ich mit dir kämpfen«, sagte Var.

»Sicher weißt du, daß ich dich töten würde. Ich hätte eigentlich gedacht, daß du eine romantischere Lösung finden würdest. Mir gefällt es gar nicht, euer beider Blut an den Hörnern zu haben, nicht, nachdem ihr so weit gekommen seid, euch so abgemüht habt und schon so viel Launen des Schicksals habt hinnehmen müssen. Besonders, wenn es sich so leicht vermeiden läßt.«

Var sah ihn verständnislos an. »Sie will nicht mit mir gehen. Nicht ehe sie das Opfer gebracht hat.«

Minos stand auf. »Es gibt Dinge, die ein Gott einem Menschen nicht sagt. Geh jetzt, oder wir werden sicher kämpfen, denn in mir wächst das Verlangen.«

Var zog die Stöcke.

Minos schlug sie ihm mit einer blitzartigen Bewegung aus der Hand. »Geh schon! Mit einem Narren streite ich mich nicht!«

Var merkte, daß der Fall hoffnungslos war. Er nahm seine Stöcke und ging. Diesmal fand er sofort den richtigen Gang.

XVII

Soli hing am Felsen. Var lief zu ihr hin. »Du mußt mit mir gehen. Minos kommt!«

Sie schien nicht verwundert, ihn lebend wiederzusehen. »Ich weiß. Es ist fast Mittag.« Ihr helles Gesicht war gerötet von der Sonne, die Lippen aufgesprungen.

»Er will dich nicht töten! Aber er muß, wenn er dich hier vorfindet.«

»Ja.« Sie weinte wieder, doch er sah ihr an, daß sie ihre Meinung nicht geändert hatte.

»Ich kann ihn nicht daran hindern. Ich werde es versuchen, doch dann wird er uns beide töten.«

»Dann geh!« stieß sie hervor. »Ich habe es getan, um dein albernes Leben zu retten. Warum willst du es wegwerfen?«

»Warum?« schrie er zurück. »Ich sterbe lieber, als daß ich dich sterben sehe! Du hast mir damit nichts gegeben!« Sie sah ihn an, ganz ruhig. »Sosa sagte mir, alle Männer seien Narren.«

Var erfaßte den Zusammenhang nicht. Aber noch ehe er etwas sagen konnte, ertönte ein Brüllen aus dem Labyrinth.

»Minos!« flüsterte sie entsetzt. »Var, bitte – geh! Für mich ist es jetzt zu spät.«

Im Höhleneingang hob sich der gewaltige Umriß des Gottes ab. Aus seinen Nüstern stieg Dampf auf.

Var warf sich auf Soli, als wolle er sie vor dem Angriff des Gottes schützen. Er wußte, daß dies vergeblich war, doch er wollte sie nicht im Stich lassen. Ganz fest hielt er sie, obgleich sie sich wehrte, und mit den Zähnen an seinen Kleidern riß. Schließlich drückte er ihren Körper fest gegen den Stein, so daß ihre Beine auseinanderglitten und sie wild um sich trat. »Ich verlasse dich nicht.« keuchte er in ihr wirres Haar.

Und dann brach ihr Widerstand zusammen. »Var, es tut mir so leid!« schluchzte sie. »Ich liebe dich, du Idiot!« Zeit zum Wundern blieb nicht. Er küßte sie wild und hörte schon das Hufgeklapper von Minos und spürte seinen Atemhauch.

Verzweifelt umarmten sie einander und ließen nun dem freien Lauf, was sich drei Jahre lang angebahnt hatte. Und alles das pferchten sie in diese letzten Augenblicke. Sie teilten ihre Liebe miteinander, schmerzlich und einzigartig.

Und Minos kam und hielt inne. Er ließ einen Laut ertönen, halb Wut und halb Gelächter, und ging weiter.

Erst jetzt merkte Var, was passiert war, und was Minos ihm andeutungsweise zu verstehen gegeben hatte.

Ja, er war ein Narr gewesen. Beinahe.

Vom Tempel her ertönten Schreie, während Var riß und stemmte und Solis Handfesseln zu lösen versuchte. Stein und Metall leisteten erbitterten Widerstand.

Er entdeckte einen rostigen Haken auf der Erde, klemmte ihn unter eine Halterung und schlug mit einem Stein darauf. Und schließlich gab eine Klammer zögernd nach. Doch das spitze Metallstück hatte sich verbogen und war nun unbrauchbar.

Der Lärm beim Tempel hatte sich gelegt. Nach einer Weile kam Minos wieder und schleppte zwei Körper mit sich. Var und Soli warteten voller Widerwillen.

Der Gott hielt an. »Die eine ist die Hohepriesterin«, erklärte er befriedigt. »Und die hat es verdient wie keine. Poetische Gerechtigkeit.« Er sah Soli an, die ihr Gesicht abwandte.

Minos faßte mit der freien Hand nach der hartnäckigen Fessel. Die Muskeln des großen Armes traten hervor, und das Metall sprang aus dem Fels, ließ Steinstaub sprühen und fiel zu Boden. Soli war frei.

Nun angelte der Gott ein kleines Päckchen aus seinem zerfetzten Gewand und gab es Soli, ja er zwang es in ihre widerstrebende Hand. »Ein Geschenk. Die ganze Sache war nie persönlich gemeint, aber jetzt bin ich richtig froh, daß du unwürdig geworden bist.« Soli gab keine Antwort und behielt das Päckchen. Und Minos marschierte mit seinen zwei Leichen fröhlich summend in sein Labyrinth. Er hatte allen Grund, vergnügt zu sein. Diesen Monat würde er reichlich zu essen haben.

»Wir müssen zusehen, daß wir hier wegkommen, ehe die drüben im Tempel sich von ihrem Schrecken erholen«, sagte Var. »Komm.« Er nahm Solis Hand und führte sie fort.

Im Wald angekommen, zog er sein zerfetztes Hemd aus und legte es um sie. Es wirkte wie ein kurzes sackartiges, aber nichtsdestoweniger attraktives Kleid, denn ihre nackten Beine waren fest, ihr Leib schlank und ihr Gesicht trotz des Sonnenbrandes hübsch.

Soli öffnete stumm und neugierig das ihr von Minos geschenkte Päckchen. Es enthielt zwei Schlüssel und ein beschriebenes Papier. Sie starrte das Zeug an.

»Wozu sind die Schlüssel?« fragte Var. »Wir haben kein Haus.«

»Die gehören zu einem Motorboot«, sagte sie und studierte das Papier.

An Bord des Bootes gab es Seekarten und große Treibstofftanks, Trinkwasser und massenhaft Konserven. Wie Minos das alles vorbereitet hatte, wußten sie nicht, doch hatte das Boot sicher schon lange bereitgelegen, ehe sie auf der Bildfläche auftauchten. Vielleicht hatte er selbst Fluchtpläne gehabt, die er dann wegen seiner biologischen Zwänge hatte aufgeben müssen. Oder vielleicht war er doch nicht so sehr ein Sklave des Tempels, wie er es dargestellt hatte. Möglich, daß er viele luxuriös ausgestattete Boote hatte, die im Verborgenen warteten . . .«

Den Karten entnahmen sie, daß sie sich viel weiter südlich

befanden, als sie angenommen hatten. Der Tunnel nach China – eigentlich nach Sibirien – lag noch weit weg. Sie befanden sich auf den Aleuten, von wo aus es nirgends hinging. Mit diesem starken Boot aber war eine Überfahrt möglich, wenn man der Inselkette bis zur Halbinsel Kamtschatka folgte. Von dort aus konnten sie entweder über Land nach Norden, Westen und Süden oder aber sie nahmen den Seeweg, die Inseln entlang bis Japan.

In Vars Kopf schwirrte es vor Namen, die Soli nannte. Diese unheimliche Karte war wie die Bücher des Herrn. Sie stammten aus der Zeit vor dem Brand und enthielten daher viel Unsinn. Manche Insel war vielleicht gar nicht mehr vorhanden.

Keiner der beiden schlug aber vor, den Rückweg einzuschlagen, am Amazonenbau vorbei, sodann weiter nach Alaska und weiter nördlich zum eigentlichen Übergang. Oder gar zurück nach Amerika. China war nun ihr festes Ziel, und das aus keinem vernünftigen Grund. Denn es hatte sich schon erwiesen, daß sie sich nur in ihrer eigenen Kultur wohl fühlten. Und falls der Herr ihnen noch immer auf den Fersen war, hätte er sie längst eingeholt haben müssen.

Sie konnten nach Hause zurückkehren, und Soli konnte sich dem Vater ihrer Wahl anschließen, und Var konnte wieder Krieger sein, und ihre Beziehung hätte ein Ende gefunden. Aber dann würden sie sich vielleicht nie mehr wiedersehen. Und so fuhren sie nach Westen.

Ein Sturm erhob sich, und sie legten in aller Eile an der Küste einer verlassenen Insel an. Dann kam wieder Schönwetter, und sie fuhren mit Höchstgeschwindigkeit und ließen das Boot zeigen, was es konnte.

Und mit der Zeit erschien ihnen der ganze zwei Jahre währende Aufenthalt auf Neu Kreta als etwas völlig Abgetrenntes, als unwirkliche Erinnerung. Soli wurde wieder das Kind von ehedem, Var der häßliche Krieger. Sie waren für die Liebe nicht bereit. Sie waren zwei Menschen, die ein gemeinsames Ziel verband und eine unausgesprochene Zuneigung.

So war es jedenfalls, wie Var es sah, obwohl es ihm weder so klar noch so bewußt war. Mehr als einmal ertappte er Soli, wie sie seinen Armreif anstarrte. Vielleicht dachte sie daran, wie sie den Reif für ihn gerettet hatte und dabei fast ihr Leben opferte. Es tat ihm richtig leid, daß er ihr gesagt hatte, wie töricht das war, denn es hatte sie sicher gekränkt – aber es stimmte. Hätte sie den Armreif verkauft, hätten sie die zwei Jahre auf Neu Kreta nicht auf sich nehmen müssen.

Und das führte ihn im Kreis zu einem anderen Punkt, jenem Umstand nämlich, den Minos hervorgehoben hatte. Konnte der Herr Solis natürlicher Vater sein? Ihm schien das nun unsinniger als damals in der Höhle, und Var brachte es nicht über sich, die Frage offen zu stellen. Wie würde Soli reagieren, wenn man die Vaterschaft Sols in Frage stellte? Sie liebte ihn über alles, und sie kannte den Herrn kaum. Und wenn es stimmte, wie würde der Herr reagieren, wenn er erfuhr, daß Var ihn angelogen hatte und ihn in dem Glauben gelassen hatte, seine Tochter hätte den Tod gefunden?

Die Weite des Meeres setzte sich unendlich fort, hypnotisch, schön und tödlich langweilig. Die spärlichen Inseln waren kahl, und ihre Lage entsprach nicht genau den Angaben der Karte. Sie wechselten sich am Steuer ab und richteten sich nach dem Kompaß, einer Meßeinrichtung, die immer nach Norden wies. Sie richteten sich auch nach den Sternen, und wann immer sie ein auf der Karte zu erkennendes Kennzeichen sahen, nahmen sie eine entsprechende Kurskorrektur vor.

Und wenige Tage, nachdem sie schon geglaubt hatten, der Ozean nähme gar kein Ende, sichteten sie das Festland von Asien.

Und die Menschen dort sprachen so, daß man sie nicht verstehen konnte.

»Ja, natürlich«, sagte Soli, als Antwort auf seine Verwirrung. »Sie sprechen chinesisch. Oder sie werden es sprechen, wenn wir in China ankommen. Nach der Karte ist es – nun, wir haben noch einen langen Weg vor uns.«

Zweitausend Meilen oder mehr, so schien es Var. Eine Reise von Monaten.

Sie hatten das Meer satt, aber der Landweg erschien ihnen noch unsicherer. Sie suchten sich einen Ort aus, an dem sie Treibstoff kaufen konnten, den sie mit Gegenständen aus dem Boot bezahlten und fuhren nun westwärts entlang der Kurilen, dann nach Norden ins Innere von Sachalin und schließlich zurück zur Mandschurei. Die wohlklingenden, aus der Zeit vor dem Brand stammenden Namen wirkten faszinierend.

Jetzt erschien ihnen der Landweg kürzer und sicherer. Da sie das Boot nicht mehr benutzten, mußten sie es loswerden. Sie entschlossen sich zum Verkauf. An einem Ort, wo sie ähnliche Boote sahen, erkundigten sie sich, bis schließlich ein alter Mann gefunden wurde, der ein wenig amerikanisch sprach.

»Amerika?« fragte er verwundert. »Kaputt – Brand.«

Mit der Zeit gelang es ihnen, ein paar Leute zu ihrem Boot zu lotsen, und in weiterer Folge wurde der Kauf perfekt. Soli hatte erwartet, daß man sie übers Ohr zu hauen versuchte, doch sie hatten keine andere Wahl. Sie bekamen jedenfalls genug Geld, um sich die hier übliche Kleidung und die notwendigste Ausrüstung beschaffen zu können, dazu eine Art Fibel in der Landessprache, und dazu einen alten, vor dem Brand entstandenen Text mit amerikanischer Übersetzung.

Wieder machten sie sich zu Fuß auf Wanderschaft und bläuten einander die geschriebenen Symbole ein. Soli sagte, sie wären anders als die Schrift, die sie kannte, ergäben aber einen Sinn, sobald man sich an sie gewöhnt hätte. Und obgleich es viele gesprochene Dialekte gab, so daß Reisende wie sie ständig von neuem verwirrt wurden, war die geschriebene Sprache für das Gesamtgebiet gültig. Mit Hilfe dieser Symbole konnten sie sich stets einigermaßen verständigen, vorausgesetzt, sie trafen auf jemanden, der lesen konnte.

Die Landschaft erinnerte im großen und ganzen an das, was sie vom andern Kontinent her kannten. Das Land war gebirgig, wild und durchsetzt mit strahlenverseuchten Gebieten. Die Eingeborenen in Küstennähe waren nach Art von Neu Kreta zivilisiert, zwar ohne Menschenopfer, dafür aber mit anderen kulturellen Problemen behaftet. Die im Landesinneren waren primitiver, ähnlich den Nomaden Amerikas, jedoch ohne die Segnungen der Irren-Technologie und ohne gut ausgestattete Herbergen. Die meisten ließen die Fremden in Ruhe, andere wieder waren kampflustig, aber kein Ring umschloß die Kämpfenden. Wären Var und Soli nicht imstande gewesen, sich selbst zu verteidigen, hätten sie nicht lange überlebt.

Sie folgten dem Amur flußaufwärts ins Landesinnere, nicht weil sie Wasser liebten, sondern weil er die beste Route war, die gewaltigen Gebirgsketten zu überwinden. Dort wo er nach Nordwesten bog, gingen sie auf einen großen Nebenfluß über. Monate vergingen, und schließlich erreichten sie den Rand des eigentlichen chinesischen Gebietes. Der chinesische Einfluß aber reichte wie der der Irren in Amerika über das gesamte riesige Gebiet, vielleicht sogar über den ganzen Kontinent. Die geschriebene Sprache einte die verschiedenen Völker auf subtile, aber zwingende Weise. Var, der die tatsächlichen Einschränkungen der scheinbar freien Nomadengesellschaft kennengelernt hatte, war überzeugt, daß ähnliche Faktoren auch hier wirksam waren. Ähnlich im Prinzip, wenn nicht gar im Detail. Es konnte sogar ein chinesisches Helicon existieren.

Doch je näher sie ihrem vorgeblichen Ziel kamen, desto angestrengter wurde ihre Kameraderie. Soli wurde zusehends weiblicher, und Var war dies überdeutlich bewußt. Manchmal faßte er nach seinem Armreif und dachte daran, ihn ihr zu geben, doch dies rief ihm unweigerlich ins Gedächtnis, was damals geschehen war, als er seine Männlichkeitsprobe bestanden hatte. Mädchen in Solis Alter schätzten keine häßlichen Männer, und Var wußte, daß er einfach grotesk aussah.

Und sie war schön. Vielleicht war auch ihre Mutter Sola in der Hochblüte ihrer Mädchenzeit so gewesen, so reizvoll, daß die zwei mächtigsten Krieger der Zeit um ihre Gunst wetteiferten und ohne zu klagen, einer Lüge lebten.

Soli hatte darüber nie gesprochen, doch sie konnte kaum Wohlgefallen finden an seiner fleckigen Haut, seiner krummen Haltung und den plumpen Gliedern. Kindern war dies alles nicht so wichtig, doch sie würde nie wieder Kind sein.

Hin und wieder bekam Var die gebildeten Damen dieser chinesischen Kern-Kultur zu Gesicht. Wie künstliche Puppen waren sie, zart und entzückend, mit gemessenen Bewegungen und zurückhaltendem Auftreten. Den Gegensatz dazu bildeten die Landfrauen, untersetzte reizlose Tiere, mit gekrümmten Rücken und stumpfen Mienen.

Var wußte, daß das Wanderleben Soli nach der ländlichen Form prägen würde. Und dieser Gedanke war ihm unerträglich. Es nagte immer stärker an ihm, und immer wenn er eine alte Vettel sah, stellte er sich Solis Gesicht an ihr vor.

Je tiefer sie ins chinesische Kernland vordrangen, desto höher war der zivilisatorische Hintergrund. Die Menschen waren von gelblicher Hautfarbe, und hatten eine andere Augenform. Ihr Benehmen war so höflich, daß es einem Ritual nicht unähnlich war. Die Frauen der höheren Stände waren überaus wortgewandt. Var erfuhr, daß sie Institute besuchten, in denen sie zu dieser Reife erzogen wurden, und die den Irren-Schulen ähnelten. Und als gebildete Damen verehelichten sie sich und rührten keine Arbeit mehr an. Die überließen sie dem Hauspersonal.

Var kam zu der Einsicht, daß dies für Soli das geeignetere Leben sei. Doch wußte er nicht, wie er ihr diese Philosophie verständlich machen könnte. Er befürchtete, sie könnte seine Absichten mißverstehen, deshalb unterließ er jeden Versuch.

Eines nachts, als sie neben ihm im Walde schlief, stand er verstohlen auf. Sie erwachte trotzdem. »Var?«

»Ich muß – du weißt schon«, sagte er und fühlte sich schuldbewußt wegen seiner Lüge. Um sie in Sicherheit zu wiegen, urinierte er lautstark gegen einen Baum und kauerte sich sodann nieder. Gleich darauf ging ihr Atem wieder gleichmäßig, und er schlich sich leise davon.

Er lief fünf Meilen zurück zu einer der Schulen, an denen sie an jenem Tag vorbeigekommen waren. Dort schlug er einlaßheischend ans Tor, bis er endlich einen alten Torwart aufgescheucht hatte, einen kurzsichtigen, graubärtigen, knochigen Mann, der sich gar nicht erfreut darüber zeigte, daß er zu dieser Stunde geweckt wurde. Var versuchte, mit ihm zu sprechen, doch seine Worte waren offenbar dem falschen Dialekt entnommen und unverständlich. Doch konnte er dem Alten wenigstens verständlich machen, daß er die oberste Autorität der Schule zu sprechen wünsche. Grollend verzog sich der Mann ins Innere des Gebäudes, um nach der Vorsteherin zu suchen, während Var nervös vor dem Tor wartete.

Zehn Minuten darauf wurde er zur Vorsteherin vorgelassen. Er sah trotz ihres Nachthemdes, und des Umstandes, daß sie eben aus dem Bett kam, daß sie eine Frau von Verstand war.

Ihr Gesicht war von Linien durchzogen, das Haar schimmerte schwarz.

Auch sie konnte ihn nicht verstehen, obgleich sie eine ganze Reihe von Dialekten beherrschte. Dann aber zeichnete sie ein Schriftzeichen auf ein Blatt Papier, und Var wußte nun, daß ihnen ein Verständigungsmittel gegeben war. Denn die Schriftsymbole waren hier allgemein gültig und hatten überall dieselbe Bedeutung ungeachtet des gesprochenen Dialektes oder der Sprache. Var war, was diese Symbole betraf, knapp an der Grenze des Lesen- und Schreibenkönnens. In den vergangenen Monaten hatte er mit Soli ein paar hundert davon erlernt, und konnte sie beim Einkaufen anwenden und wenn es darum ging, Schilder, wie beispielsweise »Achtung Strahlung!«, zu lesen.

Zwei Stunden lang wurden nun zwischen ihnen Nachrichten ausgetauscht. Am Ende dieses schweigsamen Dialoges hatte Var sich Solis Eintritt in die Schule erkauft. Und als Entgelt für den Unterricht sollte er Schwerarbeit für die Wirtschaftsabteilung des Institutes leisten.

Er beschrieb noch, wo sie sich aufhielt. Eine Schar Bewaffneter zog aus, sie zu holen. Var aber meldete sich im Keller zur Stelle, wo der Graubart ihm eine hölzerne Pritsche neben dem großen Heizofen anwies. Diesem Mann sollte er nun in allem zur Hand gehen.

Er hatte sie beide in eine Art Knechtschaft verkauft. Aber Soli würde daraus mit einer gesicherten Zukunft hervorgehen.

Es sollte einen Monat dauern, bis er sie wiedersah, denn er als Hausknecht hatte keinen Umgang mit den höheren Töchtern. Doch während er Holz und Torf herbeischleppte, neue Zaunpfähle einschlug oder Vorräte für die Küche heranschaffte und tausend Dinge tat, die der Alte zuvor irgendwie allein hatte tun müssen, kam ihm mancherlei zu Ohren. Er erlernte etwas von der hier gebräuchlichen Sprache und erfuhr so etwas vom neuesten Klatsch.

Man hatte in jener Nacht einen kleinen feuerspeienden Drachen ins Haus geschafft. Ein wildes Naturkind, das mit seinen Stöcken so verheerend um sich schlug wie ein geübter Kämpfer. Man hatte sie mit Feuerwaffen bedroht und sie hatte nicht nachgegeben. Einen Schuß auf sie abzugeben, hatte niemand gewagt, da sie eingefangen und zur Dame ausgebildet werden sollte. Schließlich hatte man sie, nachdem es mehrere Verletzte gegeben hatte, mit einem Netz eingefangen.

Soli, Soli! Var tat das Herz weh, ob ihres Elends und schämte sich, daß er es eigentlich war, der dies alles über sie gebracht hatte. Aber wie konnte sie wissen, daß es zu ihrem Besten war und daß sie den Rest ihres Lebens mit Nichtstun verbringen sollte?

Der Alte schüttelte den Kopf. Ihm wollte nicht eingehen, warum man ein wildes Landmädchen, noch dazu eine Ausländerin mit heller Haut und runden Augen zur Dame ausbilden wollte. Aber recht hübsch war sie, wie er zugeben mußte, sobald man sie überwältigt und gesäubert hatte. Var merkte nun, daß der Mann zwischen ihm und Soli keine Verbindung sah. Diesmal hatten sich die Verfärbungen seiner Haut einmal zu seinem Vorteil ausgewirkt. Er wollte Soli beobachten und feststellen, ob man sich an die Bedingungen des Paktes hielt, nicht aber, um Kontakt mit ihr aufzunehmen, denn damit hätte er ihr mühsam aufgebautes Bild zerstört. Aus ihr sollte eine vollendete Dame werden. Aus ihm aber konnte kein Herr werden.

Und dann war er einmal damit beschäftigt, das Buschwerk in der Mauer zurechtzustutzen, als man sie innerhalb des Institutsgeländes spazierenführte. Er sah sie mit einer Erzieherin und drei anderen Mädchen, in züchtige Gewänder gehüllt. Dabei wurde er auf schreckliche Weise an ihren Aufenthalt auf Neu Kreta und an ihr Warten auf das Opfer erinnert. Damals so wie jetzt war er der Grund für ihre Freiheitsberaubung gewesen. Das alles erschien ihm nun so ähnlich, daß er sie am liebsten gepackt hätte und mit ihr in den Wald gelaufen wäre, nur um alles ungeschehen zu machen. Er wandte sein Gesicht ab aus Angst vor den Folgen, falls sie seiner ansichtig wurde.

Die kleine Gruppe ging den blumengesäumten Weg entlang, den Schritt im Rhythmus des Gemurmels der Erzieherin. Ganz kleine Schritte machten die Mädchen. Var hörte ihr leises Getrippel und nahm ihre Bewegungen am Rande seines Gesichtskreises wahr. Man brachte ihnen bei, sich wie Damen zu bewegen, zaghaft und graziös.

Var fuhr in seiner Arbeit fort, den Rücken dem Weg zugekehrt. Die Mädchen gingen so knapp an ihm vorüber, daß er ihren Duft spürte. Sie blieben nicht stehen. Nach einer Weile wurden sie wieder hineingeführt, und Var war erleichtert und betrübt zugleich. Eine Torheit wäre es gewesen, wenn er mit Soli gesprochen hätte, doch das Verlangen in ihm war übermächtig gewesen. Mochte er dies alles auch bedauern, er wußte nun, daß die Schule sich an das Abkommen hielt. Da durfte er nicht derjenige sein, der es brach.

An jenem Abend, als der Alte in der Ofenhitze schon fast eingeschlafen war, schlich ein vermummter Besucher verstohlen in den Keller. Der Alte wollte Fragen stellen, bekam etwas in die Hand gedrückt und hielt sich abseits. Die Gestalt blieb über Vars Liegestatt gebeugt stehen.

Aus seinen Betrachtungen gerissen, sah Var auf.

Soli war es. Ihre Augen leuchteten unter der dunklen Kapuze hervor.

»Du hast das getan«, sagte sie leise.

Var sah sie bloß an, überwältigt von ihrer Schönheit. Die Ausbildung hatte Erfolg, das bewies ihre Haltung, und die Körperpflege gab ihrer Schönheit den letzten Schmelz.

»Ich habe dich im Garten gesehen«, murmelte sie und fuhr fort, ihn mit einer Miene anzusehen, die er nicht deuten konnte.

Und dann kam unter dem Umhang ihre Hand hervor, die einen Pantoffel hielt. Und dieser landete schmerzhaft auf seinem Leib.

»Und ich dachte, du wärest tot!« rief sie, und nun erkannte er ihr Gefühl: Zorn. Damit drehte sie sich um und ging.

Sie hatte ihn für tot gehalten. An diese Möglichkeit hatte er nicht gedacht, doch eigentlich lag es auf der Hand. Sie war in der Nacht überfallen worden, gefangengenommen, weggeschleppt in eine sonderbare Institution, ohne ihn zu sehen – da war es nur natürlich, daß sie glaubte, er wäre bei dem Überfall ums Leben gekommen. Und deswegen hatte sie sich mit allem abgefunden ... und plötzlich entdeckt, daß alles eine Lüge war. Warum hatte er sich eingemischt? Diese Folgen hatte er nicht vorausgesehen.

Der Alte kam kichernd wieder. Offenbar war ihm erst jetzt die Verbindung zwischen dem kleinen Drachen und seinem Knecht aufgegangen. Würde er den Mund halten? Nun, das war nicht so wichtig, da ja das ganze Arrangement ein ehrlicher Handel war, und Soli die Wahrheit kannte.

Lange noch lag Var wach und wußte nicht, ob Solis Verhalten ihn freute oder betrübte. Ihr unerwarteter Anblick hatte wie ein Aufputschmittel auf ihn gewirkt. So schön und so zornig! Haßte sie ihn, weil er sie hereingelegt hatte? Oder würde sie einsehen, daß es zu ihrem Vorteil war, was er da in die Wege geleitet hatte? Sicherlich würde sie mit der Zeit einsehen, daß sie nicht für ewige Zeiten die Kontinente dieser Erde durchwandern konnten. Ein schönes Mädchen und ein häßlicher Mann. Ihm hätte ein solches Leben natürlich nichts anhaben können, denn er hatte nichts anderes zu erwarten. Nichts leichter, als daß er sich wieder in den Wilden zurückverwandelte und die Ödlandstriche durchwanderte. Aber Soli hatte das Zeug zu einer Dame, zu einer anmutigen und gebildeten Dame. Er war es ihr schuldig, daß er ihr dieses Leben ermöglichte.

Und dennoch litt er unter Schuldgefühlen. Er sehnte sich noch immer nach ihrer ungebundenen Freundschaft, wie sie sie vor Kreta erlebt hatten. Aber das war unmöglich, denn sie würde niemals wieder so jung sein, und doch sehnte er sich und litt.

Zwei Wochen später, als er Reisig im Wald sammelte und es auf einen Handkarren lud, kam sie wieder. Diesmal steckte sie in Knabenkleidern. Das Haar hatte sie versteckt, das Gesicht geschickt verschmiert. Sie sah aus, wie ein kleiner Landstreicher, eine Verkleidung, die sie ja lange genug getragen hatte.

»Ich laufe fort«, sagte sie. »Komm mit wie früher.«

Var packte sie und schleppte sie auf das Institutsgelände zurück. Sie hätte ihn auf vielerlei Weise außer Gefecht setzen können, doch ihr Widerstand blieb symbolisch.

»Ich weiß, daß du für mich bezahlst«, sagte sie. »Ich hasse dich.«

Er wußte, daß es nicht so gemeint war, und doch trafen ihn die Worte.

»Warum willst du unbedingt, daß ich hierbleibe?« fragte sie traurig. »Warum können wir nicht wieder durch die Lande ziehen? Mehr will ich gar nicht.«

Var verschob seinen Griff, und schleppte sie weiter. Geschmeidig lag sie in seinen Armen.

Sie hob den Kopf und küßte ihn auf die Lippen, wie eine Frau es tut. Wie Sola, ihre Mutter. »Einfach mit dir zusammen sein, Var.«

Die Versuchung fiel über ihn her. Es war das Kind, das er im Gedächtnis bewahrte, doch auch die Frau hielt seine Sehnsucht gefangen. Und doch ging er weiter, wortlos.

»Soll ich etwa weinen?« Doch sie weinte nicht, obwohl dies seinen Widerstand gebrochen hätte. Und als er keine Antwort gab, murmelte sie: »Es tut mir leid, daß ich dich mit dem Pantoffel schlug.« Und als sie sich dem Gebäude näherten: »Ich hätte einen Morgenstern nehmen sollen!«

Und wenn sie einen gehabt hätte, hätte sie ihn damit zerschmettert, so groß war ihre Wut.

Er übergab sie einer Erzieherin. Und als er sich niedergeschlagen zurück in den Wald begab, da hörte er ihre Schreie, Schmerz- und Wutschreie. Man schlug sie wegen ihres Vergehens. Das Instrument war zwar gepolstert, damit es keine entstellenden Spuren hinterließ. Doch er wußte, daß es schmerzte. Und beide hatten gewußt, daß diese Strafe folgen würde. Die Oberin hatte es von allem Anfang an klargemacht: Disziplin hieß ihre Losung.

Aber Soli, eine Veteranin des Stockkampfes, schrie nicht vor Schmerzen. Sie wollte es Var bloß hören lassen und der Erzieherin die Genugtuung geben. Die aber ließ sich natürlich nicht hinters Licht führen. Das Ritual mußte bis zum Ende durchgestanden werden, damit die anderen Mädchen nicht ihre Fügsamkeit vergaßen.

Var hatte jeden zehnten Tag frei, obgleich er auch da gern gearbeitet hätte. Doch die Vorsteherin, klug wie immer, bestand auch auf diesem Punkt. In nächster Nähe lag eine Stadt, und an seinem zweiten freien Tag ging er dorthin und sah sich ein wenig um. Doch sollte er sich dort nicht wohl fühlen. Die Einheimischen behandelten ihn mit leiser Mißachtung und gaben ihm zu verstehen, daß seine Gesellschaft unerwünscht war. Und es war so schwierig zu unterscheiden, wann man lächeln und wann man zurückschlagen sollte, wenn kein Ring die Grenze zwischen Höflichkeit und Kampf zog. Einmal legte ein junger Raufbold Hand an ihn, und Var schlug ihn zu Boden, doch das änderte wenig.

Nein, für ihn war das Ödland allemal das beste. Er begriff weder die hiesige noch die amerikanische Nomadenkultur und war allein immer noch am besten dran. Sobald Soli die Ausbildung hinter sich hatte, wollte er jeglicher Zivilisation den Rükken kehren und wieder völlig wild, dafür aber glücklich werden. Doch dann dachte er an Soli und da wußte er, daß er sich belog. Er würde niemals glücklich sein ohne sie, ob sie nun Kind war oder Frau.

XVIII

»Ich habe herausbekommen, wessen Männer sich hier den ganzen letzten Monat versammelten«, sagte der Alte.

Im Laufe eines Jahres hatte Var gelernt, sich mit ihm zu verständigen, obwohl er noch nie Gelegenheit gehabt hatte, zu erfahren, wie der Mann hieß. Er steckte immer voller Klatsch, und Var war daran uninteressiert. Er hatte selbst die Truppen gesehen und gewußt, daß es sich um die Vorhut einer Person von königlichem Rang handeln mußte. Die meisten hier auf der Schule untergebrachten Mädchen waren edlen Geblütes, und es galt als Zeichen von Ansehen, stilvoll mit einem bewaffneten Gefolge von der Schule abzugehen, auch wenn das Gefolge zu diesem Zweck eigens gemietet werden mußte. Oft kamen die Leute schon vor dem Schlußexamen, und die Schule bot gegen Ende des Schuljahres den Anblick eines Heerlagers. Var war einigen Kriegern im freundschaftlichen Zweikampf mit den Stöcken entgegengetreten, doch die meisten trugen Feuerwaffen.

»Die Männer in der Goldlivree«, sagte der Alte, die schwindende Aufmerksamkeit seiner begrenzten Zuhörerschaft ahnend. »Die mit niemandem sprechen und auf einem eigenen Feld üben.«

Diese Krieger waren auch für Var hochinteressant. Niemand wußte, welchem Herrn sie dienten oder bei welchem Mädchen sie Ehrendienst versehen würden. Es waren ihrer zwanzig, in prächtigen Uniformen. Und es waren Elitetruppen. Var hatte sie heimlich bei ihren Übungen beobachtet.

Kaum merkte er, daß Vars Interesse erwachte, legte der Alte los. »Sie dienen Kaiser Ch'in. Sicher hat er sich wieder eine Braut erwählt.«

Var war gebührend beeindruckt. Ch'in hatte die größten der rivalisierenden Königreiche des Südens in seiner Gewalt. Mittels politischer Intrigenspiele und klugen Einsatzes von Truppen hatte er in der letzten Zeit seine Einflußsphäre beträchtlich erweitern können. So wie der Herr in Amerika ein Imperium errichtet hatte, so hatte dieser Mann hier in China eines geschaffen, wenn es auch nicht so groß war wie das Reich des Herrn und auch nicht die Gegend umfaßte, in der diese Schule lag. Er hatte bereits etwa dreißig Frauen und war dennoch ständig auf der Suche nach hübschen Mädchen oder politisch einträglichen ehelichen Verbindungen. Offensichtlich war sein Auge auf eine der Schülerinnen gefallen, und er wollte sichergehen, daß sie bis zu seiner Ankunft wohlbehütet blieb.

Das alles ging Var nichts an. Er hoffte, Soli würde die Lehre erfolgreich abschließen und in einen wohlhabenden Haushalt einziehen. Sodann wollte er sich ins Ödland zurückziehen. Er würde es sehr bedauern, daß er sie nicht wiedersehen konnte, unendlich bedauern, doch er hatte diese schwere Entscheidung damals getroffen, als er sie in die Schule brachte. Mit der Zeit würde sie ihr Glück finden, und das war das wichtigste. Die Kindheit lag hinter ihr, und er war Teil dieser Kindheit.

Die Vorsteherin ließ ihn kommen. »Ich habe gute Nachrichten für dich«, sagte sie und sah ihn an, als sei mit diesen Nachrichten auch eine dunkle Seite verknüpft. »Wir haben für deinen Schützling eine Bleibe gefunden.«

Diese Neuigkeit zerstörte ihn am Boden. Und plötzlich wurde ihm klar, was die Vorsteherin vielleicht von Anfang an gewußt hatte: daß er nämlich gar nicht wollte, daß Soli einen Freier fand. Er konnte sie jetzt nicht freiwillig aufgeben, allen seinen Plänen und Absichten zum Trotz.

»Immerhin wolltest du das«, rief sie ihm sanft ins Gedächtnis.

»Ja.« Wie betäubt nickte er.

»Und wie in solchen Fällen üblich, wird das Geld für ihre Erziehung zurückerstattet. Wir werden es dir anstatt eines Lohnes für das vergangene Jahr geben. Ein hübsches Sümmchen, wie du sehen wirst.«

Var konnte ihr nicht leicht folgen. »Ihr verlangt nichts für ihre Ausbildung?«

»Und ob wir etwas verlangen! Wir sind kein Wohltätigkeitsverein. Aber nun hat eben ein anderer die Deckung der Unkosten übernommen. Du brauchst es nicht mehr zu tun, obgleich wir mit deiner Arbeit sehr zufrieden waren. Wenn sie uns verläßt, schulden wir dir Geld.«

»Wer . . . warum?«

»Der Herr, der sie heiratet, natürlich.« Wieder dieser eindringliche Blick. »Wir sind hocherfreut über dieses Arrangement. Eine sehr günstige Verbindung.« »Ch'in!« rief er aus, weil ihm plötzlich die Zusammenhänge klarwurden.

»Er möchte vor der Zeremonie die Anonymität gewahrt wissen«, sagte sie. »Aus diesem Grund habe ich seinen Namen nicht erwähnt. Aber du verdienst es, daß du es weißt, und da sein Gefolge nicht zu übersehen ist . . . Er war auf der Suche nach einer fremdländischen Braut, da er im Moment der einheimischen Affären überdrüssig ist.«

Ihre gewandte Ausdrucksweise war an ihn verschwendet. »Aber Ch'in?«

»Ist es nicht genau das, was du wolltest? Die bestmögliche Stellung für deinen Schützling, damit sie nie wieder Not leidet, nie wieder mit einem Wilden durchs Land streift?« Wieder dieser undeutbare Blick. Ja, genau das hatte er gewollt. Oder vielmehr, er hatte sich in dem Glauben gewiegt, er wünschte es. Die Vorsteherin hatte den Handel mehr als genug erfüllt. Jetzt konnte er nicht mehr zurück.

»Daß du dich von ihr trennst, wird nicht nötig sein«, setzte sie mit berechnendem Mitgefühl hinzu. »Kaiser Ch'in hält ständig nach starken Kämpfern Ausschau, und für eine Frau zeigt er ohnehin allerhöchstens ein Jahr lang Interesse. Seine früheren Gemahlinnen genießen beträchtliche Freiheiten, vorausgesetzt sie lassen Vorsicht walten.«

Var war einst in solchen Dingen sehr naiv gewesen, doch hatte er aus Erfahrung gelernt. In diesem Land war der Schein oft wichtiger als die Wirklichkeit, so wie auch in Amerika. Sie hatte ihm also vorgeschlagen, er solle sich beim Kaiser verdingen und es dann nach etwa einem Jahr bei ihr versuchen, nachdem sie Ch'in vielleicht ein Kind geboren hatte, und wenn eine neue Braut Ch'ins Aufmerksamkeit in Anspruch nahm. Diese Arrangements waren nicht ungewöhnlich, und der Kaiser, der davon natürlich wußte, war dem allem nicht abgeneigt – solange es nicht an die Öffentlichkeit drang. Soli konnte ein königliches Leben führen, und Var konnte Soli haben, wenn sie sich geduldig und diskret verhielten.

Die Vorsteherin hatte ihm den leichtesten Weg gezeigt. Er bedankte sich und ging. Aber zufrieden war er nicht, und er war noch nie zuvor den Weg des geringsten Widerstandes gegangen. Plötzlich hatte der Gedanke an Soli in den Armen eines fetten chinesischen Kaisers etwas Abstoßendes für ihn. Von diesem Standpunkt aus hatte er die Sache noch nie gesehen, nämlich daß sie sich den Luxus mit ihrem Körper erkaufen mußte, so wie er ihre Ausbildung mit seinem Körper erkauft hatte. Er spürte wahnsinnige Eifersucht auf den Freier, den er nie gesehen und den Soli nie gesehen hatte.

Da fiel ihm Solis beharrliche Behauptung ein, daß sie die Schule hasse und nichts lieber täte, als wieder mit ihm auf Wanderschaft zu gehen.

Und plötzlich erschien ihm dies als viel wichtiger. Würde sie dieselben Gefühle hegen, nun, da sie sich reich verheiraten konnte?

Er mußte sie unbedingt fragen.

Natürlich konnte er nicht schnurstracks in den Schlafsaal gehen und ihr die Fragen vorlegen. Die Regeln waren sehr streng. Man würde sie schlagen, wenn man sie im Gespräch mit ihm ertappte, so wie jedes Mädchen geschlagen wurde, das gegen eine Schulregel verstieß, und wenn sie noch so geringfügig war. Das Schuljahr war schon so weit vorgerückt, daß man von den Zöglingen Selbstdisziplin erwartete. Jedes auch noch so kleine Vergehen wurde als besonders verwerflich betrachtet. Soli als Ausländerin hatte ebensoviel Feingefühl dafür entwikkelt wie die Einheimischen. Var ging bei seiner Annäherung also sehr vorsichtig vor. Wenn er klug war, dann konnte er sie sprechen – wenn man sie nicht erwischte.

Er mußte entdecken, daß die Leute des Kaisers bereits ihres Amtes walteten. Jeder Zugang zu Solis Gemächern wurde überwacht.

Var, der sich von bloßen physischen Schranken nicht abschrecken ließ, suchte sich die Schwachstelle in der Verteidigung heraus und machte sie sich zunutze. Es war der Garten, unter ihrem, im ersten Stock gelegenen Fenster. Er wollte den einzelnen Posten dort mit einem Stockhieb außer Gefecht setzen, doch der Mann ließ sich nicht überrumpeln. Er wich dem Hieb aus und feuerte seine Pistole ab. Zwar konnte Var ihn zu Boden bringen, aber es ging hart auf hart, und es konnte keine Rede mehr davon sein, daß er die Mauer erkletterte, ehe Verstärkung kam.

Sie waren gut organisiert und hatten Gewehre. Ein Halbkreis Bewaffneter rückte immer näher und nagelte ihn auf eine immer kleiner werdende Fläche an der Mauer fest. Ein Fahrzeug raste durch das Buschwerk und ließ ihn zusammenzucken, denn er hatte diese Büsche in den vergangenen Monaten sorgsam gepflegt. Ein Licht leuchtete aus dem Wagen und nagelte ihn fest.

»Wer ist es?« rief eine Stimme vom Wagen her.

»Einer der Arbeiter«, war die Antwort. »Ich habe ihn hier schon gesehen.«

»Was macht er hier?«

»Er schneidet die Hecken.«

»Jetzt – in der Nacht?«

»Was treibst du da, Arbeiter?« Diese Frage war an Var gerichtet.

»Ich muß . . . mit einem Mädchen sprechen«, sagte er und merkte sogleich, daß er sich mit seiner Ehrlichkeit schadete.

»Mit welchem Mädchen?«

»Soli.«

Hinter dem Licht entstand Durcheinander. Var fiel ein, daß man Soli umbenannt hatte, um ihre einfache Herkunft zu vertuschen. Der Name, den er genannt hatte, war ihnen fremd, und er hätte auch jetzt noch der Wahrheit ausweichen können. »Die, die ihr bewacht. Die Ch'in versprochen ist.«

»Schafft ihn in die Baracken«, befahl der Offizier.

Man brachte ihn hin. »Was willst du von diesem Mädchen?« wollte der Offizier wissen, als sie ungestört in dem eigens für die Soldaten rasch aufgeführten Bau standen.

»Ich wollte fort mit ihr, falls sie mitkommen wollte.« Die Wahrheit klang tröstlich, wenn man sie aussprach, ungeachtet der Wirkung auf diese Männer. Er wollte Soli, auch wenn es sie all den Luxus kosten mochte. Das wußte er jetzt.

»Ist dir klar, daß wir jeden töten werden, der einen solchen Versuch unternimmt?«

»Ja.«

Der Offizier mußte ihn für einen Narren oder Einfaltspinsel halten. »Du hast den Posten niedergeschlagen?«

»Ja.«

»Warum möchtest du eben dieses Mädchen mitnehmen?«

»Ich liebe sie.«

»Und warum glaubst du, würde sie mit dir gehen? Mit einem häßlichen Buckligen, wenn sie doch das allerhöchste Ziel erreichen kann, falls sie bleibt?«

»Ich habe sie hierhergebracht.«

»Du hast sie also schon vorher gekannt?«

»Wir sind vier Jahre lang miteinander umhergezogen.«

»Holt die Vorsteherin«, sagte der Offizier zu einem der Männer. »Macht das Messer heiß«, zu einem anderen. Und zu Var. »Streitet sie deine Geschichte ab, dann wirst du als Beispiel für jene sterben, die sich Ch'in in den Weg stellen. Bestätigt sie die Geschichte, wirst du bloß das Interesse an diesem Mädchen verlieren. An jedem Mädchen.«

Var sah zu, wie das Messer in der Flamme einer großen Kerze gedreht wurde und überlegte, wie viele er wohl töten konnte, ehe ihn die Klinge berührte.

Die Vorsteherin kam. »Es ist wahr«, sagte sie. »Er hat sie

gebracht und hat ihren Unterhalt durch seine Arbeit bezahlt. Er hat dafür gesorgt, daß sie bleibt, als sie fliehen wollte. Er hat das Recht, sie wieder mitzunehmen, wenn sie mit ihm gehen möchte.«

»Er hatte das Recht«, sagte der Offizier grimmig, »bis Kaiser Ch'in sie für seinen Hofstaat erwählte. Jetzt gibt es daneben kein anderes Recht mehr.«

Sie sah ihn gelassen an. »Wir befinden uns nicht auf Ch'ins Hoheitsgebiet.«

»Zu diesem Gebiet könnten Sie sehr bald gehören, Gnädigste.«

Sie hob die Schultern hoch. »Ein Vorstoß in diese Region und zu diesem Zeitpunkt würde die Feinde Ch'ins im Norden einen, zu einer Zeit, da seine Hauptstreitmacht im Süden gebunden ist. Ist eine Braut das wert?«

Der Offizier überlegte, einigermaßen verblüfft vom politischen Verstand der Vorsteherin. »Der Kaiser möchte nicht, daß sein Hochzeitstag durch Blutvergießen getrübt wird. Wir werden diesem Mann seine Forderung um einen gerechten Preis ablösen und ihn aus dieser Gegend entfernen – unversehrt. Sollte er vor der Vermählung wiederkehren, wird er festgehalten, bis der Tag vorüber ist, und sodann den Tod der tausend Schnitte erleiden.« Er nahm einen Sack Münzen. »Das wird wohl genügen.«

Die Vorsteherin sah Var ernst an. »Sein Vorschlag ist vernünftig. Du solltest darauf eingehen. Nomade. Und du solltest das nehmen.« Sie übergab ihm ein Paket.

In Var wurde dabei die Erinnerung an das Verhalten Mino's wach, des Gottes von Neu Kreta, als er Soli die Schlüssel zum Motorboot gab. Ihm war klar, daß die Vorsteherin ihm auf subtile Weise helfen wollte. Entweder er kämpfte jetzt, was den sicheren Tod bedeutete, wie viele er auch mit sich nehmen mochte – oder aber er konnte sich ihrer Führung anvertrauen und auf die Bedingungen des Offiziers eingehen.

Er nahm das Geld und das Paket und ging mit den Posten zu ihren Fahrzeugen. Er hatte nicht aufgegeben, doch schien ihm das im Moment der bestmögliche Kurs.

Sechs Stunden später wurde er abgesetzt, allein, etwa hundert Meilen weiter nördlich. Die Dämmerung senkte sich übers Ödland.

Das Paket enthielt eine Karte und einen menschlichen Daumen.

Die Karte war nichts Besonderes, sie bezog sich auf das gesamte Gebiet hier. Aber da war eine Stelle, rot markiert.

Der Daumen –

Var kannte sich bei Gliedmaßen aus, da seine eigenen deformiert waren. Er konnte bestimmte Menschen ebensogut an ihren Händen wie an den Gesichtern erkennen. Dies da war nicht der Daumen eines Chinesen. Er gehörte einem Amerikaner. Massiv, feines Gewebe unter der Haut, narbig –

Es war der Daumen des Herrn.

Offenbar wußte die Vorsteherin, wo sich der Herr befand, tot oder lebendig. Und sie wußte es schon seit geraumer Zeit. Also mußte sie um die Verbindung zwischen Var und Soli und dem Namenlosen wissen. Und jetzt hatte sie sich entschlossen, ihre Information an Var weiterzugeben. Warum?

Er schüttelte den Kopf, weil er es nicht fassen konnte. Sie war eine ehrenwerte Frau, aber wie so viele dieses Volkes, auf ihre Weise ein Rätsel.

Ihm blieben nicht ganz zwei Wochen, um Soli zu holen, wenn er es tun wollte, ehe Ch'in sie auf sein Lager zog. Wenn er sie überhaupt vor die Wahl zwischen dem häßlichen Nomaden und dem reichen mächtigen Kaiser stellen wollte.

Er konnte noch rechtzeitig die Schule erreichen, denn man hatte seine tägliche Laufleistung offensichtlich unterschätzt. Doch wußte er, daß der Offizier nicht geblufft hatte, als er ihm das Schicksal beschrieb, das ihn erwartete. Und plötzlich wurde er von Ungewißheit erfaßt, was Solis Reaktion betraf. Sie war so zornig gewesen, und sie hätte ein Leben voller Luxus führen können . . .

Nach einer Woche Fußmarsch hätte er den eingezeichneten Fleck auf der Karte erreichen können. Gewiß stammte der Daumen des Herrn von dorther. Es wurde Zeit, daß er seinen Konflikt mit seinem langjährigen Freund und Mentor zu einem Ende brachte – oder mit Sicherheit feststellte, daß er nie zu Ende sein würde. Wenn der große Mann nun tot war . . .

Es war eine Arena. Gladiatoren traten gegeneinander und gegen wilde Tiere zum Todeskampf an, zum Vergnügen des zahlenden Publikums. Aber die größte Attraktion waren zwei Wilde aus der Fremde, Gefangene, die vor einem halben Jahr von den Truppen eines kleineren Königreiches bei einem Grenzscharmützel festgenommen wurden. Sol und der Herr, natürlich.

Ein paar kurze Fragen vermittelten Var wenigstens ein annäherndes Bild der Wahrheit. Die beiden waren Var in den Tunnel zu den Aleuten gefolgt, waren aber geschickter als er dem automatischen Kehrgerät ausgewichen. Die Amazonen hatten sie abwehren können, waren aber von der Strahlung an der Brücke aufgehalten worden. Deshalb hatten sie einen großen Umweg machen müssen, wohl wissend, daß Var nicht haltmachen würde, ehe er nicht das Festland auf der anderen Seite des Ozeans erreicht hätte. Sie hatten manches fremde Gebiet durchquert, Feinde belebter und unbelebter Art abgewehrt, und das alles hatte Jahre gedauert. Und dann waren sie einer Grenzpatrouille in die Arme gelaufen – eigentlich einer quasioffiziellen Banditenbande – und hatten vor den schweren Schußwaffen des Gegners aufgeben müssen.

Kaum waren ihre Wunden verheilt, verkaufte man sie beide an die Arena. Man schnitt ihnen ihre linken Daumen ab, zur Kennzeichnung ihres Status. Und jetzt mußten sie schuften, und das um einen Lohn, bei dem es ein Jahrzehnt dauern würde, bis sie den Preis zum Freikauf beisammen hatten.

»Ich werde sie auslösen«, sagte Var. Er drückte dem Mann am Arena-Tor den Sack Münzen in die Hand.

Der Mann zählte nach und nickte. »Ch'in-Währung. Sehr stark. Für wen?«

Var beschrieb den Herrn.

»Sehr gut.« Var hatte eigentlich ein großes Hinundher erwartet, denn das Säckchen konnte wohl kaum den Gegenwert eines Zehn-Jahres-Vertrages enthalten. Der Mann gab ihm einen mit chinesischen Schriftzeichen beschriebenen Zettel. Var nahm ihn begierig in Empfang und betrat das Arenagelände. Er schlug schnurstracks den Weg zu den Unterkünften der Gladiatoren ein. Erstaunlich glatt war alles verlaufen. Doch da fiel ihm etwas ein, und er blieb stehen und enträtselte die Symbole. Der Zettel war wertlos. Damit wurde ihm nur der Zutritt zum Gelände gewährt und sonst gar nichts. Man hatte ihn hereingelegt.

Wütend wollte er zurück, doch ihm wurde sogleich klar, daß der Mann das Geld sicher schon versteckt hatte und vielleicht sogar selbst nach diesem ungesetzlichen Fischzug verschwunden war. Eine Kampfarena galt als Brutstätte von Laster und Korruption. Er hätte sich vorsehen müssen.

Nun, damit war der Kurs festgelegt. Man war seinem ehrenhaften, wenn auch naiven Vorschlag mit Unehrlichkeit begegnet. Vars ethische Begriffe waren ihm nicht fundamental eingegeben, denn er hatte sie ja nur durch seinen Kontakt mit dem Herrn kennengelernt, und außerhalb Amerikas hatten seine Abenteuer ihn darin nicht eben gekräftigt. Er kam anderen entgegen wie sie ihm entgegenkamen und wußte nun, daß er hier nicht auf Ehre rechnen konnte.

Er warf den Zettel weg und ging weiter zum Lager der Gladiatoren. Es handelte sich um ein mit einem hohen Drahtzaun umgebenes Lager, an dessen Ecken sich Holztürme erhoben. Vor jeder der darin befindlichen Unterkünfte stand ein Bewaffneter und hielt Wache.

In der Nähe waren die Tierkäfige. Tiger, Bisons, Schlangen, wilde Hunde und verschiedene Mutanten aus dem Ödland. Wenn sie nicht in der Arena gebraucht wurden, durften sie als zusätzliche Attraktion besichtigt werden. An den zahlreichen Wunden sah Var, daß die Tiere häufig eingesetzt wurden. Wahrscheinlich bekamen die Gladiatoren Belohnungen, wenn sie ein Tier wirkungsvoll besiegten, dabei aber eine Tötung vermeiden konnten. Er suchte die ganze Anlage ab. Es war ein Tag ohne öffentliche Vorstellung. Die Schaukämpfe fanden nur alle drei bis vier Tage statt. Es trieben sich relativ wenig Schaulustige wie er herum. An einer Seite des Geländes waren ein paar Laster abgestellt, die hin und wieder zum Transport von Tieren und Ausrüstung verwendet wurden. Das Unternehmen wechselte den Schauplatz nach ein paar Wochen und suchte sich neue Weidegründe und neues Publikum – vielleicht auch Schutz vor Rachsüchtigen.

Befriedigt zog Var sich auf einen ruhigen Fleck in der Wildnis zurück und schlief sich aus. In der Nacht würde er alle seine Energien brauchen.

Ausgeruht schlich Var in der Dunkelheit wieder auf das Gelände. Er drückte das Fenster eines versperrten Lasters herunter, bekam die Tür auf und machte sich mit Drahtzangen an den Drähten zu schaffen, wie er es als Arbeiter im Umgang mit großen Werkzeugen gelernt hatte. So löste er die Blockierung der Räder. Dann schlich er zum nächsten Wachturm, kletterte geräuschlos hoch und gab dem Gewehrträger mit einem Stock eins über den Kopf. Dasselbe machte er auf dem zweiten Turm. Seine kurze Erfahrung mit Ch'ins Leuten hatte ihn gelehrt, einem Gewehrträger keine Chance zum Reagieren zu lassen. Dieser Teil des Drahtzaunes war von den anderen zwei Türmen nicht völlig einzusehen, also war der Weg frei. Var schnitt sich mit einer Metallschere eine Öffnung. Er kroch hindurch, bewaffnet mit einer Handfeuerwaffe und einer Taschenlampe, die er dem zweiten Posten abgenommen hatte.

Die Gladiatoren wurden in einer versperrten Hütte gehalten, in der es nach Exkrementen roch. Var benutzte Schraubenzieher und Brecheisen und öffnete die Tür mit minimalem Geräuschaufwand. Die Insassen würden ihn zwar hören, aber nicht verraten, das wußte er. Aber vielleicht würden sie versuchen, ihn zu überwältigen und zu fliehen. Er mußte auf alles gefaßt sein.

Er trat die Tür ein, ließ den Lichtstrahl nach drinnen gleiten und hielt sich im Hintergrund. »Ich habe eine Pistole«, sagte er im einheimischen Dialekt und auf amerikanisch: »Kommt einzeln heraus und seid leise – wenn euch die Freiheit lieb ist!«

»Var der Stock!« sagte der Herr sofort, ganz leise, denn er wußte wohl, daß die Turmposten sie nicht hören durften. Seine Gestalt wurde im Eingang sichtbar. »Willst du mir mit einem Gewehr entgegentreten?«

Die vertraute Stimme bewirkte, daß ihn ein Schauder überlief, doch Var antwortete mit Festigkeit: »Nein. Wir sind nicht im Ring. Du hast gelobt mich zu töten, weil du glaubtest, ich hätte deine Tochter getötet. Das habe ich nicht. Ich werde dich zu ihr führen.«

Eine lange Pause trat ein. »Nicht meine Tochter – seine«, sagte der Herr schließlich. Und neben ihn trat Sol, ein ernster Schatten. »Wir dachten es uns, als man uns den Jungen beschrieb, der mit dir unterwegs war. Aber wir wußten es nicht mit Sicherheit, und du bist immer weitergelaufen. Wir mußten dir nach.«

Die ganze Jagd war also umsonst gewesen. Var hätte Soli zum Herrn bringen, oder sie Sol sehen lassen können, damals, als sie im Ring zusammentrafen, und der Eid wäre nichtig gewesen. Nicht einmal der Kampf um den Berg wäre davon beeinflußt worden, da Bob sich ja an das Abkommen nicht gehalten hatte. Was für eine Ironie!

Var sah auf und entdeckte, daß der Herr in Reichweite vor ihm stand. Aber natürlich würde der Waffenlose niemals außerhalb des Ringes zuschlagen, schon gar nicht gegen jemanden, der diese Konvention teilte. Und hätte er den Kodex verletzen wollen, dann hätte er etwas nach ihm werfen können. Doch das Fehlen des Daumens hinderte ihn wohl daran.

»Ich hätte dich fragen sollen«, sagte der Namenlose. »Schon am Tage, nachdem du fortgingst, wußte ich, daß ich falsch gehandelt hatte – denn du hattest ja nur getan, was ich dir auftrug. Es war der Berg Helicon, der uns beide betrog. Und der auch Sol betrog, denn er wußte nicht, daß man sein Kind geschickt hatte. Er wußte es nicht, ehe er von ihrem Tod erfuhr.« Var fiel ein, daß Soli gesagt hatte, ihre Eltern wären ahnungslos gewesen, denn Bob sage nie die Wahrheit, und sie hätte nur mitgemacht, weil er das Leben ihrer Eltern bedrohte. Ein abscheulicher Handel – die Rache des Herrn der Unterwelt für den Angriff der Nomaden. »Und er ist gekommen, sie zu rächen?«

»Um sie zu begraben. Gerächt hatte er sie schon, als er Bob tötete und Helicon in Brand setzte. Sosa verschwand in diesem Gemetzel. Ihm blieb nur mehr übrig, Soli zu begraben, doch er konnte sie nicht finden. Und er kam, und wir trafen einander und beredeten alles. Und du warst schon wieder weg mit deiner . . . Schwester.«

Sie vergeudeten Zeit. »Komm mit«, sagte Var. »Sie ist in – in einer Schule. Es wird nicht ohne Komplikationen abgehen.«

Und es war, als hätte es nie Zwist zwischen ihnen gegeben. Sie kamen alle: der Herr, Sol und vier andere Gladiatoren von sehr unterschiedlichem und groteskem Äußeren. Var führte sie durch die Lücke im Zaun, vorbei an den Tierkäfigen, bereit, die Tiere freizulassen, falls es Alarm gäbe. Fast enttäuschte es ihn, daß alles glattging. Sie kletterten auf den Laster, und Var startete ihn per Kurzschluß.

Kaiser Ch'in war mit seinem Gefolge eingetroffen, als die Wagenladung voller Gladiatoren sich bemerkbar machte und in verdächtiger Nähe des Schulgeländes parkte. Überall sah man Uniformierte. Ein Frontalangriff wäre der reinste Wahnsinn gewesen. Und man konnte ja nicht wissen, wie Soli sich zu alldem stellen würde.

»Sie wollte gar nicht auf die Schule?« fragte der Herr. »Ihr genügte es, mit dir auf Wanderschaft zu sein?«

»Das hat sie gesagt«, mußte Var gestehen. »Vor einem Jahr. Aber seither ist sie erwachsen geworden . . .«

»Warum sollte deswegen die Situation anders sein? Möchtest du wieder mit ihr umherziehen?«

Er wurde von schrecklicher Ungewißheit erfaßt. »Ich weiß es nicht.«

»Von diesem Ch'in habe ich gehört. Handelt es sich nicht um eine sehr günstige Heirat?«

»Ja.«

»Aber du möchtest nicht, daß es dazu kommt?«

Vars Verwirrung stieg. »Ich möchte mit ihr reden. Wenn sie Ch'in wirklich heiraten möchte –«

Der Herr brummte: »Wir werden sie dem Test unterziehen.«

Sie verbrachten die Nacht auf dem Laster im Wald. Die chinesischen Gladiatoren machten sich zielstrebig auf die Suche nach Nahrung und Treibstoff und genossen die Lage ungemein. Der Herr befragte Var über jeden Aspekt seines Zusammenseins mit Soli, während Sol schweigsam zuhörte. Var spürte, daß er gar nicht wußte, was in den Köpfen dieser Männer vor sich ging. Was Soli betraf, so waren ihre Reaktionen undurchschaubar. Möglich, daß von ihnen kein Mitgefühl mit seinen Sehnsüchten und Träumen zu erwarten war.

Und er mußte feststellen, daß er seine Handlungsfreiheit verloren hatte, seitdem er diese Männer freigelassen hatte. Der Herr beherrschte die gesamte Gruppe, und ließ seine Überlegenheit leuchten. Var aber erkannte in diesem Mann die Eigenschaften wieder, die Soli zu dem machten, was sie war und was sie für ihn eigentlich so anziehend gemacht hatte – und doch leugnete der Herr, sie gezeugt zu haben. Also wollte die Verwirrung kein Ende nehmen.

Var spähte klopfenden Herzens vom Laster hinunter, während die anderen sich davon machten, um bei der Abschlußfeier zuzusehen. Vibrierend vor Ungeduld, endlich aktiv zu werden, war er doch hilflos und abhängig von den Motiven anderer und seiner eigenen Beweggründe nicht sicher.

XIX

Soli schlief unruhig. Ihr ganzes Leben lief noch einmal vor ihr ab in diesem Augenblick, da sie einer dramatischen Veränderung gegenüberstand. An ihre früheste Kindheit unter den Nomaden konnte sie sich nicht erinnern, nur an Schnee und schauerliche Kälte und an ihren Vater Sol, der sie schützte, obwohl beide dem Tode geweiht waren. Und dann waren sie wieder am Leben, unter Schmerzen zwar, und Sosa war ihre neue Mutter. Und nach dem Schock der Veränderung war es gut so gewesen, denn Sosa war eine bemerkenswerte Frau, verheerend im Kampf und in der Liebe gleichermaßen. Und die Unterwelt war faszinierend. Bis Bob sie mit der Brutalität der Politik bekannt gemacht und sie hinausgeschickt hatte, damit sie ihre Lebensform gegen die Wilden verteidige.

Sie hatte angenommen, alle Nomaden wären verstümmelt. Var hatte fleckige Haut, sonderbare Hände und einen Buckel. Doch Sosa hatte sie gelehrt, daß die äußere Erscheinung bei einem Mann nicht wichtig wäre. Seine Ausdauer und sein Geschick im Kampf wären wichtiger, am wichtigsten aber seine

Persönlichkeit. »Wenn ein Mann stark ist und aufrecht und liebevoll wie dein Vater, dann vertraue ihm und mache ihn dir zum Freund«, hatte ihr Rat gelautet.

Die Männer der Unterwelt hatten diesen Maßstäben nicht entsprochen. Jim, der Bibliothekar, war aufrichtig und liebevoll und intelligent, aber stark war er nicht. Ein einziger Hieb in den Leib hätte ihn auf die Krankenstation gebracht. Bob, der Führer, war stark, aber weder ehrlich noch gut. Eigentlich kam nur ihr Vater Sol an Sosas Anforderungen heran. Daher erlernte sie von ihm die Kunst des Stockkampfes. Sie lernte gut und wartete ab.

Und der häßliche Var war stark, wenn auch mit den Stöcken nicht so geschickt wie sie. Und er war ehrlich, denn er hatte keine Steine auf sie herunterprasseln lassen, obgleich sie natürlich leicht jedem Stein ausgewichen wäre. Und er war sehr liebevoll gewesen, denn er hatte sie vor der schrecklichen Kälte geschützt, so wie ihr Vater es einmal getan hatte. Dies war der einzige Feind, dem sie nicht kühn entgegentreten konnte: sie haßte und fürchtete die Kälte.

Sie hatte ihn als guten Menschen kennengelernt, obwohl er ein feindlicher Wilder war, und er hatte sie in der Folge auch nie enttäuscht. Er war nicht ausgesprochen gescheit, aber das war Sol auch nicht. Männer wie Bob und der Namenlose flößten einem Furcht ein, weil ihr Verstand tödlicher war als ihr Körper. Sie zog Gefährten vor, deren Motive sie einigermaßen ausloten konnte.

An welchem Punkt sich diese Wertschätzung in Liebe verwandelt hatte, das wußte sie nicht. Es war allmählich gekommen, hatte sich im Laufe des Zusammenseins vertieft und war zugleich mit ihrer Weiblichkeit gereift. Sie selbst neigte dazu, diesen Übergang zu jenem Zeitpunkt anzusetzen, als das giftige Insekt sie gestochen hatte, und er sie den ganzen Weg zur Hütte geschleppt hatte und sie dort pflegte. Damals war sie die meiste Zeit über bei Bewußtsein gewesen, hatte sich aber nicht rühren oder gar antworten können. Sie hatte ihn beobachtet, als er sich alleine wähnte, und hatte schon lange, ehe er es zugab, gewußt, daß er um sie gekämpft hatte.

Fünfmal hatte er ihr unter Lebensgefahr das Leben gerettet

und hatte keine Gegenleistung verlangt. Er war ein richtiger Mann, und das nicht nur wegen seines Mutes und seiner Opferbereitschaft. Hätte sie ihn nicht schon geliebt, so hätte sie damals damit begonnen. Doch als sie ihn und sich nach Neu Kreta gebracht hatte, hatte er im Sterben gelegen. Und sie mußte ihre Schuld ihm gegenüber ausgleichen. Einen Augenblick lang war sie versucht gewesen, seinen goldenen Armreif einzutauschen, da ihr klar war, welchen Wert er in dieser Gegend besaß. Aber damit hätte sie sich der Möglichkeit beraubt, ihn je zu besitzen samt allen damit zusammenhängenden Folgen. Und sie mußte fürchten, daß man den Reif einfach nahm, wie man das Boot genommen hatte, ohne Gegenleistung. Obgleich ihnen beiden der Tod drohte, brachte sie es nicht über sich, ihren Traum aufzugeben.

Also hatte sie sich für den Tempel entscheiden müssen, ein Angebot, das man nicht einfach von ihr fordern durfte, eines, mit dem sie die anderen bei der Stange halten konnte. Und sie hatte geweint, nicht so sehr um ihretwegen, sondern weil sie ihn verlor. Der Tempelklatsch hatte ihr zugetragen, daß er niedrige Arbeit verrichte, und sie litt unter der Vorstellung, wie er sich erniedrigt fühlen mußte, während sie sich gleichzeitig ausmalte, wie sehr sie ihm fehlte. Süße Mädchenträume, unsinnig, aber wichtig. Sie stellte sich sogar vor, daß er sie hin und wieder beobachtete, ja, daß er ihretwegen sogar Gott Minos zum Kampfe herausfordere.

Und dann war er gekommen, genau in dem Augenblick, als sie schon gewillt war, sich in ihr grausames Schicksal zu ergeben. Und sie hatte gesehen, wie er das Labyrinth betrat. Da hatte sie sich wegen ihrer idealistischen Torheit verflucht.

»Sollte ich ihn lebend wiedersehen«, hatte sie sich, hilflos und angekettet geschworen, »werde ich ihn festhalten und ihm sagen, daß ich ihn liebe.« Das war eine aus Verzweiflung geborene Überzeugung.

Und doch war es geschehen.

Von diesem Augenblick an hatte sie aufgehört, ihn zu verstehen. Sie war nun eine Frau, bereit und willens, ihn als Mann zu akzeptieren, und der Beweis war ja vollbracht worden. Und dennoch behandelte er sie wie ein Kind. Warum nur, wenn sie die Liebe bereits vollzogen hatten? Warum zog er sich zurück, wenn sie sich ihm näherte? Warum war er zwei Jahre lang geblieben, hatte seinen Reif behalten und war dann gekommen, hatte sie genommen – nur um nachher ihre Annäherungen zu mißachten?

Sie hatte sich gefügt, weil es ja nicht in ihrer Macht stand, die Lage zu ändern. Und allmählich hatte sie entdeckt, daß sie sich geändert hatte und nicht er, und daß er es nicht gemerkt hatte. Nicht ganz jedenfalls. Var war naiv. Er hatte seine Wanderschaft mit einem Kind begonnen, und nach seinem Dafürhalten war er immer noch mit einem Kind unterwegs. In seinen Augen würde sie immer ein Kind sein.

Kaum hatte sie sich an diese Situation einigermaßen gewöhnt, da hatte der Überfall stattgefunden und sie war hierhergeschafft worden. Erst hatte sie geglaubt, Var wäre tot. Und dann mußte sie erfahren, daß er eigentlich dahintersteckte. Ihre Wut hatte Wochen gedauert.

Bis sie auf den Gedanken gekommen war, daß sie in seinen Augen diesem Fegefeuer als Frau entsteigen würde. Er wollte, daß sie hier blieb, damit er die bereits stattgefundene Veränderung sozusagen offiziell akzeptieren konnte. Damit er ihr seinen Armreif auf ehrenhafte Weise anbieten konnte.

Da änderte sie ihre Haltung. Sie entdeckte, daß man ihr hier eine gute Erziehung vermitteln konnte. Die Erzieherinnen waren zwar streng, aber sie waren aufrichtig, und wußten sehr viel. Soli vervollkommnete ihre Lesekünste an den Schriftzeichen und erlernte auch andere Fächer, von deren Existenz sie bislang kaum etwas geahnt hatte. Und was das Wichtigste war, sie erlernte jene weiblichen Künste, mittels derer sie jeden Mann beherrschen und gefügig machen konnte. Doch war dies ein Kampf, nicht minder schwer wie mit Waffen, doch ebenso lohnend.

Var würde einige Überraschungen erleben.

Und jetzt hatte man sie – gegen ihren Willen – mit Kaiser Ch'in verlobt. Keine Frage, es war eine sehr vorteilhafte Verbindung. Er entstammte der Gründerdynastie dieses Reiches, das, wollte man den Sagen Glauben schenken, Jahrtausende vor dem großen Brand gegründet worden war. Sicher hatte

Ch'ins Abteilung für Öffentlichkeitsarbeit die Sache in die Hand genommen. Aber ihre Studien hatten ihr Ch'in als den gezeigt, der er wirklich war: ein aufgeblasener, arroganter Fürst in mittleren Jahren, der das große Glück hatte, als Ratgeber ein ihm treu ergebenes taktisches Genie zu besitzen. Daher konnte Ch'in sich mit immer jünger werdenden Bräuten vergnügen, während sein meisterhaft regiertes Land sich ausweitete. Viele Frauen schmeichelte es, wenn sie sein ständig auf der Suche befindliches Auge befriedigten, und sie genossen es, seinem luxuriösen Harem beigefügt zu werden. Auf Soli traf dies nicht zu. Sie hatte ihre Wahl schon längst getroffen und ließ sich nicht so einfach davon abbringen.

Blieb noch das Problem, mit Ch'in fertig zu werden und gleichzeitig Var herumzukriegen. Sie wußte, daß sie zu beidem imstande war, daß sie es aber nicht gleichzeitig schaffen würde.

Schließlich war Var zu ihr gekommen, kurz vor dem Examen – doch er hatte es nach Männerart verpatzt. Er hatte in ihr Gemach klettern wollen und war von Ch'ins Handlangern überwältigt und deportiert worden. Sie hatte die Vorsteherin gebeten, einzuschreiten, und diese strenge, freundliche und mutige Frau hatte ihrer Bitte entsprochen. Man hatte Var wegen seiner Torheit gescholten und ihn unversehrt und mit Geld ausgestattet auf fremdem Territorium abgesetzt. Im Moment war er in Sicherheit – solange er keine neue Torheit beging.

Und dennoch schlief sie unruhig. Denn die Situation war keineswegs im Lot, und es konnte noch sehr vieles schiefgehen. Sie war noch zu keinem Entschluß gekommen, wie sie mit Ch'in fertig würde. Weigerte sie sich, seinen Wünschen nachzukommen, wurde sie womöglich entführt, vergewaltigt und ermordet. Der Kaiser war verheerend, wenn er sich in seinem Stolz getroffen fühlte. Und auch die Schule würde zu leiden haben, vielleicht sogar sehr arg. Nein – offener Widerstand war nicht ratsam.

Sie konnte aber Ch'in mit einer festlichen Hochzeitsnacht gnädig stimmen und ihm dann eine traurige Geschichte von unerfüllter Liebe auftischen. Ein Appell an seine Eitelkeit konnte Wunder wirken, insbesondere wenn die damit verbundene

Anspielung auf einen politischen Vorteil nicht zu diskret ausfiel. Ein romantisch verklärtes Bild des Kaisers würde den Effekt gewisser harter militärischer Maßnahmen, wie zum Beispiel das Daumenabschneiden bei Gefangenen und ihr Verkauf als Gladiatoren, mildern. Zwar war Ch'in nicht der einzige, der so verfuhr. Es war eine allgemein geübte Praktik. Doch war es nicht bedeutungslos, denn der äußere Eindruck galt hier sehr viel.

Ja, die Heirat schien der beste Weg. Nach einem angemessenen Zeitraum konnte sie immer noch weglaufen, falls ihr Plan nicht klappte. Und auf diese Weise würde man die Schule unbehelligt lassen. Sodann konnte sie den Aufenthaltsort Vars feststellen und ihn zur Vernunft bringen.

Nur – sie war sich Vars nicht sicher. Ja, sie konnte natürlich den Mann in ihm ansprechen, zweifellos. Doch sie mißtraute seinem gesunden Menschenverstand. Sie konnte sich nicht darauf verlassen, daß er nicht doch eine Tollkühnheit beging. Vielleicht unternahm er aus Eifersucht etwas gegen Ch'in, oder aber er kam noch vor dem Schlußexamen zurück in ihre Nähe. Var war für solche Sachen einfach nicht klug genug, und dazu kam, daß er ungemein halsstarrig sein konnte. Daß er Minos damals entgegengetreten war, war eine unglaubliche Torheit gewesen. . .

Und das war natürlich der Grund, warum sie ihn liebte.

Vielleicht war es ein Fehler gewesen, daß sie ihn ermutigt hatte, das chinesische Helicon zu suchen. Es gab dieses Gegenstück zum Berg irgendwo, doch sie befanden sich wohl noch sehr weit davon entfernt. Wahrscheinlich waren die hiesigen Unterweltler ebensolche Geheimniskrämer wie die Amerikas, so daß eine Suche sich sehr schwierig gestalten würde. Sie hatte aber gar nicht beabsichtigt, Helicon tatsächlich zu finden, nein, sie hatte Var nur ein angemessenes Ziel vor Augen stellen wollen. Ein Ziel, an dessen Erreichung sie teilnehmen konnte, während sie heranwuchs.

Sie fragte sich, was aus ihrem Vater und dem Namenlosen wohl geworden sein mochte. Hatten sie die Verfolgung endlich aufgegeben? Sie bezweifelte es. Sobald sie Var in der Hand hatte, würde sie für eine Versöhnung sorgen. Es hatte ihr damals weh getan, als sie vor Sol davongelaufen war, doch sie wußte, daß sie nicht mit ihm nach Helicon zurückwollte, und jetzt war es vor allem wichtig, Var auf der Spur zu bleiben. Sol war der Mann ihrer Kindheit gewesen, Var sollte der Mann ihres Frauenlebens werden.

Doch bei dem Gedanken an Helicon fiel ihr Sosa ein, die einzige Mutter, an die sie eine Erinnerung besaß. In gewisser Weise war der Verlust Sosas schlimmer als der Sols. Was diese stolze kleine Frau jetzt wohl machte? Hatte sie sich mit dem Verschwinden von Mann und Tochter abgefunden? Soli bezweifelte es, und das schmerzte.

Schließlich ließen ihre Erinnerungen, ihre Befürchtungen, ihr Pläneschmieden nach, und sie schlief ein.

Ch'in war noch stattlicher, als man sich erzählte. Tatsächlich war er fett. Sein Angesicht hatte zwar Züge bewahrt, die in seiner Jugend hübsch gewesen sein mochten, doch über die Jugend war er schon lange hinaus. Nicht einmal die Pracht seiner Gewänder ließ ihn dem Auge angenehm erscheinen.

Soli konnte einen kurzen Blick auf ihn werfen, als sie am Examenstag aus dem Fenster spähte. Er besichtigte seine Truppen, wobei er sich nicht einmal der Mühe unterzog, sich aus dem gepolsterten Sitz seines von einem Fahrer gesteuerten offenen Wagens zu erheben. Und plötzlich wurde sie unsicher, ob sie seine Gefühle wecken und in die gewünschte Richtung würde lenken können. Er wirkte schon zu gesetzt und zu abgebrüht, um sich von einem Mädchen beeinflussen zu lassen.

Sie nahm eilig das Frühstück zu sich und machte sich sodann an ihre Toilette. Zuerst eine warme Dusche und dann ein strapaziös sorgfältiges Ankleiden, Schicht um Schicht. Dann kam das Kämmen, damit das Haar Glanz bekam. Nagelfeilen, Schminken, ein vollkommener Verwandlungsprozeß, um ein Mädchen in eine Dame zu verwandeln. Sorgfältig begutachtete sie sich im Spiegel.

Sie sah ein farbenprächtiges Wesen aus Röcken, Rüschen und Perlen und Gefunkel. Ihre Füße wirkten winzig in den kunstvollen Pantoffeln, das Gesicht elfenhaft unter dem ausladenden Hut. Keine Frau in Amerika trug solche Gewänder, doch fand sie ihr Aussehen nicht unattraktiv.

Die Examensfeier lief genau nach Plan ab. Fünfunddreißig Mädchen bekamen ihre Diplome ausgehändigt und marschierten sodann einzeln hinaus in den Hof, wo sie von den stolzen Eltern erwartet wurden. Soli war die letzte, ehrenhalber sozusagen, denn es war klar, das einem Mädchen, das auf sie gefolgt wäre, nur geringe Aufmerksamkeit zuteil würde. Zum Teil lag dies darin begründet, weil sie die einzige Vertreterin ihrer Rasse war. Doch sie wußte auch, daß sie, obwohl jünger als manche andere – nämlich erst dreizehn – eine Schönheit war. Sie wußte es, weil dieses Wissen ein Vorteil war, und sie besaß dazu die Anmut, sich richtig zu präsentieren. Hätte sie diese grundlegenden Techniken nicht erlernt, sie hätte das Examen nicht bestanden.

Ch'in erwartete sie, geschützt von einer Phalanx von Soldaten. Prächtig sah er aus in seiner quasi-militärischen Aufmachung mit Medaillen und Schärpen. Wäre seine Mitte schmaler gewesen, hätte er die vielen Orden gar nicht untergebracht. Aber ihm fehlte natürlich ein goldener Armreif, und darauf kam es an.

Sie lächelte ihm zu und wandte dabei den Kopf so, daß die Sonne ihre Augen und Zähne aufblitzen ließ. Dann ging sie auf ihn zu mit einer Haltung, die ihre Brüste und ihre Hüften zur Geltung brachte, und ihre schlanke Taille. Sie nahm seine Hände.

Ja, sie lieferte den Zuschauern den Auftritt, den Ch'in sich erkauft hatte. Sie mußte glänzen, um die eben absolvierte Ausbildung zu rechtfertigen. Äußere Erscheinung war alles.

Der Kaiser wandte sich um, und sie wandte sich mit ihm um, als wäre sie eins mit ihm und begleitete ihn zum kaiserlichen Wagen.

Die Menschen drängten sich hinter der Postenreihe zusammen, begierig, einen Blick auf den Kaiser und seine schöne Braut zu werfen. Die meisten waren Einheimische, die Ch'in im Moment keine Ergebenheit schuldeten, doch sie waren fasziniert, von den Zeichen der Macht – und wußten wohl, daß sie ihm morgen oder im nächsten Jahr – vielleicht sehr wohl

Ergebenheit schulden würden. Eine ganze Anzahl Zuschauer kam von weither. Die Grenztruppen des Herrschers dieses Gebietes verhielten sich verdächtig zurückhaltend. Er wollte offenbar jeden Ärger mit Ch'in vermeiden.

In der Nähe des schimmernden Wagens stand ein ernster, mantelumhüllter Mann. Plötzlich wurde ihr Blick gefangen, sie sah genauer hin –

»Sol!« flüsterte sie.

Der Anblick ihres Vaters, gänzlich unerwartet, nach fünf Jahren und Tausenden von Meilen, überwältigte sie. Sie hatte ihn zuletzt in Helicon gesehen, doch sein liebes Gesicht war ihr vertraut wie eh und je.

Ch'in hörte ihren leisen Ausruf und folgte ihrem Blick. »Wer ist dieser Mann?«

Die Soldaten reagierten unverzüglich und packten Sol. Da wurden seine Hände sichtbar und sie sah, daß sein linker Daumen fehlte. Zunächst spürte sie einen Schock, dann aber übermannte sie Wut. Man hatte ihren Vater als Gladiator verkauft! Und völlig unvernünftig gab sie allein Ch'in die Schuld daran.

Sie schlug auf ihn ein und wandte dabei die Technik an, die Sosa sie gelehrt hatte. Ch'in schnappte nach Luft und schwankte. Die Soldaten zogen ihre Pistolen.

Und dann geriet Sol in Bewegung, teilte nach links und rechts Hiebe aus und stieß die Wachen beiseite. Ein Schwert blitzte in seiner Hand auf. Er sprang und kam neben Soli zu stehen, die Klinge an Ch'ins Kehle gelegt. Die festgefügte Kette der Soldaten riß, und die erstaunten Zuschauer drängten näher heran. Soli sah Gewehre im Anschlag und wußte, daß Sol auf der Stelle getötet würde, was immer er tat. Es waren ihrer zu viele, Soldaten und Waffen. Jemand würde sicher einen Schuß abgeben, auch wenn es dem Kaiser das Leben kostete.

Doch dann erhoben sich groteske Gestalten mitten in der Menge und fingen an, die Menschen wegzustoßen. Gladiatoren – die nun außerhalb der Arena wüteten. Hungrige Tiger hätten nicht verheerender wirken können! In wenigen Augenblicken waren alle Bewaffneten außer Gefecht gesetzt. Einige Waffen wurden abgefeuert, aber ohne jede Zielsicherheit. Das Handgemenge wurde allein durch Muskelkraft entschieden.

Sol stieß Ch'in rüde beiseite, legte den Arm und Soli und hob sie in den Wagen. Ein Riese schleuderte den Fahrer heraus und schwang sich selbst in den Fahrersitz. Der Motor heulte auf. Zwei weitere gewaltige Männer drängten herein und versetzten das Fahrzeug in gewaltige Schwankungen, als es sich in Bewegung setzte. Sie schwangen krumme schimmernde Schwerter bedrohlich gegen alle, die sich dem Wagen in den Weg stellten. Organisierter Widerstand konnte gar nicht erst entstehen.

Soli hielt sich fest und sah um sich. Plötzlich erkannte sie den Fahrer. Es war der Namenlose, der Mann, der geschworen hatte, Var zu töten!

Nun hörte man Schüsse und Schreie, denn die Soldaten hatten wieder zu den Waffen gegriffen, kaum daß die Gladiatoren losgefahren waren. Doch die Menge war so dicht, daß die Kugeln nur Unschuldige und nicht die Flüchtenden trafen. Endlich hatte der Wagen freie Bahn und raste über die Straße dahin. Soli hatte zunächst angenommen, das Fahrzeug sei nur Schaustück, doch es war tatsächlich eine voll funktionsfähige Maschine.

»Hoffentlich wird Var es schaffen«, sagte der Namenlose mit einem Blick nach hinten.

»Var?« fragte sie atemlos. »Ihr habt Var gefunden?«

»Er hat uns gefunden. Uns befreit und uns hierhergebracht. Wir waren –« Er hielt den Daumenstummel hoch.

»Ihr habt nicht gekämpft? Ihr und Var?« Aber das war ohnehin klar.

»Möchtest du wieder mit dem Wilden auf Wanderschaft gehen?« fragte er, statt eine Antwort zu geben.

Sie wunderte sich, warum der Namenlose an ihren Gefühlen Var gegenüber interessiert war. Doch sie antwortete: »Ja.«

Der Wagen jagte weiter – nordwärts.

XX

Var, der wie elektrisiert in Aktion trat, als er die Schüsse hörte, startete den Laster und fuhr vorsichtig auf die Menge zu. Falls Soli etwas zugestoßen war, würde er den Kaiser einfach überfahren!

Dann aber sah er den Wagen losfahren, den Herrn am Steuer, Soli neben ihm, zwei Gladiatoren dahinter. Sie hatten es geschafft!

Doch die Soldaten, die sich nur momentan hatten überrumpeln lassen, rotteten sich zusammen und brachten ihre Waffen in Anschlag. Var gab Gas, fuhr ihnen in den Weg und verstellte ihnen die Schußbahn, während der andere Wagen davonjagte. Männer sprangen ihn an. Er wich aus, erkannte dann aber die nackten Leiber der übrigen zwei Gladiatoren. Er trat auf die Bremse und ließ sie aufsteigen. Dann ging es los.

Niemand konnte sich des Lasters bemächtigen, solange die zwei Leibwachen an Bord waren. Doch kamen ihm keine anderen Fahrzeuge entgegen, die ihm seinerseits hätten Deckung geben können, indem sie die Schußlinie behinderten. Schüsse knallten. Seine Reifen platzten. Var fuhr wie benommen weiter, weil er wußte, daß sie alle geliefert waren, wenn er anhielt.

Das Steuer riß an seiner Hand. Der Motor wurde langsamer und starb ab. Er trat die Kupplung, gab Gas und brachte ihn wieder auf Touren. Der Laster holperte und stotterte mit seinen demolierten Reifen dahin, doch er bewegte sich weiter.

Aber nicht schnell genug. Die Truppen hatten sie zwar abgehängt, und eine leichte Steigung der Straße entzog sie dem direkten Feuer, doch würden andere Wagen sie in Minutenschnelle einholen. »Wir müssen laufen!« rief Var, als der heißgelaufene Motor schließlich seinen Geist aufgab.

Sie sprangen ab und hatten schon den Wald erreicht, als der erste Wagen der Verfolger auftauchte. Schreie und Schüsse wurden hörbar, als die Soldaten den Laster sahen. Sie wußten ja nicht, daß er leer war.

Var und die zwei Gladiatoren liefen immer weiter. Die Soldaten des Kaisers würden ihre Fährte noch früh genug aufnehmen, das wußten sie. Allein hätte Var sich mit Leichtigkeit durchschlagen können, denn der Wald war ja sein natürliches Zuhause, und er konnte sich dann im Ödland verstecken. Doch die anderen, die zwar im Kampf sehr geschickt sein mochten, wirkten hier wie unbeholfene Monstren. Das schreckliche Ende war vorauszusehen, wenn sie sich nicht bald trennten.

Er konnte sich natürlich davonstehlen und die Gladiatoren ihrem Schicksal überlassen. Das wäre an sich kein Problem gewesen. Aber war es auch fair? Sie hatten ihm bei der Befreiung Solis geholfen, ihr Leben dabei aufs Spiel gesetzt, und einer war bei diesem Unternehmen verwundet worden. Aber er hatte immerhin vorher die Gladiatoren befreit und dabei sein Leben aufs Spiel gesetzt. Wer schuldete nun wem etwas?

»Wir haben unsere Schuld abgetragen«, keuchte einer der Männer. »Und jetzt müssen wir bei unseren Leuten Zuflucht suchen, und das kannst du nicht. Andernfalls werden wir alle sterben, denn Ch'in ist erbarmungslos.«

Ja«, gab Var ihm recht. »Es ist gerecht. Es tut uns leid, aber es muß sein.«

Sie glaubten tatsächlich, sie beschützten ihn! Und daß er sterben würde, sobald sie ihn verließen! Die drei hatten durch falsch verstandene Treue fast den eigenen Untergang heraufbeschworen.

»Es ist gerecht. Geht eures Weges«, wiederholte Var. Er winkte ihnen zum Abschied zu und war in der Wildnis verschwunden.

Nun war er vorerst vor Verfolgung sicher und konnte sich Sorgen um die anderen machen. Soli, ihr Vater und der Herr waren in nördlicher Richtung davongefahren. Würde es ihnen gelingen, eine sichere Entfernung zwischen sich und die Leute des Kaisers zu legen und endgültig zu entkommen? Und wenn, würde er feststellen können, wo sie sich aufhielten?

Würden sie es überhaupt zulassen, daß er sie suchte? Sol war mit seiner Tochter wieder vereint worden, nachdem Var sie beide unbeabsichtigt lange Jahre getrennt hatte. Sie konnte jetzt zurück nach Amerika. Sie brauchten den Jungen aus der Wildnis nicht mehr. Und sie wollten ihn vielleicht gar nicht.

Denn was würde er schon anfangen, außer Soli wieder mit sich nehmen?

Falls Soli überhaupt eine Neigung dazu zeigte. Var wurde von nicht geringen Zweifeln beschlichen. Sie war außer sich gewesen, als er sie in die Schule schaffte, und bei den seltenen Gelegenheiten ihres Zusammenseins hatte sie sich seither abweisend verhalten. Ihr hatte eine hervorragende Heirat bevorgestanden, ehe er die Verbindung sprengte. Und jetzt war sie bei ihrem Vater, einem besseren Mann, als Var es war. Gewiß würde sie entweder bei Sol bleiben oder zurück zu Ch'in wollen.

Am besten war es, er verbarg sich im Ödland und ließ sie ihren Weg gehen.

Im Bogen schlich er zur Straße zurück, weil er wußte, dort würde man ihn am wenigsten vermuten. Er trottete in der Richtung weiter, in die der Wagen gefahren war, nach Norden. Er hatte sich noch nie im Leben für die beste Lösung entschieden.

Ständig fuhren Fahrzeuge vorüber, und Var sprang jedesmal in den Graben und versteckte sich, worauf er sofort wieder heraussprang und seine einsame Wanderung fortsetzte. Früher oder später würde er bestimmt den Wagen einholen oder auf die Stelle stoßen, wo die ganze Gruppe ausgestiegen war. Und dann . . .

Wieder holperte ein Laster vorüber, diesmal in südlicher Richtung. Var sprang in Deckung. Er roch Staub, vermischt mit Treibstoffdämpfen, und . . . Solis Parfum.

Er sprang zurück auf die Straße und schrie. Entweder Ch'ins Leuten hatten sie gefangen oder –

Der Laster hielt an. Soli stieg artig herunter, schwenkte ihren Hut, und sah dabei unglaublich vornehm aus. »Steig ein, du Idiot«, rief sie. »Ich wußte ja, daß du verlorengehen würdest.«

Die vier waren nun zum erstenmal beisammen: Var, Soli, Sol und der Herr. Die zwei anderen Gladiatoren waren ebenfalls gegangen, nachdem sie ihre Aufgabe erfüllt hatten.

»Jetzt müssen wir wohl darangehen, unsere Flucht zu planen«, sagte der Herr, während er den Wagen steuerte. »Wir werden auf Straßensperren stoßen. Wir konnten die Verfolger zwar nasführen, indem wir in ein anderes Fahrzeug umstiegen, aber das wird ein zweites Mal nicht klappen. Wir müssen uns bald ins Gebirge schlagen, und man wird uns mit Hunden hetzen. Dieser Ch'in ist keiner, der leicht aufgibt, und sein General ist ein wahrer Meister in Verfolgungsjagden. Wahrscheinlich werden wir Verluste haben – wir müssen mit fünfzig Prozent rechnen.«

Var kannte diesen Ausdruck nicht. »Wieviel?«

»Zwei von uns könnten draufgehen.«

Var sah Soli an. Sie saß auf Sols Schoß, zwischen Var und dem Herrn. Ihre Frisur war makellos geblieben. Sie war so schön und entrückt, eine richtige Dame – ein abgrundtiefer Gegensatz zu den viehischen, stinkenden Männern um sie herum. Wie gut ihr die Ausbildung bekommen war!

Und wie weit sie sich über ihn erhoben hatte! Seine Wunschvorstellungen waren lächerlich. Sie brauchte ihn nicht. Sie war wieder bei ihrem Vater, die jahrelange Verfolgungsjagd lag hinter ihnen, und Var war überflüssig geworden. Sie hatten aus purem Anstand kehrtgemacht und waren ihn holen gekommen, mehr nicht.

»Var, du bist schon seit einem Jahr da«, sagte der Herr. »Du kennst das Gebiet. Was wäre unser bester Fluchtweg, und wo können wir am besten in Verteidigungsstellung gehen, wenn man uns fängt?«

Var überlegte. »Das Land ist nach Süden hin einigermaßen offen, doch das ist Ch'ins Gebiet. Im Osten und Westen sind Gebirgszüge, über die keine Autostraße führt. Zwar könnten wir einen der Pässe zu Fuß schaffen. Ach ja, die Hunde«, setzte er hinzu, weil ihm im gleichen Augenblick klargeworden war, daß sie die Flucht unbedingt mit dem Fahrzeug fortsetzen mußten. »Der Norden ist noch am besten, bis auf die . . .«

Er hielt inne und schätzte die mißliche Lage ab, in der sie steckten. Weit oben im Norden war das Land wild und offen, so daß eine Verfolgung sich schwierig durchführen ließ, auch wenn viele Menschen und Hunde daran beteiligt wären. Wilde Stämme kämpften gegen alles, was eine organisierte, zivilisierte Macht darstellte, doch der Norden präsentierte sich zunächst als enger Flaschenhals. Kaum fünfzig Meilen jenseits des Gebietes, wo er die Gladiatoren gefunden hatte, begann das noch strahlungswirksame Ödland. Diese Strahlungsgebiete reichten Hunderte von Meilen nach Osten und Westen und wirkten wie unüberwindliche natürliche Schranken zwischen den zivilisierten Südländern und den primitiven Stämmen.

Nur eine Straße führte hindurch, denn es gab nur einen Paß, der frei war von Strahlung und auch das nicht mit Sicherheit. Dieser Paß war befestigt und ständig besetzt. Er und Soli hatten ihn passieren müssen und hatten Maut bezahlt, damals als sie zu Fuß nach Süden gezogen waren. Der Paß lag nicht auf Ch'ins Gebiet, doch war die Besatzung ihm freundlich gesinnt. Ch'ins Beziehungen zu solchen Schlüsselposten in Randgebieten waren immer sehr gut, einer der Gründe, warum seine Macht ständig wuchs.

»Ich glaube, wir müssen den Paß durchs Ödland nehmen«, sagte der Herr.

Keiner gab Antwort. Das war ein fast unmöglich zu vollbringendes Wagnis.

»Während meiner Zeit als Gladiator«, sagte der Herr, »da ließ ich mir dies als theoretisches Problem durch den Kopf gehen. Wie ein halbes Dutzend kühner Männer den Stützpunkt nehmen und den Paß für immer halten könnte.«

»Aber wir sind vier!« hielt Var dagegen. Auch mit hundert Mann wäre das nicht zu schaffen. Diese Festung hatte in der Vergangenheit schon ganze Armeen abgeschmettert.

Der Namenlose zuckte die Schultern und fuhr weiter. Immer wenn sie einem anderen Fahrzeug begegneten, duckten sich die Mitfahrer, um keine unliebsame Aufmerksamkeit auf sich zu lenken. An der richtigen Stelle bog er von der Hauptstraße ab und hielt auf die an den Paß angrenzenden Ödland-Regionen zu. »Du mußt uns warnen«, sagte er zu Var.

Und Var warnte sie. Der Herr hielt sofort an und machte an jenen Stellen kehrt, die er ihm als verseucht meldete. »Und jetzt suche uns einen heißen Steinbrocken, den wir dann mit entsprechender Abschirmung auf unseren Laster nehmen können. Am besten gleich mehrere. Du solltest sie nicht berühren, sondern nur uns zeigen. Dann errichten wir eine Art Kran und hängen die Steine an. An eine zehn Fuß lange Stange.« Er lächelte aus irgendeinem Grund.

So wurde es gemacht. Var suchte ein paar kleine Steine mit intensiver Radioaktivität aus, und diese wurden mit Hilfe von Seil und Stock auf die Ladefläche gehoben. Es ließ sich nicht vermeiden, daß die Männer eine gewisse Strahlendosis abbekamen, aber die war nicht gefährlich. Soli sah zu, voller Sorge und nicht ganz einverstanden mit dem Manöver. Var gab ihr insgeheim recht. Die Arbeit war gefährlich und diente keinem ersichtlichen Grund, und sie verschlang vor allem Zeit, die man viel besser zur Flucht vor den Suchtruppen Ch'ins verwandt hätte.

Dann warfen sie größere Brocken und Sand auf die Ladefläche. Das sollte als Schirm zwischen dem Fahrerhaus und der Strahlung dienen. Als Var das Führerhaus für sauber erklärte, schütteten sie ihren restlichen Treibstoff – den letzten von mehreren großen Kanistern, die der Laster als Standard-Vorsichtsmaßnahme mit sich führte, da die Abstände zwischen den Tankstellen sehr groß waren – in den Tank und fuhren bergauf, dem Paß entgegen.

»Jetzt kommt der harte Teil«, erklärte der Herr unterwegs. »Die Garnison verfügt über Geiger-Zähler. Und wir können davon ausgehen, daß man sehr mißtrauisch ist, auch kleinen Strahlungsmengen gegenüber. Die Festung gilt als harter Einsatz, eben wegen dieser Strahlung. Die Besatzung wird sehr häufig ausgewechselt, um der Gefahr einer Verseuchung zu entgehen.« Der Herr hatte offenbar mehr getan, als nur über diesen Paß nachzudenken. Er hatte ihn studiert, wahrscheinlich sogar Bücher zu diesem Thema gelesen. Var fragte sich, auf welche Weise ein Gladiator an Bücher herankommen konnte. Aber auch noch so eingehende Studien konnten ihnen den Weg nicht frei machen.

»Diese Männer werden vor Strahlung ganz automatisch zurückschrecken, und sie werden in blinde Panik geraten, wenn sie sich darin gefangen finden«, sagte der Herr.

»Wer nicht?« sagte Soli. »Es ist ein schrecklicher Tod. Allein, als ich euch beim Hantieren mit diesen Steinen zusah, habe ich mich vor Schreck dreimal in die Zunge gebissen.«

Var dachte an die böse Erfahrung, die der Herr selbst im amerikanischen Ödland gemacht hatte. Sonderbar, daß er sich nicht mehr fürchtete. Doch langsam ging ihm auf, daß diese Ladung einen Zweck hatte. Sie schleppten eine ganze Wagenladung des Schreckens mit sich . . .

»Wir werden sie damit vertreiben«, sagte der Herr. »Die Soldaten werden nicht einen Schuß abgeben, weil sie damit radioaktive Teilchen über die ganze Station zerstäuben könnten. Sie werden sich schleunigst zurückziehen. Weil ihnen nichts anderes übrigbleibt.«

»Warum aber sollten sie Strahlung in einem abgeschirmten Laster fürchten?« fragte Var.

»Die bleibt nicht im Laster. Wir schaffen sie ins Innere der Festung.«

Var wurde ebenso von Entsetzen erfaßt wie die anderen.

»Das Zeug tragen? Ohne Stangen?«

»Zwei Personen schaffen das. Und die können dann nachher den Paß stundenlang halten. Und die anderen zwei können entkommen, die Wildnis erreichen und später die Küste und –«

»Nein!« riefen Soli und Var wie aus einem Munde.

»Ich habe von fünfzig Prozent Verlusten gesprochen«, erwiderte der Namenlose. Ihr Jüngeren seid vielleicht vom zivilisierten Leben verweichlicht. Habt ihr denn noch Illusionen, was es bedeuten würde, den Leuten Ch'ins in die Hände zu fallen? Und wenn wir aus dieser Gegend nicht sehr bald verschwinden, dann wird sich das nicht vermeiden lassen. Sicher hat man die Spürhunde von den Leinen losgemacht, und diese Biester sind nicht eben sanftmütig. Sol und ich haben sie kennengelernt.«

Var wußte, daß er recht hatte. Die Gladiatoren konnten der Wirklichkeit besser ins Auge sehen und damit auch der Aussicht auf Folter und Tod. Sie mußten über den Paß und würden es mit einer List allein nicht schaffen. Man kannte sie und wußte um ihr Vergehen, und diese Soldaten waren rauh und kampferprobt. Sie ließen sich durch kein Flehen erweichen, durch keine leere Drohung einschüchtern. Nur Artillerieeinsatz würde sie wanken lassen . . . und Strahlung.

»Wer entkommt?« fragte Soli kleinlaut.

»Du«, sagte der Herr unwirsch. »Und einer, damit er dich beschützt.«

»Wer?« fragte sie wieder.

»Einer, der dir nahesteht. Dem du vertraust. Den du liebst.« Und nach einer Pause. »Nicht ich.«

Blieben also zwei, die in Frage kamen, dachte Var bei sich. Er selbst und Sol. Ihm war klar, was nötig war. »Ihr Vater.«

»Sol«, sagte der Herr hastig.

Sol, der ohne Stimme war, sagte gar nichts.

Und so wurde entschieden. Var fühlte Kälte durch und durch, da er nun wußte, daß er sterben würde, und daß es nicht schnell gehen würde. Seine Haut würde ihn zwar vor der Strahlung warnen, konnte ihn aber ansonsten nicht weiter schützen. Er überlebte die Strahlung, weil er ihr ausweichen konnte, während andere ohne es zu wissen, tödliche Mengen bekamen. Wenn er einen dieser Steine anfaßte . . .

Doch lag darin auch eine gewisse morbide Befriedigung. Nie hatte er mehr verlangt, als das Recht neben dem Herrn leben und sterben zu dürfen. Und so würde es nun kommen. Soli wäre gerettet und ihr Vater würde sie beschützen wie früher. Sie würden nach Amerika zurückgehen, ins Land des Ring-Ehrenkodex. Er verspürte gewaltiges Heimweh danach, nach seinen zeremoniellen Riten, den Zweikämpfen und sogar nach den verrückten Irren.

Und genau das war das wichtigste für Var: daß Soli in Sicherheit war, daß sie glücklich und zu Hause sein würde.

Mit dem Gedanken an sie und mit ihrer Liebe zu ihr würde er sterben.

Der kritische Punkt der Herausforderung kam in Sicht. Metallschranken versperrten die Straße. Und als der Laster davor anhielt, senkten sich dahinter andere, von einer massiven Winde heruntergelassene Schranken. »Aussteigen!« kläffte der Posten von seinem Turm.

Die vier stiegen aus und nahmen vor dem Laster Aufstellung.

»Das ist das Mädchen!« rief der Posten. »Ch'ins Braut, die Ausländerin!«

Der Herr drehte sich um, und plötzlich war ein Bogen in seiner Hand. Der Pfeil lag im Anschlag. Schnellte ab, zischte durch die Luft, und der Turm-Posten brach zusammen, lautlos. Der Pfeil hatte sich durch seine Luftröhre gebohrt.

Jetzt hieß es, die Steine zu befördern. Var ging nach hinten, auf den stechenden Kontaktschmerz gefaßt, da fiel die große Hand des Herrn auf seinen Arm. Var taumelte rücklings. Und dann wurde er brüsk vorgeschoben.

Gleichzeitig hatte Sol seine Tochter gefaßt und hielt sie, an den Armen hochgehoben, vor sich. Sie und Var waren einander von Angesicht zu Angesicht gegenüber, ein jeder von hinten gehalten. Die Hand des Herrn umfaßte Vars Gelenk und schob den Armreif herunter. Sol nahm ihn und streifte ihn Soli über. Dann wurden Var und Soli losgelassen, und sie umarmten einander, schon um nicht umzufallen.

Als sie einander losließen und sich aufrichteten, sahen sie, daß Sol und der Namenlose bereits heiße Steine gepackt hatten. Die zwei Männer sprangen auf die Gitter zu und erklommen sie eilig, die tödlichen Steine in die Gürtelbänder gesteckt. Das war eine Kunst, die der Herr früher nicht beherrscht hatte. Als die anderen Wachen entdeckten, was da eigentlich vor sich ging, waren sie schon oben.

Der Herr schleuderte einen Stein gegen eine Wand. »Hört!« schrie er. Var hörte das fieberhafte Klappern der Irren-Klick-Kästchen. Dann Schreie, die von Entsetzen und Überraschung kündeten.

Der Herr fing nun an, das vordere Gitter hochzukurbeln. Var sah, daß die Gegengewichte sich senkten und daß der Weg frei wurde.

»Los!« rief der Herr von oben. Ohne Überlegung gehorchte Var. Er setzte sich ans Steuer, Soli neben ihn. Der Motor lief. Er war gar nicht erst abgestellt worden. Der Herr hatte alles bis ins Detail geplant.

Der Weg war frei, und er fuhr los. Das Dach des Führerhauses streifte die Stäbe. Dann waren sie frei.

Und als es den Nordhang bergab ging, da hörte es Var hinter sich krachen. Der Herr hatte ganz plötzlich das Gitter fallen lassen. Womöglich hatte er das Seil mit den Gegengewichten durchgeschnitten, so daß sich die Schranke ohne komplizierte Reparaturen nicht mehr heben ließ. Sie waren also sicher vor einer etwaigen Verfolgung durch Fahrzeuge.

In sicherer Entfernung von der Festung trat Var auf die Bremse. »Das ist nicht richtig«, sagte er. Er hatte nun sein Gleichgewicht wiedergefunden. »Ich sollte eigentlich dort hinten sein.«

»Nein«, sagte Soli. »Die beiden haben es so gewollt.«

»Aber Soli . . .«

»Var«, entgegnete sie.

Var starrte das Goldband an ihrem Arm an. Jetzt erst wurde ihm klar, was es bedeutete. »Ja, habe ich denn . . .?«

»Ja, du hast«, sagte sie.

Var verharrte lange Zeit im Schweigen. Schließlich aber sah er alles klar vor sich.

»Wir müssen zurück nach Amerika, müssen ihnen berichten, was wir wissen. Wir haben die übrige Welt gesehen und wissen nun, daß das, was wir zu Hause haben, das Beste ist. Wir dürfen es nicht zerstören durch das Imperium. Helicon muß wieder aufgebaut werden, die Nomadenstämme müssen sich wieder auflösen, die Feuerwaffen müssen abgeschafft werden. Wir werden nach Amerika gehen und es ihnen sagen.«

»Ja, mein Gatte«, sagte Soli. Sie bewunderte den neuen, machtvollen Ton in Vars Sprache.

»Denn Sos und Sol opferten sich für uns und waren am Ende wieder Freunde. Wir dürfen nicht zulassen, daß Amerika in mehrere einander bekämpfende Lager geteilt wird.«

Er legte den Arm um Soli, seine Frau, seine wilde Gefährtin. Und als vor ihnen die Schatten länger wurden, da saßen sie da und blickten nach Osten, dorthin, wo ihre lange Fahrt sie hinführen würde. Morgen begann die Heimreise.

Der Sturz der Titanen

I

»Du bist noch zu jung für den Ring!« rief Nemi.

»Bin ich für den Ring zu jung, dann bist du zu jung für den Reif, der dir so in die Augen sticht! Du bist erst vierzehn, so wie ich!« Auch ihre Namen waren gleich, denn sie war seine Zwillingsschwester. Er aber wollte diesen Namen nicht länger führen, weil er kein Kind mehr war; so glaubte er jedenfalls.

Seinen Mannesnamen hatte er sich schon ausgesucht. Er wollte Neq heißen, Neq der Schwertkämpfer. Doch zuvor mußte er sich im Ring bewähren.

Nemi biß sich auf die Lippen, damit sie Röte bekämen. Sie war gut entwickelt, aber klein von Gestalt wie er, und sie würde erst als erwachsen gelten, wenn sie mindestens für eine Nacht den Armreif eines Kriegers getragen hatte. Daraufhin würde sie ihren Kindheitsnamen ablegen und die weibliche Namensform jenes Kriegers annehmen, dem sie sich hingegeben hatte. Und in den Zwischenzeiten, wenn sie keinen Armreif trug, würde sie namenlos sein, namenlos, aber eine Frau. Und doppelt Frau, wenn sie erst ein Kind geboren hatte.

»Wetten, daß ich es eher schaffe als du!« neckte sie ihn und lächelte.

Er zog sie an einem ihrer brünetten Zöpfe, bis sie laut protestierte. Da ließ er sie los und trat an den Ring. Dort übten sich eben zwei Krieger, ein Stockkämpfer und ein Stabkämpfer. Es war ein freundschaftlicher Übungskampf, bei dem es um nichts Besonderes ging. Doch die metallenen Waffen blitzten und gleißten in der Sonne, und wenn sie aufeinandertrafen, ertönte ein Klirren, das weitum zu hören war.

Ja, dafür lebte er. Für die Ehre im Ring! Vier Jahre war es nun her, seitdem er ein Schwert vom Ständer einer Irren-Herberge genommen hatte. Damals hatte er kaum damit ausholen können, so schwer war es. Und dennoch hatte er seither fleißig geübt. Sein Vater Nem der Schwertkämpfer hatte ihn nur zu gern im Schwertkampf ausgebildet und ihm das bestmögliche Training angedeihen lassen, doch in den Ring durfte er noch nie. Und heute war er vierzehn! Nach Nomadensitte waren er und seine Schwester der elterlichen Obhut entwachsen. Er durfte kämpfen, und sie konnte sich einen Armreif nehmen.

Der Stockkämpfer traf den Stabkämpfer mit einem überraschenden Stoß, auf den dieser wie betäubt reagierte. Die zwei verließen den Ring.

»Heute bin ich richtig scharf!« rief der Stockkämpfer aus. »Mein Reif findet gewiß eine Trägerin. Vielleicht diese Kindfrau – Nems Kleine.«

Die beiden hatten Neq gar nicht bemerkt. Der herausfordernde Ausruf seiner Schwester von vorhin: Wetten, daß ich es eher schaffe als du! hatte nichts zu bedeuten gehabt. Weil sie aber so nahestanden, wie nur Zwillinge einander nahestehen können, war ihre Rivalität von derselben Intensität geprägt. Und Neq bot sich nun ein Vorwand, um aktiv zu werden.

»Ehe du Nems Kindfrau deinen Reif gibst«, sagte er so laut, daß die beiden Männer zusammenschraken, »erprobe lieber deinen Stock an Nems Knabenkind. Wenn du es fertigbringst!«

Der Stockkämpfer verbarg seine Verlegenheit hinter einem Lächeln. »Reiz mich nicht, Kleiner! Ich möchte einem namenlosen Kind keine Verletzung zufügen!«

Neq zog sein Schwert und trat in den Ring. Sein kleiner Wuchs ließ das Schwert unverhältnismäßig groß erscheinen. »Los! Stell dich im Kampfe diesem Kind!«

»Damit ich mich nachher Nem stellen muß? Kleiner, dein Vater ist im Ring ein guter Mann. Ich möchte mir nicht seinen Unwillen zuziehen, weil ich seinem Sprößling eine Abreibung verpaßte. Warte, bis du mündig bist!«

»Von heute an bin ich mündig. Ich bin alleine für mich verantwortlich.«

Das brachte den Stockkämpfer zum Schweigen.

»Du bist noch nicht mündig«, meinte der Stabkämpfer herablassend. »Das sieht doch jeder auf den ersten Blick.«

In diesem Augenblick tauchte Nem auf, gefolgt von seiner Tochter. »Dein Junge möchte sich Ärger einhandeln«, erklärte der Stabkämpfer. »Hig will sich gar nicht mit ihm anlegen, aber . . .«

»Er ist mündig«, stellte Nem bedauernd fest. Er selbst war auch nicht groß von Wuchs, doch die Selbstsicherheit, mit der er sein Schwert trug, ließ auf sein Format im Ring schließen. »Er fordert seine Männlichkeit. Und ich kann sie ihm nicht länger verweigern.«

»Siehst du?« sagte Neq, das Gesicht zu einem Grinsen verziehend. »Ehe du etwas an meiner Schwester beweisen willst, mußt du dich mit deinem Stock beweisen.«

Die drei Männer waren wie versteinert stehengeblieben. Das war eine bösartige Stichelei, die der Junge da geäußert hatte. Nun war Hig der Stock zum Kampf praktisch gezwungen, denn im anderen Fall würde Nem ihn vielleicht selbst herausfordern, um Nemis Tugend zu verteidigen. Es war ein offenes Geheimnis, daß der Schwertkämpfer mit Argusaugen über seine zwei Kinder wachte, besonders über seiner hübschen Tochter.

Hig näherte sich dem Ring mit kampfbereiten Stöcken. »Ich muß die Herausforderung annehmen«, sagte er entschuldigend.

Nemi machte sich unauffällig an Neq heran. »Du Idiot!« zischte sie wütend. »Ich habe doch bloß Spaß gemacht!«

»Ich aber nicht!« erwiderte Neq ungeachtet seiner wachsenden Angst und Unsicherheit. »Hier, meine Waffe – Hig!« rief er. Hig warf Nem einen verlegenen Blick zu. Er zog zweifelnd die Schultern hoch und trat an den weißen Ring. Er war ein gut aussehender Mann von muskulösem Körperbau und überragte Neq um ein gutes Stück, doch zur Elite der Kämpfer war er nicht zu zählen. Neq hatte ihn schon mehrmals beim Kampf beobachtet.

Hig trat nun in den Ring, und Neq ging sofort zum Angriff über, um seine Nervosität mit Aktivität zu decken. Seine Klinge wild schwingend, wie er es endlos geübt hatte, ahmte er die

Kampftechnik seines Vaters nach. Der Stockkämpfer wich mit einem Sprung aus, und Neq grinste. Der junge Kämpfer zeigte nach außen mehr Selbstvertrauen, als er tatsächlich fühlte. Aber seine Taktik schien aufzugehen.

Nun führte er zahllose Streiche gegen Higs Mitte, doch dieser ließ sich nicht aus dem Gleichgewicht bringen. Neq wußte, alle diese Streiche würden abgewehrt werden, doch hielt er es für das beste, diese Angriffstaktik mit gleicher Heftigkeit fortzuführen. Andernfalls würde ihn der Gegner in die Defensive drängen, und so weit durfte es nicht kommen, denn das Schwert stellte keine gute Verteidigungswaffe dar. Schon gar nicht im Kampf gegen behend geschwungene Stöcke.

Und Neq landete einen Treffer. Die Erregung hatte seinen Bewegungen zusätzlich Geschwindigkeit verliehen, und das Schwert war tief in Higs Unterleib eingedrungen. Der Mann stieß einen gräßlichen Schrei aus und vollführte eine Wendung – etwas Schlimmeres konnte er gar nicht tun. Blut quoll aus der Wunde, als das Schwert herausglitt. Hig ging zu Boden. Er ließ seine Stöcke fallen und drückte die Hände gegen die klaffende Öffnung in seinem Leib.

Wie betäubt war Neq stehengeblieben. Daß es so leicht war – und so grauenvoll, das hatte er nicht erwartet. Er hatte diesen letzten Stoß eher als Finte geplant, hatte erwartet, daß er mehrmals abgewehrt würde, während er auf eine echte Angriffsmöglichkeit lauerte. Daß es so hatte enden müssen –

»Hig ergibt sich!« rief der Stabkämpfer. Das bedeutete, daß Neq ungehindert den Ring verlassen durfte. Für gewöhnlich galt die Regel, daß der im Ring Verbleibende Sieger wurde, ohne Rücksicht darauf, was geschah, denn manche Kämpfer taten aus taktischen Gründen so, als wären sie verwundet oder hatten trotz ihrer Verletzungen im letzten Augenblick noch zurückgeschlagen.

Plötzlich wurde Neq von Übelkeit übermannt. Er schleppte sich aus dem Ring, ungeachtet des Bildes, das er bot. Neq würgte und schluckte und bekam Erbrochenes in die Nase. Nun bekam er elendiglich am eigenen Leib zu spüren, warum sein Vater ihn ängstlich vom Ring ferngehalten hatte.

Das Schwert war kein Spielzeug und der Kampf kein Spiel.

Er sah auf. Nemi stand vor ihm. »Es war schrecklich«, sagte sie. Sie verurteilte ihn nicht wegen des Geschehenen. Das tat sie niemals, wenn es um wichtige Dinge ging. »Du bist der Sieger. Du bist nun ein Mann. Das hier habe ich für dich aus der Herberge geholt!«

Sie reichte ihm einen Armreif aus Gold, das Zeichen der Männlichkeit.

Nun weinte Neq sich an ihrem schwesterlichen Busen aus. »Das war es nicht wert!«

Nach einer Weile nahm sie ein Tuch und säuberte ihn, und er streifte den Reif über.

Und doch hatte sich der Kampf gelohnt. Hig mußte nicht sterben. Man schaffte ihn in ein Irren-Krankenhaus, wo es sich herausstellte, daß sein Zustand nicht hoffnungslos war. Neq trug den kostbaren Reif am linken Arm, stolz ob seines Gewichtes, und seine Freunde gratulierten ihm zu seinem Geschick und zur Erlangung der Männlichkeit. Und Nemi gestand ihm ihre Erleichterung darüber, daß aus der Sache mit dem Stockkämpfer nichts geworden war. So sehr hatte Hig ihr ohnehin nicht gefallen. Sie konnte gut warten auf ihr Frau-Werden – wochenlang, wenn nötig!

Nun wurde eine Feier zu Ehren von Neqs Männlichkeit veranstaltet, und er tat seinen Namen kund, der ordnungsgemäß auf dem Schwarzen Brett einer Herberge ausgeschrieben wurde, damit die Irren ihn in ihr Verzeichnis aufnehmen konnten. In seiner Gruppe gab es kein passendes Mädchen, daher war es ihm nicht vergönnt, seinen neuen Stand nach althergebrachter Weise zu bekräftigen. In Wahrheit aber schreckte er wie seine Schwester vor diesem einschneidenden Schritt zurück. Mann gegen Mann im Ring, das war offen und ehrlich. Mann gegen Frau im Bett – das konnte warten.

Und er sang für sie alle und machte Eindruck mit seiner schönen Tenorstimme. Nemi begleitete ihn mit ihrem wohlklingenden Alt. Rechtmäßig waren sie nun nicht mehr Bruder und Schwester, doch ließen sich diese Bande nicht einfach mit einem Schwertstreich zerreißen.

Wenig später brach er zu seiner Männlichkeits-Wanderung auf, eine Wanderung, die irgendwohin führte. Die Familie blieb zurück. Es wurde erwartet, daß er kämpfte, sein Geschick vervollkommnete und seinen Reif kreisen ließ, kurzum, daß aus ihm ein Mann mit Erfahrung würde. Er mochte in einem Monat, in einem Jahr oder gar nicht wiederkommen. Wechselvolle Umstände würden seinen Weg bestimmen, und alle Nomaden würden ihn als Persönlichkeit achten lernen. Niemals wieder würde er »Nems Kleiner« sein. Er war ein Krieger.

Es war ein ruhmreicher Augenblick, diese Abschiedszeremonie, und doch mußte er gegen ein Würgen in der Kehle ankämpfen, als er Nem und Nema und Nemi Lebewohl sagte, der Familie, die er nun hinter sich ließ. Er sah Tränen in den Augen der Schwester. Sie brachte kein Wort heraus. Sie war schön, und er mußte sich mit aller Kraft losreißen, damit er nicht wie sie von Gefühlen übermannt wurde, und doch war es gut so.

So marschierte er los. In diesem Gebiet betrug der Abstand zwischen den einzelnen Herbergen etwa zwanzig Meilen – eine leicht zu überwindende Entfernung, wenn man gut zu Fuß war. Aber Neq neigte zum Dahintrödeln, denn für ihn war vieles ganz neu. Die vielen Windungen und der Verlauf des Weges, den er noch nie zuvor allein gegangen war, der Wechsel von Weideland und Wald, die gelegentlichen Begegnungen mit anderen Kriegern. Als er daher das erste Quartier erreichte, war es bereits dunkel.

Und es war einsam, denn die Herberge war leer. Er machte sich zunächst an den verschiedenen Einrichtungen zu schaffen, die die Irren installiert hatten. Die Irren – so genannt, weil ihr Verhalten völlig sinnlos schien. Sie verfügten über gute Waffen, die sie nicht benutzten, sie hatten köstliche Speisen, die sie nicht verzehrten, und dazu diese komfortablen Herbergen, in denen sie nie nächtigten. Statt dessen sorgten sie dafür, daß all diese Dinge ohne Einschränkung für alle Nomaden zur Verfügung standen. Wurde aus einer Herberge etwas mitgenommen, so schafften sie baldmöglichst Ersatz herbei, ohne ein Wort des Protestes. Wenn aber jemand außerhalb des für den Kampf bestimmten Ringes mit dem Schwert focht, wenn er auf andere mit Pfeil und Bogen schoß oder gar jemandem den Zugang zur Herberge verwehrte, dann stellten die Irren ihre Lieferungen sofort ein: so, als wäre es nicht von Bedeutung, daß

Menschen starben, als zähle nur das Wo und Wie. Als ob der Tod durch den Pfeil tödlicher gewesen war als der Tod durchs Schwert! Es gab daher nur eine einzige Bezeichnung, die auf sie zutraf, nämlich Irre. Doch die weisen Krieger nahmen diese Absonderlichkeiten hin.

Die Herberge war zylinderförmig, maß drei Fuß im Durchmesser und war so hoch, daß ein Mensch den oberen Rand noch erreichen konnte. Das Dach bildete einen Kegel. Auf irgendeine Weise fing dieser Kegel Sonnenenergie ein und verwandelte sie in Energie für die im Inneren installierten Beleuchtungskörper und Apparate. Im Inneren wurde die Mitte des Raumes von einer dicken Säule eingenommen, in der die Sanitäreinrichtungen untergebracht waren, die Lebensmittelvorräte und die Kochvorrichtung, dazu ein Entlüftungs- und Heizsystem, aus dem es je nach Bedarf heiß oder kalt strömte.

Neq holte sich Fleisch aus dem Kühlschrank und briet es im Rohr. Aus einem Hahn zapfte er Milch. Während des Essens begutachtete er die Regale voller Armreifen, Bekleidung und Waffen. Und das alles durfte man kampflos mitnehmen, einfach so! Irre war das!

Schließlich klappte er ein Bett an der Außenwand herunter und legte sich zur Ruhe. Er zog sich gegen die bedrückende Stille die Decke über die Ohren.

Am Morgen ergänzte er seine Ausrüstung mit Reservesocken und einem zusätzlichen Hemd, nahm jedoch sonst nichts weiter zum Anziehen mit. Sauberkeit war ihm an sich nicht so wichtig, doch verschwitzte Sachen mußten gewechselt werden, wenn sie nicht ernsthaftes Unbehagen bereiten sollten. Er packte auch Brot und das übrige Fleisch ein. Die Irren waren, was Verschwendung betraf, sehr empfindlich, ungeachtet ihrer eigenen, ziemlich verschwenderischen Vorgehensweise, alles einfach so zur Verfügung zu stellen. Als letztes nahm er einen Bogen und ein Zelt mit. Unterwegs wollte er jagen und kampieren. Diese Herbergen mochten zur gelegentlichen Benutzung ja ganz angenehm sein, der typische Nomade legte aber Wert darauf, unabhängig zu sein.

Am zweiten Abend schlug er sein Lager im Freien auf. Auch da war es einsam, und dazu kam, daß er sein Moskito-Abwehrmittel vergessen hatte. Am dritten Abend schließlich suchte er wieder eine Herberge auf, die er diesmal mit zwei Kriegern teilen mußte, einem Schwertkämpfer und einem, der die Keule führte. Die Atmosphäre war entspannt, und die anderen behandelten ihn als ihresgleichen, obwohl sie natürlich auf den ersten Blick gesehen hatten, wie jung er noch war. Zu dritt wurde im Ring ein wenig geübt. Beide Männer machten Neq Komplimente seiner Geschicklichkeit wegen – was bedeutete, daß er noch immer ein Neuling war. Im wirklichen Kampf, da gab es keine Komplimente, da sprach die Geschicklichkeit des Kämpfers für sich.

Am vierten Abend aber begegnete er einer Frau. Sie bereitete ihm eine Mahlzeit, die seinen eigenen, bescheidenen Versuchen himmelweit überlegen war. Dabei blieb es, denn er war zu schüchtern, um ihr seinen Reif anzutragen. Die Frau war etwa von gleicher Größe, älter als er und eigentlich gar nicht hübsch. Er duschte in ihrer Gegenwart, damit sie sehen konnte, daß er schon behaart war wie ein Erwachsener. Sie schliefen in nebeneinanderliegenden Klappbetten, und am Morgen wünschte sie ihm in mütterlichem Ton alles Gute, und er zog weiter. Dabei verwünschte er sich, weil er ihr seinen Reif nicht angeboten hatte. Gleichzeitig aber wußte er, daß er nichts mehr fürchtete, als etwas verkehrt zu machen und lächerlich dazustehen. Auf diesem Gebiet konnte man Erfahrung nicht vortäuschen.

Am fünften Tag gelangte er zu einer an einem zauberhaften kleinen See gelegenen Herberge. Ein Mann war schon vor ihm angekommen. Seinen hübschen, ebenmäßigen Zügen nach zu schließen war er nicht viel älter als Neq. Obwohl nicht wesentlich größer, trug er doch die Haltung eines erfahrenen Kriegers zur Schau.

»Ich bin Sol aller Waffen«, verkündete er. »Und ich kämpfe um die Herrschaft.«

Neqs Vorsicht war sofort erwacht. Ein Kampf um die Herrschaft bedeutete, daß der Verlierer sich dem Stamm des Siegers anschließen mußte. Da es sich um ein freiwilliges Abkommen handelte, stellte es keine Verletzung der Bestimmung gegen die Einschränkung persönlicher Freiheit dar, aber ein durch den Ehrenkodex gebundener Mann war nichtsdestotrotz gebunden. Neq hatte erst einen Kampf hinter sich und besaß noch wenig Übung, daher traute er seinem Kampfglück nicht recht. So rasch wollte er sich jedenfalls noch nicht auf eine ernste Kraftprobe einlassen. Außerdem hatte er nicht die Absicht, sich jetzt schon einem Stamm anzuschließen, und für einen eigenen Stamm hatte er keine Verwendung.

»Du führst alle Waffen?« fragte er, die Herausforderung hörend. »Schwert, Stab, Stöcke – alles?«

Sol nickte ernst.

»Auch den Morgenstern?« Er warf einen Blick hinüber zu den Morgenstern-Waffen auf den Waffenständern.

Wieder nickte Sol. Sehr gesprächig war er wohl nicht.

»Ich möchte nicht kämpfen«, sagte Neq. »Nicht um die Herrschaft. Ich habe erst letzte Woche meine Männlichkeit erlangt.«

Sol reagierte mit einem einlenkenden Achselzucken.

In der Dämmerung tauchte eine Frau auf. Sie trug das Wickelgewand, das anzeigte, daß sie zu haben war, doch war sie weniger jung und hübsch als die, die Neq zuvor getroffen hatte. Zu ihrer Zeit mochte sie viele Armreifen geliehen bekommen haben, aber kein Mann hatte sie länger behalten. Sol schenkte ihr keinerlei Beachtung. Er selbst trug keinen Reif und zeigte damit an, daß er verheiratet war. Also blieb alles Neq überlassen – und wieder tat er nichts.

Die Frau bereitete für beide das Abendbrot, so als wäre es die ihr selbstverständlich zufallende Arbeit. Sie betätigte sich als Köchin so selbstsicher wie Sol mit seinen Waffen. Gewiß war hier ihr ureigenes Revier, und sie versorgte alle Männer, die des Weges kamen, in der Hoffnung, einer würde Tüchtigkeit der Schönheit vorziehen und ihr den Reif für immer überlassen. Nie kam es vor, daß eine Frau sich den Reif vom Ständer holte; der Reif mußte vom Mann kommen. Noch ehe das Essen aufgetragen wurde, kam ein dritter Mann. Ein großgewachsener Krieger war es, dickwanstig, brummig, narbenbedeckt. »Ich bin Mok der Morgenstern«, sagte er.

»Sol aller Waffen.«

»Neq das Schwert.«

Das Mädchen sagte nichts. Es stand ihr nicht zu. Statt dessen legte sie bei Tisch noch ein Gedeck auf.

»Ich kämpfe um die Herrschaft«, sagte Sol.

»Du hast einen Stamm? Diesen Jungen und andere?«

»Nein, Neq nicht. Mein Stamm übt sich im Ödland.«

»Im Ödland!« Moks Verwunderung kam der Neqs gleich. »Dorthin geht doch kein Mensch!«

»Es ist aber so«, sagte Sol.

»Die Todes-Geister –«

»Zweifelst du an meinen Worten?« wollte Sol wissen.

Mok plusterte sich auf. »Es ist bekannt –«

»Ich muß ihm recht geben«, sagte Neq nun – und merkte sofort, daß es ihm nicht zustand. Dieser Wortwechsel ging ihn nichts an.

»Im Ring könnt ihr mein Wort bezweifeln!« sagte Sol nur. Er blickte zu der durchscheinenden Drehtür hin und sah, daß es draußen schon dunkel war. »Morgen.«

Mok und Neq wechselten Blicke. Beide waren betroffen.

»Gut, morgen«, zeigte Mok sich einverstanden. »Um die Herrschaft.« Und dann setzte er noch hinzu: »Du wirst sehen, daß mit meiner Waffe nicht zu spaßen ist.«

Das Mädchen lächelte Mok zu. Er erwiderte ihr Lächeln und strich dabei über seinen Armreif. An jenem Abend klappten Sol und Neq die Betten an der Ostwand herunter, während Mok sich mit der Frau an die Westwand verzog und ihr den Reif überstreifte.

Neq lag im Dunklen, lauschte, und fühlte sich deswegen schuldig. Doch den Geräuschen war eigentlich nichts zu entnehmen.

Sol führte einen mit Waffen beladenen Karren mit sich. »Welcher Waffe möchtest du im Ring entgegentreten?« fragte er Mok.

»Was? Sie alle kannst du führen? Na, dann nehmen wir den Morgenstern.«

Sol holte Stern und Kette hervor. Neq war fasziniert. Noch nie hatte er einen Stern in Aktion erlebt, und er hatte auch noch nicht von einer Begegnung Stern gegen Stern im Ring gehört. Es war eine tückische und dabei schreckliche Waffe, die zur Verteidung nicht geeignet war. Entweder der schwere, stachelbewehrte Stern traf sein Ziel oder nicht. Davon hing der Ausgang des Kampfes ab. Bei diesem Kampf würde es sehr wahrscheinlich schwere Verletzungen geben.

Ein Trost war allerdings dabei. Falls Sol verletzt würde, brauchte Neq nicht zu kämpfen.

Die zwei Männer betraten den Ring von verschiedenen Seiten her, wobei beide ihre todbringende Stahlkugel so schnell über dem Kopf schwangen, daß die kurzen Ketten zu einem schimmernden Kreis verschwammen. Die Sterne waren wundervoll und reflektierten die Sonne in Ringen von Feuer, während die Männer ihre Oberkörper rhythmisch bewegten. Der Kampf mußte rasch entschieden werden, weil das nach außen ziehende Gewicht der Kugel den Arm schnell ermüden ließ.

Die Entscheidung fiel sehr bald. Die zwei aufblitzenden Kurven schnitten einander, die Ketten verwickelten sich, die Kugeln beschrieben geschwinde Kreise umeinander und sprühten Funken. Mok und Sol machten einen Sprung, als die Ketten sich verfingen, aber es war Sol, der nicht losließ. Mok entglitt der Haltegriff, und er wurde entwaffnet.

Neq war klar, daß Sol genau das gewollt hatte. Er hatte mit voller Absicht die gegnerische Waffe eingefangen und sodann mit einem kräftigen Ruck reagiert, kaum daß sich die Kugeln berührt hatten. Mok hingegen hatte erwartet, es würde zum Nahkampf kommen, bei dem er mit seinem Körpergewicht im Vorteil gewesen wäre. Sols Kampfstrategie und die Wahl des richtigen Zeitpunkts hatten sich als überlegen erwiesen.

Oder war es am Ende reines Glück gewesen?

»Wogegen möchtest du kämpfen?« fragte Sol nun Neq.

Also doch! Nun, gewiß nicht gegen den Morgenstern! War es Höflichkeit oder Vertrauen, das der Mann erkennen ließ? Schwer zu sagen!

Schwert oder Dolch in geübter Hand konnten ihm schwere Verletzungen zufügen wie bei Hig. Die Stöcke waren zwar stumpf, doch ein Stockpaar konnte sein Gehirn empfindlich erschüttern. Die Keule war stumpf und langsam, wenn sie aber traf, dann mit verheerenden Wirkungen. Der Stab –

»Gegen den Stab!« Nur ein Stück, keine scharfen Kanten, langsam, ziemlich sicher. Sol zog seelenruhig seinen Stab hervor.

Sie traten in den Ring und gingen in Stellung. Neq fühlte Skrupel wegen seiner Feigheit. Ein richtiger Krieger hätte sich die eigene Waffe zum Gegner erwählt, damit die Chancen gleich stünden. Die dicke Stange war zwar nicht sehr gefährlich, doch war ihr schwer auszukommen. Neq vollführte einen Scheinangriff . . .

Und als er zu sich kam, dröhnte sein Schädel. Er lag auf seinem Klappbett in der Herberge. Die Frau, die Moks Reif trug – die nun also Moka hieß –, wischte ihm das Gesicht feucht ab.

Neq enthielt sich der Frage, was eigentlich geschehen war. Es lag auf der Hand, daß ihn ein Schlag gefällt hatte, den er nicht gesehen hatte. Ob Mok von hinten zugeschlagen hatte? Nein – das wäre eine grobe Verletzung des Ring-Codes gewesen, und es lagen keine Anzeichen dafür vor, daß Sol oder Mok Männer waren, die eine derartige Verletzung billigen oder gar selbst begehen würden. Der Stab mußte seiner Aufmerksamkeit entgangen sein –

Er faßte sich an den Kopf. Die Schramme rief ihm alles wieder ins Gedächtnis. Ein erstaunlich flinkes Manöver, mit dem der Stab seinem Schwert ausgewichen war, als wäre es ein Nichts, und dann hatte der andere zugeschlagen.

Nun, jetzt gehörte er zu Sols Stamm. Zum Ödland-Stamm. Falls es dort Todesgeister gab, so hatten sie Sol bislang nicht viel anhaben können! Bei genauerem Hinsehen erwies sich der Ausgang als gar nicht so übel. Neq hatte ja immer erklärt, einem starken Führer zu dienen, brächte viele Vorteile mit sich. Was man an Unabhängigkeit einbüßte, gewann man an Sicherheit. Vorausgesetzt, man schloß sich einem guten Stamm an.

Neq war nicht so sicher, ob sein Stamm gut sein würde, denn ein Rest an Zweifel war bei ihm geblieben, ob Sol ein ausgezeichneter Krieger war oder nur Glück gehabt hatte. Aber Neq entschloß sich, es von der besten Seite zu sehen. Hätte er sich denn von einem Schwindelmanöver besiegen lassen?

Er wanderte mit Mok weiter, Sols Anweisungen folgend, während Sol in entgegengesetzter Richtung weiterzog. Mok hatte nach der zweiten Nacht seinen Reif zurückverlangt, und Neq stellte ihm keine Fragen deswegen. Gut möglich, daß er keine Frau ins Ödland mitnehmen wollte, obwohl Sol gesagt hatte, daß die Todesgeister – er nannte sie Rönts – sich weit hinters Lager zurückgezogen hätten. Die beiden waren mehrere Tage unterwegs.

Sols Stamm oder zumindest jener Teil, zu dem sie stießen, bestand aus etwa dreißig Mann, die in und um eine Herberge untergebracht waren. Sols Frau Sola führte die Aufsicht. Sie war eine üppige Schönheit von sechzehn Jahren mit einer scharfen Zunge, die bei anderen Gelegenheiten aber auch in brütendes Schweigen verfallen konnte. Doch ihren goldenen Armreif trug sie mit großem Stolz.

Zwei Wochen lang hielten sie sich dort auf und sahen, wie ihre Zahl durch andere von Sol geschickte Besiegte vergrößert wurde. Eine Anzahl von Männern hatte Familie, so daß die Vorräte der Herberge empfindlich abnahmen. Mit Pfeil und Bogen ging es auf Jagd in den Wald, um die schwindenden Vorräte aufzustocken, obwohl der Lieferwagen der Irren zweimal vorfuhr und Nachschub brachte.

Die Irren waren so komisch anzusehen, wie ihr Name besagte: sonderbar gekleidet, unbewaffnet, fast ohne Muskeln und einfach lächerlich sauber. Ihr Wagen war ein wahres Ungeheuer und konnte viele Krieger einfach zerquetschen, wenn er aus der Bahn geriet. Warum sie wohl Dienstleute der Nomaden spielten, wenn sie doch so leicht hätten die Macht ergreifen können? Manche waren der Meinung, dies sei so, weil die Irren schwach und dazu dumm wären, aber Neq zweifelte an einer so einfachen Erklärung.

Schließlich kam Sol mit weiteren fünfzehn Mann zurück. Damit war der Stamm auf über fünfzig angewachsen. Und dann machte sich die ganze Gruppe auf den Marsch – ins Ödland. Beunruhigt nahm Neq die roten Warnzeichen der Irren war. Er wußte, daß sie die Grenzen der Todesgeister markierten, wie die Klick-Kästchen der Irren sie festsetzten. Doch es passierte nichts.

In der Wildnis stießen sie auf ein neben einem Fluß gelegenes Lager, das von einem mit Wasser gefüllten Graben umgeben war. Der Anführer des Lagers war Tyl von den zwei Waffen. Doch wer hier tatsächlich das Sagen hatte, war Sos der Waffenlose. Sos drillte die Leute erbarmungslos, stellte Unterabteilungen für alle Waffengattungen zusammen und legte die Rangordnung der Männer nach ihrer Kampftüchtigkeit fest. Neq fing als letzter Schwertkämpfer von zwanzig an, unwillig zwar, doch arbeitete er sich hinauf und gelangte schließlich an vierte oder fünfte Stelle. Und die ganze Zeit über wuchs das Lager, während Sol unterwegs war und immer neue Krieger schickte. Die Macht des Stammes stand nun außer Frage. Eine so straffe Disziplin hatte Neq noch nie gesehen.

Sonderbar, daß dies alles das Werk eines Mannes war, der selbst im Ring nicht kämpfen wollte. Offenbar verfügte Sos über einen gewaltigen Wissensvorrat in bezug auf Kampftechnik, und physisch war er kein Schwächling. Ständig hatte er einen dummen kleinen Vogel auf der Schulter, Gegenstand der Spottlust des ganzen Stammes, und es war klar, daß er Sola liebte, ohne es zugeben zu wollen. Im Winter sah Neq sie einmal sein Zelt betreten und dort bis zum Morgen bleiben. Die ganze Situation war unglaublich.

Mit dem Kommen des Frühlings war der Stamm bereit, als Einheit loszumarschieren, und Neq gehörte zu seinen oberen Rängen. Er gierte wie die anderen nach den versprochenen Eroberungen.

Nur eines trübte seinen Erfolg. Noch immer hatte er nicht den Mut gehabt, seinen Reif einem Mädchen anzubieten. Er hätte es ja gern getan, doch war er noch nicht fünfzehn und sah aus wie dreizehn, und eine lebendige nackte Frau war eine Vorstellung, die für ihn einfach überwältigend war. Was für Fehler er womöglich machen würde!

Manchmal träumte er von Sola. Es war zwar nicht so, daß er sie liebte, oder auch nur mochte. Nein, es war die Tatsache, daß sie eine so köstlich gebaute Frau war, die im Zelt eines anderen blieb, obwohl ihr Mann Herr des Stammes war. Eine Schande . . . aber so unendlich verlockend! Sie gehörte zu den Frauen, die ein Geheimnis für sich behalten konnten . . .

Das war einer der Gründe, warum er sich im Schwertkampf so verbessert hatte. Er übte während seiner gesamten Freizeit, während die anderen sich von romantischen Interessen ablenken ließen. Man hielt ihn für kampfbegeistert, in Wirklichkeit aber litt er dabei.

Eines Tages – ja, eines Tages würde er ein richtiger Mann sein!

II

Neq verbesserte sich ständig und siegte immer häufiger und leichter. Seinen ersten Wettkampf bestritt er gegen den ersten Schwertkämpfer eines kleineren Stammes. Der Herr des anderen Stammes hatte gar nicht kämpfen wollen. Neq hatte zu den sorgfältig ausgesuchten Aufwieglern gehört, die ihn schließlich in eine Kampfsituation manövrierten. Sein Gegner im Ring war ein guter Mann, und Neq war so nervös, daß er schon fürchtete, seine Waffe würde zittern – aber so unglaublich es war, sein intensives Wintertraining hatte seinen Kampfstil sehr verbessert. Sos hatte ihn geschliffen und bis zur Weißglut gebracht, und er hatte nicht nur gegen Schwerter, sondern gegen alle anderen Waffen antreten müssen. Er war auch paarweise gegen andere Paare aufgestellt worden. Das alles war harte, ermüdende Arbeit gewesen, und da bei den Übungskämpfen kein Blut floß, war es allein Sos' Urteil gewesen, das seine Leistung bestätigte. Aber dieses Urteil war gerechtfertigt. Als Neq die kleinen Unebenheiten im Kampfstil des anderen bemerkte, wußte er, daß es stimmte. Plumpe Siege und verwirrte Niederlagen waren nun nicht mehr Neqs Los. Er war ein richtiger Meisterkämpfer, und stand Tyl, der an erster Stelle stand, nur wenig nach. Und dann ganz plötzlich ging Sos, der Ausbilder, weg. Und mit seinem Scheiden stellte sich eine ironische Frage: Nämlich ob wohl Sol oder Sola sein Weggehen mehr bedauerte? Doch im Stamm ging alles weiter, wie Sos es organisiert hatte. Sola gebar ein Mädchen, obwohl neun Monate zuvor ihr Mann meist fort gewesen war . . .

Der Stamm schwoll durch Eroberungen so an, daß er in zehn Unterstämme aufgegliedert werden mußte, die zusammen ein Imperium bildeten. Einer unterstand Sol, die anderen seinen wichtigsten Unterführern: Tyl von den zwei Waffen, der über die besten Krieger verfügte; Sav, der Stab, der das Ödlandlager als Übungsgelände übernahm und der zweite Sänger des Imperiums war; Tom das Schwert mit dem langen schwarzen Bart ... und, höchst erfreulich, Neq selbst. Jeder Unterstamm ging seines Weges und warb weitere Krieger, doch waren alle letztlich Sol untertan.

Erst war alles herrlich, denn Neqs kühnste Träume von Ruhm hatten sich erfüllt. Er war Herr über hundertfünfzig Krieger, und das waren mehr, als die meisten Stämme sich rühmen konnten. Er machte auch seiner Familie einen Besuch und brüstete sich mit seiner Stellung. Seine Schwester hatte geheiratet und war fortgezogen, doch die anderen einheimischen Zweifler konnte er glücklich überzeugen. Ein halbes Dutzend nahm er mit ins Ödland-Lager und demonstrierte sein Geschick sogar gegen seinen Vater Nem, wenn auch nicht um Blut oder Herrschaft. Nem war der beste Schwertkämpfer der Gegend, und es war herrlich, daß alle wußten, wie weit sein Sohn es gebracht hatte.

Doch im Laufe eines Jahres verblaßten diese Dinge, denn die Verwaltungsarbeit hinderte ihn am Training im Ring, und allenthalben gab es Rivalität und Feindschaft. Er kam zu der Einsicht, daß er im Grunde seines Herzens keine Führernatur war, sondern ein Kämpfer.

Am Ende des zweiten Jahres hatte er das alles von Herzen satt, aber es gab kein Zurück. Am liebsten wäre er weggelaufen und allein weitergewandert und wäre den Menschen unbefangen entgegengekommen ohne die Schranke, die seine jetzige Verantwortung aufrichtete.

Und noch immer sehnte er sich nach einer Frau. Er war nun sechzehn und schon mehr als genug Mann – aber allein der Gedanke, seinen Reif einem Mädchen, irgendeinem, anzubieten, erfüllte ihn mit Schrecken. Wenn eine ihn fragte und damit klarmachte, daß sie zu haben wäre ... aber das tat keine.

Neq argwöhnte, daß er der schüchternste Mann im ganzen

Imperium war – und zwar grundlos. Er befehligte Männer ohne Schwierigkeiten, er trat jeder Waffe mit Selbstvertrauen gegenüber, er konnte einen Hunderte zählenden Stamm führen. Aber seinen Reif einer Frau überzustreifen . . . er wünschte es sich so sehr, doch er konnte nicht.

Und dann kam die Katastrophe für das Imperium. Ein namenloser und waffenloser Krieger tauchte auf – ein Krieger, der den Ring betrat und die tüchtigsten Krieger des Imperiums mit bloßen Händen besiegte. Es war einfach unwahrscheinlich – doch der Namenlose riß erst Tyls Stamm an sich, nachdem er Tyls Knie zerschmettert hatte, jenen Krieger, den nicht einmal Sol hatte schlagen können. Und schließlich zwang er Sol in den Ring und riß das ganze Imperium an sich, machte sich Sola zu eigen und schickte Sol mit seinem Töchterchen auf den Berg in den Tod.

Neqs Stamm hatte sich fern vom Ort der Handlung aufgehalten, und als er schließlich dazustieß, war der Fall bereits entschieden, und Sol war fort. Es blieb Neq nun nichts anderes übrig, als mit dem neuen Herrn zu gehen. Tyl blieb der zweite Mann und handelte im Namen des grotesken, waffenlosen Eroberers, der an den Routineangelegenheiten des Imperiums wenig Interesse zeigte. »Du kannst gehen, wohin es dir beliebt«, riet Tyl Neq im Vertrauen. »Kämpfe, wo du willst. Aber nicht um die Herrschaft. Befrage deine Krieger und lasse diejenigen ziehen, die fort wollen. Der Namenlose hat es so verfügt.«

»Warum aber hat er dann Eroberungen gemacht?« fragte Neq erstaunt.

Tyl schob bloß mißmutig die Schultern hoch. Neq wußte genau, daß Tyl Sols Art bei weitem vorzog, doch als Mann von Ehre wußte er, was er seiner Stellung schuldig war und würde nie gegen die Interessen des neuen Herrn handeln.

So trieb die Lage allmählich einem kritischen Punkt zu. Sechs Jahre lang siechte das Imperium vor sich hin. Da übertrug Neq seine Amtspflichten anderen und machte sich allein und inkognito auf die Wanderschaft. Hin und wieder kämpfte er im Ring – seine unübertroffene Meisterschaft in der Führung des Schwertes stempelte diese Kämpfe zur Bedeutungslosigkeit und machten jegliche Tarnung sinnlos. Und noch immer hatte sein Reif den Arm kein einziges Mal verlassen, obwohl er von Frauen träumte, von allen Frauen.

Im Alter von vierundzwanzig Jahren nach zehn Jahren Nomadenleben hatte Neq das Schwert den Gipfel seiner Schwertkunst erreicht. Es gab für ihn weder Gegenwart noch Zukunft – wie für das Imperium.

Da begann der Herr mit der Invasion des Berges und benutzte dabei seine eigenen und Tyls Unterstämme – und verschwand. Tyl kehrte mit der Nachricht wieder, daß die Bergfestung zerstört wäre und daß die Leute, die in Zukunft dorthin gingen, wirklich sterben würden, gleichgültig, wie es sich damit in der Vergangenheit verhalten haben mochte. Tyl konnte aber nicht die Führung des Imperiums für sich anstreben, denn niemand hatte bislang den Namenlosen bezwungen. Und ob er wiederkommen würde oder nicht, das wußte niemand.

Die Stammesführer veranstalteten ein Treffen. Tyl, Neq, Sav, Tor und all die anderen, und setzten das Imperium vorübergehend formell außer Kraft – bis zur eventuellen Wiederkehr des Namenlosen. Jeder Unterstamm wurde zu einem eigenen Stamm erklärt. Die einzelnen Stämme durften aber nicht miteinander kämpfen.

Aber Neq lag nur etwas an völliger Freiheit, daher löste er seinen Stamm auf. Die guten Kämpfer scharten sofort eigene kleine Stämme um sich und zogen fort. Neq, der nun zum erstenmal im Leben richtig frei war, ging wieder allein auf Wanderschaft.

Als er zum drittenmal bei einer Herberge haltmachte und entdeckte, daß sie ausgebrannt und ausgeplündert war, da verwandelte sich seine Verwunderung in Wut. Wer hatte das getan, und vor allem, warum? Die Herbergen waren immer geachtet worden und hatten stets allen Wanderern offengestanden. War eine Herberge zerstört, dann mußten viele darunter leiden, denn diese Vorfälle hatten sicher Nachwirkungen für die gesamte Nomadengesellschaft – die vermutlich durch die Auslöschung der Berg-Unterwelt gerettet worden war.

Es bestand keinerlei Aussicht, die Übeltäter ausfindig zu machen, denn die Untat lag schon Wochen zurück. Da war es einfacher, man stellte Erkundigungen bei den Irren selbst an, die oft sehr gut über die Nomaden Bescheid wußten, von sich aus aber niemals aktiv wurden.

Neq, dem bis zu diesem Augenblick eine Aufgabe gefehlt hatte, hatte nun eine gefunden.

Der nächstgelegene Vorposten der Irren stand unter Belagerung. Die albernen Glasfenster waren eingeschlagen, die Fensterhöhlen wirkungslos mit Fragmenten der Holz- und Metallmöbel verbarrikadiert. Die um das Haus herum angelegten Blumenbeete waren zertrampelt. Zwei verlotterte Krieger patrouillierten zu beiden Seiten des Hauses in einem Halbkreis, drei weitere hockten um ein Lagerfeuer in unmittelbarer Nähe.

Neq ging auf den ersten der Wachposten zu, einen hochgewachsenen Schwertkämpfer. »Wer bist du und was treibst du hier?«

»Hau ab, du Narr«, sagte der Mann. »Das hier ist Privatbesitz.«

Neq war der Jugend entwachsen und nicht mehr impulsiv. Ruhig gab er zur Antwort: »Mir scheint, ihr belästigt hier einen Vorposten der Irren. Habt ihr dafür einen Grund?«

Der Mann zog seine Klinge. »Das ist mein Grund. Kapiert, Kleiner?«

Neq sah, daß die anderen aufmerksam geworden waren und nun gelaufen kamen. Lauter Schwertkämpfer. Doch er ließ sich nicht einschüchtern. »Forderst du mich zum Kampf im Ring?«

»He, der Kerl da will Ärger machen!« rief der Mann scheinbar belustigt aus.

»Schneid ihm die Eier ab – wenn er welche hat!« sagte einer der anderen, während er mit gezogener Waffe näher kam.

Jetzt war Neq sicher, daß er es mit Gesetzlosen zu tun hatte, denen der Ring nichts galt. Ungeschickte Kämpfer, die sich zusammenrotteten und Hilflose ausraubten. Solche Kreaturen hatte man im Bereich der Irren niemals geduldet, und das Imperium hatte sie systematisch gejagt und ausgerottet. Das heißt, man hatte sie gezwungen, einem fähigen Krieger im Ring zu einem Kampf ums Leben gegenüberzutreten. Man wollte verhindern, daß die Irren wegen der von Gesetzlosen begangenen Untaten ihre Lieferungen einstellten.

Doch das Imperium bestand nun nicht mehr, und das Unkraut wucherte üppig. Diese Feiglinge konnten bedenkenlos niedergemacht werden. Vorerst wollte er sich aber doch Gewißheit verschaffen. »Nennt mir eure Namen!«

Sie hatten ihn mittlerweile umstellt. »Wir werden dir ein Loch im Bauch verpassen!« rief einer. Die anderen grölten.

»Dann nenne ich euch meinen. Ich bin Neq das Schwert!« Er zog die Waffe. »Wer den ersten Streich gegen mich tut, der umreißt den Ring!«

»He – von dem habe ich schon gehört!« rief einer. »Der ist gefährlich. Hatte einen Stamm!«

Doch die anderen, die sich in der Hierarchie des Imperiums nicht auskannten, hatten Neq bereits umstellt und wollten ihn mit einem feigen, gemeinsam geführten Angriff überwältiggen.

Neq holte aus, kaum daß sie die erste Bewegung machten. Auf den direkt vor ihm Stehenden hieb er mit aller Kraft ein und stieß dem Mann die Schwertspitze in die ungeschützte Brust. Blitartig zog er die Waffe heraus und schwang die blutige Klinge nach links und traf den nächsten im Nacken, noch ehe er sein Schwert zur Verteidigung heben konnte. Gegen erfahrene Krieger hätte er mit dieser Taktik nicht bestehen können – aber das hier waren unbeholfene Tölpel. Nun holte er nach rechts aus. Der Gegner dort hatte aber ebenfalls gezogen, und Schwert klang nun gegen Schwert.

Neq tat einen Sprung, zwischen den zwei blutenden Männern hindurch. Blieben noch zwei, denn der fünfte hatte die Flucht ergriffen, als er ihn erkannte. Neq drehte sich blitzschnell um und sah, wie sie entsetzt ihre zwei niedergestreckten Kameraden ansahen. Grüne Neulinge, die sich vor Blut fürchteten!

»Nehmt eure Verwundeten mit und verschwindet!« stieß Neq hervor. »Und wenn ich euch jemals wiedersehen sollte, dann bringe ich euch um!« Sie zögerten zunächst, doch er wußte genau, daß sie feige waren. Verächtlich kehrte er ihnen den Rücken und ging auf das Haus zu. Er klopfte an.

Keine Antwort.

»Die Belagerung ist aufgehoben!« rief er. »Ich bin Neq das Schwert – Krieger des Ringes. Ihr führt mich in euren Listen.«

Noch immer Schweigen. Neq wußte, daß die Irren Unterlagen über alle Nomadenführer hatten.

»Stell dich vors Fenster«, rief schließlich eine Stimme.

Neq ging zu einem der eingeschlagenen Fenster. Dabei sah er, daß die tölpelhaften Schwertkämpfer sich mit ihren Kameraden davontrollten.

»Es gibt tatsächlich einen Neq-Schwert«, hörte er eine zweite Stimme. »Frag ihn, wer sein Vater ist.«

»Nem das Schwert«, gab Neq zur Antwort, ohne die Frage abzuwarten. Diese Irren! »Und meine Schwester ist Boma. Sie hat das Zeichen Boms des Dolchkämpfers genommen und ihm zwei Knaben geboren.«

»Das haben wir hier nicht aufgeführt«, sagte die zweite Stimme nach einer Weile. »Aber es klingt immerhin echt. Hat er im Nomadenimperium von Sol aller Waffen gedient?«

»Bom! Nein. Aber wenn ihr mich vorhin gesehen hättet, dann wüßtet ihr, daß ich dem Imperium diente.«

»Wir müssen uns auf seine Aussage verlassen«, sagte die erste Stimme.

Neq ging wieder an die Tür. Man hörte, wie Möbel weggerückt wurden. Schließlich ging die Tür auf.

Zwei alte Männer standen im Eingang. Es waren typische Irre: glattrasiert, Haar kurz geschnitten, gescheitelt und gekämmt, Brillen, weiße Hemden mit Ärmeln, lange verdrückte Hosen, steife Lederschuhe. Eine lächerliche Aufmachung für jeglichen Kampf. Beide zitterten vor Angst und waren offensichtlich größerer körperlicher Anstrengung nicht gewachsen. Außerdem fürchteten sie sich vor Neq.

»Wie habt ihr sie denn abgewehrt?« fragte Neq aus echter Neugier heraus. Ein Nomade in so hinfälligem Zustand hätte sich längst seine Grabhöhle geschaufelt.

Einer der Irren hob ein entfernt an ein Schwert erinnerndes Instrument hoch. »Das ist ein Elektrobohrer, der vom Hausstrom unabhängig funktioniert. Ich schaltete ihn ein und drückte ihn gegen jeden, der ins Haus wollte. Gräßlich, aber höchst wirksam.«

»Und außerdem haben wir Waffen«, sagte der andere. »Leider sind wir im Gebrauch nicht geübt.«

Das war klar. »Wie lange geht das schon so?«

»Seit zwei Tagen. Es gab schon vor kurzem ähnliche Überfälle, die wir aber mit unserem Nachschubwagen abwehren konnten. Diesmal ist der Wagen nicht gekommen.«

»Wahrscheinlich ist er überfallen, entführt und zu Schrott gefahren worden«, meinte Neq. »Ich bin auf drei ausgeplünderte Herbergen gestoßen. Aber diese Schakale hatten noch nie den Mut zum Angriff. Warum jetzt?«

»Wir wissen es nicht. Mit dem Nachschub sieht es schlecht aus. Wir konnten die Herbergen nicht ausreichend versorgen. Es sieht aus, als hätten die Nomaden uns den Krieg erklärt.

»Doch nicht die Nomaden! Das waren Gesetzlose!«

Sie sahen ihn zweifelnd an. »Wir wollen ja deine Fähigkeiten nicht in Zweifel ziehen, aber –«

»Laß meine Fähigkeiten beiseite«, sagte Neq. »Habt ihr Beweise dafür, daß rechtmäßige Krieger gegen euch Krieg führen?«

»Es sieht so aus.«

»Aber das wäre Selbstmord! Wir sind zwar von den Herbergen nicht völlig abhängig, aber sie erleichtern das Leben sehr. Ihre Unverletzlichkeit wurde stets respektiert.«

»Das dachten wir auch. Wie du aber gesehen hast –«

Neq stieß einen Seufzer aus. »Ich habe es gesehen. Nun, ihr sollt wissen, daß ich diese Zerstörungen nicht billige, und daß ich dabei mit den meisten Nomaden einer Meinung bin. Wie kann ich euch helfen?«

Die beiden wechselten zaghafte Blicke. »Würdest du unserem Hauptdepot eine Nachricht überbringen?«

»Aber gern. Aber wie es aussieht, braucht ihr hier Schutz. Wenn ich gehe, ist euer Leben nichts mehr wert.«

»Wir können unseren Posten nicht verlassen«, sagte der eine betrübt.

»Immer noch besser als der Tod«, meinte Neq.

»Das ist eine Sache des Prinzips.«

Neq zog die Schultern hoch. »Deswegen nennt man euch Irre. Ihr seid irr.«

»Wenn du die Nachricht überbringen würdest . . .?«

»Mache ich. Aber erst kümmere ich mich um eure Verteidigungsanlagen. Ich könnte ein paar Leute zusammentrommeln –«

»Nein. Das haben wir noch nie so gemacht.«

»Irre, jetzt hört mal zu«, rief Neq fassungslos aus. »Wenn ihr es jetzt nicht so macht, dann wird euer Posten mit Sicherheit bald ein rauchendes Loch sein, und ihr werdet darunter begraben liegen. Ihr müßt die Wirklichkeit zur Kenntnis nehmen.«

»Es ist ein Notfall«, gab der Mann zu. »Du hast offensichtlich taktische Erfahrung. Aber wenn wir uns nicht gemäß unserer Philosophie verhalten, dann hat alles Verhalten keinen Sinn.«

Neq schüttelte den Kopf. »Irre«, wiederholte er, insgeheim ihren verdrehten Mut bewundernd. »Gebt mir eure Nachricht.«

Der Hauptposten war eine Schule. Die Nachricht war für einen Dr. Jones bestimmt. Er sollte sie dem Mann persönlich übergeben.

Ein blondes Irren-Mädchen saß am Schreibtisch, als müßte sie ihren Herrn vor Eindringlingen beschützen. »Wie heißen Sie?« fragte sie ihn und begutachtete ihn mit geübtem Blick. Sie war blitzsauber, und das ärgerte ihn ein wenig.

»Neq das Schwert.«

»Nek oder Neq?«

Er starrte sie entgeistert an.

»Ach so, ein Analphabet«, sagte sie. »Dr. Jones hat jetzt gleich für Sie Zeit.«

Er betrat nun das anschließende Büro und übergab die geschriebene Nachricht. Der ältere, kahlköpfige Irre erbrach sofort das Siegel und studierte das Gekritzel auf dem Papier. Er machte ein ernstes Gesicht. »Hm, schade, daß wir keine Telefonleitungen legen konnten. Unsere Laster sind also nicht durchgekommen?« fragte er, obwohl er offenbar die Antwort kannte.

»Diese zwei Männer sind inzwischen wahrscheinlich schon tot«, sagte Neq. »Irre wollen nicht auf die Stimme der Vernunft hören. Ich bot ihnen an, sie zu beschützen –«

»Unsere Ansichten unterscheiden sich von den euren. Andernfalls wären wir selbst Nomaden, wie es viele von uns in der Jugend auch waren.«

»Sie waren ein Krieger?« fragte Neq ungläubig. »Welche Waffe?«

»Schwert wie du. Doch das war vor vierzig Jahren.«

»Und warum haben Sie es aufgegeben?«

»Ich stieß auf eine überlegene Philosophie.«

»So? Na, diese Irren am Außenposten sterben samt ihrer Philosophie. Besser, Sie rufen sie zurück.«

»Das werde ich«, versicherte der kahle Irre.

Wenigstens dieser Mann hatte Verstand! »Warum geschieht das alles? Angriffe auf eure Posten und Herbergen – das hat es noch nie gegeben.«

»Nicht soweit deine Erinnerung reicht zumindest. Ich könnte dir eine Antwort geben, jedoch keine völlig befriedigende.« Dr. Jones saß hinter seinem Schreibtisch und spielte mit den Händen. Er hatte lange, dünne, runzlige Finger. »In der letzten Zeit konnten wir für die Herbergen nicht ausreichend Nachschub liefern. Dazu kommt die normale Abnützung, die einige dieser Herbergen für Wanderer nutzlos macht. Und wenn es so weit kommt, dann reagieren manche Menschen in feindseliger Weise. Sie werden von einer sinnlosen Zerstörungslust befallen, da ihnen das Gleichgewicht der Zivilisation fehlt. Sie haben Hunger, sie wollen Bekleidung und Waffen – und es ist nichts da. So bekommen sie das Gefühl, daß man ihnen das alles zu Unrecht vorenthält.«

»Und warum können Sie nicht mehr liefern?« erkundigte sich Neq überrascht.

»Weil unser eigener Vorrat erschöpft ist. Wir sind in der Hauptsache bloß Verteiler. Wir stellen die Sachen nicht selbst her. Wir haben zwar eine Anzahl vollmechanisierter Farmbetriebe, aber die Nahrungsversorgung ist nur Teil unseres Service.« »Die Waffen und alles andere bekommt ihr von anderswo?« Das hatte Neq nicht gewußt.

»Bis vor kurzem. Aber seit einigen Monaten stocken die Lieferungen, und unsere eigenen Bestände sind praktisch erschöpft. Wir sind nicht imstande, die Nomaden zu beliefern, und das Ergebnis hast du ja selbst gesehen.«

»Hat man Ihnen nicht gesagt, was passiert ist? Was ist mit Ihren Lieferanten?«

»Wir haben keine Kontakte mehr. Die Fernsehübertragungen sind plötzlich ausgefallen. Es scheint einen schwerwiegenden Energieausfall zu geben. Unsere Versorgungslaster sind nicht zurückgekommen. Ich fürchte, daß es zu unangenehmen Rückkoppelungseffekten kommt.«

»Das ganze Herbergs-System ist vor dem Zusammenbruch?«

»Ja, und leider auch unsere Schulen, Spitäler und Farmen. Wir könnten dem Angriff so vieler Bewaffneter nicht standhalten. Wenn wir die Sache nicht schleunigst lösen, hege ich ernste Befürchtungen für die Stabilität unserer Gesellschaft in der gegenwärtigen Form.«

»Soll das heißen, daß wir alle in Gefahr sind?«

Dr. Jones nickte. »Du hast es genau getroffen.«

»Sie brauchen also jemanden, der herausbekommt, was da am anderen Ende nicht klappt. Jemanden, der kämpfen kann. Wenn nämlich Ihre Lasterfahrer so sind wie die Knaben am Außenposten –«

Wieder nickte Jones.

»Wenn Sie wollen, gehe ich.«

»Du bist sehr hilfsbereit. Aber du kannst nicht genau wissen, worauf es im einzelnen ankommt. Wir werden dir eine geschriebene Mitteilung mitgeben ...«

»Ich kann nicht lesen. Aber ich könnte ja jemanden, der schreiben kann, beschützen und begleiten.«

Jones seufzte. »Ich behaupte gar nicht, daß dein Angebot nicht verlockend ist. Aber es wäre unmoralisch von uns, wenn wir dich auf diese Weise ausnutzten. Und es würde dir vielleicht sehr schwerfallen, einen Irren zu beschützen.«

»Richtig. Ich kann einem Menschen nicht helfen, der nicht hören will.«

»Ich danke dir, daß du die Nachricht überbringen wolltest.«

Jones stand auf. »Du kannst bei uns bleiben, so lange du willst. Aber ich bezweifle, daß dir dieses ruhige Leben behagt.«

»Und ich bezweifle, daß es noch lange ruhig sein wird«, sagte Neq. »Aber es unterscheidet sich von meiner – meiner Philosophie.« Er legte die Hand an den Schwertgriff. »Dadurch lebe ich.«

»Doktor?«

Beide drehten sich um und sahen das blonde Mädchen in der Tür.

»Was ist, Miss Smith?« sagte Dr. Jones in einem Ton, der Frage und Feststellung zugleich war.

»Ich habe über die Sprechanlage mitgehört«, sagte das Mädchen mit schuldbewußter Miene. »Ich habe mit angehört, was Mr. Neg da angeboten hat –«

»Neq« sagte Neq und sprach den Namen sorgfältig aus. »Neq das Schwert.«

»Mit q, nehme ich an«, sagte Jones lächelnd. »Einer der geschicktesten Schwertkämpfer, die es zur Zeit gibt.«

Neq war nicht wenig überrascht, denn Dr. Jones hatte nicht erkennen lassen, daß er so gut Bescheid wußte. Aber natürlich würde ein ehemaliger Schwertkämpfer sich auch weiterhin für diese Sparte interessieren, und Neq wurde ja in den Aufstellungen geführt.

»Ich könnte mit ihm gehen«, sagte Miss Smith, und Röte überzog ihre hübschen Züge. »Ich habe das Leben in der Wildnis noch nicht ganz vergessen – und ich könnte den Bericht liefern!«

Jones' würdevolle Miene drückte verhaltenen Schmerz aus. Das ließ sich bei seinem Gesicht wundervoll machen. »Meine Liebe, das ist kein Unternehmen –«

»Doktor, unser ganzes System wird zusammenbrechen, wenn wir nicht etwas unternehmen!« rief sie. »So kann es nicht weitergehen.«

Neq hielt sich aus dieser Debatte heraus und beobachtete das Mädchen. Sie war noch jung, und ungemein anziehend in ihrem Eifer. Ihre Brüste hoben sich kegelförmig unter dem dünnen Irren-Pullover ab, und ihre von einem Rock umhüllten Beine waren gut proportioniert. Ja, sie war es wert, daß ein Mann sich ihretwegen Gedanken machte, trotz ihrer fremdartigen Aufmachung. Er hatte gehört, daß das Wort »Miss« bei einer Irren bedeutete, daß sie heiratsfähig war. Hier benutzte man Worte anstelle von Reifen.

Jones sah Neq an. »Das ist etwas kompliziert – aber technisch gesehen hat sie recht. Die Lösung des Problems stellt sich dringend, und sie scheint mir für diese Aufgabe gut geeignet. Natürlich ist es für dich nicht –«

»Ich kann eine Frau ebensogut beschützen wie einen Mann«, erklärte Neq. »Wenn sie tut, was ich sage, wird es gehen. Ich kann nicht zulassen, daß sie sich auf ein Prinzip beruft, wenn uns ein Krieger bedroht.«

»Ich werde tun, was du sagst«, versicherte sie hastig.

»Mir fällt es nicht leicht«, meinte Jones. »Aber wir brauchen die Information dringend. Auch ein negativer Bericht – den ich leider erwarte – würde es uns ermöglichen, Pläne zur Rettung eines sehr begrenzten Raumes zu entwerfen. Wenn ihr beide einverstanden seid –«

Neq überlegte nun ernsthafter. Welche tägliche Strecke konnte er in Gesellschaft dieser puppenhaften Irren zurücklegen? Gewiß würde sie in Ohnmacht fallen, wenn Blut floß, zusammenbrechen, ehe sie sechzig Meilen gewandert waren. Und das Gespött, das er auf sich nehmen mußte, gemeinsam mit einer Irren unterwegs zu sein, schon gar mit einer Frau –

»Es wird doch zu schwierig sein«, sagte er zur Überraschung der beiden plötzlich. Er spürte dabei eine gewisse Enttäuschung, weil er wußte, daß seine Schüchternheit bei Frauen mit seinem Entschluß ebensoviel zu tun hatte wie Logik.

»Es muß gehen«, sagte sie. »Dr. Jones kann erstaunliche Dinge vollbringen, aber nur wenn er genaue Informationen bekommt. Und falls du dir Sorgen machst, ob ich es schaffe – wir nehmen einen Laster. Und außerdem kann ich mich anders zurechtmachen. Ich spüre, wie geringschätzig du mich ansiehst. Ich kann mich wie eine Nomadin anziehen. Ich kann mir sogar Schmutz ins –«

Fast hätte Jones gelächelt, aber Neq zuckte die Schultern, als wäre es bedeutungslos. Wenn sie ihr Ziel nicht erreichten, dann erreichten sie es eben nicht. Der Gedanke daran, mit einer hübschen Frau unterwegs zu sein, wenn auch mit einer Irren, besaß einen subtilen und immer stärker werdenden Reiz. Schließlich handelte es sich hier um eine offizielle Sache. Er durfte nicht zulassen, daß seine ureigenen Probleme ihm dabei in die Quere kamen.

»Also gut«, sagte er.

»Ja?« Sie schien erstaunt.

»Schmier dir Schmutz ins Gesicht und hol den Wagen. Wir fahren los.«

Sie sah Jones verwirrt an. »Nun?«

Dr. Jones stieß einen Seufzer aus. »Es geschieht eigentlich gegen besseres Wissen. Aber wenn ihr beide einverstanden seid –«

III

Die Verwandlung der blonden Miss Smith war erstaunlich. Sie trug ihr Haar nun nach Nomadenmanier offen und lang und steckte in einem aus einem Stück bestehenden Wickelkleid, das als Zeichen der heiratsfähigen Frauen galt. Und damit hatte sich auch ihr forscher Büro-Umgangston verändert. Sie sprach nur mehr, wenn sie angesprochen wurde und wußte, welcher Platz ihr in Gegenwart eines Kriegers zustand. Hätte Neq nicht ihre wahre Herkunft gekannt, hätte er sich ohne weiteres täuschen lassen. Freilich waren seine Erfahrungen mit Frauen nach wie vor spärlich.

Sie war natürlich diejenige, die den Laster fahren mußte. Neq hatte diese Fahrzeuge gelegentlich schon gesehen, hatte aber noch nie in einem solchen Vehikel gesessen. Das Ingangsetzen und Betätigen von Motoren gehörte ganz augenscheinlich nicht zu seinen Stärken. So saß er also neben ihr im Führerhaus, das Schwert zwischen die Knie geklemmt, und klammerte sich verzweifelt am Sitz fest, wenn die Räder über Unebenheiten holperten. Die Geschwindigkeit des Wagens war geradezu furchteinflößend. Ständig erwartete Neq, daß er keuchen und sein Tempo verlangsamen würde, denn es war doch unmöglich, daß etwas ununterbrochen weiterlief! Er hatte gehört, daß die Wagen in einer Stunde eine Entfernung zurücklegen konnten, die einem ganzen Tagesmarsch entsprach, vorausgesetzt der Weg war gut. Und Neq war geneigt, diesem Gerücht jetzt einen gewissen Wahrheitsgehalt beizumessen.

Die Straße allerdings war kein reines Vergnügen. Was für einen Fußmarsch geeignet war, gestaltete sich für die Räder sehr gefährlich, erst recht bei dieser Geschwindigkeit, und er bekam es insgeheim mit der Angst zu tun. Jetzt wurde ihm klar, warum die Irren auf den Zustand der Wege so großen Wert legten und ständig Steine wegräumten und Sträucher schnitten. Denn diese natürlichen Hindernisse wirkten auf das dahinbrausende Fahrzeug wie schwingende Keulen. Neq ließ sich natürlich nichts anmerken, doch seine das Schwert umklammernden Hände waren eiskalt und seine Muskeln steif vor Anstrengung.

Mit der Zeit aber gewöhnte er sich daran und beobachtete Miss Smiths Handgriffe. Sie steuerte den Wagen, indem sie ein großes Rad drehte. Drehte sie es nordwärts, dann fuhr der Wagen nordwärts. Und wenn sie anhalten wollte, dann trat sie eine Metallpedale nieder. Das Fahren war also doch nur halb so schwierig!

Den ganzen Tag fuhren sie und hielten nur, weil Neq von der ungewohnten Bewegung übel geworden war und weil sie tanken mußten. Erstere Notwendigkeit war gräßlich, aber Miss Smith tat so, als hätte sie nichts gesehen, und mit der Zeit ergab sich sein Inneres in die ungewohnten Umstände. Die zweite Notwendigkeit erschöpfte sich darin, eine sonderbar riechende Flüssigkeit, die Miss Schmith Benzin nannte, aus einer hinten mitgeführten Metalltonne in den Tank zu schütten.

»Warum wird das Zeug nicht direkt von den Tonnen hineingeleitet?« fragte er, und sie mußte gestehen, daß sie es nicht wußte. »Diese Lastwagen wurden von den Alten konstruiert und wahrscheinlich auch gebaut«, sagte sie. »Und die Alten machten viele unerklärliche Dinge – beispielsweise einen Benzintank, der zu klein ist für die für eine Tagesreise nötige Menge. Möglich, daß sie Spaß daran hatten, Benzin aus Tonnen umzugießen.«

Neq lachte. »Sieh mal einer an! Für die Irren sind die Alten irre!«

Sie lächelte und war gar nicht beleidigt. »Geistige Gesundheit scheint zur Zivilisation umgekehrt proportional zu sein.«

Umgekehrt proportional: Er wußte, was das bedeutete, denn er war wie alle anderen im Trainingslager des Imperiums gedrillt worden. Um die Rangordnung der Kämpfer festzulegen, hatte man Ziffern verwendet. Je kleiner die Ziffer, desto höher der Rang des Kriegers.

Sie fuhren weiter, bis sie an einer Stelle haltmachen und die Fahrbahn zusammenflicken mußten. Als Folge eines Wolkenbruchs hatte sich ein Wasserlauf gebildet, der die Straße mit Geröll unpassierbar gemacht hatte. Neq kam sich nun ungemein nützlich vor, denn Miss Smith hätte unmöglich allein die Steine aus dem Weg räumen und die Vertiefungen mit Sand zuschaufeln können.

Trotz dieser Verzögerungen schätzte Neq, daß sie bei Einbruch der Dämmerung etwa die Entfernung von fünf Tagesmärschen zurückgelegt hatten.

»Wieviel schaffst du normalerweise?« fragte sie als Antwort auf seine diesbezügliche Frage.

»Allein, dreißig Meilen. Wenn ich in Eile bin, auch mehr. Mit einem Stamm zwanzig.«

»Heute hast du hundertfünfzig geschafft.«

Er rechnete nach, indem er sich der Finger bediente. Zählen und rechnen konnte er, hier handelte es sich um ein anderes Problem als diejenigen, mit denen er sonst zu tun hatte.

»Ja«, sagte er schließlich.

»Am Tachometer stehen vierundneunzig«, sagte sie. »Uns ist es wohl schneller vorgekommen. Auf einer asphaltierten Straße hätten wir die doppelte Geschwindigkeit geschafft.«

»Der Wagen kann also seine eigenen Fahrten aufzeichnen?« fragte er verblüfft. »Vielleicht hat er den Abschnitt zwischen dem Tankfüllen und dem Schuttwegräumen zu zählen vergessen?«

Wieder lachte sie auf. »Möglich! Maschinen sind nicht sehr klug!«

So hatte er noch nie mit einer Frau zusammengearbeitet, und

er stellte verwundert fest, daß es gar nicht schwer war. »Wie weit ist diese Versorgungsstelle entfernt?«

»Etwa tausend Meilen Luftlinie von der Schule entfernt. Auf diesen unmöglichen gottverlassenen Wegen etwas weiter.«

Wieder rechnete er nach. »Dann haben wir zehn Tage Fahrt vor uns.«

»Etwas weniger. In manchen Gebieten kommt man rascher voran. Warte, ich zeige dir die Strecke auf der Karte. Ich glaube, wir haben das Schlimmste hinter uns.«

»Nein.«

»Nein?« Sie hielt inne, die Karte in der Hand.

»Das Schlimmste ist das, was eure anderen Wagen an der Rückkehr hinderte.«

»Oh.« Sie wurde auf hübsche Weise nachdenklich. »Nun, wir werden sehen. Die anderen hatten ja keinen bewaffneten Bewacher dabei.«

Sie schlug die Karte auf und zeigte ihm Linien und farbige Flecken, für Neq aber blieb das alles sinnlos, da er mit der Ansicht des gesamten Kontinents nichts anfangen konnte.

»Ich finde zurück, wenn ich einen Weg einmal gemacht habe«, sagte er.

»Sehr gut.« Sie fuhr fort, die Karte zu studieren. Dann legte sie sie mit einem leisen Seufzer beiseite.

Sie hatten tiefgekühlten Proviant und solchen in Dosen mit. Miss Smith machte Feuer in einem kleinen Gasöfchen an und bereitete eine Mahlzeit aus Bohnen und Schinken. Sie öffnete den kleinen Kühlschrank und goß für ihn Milch ein. Neq war es nicht gewohnt, daß eine Frau ihn so versorgte, und er entdeckte, daß diese Erfahrung viel für sich hatte. Aber natürlich sah sie bloß aus wie eine Frau. In Wahrheit war sie eine Irre.

Sie schliefen im Wagen. Er neben den Benzintonnen, und sie zusammengerollt im Fahrerhaus. Offenbar hatte sie das Gefühl, es wäre nicht richtig, wenn sie gemeinsam hinten schliefen, obwohl da mehr Platz war und sie wissen mußte, daß kein Nomade, der etwas Ehre im Leib hatte, ihren Schlaf stören würde, ohne ihr zuvor seinen Reif zu geben. Sie konnte natürlich nicht wissen, daß Neq noch keine Beziehungen zu Frauen gehabt hatte. Das einzige Mädchen, mit dem er näher zu tun gehabt hatte, war seine Schwester gewesen. Rundheraus gesagt, wäre Miss Smith keine Irre gewesen, so hätte sie ihn ziemlich nervös machen können. So aber war er nur ein wenig nervös, und er war erleichtert, daß er allein schlafen konnte.

In seinen Träumen aber waren Frauen allgegenwärtig, und er war nicht schüchtern. In seinen Träumen.

Der zweite Reisetag verlief ereignislos, und sie schafften fast zweihundert Meilen. Die Sensation der Fortbewegung in einem Wagen war verblaßt. Neq starrte verdrossen hinaus auf die vorüberflitzenden Büsche und heimlich auf die rechte Brust von Miss Smith, die sich unter ihrem Kleid abzeichnete, wenn sie das Lenkrad betätigte. Sie kam ihm nun schon viel weniger als Irre vor.

Er fing an, seinem Schwert etwas vorzusummen, und als er merkte, daß sie nichts dagegen hatte, sang er laut. Volkslieder, die er in den frohen Tagen der Geburt des Imperiums von fröhlichen Kriegern wie Sav dem Stab gelernt hatte.

Söhne des Propheten, tapfer und kühn,
Die Furcht und Schrecken nicht kannten,
Doch der beste von allen, das war ein Mann,
Den Abdullah Bulbul Ameer man nannte.

Der Inhalt bedeutete ihm nichts, und auch die Namen nicht, doch die Melodie machte ihm Freude und steigerte seine Kampflust merklich. Hin und wieder geriet er in Versuchung, die Worte ein wenig zu ändern und an die ihm bekannten Gegebenheiten anzupassen, doch damit war es um die Echtheit geschehen.

»Krieger des Imperiums, tapfer und kühn . . .« Nein, Lieder durfte man nicht ändern, sonst war es um ihren Zauber geschehen.

Nach einer Weile bemerkte er mit gelindem Schock, daß sie mitsang, die weibliche Stimme, wie Nemi es immer getan hatte. Da verfiel er wieder in Schweigen. Miss Smith sagte nichts.

Am dritten Tag stießen sie auf eine Barrikade. Ein Baum war quer über die Straße gefallen.

»Das geht nicht mit rechten Dingen zu«, sagte Neq, der eine Falle witterte. »Siehst du, der Baum wurde gefällt und ist nicht vom Wind gebrochen worden. Kein Nomade fällt einen Baum und läßt ihn liegen.«

Sie hielt an. Und gleich darauf tauchten Männer auf – verwilderte Gesetzlose des Typs, den er bereits kannte.

»Los, ihr Irren – raus!« brüllte der Anführer.

»Du bleibst«, sagte Neq zu ihr. »Es könnte für dich unangenehm werden. Am besten, du gehst in Deckung, damit du nichts siehst.« Mit einem Satz war er draußen und schwang seine Waffe. »Ich bin Neq das Schwert«, verkündete er.

Diesmal erkannte keiner den Namen. »Du glaubst wohl, du bist mächtig schlau, wenn du dich als Mann anziehst«, sagte ein gewaltiger Keulenkämpfer. »Aber wir wissen, daß ihr Irre seid. Was hast du in deinem Laster?«

Miss Smith war Neqs Rat nicht gefolgt. Ihr blasses Gesicht wurde hinter der Scheibe sichtbar. »He!« rief der Anführer. »Da drinnen sitzt ja eine weibliche Irre!«

Neq ging auf den Mann zu. »Du wirst an diesen Laster keine Hand anlegen. Er steht unter meinem Schutz.«

Der Mann lachte rauh und schwang seine Keule.

Er starb lachend.

Neq wartete ab, bis er zu Boden gesunken war und ging auf den nächsten zu, einen narbenbedeckten Dolchkämpfer. Gleichzeitig hielt er nach Pfeilen Ausschau, denn diese Gesetzlosen waren zu allem fähig. Falls Pfeile auf ihn abgeschossen würden, mußte er geschickt manövrieren. »Lauf«, sagte er leise.

Der Dolchkämpfer warf einen Blick auf den blutenden Leichnam des Keulenkämpfers und lief los. Das war eine der herausragendsten Eigenschaften der Gesetzlosen: sie ließen sich leicht Angst einjagen.

Neq griff nun den Anführer an, auch einen Dolchkämpfer. Dieser zeigte zumindest Mut. Er holte mit seinen Messern aus und stieß linkisch zu. Grundsätzlich stand fest, daß ein guter Dolchkämpfer in einem ernsten Kampf gegen einen guten Schwertkämpfer verlor. Dieser Mann war nicht einmal gut, und Neq brachte ihn sofort zur Strecke.

Die anderen hatten bereits die Flucht ergriffen. »Schrei,

wenn du etwas siehst«, sagte er zu Miss Smith. »Ich durchsuche inzwischen die Umgebung.« Er mußte sicher sein, daß er den Wegelagerern sämtliche Zähne gezogen hatte, ehe er sich mit dem gefällten Baum befaßte.

Sie saß bloß da mit starrer Miene. Er hatte ja gewußt, daß es für sie schrecklich sein würde. Irre und Frauen waren in dieser Hinsicht gleich, und sie war beides.

Er konnte feststellen, wo das Lager der Gesetzlosen lag. Es war verlassen. Der feige Dolchkämpfer hatte keine Zeit verloren und es allen gesagt. Den Spuren nach zu schließen waren es mindestens zwei Frauen und vier Männer gewesen. Nun, jetzt waren es eben zwei Frauen und zwei Männer – und es war sehr zu bezweifeln, ob sie noch weitere Laster überfallen würden.

Er ging zurück. »Die Luft ist rein«, sagte er. »Jetzt können wir den Baumstamm aus dem Weg schaffen.«

Da erst schien sie sich zu besinnen. Er begutachtete den Baum und kam zu dem Entschluß, daß er ihn zerschneiden mußte, weil er zu groß war. Er wollte darangehen, ihn mit dem Schwert zu zerhacken, da rief Miss Smith ihm zu: »Es gäbe eine einfachere Möglichkeit.«

Sie holte ein Seil hervor und befestigte es am Baumstamm. Dann machte sie das andere Ende an der vorderen Stoßstange des Lasters fest. Als nächstes startete sie den Motor und fuhr im Rückwärtsgang so lange, bis der Baum in Längsrichtung lag. Neq staunte offenen Mundes, während Verwirrung und Respekt in ihm kämpften.

Sie holte einen Wendehaken von der Ladefläche. Neq hackte Äste und Zweige ab und benutzte das Gerät, den Stamm aus dem Weg zu rollen. Immer noch sehr mühsam, aber doch viel einfacher als sein ursprünglicher Plan.

Er wickelte das Seil auf und verstaute den Wendehaken. Dann stiegen sie beide wieder ein. »Los, fahren wir«, sagte er grimmig.

Sie fuhr ganz mechanisch und ohne ihn anzusehen.

»Das war eine große Überraschung für mich«, sagte er nach einer Weile. »Ich wäre nie auf die Idee gekommen, den Wagen so einzusetzen.«

Sie gab keine Antwort. Als er sie ansah, bemerkte er, daß ihre Lippen schmal und fast weiß waren und daß sie die Augen zusammenkniff, obwohl das Licht nicht stark war.

»Ich weiß, ihr Irre lehnt Gewalt ab«, meinte er. »Aber ich sagte ja, du solltest nicht hinsehen. Wenn ich sie nicht erledigt hätte, dann hätten sie uns getötet. Diesen Hinterhalt hat man nicht bloß gelegt, um uns einen schönen Tag zu wünschen.«

»Das ist es ja gar nicht.«

»Und wenn wir noch auf weitere solcher Banden stoßen, dann wird es sich so ähnlich abspielen. Ihr Irren kämpft nicht. Ihr glaubt, niemand würde euch etwas tun, wenn ihr zu allen nett seid. Das mochte früher vielleicht stimmen. Aber diese Gesetzlosen lachen heute nur darüber.«

»Ich weiß.«

»Nun, so ist es eben. Ich tue nur das, was ich versprochen habe. Nämlich den Laster durchbringen.« Und doch fühlte er sich unbehaglich. Ein Mann hätte es verstanden, sogar ein Irrer. Vielleicht. »Als ich das erstemal gegen jemanden kämpfte und ihn verwundete, da war mir auch übel. Aber man gewöhnt sich daran. Immerhin ist es besser, als wenn man selbst eins abbekommt.«

Eine Zeitlang fuhr sie schweigend dahin. Dann bremste sie scharf. »Ich möchte dir etwas zeigen«, sagte sie mit weicherer Miene.

Sie stiegen aus und standen im Schatten weit ausladender Eichen. Sie stand vor ihm, ihr Atem ging schnell, ihr blondes Haar leuchtete momentan in einem Sonnenstrahl auf. In dieser Stellung war sie so hübsch, wie er nur je ein Mädchen gesehen hatte. »Komm zu mir.«

Ganz plötzlich überfiel Neq Nervosität. »Ich wollte dich nicht beleidigen. Ich wollte es nur erklären. Ich habe niemals eine Frau angegriffen.«

»Tu so, als wärest du ein Gesetzloser, der mich vergewaltigen möchte. Was würdest du tun?«

»Ich würde niemals –«

»Du bist wohl sehr schüchtern, nicht?« sagte sie.

Ihre Worte durchschnitten seine Verteidigung wie eine Klinge. Neq stand wie erstarrt da.

Da bewegte Miss Smith ihre Hand – und hielt damit ein Messer. Und zwar kein Küchenmesser, sondern einen langen Kampfdolch. Ihr Griff war weder lasch noch krampfhaft fest. So wie sie ihn hielt, war es ein sicheres Zeichen für ihr Geschick im Ring, und ihr war es ernst.

Sofort hatte Neq sein Schwert in der Hand. Dabei behielt er die gegnerische Waffe im Auge und ging in Kampfstellung. Wurde eine Waffe so gehalten, dann durfte man sie nicht ignorieren.

Aber Miss Smith ging nicht zum Angriff über. Sie löste ihr Wickelgewand, gab den Blick auf eine pralle, junge Brust frei und steckte das Messer in ein flaches Halfter unter dem Arm.

»Sicher verstehst du jetzt«, sagte sie.

»Ich hätte dich nie angegriffen«, sagte er, benommen von ihrer Waffentüchtigkeit und dem Blick auf ihren nackten Oberkörper. Doch es klang lächerlich, denn er stand mit gezogenem Schwert da. Hastig steckte er es wieder in den Gürtel.

»Natürlich nicht. Ich habe in den Unterlagen über dich nachgelesen, als ich deinen Namen richtig wußte. Du warst Anführer eines Stammes, hast aber nie eine Frau genommen. Ich glaubte, du würdest begreifen, daß ich einst wild war und daß ich keine richtige Irre bin. Nicht, wenn es darauf ankommt.«

»Du – hast den Dolch schon angewendet?«

»Als ich sah, wie du gegen diese Ungeheuer kämpftest – und all das Blut –, da fiel ein Dutzend Jahre von mir ab; ich war wieder das jungenhafte Mädchen von damals. Und plötzlich hielt ich das Messer in der Hand, da drinnen im Fahrerhaus.«

»Zwölf Jahre! Du hast schon als kleines Kind gekämpft?«

Sie schmunzelte. »Für wie alt hältst du mich?«

»Für neunzehn, etwa.« Leider verloren verheiratete Frauen ihre Schönheit sehr früh. Mit fünfzehn waren sie höchst begehrenswert, zehn Jahre später waren sie verblüht. Und die Unverheirateten ließen sogar diese anfängliche Frische vermissen. Miss Smith hatte ihre erste Blüte offensichtlich hinter sich, war aber immer noch recht hübsch. »Ich bin achtundzwanzig, wenn man Dr. Jones' kundiger Schätzung glauben will. Sicher weiß man es nicht, da ich keine Familie habe.«

Drei Jahre älter als Neq selbst? Unglaublich. »Deine Brust sieht aus, als wärest du neunzehn.«

»Als ich neunzehn war –« sagte sie sinnend. »Hm, als ich neunzehn war, da begegnete ich einem Krieger. Einem starken dunklen Mann. Vielleicht hast du von ihm gehört. Sos – Sos das Seil?«

Neq schüttelte den Kopf. »Ich kannte mal einen Sos, der aber führte keine Waffe. Ich weiß nicht, was aus ihm geworden ist.«

»Mit ihm wäre ich wieder Nomadin geworden – wenn er mich gefragt hätte.« Einen Augenblick lang überlegte sie, ihr Atem ging schwer. »Ich wäre mit jedem wieder Nomadin geworden.«

Das war ziemlich peinlich, so daß Neq feuchte Hände bekam und nicht wußte, was er sagen sollte.

»Es tut mir leid«, sagte sie. »Das viele Blut, der Kampf – das alles war so, daß ich auf unzivilisierte Weise reagierte. Ich hätte es vor dir nicht zeigen sollen.«

»Und ich dachte, dir wäre übel. Im Fahrerhaus.«

»War mir auch. Seelisch. Aber vergessen wir es.«

Sie stiegen wieder ein, doch er konnte es nicht vergessen. Er versuchte, diese vollreife Brust mit ihrem vorgerückten Alter in Einklang zu bringen. Über welches Geheimnis verfügten die Irren, daß sie ihre Frauen so jung erhielten?

Und ihr Messer. Sie hatte es schnell und sicher geführt. Ja, sie mußte früher in der Wildnis gelebt haben. Solche Talente erwarb man nicht einfach so, und eine Frau führte keine Waffe, wenn sie nicht damit umzugehen verstand.

Dr. Jones hatte gesagt, daß viele Irre, er mit eingeschlossen, früher Nomaden gewesen waren. Und das hier war ein solcher Fall.

Sie machten halt und verzehrten ein auf dem Motor gewärmtes Abendessen – das sparte Zeit und Brennstoff – ehe er zur Sache kam. »Warum bist du mitgekommen?«

»Willst du den wirklichen Grund wissen? Das Gegenteil von dem, was ich behauptet habe?«

Er nickte.

»Ich sehne mich wohl immer noch nach dem, was ich nicht

haben kann. Nach einer gewissen Lebensweise, nach dem Freisein von Verantwortung. Nach einem – einem Mann.«

Ein Schauder überlief ihn, den er als halb angenehm empfand. »Es gibt doch Männer unter den Irren.«

»Einen Mann«, sagte sie mit Nachdruck. »Einen wie dich.«

»Du – du bittest mich um den Armreif?«

Trotz der Dunkelheit konnte er sehen, wie ihr die Röte in die Wangen stieg. Er hoffte, seine eigenen Wangen verrieten ihn nicht ebenso unbarmherzig. »Eine Frau bittet nicht.«

Sein Herz pochte, und plötzlich verspürte er ein heftiges Verlangen nach ihr trotz ihres Alters und ihrer irren Art. Auf ihre Weise hatte sie darum gebeten, und sie war wesentlich zugänglicher als die Frauen, denen er bislang begegnet war. Vielleicht gerade wegen der Gründe, die sie anfangs als jenseits dieser Möglichkeit stehend hatten aussehen lassen. Eine achtundzwanzigjährige Irre, die lesen und schreiben und dazu noch mit dem Messer umgehen konnte!

Er hatte sie als Mensch kennengelernt, ehe er sie als mögliches Sex-Objekt in Betracht ziehen konnte, und das war ein gewaltiger Unterschied. Drei Tage ... länger als er jemals mit einer Frau so vertrauten Umgang gepflegt hatte ... mit Ausnahme von Nemi.

»Ich habe noch nie meinen Armreif vergeben – nicht mal für eine Nacht.«

»Ich weiß. Aber den Grund weiß ich nicht.«

»Ich – ich hatte Angst, ich würde eine Abfuhr bekommen.« Diese Wahrheit hatte er noch nie ausgesprochen. »Oder daß es nicht klappen würde.«

»Wäre das wirklich so schlimm? Zu – versagen?«

Jetzt sah er deutlich, wie ihr Herzschlag die darüberliegende Partie des Kleides in Bewegung versetzte. Also war dieses Gespräch ebenso aufregend für sie wie für ihn. Das war für ihn eine Erleichterung, in gewisser Weise ... und kränkte ihn andererseits.

»Ich weiß nicht.« Das war vom Verstand her eine sinnlose Aussage, denn er sah einer Niederlage im Ring ohne Scheu entgegen. Doch in der Beziehung zu einer Frau schien seine Angst unüberwindlich.

»Du bist stark, und auch hübsch«, sagte sie. »Mir scheint, ich habe nie einen stattlicheren Nomaden gesehen. Und du singst so schön. Ich kann mir nicht denken, daß du eine Abfuhr erleiden müßtest.«

Er sah sie nachdenklich an. Die Bedeutung ihrer Worte war ihm natürlich klar. Es war inzwischen dunkler geworden, seine gute Nachtsicht aber bewirkte, daß er sie klarer sah als je zuvor. Er zitterte vor Anspannung und verzehrender Leidenschaft. Langsam faßte er mit der Rechten nach dem linken Handgelenk und berührte das Goldband.

Sie rührte sich nicht, den Blick auf seine Hände gerichtet.

Er faßte nach dem Reif, drehte daran. Er schob ihn über das Gelenk, doch der Reif ließ sich nicht abstreifen. Er mußte ihn zu diesem Zweck ein wenig dehnen, doch seine Hand gehorchte ihm nicht.

Miss Smith sah ihm zu, die Wangen noch immer hochrot. Die Röte stand ihr sehr gut.

Neq spreizte die Finger auseinander wie beim Ringen und faßte damit nach dem offenen Teil des Reifs. Langsam drückte er zu, während der Schweiß ihm über den Nacken lief. Er zitterte vor Nervosität.

Dann aber hatte er es geschafft und den Armreif abgestreift. Sein Handgelenk fühlte sich nackt und kalt an. Als er den Reif hochhob, sah er Schweißspuren daran. Er versuchte vergebens, das Metall an seinem Hemd abzuwischen. Und dann schob er ihr das Geschmeide entgegen. Zoll für Zoll.

Miss Smith hob die linke Hand. Die Arme der beiden näherten sich einander zögernd. Das Gold berührte ihren Arm.

Und da zuckte sie zurück. »Nein – nein, ich kann nicht!« rief sie aus.

Neq stand nun da, den Reif in der ausgestreckten Hand – abgewiesen. Genau so, wie er es all die Jahre befürchtet hatte.

»Neq, es tut mir leid!« sagte sie gedämpft. »So habe ich es nicht gewollt. Ich wußte ja nicht, daß es so kommen würde.«

Neq stand noch immer unverändert da, den Reif in der ausgestreckten Hand, den Blick unverwandt darauf gerichtet. Seine Gefühle waren ihm selbst ganz unklar.

»Es ist nicht so, wie du glaubst«, sagte sie schließlich. »Ich –

ich nehme ihn. Der erste Schock . . .« Sie hob ihm die Hand entgegen . . . und ließ sie abermals sinken. »Ich kann nicht!«

Langsam streifte Neq sich den Reif wieder über und machte ihn fest.

»Ich schäme mich ja so«, sagte sie. »Ich hätte nie gedacht – bitte, sei nicht böse.«

»Bin ich nicht«, brachte er mühsam heraus.

»Ich will damit sagen – du brauchst dich nicht abgewiesen zu fühlen. Es ist meine Schuld, nicht deine. Ich habe noch nie – ach was, ich bin ärger dran als du. Wie schrecklich das klingt!«

»Du hast noch nie einen Mann gehabt?« Neq stellte fest, daß es ihm um vieles leichter fiel, ihr Problem in Worte zu fassen als sein eigenes.

»Niemals.« Sie lachte gezwungen. »Als normale Nomadin wäre ich schon längst Großmutter.«

Sie hatte nicht ganz unrecht. »Nicht mal mit diesem Sos?«

»Ich glaube, der hat mich nicht einmal richtig bemerkt. Der hatte irgendeine Nomadin im Kopf. Deswegen kam er zur Schule.«

»Ich denke, wir lassen die Sache«, sagte er nach einer Weile.

»Wie meinst du das?« Die Krise war vorbei, und sie konnte wieder ungezwungener sprechen.

»Ich wollte dir meinen Reif ja nicht wirklich geben. Ich wollte bloß mal sehen, ob ich es fertigbrächte. Damit ich mich nicht ständig als Feigling fühlen muß.«

»Ach.«

Jetzt merkte er, wie grausam diese Worte waren. Und außerdem waren sie gelogen. »Ich will damit nicht sagen, daß ich dich nicht mag. Es geht – es geht ums Prinzip.« Jetzt redete er schon wie ein Irrer, und log obendrein. »Es ist nur – weil du schon alt bist – jedenfalls älter als ich. Und eine Irre.«

»Ja, ich verstehe.« Und dabei war sie gar keine Irre, jedenfalls keine richtige. Und wäre sie eine richtige Nomadin gewesen, er hätte ihr seinen Reif nicht mal im Spaß anbieten können.

Und daß sie seine Lügen und Halbwahrheiten so widerspruchslos hinnahm, machte alles noch schlimmer. »Ich meine – du siehst nicht alt aus. Hättest du es mir nicht gesagt –«

»Könnten wir das Thema nicht lassen?«

Er hätte von Anfang an den Mund halten sollen. Damit hätte er ihr unnötige Peinlichkeiten erspart und hätte selbst besser dagestanden. So aber hatte er versagt – nicht indem er ihr den Reif anbot, sondern mit seiner Herumrederei.

Das Thema wurde abgelegt – aber keiner vergaß es.

IV

Am nächsten Tag regnete es ununterbrochen. Die Fahrspur wurde mit der Zeit so aufgeweicht, daß die Räder ständig in Gefahr waren, ganz einzusinken. Und wenn sie da einsanken, stand es in Frage, ob sie in absehbarer Zeit wieder loskamen. Miss Smith hielt auf dem Rücken eines niederen Hügels an.

»Wir werden lange warten müssen«, sagte sie. »Bis die Fahrbahn wieder fester wird, vergeht mindestens ein ganzer Tag.«

Neq starrte hinaus in den stetig fallenden Regen und zog die Schultern hoch. Es war nicht der Regen, der ihm Sorgen machte, sondern die Tatsache, daß er eine Unannehmlichkeit und für die Mission ein Hindernis darstellte. Er hätte zwar einen Streifzug in den Wald unternehmen und die Gegend ein wenig auskundschaften können, aber er konnte ja Miss Smith hier nicht gut allein lassen. Falls die Gesetzlosen wieder einen Überfall versuchten, würde ihr Messer ihr nicht viel nützen.

»Na, wie wär's?« sagte sie mit gespielter Lustigkeit. »Sollen wir wieder einen Versuch wagen?«

Neq sah sie verdutzt an. Die Bedeutung ihrer Frage war ihm momentan nicht klar.

»Wir beide werden hier für eine Weile steckenbleiben«, erklärte sie. »Wir beide haben Erfahrung bitter nötig. Gestern ist es schiefgegangen, aber heute bin ich besser in Form, glaube ich. Wenn wir es noch mal versuchen, dann –«

Ach, die Sache mit dem Armreif! »Was? Jetzt gleich? Hier?«

»Könnte doch sein, daß es am Tag besser läuft als abends.

Die Gespensterfurcht fällt weg. Hättest du etwas Besseres zu tun? Oder hast du es im Ernst gemeint, als du –«

»Nein!« Diese Antwort gab er auf beide Fragen.

»Bringen wir es rasch hinter uns, damit wir nicht wieder kopfscheu werden.«

Ganz plötzlich fand er die Idee gar nicht so schlecht. Es tat ihm leid, daß er sie gekränkt hatte, und sie gab ihm nun die Gelegenheit, alles wieder ins Lot zu bringen. Sie war ihm also gar nicht böse. Er schwitzte nur ganz leicht. Wenn er die Sache anging wie eine Runde im Ring, also ganz automatisch reagierte, dann hatte er seinen Anteil hinter sich gebracht, ehe sie es womöglich mit der Angst zu tun bekam und ihren Teil schuldig blieb.

Er faßte nach dem Reif, zerrte ihn herunter und hielt ihn ihr entgegen. Sie kam ihm auf halbem Weg entgegen.

Ihre Arme stießen gegeneinander. Der Reif fiel zu Boden.

»Verdammt!« rief sie aus und benutzte einen typischen Irrenausdruck. »Ich hab's schon.« Sie bückte sich gleichzeitig mit Neq, und ihre Köpfe krachten zusammen.

Er lachte verlegen. »Da ist doch nichts komisch daran«, sagte sie. »Ich suche krampfhaft nach –«

Da faßte er impulsiv nach ihren schmalen Schultern und richtete sie auf. Ihren Kopf an sich ziehend küßte er sie.

Das hatte mit Zauberei nichts zu tun. Ihre so überraschend genommenen Lippen waren feucht. An einem ihrer Finger hing der Reif.

»Streif ihn über«, sagte er. »Ich glaube, wir schaffen es.«

Erst blickte sie das Gold an, dann ihn.

Da schlug etwas auf ihrer Seite gegen die Fahrerkabine.

»Runter!« fauchte Neq. Er selbst war schon in Bewegung, duckte sich, stieß die Tür auf und ließ sich in den Schlamm neben dem Rad fallen. Das Schwert in der Hand, so kauerte er neben dem Wagen und erwartete den Feind.

Er hatte am Geräusch erkannt, daß es sich um einen Pfeil gehandelt hatte. Das hieß Angriff der Gesetzlosen. Höchstwahrscheinlich ein schlecht organisierter Angriff, da sie ja nur zufällig hier haltgemacht hatten, aber dennoch nicht auf die leichte Schulter zu nehmen.

Er sollte recht behalten. Durch das Regenprasseln hindurch konnte er zwei Männer hören. Sie stritten sich, ob sie das Fahrzeug jetzt gleich angreifen oder erst noch ein paar Pfeile abschießen sollten. Daß die Tür sich geöffnet hatte, war ihnen entgangen.

Sie entschlossen sich zum Angriff. »Diese Irren können ja gar nicht kämpfen«, sagte der eine. »Reiß einfach die Tür auf und zerr sie raus.«

Sie kamen näher, wollten die Tür an der Fahrerseite aufmachen – da griff Neq von der Seite her an. Der Kampf dauerte nur ganz kurz. Nach wenigen Augenblicken lagen zwei Leiber im Schlamm.

»Los jetzt!« rief Neq ihr zu.

»Los?« Sie stieß ihre Tür auf. »Wir können den Wagen nicht –«

»Doch nicht mit dem Wagen. Wir müssen hier weg. Wo zwei sind, könnten auch mehr unterwegs sein. Wir können doch nicht im Wagen als Zielscheibe sitzen bleiben.«

Sie sprang herunter und berührte dabei mit einem Fuß einen der Toten. Schnell wich sie zur Seite aus. In ihrem Gesicht zuckte es.

Die beiden waren nicht regenfest gekleidet, liefen aber ohne zu zögern los. Er lief ihr voraus in den Wald, fort vom Wagen. Dabei wurde kein Wort gesprochen.

Neq entdeckte eine knorrige gelbe Birke und erkletterte sie auf der Suche nach einem passenden, von unten her nicht einzusehenden Hochsitz. Miss Smith kletterte ihm nach, und er wies sie an, sich rittlings auf einen dicken runden Ast zu setzen. Er setzte sich auf einen anderen. Das Wasser lief ihnen über den Rücken, doch sie hatten eine gute Ausgangsposition zur Verteidigung in Sichtweite des Lasters gefunden.

So warteten sie drei Stunden lang.

Dann kam ein Mann – ein häßlicher Keulenkämpfer. Er trottete etwa dreißig Fuß von ihrem Baum entfernt vorbei und befand sich offensichtlich auf der Suche nach jemandem.

Da entdeckte er den Laster und die zwei, die daneben im Schlamm lagen. Sofort machte er kehrt und lief los. Da er allein war, sprang Neq vom Baum. »He, Gesetzloser!«

Der Mann fuhr mit erhobener Keule herum.

»Ich habe sie getötet«, sagte Neq, »wie ich dich töten werde, wenn du nicht –«

Der Keulenschwinger war nicht feige. Er ging, wild seine Waffe schwingend, zum Angriff über. Mehr brauchte Neq nicht zu wissen. Ein echter Nomade hätte sich gegen die Anrede »Gesetzloser« zur Wehr gesetzt und Genugtuung im Ring gefordert. Auf diese Weise jedenfalls hätte ein Nomade nicht angegriffen. Neq wich dem Hieb aus, indem er sich duckte. Er hieb als Gegenreaktion mit dem Schwert zu. Diesen da wollte er lebend kriegen. Er brauchte gewisse Informationen.

Wieder holte der Keulenkämpfer aus. Diesmal parierte Neq den Hieb und ließ seine Klinge den Keulenschaft entlanggleiten, bis sie den Schädel des Mannes berührte. Er fügte ihm keine ernsthafte Verletzung zu, doch es genügte, um den Mann zu überzeugen, daß er einem überlegenen Gegner gegenüberstand, was ja tatsächlich der Fall war.

»Sag mir, was ich wissen möchte, und du kannst gehen.«

Der andere nickte. Neq trat zurück, und der Mann beruhigte sich sichtlich. Miss Smith war klugerweise oben in ihrem Baumversteck geblieben. Es war am besten, wenn der Gesetzlose von ihrer Gegenwart nichts ahnte.

»Wenn du mich anlügst, werde ich deiner Spur folgen und dich töten«, sagte Neq. »Aber diese Mühe möchte ich nicht gern auf mich nehmen – es sei denn, ich müßte mich rächen.«

Wieder nickte der Keulenmann. Rache war etwas, das sogar die Gesetzlosen begriffen. Der Mann würde Neq vielleicht hereinlegen, wenn sich dazu eine Möglichkeit bot, er würde aber dabei mit äußerster Vorsicht vorgehen. Und ganz gewiß würde er die Fragen ehrlich beantworten.

»Wie viele sind in deinem Stamm?«

»Zwölf. Hm, jetzt nur noch zehn. Und ihre Weiber.«

»Lauter Gesetzlose?«

»Nein. Wir sind ein regulärer Stamm. Aber wir nehmen uns, was sich bietet.«

»Und wenn ein Laster der Irren daherkommt, dann nehmt ihr den auch?«

»Nein, das war das erste Mal. Muß wohl Sogs Idee gewesen sein. Als der sah, daß das Ding im Dreck steckenblieb –«

»Und eurem Anführer ist das gleichgültig?«

»Der muß doch auch was zum Beißen kriegen. In den Herbergen gibt es ja keine –«

»Weil die Laster überfallen werden!« sagte Neq. »Die Irren können für die Herbergen keinen Nachschub mehr liefern, wenn ihre Laster entführt werden.«

»Da kann doch ich nichts dafür«, entgegnete der Keulenkämpfer mißmutig.

Neq wandte sich angewidert um, in der Hoffnung, der Kerl würde ihm von hinten eins überziehen und ihm damit die Rechtfertigung für einen Todesstoß bieten. Der Keulenkämpfer aber verhielt sich anständig, vielleicht, weil er die Falle ahnte.

»Geh und sag eurem Anführer, er solle die Finger von diesem Laster lassen«, sagte Neq schließlich. »Ich töte jeden, der auch nur in die Nähe kommt.«

Der Mann ging.

Neq vergewisserte sich, daß er tatsächlich fort war, ehe er zum Baum zurückging. »Glaubst du, daß du damit Erfolg hast?« fragte Miss Smith, die zitterte, woran die feuchte Kälte schuld sein mochte.

»Hängt vom Anführer ab. Ist es ein waschechter Gesetzloser, wird er versuchen, uns reinzulegen. Ist er wenigstens ein halber Nomade, dann läßt er uns in Ruhe.«

»Warum hast du dann den Mann laufenlassen? Jetzt wird der Stamm erfahren, wo wir sind.«

»Ich möchte wissen, was diese Laster wirklich aufhält. Und so werde ich es vielleicht herausbekommen.«

Mit steifen Gliedern kletterte sie herunter. Das feuchte Gewand klebte ihr am Körper. Sie war blaugefroren. »Ein Jammer, daß es keinen leichteren Weg gibt dahinterzukommen.«

»Leider nein. Hätte ich ihn nicht angesprochen, so hätte er den Stamm auf jeden Fall hierhergeführt. Und hätte ich ihn getötet, so wären die anderen gekommen, um nachzusehen. Welcher Stamm läßt schon zu, daß seine Mitglieder einfach verschwinden. Es war wohl am besten, daß ich ihnen eine Warnung zukommen ließ.«

»Das könnte wieder passieren, wenn ein Laster anhält«, sagte sie. »Sind denn jetzt schon alle Nomaden Gesetzlose?«

»Nein. Ich beispielsweise nicht. Aber wenn nur einer von fünf ein Gesetzloser ist, dann wird kein Laster mehr durchkommen.«

»Ob sie sich einfach so gegen ihre Wohltäter wenden . . .?«

Neq zog die Schultern hoch. »Wie der Keulenmann ganz richtig sagte: sie müssen ja essen!«

»So habe ich mir das alles nicht vorgestellt.«

»Wir müssen zurück zum Laster.«

»Aber genau dort werden sie angreifen, wenn –«

»Deswegen müssen wir sofort hin. Ich werde ein paar Fallen errichten und Wache halten. Du kannst schlafen.«

»Ich und schlafen, während wir warten, daß sie kommen!«

»Dann schlafe ich, während du Wache hältst«, sagte er, bereits unterwegs zum Laster.

Er schleppte die Toten vom Fahrzeug fort und ließ sie als Warnung für eventuell anrückende Stammesmitglieder bei der Birke liegen. Dann durchsuchte er die Fahrerkabine. »Wo ist mein Armreif?«

Sie errötete. »Ich –« Sie reckte ihren Arm aus dem durchnäßten Gewand. Der Reif steckte wegen des geringen Umfangs ihres Unterarms weit oben.

»Du hast ihn angelegt!« äußerte er verwundert.

»Was hätte ich damit denn tun sollen, als du plötzlich hinaussprangst«, sagte sie entschuldigend.

»Schon gut, Neqa. Melde dich, wenn du etwas bemerkst.«

»Ich möchte dir den Reif zurückgeben«, sagte sie da. »Ich wollte nicht –«

»Du wolltest. Laß ihn dran. Es hat ihn noch nie eine Frau getragen.«

»Aber ich kann doch nicht –«

»Glaubst du etwa, ich kann? Aber ich möchte gern. Na, vielleicht in ein paar Tagen.« Komisch, er schwitzte gar nicht, obgleich er total naß war. Momentan war sie in der Defensive und nicht er.

»Ja, das wäre nett«, meinte sie nur.

»Warte, ich passe dir den Reif besser an.« Er faßte nach

ihrem Arm, schob den Reif herunter zum Handgelenk und drückte mit den Daumen gegen die schweren Metallenden. Das Gold war biegsam und paßte sich ihrem Arm an.

»Schöne Worte machen alles leichter«, murmelte sie. »Ich danke dir.« Sie zitterte trotz der Wärme in der Kabine. Richtig, sie hatte Angst – vor einem Angriff der Gesetzlosen, vor den Folgen des Armreifs, vor Unentschlossenheit. Sie sehnte sich nach Geborgenheit.

»Mich hat noch niemals jemand geküßt . . .« sagte sie, als wäre in der Zwischenzeit nichts geschehen.

Hatte er das wirklich getan? Plötzlich bekam er das Gefühl, als hätte ein Schwert seinen Kopf gestreift, und ihm war ganz schwach und elend zumute.

Neq legte sich hinten auf die Ladefläche und schlief ungeachtet des Regens ein. Er war ein Krieger und war imstande, ohne Rücksicht auf das Wetter überall zu schlafen. Miss Smith – im Moment Neqa – bedurfte des Schutzes der Fahrerkabine.

Er träumte. Er hatte zwar so getan, als nähme er die Überreichung seines Armreifs auf die leichte Schulter, doch in Wahrheit war es für ihn eine große Sache. Zum ersten Mal hatte eine Frau ihn angenommen, und sie waren nun verheiratet, wie lose auch immer. Alles übrige würde sicher noch kommen. Er träumte seinen Traum, und zwar mit allem Drum und Dran. Eine schöne Frau trug seinen Reif und liebte ihn.

»Neq!«

Er war sofort hellwach und hatte sein Schwert gezogen. Sie hatte richtig gehört. Menschen näherten sich dem Laster. Angesichts seiner Warnung konnte ihre Annäherung nur einen Grund haben und ließ keine Gnade erwarten.

Lautlos ließ er sich vom hinteren Teil des Lasters hinuntergleiten und drückte sich seitlich ans Fahrzeug. Er erkannte an den Geräuschen, die sie verursachten, die Zahl der Angreifer. Sie pirschten sich nämlich höchst ungeschickt heran. Es waren ihrer sechs, sieben, acht oder mehr.

Es dämmerte – der Himmel zeigte schon Helle, unter den Bäumen aber war es noch finster. Für ihn ein Vorteil, denn er konnte nach allen Richtungen hin angreifen, während die anderen einander im Auge behalten mußten.

Neq verlor keine Zeit. Er rannte lautlos auf den nächsten, einen Schwertkämpfer, zu. Der Mann war schon tot, noch ehe ihm klarwurde, daß der Kampf begonnen hatte. Neq nahm seinen Platz ein und schlich nun gemeinsam mit den anderen auf den Laster zu. In der Kabine war nichts zu sehen. Das war gut – Neqa hatte sich auf den Boden gekauert.

»Siehst du etwas?« flüsterte ein Keulenmann, als ihre Schleichspuren sich kreuzten. »Der Kerl ist gefährlich!«

Es war der Mann, dem Neq die Warnung mit auf den Weg gegeben hatte. Er schlich nun noch näher an ihn heran, als wolle er sein Geflüster erwidern – und stieß ihm die Schwertspitze in den Nacken. Der Mann starb, ohne einen Schrei von sich zu geben.

Mittlerweile aber war die Gruppe schon so weit zusammengerückt, daß eine weitere Tarnung unmöglich war. »Das ist er ja!« rief einer aus.

Sofort wurde Neq aktiv, teilte Hiebe aus, sprang hierhin und dorthin und stach nieder, was in Reichweite kam und wich selbst blitzschnell aus. Er war wie die leibhaftige Verkörperung des Schwertkampfes. Sechs Mann waren es, die ihn umzingelten – zwei Schwertmänner, zwei Keulenmänner, ein Stabkämpfer und ein Dolch. Den Stabkämpfer fürchtete er am meisten, denn diese Waffe konnte ihm in die Quere kommen, und Kräfte binden, während ihm die anderen immer mehr auf den Leib rückten. Er unternahm nun einen Rückzug in Richtung Fahrzeug.

Da kamen zwei weitere aus dem Dickicht gelaufen und erkletterten den Laster. »Neqa – wehre dich!« schrie Neq. In seiner bedrängten Lage konnte er ihr nicht zu Hilfe kommen.

Einer riß die Tür auf. »Eine Frau!«

Als er ins Innere faßte, sank er aufstöhnend zurück. Da wußte Neq, daß ihr Messer in Aktion getreten war. Im beengten Raum der Kabine leistete es bessere Dienste als ein Schwert.

Die Tür fiel zu, der zweite Mann wich zurück und schloß sich wieder dem Haupttrupp an. Dem Stamm waren sieben Krieger geblieben, die mittlerweile die begrenzte Kraft des Gegners durchschaut hatten. Damit war der Überrumpelungsmoment dahin. Neq hatte eigentlich gehofft, schon mehrere erledigt zu haben, ehe sie dieses Stadium erreichten. Hätte er es in der fast völligen Dunkelheit mit nur drei oder vier einsatzfähigen Gegnern zu tun gehabt, hätte er sie alle erledigen können. Aber gegen sieben konnte er nichts ausrichten, falls es sich nicht um ausgesprochen unfähige oder vom Pech verfolgte Krieger handelte. Er konnte ihnen ausweichen und davonlaufen, doch konnte er sich ihnen nicht stellen, ohne daß es für ihn Verletzungen gegeben hätte. Und am Ende hätten sie ihn getötet.

Da hörte er Motorengeräusch. Der Motor heulte auf, die blendenden Scheinwerfer flammten auf. Sie wollte davonfahren!

Doch der Laster fuhr nach hinten an und wendete. Seine Hinterräder ließen Schlammfontänen aufspritzen. Die Lichter bohrten sich in Neqs Richtung. Wieder heulte der Motor auf wie ein in die Enge getriebenes Raubtier, und das Fahrzeug holperte auf die Gruppe der Angreifer zu.

Und sie dachte nicht daran anzuhalten! Neq sprang seitlich weg um den großen Gummireifen auszuweichen. Er spürte, wie er von Sand- und Schlammspritzern getroffen wurde.

Nicht alle Gesetzlosen durchschauten die Gefahr so rasch. Aber sie waren ja nicht drei Tage lang mit dem Fahrzeug gefahren und hatten seine Fähigkeiten nicht kennengelernt. Verwirrt starrten sie dem Laster entgegen.

Die Stoßstange erfaßte zwei. Die Geschwindigkeit reichte nicht aus, sie zu töten, doch sie wurden umgeworfen. Einer stieß einen gräßlichen Schrei aus, als der Reifen ihn überrollte. Der andere brachte sich kriechend in Sicherheit, konnte aber nicht verhindern, daß ihm der Fuß abgefahren wurde.

Neq nützte die Verwirrung und hieb einem Schwertkämpfer mitten ins Gesicht. Damit war wieder einer erledigt. Mit dem einen, unter die Räder geratenen, waren es zwei weniger. Nun wich er wieder zurück, entfernte sich dabei aber nicht weit vom Laster. Das riesige Fahrzeug krachte gegen einen Baum, dabei ging ein Scheinwerfer zu Bruch. Die Räder drehten sich wie wild und gruben sich immer tiefer ein. Das Getriebe murrte. Sofort stieß der Wagen zurück und hob sich mit einer einzigen mächtigen Anstrengung aus den eigenen tief eingegrabenen Spuren.

Neq lief hin und sprang hinten auf. Ein Keulenmann verfolgte ihn und wollte es ihm nachmachen. Ein Rückhandschlag, und der Mann war erledigt.

Nun ging es wieder zurück auf den Weg, wo der tiefe Schlamm das Tempo verlangsamte. Die übriggebliebenen Gesetzlosen stoben erschrocken auseinander. Der einzige Scheinwerfer erfaßte einen. Wieder jaulte der Motor auf, und der Laster tat einen Ruck auf den Mann zu. Der flüchtete sich zur Seite, seine zwei Stöcke schwenkend. Der helle Scheinwerfer ließ ihn nicht wieder los.

Bis zu diesem Punkt hatte Neq noch nicht klar erfaßt, daß der Laster ja eigentlich eine Waffe darstellte. Eine schreckliche Waffe, weil kein Mensch es mit ihm aufnehmen konnte, auch wenn die Fahrtüchtigkeit im Regen schwer beeinträchtigt war. Miss Smith – vielmehr Neqa – hatte es in ein lebendiges, gieriges Ungeheuer verwandelt, das Schrecken und Tod verbreitete. Vor und zurück, immer wieder, so bewegte sich das einäugige Wesen, wirbelte hinter sich Schlamm auf und bewegte sich auf alles Bewegliche zu, das ihm vor den Scheinwerfer geriet, und polterte über die auf der Straße liegenden Leiber hinweg. Ein Mann lag mit dem Gesicht nach unten in der dunklen Schlammmasse. Nur die Beine waren deutlicher zu sehen. Vor und zurück ging es, endlos, als wäre die Gier des Wagenungeheuers nicht zu stillen.

Der Feind war geschlagen. Fünf Stammesmitglieder waren tot, einige verwundet, der Rest total eingeschüchtert. Die Schlacht war gewonnen. Der Laster hielt an. Das Motorengeräusch erstarb, der Scheinwerfer erlosch. Neq kletterte hinunter und ging nach vorne zur Kabine.

»Bist du es, Neq?« rief sie. Im Licht des Armaturenbrettes sah er ihre Klinge aufblitzen.

»Ja, ich bin's.« Er stieg ein.

»O Gott!« Und sie heulte los wie ein sitzengebliebenes Nomadenmädchen. Neq legte die Arme um sie und zog sie quer über den Sitz an sich und drückte sie an seine Brust. Und sie klammerte sich in ihrer kummervollen Erleichterung an ihn.

»Ich hatte ja solche Angst, daß sie die Reifen angreifen würden!« gestand sie.

»Keine Rede davon. Die griffen nur mich an.«

»Oh!« rief sie aus und fing auch schon zu lachen an. Die Sache war auf alberne Weise komisch.

Sie trug seinen Reif, sie lag in seinen Armen, sie floß über vor Gefühlen und Sehnsüchten . . . aber damit war die Sache auch schon aus. Es war nicht der richtige Zeitpunkt.

V

Am nächsten Tag, als wieder die Sonne schien und der Waldboden dampfte, fing Neq wieder zu singen an. Er tat so, als sänge er seiner Waffe etwas vor, in Wirklichkeit sang er Neqa etwas vor. Sie wußte es ohnehin.

Ich erkenne meiner Liebsten Gang,
Und erkenne meiner Liebsten Sang,
Und ich erkenne ihr blaues Kleid –
Verläßt sie mich, wer kennt mein Leid?

»Du singst sehr gut«, sagte sie, leicht errötend.

»Ich weiß. Aber dieses Lied ist nicht die Wirklichkeit. Wenn ich vom Kampf singe, weiß ich, was das bedeutet. Aber die Liebe – Worte, nichts als Worte, die mir nichts bedeuten.«

»Woher willst du das wissen?« Das klang, als hätte sie Angst, diese Frage zu stellen, wäre aber fasziniert von dem Thema.

Er blickte auf seinen blanken Arm. »Ich habe meinen Reif nie – . . .«

Sie hielt den eigenen Arm mit dem schweren Goldreif hoch. »Du hast ihn mir gegeben. Und ich nahm an. Ist das Liebe?«

»Ich weiß es nicht.« Sein Atem kam stoßweise.

»Neq, ich weiß es auch nicht«, gestand sie. »Ich fühle mich nicht anders – ich bin immer noch ich, will ich damit sagen – doch mir ist, als glühe das Gold, als führe es mich, wohin, das weiß ich nicht. Aber ich möchte es wissen. Ich möchte etwas geben – alles geben. Ich bemühe mich darum. Doch ich bin die alte. Ich bin eine Irre, und ich ängstige mich. Ich habe Angst davor, daß ich nichts zu geben habe.« »Du bist schön, du bist warmherzig und tapfer. Die Sache mit dem Laster –«

»Schrecklich war das! Dieses Mordenmüssen, meine ich. Aber ich mußte es tun. Ich hatte Angst um dich.«

»Dann muß es Liebe sein.«

»Das hört sich gut an. Aber ich weiß es besser, Neq. Ich könnte dich hassen und dich dennoch brauchen. Wenn dir etwas zustößt, dann gibt es für mich keinen Weg mehr nach Hause zurück.«

Das war ja das Wunderbare daran: Sie fürchtete sich vor ihm, wie er vor ihr. Sie kämpfte lieber, als daß sie zusah, wie ihm etwas geschah – und doch konnte sie nicht friedlich zu ihm kommen. Sie mußte praktische Gründe zur Rechtfertigung dessen anführen, das keiner Rechtfertigung bedurfte. Und er ebenso. »Zeig mir deine Brust«, sagte er.

»Was?« Sie war nicht schockiert, nur verdutzt.

»Dein Messer. Als du dein Messer wegstecktest, da –«

»Ich verstehe nicht.« Doch sie verstand sehr gut.

»Zeig mir deine Brust.«

Langsam und unter heftigem Erröten schälte sie das Kleid von der Schulter und entblößte die rechte Brust.

»Die ist neunzehn«, sagte er. »Sie erregt mich. Eine Brust wie diese – die kann einfach nicht alt sein, kann keiner Irren gehören, die Angst hat, daß sie nichts zu geben hat. Sie muß geliebt werden.«

Sie sah an sich selbst herunter. »Wenn du so redest, komme ich mir selbst wollüstig vor.«

»Ich werde deine Brust besingen«, meinte er.

Wieder errötete sie, und mit ihr ihre Brust, doch sie bedeckte sich nicht. »Woher kennst du diese Lieder?«

»Ach, die machen so die Runde. Manche behaupten, sie stammten aus der Zeit vor dem Blitz, aber das glaube ich nicht.« Und doch glaubte er es, so wie er es nicht glaubte, denn es kamen so viele Worte darin vor, die für einen Nomaden sinnlos waren.

»Die Bücher sind so alt. Möglich, daß auch die Lieder so alt sind.« Ihre Röte war verblaßt.

Er sang, den Blick auf ihre Brust gerichtet:

Schwarz, schwarz, schwarz ist meiner Liebsten Haar,
Die Lippen rot, die Augen klar,

Die Hände zart, das Antlitz schön,
Ich liebe die Erde, seh ich drüber sie gehn.

Wieder stieg ihr die Röte in die Wangen. »Wenn du so singst, dann ist alles so echt. Ich bin froh, daß mein Haar nicht schwarz ist.«

»Ach?« Er konnte seine Enttäuschung nicht verbergen.

»Nein. Ich wünschte, das Lied würde genau passen.«

»Es paßt recht gut. Bis auf die Haarfarbe.«

»Ja?« In ihr regte sich Hoffnung.

»Nein. Ich möchte, daß es genau paßt.« Und nach einer kleinen Pause setzte er hinzu. »Neqa.«

Sie hatte über ihr Erröten die Gewalt völlig verloren. »Wenn du das sagst, dann bin ich völlig durcheinander. *Neqa.*«

»Daran ist der Reif schuld.«

»Ich weiß. Ich bin dein Weib, solange ich ihn trage. Aber nicht wirklich.«

»Vielleicht kommt das noch.« Wenn es nur so einfach gewesen wäre.

»Ihr Nomaden – ihr gebt einem einfach den Reifen und damit hat sich's. Rasche Liebe, für eine Stunde oder für ein ganzes Leben. Ich begreife das nicht.«

»Aber du warst doch auch einmal Nomadin.«

»Nein. Ich war ein wild aufwachsendes Mädchen. Ich hatte keine Familie. Die Irren nahmen mich auf, sie erzogen mich und machten mich ihnen ähnlich – äußerlich. Das machen sie mit jedem, der Hilfe braucht. Ich war nie Angehöriger der Nomadengesellschaft.«

»Vielleicht verstehst du deswegen nicht den Sinn des Reifs.«

»Mag sein. Und du? Was ist mit dir?«

»Ich verstehe den Reif. Ich bringe es bloß nicht fertig, mich entsprechend zu verhalten.«

»Hm, vielleicht erklären sich damit unsere Schwierigkeiten. Du bist zu sanft und ich zu zaghaft.« Sie lachte nervös. »Eigentlich komisch, nachdem wir diese vielen Gegner getötet haben. Sanft und zaghaft.«

»Wir könnten einander heute nacht in den Armen halten. Vielleicht hilft es diesmal.«

»Und wenn die Gesetzlosen wiederkommen?«

Er stieß einen Seufzer aus. »Ich werde Wache halten.«

»Du hast gestern gewacht. Diesmal bin ich dran.«

»Na schön.«

Wieder lachten sie, jetzt schon ungezwungener, und ihre Brust geriet angenehm in Bewegung. »So trocken und sachlich! Was ist, wenn ich einfach sage: ›Nimm mich in die Arme, drükke mich an dich, liebe mich?‹« wollte sie wissen.

Er überlegte. »Hm, versuchen könnte man es ja. Aber du mußt es sagen, ehe ich zu nervös werde.«

»Ich kann es nicht sagen. Auch wenn ich es wollte.«

»Du möchtest es – aber du kannst mich nicht fragen?«

»Diese Frage kann ich nicht beantworten.« Diesmal vergaß sie glatt das Erröten.

»Ich möchte es tun«, sagte er ganz ernst. »Aber ich kann doch nicht einfach so anfangen. Nicht ehe du etwas sagst. Und auch dann –«

»Komisch ist das. Wir wissen, was wir wollen, wir wissen, was der andere fühlt, aber wir können nicht entsprechend handeln. Wir können sogar übers Sprechen sprechen, aber wir können nicht sprechen.«

»Morgen vielleicht«, sagte er.

»Morgen vielleicht.« Und der sehnsüchtige Blick, mit dem sie ihn ansah, als sie ihre Brust bedeckte, ließ sein Herz stocken und dann einen Sprung tun.

Das Morgen war wieder ein schöner Tag, und die Fahrspuren waren hart geworden. Die beiden hatten das Gefühl, daß die Leichen um den Laster bereits einen leichten Geruch ausströmten. Sie fuhren los, und die Natur entschädigte sie für die eintägige Verzögerung, indem sie ihnen eine hervorragende Fahrbahn bescherte.

In jener Nacht kroch Neqa zu ihm in den Doppelschlafsack auf der Ladefläche und drückte ihre Brust an ihn, doch sie fragte nicht, und er handelte nicht. Beide waren sie enttäuscht, und sprachen darüber und waren sich einig, daß die ganze Sache einfach lächerlich wäre, aber das war auch schon alles.

Sie mußten vor Plünderern auf der Hut sein und hielten daher abwechselnd Wache. Und während sie schlief, versuchte er, ihre Brust zu berühren, und tat es doch nicht . . . Aber als er erwachte, weil die Reihe an ihn kam, Wache zu halten, spürte er ihre Brust an seiner Hand.

Das nächstemal schliefen sie nackt miteinander, und er ließ die Hände über ihre schönen Brüste und festen Schenkel gleiten. Sie weinte, als sie darauf überhaupt nicht reagieren konnte, und das war auch alles.

Und wieder kam die Nacht, und er sang ihr vor und küßte sie, und sie ließ die Hände über seinen Leib gleiten und wich dem nicht aus, dem sie zuvor ausgewichen war, so groß es auch war, und sie drückte sich an ihn und er versuchte es . . . doch sie schrie auf vor Schmerz, körperlich oder seelisch, und er hielt ernüchtert inne, und sie weinte leise vor sich hin.

Und in der Zwischenzeit kamen sie gut voran und näherten sich rasch der Versorgungsstelle. Ihre Verbindung war noch immer nicht vollzogen, als sie vor einer Herberge anhielten, die in der Nähe eines Berges lag, den Neq erschrocken als den Berg erkannte, jenen Ort, an den sich die Nomaden zurückzogen, um Selbstmord zu begehen. Lange rostige Stahlträger ragten hoch und entzogen den Gipfel den Blicken. Er wußte, daß noch niemand zurückgekehrt war, der diese stählerne Schranke passiert hatte . . . bis vor kurzem.

Doch Tyl der zwei Waffen und der Herr hatten diese Festung belagert, denn in ihrem Inneren hatte es lebende Menschen gegeben. Sie hatten die Festung ausgebrannt, und nun war sie tot. Neqa zog die Karte zu Rate. »Ja, das ist es.«

»Das ist eure Versorgungsstation?« fragte er erstaunt.

»Ja, Helicon. Aber da stimmt etwas nicht.«

»Wir haben das alles zerstört«, erklärte er. »Der Waffenlose hat es getan. Ich war nicht dabei. Das hätte ich Dr. Jones gleich sagen können, wenn ich geahnt hätte, daß er den Berg meint.«

»O nein!« rief sie weinend aus. »Helicon hat die gesamte technische Ausrüstung hergestellt! Ohne Helicon schaffen wir es nicht!«

»Na, vielleicht haben drinnen ein paar überlebt.« Da er Tyls Gründlichkeit kannte, bezweifelte er es zwar, doch er mußte ihr Hoffnung machen.

Sie ging um die Mittelsäule der Herberge herum, offenbar auf der Suche nach etwas Bestimmten. Die Herberge war nicht ausgeplündert worden, aber Lebensmittel waren keine da. Sie öffnete die Duschkabine und trat ein.

»Du bist noch angezogen«, mahnte Neq sie.

»Ich weiß, es muß da sein«, sagte sie, als hätte sie seine Worte gar nicht gehört. »Ich habe die Anweisungen auswendig gelernt.« Sie zählte die Fliesen der Reihe nach und drückte dann eine. Dann wählte sie von einer anderen Richtung her und drückte erneut. Und dann noch einmal. Doch es geschah nichts.

»Du mußt die Knöpfe drehen«, meinte er. »Einen für heiß, den anderen für kalt. Aber du brauchst jetzt nicht zu duschen, du fängst eben an, wie eine richtige Nomadin zu riechen –«

»Ich war wohl zu langsam«, sagte sie. »Jetzt erkenne ich die Kacheln und mache es schneller.«

Wieder vollzog sie ihr geheimnisvolles Ritual. Neq sah ihr nachsichtig zu. Die Irren waren einfach irre!

Da schnappte etwas in der Innenwand ein. Neqa drückte wieder eine Kachel und kippte sie heraus. Ein Handgriff wurde sichtbar. Neq staunte offenen Mundes. Daß es in der Wand Griffe gab, hatte er nicht gewußt! Und wenn nicht für heißes und kaltes Wasser, wofür dann?

Sie drehte daran und zog mit einem scharfen Ruck – und die ganze Wand schwang gegen sie auf.

Hinter der Dusche befand sich ein Abteil – im Herzen der angeblich soliden Tragsäule der Herberge!

»Komm!« sagte sie und trat ein.

Neq folgte ihr. Nervös hielt er sein Schwert umklammert. Sie hatten nebeneinander kaum Platz. Nun zog sie die Wand wieder zu und drückte einen Knopf im Inneren, und ein Summen ertönte. Und dann senkte sich der Boden.

Neq machte einen Satz, sie aber lachte bloß. »Das ist die Zivilisation, du Nomade, du! Man nennt das Lift. Wir haben diese Einrichtung in unsere Häuser eingebaut, und auch die Unterwelt bedient sich ihrer. Das hier ist ein Geheimgang, den wir für den Nachschub verwenden. Wenn die Nomaden draußen irgendwo einen Irren-Laster sehen, glauben sie, es wäre ein

Routine-Service. In Wahrheit aber verteilen wir Vorräte. Der Großteil der Sachen stammt aus anderen Depots, die die Nomaden nie zu Gesicht bekommen.«

Die Bewegung des Bodens hörte auf. Sie stieß wieder gegen die Seite, und jetzt öffnete sich vor ihnen ein Tunnel, der sich in der Dunkelheit verlor.

»Zu dumm«, sagte sie. »Der Lift funktioniert mit Herbergs-Strom, der sich immer auflädt, wenn die Sonne scheint. Der Tunnel ist wiederum an den Helicon Strom angeschlossen. Das bedeutet, daß die Unterwelt tot ist, wie du sagtest.« Sie knipste eine Taschenlampe an. Neq hatte keine Ahnung gehabt, daß sie eine besaß. »Aber wir müssen genauer nachsehen.«

Der Gang erweiterte sich zu einer Kammer, in der leere Kisten gestapelt waren. »Da war jemand«, bemerkte sie. »Die Ware wurde mitgenommen. Aber die Kisten wurden nicht zurückgebracht.«

»Vielleicht der letzte Laster – der nie wiederkam.«

»Unsere Leute sind über diesen Punkt nie hinausgekommen«, sagte sie. »Aber es besteht offensichtlich eine Verbindung zu Helicon. Die müssen wir finden.«

»Das könnte sich als sehr unangenehm herausstellen.« Er kannte all die Geschichten von unterirdischen Labyrinthen aus der Zeit des Blitzes, in denen sich Leichen stapelten. Diese Behauptungen waren vielleicht übertrieben, aber immerhin . . .

»Ich weiß.« Sie gab ihm einen Kuß – das brachte sie mittlerweile ohne weiteres fertig – und fing gleich wieder an, gewisse Stellen an der Wand zu drücken, wahllos, wie es ihm schien.

»Wenn man dich drinnen nicht haben will, dann wird sich hier nirgends was öffnen«, mahnte er. »Vielleicht sind hier sogar Fallen angelegt.«

»Glaube ich nicht. Man wird zwar auf der Hut sein, aber man wird uns kein Hindernis in den Weg legen. Die Irren, meine ich. Helicon brauchte uns so notwendig wie wir Helicon brauchten, weil sie ihre Hydro-Kulturen langsam satt bekamen und keine anständigen Gemüse ziehen konnten und natürlich auch kein Holz. Da war es günstiger, sie trieben mit uns Handel und betrieben die Schwerindustrie, an die wir uns nicht wagten. Dr. Jones kann sich endlos über diese Themen verbreiten – er nennt das die essentiellen Zwischenbeziehungen der Zivilisation.«

»Du glaubst also, es wäre ungefährlich, wenn wir hier eindringen?« fragte er.

Sie fuhr fort an die Wand zu pochen, vergebens, wie es sich erwies. Neq begutachtete indessen die Spuren auf dem Boden und studierte ihr Schema, als handle es sich hier um ein verlassenes Lager, über das er sich Gewißheit verschaffen müsse.

»Da«, sagte er plötzlich und berührte die Wand an einer Stelle. »Hier ist eine Öffnung.«

Sie war sofort an seiner Seite. »Bist du sicher? Sieht doch ganz fest aus.«

Er deutete auf die Spuren auf dem Boden, und sie begriff. Auf Grund dieser Spuren konnten sie schließlich einen deutlichen Spalt ausmachen. »Sie läßt sich nicht nach innen öffnen«, erklärte er. »Auf unserer Seite sind keine Scharniere und auch keine Spuren einer Benutzung.«

»Einen anderen Spalt habe ich nicht gefunden«, erwiderte sie. »Sie muß sich hier irgendwie öffnen lassen.« Sie schlug mit der Unterseite der Stablampe gegen die Ecke. »Wenn es keine Schiebetür ist –«

Neq zwängte die Schwertspitze in den Spalt und übte Druck aus. Da gab die Wand seitlich ein Stück nach. »Sie gleitet – leider ist sie abgeschlossen oder sonst irgendwie blockiert.«

»Natürlicherweise müßte sie von der anderen Seite her verschlossen sein«, sagte sie. »Könntest du sie irgendwie aufbekommen?«

»Mit dem Schwert nicht. Aber wir könnten uns ja die Brechstange aus dem Wagen holen. Damit vergrößern wir die Hebelwirkung. Vielleicht klappt es.«

Sie liefen zum Laster zurück und holten sich eine ganze Armladung von Werkzeugen. Und nach einer gewissen Zeit gelang es ihnen tatsächlich, die Tür aufzubrechen.

Hinter der Mauer befand sich ein Schienenpaar. »Die hatten ja eine Bahn!« rief sie aus. »Und damit schafften sie die Vorräte heran. Vielleicht sogar ferngesteuert. Wie raffiniert!«

Sie sahen keine Wagen und mußten nun zwischen den Schienen dahingehen. Neq wurde von Schritt zu Schritt nervöser, da ihm der beengte Raum Unbehagen verschaffte, ihr aber schien das nichts auszumachen. Sie faßte nach seiner Hand und drückte sie.

Er fing an, die Schritte zu zählen. Sie legten mehr als eine Meile zurück, ehe die Schienen aufhörten. Nun sahen sie Plattformen, auf denen Kisten gestapelt waren und Nebengeleise, auf denen Waggons standen. Neq brach eine Kiste auf und entdeckte darin Kampfstöcke – etwa fünfzig Stück dieser Metallwaffe.

Also stimmte es doch! Die Unterwelt hatte die Nomadenwaffe hergestellt. Hatte das der Waffenlose nicht gewußt, als er die Zerstörung der Unterwelt plante?

Sie gingen bis ans Ende der Plattform und durchschritten einen dunklen Durchgang. Dann ging es eine sanft geneigte Rampe hoch, durch eine verkohlte Öffnung in eine große Halle. Die Luft war stickig und übelriechend. Neqa ließ den Strahl der Taschenlampe über den Boden gleiten.

Er war mit Asche bedeckt, aus der sich da und dort verkohlte Häufchen erhoben. Der Geruch war hier noch viel intensiver.

»Was ist denn da passiert?« fragte sie verblüfft.

Neq merkte ihr an, daß sie keine Ahnung hatte. »Feuer. Die konnten hier nicht mehr rechtzeitig raus.«

»Sie?« Da erkannte sie die Form des nächsten Häufchens und stieß einen Schrei aus. Es waren die Überreste eines menschlichen Wesens.

Neq führte sie die Rampe abwärts. »Weißt du – sie waren schon tot, als die Holztür schließlich durchbrannte. Die muß versperrt gewesen sein oder verklemmt so wie die Schiebetür da oben. Jemand muß alles mit Benzin übergossen haben und –« Sie drehte sich zu ihm um. Die Taschenlampe hatte sie ausgeknipst, sie standen im Dunkel da. »Das haben die Nomaden gemacht?«

»Tyl sagte, es wäre schon vor ihrem Eindringen passiert. Die Brandstellen waren noch heiß, und überall war Rauch, deshalb konnten sie sich nicht lange hier aufhalten. Ich weiß nicht, wie es wirklich war.« Sie gab ein ersticktes Geräusch von sich, und er spürte etwas Warmes über seinen Arm laufen. Da wußte er, daß sie sich erbrochen hatte.

»Helicon war die letzte Hoffnung des Menschen!« schluchzte sie und kämpfte erneut gegen ein Würgen an.

»Ich glaube, wir brauchen uns hier nicht weiter umzusehen«, sagte er. Er nahm ihr die Taschenlampe aus der kraftlosen Hand und führte Neqa zurück nach draußen.

VI

Neqa bestand darauf, ihren Bericht zu verfassen. »Falls uns etwas zustößt, gerät die Geschichte nicht in Vergessenheit«, erklärte sie. »Außerdem habe ich die Einzelheiten jetzt noch frisch in Erinnerung. Bis wir zurück sind, werde ich sie hoffentlich vergessen haben.«

Sie übernachteten auf dem Laster, obwohl sie die Kojen in der Herberge hätten benutzen können. Die Tunnel-Verbindung zu den Toten von Helicon war zu direkt und offen. Man hatte das Gefühl, als würden die Ausdünstungen des Todes hindurchdringen und die Herberge in ihre Schrecken einhüllen. Neq hatte die Szene vor Ort ganz objektiv in sich aufgenommen, in der Nacht aber überhöhte seine Phantasie die Schrekken der Unterwelt. Der plötzliche Tod im Ring, der Kampf gegen Gesetzlose – das war etwas anderes. Aber diese Hilflosigkeit, dieses Gefangensein angesichts des alles umschließenden Feuers . . .

Keine Rede davon, daß man heute Versuche in Richtung Liebe wagte. Sie klammerten sich aneinander und versuchten, die Nähe des Todes abzuwehren.

Am nächsten Tag stellte Neqa ihren Bericht fertig und verwahrte ihn im Handschuhfach. Dann fuhren sie los. Neq sah den Sinn einer geschriebenen Mitteilung noch immer nicht ein. Der Berg war tot, damit war die Sache erledigt. Diese Nachricht war für die Irren wohl kaum ein Trost. Mit ihnen würde es zu Ende gehen, und die Nomadenkultur würde zu völliger Wildheit und Gesetzlosigkeit verfallen.

Welche grandiose Torheit hatte den Waffenlosen verleitet, gegen Helicon vorzugehen? Er hatte den Berg bezwungen und hatte damit die Irren und die Nomaden gleichermaßen vernichtet. Nun würde ein dunkles Zeitalter einsetzen.

Auch Neqa war wortkarg. Neq spürte, daß ihr ähnliche Gedanken durch den Kopf gingen wie ihm. Ihre Mission hatte wenigstens die gewünschte Information erbracht, konnte daher als Erfolg angesehen werden. Aber welch jämmerliche Mission es gewesen war!

Am zweiten Tag der Rückfahrt stießen sie auf eine Barrikade, die auf der Hinfahrt noch nicht da gewesen war. Neqs Argwohn erwachte sofort. Es waren Schwierigkeiten zu erwarten.

»Zufall?« fragte Neq.

»Unmöglich. Man hat uns auf der Hinfahrt beobachtet und klug gefolgert, daß wir auch wieder zurück müßten. Und infolgedessen hat man uns ein Hindernis in den Weg gelegt.«

Sie mußten anhalten. Ausweichen oder Umkehren war nicht möglich.

»Wenn wir Glück haben, dann lauern hier jetzt höchstens ein bis zwei Posten. Und die wissen ja nicht genau, wann wir kommen.«

Sie hatten dieses Glück nicht. Von beiden Seiten kamen nun Männer zusammengelaufen. Schwertkämpfer, Keulenkämpfer, Stabmänner – mindestens zwanzig. Und dazu hielt sich noch eine ganze Gruppe von Bogenschützen im Hintergrund bereit.

»Ob das wohl die Stelle ist, an der die anderen Laster verschwanden?« fragte sie, als handle es sich um eine interessante Fußnote für ihren Bericht.

»Die meisten, vermute ich. Das hier ist gut organisiert.« Er unterzog die Lage einer Analyse. »Es sind zu viele. Kämpfen können wir gegen die nicht. Und wenn wir jetzt umkehren, dann schicken sie uns Pfeile nach. Sieh mal, die zielen genau auf unsere Reifen. Wir müssen also brav mitmachen – solange es möglich ist.«

Ein Schwertkämpfer trat an Neqs Seite. »Du bist ein Krieger. Was treibst du in einem Irren-Wagen?« fragte er barsch.

Noch ehe Neq ihm antworten konnte, rief einer von der anderen Seite her: »He, seht mal, da ist ja eine Frau!«

»Glück gehabt!« rief der andere aus. »Ist sie jung?«

»Neunzehn, schätze ich.«

»O. K. Raus, ihr beiden!« befahl der Schwertkämpfer.

Neq kochte innerlich. Aber nach einem Blick auf die unbeirrt auf den Laster gerichteten Pfeile stieg er aus. Kein anständiger Nomade würde einen Jagdbogen gegen einen Menschen anwenden, aber damit wurde ja die Wirksamkeit dieser auf große Entfernung treffsicheren Waffe nicht beeinträchtigt. Neqa rückte herüber, um auf seiner Seite auszusteigen. Sie stand nahe bei ihm, aber doch außerhalb der Reichweite seines Schwertes, damit sie seine Bewegungen nicht behinderte. Er spürte ihre Anspannung und wußte, daß sie bereit war, ihren Dolch einzusetzen.

»Wißt ihr, was ich glaube?« sagte der Schwertkämpfer. »Ich glaube, die beiden sind Irre und tun nur so, als wären sie Nomaden. Die wollen uns womöglich weismachen, sie hätten den Laster selbst geschnappt, damit wir sie in Ruhe lassen. Seht, ihre Hände sind ganz glatt, und er ist viel zu klein, als daß er ein Schwert führen könnte. Und keine einzige Narbe, so viel ich sehe.«

»Hübsch raffiniert«, sagte ein Stabkämpfer.

»Die Irren sind sehr raffiniert und gleichzeitig sehr dumm.«

»Also, Irrer, sagte der Schwertmann. »Das Spiel läuft nach unseren Regeln. Und wir haben Zeit. Sag jetzt, wer ihr seid?«

»Neq das Schwert.«

»Hat jemand was von Neq dem Schwert gehört?« rief der Kerl. Es meldete sich einer. »Ja, ich«, rief ein Dolchkämpfer.

»Ich auch«, pflichtete ein Keulenschwinger bei. »Er ist von Sols Stamm. Ein Spitzenkämpfer – dritter oder vierter einer Hundertschaft. Und auch gegen andere Waffen siegreich.«

Der Schwertkämpfer grinste. »Irrer, da hast du dir den falschen Namen ausgesucht. Jetzt mußt du dich beweisen – im Ring. Und deine Süße wird zusehen. Und wenn du nicht –«

Neq gab keine Antwort. Der Ring war genau das, was er wollte, und Neqa sollte zusehen. Das hier waren zwar Gesetzlose, doch sah es ganz so aus, daß der Stamm so groß war, daß er der Disziplin des Ring-Codex bedurfte. Das war eigentlich ganz logisch. Ein starker Mann konnte mittels der Kraft seiner Persönlichkeit fünf oder zehn Krieger locker um sich scharen, ein paar zusätzliche noch durch kluge Einschüchterungsmaßnahmen. Bei dreißig oder vierzig Mann aber bedurfte es einer förmlicheren Grundlage. Der Ehrenkodex des Ringes war ja nicht nur eine Sache der Ehre. Es diente dazu, eine große Anzahl von Kämpfern zu beherrschen.

Und wo der Ring-Codex, wenn auch nur höchst unvollkommen in Geltung war, da konnte Neq sich behaupten. Immerhin war er dritter oder vierter Schwertkämpfer unter hundert gewesen. Der erste war Tyl, der sich aber schließlich nur noch mit den verwaltungstechnischen Belangen des Imperiums befaßt hatte. Der zweite war bei einem Unfall außerhalb des Ringes getötet worden. Thor, der dritte, hatte sich aus den aktiven Kämpfen zurückgezogen. Aber Neq war in Übung geblieben. Als Folge davon war er zur Zeit der Auflösung des Imperiums inoffiziell zweiter der Schwertrangfolge – und das unter dreitausend Mann. Und insgeheim hatte er seine Zweifel bezüglich Tyls Tüchtigkeit im Ring gehegt.

Auch war es richtig, daß die Ausbildung des Imperiums besonders die Kämpfe zwischen verschiedenen Waffengattungen gefördert hatte. Es gab ein halbes Dutzend Stabkämpfer, die es mit Neq im Ring aufnehmen konnten, dazu einen oder zwei Stöcke und Bog, die Keule, die schon tot war, aber keine Dolche oder Morgensterne. Gegen diese galt es auf der Hut zu sein, da er sie bei freundschaftlichen Begegnungen manchmal hatte schlagen können, manchmal aber auch nicht.

Neq fürchtete im Ring niemanden.

Sie wurden nun zu einem Lager geführt, das den Lagern des Imperiums sehr ähnlich war. Ein großes Zelt stand inmitten einer Anzahl kleinerer. Latrine, Messe und Übungsplätze waren außerhalb angelegt. Diese Anordnung hatte sich bewährt.

Der Anführer dieses Stammes war ein hochgewachsener Schwertkämpfer, ergraut und narbenbedeckt. Die Führer waren meist Schwertkämpfer, weil diese Waffe etwas an sich hatte, das andere einschüchterte und sie zu Untergebenen machte, Eigenschaften, über die ein Stab nicht verfügte. Als der Mann sich aufrichtete, überragte er Neq um ein beträchtliches Stück.

»Neq das Schwert? Ich bin Yod das Schwert. Und diese da trägt deinen Reif?«

»Ja.«

»Ich habe von einem Neq gehört«, sagte Yod. »Vor etlichen Jahren war er der beste Schwertführer des Imperiums. Und niemals gab er seinen Reif einer Frau. Ist das nicht merkwürdig?«

Neq reagierte mit einem Achselzucken. Der Anführer glaubte wohl, er könne mit dem Gefangenen spielen.

»Nun, wir werden ja sehen«, sagte Yod. »Und jetzt zeige ich dir alles.«

Und das tat er denn auch. »Ich verfüge über fünfzig hervorragende Krieger«, sagte er mit einer Bewegung zum Zelt hin. »Aber mit jungen Frauen sind wir knapp dran, und das läßt die jungen Männer unruhig werden. Das Mädchen wird also auf jeden Fall bei uns einen Platz finden.«

Neqa rückte näher an Neq heran und gab den Blick auf ihren Reif frei, als Abwehr sozusagen.

»Ich habe Vorräte für viele Monate« brüstete Yod sich. »Sieh mal.«

Hinter dem Hauptzelt standen vier Irren-Laster. Nun waren die letzten Zweifel darüber ausgeräumt, wer der Entführer war. Da aber Helicon tot war, spielte es ohnehin keine Rolle mehr.

»Und wir haben unsere Unterhaltung.« Yod wies auf einen hängenden Käfig.

Neq sah neugierig hin. Im Käfig hockte ein in eine schmutzige Decke gehüllter Mensch. Auf dem Drahtgeflechtboden standen Metallgefäße, offenbar Eßgeschirr, und unter dem Käfig hatten sich Exkremente angesammelt. Man ließ ihn also nicht einmal zur Erledigung seiner Notdurft frei. Er konnte sich ein wenig bewegen und den Käfig zum Schwingen bringen, was zweifellos zur »Unterhaltung« des Stammes beitrug. Nach seinem Aussehen und dem Geruch zu schließen mußte er hier schon ein paar Wochen hängen.

»Wir erwischten diesen Irren, als er unsere Herberge benutzte«, sagte Yod. »Er behauptete, er wäre Chirurg, also gaben wir ihm die Chance, sich da herauszuschneiden. Falsche Angaben mögen wir nicht.« Er warf Neq einen Blick zu.

»Ein Chirurg?« fragte Neqa. »Aber wir haben keinen –« Sie hielt inne, als ihr rechtzeitig einfiel, daß sie als Nomadenfrau gelten wollte. Aber Neq wußte nun, daß dieser Mann kein Irrer war, denn in diesem Fall hätte sie ihn erkennen müssen. Vielleicht hatte er seine Strafe verdient.

Dumpf blickte der Gefangene sie an. Er war ein kleiner grauhaariger Kerl, uralt nach Nomadenbegriffen.

»Er sagt, er könne lesen!« sagte Yod lachend. »Dick, zeig unseren Gästen, was du geschrieben hast.« Und zu Neq gewandt setzte er leise hinzu: »Diese Irren haben durch die Bank seltsame Namen.«

Der Mann langte nach hinten und faßte nach einem abgegriffenen Stück Papier, wahrscheinlich von einem der Kartons auf dem Laster stammend. Dieses Stück hielt er in die Höhe. Neq sah darauf Linien ähnlich jenen, die Neqas geschriebenen Bericht ausmachten.

»Na, kannst du damit etwas anfangen?« fragte Yod.

»Nein.«

»Weil du nicht lesen kannst – oder kann er etwa nicht schreiben?«

»Ich kann nicht lesen. Von ihm weiß ich nichts. Vielleicht kann er nicht schreiben.«

»Vielleicht. Wir könnten jemanden brauchen, der gebildet ist. Wir haben nämlich ein paar Bücher der Irren gefunden und wissen nun nicht, was darin steht. Könnte ja gut sein, was darin steht.«

»Warum zeigt ihr sie nicht dem Irren in dem Käfig da?« fragte Neq.

»Er hat uns angelogen. Er ist kein Arzt. Wir brachten einen Verwundeten zu ihm und gaben ihm einen Dolch, und er wollte nicht operieren. Behauptete, das Ding wäre nicht sauber, oder ähnliches. Hatte jede Menge Ausreden zur Hand. Er würde uns sicher auch über die Bücher Lügen auftischen. Der könnte uns doch alles mögliche einreden – und woher sollen wir wissen, daß es erlogen ist?«

Neq zog die Schultern hoch. »Ich kann euch nicht weiterhelfen.« Er wußte, daß Neqa lesen konnte, hatte aber nicht die Absicht, sie zu verraten.

»Und du behauptest noch immer, daß du Neq das Schwert bist?«

»Ich war nie etwas anderes.«

»Dann beweise es, und du kannst dich meinem Stamm anschließen. Natürlich müßten wir dir das Mädchen wegnehmen, aber du wirst dann bei ihr drankommen, wenn du an der Reihe bist.«

»Wer sie berührt, ist des Todes«, sagte Neq, nach seinem Schwert fassend.

Yod lachte auf. »Gut gesagt. Du machst deine Sache gut, und du sollst Gelegenheit bekommen, das Beste daraus zu machen. Hier ist der Ring.« Er sah um sich und vollführte eine alles mit einschließende Bewegung mit der Hand. Die Männer seines Stammes, die nur auf seinen Befehl gewartet hatten, scharten sich um ihn.

In der plötzlich eintretenden Verwirrung berührte Neqa seinen Arm. »Dieser Mann da im Käfig«, murmelte sie, »er kann lesen und schreiben. Er kommt von Helicon. Ein Überlebender. Mag sein, daß er nicht Chirurg ist – sie hatten nämlich den besten Chirurgen, den es unter den Irren gab – aber es wäre immerhin eine Frage wert.

Neq überlegte. Falls es von Helicon Überlebende gab ... »Während ich kämpfe, schneidest du den Käfig auf. Ich werde alles tun, um die anderen abzulenken. Schaffe ihn in den Laster und sieh zu, daß du wegkommst. Und benutze dein Messer. Diese Typen hier sind beinhart. Ich werde dich später sicher finden.«

»Aber wie willst du –«

»Ich kann selbst auf mich achtgeben. Ich möchte, daß du hier wegkommst, ehe es anfängt.« Plötzlich zog er sie an sich und küßte sie. Der solchermaßen gestohlene Kuß war sehr süß. »Ich liebe dich.«

»Ich liebe dich«, wiederholte sie. »Neq! Jetzt kann ich es aussprechen! Ich meine es im Ernst! Ich liebe dich!«

»Rührend«, bemerkte Yod und trennte die beiden. »Irrer, da ist dein erster Kampf.«

Neq ließ sie los und sah zum Ring hin. Da stand ein großer Keulenmann und ließ die Muskeln spielen. Keulenkämpfer waren meist groß, weil die Waffe schwer war, und die meisten waren vierschrötig – aus demselben Grund. Dennoch durfte man das zerschmetternde Metallstück nicht gering achten, das mit einem Schwung Schwert und Kämpfer aus dem Ring werfen konnte. Bog der Keulenkämpfer hatte Erstaunliches vollbracht . . .

Und plötzlich fiel Neq ganz zusammenhanglos ein, wie Bog besiegt worden war. Einmal von Sol aller Waffen, dem größten Kämpfer aller Zeiten. Und dann vom Waffenlosen, der ihm das Genick gebrochen und ihn mit einem im Sprung ausgeführten Tritt getötet hatte. Und dann zwischen diesen beiden Kämpfen einmal von dem Mann, an dessen Namen Neq sich nicht hatte erinnern können. Das Seil! Sos das Seil – jener Mann, an den Miss Smith sich erinnern konnte. Er hatte eine Seilschlinge über die Keule geworfen und den nicht sehr klugen Bog damit überrascht und entwaffnet. Dann hatte der Mann Bog überredet, er solle sich mit ihm zusammentun und gemeinsam mit ihm antreten. Die Geschichte dieser Tollkühnheit machte noch immer die Runde. Das Seil hatte ja, was die Körperkraft betraf, Bog nicht das Wasser reichen können, doch er hatte mit Verstand gekämpft und Glück gehabt. Mit Bog als Partner hatte er gegen mehrere reguläre Doppel-Teams gewonnen. Bog hätte mit einem Zweijährigen als Partner gewinnen können! Das Seil war schließlich in seiner Selbsteinschätzung zu weit gegangen und hatte Sol selbst herausgefordert, und Sol hatte ihn zum Berg geschickt.

Das mußte er Neqa erzählen, wenn sie diese Sache hinter sich gebracht hatten. Und er mußte sie fragen, ob ihr Sos zufällig einen kleinen Vogel auf der Schulter getragen hatte. Heute aber war das alles unwichtig.

»Das ist Nam die Keule«, sagte Yod. »Er sagt, er würde deine blonde Irre bearbeiten, nachdem er dich bearbeitet hätte. Für dich eigentlich keine echte Herausforderung – als vierter Schwertkämpfer einer Hundertschaft?«

Neq drückte Neqa abschiednehmend den Arm und drängte sie zu dem Käfigmenschen hin. Der Käfig befand sich außerhalb des Zuschauerkreises und war teilweise von dem Baum verdeckt, an dem er baumelte. Wenn alle zum Ring hin blickten und wenn der Kampflärm anschwoll, dann mußte sie es schaffen, den Käfig aufzuschneiden und den Chirurgen zu befreien.

Neq mußte sich beim Kampf danach richten. Er wußte, man würde immer neue Kämpfer gegen ihn antreten lassen, bis alle das Schauspiel satt hätten – und die Aufmerksamkeit der Gesetzlosen auf sich ziehen. Aller Anwesenden, ohne Ausnahme.

Sie machte sich davon, und er ging gemessenen Schrittes auf den eingezeichneten Kreis zu und hielt das Schwert kampfbereit. Ohne zu zögern betrat er den Ring.

Nam brüllte auf und griff an. Neq tauchte seitlich weg, blieb dabei aber im Ring, während der Keulenmann, der ins Leere schlug, hinaustorkelte.

»Einer erledigt«, sagte Neq. »Sehr viel hat der mich nicht bearbeitet.« Er wollte Keulenmann und Stamm gleichermaßen in Rage bringen, wollte ihren Rachedurst schüren. Er wollte verhindern, daß jemand zufällig zum Käfig hinsah.

Wieder brüllte Nam auf und sprang zurück in den Ring. Wieder ein Beweis dafür, daß es sich hier um Gesetzlose handelte, denn kein echter Krieger hätte nach diesem schmählichen Abgang den Ring erneut betreten. Ein Verlassen des Ringes während eines Kampfes bedeutete Niederlage, so lautete die Regel. Auf diese Weise vermied man im Ring unnötiges Blutvergießen.

Neq wollte seine Fertigkeit mit der Klinge nicht zu rasch glänzen lassen. Erkannte man seine Fähigkeit gleich zu Beginn, dann war das Spiel bald aus, denn damit war ja bewiesen, daß er der war, für den er sich ausgab, und niemand durfte mehr hoffen, es mit ihm aufnehmen zu können. Yod würde nur so lange fair und anständig vorgehen, solange er seines Sieges sicher war.

Deshalb ließ Neq sich mit der Keule in ein Geplänkel ein, duckte sich vor linkischen Hieben, stach harmlos zu und umtanzte seinen Gegner.

Indessen schlich Neqa sich an den Käfig heran, ohne den Blick auf ihr Ziel zu richten. Sie kam langsam und unmerklich immer näher.

Als Neq den Eindruck hatte, daß das Interesse der Zuschauer ein wenig nachließ, erledigte er Nam mit einem scheinbar anfängerhaft geführten Treffer, wie damals, als er Hig den Stock besiegte zu Beginn seiner Kriegerlaufbahn. Es sah aus wie Anfängerglück – wie beabsichtigt.

»Du kannst also wirklich kämpfen«, bemerkte Yod. »Aber doch nicht so, wie dein Name es verspricht. Tif!«

Während man den blutenden und stöhnenden Keulenmann fortschaffte, kam ein Schwertkämpfer auf den Ring zu. Mit einem Blick stellte Neq fest, daß es sich bei Tif um einen fähigen Schwertkämpfer handelte. Jetzt ging es also richtig los. Die Gesetzlosen sahen mit wachsender Spannung zu.

Neqa war jetzt schon ganz dicht beim Käfig.

Der Kampf mit Tif war eigentlich einfacher, denn der Mann ging behende und sicher mit seiner Klinge um, so daß man ihm mit Verteidigungsschlägen antworten mußte und das Tempo nicht selbst bestimmen konnte. Aber eine echte Bedrohung stellte er nicht dar. So ging es hin und her, Klinge traf klirrend auf Klinge, und der Stamm folgte mit atemloser Spannung. Ein guter Kampf, das war so richtig nach dem Herzen eines Nomaden, auch wenn er zu einem Gesetzlosen geworden war.

Dann aber zog Tif sich zurück. »Der spielt nur mit mir«, rief er Yod zu. »Er ist ein Meisterkämpfer. Ich kann ihn nicht –«

Da schlitzte Neq Tifs Kehle quer auf, Blut quoll hervor, und der Mann fiel um. Doch zu spät. Das »Geheimnis« war enthüllt. Neqa machte sich am Käfig zu schaffen.

»Du bist also wirklich Neq das Schwert!« rief Yod aus. »In diesem Fall können wir dir nicht trauen. Du wirst mit der Zeit den Stamm an dich bringen wollen.«

»Ich löste einen Stamm auf, der zehnmal so groß war wie dieser hier!« erklärte Neq voller Verachtung. »Das hier bedeutet mir gar nichts. Ihr seid alle nichts! Aber du hast mich einen Irren genannt – also kämpfe mit mir um den Stamm!« Vielleicht gar kein schlechter Ausweg: den Stamm übernehmen, ihn nach ehrlichen Nomadenrichtlinien neu organisieren, Dr. Jones alle Laster zurückbringen ...

Yod antwortete mit einer obszönen Geste. »Ich bin doch nicht blöd. Wir werden dich erschießen.«

Falls die wieder ihre Bogen hervorholten, dann hatte er fast keine Chance gegen sie. »Ich trete je zwei von euch erbärmlichen Feiglingen im Ring entgegen!« rief er.

Yod ergriff die Gelegenheit, um sein Gesicht zu wahren. Für einen Anführer war es immer besser, sich ehrenhaft aus einer Affäre zu ziehen, und einen Herausforderer anständig loszuwerden. Andernfalls hätten sich andere Anführer, eine Schwäche in ihm vermutend, rasch gegen ihn erhoben.

»Jut! Mip!« rief Yod.

Nun traten ein Dolch und ein Stab hervor. Sie waren längst nicht mehr so kampflustig wie die beiden ersten Krieger. Und Neq wußte warum. Sie wußten, daß sehr wahrscheinlich einer von ihnen sterben mußte, wenn auch der andere den Herausforderer schließlich zur Strecke bringen würde. Im allgemeinen waren zwei Mann sehr wohl imstande, einen zu besiegen – aber der eine nahm meist einen Gegner mit sich ins Jenseits. Dazu kam, daß nun innerhalb des Stammes die Möglichkeit eines neuen Anführers auftauchte. Wenn Neq ein besserer Schwertkämpfer war als Yod, dann konnte dies das Schicksal des Stammes günstig beeinflussen. Die Treue der Stammesmitglieder war bereits etwas in Mitleidenschaft gezogen, und Yod spürte das deutlich.

Die Kombination war sehr geschickt. Die Stange würde Neqs Schwert blockieren und die Doppelkämpfer schützen, während der Dolch aus der Deckung heraus mit beiden Händen zustechen konnte.

Neq aber war wie alle Krieger des früheren Imperiums im Doppelkampf gut ausgebildet. Seine Reaktionen kamen automatisch und gaben ihm ein: »Partner kampfunfähig; Stab und Dolch als Gegner.« Bloß hatte er in diesem Fall keinen verwundeten Partner zu beschützen. Was die Sache viel leichter machte.

Ja, er war diesem Sos Dank schuldig. Die nicht enden wollenden Kampfübungen gegen alle möglichen Doppelkombinationen waren ihm als Zeitverschwendung erschienen, denn der Normalfall war immer der Einzelkampf. Sos aber hatte behauptet, ein Krieger der Spitzenklasse müsse auf alle Eventualitäten vorbereitet sein. Wie recht er gehabt hatte!

Während er dem Paar entgegentrat, sah er, daß Neqa noch immer am Käfig herumarbeitete. Sie konnte ja nicht ihre ganze Aufmerksamkeit auf ihre Tätigkeit richten, weil sie sich harmlos und unschuldig stellen mußte. Und doch würde sie den Gefangenen bald befreit haben.

Neq schaffte es, den Kampf gut aussehen zu lassen. Jetzt verbarg er sein Geschick nicht mehr. Er hielt sich den Dolch mit stetigen Schwerthieben vom Leibe und ging gegen den Stab mit Schlägen auf die Hände und gegen die Waffe selbst vor. Das gegnerische Paar hatte noch nie oft gemeinsam gefochten. Die beiden waren sich in kritischen Momenten richtig im Weg. Und wenn ein Paar nicht aufeinander eingespielt ist, ist es im Kampf womöglich weniger wirkungsvoll als Einzelkämpfer. Das wußten die beiden. Sie waren verzweifelt, sahen aber keinen Ausweg. Und der Stamm sah wie gebannt zu, drehte und wendete in Gedanken die Gefolgschaftstreue und tendierte deutlich zu dem stärkeren Kandidaten hin.

»Die Irre will fliehen!« rief da Yod aus.

Köpfe wandten sich ruckartig. Neqa und Dick der Chirurg liefen vom Käfig fort.

Neqs Plan hatte beinahe geklappt. Aber diese winzige zufällige Kleinigkeit – der zufällige Seitenblick des Anführers, vielleicht nur, weil eine Fliege ihn geärgert hatte – oder weil er verzweifelt nach einem Ausweg aus einer Situation suchte, die ihn nicht begünstigte – hatte alles zunichte gemacht.

Jetzt würde die Hölle losbrechen.

VII

»Ihnen nach!« schrie Yod. »Das Mädchen nicht töten!«

Männer sprangen auf und faßten nach ihren Waffen. In diesem Augenblick mußten sie ihrem angestammten Führer folgen, denn es war eine plötzliche Krise eingetreten. Wären Neqa und der Käfigmensch unbemerkt entkommen, während Neq kämpfte und wäre es klargewesen, daß es unmöglich war, sie wieder zu fassen, dann wäre die Führerschaft Yods ernsthaft in Frage gestellt worden. Neq hätte ihn rasch töten und die Führung an sich reißen können. Das alles war durch diesen einen unglücklichen Zufall zunichte gemacht.

Neq sprang aus dem Ring und griff den Führer an. Er hatte immer noch eine Chance. Er konnte nämlich Yod als Geisel gefangennehmen, Zeit gewinnen und vielleicht damit die eigene Freilassung und die der beiden anderen erkaufen. Oder aber er tötete Yod auf der Stelle und ließ dem Stamm keine andere Wahl.

Aber Yod war gerissen. Er trat Neq mit gezogenem Schwert entgegen, brüllte seinen Leuten dauernd Befehle zu und stärkte damit ihre schwankende Treue.

Und plötzlich war Neq wieder umzingelt. Die Krieger hielten Abstand zu den Kämpfenden, denn es bestand immerhin noch die Möglichkeit, daß er Yod mit einem verzweifelten Sprung an die Kehle fuhr. Die Bogen waren gespannt – aber wieder waren Yod und er flink in ihren Bewegungen und die anderen standen so dicht, daß die Bogenschützen sich zurückhielten.

»Die Feuerwaffe!« rief Yod.

Da packte Neq die Verzweiflung. Er wußte, was dies bedeutete. Tyls Stamm war vom Berg mit Feuerwaffen und mit Granaten zurückgekehrt und hatte ihre Wirkung demonstriert. Man hatte diese Waffen gegen die Unterwelt eingesetzt. Ohne sie wäre der Angriff ganz unmöglich gewesen. Es waren Metallröhren, die mit großer Geschwindigkeit und Kraft Metallteile ausstießen. Die Wirkung war der des Pfeiles ähnlich – aber eine Feuerwaffe konnte weiter und schneller schießen, und es bedurfte weniger Geschick, sie zu bedienen. Mit einer solchen Waffe konnte ein Krüppel einen Meisterkrieger töten.

Tyl hatte in weiterer Folge entschieden, daß diese Waffen nicht der Lebensweise der Nomaden entsprächen. Er hatte alle Waffen einsammeln lassen und sie versteckt. Doch galt seine Autorität nicht im gesamten Imperium, und einige waren verlorengegangen . . .

Wenn Yods Stamm über eine Feuerwaffe verfügte, dann konnten Neqa und der Chirurg nicht entkommen. Diese Waffe konnte das Metall eines Fahrzeuges durchdringen.

Da machte Neq einen verzweifelten Ausfall, überrumpelte Yod und brachte ihm eine Wunde am Schenkel bei. Doch als Neq zurückwich, hörte er einen Knall, und etwas prallte gegen sein Bein. Ein Pfeil war es nicht.

Man hatte die Feuerwaffe auf ihn abgeschossen.

Zuerst war er erleichtert. Man hatte nicht auf Neqa geschossen!

Dann aber wurde ihm klar, daß damit sein Untergang besiegelt war. Die Waffe konnte ihn töten. Er würde nicht zurück zu Neqa können, und sie würde die Rückfahrt allein schaffen müssen. Wenn der Chirurg sie nicht irgendwie beschützte. Aber dieser Mensch hatte sich ja nicht einmal selbst davor bewahren können, in den Käfig gesteckt zu werden!

»Ergib dich!« keuchte Yod. »Ergib dich, oder wir knallen dich ab!«

Ihm blieb nichts anderes übrig. Die Gesetzlosen meinten es ernst. Vielleicht würde man ihn auch töten, wenn er sich ergab – aber ganz gewiß war er dem Tode geweiht, wenn er sich nicht ergab. Neqa hatte nun ausreichend Vorsprung. Mehr konnte er ihr nicht mehr verschaffen, indem er weiterfocht.

Neq warf sein Schwert weg und stand da.

»Klug gemacht«, sagte Yod, während die anderen Neq an den Armen packten. »So hast du dein Leben gerettet.« Er faßte zaghaft nach seinem Bein. »Und du hast bewiesen, wer du bist. Mich hätte kein Geringerer im ehrlichen Kampf verwunden können.«

Das war zwar übertrieben. Yod war gut, doch im Imperium gab es mindestens zwanzig Schwertkämpfer, die ihn mit Leichtigkeit besiegt hätten. Neq hatte jedoch keine Lust, den Kerl gegen sich aufzubringen, indem er ihm dies sagte. Er war abhängig von Yods Wohlwollen. Je mehr sich dieser als ehrenhafter Sieger fühlte, desto ehrenhafter würde er handeln.

»Du hast uns eine Menge unnötigen Ärger gemacht, indem du dich nicht eher ergeben hast«, fuhr Yod fort. »Man kann dir nicht trauen. Ich habe dir das Leben versprochen – aber ohne Strafe kommst du nicht davon. Männer, bindet ihn.«

Diesmal gehorchten die Stammesmitglieder blitzartig, und er wurde gebunden: die Arme hinter dem Rücken, ganz fest, und die Fußknöchel so, daß er nur humpeln konnte. So wurde er an einen Pfosten gebunden, während sich die Krieger dann wieder anderen Dingen zuwandten.

Neqs Wunde verursachte ihm immer größere Schmerzen.

Die Öffnung war nur klein, führte aber genau durch den großen Muskel. Das Ding mußte irgendwo drinnen sitzen. Die Blutung war nicht stark, eine Schwertwunde wäre viel ärger ausgefallen. Nur wäre das Schwert wieder säuberlich herausgezogen worden, und die Heilung wäre unkomplizierter vor sich gegangen.

Als die Verfolgungstruppe eintraf, gab es viel Lärm und Aufregung. »Wir haben sie!« rief einer.

Neq sah enttäuscht, daß es stimmte. Neqa wurde von zwei Männern angeschleppt, halbnackt im zerfetzten Gewand. Sie schien unverletzt.

»Die hatte ein Messer bei sich und hat Baf damit angefallen«, sagte ein anderer. »Eine richtige wilde Hummel. Aber wir bringen sie unversehrt.«

»Der Irre ist entwischt«, sagte ein dritter. »Aber was kümmert uns das?«

Yods Wunde, die sich als ungefährlich erwies, wurde versorgt. Wahrscheinlich hatte er ebenso große Schmerzen wie Neq, ließ sich jedoch nichts anmerken. Vor seinem Stamm mußte er sein Gesicht wahren. »Hm, hat sie also den Irren befreit und einen der unseren erstochen«, sagte er nachdenklich. »Und ihr Mann hat uns alle hereingelegt und behauptet, er wäre ein Irrer. Und er hat Tif getötet.« Er sah Neq abschätzend an. »Na gut – wir werden beiden eine ordentliche Lektion verpassen.«

Yod trat vor Neqa hin. Während die Männer ihre Arme festhielten, riß er ihr die letzten Fetzen des Gewandes herunter und warf sie in hohem Bogen weg – zum Gaudium der Zuseher. »Mann, das ist ja eine richtige Schönheit!«

Neq versuchte, seine Fesseln zu sprengen, vergebens. Sie saßen zu fest. Einige der Gesetzlosen, die ihn dabei beobachteten, kicherten. Sie wollten ja, daß er sich drehte und wand. Genauso wie sie es bei Yod gewollt hätten, wäre die Sache anders ausgegangen.

»Han!« schrie Yod.

Ein junger Dolchkämpfer trat nervös hervor. Neq schätzte den Kerl auf höchstens vierzehn. »Du hast es noch nie mit einer Frau getrieben, wie?« fragte Yod.

»Nein – nein«, sagte Han und vermied dabei, Neqas Nacktheit anzusehen.

»Jetzt ist deine Stunde gekommen. Los.«

Han wich zurück. »Ich verstehe nicht.«

»Diese Puppe da, mit der glatten Haut und der reizenden Brust – du kriegst sie als erster. Gleich jetzt.«

Han warf nun Neqa einen Blick zu und sah schuldbewußt wieder weg. »Aber – aber sie trägt doch seinen Reif!«

»Ja, das ist ja das Komische daran. Laßt ihn ran.«

»Aber –«

»Er soll sehen, was wir mit seiner Frau machen. Das ist seine Strafe. Und die ihre – teilweise.«

Han zitterte am ganzen Leibe. »Das ist unrecht. Ich kann es nicht tun.«

Neq kämpfte wie wild und rieb sich dabei die Haut an den Fesseln auf. »Ich töte jeden, der sie anfaßt!« rief er.

Neqa stand, die Augen geschlossen, noch immer von den zwei Männern festgehalten. Es sah aus, als ginge sie das alles nichts an. Ihr Körper war schlank und fein und völlig fehl am Platz unter dieser grobschlächtigen Horde. Neq sah, wie die Gesetzlosen sie begutachteten und sich die Lippen leckten.

Yod lachte laut. »Dann mußt du uns alle töten, du Irren-Liebhaber. Weil jeder sie anfassen wird, gleich jetzt, damit du zusehen kannst!«

»Nein!« schrie Han. Er lief auf Yod zu.

Yod warf ihn mit einem Handrückenschlag zu Boden. »Du hast deine Chance vertan, Rotznase. Jetzt bin ich dran.«

Han war in Neqs Nähe zu Boden gegangen. Er blutete an der Lippe. Einer seiner Dolche schleifte über den Boden.

Yod machte die Hosen auf. Die Gesetzlosen röhrten vor Lachen. Neqa schlug die Augen auf, wollte sich loswinden, wortlos, und stieß mit den Füßen um sich.

»Ihr müßt auch ihre Beine halten«, wies Yod die anderen an. Zwei Mann sprangen vor und packten ihre Beine.

Neq stieß Han mit gebundenen Beinen an. Und als der Junge ihn benommen ansah, wies Neq mit einer Kopfbewegung auf den knapp außer seiner Reichweite liegenden Dolch.

Han sah hinüber zu den vier Männern, die Neqa an Armen

und Beinen festhielten und sie auf den Boden drückten. Dann schob er die Klinge Neq zu. Aber sie lag noch immer außer Reichweite, denn Neq konnte nicht nach ihr fassen.

Und nun schrie Neqa auf. Neq sah nicht hin. Er mußte das Messer sofort in die Finger kriegen. Er wölbte seinen Körper so, daß er die Schultern hochziehen und seine Arme über den Pfosten heben konnte. Er fiel seitlich um, rollte sich weiter und faßte zu. Die Klinge schnitt ihm in die Hand, aber er hatte sie.

Niemand hatte etwas bemerkt. Alle sahen gespannt zu, was Yod machte.

Wieder schrie Neqa auf, schneidend, als Yods Leib sich auf ihr zu bewegen begann. Sie wand sich auf dem Boden, bekam eine Hand frei, aber Yod drückte sie grunzend nieder. Die Männer grinsten und drückten ihr die Beine auseinander.

Neq drehte und wendete das Messer, er schaffte es aber nicht, es im richtigen Winkel zum Seil anzusetzen. Seine Hände waren glitschig vom eigenen Blut. Endlich gaben die Fasern langsam nach, als die stumpfe Seite der Klinge unablässig an ihnen schürfte.

Es schien eine Ewigkeit zu dauern, bis das Seil nachgab.

Der Anführer der Gesetzlosen kam schweratmend hoch. Neqa schluchzte stoßweise.

»He › die war ja noch Jungfrau!« rief Yod aus. »Seht euch das an!«

Die Männer drängten näher. Neq, der keine körperlichen Schmerzen mehr spürte, so benommen war er, sägte weiter an dem Teufelsseil.

»Warum hat sie dann seinen Reif getragen?« fragte einer.

»Man sagt, daß er außerhalb des Ringes nicht sehr männlich war!«

Noch immer hatten die Fesseln nicht nachgegeben. Han der Dolch war aufgestanden und hatte sich davongemacht. Ihm war übel geworden.

»Na schön – also, der Reihe nach antreten. Jeder kommt dran«, sagte Yod. »Sie ist verteufelt gut.«

Die Männer bildeten eine Reihe. Neqa hatte zu weinen aufgehört. Noch immer wurde sie von dreien festgehalten. Drei weitere fielen über sie her, ehe Neq seine Hände endlich frei hatte. Er schnitt die Fußfessel durch und sprang auf. Blitzschnell stieß er die Klinge in den Rücken des vierten Mannes, der auf Neqa lag. Einer war erledigt – blieben noch vier.

»He! Er hat sich befreit!«

Alle stürzten sich auf ihn. Neq kämpft verzweifelt, doch der Dolch war nicht seine angestammte Waffe, und die Übermacht des Feindes zu groß. Nach kurzem Handgemenge war er wieder gefangen.

Hilflos mußte er mit ansehen, wie vierundvierzig Männer seine Frau vergewaltigten.

Aber damit nicht genug.

»Er hat noch einen getötet – und etliche verwundet«, stieß Yod wütend hervor.

»Tötet ihn!« schrien einige.

»Nein. Ich habe ihm das Leben versprochen. Ich möchte, daß er leidet.« Yod überlegte. »Schneidet ihm die Hände ab.« Er schwang sein Schwert.

Neqa, die man im Augenblick vergessen hatte, erhob sich langsam. Sie starrte blicklos vor sich hin. Der Dolch, den Neq eben noch in der Hand gehabt hatte, lag neben ihr auf dem Boden. Sie bückte sich danach.

Und dann sprang sie Yod an, lautlos. Ihre Klinge durchschnitt sein Gesicht senkrecht und nahm einen Teil eines Auges samt Augapfel mit.

Yod schwang sein Schwert ganz automatisch. Er traf sie im Nacken und stieß die Spitze tief hinein.

»Verdammt!« schrie Yod, dem die Schwere seiner eigenen Verletzung nicht klar zu sein schien. »Ich wollte sie nicht töten! Wir brauchen Frauen!«

Neqa sank zu Boden. Neq stieß seine Gegner von sich und lief zu ihr. Es war zu spät. Sie lag da, die Zähne im Todeskampf entblößt. Rotes Blut sammelte sich als Lache im Staub.

»Verdammt!« rief Yod aus. »Es ist seine Schuld! Haltet ihn!«

Sie hielten Neq fest. Wieder wurden ihm die Hände gebunden, diesmal vorne. Vier Mann hielten ihn fest, während zwei an jedem Seil zogen und seine Arme so zusammengeschnürt wurden.

Yod ging in Stellung, sein Schwert hochschwingend, als wolle er Holz spalten.

Neq spürte einen schrecklichen Schmerz und verlor das Bewußtsein.

Und kam sofort wieder zu sich, so schien es ihm jedenfalls. Der Schmerz hatte sich ins Unerträgliche gesteigert. Süßlicher Rauch stieg ihm in die Nase. Man hielt Fackeln an seine Armstümpfe und brannte sie aus, so daß das Fleisch Blasen warf und verschmorte.

Dann versank alles in Dunkelheit.

VIII

Es dämmerte, als er erwachte. Seine Arme endeten in großen, plumpen Verbandstümpfen und schmerzten grausam. Neben ihm lag Neqa, bleich und kalt. Um ihren Arm war noch immer sein Reif. Er erwachte wieder, diesmal in der Finsternis. Es hatte sich nichts geändert, nur Nacht war es geworden.

Gegen Morgen verfiel er in Fieberphantasien.

Wieder Licht, und jemand, der sich seiner annahm. Es war der Käfigmensch, der Chirurg. »Du wirst überleben. Ich werde sie begraben. Ihr beide habt mich gerettet. Ich bin es euch schuldig.«

»Nein, ich will sie begraben!« äußerte Neq matt. Doch er hatte keine Hände mehr.

Er fluchte sinnlos vor sich hin, während er dem Chirurgen bei der Arbeit zusah. Er sah, wie Erde auf ihr schönes Gesicht fiel, auf seinen Reif, auf seine Träume. Er hatte eine Irre geliebt. Miss Smith war auf ewig gegangen. Neqa war tot.

Die Zeit verging. Dick der Chirurg, wie der Mann sich nannte, war echt und kannte sein Geschäft. Fieber und Schüttelfrost ließen nach, und Neq kam wieder halbwegs zu Kräften. Die Schenkelwunde, die gereinigt und versorgt worden war, heilte. Aber die Hände waren für immer fort und die Geliebte auch.

Dick half ihm, obgleich er kein Nomade war. »Ich bin es dir schuldig«, sagte er. »Ihr Leben, deine Hände – alles nur meinetwegen.«

»Ach was, die hätten das auch so getan«, sagte Neq, dem es einerlei war, wer die Schuld an allem hatte. »Die haben uns aufgelauert, ehe wir dich zu Gesicht bekommen haben. Da waren wir schon Gefangene.«

»Sie hat mehrere Minuten gebraucht, bis sie mich befreit hatte, und sie wartete sogar, bis ich den Kreislauf in den Beinen wieder in Schwung gebracht hatte und gehen konnte. Andernfalls hätte sie fliehen können.«

»Du kannst sie nicht wieder ins Leben zurückrufen. Wenn du mir einen Gefallen tun willst, dann töte mich. Damit mir nichts mehr weh tun kann, so oder so.«

»Ich soll Leben erhalten und nicht Tod bringen. Im Vergleich zu dem Untergang von Helicon ist das nur ein kleiner Unfall. Ich bin in deiner Schuld, aber töten kann ich dich nicht.« Er sah sich um. »Wir müssen hier irgendwie wegkommen. Man hat euch beide hier einfach liegengelassen und ist auf und davon – aber diese Wilden können jederzeit wiederkommen. Ich hatte Glück, daß sie mich nicht bemerkten, als ich ihnen folgte.«

Neq war nicht in der Lage, sich in eine weitere Debatte einzulassen. Er redete mit nur einem Teil seines Bewußtseins, dem kleinsten Teil. Alles andere war besessen, von dem was geschehen war und von seiner Machtlosigkeit angesichts des Unglücks.

Nur eines hielt ihn am Leben. Erst war es nicht greifbar, war nebelhaft, nur eine Emotion im Hintergrund, die ihm Kraft verlieh, ohne daß er sie erfaßt hätte. Aber allmählich mit dem Vergehen der Tage wurde sie greifbarer, deutlicher, bis sie schließlich in den Vordergrund seines Bewußtseins trat, und er wußte, was es war. *Rache.*

»Du bist Chirurg«, sagte Neq. »Der beste der Welt, hieß es.«

»Nicht unbedingt. Ich hatte einen guten Lehrer, der neben mir viele andere ausbildete. Ich habe gehört, daß es auf den Aleuten hervorragende Chirurgen gibt –«

»Du redest wie ein richtiger Irrer. Kannst du mich operieren?«

»Ohne meine Instrumente, mein Labor, meine Medikamente, ohne meine Assistenten –«

»Hast du das auch Yod gesagt?«

»Im Grunde genommen ja. Chirurgie ohne Sterilisation, ohne Narkose –«

»Man hat meine Armstümpfe sterilisiert. Mit brennenden Fackeln!«

»Ich weiß. Yod ist ein Gesetzloser, doch er hielt sein Wort. Er wollte, daß du überlebst.«

»Ich werde mein Wort auch halten«, sagte Neq. »Wenn es aber Wege gibt, etwas steril zu machen, wieso kannst du nicht –«

»Dann versuch mal eine Unterleibsoperation mit einer brennenden Fackel!«

Neq nickte. »Yod war also der Meinung, du lügst.«

»Ich hätte ihm keinesfalls geholfen. Jedes Leben, das ich für ihn rettete, hätte den Tod für andere bedeutet. Sein Stamm sollte ausgerottet werden.«

»Das kommt vielleicht noch«, sagte Neq, ließ sich aber darüber nicht näher aus. »Wir müssen uns irgendwoher Instrumente verschaffen.«

»Ja, wenn ich alles Nötige habe, kann ich operieren. Aber was soll ich eigentlich machen? Ich kann dir deine Hände nicht zurückgeben. Das kann niemand.«

»Tyl sagte – er sagte, daß der Namenlose, der Herr des Imperiums, der Waffenlose, wie immer man ihn nennt –, er sagte, daß dieser Mann von einem Unterwelt-Chirurgen mit ungeahnten Kräften ausgestattet worden wäre. Warst du das?«

»Ich hatte Assistenten. Und überdies war die Gefahr eines Mißerfolgs groß. Und wie ich hörte, wurde er steril.«

»Wenn du das für ihn geschafft hast, kannst du es für mich auch tun.«

»Was willst du?«

Neq hielt seinen verstümmelten rechten Arm hoch. »Mein Schwert will ich.«

»Ohne Hand?«

»Mein Schwert wird meine Hand sein.«

Dick sah ihn bewundernd an. »Ja, das ließe sich machen.

Eine Schiene aus Metall einführen, die Klinge daran festmachen – beweglich wäre das ganze zwar nicht, aber sehr kräftig.«

Neq nickte.

»Es wäre daneben auch sehr unhandlich, im wahrsten Sinne des Wortes«, fuhr Dick nachdenklich fort. »Zum Schlafen, zum Essen nicht zu gebrauchen. Diese Hand könntest du zu keinem konstruktiven Zweck verwenden – mit Ausnahme des Brennholzspaltens. Wenn du aber gelernt hast, damit richtig umzugehen, könntest du wieder den Ring betreten. Das Kampfgeschick sitzt ja zum Großteil im Kopf, nehme ich an. Das Fehlen der Biegsamkeit könntest du überwinden. Du würdest zwar nicht mehr der Krieger von früher sein, aber immer noch besser als die meisten anderen.«

Wieder nickte Neq. »Am anderen Arm könnte ich einen Haken anbringen, vielleicht sogar einen Greifer. Du könntest dich damit selbst anziehen und ohne Hilfe essen.«

»Fang gleich an.«

»Aber ich sagte doch: Ich brauche Narkosemittel, Instrumente, ich muß alles steril machen –«

»Dann hau mir eins über den Schädel und halte dein Messer ins Feuer.«

Dick lachte verbittert. »Unmöglich!« Und plötzlich begriff er: »Du meinst es im Ernst.«

»Jeder Tag, den sie tot ist und den ihre Mörder leben, ist für mich eine Qual. Ich muß mein Schwert wiederhaben.«

»Aber eigentlich hat nur Yod sie getötet.«

»Alle sind sie schuldig. Jeder, der sie angefaßt hat – alle sollen sie sterben.«

Dick schüttelte den Kopf. »Ich bekomme langsam Angst vor dir. Ich dachte, ich hätte den Haß während meiner Zeit im Käfig kennengelernt, als ich fast am Gestank meiner eigenen Ausscheidungen erstickte. Aber vor dem, was du vorhast, fürchte ich mich.«

»Du wirst nicht zusehen müssen.«

»Dennoch – die Verantwortung lastet auf mir.«

»Wenn du es nicht tun willst, dann sag mir, du tust es und tötest mich im Schlaf.«

Dick überlief ein Schaudern. »Nein, ich werde dich behandeln und zurechtmachen. Auf meine Art. Zu diesem Zweck müssen wir zurück zu den Ruinen von Helicon und meine Sachen holen. Es ist nicht alles verlorengegangen. Einmal war ich schon dort und habe nachgesehen. Ein schreckliches Erlebnis.

»Ich weiß. Aber das wird Zeit kosten.«

Dick sah ihn an. »Du wirst vielleicht den Schmerz nicht spüren, wenn du im Ring oder anderswo kämpfst, aber in Ruhestellung – ich will es dir zeigen. Streck den Arm aus.«

Neq hielt ihm einen bandagierten Stummel entgegen.

Dick faßte danach und drückte ihn.

Der Schmerz setzte leise ein, und baute sich erschreckend schnell auf. Neq nahm ihn ohne Wimpernzucken hin. Er wußte, daß er auf die Probe gestellt wurde. Wie lange er das aushalten konnte, wußte er nicht.

»Das ist nur der Druck meiner Hand«, sagte Dick. »Wie wird es sein, wenn ich zu schneiden beginne? Wenn ich das neue Narbengewebe abkratze, lebendes Fleisch ausbrenne, Muskeln und Fasern freilege und Drähte daran festmache? Einen Metallhaken in den Radius hämmere – in den langen Unterarmknochen? Und einen zweiten in den Ulna, damit du deine Waffe bewegen kannst, wie du dein Handgelenk bewegt hast. Ein Glück, daß deine Hände an den Gelenken abgeschnitten wurden und die Hauptknochen unversehrt blieben. Damit stehen die Chancen für eine Neuformung viel besser. Aber der Schmerz ...« Und noch während des Sprechens drehte er Neqs Arm.

»Schlag mich bewußtlos!« schrie Neq.

»Ich könnte dich nicht für längere Zeit bewußtlos schlagen. Damit handelst du dir zu der Handverletzung noch einen Gehirnschaden ein. Und außerdem brauche ich deine Mithilfe, weil ich ohne Assistenz arbeiten muß. Du mußt bei Bewußtsein bleiben. Das heißt also Lokalanästhesie – aber auch damit wird es ein höllischer Schmerz. So etwa.«

Neq ließ es schweißtriefend über sich ergehen. Nie hätte er gedacht, daß in seinen verstümmelten Gliedern noch so viel Schmerzgefühl geblieben war. »Wir werden nach Helicon gehen.«

»Noch etwas«, sagte Dick. »Ich möchte deine Schwäche nicht ausnützen, indem ich jetzt mit dir herumfeilsche, nicht in einer solchen Sache, aber ich muß mein eigenes Wohl im Auge behalten. Wenn du dein Schwert hast, dann wirst du mich nicht mehr brauchen und wirst nicht mehr wollen, daß ich mit dir gehe.«

»Das ist richtig.«

»Ich bin nicht bei Kräften. Ich habe in diesem Käfig Wochen, ja Monate verbracht. Die genaue Zeitspanne weiß ich nicht. Ich konnte ein paar Übungen machen und ich weiß, welche Muskeln man da besonders berücksichtigen muß, aber für ein Leben in der Wildnis war ich nie geschaffen. Ich bin nicht in der Lage, allein zu überleben. Ich würde wieder in Gefangenschaft geraten oder von Wilden getötet werden.«

»Ja.«

»Bring mich zu den Irren, ehe du zu deiner Mission aufbrichst.«

»Aber das würde Monate dauern!«

»Dann nimm doch einen von Yods Lastern. Dabei kannst du schon ein paar Gesetzlose erledigen. Ich kann den Wagen fahren. Ich kann es dir beibringen – du schaffst es, auch mit Metallhaken statt Händen. Es lohnt sich, daß man es lernt.«

»Ja . . .« Neq sah ein, daß der Mann recht hatte. Dick hatte seine Schuld abgetragen, indem er Neq nach der Amputation gepflegt und ihn ernährt hatte – wahrscheinlich hatte er die Nahrung unter großer Gefahr von Yods Stamm entwendet –, denn ansonsten wäre Neq gestorben. Die Operation war eine ganz neue Verpflichtung, die er einging. Also war Dicks Forderung mehr als gerechtfertigt.

Und Neq konnte tatsächlich schon allerhand Schaden anrichten, wenn er den Laster stahl. Dann würde der Stamm auf der Hut sein – völlig unnötig –, während die beiden zu den Irren fuhren. Ja, es würde sich für beide Seiten lohnen.

Dick wußte einen anderen Zugang zu Helicon. Es war eine Treppe unter einem Begräbnisstein der Nomaden, die in einen dumpf riechenden Tunnel führte, der seinerseits zu einem

Hauptgewölbe führte. Neq vermutete insgeheim, daß es viele solcher Kammern geben mußte, vermutlich eine für jeden Unterweltbewohner von Rang. Das bedeutete, daß sehr viel mehr den Flammen und dem Gemetzel entgangen sein konnten. Kein Wunder, daß die Verteidigung des Berges so rasch zusammengebrochen war!

Sie holten sich Medikamente und Instrumente. Unter einer Aschenschicht war vieles von Helicon unberührt geblieben. Hätten die Unterweltler nur halbwegs Mumm gehabt, dann hätten sie alles bis zu einem gewissen Grad wieder aufbauen können. Die Nomaden hätten es gewiß getan.

Neq konnte zwar nicht viel machen, doch er konnte immerhin die Sachen wegschleppen. Dick stellte jeweils eine Ladung für ihn zusammen, und Neq schleppte alles in eine nahe gelegene Herberge, wo die Vorbereitungen für die Operation liefen.

Die Zeit verging.

Als Neq aus dem Nebel von Narkose und Schmerz erwachte, war sein rechter Arm mit einem Schwert üblicher Länge fest verbunden. Die Linke endete in zwei plumpen Greifzangen, die er mit einigem Unbehagen öffnen und schließen konnte, indem er bestimmte Muskeln betätigte. Die Muskelbewegungen erschienen ihm zunächst völlig fremd und unnatürlich.

Und als er zum ersten Mal sein Schwert ausprobieren wollte, hinderte ihn der große Schmerz daran. Mit der Zeit aber verheilte die Wunde um das Metall herum und es bildeten sich Kallus und Narbengewebe. Damit löste sich das Schmerzproblem von selbst. Schließlich war er wieder imstande, heftige Schläge auszuteilen, ohne mit der Wimper zu zucken.

Mit seinem Kampfgeschick war es aber zunächst verbei. Ohne Handgelenk mußte er größtenteils mit Schulter und Ellbogen arbeiten. Aber die Kraft war wieder da, und zwar uneingeschränkt. Und das Geschick würde mit zunehmender Übung wiederkehren, denn sein Verstand hatte das Gefühl für die richtige Taktik behalten.

Daneben mußte er auch mit den Greifzangen geschickter werden. Er übte tagtäglich und wurde immer besser. Wenn man sie richtig bediente, waren sie sehr beweglich und umschlossen einen Gegenstand mit genau dem richtigen Druck, ohne ihn zu zerquetschen. Auch in dieser neuen Hand steckte große Kraft, wenn man sie richtig beherrschte.

Dann kehrten Neq und Dick in Yods Gebiet zurück. Sie wollten sich einen Laster holen. Einen Wachposten hieb Neq mit einem axtähnlichen Schwung seines Schwertes nieder und schnitt dabei dem Mann fast den Kopf vom Leib ab. Wieder einer weniger . . .

»Such dir das beste Fahrzeug aus«, sagte er zu dem Chirurgen. »Und lade jede Menge Treibstoff auf. Ich passe inzwischen auf.«

»O. K.«, äußerte Dick erleichtert. Neq wußte, daß dem Chirurgen das Töten gegen den Strich ging, sosehr er die Männer auch hassen mochte, die ihn gepeinigt hatten. Für Dick war Haß etwas Allgemeines und richtete sich nicht gegen bestimmte Objekte. Bei Neq war es gerade umgekehrt. Kaum war er allein, machte Neq sich mit seinen Greifern an dem Toten zu schaffen. Erst wollte er den Penis abschneiden, entschied dann aber, daß es sinnlos wäre. Er mußte ein echtes Zeichen seiner Rache setzen. Eines, das jeder einzelne des Stammes sofort verstand. Er schlug mit dem Schwertarm zu und trennte das Haupt vom Hals. Dann suchte er sich einen jungen Baum, den er mit einem Schwung niederhieb. Den Stamm mit den Greifern haltend, schälte er ihn ab und spitzte das eine Ende zu. Mit einiger Mühe rammte er die Stange in den Boden und spießte den Schädel daran auf.

Nun stand sein Mahnmal da: der vor sich hin starrende, schmutzig verschmierte Schädel eines der Männer, die seine Frau vergewaltigt hatten. Aufgespießt auf einer Stange.

Einen hatte er bereits während des Verbrechens mit dem Dolch getötet. Dies war der zweite. Von den neunundvierzig, die er gezählt hatte . . . noch siebenundvierzig.

Falls der Stamm überhaupt gehört hatte, daß der Laster losfuhr, war es jedenfalls zu spät. Wären sie damals auch so langsam gewesen, dachte Neq voller Bitterkeit, dann hätte man ihn und Neqa niemals gefangen.

Dick hatte gute Arbeit geleistet. Neben ausreichend Treibstoff hatte er Decken, Werkzeug und Lebensmittel mitgehen lassen. Yod hatte die Laster offensichtlich als Vorratskammer verwendet und sie fahrbereit gehalten. Das zeugte von kluger Planung, denn die wenigsten Nomaden konnten mit Fahrzeugen umgehen.

Die Rückfahrt war reine Routine. Sie stießen zwar auf Straßensperren, aber keine war von einem größeren Stamm errichtet. Neq konnte die Angreifer vertreiben. Diese Gelegenheiten waren eine prächtige Übung für beide Arme.

Er lernte das Autofahren, indem er sein Schwert durch das Lenkrad steckte und so steuerte. Sein linker Arm und die Füße erledigten alles andere.

Er lieferte Dick bei Dr. Jones ab und betraute den Unterweltler mit der Aufgabe, den von Neqa verfaßten Bericht abzuliefern. Wäre ihm das Glück jetzt hold gewesen, so hätte es sich bei dem gestohlenen Laster um ihren ursprünglichen gehandelt, in dessen Handschuhfach ihre Aufzeichnungen lagen – doch es war nicht der Fall. Aber schließlich war Dick ja selbst in Helicon gewesen und hatte praktisch alles gesehen. Der Bericht würde ebenso vollständig ausfallen.

Neq machte kehrt und steuerte den Wagen nun selbständig. Seine Mission wartete. Siebenundvierzig Menschenleben . . .

Rache.

IX

Yods Lager wurde Tag und Nacht bewacht. Seid Neqs Flucht mit dem Laster, seit dem ersten aufgespießten Schädel waren alle ständig in Alarmbereitschaft.

Gut so. Er wollte, daß sie litten, so wie sie ihn hatten leiden lassen. Und sie hatten ihm unermeßliches Leid zugefügt . . . er wollte es ihnen mit gleicher Münze heimzahlen. Er wollte jedem einzelnen ins Gedächtnis rufen, was der ganze Stamm getan hatte, an jenem Tag, als Neqa starb, und er wollte, daß sie wußten, der Tag der Abrechnung war nahe. Sie sollten wissen, daß jeder einzelne von Yods Stamm blicklos von einer Stange glotzen würde.

Als erstes erledigte er die Wachen – einen pro Nacht, bis sie zu zweit Wache schoben. Da erledigte er zwei pro Nacht. Als sie dann zu viert die Wache antraten, zögerte er zunächst. Das war zu riskant. Seinetwegen machte er sich keine Gedanken, er wollte nur verhindern, daß er getötet oder wieder schwer verletzt wurde, ehe er seine Rache vollendet hatte.

Die Vierer-Wachen ließ er in Ruhe und schlich statt dessen ins Lager, wo er einen Krieger im Schlaf tötete und den Schädel mitnahm. Danach waren sie noch mehr auf der Hut. Überall standen Wachen – einer schlief, der andere arbeitete, der dritte wachte. Der Stamm war auf vierzig Mann zusammengeschrumpft und lebte in ständiger Angst.

Eine Woche lang setzte Neq mit dem Töten aus und sah zu, wie sie sich mit ihrer ständigen Wachsamkeit an den Rand des Wahnsinns brachten. Und als die Aufmerksamkeit dann schon aus Erschöpfung endlich nachließ, da schlug er wieder zu. Zweimal. Sofort waren sie wieder auf das Schlimmste gefaßt.

Nun mußten sie zum Angriff übergehen. Sie durchkämmten die Wälder nach ihm in dem vergeblichen Bemühen, sich von dieser lauernden, schrecklichen Gefahr zu befreien. Er tötete wieder zwei und hinterließ ihre Köpfe ihren Stammesbrüdern.

Nun setzte für den Rest wieder eine Zeit ständigen Wachens ein, und die Männer wurden mit der Zeit abgespannt und ausgelaugt. Und es ließ sich nicht vermeiden, daß sie das Lager verließen, zum Wasserholen, zum Jagen, zum Beutemachen. Drei Mann ließen sich im Wald von ihrer Müdigkeit übermannen und schliefen ein. Sie sollten nie wieder aufwachen.

Blieben dreiunddreißig.

Im Lager lebten fünfzehn Frauen und zwanzig Kinder. Nun zog man diese im Kampfe Ungeübten zu den Wachen heran. Neq gefiel das nicht. Er hatte keine Vorstellung davon, was aus ihnen werden sollte, wenn ihre Männer ausgerottet waren. Die Frauen mochten vielleicht mitschuldig sein, weil sie ihre Männer nicht zur Zurückhaltung angehalten hatten – an jenem Unglückstag hatte sich keine Frau blicken lassen –, aber die Kinder waren völlig unschuldig.

Da dachte er an Neqa, an ihre schrillen Schreie, ihren vergeblichen Widerstand gegen Yod, ihre Unfähigkeit, danach noch einen Laut von sich geben zu können. Sein Herz verhärtete sich. Wie oft hatten sich solche Szenen wohl schon zugetragen, mit vollem Wissen der Frauen und Kinder, die dagegen nichts unternahmen? Ganz gleich, wie alt jemand sein mochte – wer tatenlos solchem Unrecht zusah, der verdiente kein Mitleid, wenn die Folgen der Untat nun seinerseits ihn trafen.

Drei Männer mit einem Spürhund nahmen seine Verfolgung auf. Ein Keulenkämpfer und zwei Dolche. Den Hund mußten sie sich von einem anderen Stamm verschafft haben, denn vorher hatte es im Lager keine Tiere gegeben. Neq hatte vorausgesehen, daß schließlich kleine Verfolgungstrupps auf ihn erbarmungslos Jagd machen würden. Er war darauf eingestellt.

Er schlug Haken, machte seine Spur für den Hund immer verwirrender und griff schließlich aus dem Hinterhalt an. Noch ehe die Gegner reagieren konnten, hatte er einen Dolch erledigt und wollte sich auf den anderen stürzen.

»Warte!« rief der Mann. »Wir –«

Neqs Schwertarm durchschnitt seine Kehle und brachte ihn für immer zum Schweigen. Aber noch während die Klinge sich in ihr Opfer bohrte, sah Neq, daß er einen Fehler gemacht hatte. Erst jetzt erkannte er den Jüngling.

Han der Dolch.

Der Junge, der davor zurückgeschreckt hatte, Neqa zu vergewaltigen. Der mitgeholfen hatte, daß Neq sich wenigstens vorübergehend hatte befreien können. Der geflohen war, als die Orgie kein Ende nehmen wollte, nachdem er vergeblich versucht hatte, dem schändlichen Treiben Einhalt zu gebieten.

»Warte!« rief da der dritte, der Keulenmann, und diesmal hielt Neq inne. »Wir haben nicht mitgemacht. Sieh doch, ich trage eine Narbe. Du hast mich im Ring getroffen, und ich –«

Jetzt erkannte Neq auch ihn. »Nam die Keule – der erste von Yods Stamm, mit dem ich kämpfte«, sagte er. »Ich habe dich in den Leib getroffen.« Nein, Nam konnte nicht mitgemacht haben mit seiner frischen Wunde.

»Der andere Dolch«, sagte Nam und deutete auf den ersten der drei Toten. »Jut. Du hast gegen ihn und Mip den Stab gleichzeitig gekämpft. Du hast sie nicht verletzt, und Jut versteckte sich. Er wußte, was bevorstand. Er hat nie –«

Neq überlegte. Nein, Juts Gesicht war ihm unter den Schändern nicht aufgefallen. Er hatte also eben zwei Unschuldige getötet.

Nicht ganz. Jut hatte zwar nicht mitgemacht, er hatte sich aber auch nicht dagegen aufgelehnt. Er war geflohen und hatte den Dingen ihren Lauf gelassen. Da hatte ja sogar Han noch mehr Mut bewiesen.

»Yods Stamm bestand aus zweiundfünfzig Mann – dazu Yod selbst«, sagte Neq. »Insgesamt also dreiundfünfzig. Neunundvierzig haben meinen Schwur gehört und es trotzdem getan. Wenn ihr drei nicht mitgemacht habt, bleiben zweiundfünfzig. Wer ist außerdem noch unschuldig?«

»Tif«, sagte Nam. »Tif das Schwert. Du hast ihn im Ring getötet, ehe –«

»Ja, das habe ich.« Neq war nachdenklich geworden. Er verspürte Übelkeit aufsteigen, als er auf Han hinuntersah. »Tif bedauere ich nicht, weil es ein fairer Kampf war. Jut hätte ich schonen können, wenn ich ihn rechtzeitig erkannt hätte. Aber Han, der mir geholfen hat und –« Seine Reue war so groß, daß er nicht weitersprechen konnte.

»Deswegen sind wir zu dir gekommen«, sagte Nam. »Wir wußten, daß du gegen uns nichts haben kannst. Wir dachten –«

»Ihr seid Verräter an eurem Stamm?«

»Nein! Wir sind gekommen und bitten dich um Gnade für unseren Stamm!«

Neq sah ihn an. »Du, Nam die Keule. Du hast mit großen Worten um dich geworfen. Hättest du meine Frau vergewaltigt, wenn du nicht verletzt gewesen wärest?«

Der Mann fing zu zittern an. »Ich –«

Neq hob die Schwertspitze, von der Blut troff.

»Ich bin im Kampf nicht sehr geschickt«, brachte Nam mit Mühe heraus. »Aber ich bin kein Lügner. Und ich bin unserem Anführer ergeben.«

Diese Antwort genügte. »Warst du befreundet mit Han dem Dolch?«

»Nicht enger als alle anderen. Er war zu jung und weichherzig.«

Ja, die Keule log nicht. »Ich schone dich«, sagte Neq. »Um dieses Jungen willen, der unschuldig war und den ich zu Unrecht tötete. Hätte ich es gewußt, so hätte ich dich an seiner Stelle getötet, jetzt aber schone ich dich. Du sollst aber Yod diese Botschaft überbringen. Ich schone keinen anderen.«

»Dann töte mich auf der Stelle« sagte Nam schlicht. »Yod ist ein guter Führer. Er ist grausam und verträgt keinen Widerstand. Wenn er uns etwas befiehlt – und sogar so etwas wie damals –, müssen wir es befolgen . . . Wenn nicht, dann müssen wir es grausam büßen. Seinen Stamm aber führt er gut. Er mußte wohl ein Exempel statuieren.«

»Aber nicht mit meiner Frau!«

»Es geht um die Disziplin. Er –«

Da schnitt Neqs Schwert ihm die Nase und teilweise den Mund ab.

Von plötzlichen Mitgefühl erfaßt, tötete Neq ihn auf der Stelle.

Und übergab sich, als wäre er wieder der Junge von vierzehn und sähe zum erstenmal Blut.

Dann aber bestattete er die Leichen auf anständige Nomadenart, grub ihnen ein Grab und setzte mit seinem Schwert den Grabstein. Ihre Schädel spießte er nicht auf.

Blieben noch fünfundzwanzig, und sie starben in immer rascherer Folge. Neq aber vollführte sein Ritual mit dem wachsenden Gefühl der Vergeblichkeit. Er wußte, daß die Erfüllung seiner Rache Neqa nicht wieder zum Leben erwecken und das Unrecht, das er an der Vergewaltigung unschuldigen Stammesmitgliedern angetan hatte, nicht ungeschehen machen konnte. Han der Dolch – für den Mord an diesem Jungen gab es keine Rechtfertigung. Neq hatte so blindwütig gehandelt wie die, an denen er sich rächen wollte – und dennoch konnte er nicht aufhören.

Die zweite Gruppe, die Jagd auf ihn machte, bestand aus Frauen. Neq war auf der Hut und griff sie nicht an. Es waren fünf Frauen. Neq blieb ruhig stehen und zeigte sich zu Verhandlungen bereit.

Sie zogen einen mit einer Plane bedeckten Wagen. Neq sah dies und entschied, daß der Wagen groß genug war, um einen Mann darin zu verstecken. Einen Mann mit einer Feuerwaffe. Neq richtete es so ein, daß er zwischen sich und dem Wagen ein Mädchen hatte.

»Neq das Schwert«, sagte die Anführerin. »Unser Stamm hat dir schweres Unrecht zugefügt. Aber wir bieten dir Entschädigung. Nimm eine von uns als Ersatz für deine Frau.«

Erstaunt sah er sie genauer an. Alle fünf waren sehr ansehnlich – offenbar die hübschesten des Stammes.

»Den Frauen trage ich nichts nach«, sagte er. »Nur eines: Ihr habt nichts dagegen unternommen, daß eine eurer Schwestern entehrt wurde. Euch hasse ich nicht, und ich will euch nicht töten. Aber eure Männer müssen sterben.«

»Unser Anführer trägt die ganze Schuld«, erwiderte die Frau. »Unsere Männer mußten tun, was er befahl, wenn sie nicht einen grausamen Tod erleiden wollten. Töte Yod, dann hast du deine Rache erfüllt.«

»Ihn werde ich als letzten töten«, stieß Neq wild hervor. »Er wird leiden müssen, wie ich gelitten habe, und auch das wird mir nicht genügen. Neqa war mehr wert als euer ganzer Stamm.«

Einen Augenblick lang wußte sie nicht weiter. Dann aber hatte sie sich zu einem Entschluß durchgerungen. »Wir haben ihn mitgebracht«, sagte sie. Auf ihre Handbewegung hin, gingen die anderen vier zum Wagen.

Neq packte die Sprecherin mit dem linken Arm und hielt sie als Schild gegen Yods Feuerwaffe vor sich. Sie leistete keinerlei Widerstand. Ihre weichen Schenkel drückten sich an ihn.

Die Plane wurde heruntergerissen, und der Mann im Wagen lag frei da. Es war Yod. Ohne Waffe. Tot, die Hände abgeschnitten. Griff und Klinge eines Dolches ragten aus seinem Mund. Er lag in seinem Blut.

»Unsere Männer waren durch Eid an ihn gebunden und hatten Angst«, sagte seine Gefangene. »Wir aber fühlten uns nicht gebunden und hatten keine Angst. Wir haben dir die Erfüllung deiner Rache gebracht. Wir bitten dich, schone alle übrigen, denn unsere Kinder sind verloren, wenn wir alle unsere Männer verlieren.«

»Das ist keine Rache«, stieß Neq zutiefst erschüttert hervor. »Ihr habt mich um meine Rache betrogen.«

»Dann töte uns, denn wir fünf haben ihn getötet. Aber geh fort von hier.«

Neq dachte über ihren Vorschlag nach. Sie versuchten, ihm die Schuldigen abzukaufen. Und er mußte entdecken, daß er das alles satt hatte. Jetzt waren ihm Neqa und dazu seine Rache genommen. Was war ihm geblieben?

Er ließ die Frau los. Sie blieb stehen, wartete sichtlich auf seine Antwort. Und auch die anderen standen da und warteten, wie lebendige Tote. Alle waren sie jung und hübsch, doch unter ihren Augen lagen tiefe Ringe und um den Mund Falten. Sie sahen längst nicht so aus, wie es ihrem Alter entsprochen hätte. Das anstrengende Wachehalten und der begangene Mord hatten ihre Spuren hinterlassen.

Neq hob sein Schwert und berührte damit die Brust der Sprecherin. Sie erbleichte, zuckte aber nicht zurück. Er ließ die Klinge vorne heruntergleiten und zerschnitt ihr Gewand und den von Hand verfertigten Büstenhalter. Ihre Brüste senkten sich und waren nun nackt. Hübsch und voll waren ihre Brüste.

Eigentlich hatte er sie nur nach Waffen durchsuchen wollen. Wenn er bei ihr ein Messer fand, dann wußte er, für wen es bestimmt war und hätte gerechtfertigt gefunden, was er mit ihr vorhatte. Aber er fand kein Messer. Diese Brüste erinnerten ihn schmerzhaft an Neqas Brüste . . . und ganz plötzlich wollte er vergessen, nichts als vergessen. Die Rache war zu kompliziert geworden. Er stieß sie von sich und lief weg.

X

Als Neqs Interesse an sich selbst wieder erwachte, waren drei Jahre vergangen. Er war nun ein narbenbedeckter Veteran von achtundzwanzig, im Kampf noch immer ein tödlicher Gegner, und das in einem Alter, da Verwundung oder Tod schon viele Krieger unschädlich gemacht hatten. Er hatte mehr Menschen getötet als jeder andere Nomade, die meisten davon außerhalb des Ringes, denn der Ring-Codex hatte praktisch aufgehört zu existieren.

Und urplötzlich wurde ihm dreierlei klar – oder vielleicht waren es sogar diese drei Dinge, die bewirkt hatten, daß er sich seiner selbst wieder bewußt geworden war. Erstens stand er nun in dem Alter, das Neqa gehabt hatte. Zweitens war er der Vollendung seiner Rache nicht ein Stück näher gekommen. Und drittens: die wahren Schuldigen waren nicht Yod und sein Stamm, sondern die ganze Situation, die bewirkt hatte, daß der Ring-Codex sich auflöste. In den alten Tagen war keine Frau belästigt worden, und kein Mann hatte kämpfen müssen, außer er tat es freiwillig.

Als Folge davon kam er zu der Einsicht, daß die einzige Rache, die wahre Rache nicht zerstörend, sondern aufbauend wirken mußte. Weiteres Töten würde ihm gar nichts einbringen. Er wollte nicht mehr die Männer ausmerzen, die ihm all das angetan hatten, sondern er wollte die Umstände, die dazu geführt hatten, ausmerzen.

Das bedeutete, daß Helicon wieder aufgebaut werden mußte.

Gut möglich, daß diese Gedanken in seinem Unterbewußtsein schon lange geschlummert hatten. Ein so komplizierter und ausgeklügelter Plan konnte nicht von heute auf morgen in ihm entstanden sein. Plötzlich hatte er wieder eine Mission vor sich, und der Schmerz, den die Erinnerung an Neqa in sich barg, verebbte. Das Blut an seinem Schwertarm erfuhr eine gewisse Ehrenrettung. Sein Drang zu töten hatte nachgelassen, denn er hatte die Quellen, die diesen Drang speisten, versiegen lassen. Das Bedürfnis, Frauen zu beeindrucken, hatte er nicht. Für ihn hatte es nur die eine gegeben. Einen Stamm brauchte er nicht, auch kein Imperium, denn er wußte längst, was es hieß, auf der Höhe der Macht zu sein, und er war dieses Gefühls überdrüssig. Er hatte nun seine Mission, und das genügte ihm.

Mit dem Wiederaufbau von Helicon würde auch der Ring-

Codex wieder zum Leben erwachen. Es würde Nachschub für die Irren geben, die ihrerseits wiederum die Herbergen versorgten und dafür mit sanftem Nachdruck ihre Forderungen durchsetzten. Die Nomaden würden sich wieder zusammenfinden, die Welt, die er gekannt hatte, würde wiederkehren. Vielleicht würde es sehr lange dauern, Jahrzehnte womöglich. Aber die Zeit würde mit Sicherheit kommen. Und wenn der Ring-Codex wieder auflebte, hatten Gesetzlose wie Yod keine Chance. Frauen würden sich frei bewegen können, von einer Herberge zur anderen, von einem Armreif zum anderen, unversehrt. Der Ring-Codex bedeutete Zivilisation, und Helicon war imstande, die Forderungen des Codex durchzusetzen.

Als erstes suchte er die Ruinen des Berges auf. Er drang durch Dicks des Chirurgen Eingang ein und räumte die Gebeine und die Asche aus. Er baute die zerstörten Ausgänge wieder aus, so gut er konnte und sicherte sie ab. Er räumte das gesamte Labyrinth aus und machte es, theoretisch wenigstens, bewohnbar. Er ging langsam und sorgfältig zu Werk, legte Pausen ein und aß sich satt und ging auf Vorratssuche. Er stellte fest, daß eine erstaunliche Menge nicht verbrannt war. Wahrscheinlich hatte das Feuer nicht sehr lange gewütet. Unter einer dichten Schicht von Asche lagen die Einrichtungen von Helicon nahezu unversehrt.

Neq suchte keine Hilfe, obwohl seine Metallextremitäten für diese Arbeiten nicht geeignet waren, und er viel länger brauchte, als er sich vorgestellt hatte. Es war sehr mühsam, die endlosen Gänge sauberzumachen, indem er mit seinem Schwert einen Stofflappen weiterschob, und seine Greifklauen waren höchst ungeeignet, um in neue Türen Scharniere einzusetzen. Aber dies war der Ort, an dem er gemeinsam mit Neqa geweilt hatte, wenn diese Zeit auch nur kurz und schrecklich gewesen war. Helicon war von ihrer Gegenwart durchdrungen und gesegnet.

Als er fertig war, war auch ein Jahr vergangen.

Und nun machte er sich auf den Weg zu den Irren.

Die kleineren Vorposten der Irren waren schon lange zerstört, aber das festungsähnliche Verwaltungsgebäude von Dr. Jones war unversehrt geblieben. Und auch der alte Irren-

Anführer war da, unverändert. Er sah aus, als wäre er niemals jung gewesen und würde nie älter.

In seinem Vorzimmer aber saß kein Mädchen mehr.

»Wie habt Ihr überleben können ohne Verteidigungsanlagen?« fragte Neq. »Seit ich hier war, sind vier Jahre vergangen. Keine guten Jahre. Die Menschen überleben nur mit Hilfe des Schwertes. Als ich aber hier eindrang, da stellte mich niemand. Diese Anlage hier könnte jeder überfallen und plündern.«

Jones lächelte. »Hätte ein Wachposten dich am Eindringen gehindert?« Und als Neq bloß einen Blick auf seine Waffe warf, fuhr Jones fort: »Ich bin versucht, dir zu sagen, daß unsere Friedensphilosophie den Sieg davongetragen hat . . . doch das wäre nicht die ganze Wahrheit. Wir hofften, daß die verminderten Dienste, die wir anbieten konnten, die Stammesleute von Gewaltanwendung abhalten würden, doch tauchte immer wieder ein noch wilderer Stamm auf, dessen Leute der Vernunft weniger zugänglich waren. Unsere Organisation wurde wiederholt verwüstet.«

»Aber ihr lebt unverändert?«

»Hm, auf künstliche Weise. Meine Stellung bleibt schwierig.« Dr. Jones machte sich daran, seine Weste aufzuknöpfen.

Der Alte hat sich sicher versteckt, als die Gesetzlosen eindrangen, dachte Neq bei sich. Und dann, als die Luft wieder rein war, tauchte er auf und baute alles neu auf. Die Stämme haben sich hier sicher nicht lange aufgehalten, denn hier gab es nur wenig Nahrung, und das Gebäude selbst war der Lebensweise der Nomaden fremd. Aber immerhin. Dr. Jones mußte über Mut und über andere Fähigkeiten verfügen, die man ihm nicht auf den ersten Blick ansah.

Der Irre war endlich mit seinen Knöpfen fertig. Er öffnete die Weste und machte sich daran, das saubere weiße Hemd aufzuknöpfen.

»Wie haben Sie mich erkannt?« fragte Neq. Er hoffte, der Mann wäre noch nicht senil.

»Wir sind uns schon begegnet. Du hast Miss Smith mitgenommen und Dr. Abraham befreit –«

»Wen?«

»Den Helicon-Chirurgen. Der war uns eine große Hilfe. Erkennst du die Arbeit seiner Hände?« Jones öffnete sein Hemd und gab den Blick auf seine knochige alte Brust frei.

Neq sah viele Narben. Es sah aus, als wäre Jones mehrfach ein Dolch in den Leib gestoßen worden, zwischen die Rippen, und wäre dann mehrmals herumgedreht worden. Aber irgendwie war alles wieder zusammengeflickt, und die Todeswunde war verheilt.

»Dick der Arzt«, sagte Neq. »Ja, der hat auch mich behandelt.« Doch er hob sein Schwert nicht, aus Angst, die Geste könnte mißverstanden werden.

»Ich darf mit Sicherheit annehmen, daß ich nach jener speziellen Episode dem Tode geweiht gewesen wäre«, sagte Dr. Jones und machte sich langsam daran, Hemd und Weste wieder zuzuknöpfen. »Aber Dr. Abraham hat mich gerettet. Da er ohne deine zeitgerechte Hilfe nicht zur Stelle hätte sein können, glaube ich, daß die Annahme zutrifft, daß ich dir meine Rettung verdanke.«

»Auf jedes Leben, das ich vielleicht retten half«, meinte Neq, »kommen fünfzig, die ich ausgelöscht habe.«

Dr. Jones schien das zu überhören. »Sein Bericht bewirkte überdies, daß wir sämtliche Bemühungen in Richtung Helicon einstellten.«

»Neqa lebt nicht mehr.«

»Miss Smith ... dein Armreif ...« murmelte Dr. Jones und ging im Geiste seine Informationen durch. »Ja, Dr. Abraham hat uns dahingehend informiert. Er sagte, du und Miss Smith wärt einander sehr nahegestanden. Mir tut es gut, das zu wissen. Sie war eine bemerkenswerte Person, aber immer so allein.« Mehr sagte er nicht. Neq war überzeugt, daß der alte Irre alles wußte.

»Ich bin gekommen, sie zu rächen.«

»Dein Ruf eilt dir voraus. Glaubst du immer noch, daß weiteres Morden dir eine Genugtuung für deinen Verlust bietet?«

»Nein!« Mit großen Formulierungschwierigkeiten erklärte Neq nun, was er für den wahren Grund an Neqas Tod hielt und erklärte auch seinen Entschluß, Helicon wieder aufzubauen.

Diesmal gab Dr. Jones ihm keine Antwort. Er saß da, als

bereite ihm seine Wunde Schmerzen, hielt die Augen fest geschlossen und atmete ganz flach. Neq wartete minutenlang. Dann hob er den Greifarm und berührte den Mann, um festzustellen, ob er noch lebte. Tod aus Altersschwäche war etwas, das ihm noch nie begegnet war. Eine schreckliche Vorstellung. Was für Symptome traten dabei auf?

Aber Dr. Jones war nicht tot. Er machte die Augen auf.

»Möchten Sie einen Beweis dafür, daß ich im Berg war?« fragte Neq. »Ich habe Papiere für Sie mitgebracht. Was drinnen steht, weiß ich nicht.« Er hatte diese versengten Schriften mitgenommen, weil alles Geschriebene ihn an Neqa erinnerte.

Der Irre reagierte prächtig. »Papiere von Helicon? Ja, die interessieren mich brennend. Aber ich will damit nicht sagen, daß ich deine Wahrhaftigkeit anzweifle. Ich war in Gedanken weit weg.«

Weit weg? Die Irren waren einfach irre!

Und dann stand Dr. Jones auf und ging hinaus.

Neq blieb verblüfft sitzen.

Wenig später kam Dr. Jones wieder – in Gesellschaft eines zweiten, eines rundlichen bebrillten Irren. »Bitte sag jetzt Dr. Abraham, was du mir gesagt hast«, sagte Jones. »Ich meine deine Pläne.«

Es war Dick der Chirurg – der Mann, den Neqa aus dem Käfig befreit hatte! Jetzt erinnerte er nur mehr entfernt an den mageren Flüchtling von vor vier Jahren.

Neq legte ihm seine Philosophie und seine Pläne dar. »Und warum kommst du zu uns?« fragte Dick. Das klang so, als hätte er seine Erlebnisse in der Wildnis vergessen.

»Weil ich ein Schwertkämpfer bin und kein Konstrukteur. Ich kann nicht lesen, ich kann die Maschinen von Helicon nicht betreiben. Ihr Irren könnt es.«

»Er kennt seine Grenzen«, bemerkte Dr. Jones.

»Er ist ein Mörder.«

»Ja«, mußte Neq gestehen. »Aber ich habe das Töten satt.« Und seinen Arm hebend fuhr er fort: »Ich werde dieses Schwert zur –«

»Zur Pflugschar machen?« fragte Dr. Jones.

Neq kannte diesen Begriff nicht und schwieg.

»War euer früherer Führer Robert von Helicon nicht ein sehr harter und erbarmungsloser Mensch?« fragte Dr. Jones Dick.

»Robert? Ach, du meinst wohl Bob. Ja, hart aber überaus tüchtig. Vielleicht hast du recht«, setzte Dick mit einem Blick auf Neq hinzu. »Es ist furchtbar, aber –«

Neq ließ ihn nicht aussprechen. »Ich habe den Berg gesäubert und wiederhergestellt. Ich kann ihn nicht mit Menschen vollstopfen, die alles wieder in Gang setzen. Deswegen bin ich gekommen.«

»Ein Mann in deiner Verfassung braucht mindestens ein Jahr, um mit diesem Totenhaus aufzuräumen!« rief Dick aus.

»Ja, so lange habe ich gebraucht.«

Und dann Schweigen. Sehr begeistert schienen die Irren nicht!

Schließlich holte Dr. Jones ein Blatt Papier hervor. »Bring mir diese Menschen«, sagte er. Er reichte Neq das Papier. »Zumindest jene, die überlebt haben.«

»Ich kann doch nicht lesen. Ist das der Dienst, den Sie als Gegenleistung für Ihre Hilfe von mir verlangen?«

»In gewisser Weise ja. Ich muß dich bitten, zu niemandem von deinem Projekt zu sprechen. Und ich muß dir leider sagen, daß deine Waffe dir bei dieser Aufgabe keine Hilfe sein wird, eher ein Hindernis.«

Weiter äußerte er sich darüber nicht. Neq warf einen Blick auf sein Schwert und fragte sich, ob er dem Alten in Erinnerung bringen sollte, daß er sich seiner Waffe, sei sie nun nützlich oder nicht, unmöglich entledigen konnte. »Nennt mir die Namen«, sagte er.

»Du wirst sie behalten können?«

»Ja.«

Dr. Jones faßte nach dem in Neqs Greifklauen steckenden Papier und las vor: »Sos, das Seil. Tyl von den zwei Waffen. Jim die Feuerwaffe.«

Neq gebot ihm verdutzt Einhalt. »Sos das Seil ging doch zum Berg . . . ach, ich verstehe. Er könnte noch am Leben sein. Tyl ist Herr des größten übriggebliebenen Stammes. Und Jim –«

»Du wirst Sos vielleicht eher unter seinem anderen Namen kennen: der Waffenlose.«

»Der Waffenlose! Herr des Imperiums?« Natürlich, jetzt begriff Neq die Zusammenhänge! Sos war zum Berg gegangen, und der Waffenlose war aus dem Berg gekommen. Um die Frau zu nehmen, die er schon immer begehrt hatte – Sola. Neq wunderte sich, daß ihm das nicht schon früher aufgegangen war.

»Hast du deine Absicht geändert?«

Verärgert überlegte Neq weiter und sagte kein Wort. Die Irren hatten ihm da eine unlösbare Aufgabe aufgehalst! Aber war es denn ganz sicher, daß er es nicht schaffen würde? Gaben sie auf diese Weise zu verstehen, daß sie nicht mitmachen wollten? Oder meinte Dr. Jones es ernst und hielt es für unbedingt nötig, vor einem Wiederaufbau von Helicon dessen Zerstörer zu vernichten? Den Waffenlosen, Tyl, Jim – sie waren diejenigen, die Helicons Untergang geplant und herbeigeführt hatten. Der Waffenlose hatte das Motiv geliefert. Tyl die Streitkräfte, Jim die Waffen . . .

Aber vielleicht steckte ein Sinn dahinter. Wie sollte er bloß den Waffenlosen finden? Lebte der Mann, dann lebte auch das Imperium noch und Neq selbst schuldete ihm Gefolgschaftstreue!

»Ich glaube, der Waffenlose ist tot«, sagte Neq schließlich.

»Dann bring uns seine Frau.«

»Oder sein Kind«, meinte Dick.

»Und wenn ich euch all diese Menschen bringe, werdet ihr mir eure Hilfe für Helicon nicht verweigern?«

»Da wären weitere Namen.« Dr. Jones las sie vor. Neq hatte sie noch nie gehört.

»Ich bringe euch jeden, der noch lebt!« rief Neq nun verzweifelt aus. »Werdet ihr mir dann helfen?«

Dr. Jones stieß einen Seufzer aus. »Ich bin dann in deiner Schuld.«

»Ich weiß gar nicht, wo ich sie alle finden kann.«

»Ich werde mit dir kommen«, sagte Dick der Arzt. »Ich kenne viele der Helicon Flüchtlinge persönlich und habe so eine Ahnung, wo sie sich verstecken könnten. Aber an dir liegt es, sie zu überreden, daß sie mitkommen – ohne sie zu töten.«

Neq überlegte. Es gefiel ihm zwar gar nicht, daß der Arzt

mitkommen wollte, doch stiegen damit die Aussichten auf einen erfolgreichen Abschluß seiner Mission. »Ich darf ihnen den Grund nicht sagen, und ich darf sie nicht töten. Und doch muß ich sie bewegen, hierherzukommen. Die führenden Krieger des alten Imperiums und dazu den Mann der –« Er schüttelte den Kopf. »Und das alles nur, weil ich Helicon wieder aufbauen und eure Nachschubquelle wieder in Gang bringen möchte, damit ihr dem Ring-Codex wieder Geltung verschafft.«

Dr. Jones begriff Neqs Ironie nicht. »Du hast es erfaßt, Krieger«, sagte er.

Zornig und enttäuscht ging Neq hinaus. Dick der Chirurg folgte ihm.

XI

Tyls Stamm war bei weitem nicht mehr so groß wie in der Blüte des Imperiums. Er hatte bei der Eroberung von Helicon und während der darauffolgenden Zeit der Anarchie schwere Verluste erlitten. Der Einflußbereich aber war größer, weil die Zahl der Nomaden in den letzten Jahren allgemein abgenommen hatte. Der Stamm stellte nun eine Art eigene Zivilisation dar, denn es waren Unterkünfte gebaut worden, Felder bestellt, Waffen geschmiedet, und der Ring-Codex wurde streng beachtet. Es herrschten nun Stab, Keule und Stöcke vor, meist hölzerne Waffen, denn das selbst hergestellte Metall war spröder, als das von Helicon gelieferte. Die schönen alten Waffen waren kostbar geworden. Neq wußte, daß einer, der eine Waffe alten Typs trug, ein Veteran sein mußte, denn heutzutage wurde ein Mann häufig um den Besitz einer überlegenen Waffe zum Kampf herausgefordert, so wie es früher um eine Frau oder um die Gefolgschaft gegangen war.

»Du willst mich herausfordern?« fragte Tyl fassungslos. »Kennst du denn nicht mehr den Codex des Imperiums: die Unterführer des Waffenlosen dürfen gegeneinander nicht antreten?«

»Nicht um die Herrschaft«, gab Neq zurück. »Nein, ich habe

es nicht vergessen. Doch das Imperium ist tot und mit ihm seine Regeln.«

»Es ist nicht tot, solange wir nicht wissen, ob der Waffenlose tot ist – und der ist nicht so leicht umzubringen. Wärest du ihm im Ring entgegengetreten, wüßtest du das. Und der Ring-Codex lebt, dort wo mein Stamm lebt.«

»Aber er stirbt ab, wenn dein Stamm weiterzieht.« Doch Neq mußte die Zucht und Ordnung anerkennen, die Tyl hielt. »Ich sagte ja nicht, daß ich dich mit der Waffe herausfordere, denn ich darf während meiner Mission mein Schwert nicht benutzen. Sollte jemand meine Kampfkraft in Frage stellen, dann zeige ich ihm gern meine Klinge – aber nicht um die Herrschaft, nicht um den Tod, nur so, als Beweis ohne Blutvergießen. Ich fordere dich bloß heraus. Du sollst mir und vielleicht der ganzen Nomadengesellschaft einen Dienst erweisen.«

Tyl lächelte. »Ich würde dir jeden Dienst erweisen, gleichgültig, wie unklar du dich darüber ausläßt, denn wir waren einst Waffengefährten. Und ich würde der Nomadengesellschaft jeden Dienst erweisen, wenn ich nur wüßte, wie. Was willst du von mir?«

»Geh zu den Irren.«

Tyl lachte auf.

»Komm mit«, sagte Neq. Er mußte daran denken, wie Sol vor so vielen Jahren auf Ungläubigkeit reagiert hatte. Seitdem ihn Sol aller Waffen bezwungen hatte, war fast das halbe Lebensalter eines Nomaden vergangen.

Tyl sah ihn eindringlich an und ging auf seinen Ton ein. »Ich hörte gerüchteweise, daß du in einem Kampf mit Gesetzlosen schwer verwundet worden bist.«

»Sehr häufig sogar.«

»Ich meine jenes erste Mal. Eine Überzahl von fünfzig hat dich mit einer Feuerwaffe bezwungen und dir die Hände abgeschnitten.«

Neq warf einen Blick auf seine mit Stoff umwickelten Extremitäten. Er nickte.

»Und daß du dessenungeachtet Rache üben konntest ... bis zu einem gewissen Grad.«

»Sie haben meine Frau geschändet.«

»Eine Irre?«

»Ja.«

»Und jetzt nimmst du dich wieder einer Sache der Irren an?«

Neqs Schwertarm zuckte unter der Stoffhülle. »Willst du das Andenken meiner Frau beleidigen?«

»Keineswegs«, versicherte Tyl ihm hastig. »Ich stelle bloß fest, daß du Abenteuer erlebt hast, wie ich sie nie erlebte, und daß du schwerwiegende Gründe für deine Mission haben mußt.«

Neq hob die Schultern.

»Ich werde zu den Irren gehen«, sagte Tyl. »Und wenn ich keinen Grund sehe, daß ich bleiben soll, dann kehre ich zu meinem Stamm zurück.«

»Das genügt.«

»Was kann ich noch für dich tun?« fragte Tyl trocken.

»Kannst du mir sagen, wo der Waffenlose sein könnte?«

Tyl konnte sein Erstaunen nicht verbergen. »Er ist seit fünf Jahren nicht aufgetaucht. Ich möchte bezweifeln, daß er sich im Einflußgebiet der Irren aufhält.«

»Und seine Frau?«

»Die bleibt mein Gast. Ich bringe dich zu ihr.«

»Ich danke dir.«

Tyl stand auf, ein blonder gutaussehender Mann, ein Führer. »Nun haben wir unser Geschäft besprochen. Komm mit zum Ring. Ich möchte meinen Leuten einen Schwertkampf der alten Schule zeigen. Kein Blut, keine Bedingungen.«

Jetzt war es an Neq zu lächeln. Auf dieser Grundlage durfte er den Ring betreten. Es war lange her, seitdem er nur zum Vergnügen gefochten hatte unter Beachtung der Regeln des Imperiums.

Und ein Vergnügen wurde es. Natürlich war nicht festzustellen, ob Tyl ihm noch immer überlegen war, denn Neqs Technik hatte sich notwendigerweise geändert, und es handelte sich um keinen ernsthaften Kampf. Tyls Kampfstil jedenfalls war prächtig und konnte sich mit dem Sols aller Waffen in den alten Tagen messen. Was die beiden da im Ring vorführten, rief bei den jüngeren Stammesmitgliedern atemlose Bewunderung hervor. Finte, Gegenfinte, Ausfall, Parieren, Angriff, Verteidigung. Und die Sonne, sie ließ die Waffen aufblitzen, als wären die Klingen lebendig, und der Kampflärm hallte vom Himmelsgewölbe zurück über das Lager.

Als sie den Kampf keuchend beendet hatten, blieben die Leute wie gebannt um den Ring sitzen, Reihe um Reihe.

»Ich habe euch von Sol erzählt«, sagte Tyl zu ihnen. »Und von Tor, von Neq. Jetzt habt ihr Neq gesehen, der seine Hände verlor. So sah unser Imperium aus.«

Und Neq erglühte innerlich, ein Gefühl, das er seit Jahren nicht gekannt hatte, denn Tyl spendete ihm öffentliches Lob. Plötzlich spürte er brennende Sehnsucht nach dem Imperium und nach allem Guten, das es mit sich gebracht hatte. Und sein Entschluß, seine Mission trotz der von den Irren aufgerichteten Hindernisse zu erfüllen, wurde unumstößlich.

Sola war gealtert. Neq hatte sie als außergewöhnliche Schönheit in Erinnerung, als Frau mit großer Anziehungskraft, die einen Mann bis in die Träume verfolgen konnte. Nun war ihr Antlitz von Falten durchzogen, ihre Gestalt gebeugt. Das dunkle Haar war nicht mehr seidig, sondern glanzlos. Kaum zu glauben, daß sie höchstens zwei, drei Jahre älter war als er.

»Das ist Neq das Schwert«, erklärte Tyl ihr und verschwand sogleich.

»Ich hätte dich nicht erkannt«, sagte Sola. »Du siehst alt aus. Dennoch bist du jünger als ich. Wo ist der schüchterne junge Krieger mit dem Zauberschwert und der goldenen Stimme geblieben?«

Nun, man sollte jedem seine persönlichen Ansichten lassen. »Ist der Waffenlose noch am Leben?« fragte Neq.

»Ich fürchte nein. Aber selbst wenn er am Leben wäre, käme er nicht zu mir zurück.«

Neq staunte. »Zu wem denn?«

»Zu seiner anderen Frau. Zu der aus der Unterwelt.«

Sein Interesse war erwacht. »Du weißt von Helicon?«

»Ich weiß, daß mein Mann den Berg belagerte, weil sie drinnen war. Sie trug seinen Reif und seinen Namen.«

»Sie lebt noch?«

»Ich weiß nicht. Gibt es denn Überlebende – gibt es solche, die das Feuer überstanden?«

»Ja.« Hastig setzte er hinzu. »Es wird jedenfalls behauptet.«

Sie war sofort hellwach. Sola war nie dumm gewesen. Sie hatte den Kriegern den Umgang mit Zahlen beigebracht. »Wenn jemand überlebt hat, dann sie. Ich weiß es. Such sie und sag ihr, daß ich sie sehen möchte. Frag sie – frag sie, ob mein Kind –«

Neq wartete, doch sie weinte leise vor sich hin.

»Du mußt zu den Irren«, sagte er schließlich.

»Warum auch nicht? Ich habe nichts, wofür ich leben könnte.«

»Diese Frau des Waffenlosen – wie heißt sie?«

»Sie trägt seinen alten Namen. Sosa. Den Namen, den ich tragen würde, wäre ich kein dummes und von der Macht geblendetes junges Mädchen gewesen. Als er mir gehörte, da war er gar nicht mein eigen, und er war namenlos.«

»Also Sosa. Und sie weiß, ob der Waffenlose am Leben ist?«

»Wenn er noch lebt, dann ist sie bei ihm. Aber mein Kind – frag sie –«

Neq erfaßte den Zusammenhang. »Das Kind, das du von Sol hattest? Das mit ihm zum Berg ging?«

»Mehr oder weniger«, gab sie zurück.

Er dachte an die Gebeine, die er aus den unterirdischen Gewölben entfernt hatte. Darunter waren einige kleine Skelette gewesen – Kinder und Säuglinge. Und er dachte an die verschiedenen Ausgänge. Es hatte auch Gewölbe gegeben, die vom Feuer verschont geblieben waren, und dann die kleinen Tunnels, die zu den Depots führten. Ein Anzahl Erwachsener hatte fliehen können, vielleicht sogar sehr viele. Kein Mensch wußte, wie groß die Bevölkerung Helicons gewesen war. Es war gut möglich, daß auch Kinder ...

»Ich wüßte noch einen Namen«, sagt Sola. »Var – Var der Stock.«

Neq konnte sich vage an einen Krieger dieses Namens erinnern, einen Helfer des Waffenlosen, der gleichzeitig mit diesem verschwunden war. »Weiß er, wo der Waffenlose zu finden ist?«

»Er muß es wissen«, sagte sie eindringlich. »Er war der Schützling meines Mannes und steril wie er.«

Neq fragte sich, woher sie dies wissen mochte. Da fielen ihm die Gerüchte ein, die man sich über diese Frau zugeraunt hatte und wie sie im Ödland-Lager das Zelt von Sos aufgesucht hatte. Er konnte sich nicht genug über sie wundern.

»Ich werde Sosa suchen«, sagte er. »Und Var den Stock.«

»Und mein Kind – Soli. Sie müßte jetzt vierzehn sein. Dunkles Haar. Und –« sie zögerte. »Kannst du dich erinnern, wie ich früher aussah?«

»Ja.« Ihre Gestalt hatte ihn damals vor fünfzehn Jahren oft erregt.

»Ich glaube, sie ist mir ähnlich.«

Dann mußte Soli eine Schönheit sein. Neq nickte. »Ich werde sie zu den Irren schicken – wenn sie noch am Leben sind.«

»Und ich werde hier warten.« Sie fing zu weinen an, warum, das war nicht ersichtlich. Vielleicht war es die Schwäche einer alten Frau, die wußte, daß sie Mann und Tochter nie wiedersehen würde, die wußte, daß deren Gebeine verkohlt und nahe dem Berg des Todes begraben waren.

In den nächsten Monaten konnte Dick der Arzt mehrere der mit so seltsamen Namen ausgestatteten Flüchtlinge ausfindig machen. Männer wie John und Charles und Robert, alte und schwache Männer, die sich mit dem Nomadenleben nicht hatten abfinden können, obwohl sie schon mehrere Jahre wie Nomaden lebten. Einige waren Flüchtlinge von Helicon, andere schienen Irre, die durch den Zusammenbruch der Zivilisation von allen anderen abgeschnitten worden waren. Dick sprach mit ihnen und in ihren Gesichtern schimmerte Hoffnung auf. Sie waren einverstanden, mit Neq zu gehen – zu Neqs geheimem Widerwillen. Nun mußte er für sie auf Nahrungssuche gehen und sie vor den Gesetzlosen beschützen. Sie waren unfähig, für sich allein zu existieren oder den Weg zu Dr. Jones zu schaffen. Ein Mann ohne Hände, der sich um Männer ohne jeden Unternehmungsgeist kümmern mußte!

Doch hatten diese Menschen überlebt, weil sie über Fähigkeiten verfügten, die gewisse Stämme gut brauchen konnten – sie konnten lesen und schreiben, waren geschickt in gewissen Handfertigkeiten und konnten mit Feuerwaffen umgehen. Die meisten der auf der Liste verzeichneten Namen aber waren wohl tot. Sicher gehörten sie zu den Gebeinen, die er in Helicon ausgeräumt hatte.

Wenn es ihm möglich war, stellte er Erkundigungen über diese Namen an: Var, Sosa, Soli. Unter den Nomaden aber konnte sich keiner an sie erinnern – nicht seit der Zerstörung von Helicon.

Schließlich hatte er seine kleine Gruppe zu dem Verwaltungsgebäude der Irren gebracht. Ein Jahr war verstrichen.

»Du bist noch immer entschlossen, Helicon aufzubauen?« fragte Dr. Jones ihn.

»Ja.« Das »trotz euch« schenkte er sich.

»Du hast nicht alle auf der Liste aufgeführten Personen mitgebracht.«

»Ich bin noch nicht fertig. Ich bringe euch nur diejenigen, die nicht selbst hierherkommen konnten. Viele der anderen sind tot. Sind Tyl und Sola gekommen?«

»Sie sind da.«

Tyl war also geblieben! Wie hatten die Irren ihn bloß herumgekriegt?

»Den Waffenlosen konnte ich nicht finden. Jetzt aber mache ich mich auf die Suche nach seiner Untergrund-Frau Sosa und nach Solas Kind. Außerdem suche ich Var den Stock. Die wissen vielleicht, wo er sich aufhält – oder aber sie kennen seine Grabstätte.«

»Hm, interessant, daß du diese Namen nennst«, murmelte Dr. Jones. »So viel ich weiß, kannst du nicht lesen.«

»Ich bin Krieger.«

»Die zwei Fähigkeiten – Lesen und Kämpfen – schließen einander nicht unbedingt aus. Es gibt Krieger, die auch lesen können. Du hast aber keine Ahnung, was in den Papieren steht, die du uns brachtest?«

»Keine Ahnung.«

»Dann werde ich dir gewisse Stellen daraus vorlesen.« Und der alte Irre kramte aus den Stapeln auf seinem Schreibtisch ein Blatt hervor:

4. August, B 118. – Die Belagerung ist aufgehoben, die Stimmung aber bleibt gedrückt. Bob hat einen Wettstreit der Krieger ausgehandelt. Bislang hat er noch niemanden aufgestellt, der Helicon vertreten soll. Wir sind ja auch auf diese Ring-Wettkämpfe nicht eingestellt. Einfach albern. In Sol dem Nomaden besitzen wir einen der hervorragendsten primitiven Kämpfer unseres Zeitalters. Ich weiß aber, daß er niemals gegen jemanden seiner Art die Waffe erheben wird. Er haßt das Leben hier. Er ist gekommen, um zu sterben, und er lehnt ab, was wir mit ihm gemacht haben. Daß wir ihn am Leben behielten, weil wir auch seine Tochter am Leben behielten. Sosa konnte ihn bis jetzt irgendwie zügeln. Ich weiß nicht, wie diese prachtvolle Frau das schafft. Sols Lebensinhalt ist seine Tochter.

Aber ich vertiefe mich wie ein richtiger alter Bücherwurm in anderer Leute Angelegenheiten. Dabei habe ich wahrlich genug eigene Sorgen. Dieser Vorahnung, daß das Ende nahe ist, daß das Leben wie wir es kennen, ausgelöscht wird, daß vielleicht die ganze Zivilisation ausgelöscht wird . . .

»Der Berg!« rief Neq aus. »Die Belagerung von Helicon?«

»Diese Aufzeichnungen stammen von Jim dem Bibliothekar – einem gebildeten und feinsinnigen Mann.«

»Er steht auf meiner Liste! Ein Mann der Unterwelt!«

»Ja, natürlich. Aber es wird nicht nötig sein, daß du die Suche nach ihm fortsetzt.«

»Um beim Aufbau mitzumachen«, rief Neq nun. Jetzt begriff er, was er längst schon hätte begreifen sollen. »Alle Menschen, die über Wissen verfügen!«

»Gewiß doch. Ist doch klar, daß die Nomaden ohne Hilfe die fremde Technologie von Helicon nicht wieder aufbauen können, mögen ihre Motive auch noch so edel sein. Haben wir aber einen kleinen Kern solcher Überlebender im Verein mit den fähigsten Nomaden und, hm, Irren, unter einem starken und aufrechten Führer – dann könnten wir es schaffen.«

»Und deswegen wollen Sie den Waffenlosen. Sie wollen ihn als Führer!«

Dr. Jones sah ihn mitleidig an. »Hoffentlich bist du nicht enttäuscht, daß wir dir nicht die Führerschaft beim Wiederaufbau übertragen. Was du anstrebst, ist ein wahrhaft edles Ziel, und du wirst für deinen Eifer und dein Streben gewürdigt werden. Doch die komplizierten Zusammenhänge von Technik und Disziplin –«

»Nein, Sie haben ganz recht«, äußerte Neq mit gemischten Gefühlen. Ja, er war tatsächlich enttäuscht, daneben aber auch erleichtert. »Ich habe nie daran gedacht, selbst in Helicon zu bleiben. Ich habe alles gesehen, die vielen Toten – nur Irre können sich da wohl fühlen, ohne Sonne, ohne Bäume –« Und während er dies sagte, wurde ihm plötzlich klar, warum Tyl auf der Liste gestanden hatte. Man brauchte einen starken und fähigen Führer, und das war Tyl. Er war der Stellvertreter des Waffenlosen gewesen und zuvor der von Sol aller Waffen. Er war in der Menschenführung so erfahren wie kein anderer und dazu ein Krieger der Spitzenklasse, der kein Nachlassen der Disziplin duldete. Die Unterwelt würde als eine Art Imperium wieder auferstehen.

»Freut mich, daß du Verständnis hast. Ausbildung und Charakter sind das Wichtigste. In einer Notlage, in der Schwerter und Keulen nicht die Antwort geben können.«

»Aber der Waffenlose – er zerstörte Helicon! Warum sollte er uns jetzt helfen?« Aber Dr. Jones setzte seine Hoffnung offenbar nicht allein auf den Waffenlosen. Er wollte sich Tyl als Alternative heranziehen.

»Sos der Waffenlose stammte von Helicon. Dr. Abraham machte ihn zu dem, was er war, und zwar auf den unglückseligen Wunsch des Führers hin.« Dr. Jones dachte nach. »Dr. Abraham war sich nicht im klaren, welche Politik zur Katastrophe geführt hatte. Er schlief, als das Feuer ausbrach, und war halb benommen, als er floh. Er glaubte, die Nomaden hätten es gelegt.«

»Ja, waren es nicht die Nomaden?« Das war der springende Punkt!

»Nicht direkt. Da, ich lese Jims letzte Eintragung vor.«

8. August, B 118. Wie könnte ich das Entsetzen ausdrücken, das ich fühle? Soli war gewissermaßen auch mein Kind in dem Sinne, als ich sie lesen lehrte, und sie lebte bei mir wie mein leibliches Kind. Fast täglich kam sie zu mir in die Bibliothek, ein reizendes kleines Mädchen – ich glaube, sie verbrachte wirklich mit mir und den Büchern gleich viel Zeit wie mit den Waffen ihres Vaters. Doch jetzt –

Ich bin selbst schuld. Vor drei Tagen kam sie zu mir, in Tränen aufgelöst, und erzählte mir eine Geschichte, die ich erst gar nicht glauben wollte. Bob wollte Sol und Sosa, ihre Helicon-Eltern, töten, wenn sie nicht gewillt sei, eine gefährliche Mission außerhalb *zu übernehmen. Sie behauptete, sie hätte ihm Stillschweigen geloben müssen, ansonsten würden sie auf jeden Fall getötet – aber irgendeinem müsse sie es sagen. Ich versprach, daß ich es nicht weitersagen würde, und hielt es insgeheim für das Phantasiegebilde einer jungen Seele. So sagte ich ihr, daß sie gewiß alles mißverstanden hätte, daß Bob nur das Beste für Helicon wolle, und daß er gemeint hätte, das Leben ihrer Eltern könne in Gefahr sein wie unser aller Leben, seitdem die Nomaden uns belagerten. Ich riet ihr, sie solle sich mit der Geheimmission einverstanden erklären, denn es handele sich dabei gewiß (falls das alles nicht ihrer Einbildung entsprungen war) nur um ein Mittel, sie vor dem Eintreten einer weiteren Krise vom Schauplatz des Geschehens zu entfernen. »Unsere Kinder sind unser höchstes Gut« sagte ich ihr.*

Und jetzt ist sie tot, und ich beklage meine hoffnungslose Naivität. Bob schickte sie zum Mount Muse in einen Wettkampf mit dem Nomadenkrieger, und natürlich hat dieses Ungeheuer sie getötet. Die Nomaden feiern nun ihren Sieg. Wir können ihr Gegröle bis hierher hören. Var der Stock! rufen sie – aber ich glaube nicht, daß sie davon wissen, daß ihr heißgeliebter Held, abgeschirmt von ihren Blicken auf dem flachen Plateau ein Dutzend Meilen südlich von hier gegen ein achtjähriges Mädchen kämpfte.

Verdammtes Versprechen, das ich gegeben hatte! Ich habe Sosa weitergesagt, was ich von Soli erfahren hatte. Ich mußte es tun, denn Sosa ist die Mutter des Mädchens, viel mehr Mutter, als diese Nomadin es je sein konnte. Und Sosa hätte es ohnehin bald erfahren – weniger schonend. Gewiß wird sie es Sol sagen, und was dann geschieht, darüber möchte ich gar nicht nachdenken. Wäre ich als Krieger in eine solche Situation gestellt, dann wäre mein Vorgehen sicher alles andere als sanftmütig. Ich werde Gift nehmen.

Nun trat eine Pause ein.

»Var der Stock – war er der Nomadenkrieger? Hat er Solas Kind getötet?«

»Ausgesehen hat es danach. An Sols Stelle –«

»Ich bin Krieger! Ich hätte Vars Schädel im Wald aufgespießt, damit alle ihn sehen können. Und daneben Bobs Schädel. Die Schädel aller Schuldigen. Und –«

Dr. Jones stützte die Hände in seiner ihm eigenen Art dachartig gegeneinander. »Und . . .?«

»Und hätte nichts damit erreicht«, sagte Neq nachdenklich. »Rache ist nicht die richtige Antwort. Rache ist einfach Rache. Sonst nichts. Und sie bringt nur weiteres Leid mit sich.«

Dr. Jones nickte. »Ich glaube, du bist imstande, Sols Motive damals und auch später zu verstehen. Er war trotz seines jahrelangen Aufenthalts in Helicon Nomade durch und durch. Glaubst du, er hat die brennbaren Vorräte angezündet?«

»Weiß nicht«, antwortete Neq. »Ja, ich glaube, unten war Benzin gelagert. Und anderes brennbares Zeug. Ich glaube, er hat alles in Brand gesetzt. Im Namen der Rache. Diese Leichen da unten waren total verkohlt!«

Verkohlt war eine gelinde Untertreibung.

»Ob er später noch zurückgekommen ist?«

»Um sich die Folgen der Zerstörung anzusehen, als er merkte, daß er damit nichts erreicht hatte? Nein, er ist gewiß nicht zurückgekommen . . .«

»Und wenn wir Helicon neu aufbauen – woher sollen wir die Sicherheit nehmen, daß etwas Ähnliches nicht wieder geschieht?«

»Ich weiß es nicht«, erwiderte Neq der Wahrheit entsprechend.

»Dann mache dich auf den Weg und versuche, es herauszufinden«, sagte Dr. Jones.

»Sie haben mir versprochen zu helfen, wenn ich Ihnen diese Leute brächte!«

»Wir werden helfen. Aber welchen Sinn hätte es, Helicon aufzubauen, wenn dieselben Kräfte, die es zerstörten, es von neuem vernichten wollen? Die menschlichen Kräfte, meine ich.«

Neq wußte darauf keine Antwort.

»Die übrigen Namen auf der Liste kannst du vergessen«, erklärte Dr. Jones freundlich. »Der harte Kern genügt uns. Suche statt dessen nach Sol, nach Sosa und Var – falls Var Sols Rache entgehen konnte. Bringe in Erfahrung, ob Sos der Waffenlose damit direkt zu tun hatte. Vielleicht steckt hinter seinem Verschwinden eine besondere Bedeutung. Bringe die Wahrheit ans Licht – und denk dir eine Möglichkeit aus, wie wir eine Wiederholung der Geschehnisse verhindern können. Erst dann können wir sicher sein, daß wir unser gesetztes Ziel erreichen.«

XII

Die sechs Jahre alte Fährte von Var dem Stock und Sosa mußte von Helicon ausgehen. Er war bei den Nomaden gewesen, und sie in der Unterwelt. Und beide waren sie bei jenem entscheidenden und verheerenden Kräftemessen verschwunden. Wahrscheinlich waren sie längst tot – dann war aber auch er mit seinen Erkundigungen am Ende. Sol und der Waffenlose hatten mit größerer Wahrscheinlichkeit überlebt – aber keiner von ihnen hatte Anteil am Versagen des Herzens von Helicon, nämlich an der Funktionsfähigkeit von Bobs Verstand und Bewußtsein. Denn wenn er nicht ein unschuldiges Kind in den Tod geschickt hätte, hätte die Unterwelt die Belagerung abwehren können. Die Verteidigungsanlagen der Unterwelt waren an sich ausreichend. Warum hatte Bob, ein in jeder Hinsicht fähiger Führer, einen so grausamen und verhängnisvollen Fehler begangen? Wurde der nächste Führer ebenso irren? Ja, hier lag der Schlüssel zu allem.

Neq fand Helicon vor, wie er es verlassen hatte: abgeschlossen und leergefegt. Nach einer gründlichen Erkundung der verschiedenen Ausgänge überlegte er, ob eine Frau wohl die Flucht gewagt haben könne. Ja, gewiß, warum auch nicht! Solas Vermutung hatte viel für sich: Sosa, die Sols Absichten sicher kannte, hatte von allen Unterwelt-Bewohnern die größten Fluchtchancen gehabt. Sol war in seine eigene Falle, nämlich das Feuer, getappt, und der Waffenlose konnte sehr gut von außen eingedrungen sein, in einem letzten, verzweifelten Versuch, Sosa zu finden ... in einem vergeblichen Versuch, der ihn das Leben gekostet hatte.

Er sah sich daraufhin alle von außen genau an und machte sogar einen Abstecher zum Mount Muse, um zu sehen, wohin sich ein Krieger gewandt haben mochte, der eben ein Kind getötet hatte. Bis zum Bergplateau hochklettern, das konnte er nicht – und außerdem war Var ohnehin zum Nomadenlager zurückgekehrt, um sich für seine grausame Tat feiern zu lassen. Und von dort her war keine Antwort zu erwarten. Tyl selbst hatte nach dem »Kampf der Kriegshelden« Var noch gesehen, wußte aber nur, daß dieser kurz nachher verschwunden war wie der Waffenlose. Und keiner hatte auch nur andeutungsweise verlauten lassen, was geschehen würde. Es hatte keinen Hinweis auf ein eventuelles falsches Spiel gegeben.

In diesem Gebiet trieben Gesetzlose ihr Unwesen. Neq und Dick waren schon etlichen begegnet, und keiner hatte ihnen von Var und Sosa etwas sagen können. Natürlich gab es hier ständig Umschichtungen, denn die Gesetzlosen befanden sich untereinander in diesem Land ohne Ehren-Codex in ständigem Kampf, und die Lebenserwartung war allgemein sehr niedrig.

Die hier Ansässigen zeigten sich nicht gewillt, weitere Fragen zu beantworten. Neqs blankes Schwert überzeugte sie schließlich. Doch sollte auch das nicht viel nützen, er erfuhr wenig.

So zog er weiter hinaus, beschrieb große Kreise um Helicon und suchte Menschen und Stämme auf, denen er bislang noch nicht begegnet war. Viele wehrten sich – wenn aber das Blut von seinem Schwert tropfte, wurden seine Fragen beantwortet. Negativ. Sechs Jahre waren erst ins Land gezogen, doch viele dieser Menschen wußten bereits nicht mehr, was er mit Helicon meinte. Monate sollten vergehen. Immer größere Kreise zog er und erreichte nichts. Aufgeben wollte er nicht. Seine Fragen wurden immer eindringlicher. »Ist vor sechs, sieben Jahren ein Fremder hier durchgekommen? Ein einzelner Stockkämpfer? Eine kleingewachsene Frau? Einer, der eine Maske trug oder sich versteckt hielt und sonderbare Wunden hatte?«

Und schließlich bekam er eine Antwort, die Hand und Fuß hatte – von einem alten Krieger des vergangenen Imperiums, der schon vor der Belagerung hierhergeraten und geblieben war.

»Ja, richtig, damals traf ich einen Krieger, einen bleichen, schlanken Mann, der kein Wort sprach.«

Die Beschreibung paßte aber gar nicht auf Var den Stock, der als großer, grotesk gefleckter Jüngling geschildert wurde.

»Was war seine Waffe?«

»Hab' ich nicht gesehen. Er zog einen Karren mit sich, aus dem ein Stab ragte, und er erinnerte mich an –«

»An wen?« bohrte Neq, der sich sehr gut an einen Mann erinnern konnte, der einen Karren zog.

»An Sol aller Waffen. Doch ist das eigentlich unmöglich, da Sol vor etwa sechs Jahren zum Berg ging.«

Auf der Suche nach Sosa war er auf Sols Spur gestoßen! Auch nicht schlecht, denn die beiden waren sicher gemeinsam aus Helicon entkommen. Die lange Suche hatte sich gelohnt ... vielleicht.

Und plötzlich wurde die Spur ganz heiß. Er stieß auf Durchgangsstellen und Lager, wo man den Karren-Mann gesichtet hatte, der von einigen sogar zum Kampf im Ring herausgefordert wurde. Damals hatte man von Helicons Sturz noch nicht viel bemerkt, und die Leute hatten noch Ehre im Leibe. Der Mann war jedoch allen Kontakten tunlichst ausgewichen. Daß jemand gegen ihn im Ring gekämpft hatte, konnte niemand von sich behaupten.

Das war ein Beweis dafür, daß sie die Wahrheit sprachen. Sol war im Ring der Größte – nur der künstlich zurechtgeschmiedete Waffenlose war ihm überlegen, und der Kampf zwischen diesen beiden war so knapp ausgefallen, daß praktisch der Zufall die Entscheidung herbeigeführt hatte. Sol mochte während der sechs Helicon-Jahre vielleicht einen Teil seiner Kampfkraft eingebüßt haben – aber sehr groß konnte diese Einbuße nicht sein, wenn er mit seiner Tochter regelmäßig trainiert hatte. Wer sich mit Sol in einen Kampf einließ, der mußte mit dem Ärgsten rechnen. Überlebt hatten immer nur die, die einem Kampf ausgewichen waren.

Und warum war Sol selbst diesen Begegnungen ausgewichen? Das war nun klar. Er hatte Wichtigeres zu tun, als sich im Ring zu schlagen. Er hatte ein bestimmtes Ziel vor Augen.

Dieses Ziel verfolgte er allein und nicht gemeinsam mit Sosa, so weit man sehen konnte. Warum?

Neq wußte es. Sol verfolgte den Mann, der seine Tochter getötet hatte. Er verfolgte Var den Stock.

Rache.

Ein einsamer Krieger war nicht weiter auffallend. Aus diesem Grunde konnte sich kein Mensch an Var selbst erinnern. Aber der Mann mit dem Karren, der blieb den Menschen im Gedächtnis, weil es ungewöhnlich war und an den einen Krieger erinnerte, den alle kannten. Und als Neq gezielte Fragen stellte, da kam auch die Erinnerung wieder.

Sol war fort von Helicon und hatte sich zunächst in nordwestlicher Richtung gehalten. Er war dem Ödland und den eingesessenen Stämmen ausgewichen. Und warum Nordwesten? Weil auch Var diese Richtung eingeschlagen haben mußte.

Ja, tatsächlich, er hatte diese Richtung eingeschlagen. Neq hatte dem allgemeinen Gedächtnis auf die Sprünge helfen können. Ein gefleckter, wortkarger Mann, der mit seinen Stöcken den Tod brachte . . . und der Junge, sein Begleiter.

Ein Junge?

Und ganz plötzlich war auch vom Waffenlosen die Rede. Er war ebenfalls auf dieser Route unterwegs, unglaublich, aber wahr. Verfolgte er Var oder Sol? Wollte er Var vor Sol schützen? Falls Sol und der Waffenlose aufeinandertrafen, würde es zu einem Kampf der Titanen kommen!

Keiner der drei war wiedergekommen. Alle Schlüsselfiguren waren verschwunden. Wohin?

Und woher war der Junge gekommen – der Junge, der Var begleitete? Hatte Var am Ende einen kleinen Bruder gehabt? Nach vielen Monaten erfolglosen Suchens hatte Neq nun zuviel auf einmal entdeckt.

Er setzte die Verfolgung fort. Seine mit dem Wiederaufbau von Helicon verknüpften Hoffnungen waren irgendwie an dieses Geheimnis gebunden. Er würde nicht rasten noch ruhen, ehe er nicht die Antwort gefunden hatte. Die Personen der

Handlung blieben unverändert. Drei Männer und ein Junge, die in nordwestlicher Richtung unterwegs waren. Die Lösung des Rätsels von Helicons Untergang . . . möglicherweise.

An der Nordgrenze des früheren Irren-Einflußbereiches verlor sich die Fährte. Neq stellte noch einen Monat lang trotz des bitterkalten Winters Nachforschungen an, doch die Eingeborenen wußten von nichts. Er mußte nun entweder aufgeben oder das Gebiet der Nomaden verlassen, so wie die Verfolgten.

Weiter nach Norden vorzudringen wagte er nicht. Seine Metallarme waren gut geeignet für Kampf und Jagd, denn er konnte gegen das angeschmiedete Schwert den Bogen stemmen und mit der linken Hand, der Greifklauenhand, recht gut zielen. Gegen Wildnis und Kälte aber war er machtlos, und außerdem wußte er, daß in den nördlichen Regionen häufiger Feuerwaffen verwendet wurden. Er selbst konnte damit nicht umgehen und mußte sich davor besonders in acht nehmen.

So setzte er seine vergebliche Suche im Nomadenland noch fort, als seine Hoffnung auf Erfolg länst geschwunden war.

Eines Tages tauchte Tyl von den zwei Waffen auf – allein.

»Bist du bereit, Hilfe anzunehmen?« fragte Tyl, als wäre es die selbstverständlichste Sache der Welt.

Neqs Stolz war mit dem Fortschreiten des Winters arg in Mitleidenschaft gezogen worden. »Ich begrüße jede Hilfe«, sagte er.

Tyl ließ sich über das, was ohnehin klar war, nicht weiter aus: daß ihm nämlich die Kunde von Neqs vergeblicher Suche zu Ohren gekommen war. »Ich möchte mit einem alten Gefährten aus den Tagen des Imperiums nicht feilschen, aber der Irre hat mich ebenso in seiner Gewalt wie dich. Meine Hilfe hat auch ihren Preis.«

Wieder spürte Neq die behutsame, aber kraftvolle Hand von Dr. Jones. »Welchen Preis?«

»Du wirst bei Gelegenheit Näheres darüber erfahren.«

Neq kannte Tyl als Mann von Ehre. »Abgemacht.«

»Es geht in Richtung Norden?«

»Ja.« Gemeinsam mit Tyl war es vielleicht zu schaffen. Die Suche wurde also wieder aufgenommen. »Sol, der Waffenlose, Var und ein Junge, sie alle gingen nach Norden, und keiner ist wiedergekommen. Finden wir auch nur einen von ihnen, erfahren wir vielleicht, warum Helicon unterging. Var hatte die Wahrheit vielleicht von Soli erfahren können, ehe er sie tötete. Und Sol von Bob, ehe er diesen tötete. Der Waffenlose . . . der weiß gewiß mehr darüber, weil er mit Bob den Zweikampf der zwei Krieger aushandelte. Und der Junge – nun, ich weiß nicht.«

Tyl überlegte. »Ja. Das Geheimnis liegt zwischen Bob und Soli. Zu dumm, daß keiner der beiden überlebte . . .« Er verfiel wieder ins Grübeln, ließ jedoch über seine Gedanken nichts laut werden.

Tyl hatte eine Waffe und konnte damit umgehen. Tyl hatte Hände. Tyl hatte eine gewisse Art, mit Fremden umzugehen, die Neq fehlte. Die Fährte wurde von neuem sichtbar.

Und verlor sich wieder. Sie folgten ihr bis an den nördlichen Ozean, an dem ein abschreckend aussehender Tunnel in die Erde führte. Dort hörte die Spur endgültig auf.

»Wenn die Gesuchten in den Tunnel gegangen sind«, argwöhnten die hier Ansässigen, »dann bleiben sie für immer verschwunden. Der Maschinen-Dämon verschlingt alle Eindringlinge.«

Tyl mißtraute dieser Meinung aus praktischen Gründen.

»Als der Berg brannte, sah ich seltsame Dinge aus den Tunnels kommen. Tiere mit riesigen Augen und Mäulern. Kein Schwert konnte sie aufhalten. Augenlose Ratten waren darunter. Und etliche meiner Leute starben, nachdem sie diese Lebewesen nur berührt hatten. Jim der Feuerwaffenmann sagt, sie trügen den Strahlentodesgeist in sich. Er hätte es mit Hilfe seiner Klick-Box gehört. In diesen Tunnel da ginge ich allenfalls mit einer ganzen Armee als Rückendeckung, und auch dann nur, wenn triftige Gründe vorlägen.«

Neq mußte ihm recht geben. Er hatte in den Randgebieten jenseits der Brandzone von Helicon merkwürdige tote Tiere gesehen und dazu Strahlungs-Markierungen. Und in der Nacht hatte er Tiere umherstreifen gehört, die den von Tyl beschriebenen ähnlich sein mochten. Ohne sein großes Ziel vor Augen hätte er es nicht fertiggebracht, die Gänge und Höhlen der Unterwelt auszuräumen und zu reinigen. Und es war pure Torheit, sich in den unbekannten Tunnel zu wagen, solange es andere Möglichkeiten gab. Schauermärchen beruhten heutzutage leider auf sehr realen Grundlagen.

Sie hielten sich weiter an die Nordrichtung und zogen die Küste entlang – und die Fährte tauchte wieder auf! Zwei Männer, einer grau und hochgewachsen, der andere bleich und schweigsam, waren gesichtet worden. Aber kein gefleckter Krieger und kein Junge.

Da entdeckte Tyl ein Nomadenlager. »Sieh mal – hier wurde Feuer gemacht und ein Zelt aufgebaut, mit einer Wasserablaufrinne rundherum. Die Einheimischen machen das nicht. Die hausen in eckigen Häusern.«

»Diese Spuren hier sind zu frisch. Höchstens fünf, sechs Tage alt, nicht mehr. Das kann nicht das Wild sein, das wir jagen.«

»Wir müssen die Ansässigen fragen. Jemand müßte die Nomaden gesehen haben.«

Tyl nickte nachdenklich. »Sonderbar, daß uns hier niemand etwas von ihnen sagte.«

Sie fragten immer wieder und erfuhren schließlich, daß zwei Nomaden, ein Mann und eine Frau, durchgezogen waren, Richtung Süden.

»Süden?« fragte Neq. »Und woher sind sie gekommen?«

Er erntete bloß ein Achselzucken. Entweder wußten die Leute es nicht, oder es war ihnen gleichgültig.

Sol und der Waffenlose waren gegen Norden gezogen. Und diese zwei anderen waren von Norden gekommen. Ihre Wege hatten sich vielleicht gekreuzt.

Rasch machten sie kehrt und wandten sich nach Süden, immer der Fährte der Unbekannten nach. Dabei verfolgten sie eine Route, die den markierten Strahlungszonen gefährlich nahe kam. Ein großer düsterer Mann und eine hübsche Frau. Beide zurückhaltend und sehr gut zu Fuß. Tyl stellte unter den ansässigen Dörflern Erkundigungen an – unter Dorf war ein an einem festen Ort lebender Stamm zu verstehen, eine für diese Gegend typische Lebensform – während Neq auf der Suche nach weiteren Hinweisen das offene Land durchstreifte.

An einem solchen Nachmittag sah Neq unvermittelt auf und

entdeckte einen grotesk aussehenden Mann, der ihn beobachtete, einen großen zottigen Kerl mit Buckel und seltsam knorrigen Händen, in denen er einen selbstgefertigten Kampfstock hielt. Trotz der dicken Winterkluft war die gefleckte Haut zu erkennen – der Mann sah einem Ödland-Ungeheuer ähnlicher als einem Nomaden. Und doch war es ein Nomade, der nun sofort in Kampfstellung ging. Die langen Arme und die gewölbte Brust ließen auf gewaltige Körperkraft schließen. Wenn er seine Stöcke schwang, dann stand gewiß todbringende Wildheit dahinter!

Gefleckte Haut . . .

»Var der Stock!« rief Neq erstaunt aus.

Da setzte auch der andere zum Sprechen an, was herauskam, war aber einem Knurren viel ähnlicher. Nur mit größter Mühe konnte Neq den Sinn seiner Worte verstehen. »Du hast mich lange verfolgt. Und jetzt sage mir einen Grund, warum ich dich von hier nicht gewaltsam vertreiben sollte.«

Neq schwang sein Schwert. »Hier hast du den Grund. Aber erst beantworte mir meine Fragen, denn ich habe lange nach dir gesucht!«

»Ein richtiges Schwert!« stieß Var rauh hervor, als er Neqs Waffe sah. »Du kennst den Kampf im Ring?«

Da staunte Neq. »Du sprichst vom Ring? Du, ein Kindermörder?«

»Niemals!« brüllte Var auf und rückte näher. Auch mit seinen Beinen schien etwas nicht zu stimmen. Er trug zwar Stiefel, schritt damit aber nicht aus wie ein Mensch. Nein, viel eher wie ein als Nomade verkleidetes Untier . . . nun war das Geheimnis gelüftet, warum er die kleine Soli getötet hatte. Wahrscheinlich hatte er sie aufgefressen.

Var holte aus und Neq parierte mit grimmigem Lächeln. Selbstgefertigte Waffen fürchtete er nicht, und einem linkischen Angriff war nicht schwer zu begegnen. Aber zuerst brauchte er die wichtigen Informationen.

Var kämpfte geschickter, als seine plumpe äußere Erscheinung erwarten ließ. Als Neq zur Seite hin auswich, tat auch er einen Seitenschritt, so daß sie sich wieder genau gegenüberstanden. Nun schnellte ein Stock gegen Neqs Gesicht vor, während der andere das Schwert blockierte. Var war bereits gegen viele Klingen angetreten!

Um so besser. Neqs Greifklauenhand blockierte die Stöcke, während er mit der anderen das Schwert schwang, daß die Luft zischte. Sein Ziel war, die gegnerische Waffe in zwei Stücke zu schlagen. Er wollte dieses Ungeheuer entwaffnen und es unversehrt lassen, bis er die ganze Wahrheit erfahren hatte.

»Ehe ich dich töte«, knurrte Var, »sage mir deinen Namen.«

»Neq das Schwert.« Sogar einem Ungeheuer gegenüber war die Höflichkeitsbezeigung in Form der Namensnennung angebracht.

Var kämpfte recht geschickt weiter, während er hinter seinen buschigen Brauen Überlegungen anstellte. »Ich weiß von dir«, knurrte er. Angst zeigte er nicht, nur eine gewisse Wachsamkeit war ihm anzumerken.

Hier kämpfte kein Krieger der dekadenten Zeit nach dem Untergang des Imperiums, das wurde immer deutlicher erkennbar. Vars Technik war ganz unkonventionell, und er war Jahre jünger als Neq und dazu viel größer, so daß er ihn trotz seines krummen Rückens überragte. Er setzte seine Kraft behende und mit großer Wildheit ein. Seine grob aussehenden Stöcke waren solider, als der erste Eindruck vermuten ließ und blockierten die Schwerthiebe sehr nachdrücklich. Wenn Holz auf Metall traf, dann prallte es nicht ab, sondern schien es geradezu anzuziehen, und das war sehr gefährlich. Die zwei Stöcke schlugen so kräftig gegen seine Metallarme, daß Neq immer weiter zurückwich. Wäre sein Schwert nicht gleichzeitig sein Körperteil gewesen, hätte ihn der Gegner schon längst entwaffnet. So aber konnte Neq weiterkämpfen, wenn auch Schritt um Schritt zurückweichend.

Vars Angriff war nicht ohne Anmut und einen gewissen Schliff. Sein Gleichgewichtsgefühl war hervorragend. Ohne auch nur eine Sekunde innezuhalten, hatte er seine Stiefel abgestreift, ließ verhornte Füße sichtbar werden und stand wieder in Kampfhaltung da. Er war erstaunlich beweglich für seine große Masse und kämpfte maßvoll und mit kluger Berechnung.

Ein Meister im Stockkampf, soviel stand fest. Neq war erst

zwei Stockkämpfern dieser Kraft und Geschicklichkeit begegnet. Der eine war Tyl – raffinierter vom Stil her, aber längst nicht so kraftvoll –, und der andere war Sol . . . dessen Aufenthalt Var kennen mußte.

Aber mit dem Schwert konnten sich die Stöcke nicht messen, schon gar nicht mit Neqs Schwert. Seine Hand war unverwundbar. Obgleich nicht mehr jung an Jahren, kannte er niemanden, der ihm im Kampf gewachsen war – außer Tyl. Var würde ihn sicher noch eine ganze Weile abwehren, mit der Zeit aber würde Var ermatten, sich übernehmen und Fehler machen. Denn die wahre Kraft eines Stock-Kämpfers lag in seiner Ausdauer und in der Technik. Aber eines hatte Neq ihm eindeutig voraus, und das war Erfahrung.

Neq wehrte die Hiebe ab und arbeitete auf eine Position hin, die ihm einen Angriff erlaubte. Einfach war dies nicht, weil Var auf seinen Hufen hin und her tänzelte, und seinen zottigen Schädel duckte, ganz tief, sogar bis zum Boden, ohne ihn ungedeckt zu lassen.

»Du bist sehr geübt, Mann mit den Metallhänden«, murmelte Var. »Wie es einem Anführer unter dem Herrn zukommt.«

Neq war sofort ganz Ohr. Er durfte aber nicht zulassen, daß Var ihn mit Worten einlullte. »Auch du bist kampfgeübt«, sagte er. »Ich hörte, der Waffenlose selbst hätte dich trainiert.«

»Der Herr ist tot«, sagte Var und verlangsamte sein Tempo.

Auch Neq ließ sich mehr Zeit, blieb aber unvermindert auf der Hut. Womöglich lauerte Vars Gefährtin in unmittelbarer Nähe, bereit, heimtückisch einzugreifen, während der Gegner durch Kampf und Worte doppelt abgelenkt war. Dieser Tier-Mensch hatte sicher eine Frau als Gefährtin, die ebenso tierähnlich war.

»Du kannst den Waffenlosen nicht besiegt haben«, meinte Neq.

»Nicht im Ring«, äußerte Var grimmig.

Neq erstarrte in seinen Bewegungen. In diesem Augenblick hätte der andere einen Treffer landen können, wäre ihm der schwache Moment nicht entgangen. Und dann ging es weiter mit Schlag und Gegenschlag. »Sol aller Waffen hat dich verfolgt. Den konntest du auch nicht bezwingen.«

»Nicht mit Stöcken!«

Diesmal erstarrte Neq mit Absicht und bot dem Gegner scheinbar eine Öffnung in der Verteidigung. Aber Var ließ die Chance ungenützt. Er war zu klug oder zu dumm dazu.

»Du gibst zu, daß du ihn aus dem Hinterhalt getötet hast?«

»Die Strahlung.«

Seine fleckige Haut! Jetzt fiel es Neq wieder ein. Man hatte gemunkelt, der Tier-Junge könne die Strahlung fühlen und den Todeszonen ausweichen, während er andere in die Falle tappen ließ. Also stimmte es, und Var hatte seinen Freund wie seinen Feind ins Unglück gelockt, indem er sie durch eine nicht markierte Zone größerer Strahlenkonzentration führte! Und jetzt war er mit diesem Weib gekommen in der Meinung, seine Untat sei nicht bekannt oder schon vergessen worden!

Neqs Informationsquellen existierten nicht mehr. Aber eines mußte er unbedingt noch erfahren. »Soli, das Kind aus Helicon?« Nun lächelte Var. »Soli gibt es nicht mehr.«

Neq war sprachlos. Schließlich flüsterte er. »Strahlung?« Das hätte ironisch klingen sollen.

Var aber wich der Frage aus, als wäre Neq damit auf einen Quell längst vergessener Schuld gestoßen. »Unser Streit ist zu Ende. Ich will dir Vara zeigen.«

Da gab er sich eine Blöße, und Neqs Schwert nützte sie.

XIII

Tyl kehrte in der Dämmerung wieder – in Begleitung. »Neq! Neq! Sieh mal, was ich im Dorf gefunden habe!«

Neq sah vom Grabmal auf, das er eben aus Steinen aufstapelte. Als die zwei näher gekommen waren, sah er, daß der Fremde eine Frau war. »Ich bin so froh, daß ich euch gefunden habe!« rief sie aus.

Neq starrte sie verdutzt an. Das war ja eine Irren-Frau! Trotz der Kälte trug sie die für Irre typische Bekleidung, nämlich Bluse und Rock, und das lange Haar war nach Art der Irren gekämmt. Und hübsch war sie obendrein.

»Miss Smith«, murmelte er und wurde schmerzhaft an seine Liebe erinnert, obwohl in Wirklichkeit die Ähnlichkeit zwischen den zwei Frauen sehr gering war. Aber diese hier war ebenso adrett und sauber wie Miss Smith. Und sie war von zarter Schönheit und paßte nicht in die Wildnis. Ja, das hatte sie mit Miss Smith gemeinsam: Intelligenz, Bildung, Unschuld. Ihm war, als dringe ihm ein Schwert durchs Herz.

»Dies ist eine von den beiden, die wir verfolgten«, erklärte Neq. »Sie war wie ich im Dorf auf Kundschaft, und als wir einander begegneten –«

»War sie mit einem Nomaden unterwegs?« fragte Neq, noch immer nachdenklich wegen der Parallele zu seinem eigenen, sechs Jahre zurückliegenden Erlebnis. »Eine Irre?«

»Ich bin Vara«, erklärte sie. »Ich bin mit meinem Mann unterwegs. Er sollte eigentlich irgendwo sein –«

Neq war noch immer im Nebel seiner Gedanken befangen. »Var? Der Stock?«

»Ja. Bist du ihm begegnet? Tyls Erklärung entnehme ich, daß wir eine gemeinsame Mission haben –«

Da wurde Neq von der gräßlichen und totalen Erkenntnis überfallen. Er stieß mit dem Fuß gegen den frischen Grabhügel.

»Ich – ich bin ihm begegnet.«

Tyl erfaßte mit einem einzigen Blick die Situation. Die Hand zuckte zum Schwert und sank wieder herab. Er wandte sich um.

Vara ging an den Grabhügel und entfernte vorsichtig einen Teil der Steinumrandung. Mit bloßen Händen scharrte sie die frische Erde weg. Neq sah ihr zu. Schließlich hatte sie einen Fuß freigelegt, einen Fuß mit plumpen hufähnlichen Zehen. Sie berührte ihn, spürte seine Kälte.

Inzwischen war es dunkel geworden, und die Nacht hüllte sie ein, während sie noch immer den verformten toten Fuß ansah. Dann bedeckte sie ihn ganz sacht, füllte die Senke mit Erde aus und legte die Steine wieder zurecht.

»Meine beiden Väter sind tot«, sagte sie tieftraurig. »Und jetzt ist auch mein Mann tot. Sagt mir, was soll ich tun?«

»Wir sind einander begegnet und kämpften.«

»Ich habe Sol gedient«, sagte Tyl von irgendwo aus der Nacht. Er sprach mit abgewandtem Gesicht. Aus seiner Stimme klang ein Schmerz, wie Neq ihn noch nie zuvor bei ihm gehört hatte. »Ich diente dem Waffenlosen. Var der Stock war mein Freund. Ich hätte dich und ihn aus dem Ring gewiesen, hätte ich bloß sicher gewußt, was ich nur ahnte. Erst als ich Vara sah, hatte ich Gewißheit. Du bist Var zu früh begegnet.«

»Ich wußte nicht, daß er dein Freund war«, brachte Neq mühsam hervor. »Ich kannte ihn nur als heimtückischen Mörder, der ein Kind Helicons tötete.«

»Du hast ihm unrecht getan«, fuhr Tyl in demselben ruhigen Ton fort, in dem auch Vara gesprochen hatte. »Er war kühn und sanft zugleich. Und er verfügte über ein unschätzbares Talent.«

»Var tötete nur, wenn es unbedingt nötig war«, sagte Vara. »Und nicht einmal dann tötete er immer.«

Neq fühlte sich unbeschreiblich elend, obwohl es ein ehrlicher Kampf gewesen war. Er hatte zu voreilig gehandelt, wie schon so oft zuvor. Sein Schwert war schneller als sein Verstand. Er hätte ja den Kampf einstellen und auf Tyls Rückkehr warten können. Jetzt mußte er sein Vorgehen rechtfertigen.

»War es denn unbedingt notwendig, Sols Kind zu töten?« fragte er.

Vara wandte sich ihm in der Dunkelheit zu. »Ich bin Sols Kind.«

Neq spürte, wie sein Inneres sich aufbäumte. Er ahnte, was nun kommen würde. »Er tötete Soli am Mount Muse, als sie acht Jahre alt war. Alle Berichte stimmen dahingehend überein«, sagte er.

»Alle bis auf einen«, entgegnete sie. »Bis auf den einzig richtigen. Er behauptete bloß, er hätte mich getötet, damit die Nomaden gewinnen konnten und meine zwei Väter wieder zusammenfänden. Nachher konnte ich nicht mehr zu Sol zurück, um ihm die Wahrheit zu sagen, und der Waffenlose verfolgte Var mit seiner Rache.«

Rache! Verabscheuungswürdig.

»Wir mußten fliehen. Wir kamen bis China und ich nahm seinen Reif, als ich alt genug war. Soli existiert nicht mehr.«

Jetzt erst erkannte Neq ihr Gesicht, obwohl er es in der Finsternis gar nicht sehen konnte. Die klassische Schönheit Solas! Ihre Kleidung und seine ihm langsam dämmernde Schuld hatten ihn blind gemacht.

»Der Junge, der mit Var nach Norden ging –« murmelte Neq. »Ein Mädchen, das seine Haare versteckte.«

»Ja. Damit niemand erfuhr, daß ich noch lebte. Jetzt kann ich das nicht mehr.«

Nein, gewiß nicht! Aus der Achtjährigen war eine Frau von fünfzehn Jahren geworden! Und auch Sol verfolgte mich, ohne zu wissen ... er muß unterwegs dem Waffenlosen begegnet sein!

»In China erfuhren sie alles. Und sie opferten ihr Leben für uns, indem sie radioaktive Steine in die Festung des Gegners schleppten und uns die Flucht ermöglichten. Var wurde nie das Gefühl los, er wäre an ihrem Tod schuld, aber in Wahrheit war es meine Schuld. Ich wußte genau, daß sie es tun würden.«

Var hatte sich mit Vorwürfen gequält ... und hatte Neqs Anschuldigungen nichts entgegengesetzt. Und nun lastete Vars vermeintliche Schuld auf Neq.

»Es war ein Irrtum«, erklärte Tyl nach längerer Pause. »Var hatte überall herumerzählt, er hätte den Krieger des Berges getötet. Helicon selbst wurde in Brand gesetzt – von wem, das spielt nun keine Rolle mehr. Neq konnte es nicht wissen. Ich allein wußte, daß Var kein Kind getötet haben konnte. Und ich weiß, welche Bedingungen Sola stellt. Sie war gut zu Var, doch ihr Preis war das Leben ihrer Tochter.«

»Var hat so etwas Ähnliches durchblicken lassen«, gestand Vara. »Er hatte schwören müssen, jenen zu töten, der mir ein Leid zufügte. Und lange Zeit war er überaus zurückhaltend, obwohl er mich liebte ...«

Neq fiel Solas Bemerkung über Vars Sterilität ein. Welch sonderbare, von ihren Gefühlen gehetzte Frau!

»Und doch wußte ich, daß eine kleine Möglichkeit bestand«, fuhr Tyl fort. »Der Mount Muse ist hoch und steil. Immer wieder können Steine herunterrollen. Hätte man Var während des Aufstiegs mit Steinen attackiert, dann hätte er kämpfen müssen, ohne zu wissen, mit wem er es zu tun hatte, und im Kampf war er erbarmungslos. Da wäre es immerhin möglich gewesen, daß er dich tötete. Ich konnte Neq nicht am Kampf hindern, solange ich darüber nicht absolute Gewißheit hatte. Es war mein Fehler. Auch ich trage Schuld am Tod deines Mannes –«

»Nein!« riefen Neq und Vara einstimmig.

Und dann war wieder Stille, als jeder einzelne seinen verwirrenden Motiven nachhing. Was dann gesprochen wurde, war seltsam unwirklich, und das nicht bloß wegen der Dunkelheit. Neqs Gefühle befanden sich in Schwebe. »Warum verfluchst du mich nicht? Warum weinst du nicht bitterlich? Ich tötete –«

»Du hast getötet, weil du die Zusammenhänge nicht durchschauen konntest«, sagte Vara. »Daran trage ich zum Teil selbst Schuld, denn ich war bereit, mich tot zu stellen. Heute erkläre ich dir alles. Morgen aber werde ich dich töten. Und dann werde ich euch beide beweinen.«

Damit war es ihr ernst. Sie war wie Miss Smith, die als Neqa gestorben war. Und wie diese war sie ihrem Mann in Treue ergeben. Neqa hatte versucht, Yod zu töten, als dieser Neqs Hände abhacken wollte. Warum sollte Vara weniger Treue beweisen?

Yod hatte Neqa eigentlich zufällig getötet. Und jetzt hatte Neq Var getötet – zufällig. Die Schuld war die gleiche. So würde auch die Vergeltung die gleiche sein.

Und sie würde ihre Rache nicht erfüllt sehen, ebensowenig wie er sie erfüllt gesehen hatte. Neq führte den Schwertarm an die Kehle. Es war Zeit für ihn zu sterben.

»Ich fordere meinen Preis«, sagte Tyl, und erschreckte damit Neq, der seine Muskeln zum tödlichen Streich spannte.

Ausgerechnet jetzt! Aber Neq mußte seine Ehrenschuld begleichen.

»Nenne deinen Preis!«

»Gib zurück, was du heute genommen hast!«

Neq konnte zunächst nicht antworten, weil er die Bedeutung dieser Worte nicht verstand. Schließlich konnte er Var nicht wieder lebendig machen!

»Was ihr zu tun habt, das tut vor Tagesanbruch«, sagte Vara ruhig. »Wenn der Tag dann anbricht, werde ich dich im Ring töten.«

»Im Ring!« Neq wußte nicht aus noch ein. Frauen kämpften nicht im Ring.

»Welche Waffe führst du?« fragte er.

»Den Stock.«

Tyls Interesse war sofort hellwach. »Hat dich Sol im Kampf unterwiesen?«

»Ja, das hat er. Wir übten täglich, drinnen im Berg. Er hoffte, er könne mich eines Tages aus Helicon wegschaffen, aber Sosa wollte es nicht zulassen. Und ich habe seither regelmäßig geübt.«

Tyl konnte seine Besorgnis nicht verhehlen. »Übung allein macht aus einer Frau noch lange keinen Mann. Meine eigene Tochter ist älter als du, sie hat jetzt selbst ein Kind, aber nie hätte sie sich auf männliches Gebiet gewagt. Der Ring ist nichts für dich.«

»Doch.« Sie war Sols Kind, ganz und gar.

Tyl setzte nun seine Überredungskunst ein. »Dieser Mann, Neq das Schwert, stand in der Rangliste des Imperiums hinter mir. Jetzt fehlen ihm zwar seine Hände, seine Waffe aber hat er behalten. Seine Technik ist nicht mehr so brillant, aber tödlicher als früher, weil man ihn nicht mehr entwaffnen kann.«

»Sein Schwert ist schneller als sein Verstand. Ich meine, heute hat er mit dem Schwert nicht seinesgleichen.«

»Und dennoch!«

»Ich kann diese Begegnung nicht zulassen«, sagte Tyl.

Varas Stimme war eiskalt, als sie sagte: »Deine Erlaubnis brauche ich nicht.«

»Var war mein Freund. Er lehrte mich den Gebrauch der Feuerwaffe. Sein Tod tut mir weh wie dir. Und dennoch sage ich dir: Erhebe nicht den Stock gegen Neq! Wir dürfen nicht wieder in diesen schrecklichen Irrtum verfallen.«

»Var war für mich mehr als ein Freund«, sagte sie höhnisch.

»Trotzdem.«

»Du hast kein Recht dazu.«

Tyl gab keine Antwort, und damit war diese merkwürdige, gespannte Debatte beendet.

Neq wußte im nachhinein nicht mehr, ob er in jener Nacht hatte schlafen können oder ob die anderen Schlaf gefunden hatten. Langsam dämmerte schließlich der Morgen herauf.

Vara hatte sich sehr verändert. Sie glich nicht mehr einer unnützen Irren-Frau. Diese Verkleidung hatte sie vermutlich nur den Dörflern zuliebe getragen, die in ihrer Kleidung den Irren ähnelten. Nun aber trug sie ein Nomadengewand, und das Haar fiel ihr lose auf die Schultern und ringelte sich über den sanften Hügeln ihrer Brüste. Aber auch so wirkte sie atemberaubend.

Und sie trug Stöcke – dieselben Zwillingsstöcke, die Var getragen hatte.

Neq überlief ein Frösteln. Er hatte Var nach alter Nomadensitte seine Waffe mit ins Grab gegeben. Mit seinem Schwert hatte er die Erde aufgegraben und seine Greifer hatten die Steine aufgehäuft. Das Werk vieler Stunden. Und doch waren dies hier Vars Stöcke, die noch die Schrunden des Schwertes trugen. Neq erkannte die Narben einer Waffe, so wie er ein Gesicht erkennen konnte.

»Wie du mit meinem Mann kämpftest, werde ich mit dir kämpfen«, rief ihm Vara entgegen. »Ich werde dich töten, wie du ihn getötet hast. Ich werde dich begraben, wie du ihn begraben hast. In allen Ehren. Und dann wird meine Trauer beginnen.«

»Neq wird keine Frau bekämpfen«, sagte Tyl. »Ich kenne ihn so gut, wie ich Var kannte.«

Vara hob die Stöcke und nahm neben dem Grabhügel Aufstellung. »Er mag kämpfen oder fliehen, wie er will. Hier ist der Ring – neben dem Grab meines Mannes. Die ganze Welt ist der Ring. Ich will meine Rache.«

Diese Worte trafen Neq wie Schläge. Ihre Gefühle waren den seinen nach Neqas Tod so ähnlich! Er hatte damals Yod und dessen Stamm nicht verzeihen können. Er hatte ihnen bis jetzt nicht vergeben. Sein Verlangen nach Rache hatte zwar eine Veränderung durchgemacht, es war nun gegen die Gesellschaft der Gesetzlosen als Ganzem gerichtet, aber Rache war es immerhin geblieben. Wie konnte er ihr klarmachen, daß die Formel Leben um Leben nicht genügte?

»Var war mein Freund«, wiederholte Tyl. »Vor meinem gesamten Stamm hat er mich beschämt, damals schon, als er noch ein kleiner Junge war, ein kleiner Wilder aus dem Ödland. Und als aus ihm ein Mann geworden war, da wollte ich ihm im Ring gegenübertreten. Aber Sola setzte sich für ihn ein, und als ich ihn näher kennenlernte –«

Vara faßte nach ihren Stöcken und bewegte sich auf Neq zu. Er sah in ihren Augen Wildheit und Kummer, jenen Kummer, den er selbst mitgemacht hatte, der bewirkt hatte, daß er sämtliche Ehrbegriffe vergaß und heimtückisch mordete, sinnlos mordete. Ja, er hatte diese Untaten begangen. Er hatte sinnlos getötet. Und jetzt wollte er das Schwert nicht mehr heben, um weiteres Unrecht zu begehen.

Tyl trat zwischen die beiden. »Var wurde mein Freund«, sagte er. »In jedem anderen Fall würde ich seinen Tod selbst rächen. Diesen Kampf aber verbiete ich.«

Vara sagte kein Wort dazu ... Sie holte mit einem Stock gegen Tyl aus, blitzschnell, und wandte dabei nicht den Blick von Neq. Es war kein schwacher weiblicher Hieb. Sie war hübsch und verstand, ihre Waffe zu führen.

Tyl fing den Streich mit dem Unterarm auf. »Du hast mich getroffen«, murmelte er leise. Der Hieb hatte eine sichtbare Spur hinterlassen. Hätte ein Mann den Schlag geführt oder wäre Tyl darauf nicht vorbereitet gewesen, hätte er ihm den Arm brechen können. »Laß mir Zeit, meine Waffe zu holen, denn von nun an ist es mein Kampf.«

Vara wartete ungerührt. Es war ganz klar, daß sie einen Kampf mit Tyl nicht beabsichtigt hatte und auch jetzt nicht mit ihm kämpfen wollte. Doch hatte sie ihn getroffen, während er unbewaffnet war – mit voller Absicht unbewaffnet, denn Tyl wußte immer genau, wann er seine Waffe tragen mußte und wann nicht. Sie war nach dem Ring-Codex schuldig geworden. Tyl holte seine Stöcke. Neq sah es mit Erleichterung. Wäre Tyl ihr mit dem Schwert entgegengetreten, so hätte Neq sich sein Leben lang an ihrem Tod schuldig fühlen müssen. An den Stöcken merkte er, daß Tyl nur dazwischentreten wollte.

Und was kümmerte es ihn überhaupt? Erst hatte er Neqs Selbstmordversuch verhindert. Und jetzt hinderte er Vara am Zweikampf mit Neq. Er schützte Neqs Leben – obwohl er seinen Tod hätte herbeiwünschen müssen.

Vara schlüpfte nun aus ihrem Gewand und stand trotz der Kälte nur mit derben Wandermokassins bekleidet da, so schön von Gestalt, wie Neq es noch nie bei einer Frau gesehen hatte. Volle Brüste, schmale Taille und dazu Muskeln, die ihrer Weiblichkeit keinen Abbruch taten. Schwarzes Haar flutete lose über den Rücken bis an die Hüften.

Volle Brüste . . . Neq war fasziniert von ihren Brüsten. Rund und fest, so standen sie, wahre Meisterwerke an Symmetrie. Lange, lange war es her, seitdem er eine Brust wie diese besungen hatte . . .

Er empfand es nur als passend, daß eine solche Brust ihm nun Rache geschworen hatte.

Aber immer noch stand Tyl zwischen ihnen. Falls Vara ihn mit ihren körperlichen Vorzügen blenden und seine Aufmerksamkeit schwächen wollte, hatte sie wohl vergessen, daß er eine Tochter hatte, die älter war als sie.

Sie ließ sich mit ihm in ein Gefecht ein, leicht ungeduldig ob des Hindernisses, das Tyl für sie darstellte. Sie wollte ja eigentlich nur an Neq heran, der sich nicht rührte.

Hin und her schwangen die Stöcke, Holz traf auf Metall, immer wieder. Tyl hatte den Vorteil der überlegenen Waffen Helicons und dazu seine Erfahrung, die länger währte, als Varas ganzes Leben. Mühelos parierte er ihre Schläge.

Neq war nicht imstande, seine Teilnahmslosigkeit diesem Kampf und seinem Ausgang gegenüber zu überwinden. Der doppelte Schock, nämlich dieser letzte, völlig ungerechtfertigte Mord an Var und das Auftauchen von Vara samt der Enthüllung ihrer Identität hatten ihn seiner Kräfte beraubt. Er sollte dahinterkommen, was damals mit Helicon schiefgegangen war? Er war ja nicht einmal imstande dahinterzukommen, was bei ihm schiefgegangen war.

Und indessen fochten Mann und Frau. Vara duckte sich und vollführte blitzschnelle Drehungen. Dabei spielte ihr langes Haar um Brüste und Hüften wie ein leichter Mantel. Aus dieser wogenden Haarflut aber schossen ihre Schläge gegen Tyls Hände, einmal rechts, dann wieder links. Ein kühner Schachzug! Vara war womöglich im Stockkampf sogar ihrem Mann überlegen.

Aber Tyl wich geschickt aus und ging seinerseits zu einem so heftigen Gegenangriff über, daß sie wenig anmutig rücklings ins Taumeln geriet.

»Sehr hübsch, Mädchen! Dein Vater Sol hat mich einst mit einem ähnlichen Angriffshieb entwaffnet und mich ins Imperium gezwungen. Das war ehe du geboren wurdest. Er war dir ein guter Lehrer!«

Im Ring aber war es mit einem guten Lehrer allein nicht getan. Tyl war seither im Stockkampf nicht besiegt worden.

Hätte Neq jetzt gekämpft, hätten ihn die hüpfenden Brüste unter den schwarzen Haaren einigermaßen verwirrt, und er wäre wohl nicht imstande gewesen, einen Streich gegen Varas reizvollen Leib zu führen. Ja, er war verwirrt, auch wenn er nicht gegen sie kämpfte. Ihre Weiblichkeit war im Kampf ebenso wirksam wie ihre Stöcke.

Ganz plötzlich drehte sie sich um und trat nach hinten aus. Ihre Ferse zielte genau nach Tyls Knie. Wieder wich er rechtzeitig aus.

»Der Waffenlose – dein zweiter Vater – hat mich mit diesem Tritt zum Krüppel gemacht, als er selbst nach dem Imperium strebte. Nachdem meine Knie aber heilten, wurden sie empfindungslos und wurden seither nicht mehr verletzt.«

Falls Vara nicht gewußt hatte, daß sie es mit dem Spitzenkämpfer des alten Imperiums zu tun hatte, so wußte sie es jetzt. Tyl war zwar nicht mehr jung, doch hätte allein Neqs Schwert vermocht, ihn aus dem Ring zu treiben. Und Vara war erst fünfzehn und obendrein ein Mädchen. Zwei unüberwindliche Hindernisse.

Klar, daß Tyl ihre Angriffe nur abblockte. Er hatte kein Interesse, diesem schönen Mädchen eine Verletzung zuzufügen. Er wollte ihr bloß beibringen, daß sie ihren Willen nicht durchsetzen konnte.

Vara aber ließ sich nicht so leicht überzeugen. Sie drehte und wand sich, sie fintierte, sie ließ einen wahren Hagel von Hieben auf den Mann niedergehen. Sie kannte eine staunenswerte Vielzahl an Tricks – aber es war kein Trick darunter, der Tyls Reichweite, seiner Kraft und Erfahrung gewachsen gewesen wäre.

Schließlich aber mußte sie keuchend etwas zurückweichen und stieß mühsam hervor: »Krieger, was willst du erreichen?«

»Neq besiegte Var im ehrlichen Kampf. So wie ich dich jetzt entwaffnen könnte, so konnte Neq Var besiegen. Ich selbst möchte Neq mit dem Stock nicht gegenübertreten. Entsage deiner Rache.«

»Nein!« rief sie und ließ einen Schlagwirbel gegen ihn los.

»Nein!« schrie Neq wie sie. »Es war kein fairer Kampf. Var zögerte mit dem Angriff, gab sich eine Blöße, während er sagte, wir hätten keinen Streitgrund. Und da erschlug ich ihn.«

Tyl wich zurück, enttäuscht von diesen Worten. »Neq, das sieht dir gar nicht ähnlich!«

»Es sieht mir sehr ähnlich! Ich habe schon zuvor Unschuldige erschlagen. Bei Var begriff ich nicht rechtzeitig. Ich hielt es für einen Irrtum oder eine List. Mein Schwert war zur Stelle –«

»Mädchen, gib nach«, sagte Tyl, als wäre sie seine Tochter, die nur ein Spiel trieb.

»Neq, du stellst mich in ein seltsames Licht!« wandte er sich dann an Neq.

»Soll sie ihre Rache haben. Es ist nur fair«, sagte Neq darauf.

»Das kann ich nicht zulassen.«

»Du gibst also zu, daß du einen Wehrlosen erschlagen hast!« flammte Varas Haß von neuem auf.

»Ja. So wie ich andere erschlug.«

»Im Namen der Rache!« rief Tyl, als wäre damit etwas bewiesen.

»Im Namen der Rache!« Neq konnte das nicht mehr hören, so satt hatte er es.

»Im Namen der Rache«, wiederholte Vara. Tränen liefen ihr über die Wangen.

»Aber hättest ihn fair besiegen können«, sagte Tyl. »Und du glaubtest, du hättest damit sie, nämlich Vara, gerächt.«

»Es war ein Mißverständnis. Und ich ließ ihm keine Zeit, mir alles zu erklären. Ich habe ihn grundlos getötet, und ich habe das Töten satt, habe das Schwert satt, das ganze Leben.« Neq stand Vara gegenüber und sah sie an. »Komm, Witwe. Schlag zu. Ich werde gegen dich die Waffe nicht erheben.«

»Erhebst du nun gegen ihn die Waffe«, mahnte Tyl sie, »dann machst du dich desselben Verbrechens schuldig, das du rächen willst. Wissentlich!«

»Dennoch!« rief sie.

»Erst versuche ihn zu verstehen – nur dann hast du eine Rechtfertigung. Du mußt wissen, was er ist und was für Absichten er hat.«

»Was kann er schon sein, was kann er vorhaben! Nichts kann mir wiedergeben, was er mir geraubt hat!« rief sie.

»Dennoch!«

Da brach sie vollends in Tränen aus. Sie fluchte auf Chinesisch und warf ihre Stöcke zu Boden. Doch sie gab sich geschlagen. Wie Neq.

XIV

»Das soll ich einschmelzen?« rief der Schmied fassungslos aus. »Das ist ein Stahl, nach der Alten-Technologie verfertigt! Mein Schmiedefeuer kann da nichts machen.«

»Dann zerschlage es«, sagte Neq.

»Du verstehst wohl nicht richtig. Nur mit einem Diamantbohrer könnte man bei diesem Metall etwas ausrichten. Ich habe einfach nicht die richtigen Geräte dazu.«

Zweifellos eine Übertreibung, denn diese Waffe war von Helicon hergestellt worden. Aber diese Nordländer waren den Wundern der Vergangenheit näher als die Nomaden. Sie hatten Häuser mit Heizung und sogar ein paar noch funktionstüchtige Maschinen. Ihre Achtung vor den Alten war daher viel größer. Neq selbst hegte die größte Achtung vor ihnen, denn er hatte gesehen, was in Helicon alles möglich gewesen war. Vielleicht war dieser Schmied hier bloß abergläubisch. Er wollte jedenfalls nicht recht an die Sache heran.

»Ich muß das Ding loswerden«, sagte Neq. Solange sein Schwert existierte, würde er ein Mörder sein. Wer würde als nächstes fallen – Vara? Tyl? Dr. Jones? Das Schwert mußte weg.

Der Schmied schüttelte den Kopf. »Man müßte den Arm am Ellbogen abschneiden. Und das wäre höchstwahrscheinlich dein Tod. Wir haben hier im Ort nicht die geeigneten medizinischen Einrichtungen. Du mußt den Mann finden, der dir das Schwert anschmiedete. Der soll es wieder losmachen.«

»Der ist dreitausend Meilen weit weg.«

»Dann mußt du dein Schwert noch eine Weile tragen.«

Neq starrte verzweifelt seinen Schwert-Arm an. Die schimmernde Klinge war ihm unerträglich. Solange er sie trug, würde er seine Schuld nicht loswerden.

Er sah sich in der Schmiede um, nicht gewillt, so leicht aufzugeben. An allen Wänden hingen Metalldinge – Hufeisen, Pflugscharen (das war es also, was die Irren aus seinem Schwert hatten machen wollen!), Äxte, Behälter voller Nägel. Lauter Produkte der Kunst des Schmiedes. Der Mann war sichtlich sehr fähig. Gewiß konnte er sehr gut davon leben, hier, wo das ganze Zusammenleben auf Leistung und Gegenleistung beruhte. In einer Ecke hing ein gebogenes Metallstück mit einer Reihe von Plättchen, die an einem Mittelstrang befestigt waren. Neq konnte sich beim besten Willen nicht vorstellen, zu welchem Zweck es gedient haben mochte.

Der Schmied war seinem Blick gefolgt. »Halten die Nomaden nicht viel von Musik?«

»Ach, eine Harfe!« rief Neq aus. »Du hast eine Harfe gemacht!« »Nicht ich«, sagte der Mann und lachte. Er holte das Ding behutsam herunter. »Aber das ist gar keine Harfe. Es hat keine Saiten. Aber ein Musikinstrument ist es immerhin. Ein Glockenspiel. Sieh mal – das ist das Geläute. Vierzehn Plättchen abgestufter Größe, von denen jedes eine andere Note darstellt. Hundert Pfund bester Baustahlschienen habe ich dafür geben müssen. Ich bin zwar kein Musiker, aber ich habe einen Blick für feine Metallarbeit. Ich habe keine Ahnung, wer es gemacht hat oder wann – vielleicht vor dem Brand. Man spielt es mit einem Hämmerchen. Hör mal!«

Der Schmied war bei der Beschreibung des Instrumentes richtig in Begeisterung geraten. Er nahm einen kleinen Hammer und schlug damit leicht auf die Plättchen. Wie Glocken klang das, ein im Gebiet der Irren selten gehörter Klang. Jeder einzelne Ton klang klar und nachhaltig und schön.

Neq war wie verzaubert. Die Töne riefen alte und angenehme Erinnerungen in ihm wach. Es hatte eine Zeit gegeben, als er seiner Stimme ebenso gerühmt wurde wie seines Schwertes wegen ... vor dem Fall des Imperiums und der nachfolgenden Greuel. Er hatte für Neqa gesungen ...

Sein Schwert konnte er nicht zur Pflugschar machen, das war klar, doch es verhalf ihm zu einer Idee. Er brauchte seine Waffe nicht abzuschneiden. Er mußte sie bloß unbrauchbar machen, so daß er mit ihr nicht mehr kämpfen konnte.

»Das Glock und Spiel – mach es an diesem Schwert so fest, daß es nicht abgehen kann«, sagte er.

»Am Schwert festmachen?! Ein so herrliches Instrument?« Das Entsetzen des Schmiedes war nicht geheuchelt.

»Ich habe Dinge, die ich dafür eintauschen kann. Was verlangst du dafür?«

»Dieses Glockenspiel werde ich weder verkaufen noch eintauschen! Schon gar nicht, wenn es nachher von einem Barbaren ohne Wertschätzung der Kultur zerstört wird. Verstehst du denn nicht? Es ist ein Musikinstrument.«

»Ich kenne Musik. Gib mir den kleinen Hammer.«

»Ich lasse dich doch nicht in die Nähe einer so alten Kostbarkeit! Raus aus meinem Laden!«

Neq wollte sein Schwert erheben und faßte sich noch rechtzeitig. Es war genau die Reaktion, die er unterdrücken wollte. Erst das Schwert, dann der Verstand. Er mußte den Schmied überzeugen und durfte ihm nicht Angst machen.

Wieder sah er sich um. Neben dem großen Amboß stand eine Tonne mit Wasser. Er war durstig. Den ganzen Tag war er mit Tyl und Vara gewandert und hatte, einer Eingebung folgend, das Dorf betreten und hier die Schmiede gesehen. Wenn er dem Mann bloß begreiflich machen könnte ...

Den langen Tag durch die Wüste öd,
Und nicht ein Tropfen Wasser,

Kaltes, klares Wasser!
Dan und ich, trockne Kehlen,
Trockne Seelen, die schrein nach Wasser,
Kaltem klarem Wasser!

Erstaunt starrte ihn der Schmied an. »Du kannst singen! Eine schönere Stimme habe ich nie gehört!«

Neq hatte gar nicht gewollt. Es war einfach über ihn gekommen, und die Stimmung war da – das Schweigen sechs langer Jahre war gebrochen. »Ich kenne Musik«, sagte er.

Der Mann zögerte zunächst. Dann aber schob er ihm das Glockenspiel hin. »Versuch es damit.«

Neq nahm das Ding vorsichtig zwischen die Greifklauen und schlug einen Ton an. Er war fasziniert. Das klang ja vollkommener, als eine Stimme je klingen konnte. Er versuchte es in einer anderen Tonlage und schlug den Ton wiederholt in einem bestimmten Rhythmus an.

Die kühle Nacht zum Narren mich macht.
In jedem Stern sehe ich nur Wasser
Nur Wasser, nichts als Wasser,
Kaltes, klares Wasser!

Der Schmied schüttelte den Kopf. »Das hätte ich nicht gedacht! Du möchtest darauf spielen?«

Neq nickte.

»Der Preis spielt keine Rolle. Aber du würdest in der Wildnis das Instrument nicht spielen können, wenn es nicht fest an deiner Hand angemacht ist. Ja. Möglich wäre es . . . ich müßte die Klinge mit einer Haftschicht versehen . . . aber kämpfen könntest du nachher nie wieder. Ist dir das klar?«

Sie wurden handelseins, und dann geschah es. Aus Neq dem Schwert wurde Neq das Glockenspiel

»Ein was?« fragte Vara verwundert und argwöhnisch. »Du hast dein Schwert umwandeln lassen zu einem – was?«

»Zu einem Glockenspiel. Das ist ein Schlaginstrument. Mein Schwert war mir zu blutig geworden.«

Sie wandte sich wütend ab. Tyl aber lächelte.

Sie zogen gegen Süden und Osten. Tyl und Neq machten sich auf den Rückweg, weil sie Dr. Jones Bericht erstatten wollten. Und diesen Bericht verkörperte Vara, obwohl sie die ganze

Sache ganz anders sah. Sie war aber die einzige, die die nötigen Fragen über die wahre Natur des Untergangs von Helicon beantworten konnte. Und sie war der Meinung, sie wäre nur unterwegs, um ihren Rachedurst an Neq zu stillen. Nein, sie würde nicht dulden, daß er ihr entwischte.

Tyl blieb der wortkarge Schweiger. Und Neq war nicht nach Reden zumute, ebensowenig Vara. Dreitausend Meilen hatten sie vor sich. Das bedeutete einen Fußmarsch von drei bis vier Monaten, wenn sie flott unterwegs waren. Angenehm würde die Wanderung gewiß nicht werden.

Doch sie mußten zusammenhalten, denn die Eingeborenen waren meist feindselig, und die alten Herbergen gab es nicht einmal mehr im Irren-Gebiet. Sie marschierten durch ein Gebiet, das einst Westkanada hieß und wollten sodann eine Reihe von großen Seen im Süden umgehen und dazu die Nordbegrenzung des ärgsten Ödlandes. Tyl besaß eine von den Irren stammende Karte. Dort war eine solche Route eingezeichnet.

Einer mußte jeweils auf Nahrungssuche gehen. Einer mußte allnächtlich Wache halten. Und einer mußte sie sicher durch das Gebiet der Gesetzlosen führen. Erst machte Tyl fast alles allein. Dann aber bot Vara ihm beschämt Hilfe an.

Neq, der kein Schwert mehr besaß, konnte nun weder auf Beutezug gehen noch kämpfen. Er war nun vollständig abhängig von den anderen, und diese neue Situation war ihm schrecklich. Es war sehr sehr schwer, auf eine Waffe zu verzichten, und das nicht nur im Ring! Für ihn blieb nur das nächtliche Wacheschieben – und dabei mußte er unbedingt wach bleiben. Und das war nach einer zwölfstündigen Wanderung nicht einfach.

Eines Nachts, als sie an einem Fluß lagerten, tröstete Neq sich, indem er die Spitzen seiner Greifklauen über die Glocken seines Glockenspiels gleiten ließ. Seitdem er aus der Schmiede gegangen war, hatte er damit nicht mehr gespielt. Doch der Ton wollte ihm nun nicht mehr gefallen. Metall auf Metall störte ihn. Er nahm den kleinen Hammer aus Holz und schlug damit versuchsweise die einzelnen Töne an. Das Gefühl für Musik kehrte wieder. Und bald spielte er ganze Tonleitern und übte, während die anderen schliefen! Er summte vor sich hin und verglich seine Stimme mit den klaren Tönen des Instruments. Ja, sie war in ihm noch vorhanden, die Freude an der Musik.

Schließlich erhob er die Stimme, die während seiner Zeit des Tötens geschlummert hatte und nur emporgestiegen war, als er sein Schwert begrub. Er sang und begleitete sich vorsichtig auf dem Glockenspiel.

Then only say that you 'll be mine
And our love will happy be
Down beside where the water flow
Down by the Banks of the Ohio

Er sang das ganze Lied durch, obwohl dies ein anderer Fluß war und seine Stimme, trotz der lobenden Worte des Schmieds höchst unvollkommen war, ein krächzender Schatten dessen, was sie in seiner Blüte gewesen war. Die Begleitung des Instruments verlieh ihm jedoch eine Sicherheit der Stimmführung, die er vorher vermißt hatte, und der Geist dieser Melodie durchdrang ihn mit seltsamer Heftigkeit.

Während des Singens wiegte er sich hin und her und ließ vor seinem geistigen Auge eine Vorstellung entstehen: eine junge Frau, die sich am Fluß ergeht und ihren Freier nicht heiraten mag, der sie mit dem Messer an der Brust bedroht, so daß sie schließlich ertrinken muß. Eine schreckliche Geschichte, doch ein schönes Lied – eines seiner Lieblingslieder, ehe sein Leben dem Lied zu ähnlich geworden war. Tränen waren in seinen Augen und erschwerten das Wachehalten.

»Wie war das mit deiner Frau – hast du sie etwa auch getötet?«

Daß sie erwacht war, schreckte ihn nicht weiter. Er hatte gewußt, daß er nicht laut singen konnte, ohne bei ihr Neugier oder Zorn zu erregen. »Ja, das muß ich wohl.«

»Ich frage nur, weil ich fragen muß«, antwortete sie verbittert. »Tyl hat mich zurückgehalten und gewollt, daß ich dich erst näher kennenlerne. Ehe ich dich töte. Ich habe gesehen, daß du keinen Armreif trägst.«

»Sie war eine Irre«, sagte er. Ihm war es gleichgültig, was sie über Neqa denken mochte.

»Eine Irre! Was hast du mit denen zu schaffen?«

»Ich wollte Helicon wieder aufbauen.«

»Du lügst!« rief sie aus und griff nach ihren Stöcken, die sie nach Kriegerart immer mit sich führte.

Neq bedachte sie mit einem matten Blick. »Ich töte. Aber ich lüge nicht.«

Sie wandte sich von ihm ab. »Noch töte ich dich nicht.«

»Du willst, daß der Berg tot bleibt?«

»Nein!«

»Dann sag mir eines: Was bedeutet dir Helicon? Wurdest du dort nicht gefangengehalten und schließlich betrogen? Haßt du ihn nicht?«

»Helicon war meine Heimat, die ich liebte!«

Er sah sie verblüfft an, wie sie da im Mondschein vor ihm stand. »Möchtest du dann wie ich, daß es wiederersteht?«

»Nein! Ja!« rief sie unter Tränen aus.

Neq beließ es dabei. Er wußte, was tiefer Kummer bedeutete und was das brennende Verlangen nach Rache. Und die Sinnlosigkeit dessen. Vara steckte mittendrin so wie er bei Neqas Tod. So wie er eigentlich jetzt auch noch drinsteckte. Es konnte Monate, ja Jahre dauern, bis sie wieder zu sich selbst und zu den anderen fand, und dann würde sie nicht mehr so hübsch sein.

Er schlug gegen die flachen Metallplättchen des Glockenspiels und stimmte eine neue Weise an. Und dann sang er, und Vara hatte nichts dagegen einzuwenden.

Ich erkenne meiner Liebsten Gang,
Ich erkenne meiner Liebsten Sang . . .

Tyl schlief trotz ihrer lauten Unterhaltung ruhig weiter.

»Als ich Var zum ersten Mal sah«, erzählte Vara, »da stand er auf der Hochfläche des Mount Muse und spähte über den Rand herunter. Er hätte einen Stein auf mich herunterrollen lassen können, doch er tat es nicht, weil er nicht zu denen gehörte, die einen Vorteil schamlos für sich ausnützen.«

»Warum sollte jemand einen Stein auf dich rollen lassen?« fragte Neq, dem nicht gefallen wollte, wie sie von dem Toten sprach.

»Wir traten im Einzelkampf gegeneinander an. Das weißt du.«

»Warum schickte Bob ein Kind aus?« War er endlich in Reichweite der Wahrheit gelangt?

»Und nach dem Kampf, da froren wir, und er hielt mich umschlungen, damit ich mich erwärmte. Er gab mir seine Wärme. Er war immer so großzügig.«

Sie waren für einander entgegengesetzte Ziele am Werke.

»Würdest du deinen Gegner wärmen, wenn er fröre?« fragte sie.

»Nein.«

»Siehst du! Var war ein Lebensspender, kein Todesspender.«

Sie hatte ihn kränken wollen, und sie hatte es tatsächlich geschafft. Wie konnte er diesem verbitterten Mädchen wiedergeben, was er ihr genommen hatte?

»Ein Hinterhalt«, murmelte Tyl. »Gut gemacht. Ich habe ihn zu spät bemerkt. Ihr zwei macht einen Ausfall, während ich euch Deckung gebe.«

Weder Neq noch Vara reagierten erkennbar. Dazu waren sie taktisch zu versiert. Sie wechselten einen Blick verstohlenen Einverständnisses, denn keiner der beiden hatte die Situation erkannt. Wenn aber Tyl sagte, sie wären in einen Hinterhalt geraten, dann entsprach dies sicher der Wahrheit, auch wenn der Wald verlassen schien. Vara drehte sich lässig um, als wolle sie umkehren. Neq folgte ihr mit einem Achselzucken, während Tyl müßig vor sich hinpfeifend an einen Baum trat, als wolle er seine Notdurft verrichten. Doch es war zu spät. Die Falle schnappte zu, und sie waren darin gefangen.

Von vorne und hinten, von allen Seiten tauchten Männer auf und umringten sie. Sie trugen Keulen und Stäbe und Stöcke. Merkwürdigerweise keine Klingen. Und jetzt sah Neq auch, wie sie zu dritt in diese Falle getappt waren. Die Wegelagerer waren aus Löchern in der Erde aufgetaucht! Die Falltüren glichen dem Waldboden und waren mit Laub bedeckt, so daß nichts zu bemerken war, ehe sie sich öffneten.

Für einen gewöhnlichen Hinterhalt ein riesiger Aufwand! Und keine scharfen Waffen! Warum dies alles?

Tyl und Vara waren aufeinander zugelaufen, kaum daß die Männer aufgetaucht waren. Sie standen nun Rücken an Rükken, die Stöcke in der Hand. Neq war wie angewurzelt stehengeblieben. Seine erste, ganz nutzlose Bewegung, als er sein Schwert heben wollte, hatte ihn daran erinnert, daß er nicht mehr bewaffnet war. Für die beiden anderen stellte er bloß ein Hemmnis dar.

Die Männer rückten näher heran. Neq dachte an eine ähnliche Situation, damals vor sechs Jahren, als die Leute den Laster umzingelt hatten. Wenn er damals bloß rechtzeitig die Lage durchschaut und damit Neqa gerettet hätte . . .!

»Ergebt euch!« sagte der Anführer der Wegelagerer.

Keiner gab Antwort. Dazu waren sie schon zu gewitzt und kannten die Art der Gesetzlosen. Es war zweifelhaft, ob man ihnen einen Tod nach ehrlichem Kampf zugestand. Und dieser Riesenaufwand nur zur Rekrutierung neuer Stammesmitglieder? Kaum zu glauben.

»Ergebt euch oder ihr müßt sterben!« rief der Anführer. Ein Kreis hatte sich um die zwei Stockkämpfer gebildet, ein zweiter um Neq. »Wer seid ihr?«

»Tyl aller Waffen.«

»Vara – der Stock.«

Die Wegelagerer wurden nachdenklich. »Ich weiß bloß von einem Tyl aller Waffen, und das hier wäre ziemlich weit von seinem Gebiet entfernt.«

Tyl unterzog sich nicht der Mühe einer Antwort. Er hielt die Stöcke bereit. Sein Schwert hing ihm an der Seite.

»Wenn er es wirklich ist, dann werden wir ihn lebend nicht zu fassen bekommen«, meinte nun der Anführer. »Und auch seine Frau nicht.«

Vara ließ sich zu keiner Berichtigung herbei. Auch ihre Stökke waren bereit.

»Warum er wohl ohne seinen Stamm auf Wanderschaft ist?« fragte ein zweiter. »Und mit einem Mädchen, das seine Tochter sein könnte?« »Vielleicht gerade deswegen«, meinte der Anführer. Er trat nun vor Neq hin. »Dieser da sagt kein Wort und versteckt seine Waffe. Wer bist du?«

Langsam hob Neq die Linke. Der lose Ärmel glitt zurück und

ließ die metallenen Greifklauen sichtbar werden. Ein Murmeln erhob sich in der Gruppe. Der Anführer trat zurück.

»Ich hörte von einem, dem man die Hände abschlug. Er ließ sich das Schwert anschmieden und –«

Neq nickte. »Ja, Wegelagerer waren es.«

Der Kreis um ihn wurde weiter, als die Männer zurückwichen. »Wir haben eine Feuerwaffe«, sagte nun der Anführer. »Wir wollen euch nicht töten, wenn ihr aber eine Bewegung macht –«

»Wir ziehen nur durch euer Gebiet«, sagte Neq. »Wir wollen mit euch nichts zu tun haben.« Er redete, um damit die Aufmerksamkeit von Tyl abzulenken, der inzwischen vielleicht seine eigene Feuerwaffe ziehen konnte. Der Gegner war zwar bei weitem in der Überzahl, was an sich keine Rolle gespielt hätte, wäre Neqs Klinge intakt gewesen und Tyls Schußwaffe bereit. Die Schußwaffe der Gesetzlosen brachte ihnen bei weitem nicht den Vorteil, den sie sich erhofften.

»Du hast sehr wohl mit uns zu tun«, sate der Anführer.« Wir fordern von euch einen Dienst. Erfüllt ihn und ihr dürft weiterziehen, mit den Reichtümern unseres Stammes beladen. Versagt ihr, dann seid ihr des Todes.«

Neq spürte schmerzhaft Wut aufsteigen, als er sich so angesprochen hörte. Als ob ihn die Drohung irgendeines Gesetzlosen beeindruckt hätte! Er hatte einen ganzen Stamm dieser Art ausgerottet. Aber nun hatte er sein Schwert aufgegeben. Er würde nun ohne Schwert leben oder sterben müssen.

»Welchen Dienst fordert ihr?«

»Ihr sollt den Geisterwald bei Nacht durchwandern.«

Neq hätte am liebsten aufgelacht. »Ihr fürchtet Gespenster?«

»Aus gutem Grund. Bei Tag tut der Wald niemandem etwas zuleide und bildet unser reichstes Jagdgebiet – ein paar Meilen von hier, diesen Pfad entlang. Wer sich aber des Nachts in den Wald wagt, den strafen die Geister. Erst waren die Klingen daran, dann die stumpfen Waffen. Du sollst den Fluch bannen. Verbringe eine Nacht im Wald und überlebe. Wir werden euch reich belohnen. Unsere Nahrungsvorräte, unsere ganze Ausrüstung, unsere Frauen –«

»Behaltet euren Kram! Gebt uns für heute zu essen. Dann werden wir den Geist herausfordern. Gemeinsam. Nicht euretwegen, sondern weil der Wald auf unserem Weg liegt.«

»Und ihr werdet das Schwert im Lager nicht ziehen?«

»Ich werde es bedeckt lassen, wenn keiner mich reizt.«

»Und du?« rief der Anführer Tyl zu.

»Ich ebenso«, zeigte Tyl sich einverstanden. Auch Vara nickte. Langsam senkten die im Kreise Stehenden ihre Waffen.

Als die Sonne sich senkte, brachte man sie an den Rand des verhexten Waldes. Das Waldstück sah ganz normal aus – Mischwald mit Buchen, Birken, Eschen, Fichten, dazwischen dicht bewachsene Weidestücke. Hasen sprangen vor den Eindringlingen davon. Ja, wahrhaftig ein gutes Jagdgebiet.

»Gibt es hier in der Nähe Strahlungsmarkierungen?« fragte Tyl.

»Ja, etliche. Aber diese Gefahr ist vorbei. Wir besitzen eine Klick-Box. Die Todesstrahlen sind erloschen.«

»Und doch sterben Menschen«, murmelte Tyl.

»Nur des Nachts.«

Um Strahlung konnte es sich dabei nicht handeln. Strahlen tauchten nicht plötzlich auf und waren dann verschwunden. Strahlung verging langsam mit der Zeit und wurde vom Tageslicht nicht beeinflußt.

»Wenn wir Var dabeihätten –« setzte Vara an. Und fing sich rechtzeitig.

»Es ist zehn Meilen von hier«, erklärte der Stammesführer. »Flußabwärts haben wir einen kleineren Schlupfwinkel. Und manchmal müssen wir in der Nacht dorthin – und müssen einen Umweg machen, der doppelt so lang ist, nämlich über den Berg. Bei Nacht wagt sich keiner durchs Tal.«

»Der Fluß sieht harmlos aus«, bemerkte Tyl. »Ist euer Pfad frei?«

»Durchweg. Keine natürlichen Hindernisse, keine Raubtiere. Früher gab es Riesen-Mäuse. Die haben wir ausgerottet. Jetzt gibt es nur Wild, Hasen, Vögel. Keine Raubtiere, wie gesagt.«

»Und ihr habt Leichen gefunden?«

»Ja, immer wieder. Manche ohne äußere Zeichen von Gewaltanwendung. Andere wieder, denen man den Todeskampf ansehen konnte. Nie haben wir jemanden allein oder unbewaffnet durch den Wald geschickt, und doch sind alle umgekommen.«

Deswegen legten sie sich in den Hinterhalt und überfielen harmlose Wanderer, dachte Neq bei sich. Ganz hübsch, aber nicht sehr klug. Waren sie denn nie auf den Gedanken gekommen, daß einer, nachdem er das Rätsel des Waldes gelöst und die Gefahr beseitigt hatte, Rachegelüste entwickeln könnte, weil man ihm aufgelauert hatte? In diesem Fall hätte die Lösung des Wald-Rätsels eine neue Katastrophe über den Stamm gebracht.

Tyl marschierte los. Neq und Vara folgten ihm eilig. Es war noch nicht dunkel, doch würde es stockfinster sein, lang ehe sie den Wald erreichten. Eine Zehn-Meilen-Nachtwanderung ausgeruht und sattgegessen – eine reine Routinesache, wären da nicht die Geister gewesen!

In einiger Entfernung von den Stammesmitgliedern trennten sie sich und schlichen geduckt zu beiden Seiten des Trampelpfades weiter. Kein Wort wurde gesprochen. Allen dreien war diese Technik des Vorrückens vertraut. Die größte Gefahr drohte von den Männern im Rücken, nicht von den angeblichen Geistern vor ihnen. Man mußte mit der Möglichkeit rechnen, daß im Wald Fremde absichtlich getötet wurden, damit das Gebiet in schlechten Ruf geriet, denn es war äußerst unwahrscheinlich, daß der Stamm nicht die leiseste Ahnung von der wahren Natur dieser Bedrohung hatte.

Doch sie wurden nicht verfolgt. Vorsichtig drangen die drei weiter vor, Tyl an der Waldseite des Pfades, Vara entlang des Flusses, Neq, der nicht kämpfen konnte, in der Mitte. In den Greifklauen hielt er einen dünnen Stock und tastete damit den Boden nach Fallgruben ab. Er schlich gebückt dahin, um eventuell vorhandenen Drahtschlingen oder ähnlich gefährlichen Hindernissen von oben auszuweichen. Er rechnete damit, etwas Todbringendem zu begegnen, er rechnete aber keinesfalls mit einem Gespenst!

Nach einer Stunde hatten sie nicht ganz zwei Meilen zurückgelegt. Ihre übertriebene Vorsicht war überflüssig gewesen. Es hatte sich keine Gefahr gezeigt. Vor ihnen aber lagen noch acht Meilen und acht Stunden Dunkelheit. Die Furcht der Stammesmitglieder war nicht gespielt gewesen. Vielleicht hausten sie unter der Erde, weil an der Oberfläche im Walde tatsächlich eine Gefahr lauerte.

Der Weg war trotz der Dunkelheit wunderschön. Auf der Westseite wurde der Pfad von dunklen Bäumen überschattet, auf denen der Vollmond lag, im Osten floß gemächlich der Fluß. Den Boden deckten große Ranken, mit Nachtblüten bestückt. Immer intensiver wurde der Duft, würzig und erfrischend in der leichten Brise.

Neq mußte an seine Kindheit denken. Schön war es damals gewesen, zusammen mit den Eltern und der Schwester. Was dann gekommen war, der Ruhm und Untergang des Imperiums, war mit jener Geborgenheit nicht zu vergleichen. Warum hatte er sie aufgegeben?

Hig der Stock! Dieser Mann hatte seinen lüsternen Blick auf Nemi, Neqs junge Zwillingsschwester geworfen! Neq wollte in der Erinnerung vor Wut und Kühnheit die Schwerthand ballen – da fiel ihm ein, daß er keine Hand mehr hatte. Yod der Gesetzlose hatte sie ihm genommen –

Die Zeit verzerrte sich. Es war dunkel, doch Neq sah genug im diffusen Mondlicht. Eine Gestalt kam auf ihn zu, es war die Gestalt Yods. Yods, dessen elende Lenden –

Neq schwang sein schimmerndes Schwert und warf sich dem Gegner entgegen. Heute nacht würde ein Schädel die Stange zieren!

Treffer! Aber mit dem Schwert konnte man nicht richtig umgehen. Es gab Töne von sich, ein mißtönendes Geklingel.

Schockiert setzte seine Erinnerung wieder ein. Das war kein Schwert! Es war das Glockenspiel, mit dem man Musik machen konnte.

Jetzt erst sah er seinen Gegner genauer an. »Tyl! Du erhebst im Zorn das Schwert gegen mich?«

Erschrocken wich Tyl zurück. »Neq! Ich habe dich verwechselt mit – mit einem anderen. Mit einem, der schon tot ist. Ich muß wohl übermüdet sein. Gegen dich erhebe ich mein Schwert nicht.«

Erschüttert zogen sie sich zurück. Wie hatte es bloß zu dieser Verwirrung kommen können? Hätte das Glockenspiel nicht ein paar Töne von sich gegeben, wären sie in einen Kampf verwikkelt worden, und Tyl hätte ihn womöglich erschlagen, ohne es zu wollen. Welche Ironie, da sie dem Schrecken des Waldes noch gar nicht begegnet waren!

Wieder kam verstohlen eine Gestalt näher. Neq aber war zu gewitzigt, um sich überrumpeln zu lassen. Diesmal war es nicht Tyl – die Gestalt war gar nicht männlich.

»Minos!« rief sie. Sie war nackt. Ihr Busen wogte, als sie ihre Stöcke erhob.

Stöcke? Das konnte nicht Neqa sein! Es mußte – Vara sein. Sie war gekommen, ihn zu töten. Gekommen, um Rache zu üben.

Doch sie ließ ihre Waffen wieder sinken. »Minos, ich werde dir keinen Widerstand entgegensetzen. Komm und faß mich mit deinen ungeheuren Gliedmaßen. Aber laß Var gehen.« Und sie breitete ihre Arme einladend aus.

Was ging bloß mit ihr vor, mit ihm und mit Tyl? Neq hatte geglaubt, Neqa vor sich zu sehen. Jetzt meinte Vara, sie hätte Var vor sich. Oder Minos, wer immer das sein mochte. Und Tyl hatte angegriffen . . .

Neq wich zurück und versuchte sich einen Reim darauf zu machen, doch er konnte sich vor den verwirrenden Bildern in seinem Bewußtsein nicht retten. Die Bäume erschienen ihm als Bedrohung, der Fluß als riesige Schlange, die Finsternis war erstickend. Er spürte den Drang zu kämpfen, zu töten, zu vernichten.

Und jetzt kam Tyl wieder mit seinen Stöcken. Und auch Vara. Neq wich mit beinahe ängstlicher Hast aus. Ihm gefiel diese Situation gar nicht. Tyl mochte vielleicht einen Groll gegen ihn hegen, und Vara mochte guten Grund haben, ihn zu töten, aber dies alles war nicht anständig und ganz und gar nicht normal für die beiden.

Tyl traf auf Vara. »Raus aus meinem Lager, du Schlampe!« rief er und hob die Stöcke kampfbereit. »Nein, Bob, nicht!« schrie sie auf. Sie zog sich zurück, wandte aber ihr Gesicht nicht von ihm ab. »Wenn du mich berührst, töte ich dich!«

Sie waren nahe daran, aufeinander loszugehen – und Neq war zur Nebenfigur geworden! Wie Dämonen umschlichen sie einander, und warteten mit dem ersten Streich, bis sich eine Gelegenheit zum tödlichen Streich bot. Wie Gesetzlose, wie die Mörder Neqas . . .

Da griff Neq mit sirrendem Schwert an. Tod allen beiden!

Doch da passierte ihm, was ihm nie zuvor passiert war. Sein Fuß verfing sich in einer Ranke, und er fiel der Länge nach hin. Schmutz und Laub schlugen ihm ins Gesicht, das Glockenspiel ließ seine Töne hören – ein ganz unpassendes Geräusch.

Neq rollte sich um die eigene Achse und spuckte Erde aus. Sein Leib hatte eine Demütigung hinnehmen müssen, sein Bewußtsein aber war schlagartig wieder klar geworden. Das waren die Geister! Diese vom Wahnsinn Erfaßten, die Trugbilder sahen und einander angriffen! Das war der Tod, der im Walde lauerte!

Wieder hüllte ihn der Duft der Nachtblüher ein und betäubte seine Nüstern mit seiner Fülle. Ähnlich dem Alkohol veränderten die Düfte seinen Blickwinkel, ließen das Wirkliche unwirklich erscheinen, das Unwirkliche wirklich . . .

Er mußte töten. Die Geister waren nun schon fast über ihm. Neq sprang auf und warf sich die Uferböschung hinunter ins schwarze Wasser des Flusses. Der Kälteschock verschaffte seinem Kopf wieder volle Klarheit.

Ja, hier lauerte der Tod. Der Tod, den die Geister mit sich brachten, die die Mordlust weckten. Ein gasförmiger Mörder, der keinen Fußabdruck und keine Narbe hinterließ. Der Geist des Waldes. Jetzt wußte er, was sich dahinter verbarg – und konnte ihm doch nicht entgehen. Atmen mußte der Mensch! Der physische Schock des kalten Wassers dämpfte die Wirkung nur vorübergehend; schon drang der heimtückische Duft wieder in seine Nase, in die Lunge und ins Gehirn, veränderte seine Wahrnehmung, gaukelte ihm aufreizende Bilder vor . . .

Mit dem Schwert konnte man nicht dagegen ankämpfen! Nur ein Unbewaffneter konnte auf ein Überleben hoffen. Und wer wagte sich schon unbewaffnet in diesen Wald?

Neq warf einen Blick auf sein schimmerndes Glockenspiel, das im Mondlicht schwach aufleuchtete. Schon wieder verschwamm es zu einem Schwert. Zu einem Geisterschwert. Denn sein echtes Schwert war tot. Das Geisterschwert würde ihn nur in den Tod führen, denn ohne den Glauben daran, war er waffenlos.

Und plötzlich überfiel ihn Einsamkeit. Nie war ihm sein Leben sinnloser erschienen.

Er faßte nach dem Schwert und berührte dabei das Glockenspiel. Die Töne und sein Tastgefühl sagten es ihm. Ein Weg, sich ständig daran zu erinnern, daß alles falsch war, was er sah. Da fing er an, sich eine Melodie zusammenzusuchen, mitten im Wasser – im Wasser, das ihm wie warmes, gehaltvolles Blut erschienen war –, und die Töne waren schön und klar. Sie strebten auseinander, bildeten eine Weise, und jeder Ton war voller Leben. Die Weise als Ganzes weitete sich aus und umspannte die Welt. Die Weise geriet zum Marschrhythmus. Mit jedem Schlag sah er einen Fuß. Und alle marschierten sie in den Himmel.

Er sang:

Du mußt hindurch,
Durchs einsame Tal,
Du schaffst es allein,
Dir bleibt keine Wahl . . .

Diese Melodie ließ ihn nicht mehr los, sie half ihm aus dem Wasser und verlieh ihm eine großartige kummervolle Stärke.

Wir müssen hindurch,
Durchs einsame Tal –

Schatten umdrängten ihn, männlich und weiblich . . . aber die Musik erschreckte sie. Wie eine Kette von Kriegern schlugen die Notenreihen den Gegner zurück und schwächten seine Entschlußkraft. Er sang immer weiter, und immer schöner als je zuvor

»Und schaffen es allein . . .«

Mit neu aufkeinemdem Selbstvertrauen stimmte Neq eine neue Weise an und wanderte den Pfad entlang, triefend vor Nässe, und die anderen folgten ihm.

Nur ein Mensch voller Sorgen
Singt ein Sorgenlied! Und das Geister-Echo gab ihm recht, und gemeinsam sangen sie nun viel lauter.

Nur ein Mensch voller Sorgen
Singt ein Sorgenlief!
Mich drücken Kummer und Sorgen,
Nur bis zum hellen Morgen!

Siegesgewiß fuhr Neq fort und warf neue Kräfte an Gesang und Musik in den Kampf, als die alten Truppen an Kampfkraft gegen den Geister-Duft verloren. Weiter den Pfad entlang, durch den dunklen Wald, so zerstreute er entschlossen mit Stimme und Instrument die heimtückischen Dünste und führte die gefangenen Gestalten aus dem einsamen Tal.

Und dann war es geschafft. Verlegen brach Neq unvermittelt ab. Seine Stimme klang ihm heiser in den Ohren. Stundenlang waren sie marschiert und hatten dazu gesungen. Und Tyl und Vara waren bei ihm. Sie schüttelten den Kopf, als wären sie aus einem Alptraum erwacht.

Die Dämmerung war nahe.

XV

»Haltet euch vom Stamm fern«, sagte Tyl. »Die sollen ruhig glauben, daß wir tot sind. Andernfalls töten sie uns womöglich, damit ihr Geheimnis gewahrt bleibt. Wir wollen heute im Wald schlafen.«

»Im verwunschenen Wald?« fragte Vara nervös.

»Bei Tag ist er sicher. Wir werden ihn auch nachts wieder aufsuchen.« »Was?!« Neq konnte es nicht fassen. »Beinahe hätten wir einander dort getötet! Die Geister –«

»Das hast du verhindert«, sagte Tyl. »Deine Waffe hat sie besiegt und hat uns wieder herausgeführt. Aber unser Sieg ist unvollkommen, ehe wir nicht wissen, was diese Wirkung hervorruft und warum der Stamm der Gesetzlosen immer wieder unschuldige Fremde in den Wald schickt. Ich bin sicher, daß sie um die Ursache wissen. So dumm können sie nicht sein – in unmittelbarer Nähe leben und keine Ahnung von dem Geheimnis haben. Noch nie bin ich vor einem Feind geflohen – oder habe einen möglichen Feind hinter mir gelassen.«

Er hatte recht. Ein Feind, den man unbeachtet ließ, war doppelt gefährlich. »Die Blüten« sagte Neq. »Nachtblüher.«

Tyl holte seine Waffen hervor.

»Stöcke für dich«, sagte er zu Vara. »Für dich, Neq, das Schwert.«

Neq konnte das Schwert mit seinen Klauen kaum halten, doch er begriff, was Tyl vorhatte.

Tyl ging zu einer Kletterranke und pflückte eine geschlossene Blüte ab. Er öffnete die Blütenblätter und führte die Blüte an die Nase. Tief sog er den Duft ein. »Ganz schwach, irgendwie anders.« Wieder sog er den Duft ein. Und dann ein drittes Mal.

Er veränderte sich. Seine Augen weiteten sich und wurden wieder klein. Die Hand zuckte nach dem Schwert.

Er ließ die Blüte fallen und grinste. »Das ist es!« rief er aus. »Ich habe mich daran berauscht – aber ich weiß, was es ist. Kommt mir nicht zu nahe –«

Sie wußten, was er damit meinte. Der schwache und vorübergehende Effekt einer einzigen Blüte bei Tag konnte einem Menschen, der um die Gefahr wußte, nichts anhaben, so wenig wie ein Tropfen Alkohol ihm etwas anhaben konnte. Doch der geballte Duft Tausender Blüten auf dem Gipfel ihrer Kraft, die sich die ganze Nacht über entfaltete und steigerte – das war etwas völlig anderes.

»Ich glaube nicht, daß wir die Nacht über bleiben sollten«, sagte Vara. »Der Duft bringt unsere Leidenschaften in Aufruhr. . .«

Richtig. Und zwischen ihnen schwelte ohnehin Rachedurst.

Tyl ging hinunter an den Fluß und hielt seinen Kopf unter Wasser. Triefend aber triumphierend kam er wieder. »Wir kennen nun den Zauber!«

»Aber atmen müssen wir auch in der Nacht«, gab Neq zu bedenken und händigte ihm sein Schwert wieder aus. »Einmal haben wir es geschafft, aber es wäre tollkühn, wenn wir es ein zweites Mal wagten.«

Tyl dachte nach. »Ja. Jetzt eben, da war ich mir über die Wirkung im klaren. Aber es war mir gleichgültig. Hätte ich meine Waffe zur Hand gehabt –«

»Dasselbe widerfuhr mir letzte Nacht«, gestand Neq. »Und meine einzige Waffe war ein Lied.«

»Die Blüte ist die Waffe«, sagte Tyl. »Eine Waffe, die einen ganzen Stamm besiegen könnte. Würde sich die Kenntnis davon verbreiten, würde man überall diese Pflanze setzen. Wir müssen sie uns aneignen.«

Vara rieb sich die Augen. Sie hatten kein Auge zugetan, und der Stamm konnte jeden Augenblick auftauchen. Wahrscheinlich hatte Tyl richtig geraten: der Stamm war mehr daran interessiert, das Geheimnis des Waldes für sich zu behalten, als es preiszugeben. Tote trugen mit dazu bei, den üblen Ruf zu verbreiten und andere Stämme daran zu hindern, in dieses reiche Jagdgebiet einzufallen. Natürlich wurden nur Fremde geopfert. Es war höchste Zeit, sich zu verstecken und sich auszuschlafen.

Tyl nickte. »Wir bauen uns ein Lager am Wasser unterhalb des überhängenden Ufers und schlafen dort. Wir stellen keinen Posten auf. Findet man uns, dann wehren wir uns, bis es dunkel wird oder springen einfach ins Wasser.«

Die Stammesmitglieder waren entweder zu selbstsicher oder zu dumm, um eine gründliche Suche zu veranstalten. Die drei blieben unentdeckt. Erquickt brachen sie auf und erreichten den südlichen Rand des Waldes, als die Blüten sich öffneten. Klar, daß um diese Zeit keiner vom Stamm auf der Lauer lag.

»Wenn das Licht bewirkt, daß sie sich schließen«, murmelte Tyl. Neq machte einen Satz. Tyl steuerte direkt auf eine dichte Gruppe sich öffnender Blüten zu! »Vorsicht – das Mondlicht hat ihnen gestern nichts anhaben können.«

»Vielleicht doch«, sagte Vara. »Vielleicht ist das der Grund, warum wir durchkamen. Wir haben nicht die ganze Wirkung mitgekriegt . . .«

»Geht aus der Windrichtung«, sagte Tyl. Er holte sein Licht hervor. Es war eine kleine Kerosin-Laterne mit rundem Docht und verstellbarem Glühstrumpf. Eine Vorrichtung zum Anzünden war daran angebracht. Das Ding war mitgeschleppt worden, und Tyl hatte es nur selten gebraucht, da er sich lieber auf seine eigene Nachtsicht verließ. Aber er gehörte nicht zu denen, die ohne richtige Ausrüstung unterwegs waren.

Er entzündete die Laterne, stellte sie auf höchste Leuchtkraft ein und führte sie ganz nahe an die Pflanze heran. Ein an der Laterne angebrachter Reflektor bewirkte, daß die Helligkeit erstaunlich gesteigert wurde.

Langsam schloß sich die Blüte.

»Wenn das Licht sie zum Schließen veranlaßt, müßte die Dunkelheit ein Öffnen bewirken«, sagte Tyl. »Wenn wir eine solche Ranke mit uns trügen –«

»Würde sie eingehen«, sagte Neq, dem der dahinterliegende Gedanke nicht gefallen wollte.

»Eine junge Pflanze samt Erdreich. In einem Behälter und dazu diese Lampe –«

»Das ergibt eine Waffe!« rief Vara aus. »Bei Tag abdecken, mitten unter die Feinde stellen . . .«

Tyl nickte. »Und wenn alle tot sind, nimmt man die Pflanze wieder mit. Zündet das Licht an. Wandert weiter.«

»Ein Gegen-Hinterhalt«, schloß Vara, deren Augen in der Dunkelheit zu leuchten schienen.

Wieder Töten, dachte Neq. Das Töten nahm kein Ende, sei es mit dem Schwert oder mittels der Blume. Doch der Plan hatte einiges für sich. »Das hier ist eine Randzone. Wird die Pflanze außerhalb des Waldes gedeihen?«

»Eine hochempfindliche Sorte«, äußerte Vara erregt. »Sie braucht die richtige Temperatur. Wasser, Erdreich, Schatten –«

»Das alles werden wir herausfinden«, sagte Tyl. »Der Mensch hat sich schon ganz andere Pflanzen nutzbar gemacht.«

Die beiden machten sich nun eilig daran, ein passendes Exemplar auszugraben und in einem Behälter unterzubringen. Neq konnte seine Bedenken nicht loswerden. Die kleinste Schlamperei genügte, und um ihr Dreigespann war es geschehen. Die Pflanze war ein höchst unzuverlässiger Bundesgenosse.

»Var war so aufopfernd«, sagte Vara. »Er hat mir immer geholfen, auch damals, als ich mich als Junge verkleidete. Als wir im Schnee die Nacht verbringen mußten, und ich von einem Ödland-Ungeziefer gestochen wurde, schleppte er mich zurück zur einzigen Herberge, und das, obwohl er einen verstauchten Knöchel hatte. Und er kämpfte, um mir Ruhe zu verschaffen, obwohl er noch nicht fähig war, in den Ring zu treten. Erschöpft und mit geschwollenem Fuß –«

Und Neq mußte sich das anhören. Das also war der Mann gewesen, den er getötet hatte. Er konnte ihr nicht wiedergeben, was er ihr genommen hatte, er, der ihren Verlust nicht in vollem Umfang begriff. Er merkte genau, was sie im Begriff stand zu tun. Tyl hatte sie zwar abgehalten, ihn mit Stöcken anzugreifen. Deshalb griff sie ihn nun mit Worten an. Ihre artikulierten Erinnerungen waren schrecklich, weil sie einen Toten zum Leben erweckten, Vars Größe und den Schmerz über seinen Tod vervielfachten.

Ihr verbaler Feldzug war wohl berechnet, das wußte er. Trotzdem tat es ihm weh. Denn er konnte sich nicht verteidigen. Er hatte ihren Mann getötet, jenen Mann, der sein Freund hätte werden sollen und es nun nie mehr sein konnte.

Wenn sie manchmal Var sagte, so hörte er Neqa. Und Neq selbst war zu Yod geworden, dem Mörder der Unschuldigen.

Es klappte. Die Ranke gedieh unter Tyls Pflege, und eine winzige Flamme in der Laterne bewirkte, daß die Blüte geschlossen blieb. Gewöhnlich stellten sie die Pflanze in einiger Entfernung von ihrem Nachtlager auf und ließen sie aufblühen, damit ihr natürlicher Zyklus nicht zu stark gestört würde. Sie brauchten nicht zu fürchten, daß Tiere sich an die Pflanze heranmachten. Der Duft war ausreichend als Verteidigung. Ein Abstand von einer Meile erschien ihnen mehr als genug – wenn die Windrichtung nicht wechselte, dann weniger als eine Meile. Gelegentlich kam es zwar vor, daß sie den schwachen Duft spürten und ein gewisses Erstarken tierischer Leidenschaften in sich. Sie gerieten abermals in einen Hinterhalt, ein häufiges Vorkommnis in der Nach-Irren-Welt. Eine Stunde lang konnten sie sich mit Hilfe von Tyls Schußwaffe verschanzen. Unterdessen öffnete die verdeckte Pflanze langsam ihre Blüten und ließ den Duft durch Öffnungen im Behälter ausströmen. Als er die Wirkung spürte, fing Neq zu singen an und ließ sein Glockenspiel ertönen. Er beschränkte sich auf Lieder um Kameradschaft und Gerechtigkeit, während der Duft in die Nachmittagsluft aufstieg. Tyl und Vara schlossen sich an und legten die Waffen nieder – so daß der Feind sie nicht sehen konnte. Die Wegelagerer lachten, weil sie das alles für ein lächerliches Schauspiel hielten.

Dann aber brach unter ihnen Streit aus. Die Dünste hatten sich verbreitet. Sie waren nicht stark, doch es reichte, denn die Wegelagerer waren angriffslustig und arglos. Tyl deckte die Pflanze ab, damit sich die Blüte schließen konnte. Sie selbst mußten sich von den Wirkungen völlig frei machen, ehe sie weiterzogen. Sie waren mittlerweile auf der Hut vor ihren eigenen niederen Regungen, doch hatte es keinen Sinn, auch nur das kleinste Risiko einzugehen.

Die Wegelagerer waren mittlerweile völlig in Auflösung begriffen und wußten nicht warum. Die starken Leidenschaften von Männern, die es in die Gesetzlosigkeit getrieben hatte, waren nicht mehr zu zügeln. Kaum war der Konflikt entstanden, fand er einen günstigen Nährboden.

Neq machte nun den Fehler, ein Liebeslied anzustimmen. Immer deutlicher wurde ihm die nahe Gegenwart Varas bewußt, die sechzehnjährig den Höhepunkt ihrer Weiblichkeit erreicht hatte. Er wurde sexuell erregt, ungeachtet der Dinge, die sich zwischen ihnen abgespielt hatten. Aber Tyl war immer zugegen, und seine störende Anwesenheit bewirkte, daß Neq sich über die Gefahr klarwurde und sich zwang, auf andere Lieder auszuweichen. Vara lieben? Da war es noch ungefährlicher, einen Killer-Falter des Ödlandes zu küssen.

Es wurde Zeit aufzubrechen. »Vorwärts, christliche Soldaten!« sang Neq. Der Text war für ihn unverständlich. Melodie und Geist des Liedes aber wirkten aufmunternd.

Singend durchwanderten sie eine Wildnis des Todes. Nur ganz selten mußten sie sich eines Angriffs erwehren. Sie trafen auf Paare, die im Kampf zusammengespannt waren, andere wieder in der Liebe, denn die Frauen wurden zu den Aktivitäten herangezogen. Ein Mann und eine Frau knurrten einander an und bissen einander und das mitten im Liebesakt. Kinder kämpften so grausam wie Erwachsene, und viele fanden den Tod.

Die Leidenschaft ging vorüber, doch der Stamm sollte sich nie wieder ganz davon erholen.

Varas Feldzug dauerte an. Neq erfuhr nun, wie Var sie vor einer Monster-Maschine in einem Tunnel gerettet hatte – in demselben Tunnel, in den Neq sich nicht hineingetraut hatte – und vor einem Bau von Wespen-Weibern. Sie erzählte, wie er die für sie bestimmten Pfeile mit seinem Leib abgefangen hatte. Er hatte mit dem Gott-Tier Minos gekämpft, um sie vor einem Schicksal zu bewahren, das an Schrecklichkeit dem Tod gleichkam.

Vars Leben war kurz aber erfüllt gewesen, das stand fest. Der Lebensbericht jedenfalls reichte für einen ganzen Wandermonat aus. Sie kamen in milderes Klima, und je weiter sie nach Südosten vordrangen, desto frühlingshafter wurde es. Doch die Worte des Mädchens machten die Milderung nicht mit.

Als sie schließlich mit Vars Tugenden am Ende war, machte sie sich über Vars Fehler her.

»Mein Mann war ja nicht hübsch«, sagte Vara. »Er war dicht behaart und hatte einen Buckel. Hände und Füße waren verformt, und seine Haut war fleckig.« Neq wußte das alles. Schließlich hatte er gegen den Mann gekämpft. »Seine Stimme war so heiser, daß man ihn kaum verstehen konnte.« Ja. Bei deutlicher Aussprache hätte Neq ihn vielleicht rechtzeitig verstanden und den tödlichen Streich nicht geführt. »Singen konnte er überhaupt nicht. Doch ich liebe ihn noch immer.«

Allmählich ging Neq das Ziel dieser neuen Attacke auf. Neq selbst war nämlich hübsch, wenn man von den zahlreichen Narben und den verstümmelten Händen absah. Seine Stimme war sanft und wohlklingend. Er konnte schön singen. Vara hielt ihm so seine Vorzüge vor und bewirkte, daß er sich ihrer schämte.

Es war ähnlich wie das Betäubungsmittel, das der Pflanze entströmte. Neq wußte, was sie bezweckte, und doch konnte er sich nicht dagegen wehren. Er mußte zuhören, mußte reagieren, mußte sich hassen, wie sie ihn haßte. Er war ein Mörder, ärger als jener, der seine Gefährtin getötet hatte.

Und Tyl schritt nicht ein.

Im folgenden Wandermonat wurde Vara von Mißmut befallen. Ihr Feldzug war wirkungslos geblieben, denn Neq hatte die Sticheleien einfach hingenommen. »Alles habe ich besessen!« rief sie enttäuscht aus. »Und jetzt habe ich nichts. Nicht einmal die Rache blieb mir!«

Also hatte sie etwas dazugelernt.

Eine Woche lang hielt sie den Mund. Dann aber sagte sie: »Nicht einmal sein Kind!«

Var war nämlich steril gewesen. Ihr Vater Sol war ein Kastrat. Sie selbst war unter seinem Armreif von Sos dem Seil gezeugt worden, der dann später in Helicon seinen eigenen Reif Sosa gab. Ihr Mann war also wie ihr Vater kinderlos geblieben.

Neq kannte die verwickelte Geschichte mittlerweile und verstand nun auch, warum der Waffenlose, nämlich Sos, Var verfolgt hatte. Rache, wieder einmal! Aber Var hatte sich nicht so leicht einfangen lassen, denn seine verfärbte Haut reagierte auf Strahlung, was in der Nähe des Ödlandes ein unschätzbarer Vorzug war. Diese Fähigkeit hatte ihn allerdings seine Fruchtbarkeit gekostet.

»Und meine Mutter Sosa war unfruchtbar«, jammerte Vara. »Werde auch ich unfruchtbar bleiben?«

Tyl sah Neq vielsagend an.

Var war sehr naiv gewesen. Neq war es nicht. Das hatte sich in den vergangenen zwei Monaten immer wieder erwiesen und ihm Schande eingebracht. Jetzt aber war er schockiert. Denn ihm war die Bedeutung von Tyls striktem Kampfverbot aufgegangen.

Vara wünschte sich ein Kind . . .

Es sah ganz so aus, als wäre ihr die Bedeutung ihrer Worte nicht klar und als wüßte sie nicht, warum Tyl sie am Anfang daran gehindert hatte, gegen Neq zu kämpfen.

Was aber hatte Tyl eigentlich im Sinne? Wenn er es für wichtig ansah, daß Vara ihr Kind bekam, dann gab es andere Wege. So viele Wege wie Männer auf der Welt. Warum also das alles? Warum ausgerechnet Neq, Varas Feind? Warum diese Schande?

Es gab darauf eine Antwort. Vara wollte nicht nur ein Kind – sie wollte Vars Kind. Jedes von ihr geborene Kind würde Vari sein, Vars Nachkomme. So wie sie selbst als Soli, Kind des kastrierten Sol, geboren worden war. In den Augen der Nomaden entschieden der Armreif und nicht der Mann über die Vaterschaft. Und welcher Mann würde Vars Reif und seine eigene Ehre mißbrauchen, indem er sich zu einem solchen Ehebruch hergab, mochte das Mädchen auch hübsch sein?

Ja, welcher Mann – mit Ausnahme des einen, der seinen Reif bereits losgeworden war und dessen Untaten so schrecklich waren, daß die Verletzung eines fremden Reifs gar nicht mehr zählte? Welcher wohl, bis auf den einen, der sich durch einen Eid gebunden hatte, ein vernichtetes Leben zu ersetzen?

Welcher außer Neq!

XVI

Jetzt war es an Tyl, die Sache voranzutreiben, während Neq sich eher abseits hielt. Die Wanderung ging nun schon in den dritten Monat, unterbrochen von strategischen Maßnahmen, von Kämpfen und natürlichen Gefahren, doch alles Wichtige trug sich nun zwischen Tyl und Vara zu. Varas anfängliche Wut hatte sich aufgebraucht. Sie war verletzlich geworden.

Es fing ganz unauffällig an. Eines Tages stellte Tyl ihr eine scheinbar harmlose Frage, deren Beantwortung sie zwang, ihre eigenen Motive zu überdenken. Ein andermal fragte er Neq nach einer Kleinigkeit aus dessen Vergangenheit. Auf diese Weise konnte Tyl feststellen, daß Vara sich am engsten mit Sol verbunden fühlte, und nicht mit ihrem biologischen Vater sowie mit Sosa, die nicht ihre natürliche Mutter war. Sol und Sosa hatten zusammengelebt und ihre beiden Armreifen mißachtet, nur um Soli – Vara eine Familie zu bieten.

»In Helicon war das anders«, sagte sie. »Dort gibt es keine richtigen Ehen. Es gibt zuwenig Frauen. Die Männer teilen sich in die Frauen, gleichgültig, wer wessen Reif trägt. Anders wäre es nicht gerecht.« Sie redete, als würde Helicon noch existieren, obwohl sie die Wahrheit kannte.

»War demnach Sosa mit allen Männern beisammen?« fragte Tyl, als ginge es ihm bloß darum, diesen verwirrenden Punkt zu klären. »Auch mit denen, die sie nicht mochte?«

»Nein, es wäre sinnlos gewesen. Sie konnte kein Kind empfangen. Ja, ich glaube, sie ging manchmal mit einem, wenn der nicht lockerließ – sie ist sehr schön, mußt du wissen. Aber das hatte ja nichts zu bedeuten. In Helicon ist Sex einfach Sex und nicht mehr. Wichtig ist nur, daß Frauen Kinder bekommen.«

Dies traf auch auf die Nomaden zu, dachte Neq bei sich.

»Und wenn du dort geblieben wärest?« fragte Tyl.

»Warum hätte ich es anders halten sollen? Als ich fortging, war ich erst acht, aber immerhin schon –« Sie hielt inne.

Tyl sagte darauf nichts, doch nach einer Weile fühlte sie sich bemüßigt zu erklären: »Einer der Männer – eine Altersgrenze gibt es da nicht. Nun, er hatte eine Vorliebe für die ganz jungen. Und überdies waren Mädchen rar. Aber ich war noch nicht so weit. Deswegen schlug ich ihn mit dem Stock. Das war alles. Sol sagte ich davon nichts – es hätte bloß Ärger gegeben.«

Das allerdings! Neq fiel die Szene im Blüten-Wald ein, als die Trugbilder sie narrten. Da hatte sie einem eingebildeten Angreifer Drohungen entgegengeschleudert.

»Wärest du älter gewesen –« sagte Tyl nun.

»Dann wäre ich wohl mit ihm gegangen. So ist es eben in Helicon. Das hat mit bestimmten Vorlieben nichts zu tun.«

»Und als du die Ehe mit Var geschlossen hast – wärest du dann noch in den Berg zurückgegangen?«

»Wir waren auf dem Weg dorthin!« Und wieder mußte sie die Sache näher erklären. »Var hätte Verständnis gehabt. Ich hätte seinen Reif behalten.«

Sie war ähnlich naiv wie Var, denn sie merkte noch immer nicht, wohin Tyl sie führen wollte.

Sodann kam Neq an die Reihe. Tagtäglich, während sie marschierten und kämpften und schliefen. Er war keineswegs zugänglich, aber Tyl war so schlau, ihm Fragen zu stellen, die er offen beantworten oder sie unbeantwortet lassen mußte. Allmählich schälten sich die Umrisse von Neqs dem Imperium geleisteten Diensten heraus, sein großes Geschick im Schwertkampf, der Codex, nach dem er sich gerichtet hatte. Ja, er hatte als Unterführer eines Stammes oft töten müssen, aber niemals außerhalb des Ringes und nie grundlos. Und vieles davon war auf Sols Anweisung geschehen. Nichts davon ging auf die Rechnung des Waffenlosen, der nichts unternommen hatte, das Imperium auszuweiten.

Vara blieb abweisend. Ihr gefiel dieses Ins-rechte-Licht-Rükken von Neqs Charakter nicht.

Und dann kam Tyl zu Neqs Tun nach dem Fall des Imperiums. »Warum bist du zu den Irren gegangen?«

»Das Imperium war am Auseinanderbrechen, und die Nomadengesellschaft ebenfalls. Die Gesetzlosen verwüsteten die Herbergen. Es gab keine Nahrungsmittel mehr, keine Vorräte, keine guten Waffen. Ich wollte in Erfahrung bringen, warum die Irren sich zurückgezogen hatten.«

»Und warum hatten sie sich zurückgezogen?«

»Sie waren abhängig vom Nachschub aus Helicon, und ihre Laster konnten nicht mehr durch. Da sagte ich, ich wollte mich ein wenig umsehen.«

Dann kam die Beschreibung dessen, was er am Berg entdeckt hatte. Da war es um Varas Teilnahmslosigkeit geschehen. Tränen liefen ihr über die Wangen. »Ich wußte, daß alles verloren ist«, rief sie aus. »Meine beiden Väter haben es getan, Var und ich haben mitgeholfen. Aber wir wußten nicht, daß es so schrecklich sein würde.«

Solcherart hatte Tyl Neq als Bewahrer zivilisierter Werte hingestellt, während Sol und der Waffenlose, ja sogar Vara als deren Zerstörer dastanden. Was für eine Schlappe für Varas Anmaßung! Sie marschierten einige Tage weiter. Dann fing Tyl von neuem an. »Bist du allein nach Helicon gegangen?«

Neq wollte darauf keine Antwort geben, denn seine Erinnerung war trotz der langen Zeit noch frisch. Nein, das Thema sollte nicht besprochen werden.

Erstaunlicherweise war es Vara, die nun weiterbohrte. »Du hast mit einer Irren die Ehe geschlossen! Ich kann mich erinnern, daß du es zugegeben hast. Ist die mit dir gegangen?«

Doch Neq blieb stumm. Tyl antwortete für ihn. »Ja.«

»Wer war sie? Warum ist sie mitgegangen?« fragte Vara weiter.

»Sie wurde Miss Smith genannt«, sagte Tyl nun. »Sie war die Sekretärin von Dr. Jones, dem Anführer der Irren. Sie ging mit, weil sie ihm den Weg zeigen wollte und weil sie einen Bericht schreiben wollte. Sie fuhren in einem Irren-Wagen, durch ganz Amerika. Das ist der Name, den die Alten dem Irren-Gebiet gaben – Amerika.«

»Ich weiß«, erklärte sie knapp.

Und an einem anderen Tag ging es weiter. »War sie hübsch?«

»Ja, das war sie«, sagte Tyl. »Hübsch, so wie nur zivilisierte Menschen hübsch sein können.«

»Ich bin hübsch!«

»Na, vielleicht bist du schon zu zivilisiert.«

Sie verzog das Gesicht. »Konnte sie lesen und schreiben?«

»Natürlich.« Nur wenige Nomaden konnten lesen, aber die meisten Irren verfügten über diese Fähigkeit. Vara selbst konnte lesen und schreiben, Tyl und Neq konnten es nicht.

Wieder ein anderer Tag. »War sie eine – eine richtige Frau?«

»Sie wies den Waffenlosen ab, weil er nicht bei den Irren bleiben wollte.«

Diesmal war es an Neq, das Gesicht zu verziehen. Neqa hatte es ihm anders gesagt.

»Der Waffenlose war mein Vater!« empörte sich Vara. Dann fuhr sie fort: »Mein natürlicher Vater. Nicht mein richtiger Vater.«

»Trotzdem.«

»Und sie liebte Neq?« fragte sie widerwillig.

»Was denkst du denn?« stellte Tyl leicht ungeduldig die Gegenfrage.

Am nächsten Tag ging es weiter.

»Wie konnte eine gebildete, zivilisierte Frau ihn lieben?«

»Sie muß wohl etwas gewußt haben, das wir nicht wissen«, versetzte Tyl mit leiser Ironie.

Und schließlich ihre Frage: »Wie ist sie gestorben?«

Neq ließ die beiden allein. Er hatte mit Schrecken gemerkt, wieviel Tyl wußte. Der Mann war, was Neqs Privatleben betraf, erstaunlich gut bewandert und hatte sich bislang davon nichts anmerken lassen.

Neq lief durch den Wald, bis ihm der Atem ausging. Da warf er sich ins trockene Laub und weinte. Dieses gnadenlose Aufreißen alter, tiefer Wunden, diese unwürdige und indiskrete Analyse!

So blieb er eine ganze Weile liegen. Gut möglich, daß er einschlief. Als es dunkel wurde, da sah er vor sich wieder den blutgetränkten Waldboden und fühlte das Feuer in den abgehackten Händen. Sechs Jahre waren im Schmerz, den er um Neqas Verlust fühlte, zu sechs Stunden geworden.

Welchen Zweck hatte es, Rache zu üben, wenn doch jeder Stamm so wild und grausam war wie der, den er vernichtet hatte. Jeder einzelne dieser Gesetzlosen-Stämme hätte dasselbe Verbrechen begehen können. Die einzig mögliche Antwort war, das Problem einfach zu ignorieren – oder alle zu vernichten. Oder zumindest ihre Grausamkeit auszurotten. Die Wurzel des Übels zu erfassen. Helicon neu aufzubauen.

Und da war er nun, nachdem er sein Bestes geleistet hatte, diesen Wiederaufbau einzuleiten, Opfer der Verbitterung eines Mädchens, das in ihm dieselbe Art eines Wilden sah. Mit gutem Grund. Wie sollte ein Wilder der Wildheit entgegentreten können?

Alles war nutzlos. Nichts konnte ihm die Frau wiederbringen, die er geliebt hatte. Da lag ihr Körper, quälte ihn, spottete seiner Bemühungen einer Erneuerung. Der schwere Duft der Lotuspflanze steigerte das Entsetzliche. Ihm war alles gleichgültig.

Nach einer Weile raffte er sich auf, um die Tote zu begraben. Er selbst war zwar ein Wilder, aber Dr. Jones war zivilisiert. Neq war nicht imstande, sich selbst zu helfen, doch konnte er den Irren helfen. Er hatte eine von ihnen geliebt – diese da. Bis zu einem gewissen Grad liebte er sie alle. Er bückte sich und wollte den Leichnam anfassen, wohl wissend, daß seine Hand etwas anderes berühren würde, was immer das sein mochte, das da in Wirklichkeit lag. Ein Stein vielleicht.

Doch es war Fleisch, und es war warm. Es war eine Frau.

»Neqa!« rief er aus von wilder Hoffnung erfaßt.

Und dann wußte er plötzlich, was es wirklich war. »Vara«, murmelte er und drehte sich angewidert um. Was für ein frecher Betrug!

Sie stand mühsam auf, lief ihm nach und legte ihm die Arme um die Mitte. »Tyl hat es mir gesagt – er sagte mir, warum du getötet hast. Ich hätte ebenso gehandelt! Ich habe dich fälschlich beschuldigt!«

»Nein«, sagte er und wehrte ihre Arme vergebens mit seinen Greifklauen ab. »Was ich tat, war sinnlos und brachte nur weiteren Schmerz. Und ich habe Var getötet.« Die Düfte waren stärker geworden. Sie sah aus wie Neqa.

»Ja!« schrie sie auf und klammerte sich an ihn. »Dafür hasse ich dich! Aber jetzt verstehe ich alles! Ich verstehe, wie es geschehen konnte!«

»Dann töte mich auf der Stelle.« Wie oft hatte man ihn darum gebeten, damals, als er Yods Stamm verfolgt hatte. »Du hast Tyls Verbot bis jetzt beachtet.«

»Du aber nicht!« Ihr Griff wurde fester.

»Die Pflanze ist in der Nähe. Ich kann sie riechen. Laß mich los – ehe ich das Verbot vergesse.«

»Ich habe die Pflanze mitgebracht! Damit endlich Wahrheit zwischen uns ist.«

Mit geschlossenen Klauen hieb er auf sie ein. »Zwischen uns kann es keine Wahrheit geben! Tyl will, daß wir unsere Armreifen besudeln –«

»Ich weiß! Ich weiß!« rief sie aus. »Minos, las es sein! Gib mich frei!« Sie kletterte an ihm hoch und suchte mit dem Mund sein Gesicht. Sie war nackt, wie vorhin, als sie Leiche gespielt hatte und er sie berührte.

Die Pflanzendroge ließ verworrene Melodien in seinem Kopf erklingen und bewirkten, daß er auf die weiblichen Reize rein animalisch reagierte. Er drückte sie mit dem noch vorhandenem Teil seiner Arme an sich und erwiderte ihren Kuß.

Süß und wild war es.

Sie beruhigte sich und rückte sich in seiner Umarmung bequem zurecht. Das Glockenspiel erklang, als es gegen die Klauen stieß und machte ihm die Situation momentan bewußt. Und er riß sich los. Sein Körper brannte vor Lust, sein Verstand aber gab ihm ein, daß es schändlich war.

Sie lief behende mit. »Ich hasse dich!« keuchte sie. »Ich hasse dein hübsches Gesicht! Deine wunderbare Stimme! Ich hasse deinen unfruchtbaren Penis! Und doch muß ich es tun!«

In der Dunkelheit geriet er unversehens ins Gestrüpp und mußte sich mühsam von den Ranken losreißen. Da faßte sie wieder nach ihm, und er wehrte sie mit der Klaue ab. Er gab acht, daß er sie dabei nicht verletzte, entschlossen, sie sich vom Leibe zu halten, bis die Wirkung des Betäubungsmittels vergangen war. Solange sie ihm begehrenswert schien, mußte er ihre Glut abwehren.

Und jetzt kämpfte sie gegen ihn. Sie hatte unterwegs einen Stock gefunden, einen Ast, und damit hieb sie ihm nun auf die Schultern, so daß es ihm weh tat. Er stieß das Ding weg, faßte mit den Klauen danach und entwand es ihr. Sie aber ließ nicht locker und hieb mit bloßen Händen auf ihn ein und traf Nervenenden, so daß der Schmerz unerträglich wurde. Ja, sie hatte ihre Kampftechnik vom Waffenlosen gelernt!

Aber Muskelkraft und Erfahrung wogen schwer. Beide wußten, daß Neq sie jederzeit mit einem Hieb seiner Klaue überwältigen konnte. Sie hingegen wollte ihn gar nicht richtig besiegen. Sie wollte vielmehr den Körperkontakt so lange aufrechterhalten, bis er ihrer sexuellen Ausstrahlung unterlag.

Die Pflanze hatten sie zurückgelassen. Nun war die Luft wieder klar, und damit auch sein Kopf. Neq sah keine Trugbilder mehr und reagierte normal. Er hatte gewonnen.

Als Vara dies merkte, trat sie zurück. »Es hat nicht geklappt«, stellte sie fest, als hätte sie sich bloß die Zehe angestoßen. »Aber ich habe es immerhin versucht, nicht?«

»Ja.« Ihren Gedankengängen zu folgen, war schier unmöglich.

»Jetzt also ist wieder Wirklichkeit.«

»Ja.« Er wollte aufstehen. Sie weinte nun mit echten Tränen. »Du Ungeheuer! Du hast mir meine Liebe genommen, du hast mir meine Rache genommen, du hast mir sogar meine Prinzipien genommen. Wirst du mir auch die Kränkung nehmen?«

»Das traf auf ihn ebenso zu. »Ja.«

Wieder warf sie sich ihm an den Hals, küßte ihn mit tränennassem Gesicht und zog ihn zurück ins Gebüsch. Ihr Körper war blutig, wo Zweige und Dornen sie aufgekratzt hatten. »Ich nenne dich bei deinem Namen! Neq. Neq das Schwert! Kein fauler Zauber mehr. Kein Betrug.«

»Keine Demütigung mehr!« sagte er darauf.

»Keine Demütigung! Nimmst du mich nun als Frau – oder nehme ich dich als Mann? Es soll so sein!«

Es hatte lange gedauert, sie war sehr begehrenswert, und es gab gewisse Grenzen. Neq seufzte. Auch er hatte es versucht. »Es soll sein.«

Sie brachten den Liebesakt rasch hinter sich, wobei sie aktiver war als er, weil er seine Hände nicht gebrauchen konnte.

»Ich habe die Ehe mit ihr nie vollzogen«, sagte er, gleichermaßen befriedigt wie verbittert. »Sie hatte Angst ...«

»Ich weiß«, sagte Vara. »So wie du.« Und dann setzte sie hinzu: »Jetzt haben wir es hinter uns. Die Last ist von uns genommen. Wenn du willst, kannst du bleiben.«

»Es war nur Sex. Ich will dich nicht lieben.«

»Du hast mich einen Monat lang geliebt«, sagte sie darauf. »Und ich dich. Bleib jetzt.«

Neq blieb. Es war das erste Mal, daß er die Liebe mit einer Frau vollzogen hatte. Sicher hatte sie es gewußt, doch sie hatte es nicht gezeigt. Sie erforschten einander allmählich und rissen physische und emotionelle Schranken ein. Gesprochen wurde nichts. Das war nicht mehr nötig. Beim zweiten Mal war es viel besser. Vara half ihm mit ihrem Wissen aus. Sie schien auf diesem Gebiet so bewandert wie er in der Kampfkunst. Aber größtenteils war es Liebe, frei von allen Beschränkungen.

XVII

Sie waren am Ziel angekommen. Die drei erstatteten Dr. Jones im Irren-Gebäude Bericht. Tyl, der wortkarge Führer, übernahm das Reden und faßte Neqs Suche nach den Vermißten kurz zusammen, seine gemeinsame Wanderung mit Neq, die Begegnung mit Var und Vara und den langen Rückweg – alles, bis auf die Gespräche und die Romanze.

»Neq hat dem Schwert abgeschworen«, schloß Tyl. »Er trägt nun ein Glockenspiel. Seine Führungsqualitäten sind ihm jedoch nicht abhanden gekommen.«

Dr. Jones nickte, als wäre etwas von höchster Wichtigkeit gesagt worden. »Die anderen werden die Sache zweifellos in Betracht ziehen.«

Tyl und der Irren-Führer trommelten nun die »anderen« zusammen. Neq und Vara trugen ihre Pflanze nach draußen, wo es heller war. Sie ließen sich unter einem ausladenden Baum nieder.

»Tyl wird der Herr Helicons«, sagte Vara. »Sieh doch, wie gut er mit den Irren steht.«

Neq mußte ihr recht geben. »Ja, er bringt die Menschen zusammen.«

»Du und ich, wir mußten einfach zusammenkommen«, sagte sie mit typisch weiblicher Bestimmtheit. »Helicon war deine Idee. Du solltest der Herr sein.«

»Damit?« Er ließ das Glockenspiel sehen.

»Du könntest es ja wieder umwandeln lassen. Darunter ist noch immer das Schwert vorhanden.«

Nur war es zu kompliziert, ihr zu erklären, daß er für dieses Amt nie im Gespräch gewesen war. »Trüge ich das Schwert wieder, so müßtest du mich töten.«

Sie runzelte die Stirn. »Ja, vermutlich schon.«

Ein kleiner Junge, etwa vier Jahre alt, kam vorbeigelaufen und bemerkte die beiden. »Wer seid ihr?« fragte er naseweis.

»Neq das Glockenspiel.«

»Vara der Stock.«

»Ich bin Jimi. Komische Hände hast du.«

»Metallhände«, sagte Neq, verwundert darüber, daß der Junge keinerlei Angst zeigte. »Damit kann ich Musik machen.«

»Mein Vater Jim hat Metallwaffen. Die knallen.«

»Musik ist schöner.«

»Ist sie nicht!«

»Hör mal.« Neq hob das Glockenspiel, erfaßte mit den Greifklauen das Hämmerchen und fing zu spielen an. Dazu sang er.

Ein Bauer in die Stadt einst zog
Bummwallera
Singwallera
Er sah eine Kräh', die vom Baum aufflog
Bummwallera
Singwallera

»Was ist eine Stadt?« fragte der Junge, der höchst beeindruckt schien.

»Ein Nomadenlager mit Irren-Gebäuden.«

»Ich weiß, was ein Bummwallera ist! Eine Schußwaffe!«

Vara lachte auf. »So einen wie diesen Kleinen möchte ich«, murmelte sie.

»Dann mußt du Jim die Feuerwaffe auftreiben.«

»Nach diesem hier«, sagte sie darauf, ihren Bauch streichelnd.

Erschrocken stimmte Neq die nächste Strophe für den Jungen an.

Da nahm er schnell die Flinte, bumm,
Und schoß damit die Krähe um

»Ich sagte ja, Schußwaffen wären besser!«

Aus Federn wurden Betten fein,
Und Gabeln aus dem Vogelbein . . .

»Wie groß war die Krähe?« fragte Jimi fasziniert.

Neq ließ einen lauten Ton erklingen. »Etwa von dieser Größe.«

»Oh«, äußerte der Junge befriedigt. »Und was ist das?«

»Eine Blumenranke.«

»Ist es nicht!«

»Die Blüten öffnen sich nur, wenn es dunkel ist, Dann riechen sie komisch, und die Menschen tun komische Sachen.«

»Machen sie Gabeln aus Vogelbein?«

Nun mußte Vara lachen. »So etwas Ähnliches.«

Tyl trat aus dem Gebäude. »Sie sind bereit.«

Vara nahm die Pflanze samt Topf, und sie gingen hinein, gefolgt von Jimi. »Er hat komische Hände«, sagte der zu Tyl. »Und selbst ist er auch komisch.«

Alle waren sie da. Die Gruppe alter Knacker mit den komischen Namen, die er zusammengetrieben hatte, dazu Dick der Arzt, und Sola und etliche andere, die er nicht kannte. Offenbar hatte Dr. Jones während Neqs Abwesenheit noch einige der Leute auf der Liste herbeischaffen können. Einige davon waren Nomaden, männliche und weibliche. Auf einen von ihnen, offenbar Jim die Feuerwaffe, steuerte Jimi zu.

Vara, die bis zu diesem Augenblick Gelassenheit an den Tag gelegt hatte, faßte erregt nach Neqs bedecktem Arm. »Wer ist das?« flüsterte sie mit hinweisendem Kopfnicken.

»Sola«, gab er zurück, ehe ihm gleich darauf die Bedeutung ihrer Identität aufging. Die Frau hatte sich ihre einstige Schönheit mehr als nur andeutungsweise erhalten können.

Vara drückte erschrocken seinen Arm. Ihr Verhalten war ganz und gar uncharakteristisch für sie.

Tyl trat ein und nahm die Vorstellung vor. »Sola . . . Vara. Ihr kennt einander bereits.«

Sola erfaßte den Zusammenhang zunächst nicht, weil sie von Vars Ehe nichts wußte. Die anderen aber sahen die Ähnlichkeit, als sie die beiden Frauen nebeneinander stehen sahen. »Mutter und Tochter . . .« sagte Dick.

»Beide verwitwet«, setzte Tyl hinzu. Diese Worte waren nur scheinbar grausam, denn sie klärten sogleich eine Hauptquelle der Sorge und Verwirrung. Nun würden keine weiteren Fragen in dieser Angelegenheit mehr gestellt werden. Das wiederum bedeutete, daß die abwegigeren und weniger ehrenhaften Beziehungen nicht enthüllt wurden.

Und doch war es peinlich. Sola und Vara waren vor dreizehn Jahren getrennt worden. Damals war Vara ein kleines Kind gewesen. Was gab es in dieser Situation zu sagen?

Wieder spielte Tyl den Vermittler. »Ihr beide habt Var gut gekannt. Und auch Sol und den Waffenlosen. Wie ich. Wir müssen uns bald zusammensetzen und uns über die großen Männer unterhalten.«

»Ja«, sagte Sola darauf, und Vara war einverstanden.

Nun wandte Dr. Jones sich an Neq. »Wie du siehst, konnten wir in deiner Abwesenheit noch einige Freiwillige auftreiben. Wir haben sie so gut es ging gesiebt. Ich meine, sie stellen nun eine lebensfähige Einheit dar. Vorausgesetzt, es kristallisiert sich eine geeignete Führerpersönlichkeit heraus.«

»Es gibt bereits geeignete Führer«, sagte Neq. Wollte der Irre sich seiner Unterstützung für die bereits gewählten Führer sichern?

»Die Vernichtung des früheren Helicon deutet darauf hin, daß seine Führung nicht befähigt war«, sagte Dr. Jones. »Wir mußten bestimmte Einschränkungen vornehmen.«

Neq überlegte. Offenbar erwartete man von ihm nicht nur, daß er den Führer unterstützte. Nein, er sollte ihn auch aufstellen! »Mit irgendeinem würde niemand zusammenarbeiten wollen. Aber mit Tyl wäre eine Zusammenarbeit vorstellbar –«

»Ich kehre in Kürze zu meinem Stamm zurück«, erklärte Tyl. »Meine Aufgabe ist vollbracht. Ich gehöre nicht zu dieser Gruppe hier. Ich habe nicht die Absicht, die Nomadenkultur aufzugeben oder meine Familie in den Berg zu führen.«

Neq staunte. Also hatte auch Tyl nur die Bemühungen unterstützt und sie nicht gelenkt!

»Ich weiß von Jim der Feuerwaffe«, sagte Neq. »Er bewaffnete das Imperium für den Angriff auf –«

»Ich habe einen Fehler begangen!« unterbrach ihn Jim. »Einen zweiten möchte ich nicht machen. Ich weiß mir etwas Besseres als das zu befehligen, was ich einst zerstörte.«

Hatte Dr. Jones also doch nicht alles fein säuberlich arrangieren können! »Was verlangt ihr?« fragte Neq den Irren. »Gelehrsamkeit? Helicon-Erfahrung? Was eigentlich?«

»Ja, das alles hätten wir gern gehabt«, gestand Dr. Jones. »Wie gern hätten wir den Waffenlosen gefunden. Aber im Moment sind andere Eigenschaften wichtiger, und wir müssen mit dem arbeiten, was wir haben.«

»Warum nicht Neq?« fragte Vara.

Neq lachte peinlich berührt auf. »Meine Führerschaft gründet sich auf ein Lied. Ich werde nie wieder töten.«

»Das ist eine unserer Forderungen«, sagte Dr. Jones. »Es hat zuviel Blutvergießen gegeben.«

»Dann verlangt ihr das Unmögliche«, sagte Neq voll Ingrimm. »Helicon wurde auf Blut gegründet.«

»Es soll aber nicht wieder auf Blut aufgebaut werden!« rief

Dr. Jones mit einer Heftigkeit aus, die bei einem Menschen seines Charakters fast unangemessen wirkte. »Die Geschichte zeigt den Wahnsinn von Gewalt und Betrug auf.«

Viele der Anwesenden nickten beifällig. Aber Neq mußte daran denken, wie man der Gesetzlosen Herr werden mußte. Der Traum von einer gewaltlosen Zivilisation war unhaltbar.

»Neq das Schwert«, sagte Sola nach einer Pause. »Wir kennen deine Geschichte. Wir verdammen dich nicht. Du sagst, daß du nie wieder töten wirst. Wie können wir dir glauben, wenn doch dein ganzes Leben auf Rache und Schwert beruhte?«

Neq zog die Schultern hoch. Er sah bereits, daß sie nur denjenigen zum Führer von Helicon machen würden, der ihnen die Gewähr dafür geben konnte, daß alles absolut friedlich vor sich gehen würde. Er konnte zwar wegen seines Armes nicht mehr selbst töten, doch hatte er sich auf der Wanderung mit den indirekten Tötungen mittels der Pflanze einverstanden gezeigt. Seine Haltung dem Töten gegenüber war nicht aufrichtig gewesen.

»Nehmt ihn als Führer!« rief Vara aus. »Ihr alle wäret nicht hier, wäre er nicht gewesen!«

»Ja«, pflichtete ein dünner alter Irrer ihr bei. »Dieser Mann sprengte eine Belagerung der Gesetzlosen vor meinem Posten und überbrachte eine Nachricht, die für uns die Rettung bedeutete. Ich vertraue ihm, egal, was er sonst getan haben mag.«

Jim die Feuerwaffe meldete sich. Er war ein kleiner alter Nomade mit krausem gelben Haar. »Wir bezweifeln Neqs Fähigkeiten nicht. Wir ziehen aber seine Urteilsfähigkeit unter Druck in Zweifel. Ich selbst hätte bald jemanden erschossen, als ich erfuhr, wie mein Bruder in Helicon gestorben war – doch ich tat es nicht. Ein Mensch, der manchmal wochenlang Amok läuft, mag der Anlaß auch –«

»Mir gefällt er«, rief Jimi aus. »Er hat Musikhände.«

Erstaunt sah Jim seinen Sohn an. »Dieser Mann ist Neq das Schwert!«

»Er sagt, Musik wäre besser als Waffen. Aber mir gefällt er.«

»Wir teilen deine Ansichten«, sagte Sola zu Neq. »Aber wir brauchen einen Führer von ausgeglichener Wesensart. Einen Mann wie den Waffenlosen.«

»Der Waffenlose zerstörte Helicon!« empörte sich Vara. »Kann denn jemand noch die Toten zählen, die seinetwegen fielen? Kein Töten mehr, sagst du, und doch –«

Sola sah sie bekümmert an. »Er war dein Vater.«

»Deswegen hat er es getan! Er glaubte, ich wäre tot. Ihr redet da von ein paar Wochen Amok – er aber plante das alles für Jahre. Und dann verfolgte er Var jahrelang. Mir war nichts geschehen! Und ihr – ihr schickt Var aus, den Mann zu töten, der mir ein Leid angetan, dabei hat mir niemand ein Haar gekrümmt. Wer seid ihr, daß ihr euch ein Urteil anmaßt? Aber Neq hat mit angesehen, wie seine Frau – Dr. Jones' Sekretärin, eine schöne, gebildete Frau –, Neq sah mit an, wie sie von fünfzig Männern vergewaltigt wurde. Und dann schnitt man ihm die Hände ab und schleppte ihn gemeinsam mit ihrem Leichnam in den Wald. Er wäre damals beinahe gestorben – doch er führte den Stamm der gerechten Strafe zu. Und jetzt möchte er allen Gesetzlosen Einhalt gebieten, indem er Helicon aufbaut. Und ihr Heuchler mäkelt an seiner Vergangenheit herum!«

»Wo ist Var der Stock?« fragte Sola leise.

Vara konnte darauf keine Antwort geben.

»Ich habe ihn erschlagen«, sagte Neq.

Ihre Mienen sagten alles. Viele hatten Var gekannt, fast alle hatten von ihm gehört. Sie würden seinen Mörder kaum als Führer anerkennen. Warum sollten sie auch?

»Es war ein unglücklicher Zufall«, erklärte Tyl. »Neq glaubte, Var hätte Soli als Kind getötet. Das dachten wir damals alle. Und er reagierte wie wir alle. Noch ehe Neq die Wahrheit erfuhr, war Var tot. Wegen dieses folgenschweren Irrtums legte Neq sein Schwert ab. Jetzt spreche ich für seine Aufrichtigkeit – und Vara ebenso.«

»Das haben wir gemerkt«, sagte Jim in einem Ton, der Vara heftig erröten ließ.

Jimi wandte nicht den Blick von der Pflanze.

»Zeig deine Waffe«, sagte Tyl zu Neq.

Neq legte das Glockenspiel bloß. Erstauntes Gemurmel erhob sich nun, denn keiner hatte es jemals gesehen.

»Und jetzt laß es erklingen«, sagte Tyl.

Neq sah um sich. Die Mienen waren ergrimmt und bekümmert – seinetwegen ergrimmt, bekümmert Varas wegen, die weinte, ohne sich dessen zu schämen. Diese Menschen teilten wohl seine Vorstellung von einem neuen Helicon, doch das Beispiel des untergegangenen machte ihnen Angst. Ihn ängstigte es ebenfalls, denn er hatte seine Ruinen gesehen.

Wahrscheinlich konnte Helicon nicht funktionieren ohne Blutvergießen, sei es nun direkt oder indirekt. Wahrscheinlich war es sogar unmöglich, die alte Gesellschaftsordnung wieder herzustellen. Aber der Versuch mußte gemacht werden, und jetzt war die Zeit dazu und dies hier war die richtige Gruppe. Er konnte nicht zulassen, daß ihm wegen der momentan auftretenden wirren Skrupel alles aus den Händen glitt.

Man brauchte einen Führer. Wenn er nun das Kommando nicht übernahm, würde es niemand übernehmen. Er war zwar von dem Ideal eines Führers weit entfernt, aber immerhin besser als gar nichts. Neq wandte sich an Dr. Jones. »Sie baten mich, herauszufinden, warum Helicon unterging, damit wir in Zukunft eine ähnliche Katastrophe vermeiden. Nun, aus welchem Grund hat die Führung versagt? Ich weiß es nicht. Mag sein, daß sie wieder versagen wird. Vielleicht ist Helicon wieder zum Untergang verurteilt. Aber dieses Risiko müssen wir auf uns nehmen.«

Dr. Jones gab keine Antwort.

Neq sah sich suchend nach seinem kleinen Hammer um, und konnte ihn nicht finden. So mußte er mit seinen Klauen eine Melodie anschlagen, ganz sachte, damit der unangenehme metallische Effekt nicht hörbar würde. Und dann sang er.

Hätt' ich einen Hammer,
Hämmer ich am Morgen
Hämmer ich am Abend,
Und es hört das ganze Land.
Ich hämmerte Gefahr
Und hämmerte als Warnung!

Während des Singens sah er erst einen an, dann den nächsten. Das Lied hatte für ihn eine besondere Bedeutung wie jedes Lied. Während die Melodie sich durch seine Lunge, Mund und Instrument Bahn brach, glaubte er an das Lied. Jene, die das Lied vor dem großen Brand geschaffen hatten, hatten sich an das darin ausgesprochene Gebot nicht gehalten – er aber hämmerte eine Warnung in die Welt.

Ihm war, als würde er mit jedem einzelnen der Anwesenden im Ring zusammentreffen und ihn durch das Lied besiegen. Und jede Frau war für die Ehrlichkeit des Liedes zugänglich, für seine vibrierende Gefühlsbetontheit. Dank seiner Stimme besaß Neq Macht auch angesichts ihres sichtbaren Mißtrauens.

Ich hämmerte die Liebe
Zwischen allen Brüdern
Im ganzen Land!

Er sang dieses Lied zu Ende und fing ein neues an, und dann wieder eines. Ganz so, als marschiere er wieder aus dem Zauberwald, und in gewisser Weise traf dies auf die jetzige Situation auch zu, denn er hatte nichts als seine Lieder, um die gestellte Aufgabe zu erfüllen. Vara fühlte sich zu ihm hingezogen, wie Neqa damals vor vielen Jahren, und allmählich bildete sich um ihn ein Kreis von Zuhörern, die seine Worte nachsangen.

Und er sang weiter. Der ganze Raum geriet ins Schwanken und wollte zerfließen, wurde umgeformt zu einem häßlichen Berggelände im Ödland, starrend vor Metallpalisaden, versehen mit steinernen Verteidigungsanlagen, einem Tunnel unter dem gräßlichen Berg, einer riesigen Höhle mit Asche gefüllt. Helicon bildete sich aus, und die Verheißung Helicons durchdrang die ganze Gruppe. Aus dem Tod kam Leben – der Todesberg bedeutete Leben für das Beste im Menschen. Der Traum wurde greifbar, erregend, ewig. Er wurde zu einer Kraft, der sich kein lebender Mensch entziehen konnte.

Schließlich endete das Lied. Er hatte sie gewonnen, das spürte er. Sein Traum hatte ihren Argwohn besiegt, wenn es auch unlogisch schien. Helicon würde zu neuem Leben erwachen.

Da fiel sein Blick auf den Pflanzenbehälter. Jimi hatte ihn zugedeckt, damit die Blüten sich öffneten, und die gasförmige Droge war in den Raum geströmt, während Neq sang.

Tyl mußte es gesehen haben und hatte nichts dagegen unternommen. Und jetzt war Tyl verschwunden.

XVIII

Fünfzig Mann wurden vor dem verwüsteten Helicon abgeladen. Der Berg sah von außen aus wie immer – ein abschrekkend wirkender Schrotthaufen.

»Bei einer eventuellen Verteidigung werden wir nicht töten«, sagte Neq. »Wer bis zur Schneegrenze klettert, den nehmen wir auf. Und wenn einer sich als ungeeignet erweist, schicken wir ihn weit weg. Keiner, der zu uns kommt, darf jemals wieder in die Nomadengesellschaft zurückkehren.«

Die anderen nickten. Alle wußten, wieviel Unglück in der Vergangenheit entstanden war, weil einige zurückgekehrt waren. Hätte Helicon sich auf sich selbst beschränkt und sich nicht in die Nomadenpolitik eingemischt, dann hätte sich die alte Gesellschaftsordnung wohl erhalten. Das alles war eine Lehre – eine Lehre, die Neq selbst am eigenen Leibe erfahren hatte.

Die Nomaden waren die eigentliche Zukunft der Menschheit. Die Irren waren ja bloß Aufseher, die so viel als nur möglich von der Zivilisation zu bewahren suchten, von der die Nomaden dereinst zehren würden. Helicon war das Versorgungszentrum für die Irren. Aber Helicon und die Irren konnten selbst die Zivilisation nicht schaffen, denn die wäre mit dem System der Vergangenheit identisch geworden.

Die Vergangenheit hatte den Weltenbrand verursacht, das katastrophalste Versagen in der Geschichte des Menschen.

Aus demselben Grunde mußte man die Nomaden daran hindern, daß sie sich der Gewalt über Helicon bemächtigten, sei es, um es zu vernichten, sei es, um seine Technologie direkt in sich aufzunehmen. Es durfte keine erzwungene Wahl zwischen Barbarei und Weltenbrand geben. Die Aufseher-Ordnung mußte Jahrhunderte, ja vielleicht Jahrtausende lang aufrechterhalten werden, bis die Nomaden darüber hinauswuchsen. Dann erst würde die neue Ordnung Bestand haben, befreit von der Schuld der Vergangenheit.

Zumindest lautete Dr. Jones' Theorie so. Neq wußte nur, daß ihnen eine Aufgabe bevorstand. Wahrscheinlich begriffen die anderen das alles besser als er, denn sogar die vereinzelten Kinder in der Gruppe waren sehr gedämpfter Stimmung.

»Für viele von euch wird das Innere sehr merkwürdig sein«, sagte Neq. »Denkt euch einfach, es wäre ein größeres Irren-Gebäude, das im Moment noch zerstört ist, aber dank unserer Bemühungen bald wieder neu erstehen wird. Dick der Arzt wird sich um den gesundheitlichen Zustand der Gruppe kümmern. Er wird das ganze Gelände mit dem Strahlungs-Meßgerät untersuchen, der Irren-Klick-Box – und die sicheren Bereiche kennzeichnen. Nur mit seiner Erlaubnis – und mit meiner – wird jemand diese Grenzen überschreiten dürfen. Der Berg ist Teil des Ödlandes. Der Todesgeist lauert noch immer darinnen.

Jim wird die Leitung der technischen Wiederherstellung übernehmen. Er wird Strom einleiten und die Maschinen wieder zum Funktionieren bringen. Die meisten von uns werden unter seiner Anleitung arbeiten, solange er uns braucht. Ein Jahr, schätze ich. Ohne Maschinen kann Helicon nicht leben. Die technischen Einrichtungen versorgen uns mit Luft und Wasser. Sie sorgen für eine beständige Temperatur und schaffen für uns Tag und Nacht. Einige von euch sind – waren Irre, Ihr wißt mehr über Elektrizität als Jim. Trotzdem hat er die technische Leitung, weil er eine Führernatur ist und ihr keine. Hätte es damals unter den Irren Führernaturen gegeben, wäre Helicon vielleicht nie gefallen und wäre gewiß schon längst wiederaufgebaut worden.«

Sie nickten ernst. Führer gab es unter den Nomaden, bei den Irren aber hatte man andere Prinzipien. Mit der Zeit würde das neue Helicon diese verschiedenen Elemente verschmelzen und seine eigenen Führer und Techniker hervorbringen, kurz, eine ganz neue Gesellschaft bilden. Aber im Augenblick war alles noch ein Provisorium.

Neq fuhr fort, Aufträge zu verteilen, während die anderen

den Berg anstaunten. Küchendienst, Kundschafterdienst, Versorgung, Nachschub, Säuberung – das alles hatte er gemeinsam mit lese- und schreibkundigen Irren-Ratgebern während der Fahrt hierher festgelegt. Jeder sollte schon beim Eintreffen im Berg wissen, welchen Platz im Ganzen er einnehmen sollte. Das Verteidigungssystem übertrug er Vara. Sie würde die Schlingpflanzen weiterzüchten, Räume für die Pflanzen freimachen, ein wirkungsvolles Licht- und Düsensystem einrichten, so daß ein ungebetener Eindringling den narkotischen Dünsten nicht entgehen konnte. Ein Überfall würde dem Berg nichts anhaben können! Sola war Quartiermeister. Sie mußte jedem Mann einen Privatraum zuweisen und für Freizeiteinrichtungen sorgen.

»Und was ist mir Räumen für die Frauen?« fragte jemand.

»Wir haben keine eigenen Räume«, erklärte Sola. »Wir teilen uns die Räume mit den Männern – jede Nacht einen anderen, genau der Reihe nach. Das muß so sein, da wir bloß acht Frauen im heiratsfähigen Alter haben, aber vierzig Männer. Es gibt hier keine ehelichen Bindungen. Armreife sind pure Sentimentalität. Das habt ihr alle gewußt, ehe ihr euch gemeldet habt.«

Und dann erzählte Vara die Geschichte von Helicon, denn dem Großteil der Gruppe war diese nur bruchstückhaft bekannt. Sie berichtete, wie die Alten, die praktisch Irre mit Nomadengefühlen gewesen waren, die Welt mit Menschen angefüllt hatten, die sie dann nicht ernähren konnten, wie sie Maschinen gebaut hatten, über deren Funktionen sie die Kontrolle verloren, und wie sie sich schließlich selbst in ihrer Verzweiflung in die Luft gesprengt hatten. Das war der Brand gewesen – der große Weltenbrand, der das Land in seiner jetzigen Form geprägt hatte.

Nicht alle waren auf einen Schlag umgekommen. Der entstehenden Strahlung waren viel mehr zum Opfer gefallen, als dem eigentlichen Brand – eigentlich einer ganzen Reihe großer Brände –, und das hatte seine Zeit gebraucht. Es hatte verzweifelte Versuche gegeben, die Zivilisation zu retten, von denen den meisten kein Erfolg beschieden war. Eine Gruppe in Amerika aber stellte eine ganze Armee an Baumaschinen zusammen und häufte mit Hilfe von Bulldozern aus dem Schutt einer der früheren Städte einen Berg auf. Es war der größte jemals von Menschenhand geschaffene Bau und höchstwahrscheinlich auch der häßlichste – in seinen Tiefen, geschützt vor radioaktivem Niederschlag, entstand der Komplex Helicon. Eine Enklave bewahrter Zivilisation und Technik. Nur ein winziger Teil dieses Labyrinths diente Wohnzwecken. Der weitaus größere Teil wurde von Werkstätten und hydroponischen Anlagen eingenommen. Und ein Teil beherbergte die Reaktoranlage, die praktisch unbegrenzt Energie lieferte.

»Dr. Jones hat uns versichert, daß die Anlage noch funktionstüchtig ist«, sagte Vara. »Sie läuft vollautomatisch und wurde für jahrhundertelangen Betrieb geschaffen. Das erste Jahrhundert hat sie nun hinter sich. Wir brauchen eigentlich nur die Leitungen auf unserer Seite wieder anzuschließen.«

Den Namen Helicon hatte man aus der Mythenwelt der Alten genommen. Es war der Berg, der den Musen Heimat war, den neun Töchtern des Gottes Zeus und der Mnemosyne. Die Musen waren Gottheiten der Kunst und Wissenschaft. Dichtkunst, Geschichte, Gesang – der Geist Helicons in seiner ursprünglichen Form. Es war ein Ort, an dem die Tugenden der Zivilisation immer eine Heimstatt haben sollten.

Doch Helicon hatte in einer Hinsicht an einem unstillbaren Mangel gelitten, nämlich an Menschenmaterial. Seine ersten Bewohner hatten die Elite der verwüsteten Welt gebildet: Wissenschaftler, hochspezialisierte Techniker, Ärzte und Künstler. Meist waren es Männer, alte Männer. Die wenigen Frauen, größtenteils Kinder dieser Elite-Männer, konnten innerhalb einer Generation die Enklave nicht bevölkern, ohne daß gefährliche Inzucht drohte – außerdem wurden sie diesbezüglich von großen Skrupeln geplagt. Es wurde daher nötig, eine begrenzte Einwanderung von außen her zu erlauben. Der Gedanke war den Gründern widerwärtig, denn er bedeutete, daß man eben die Barbaren einließ, vor denen Helicon auf der Hut war. Aber man hatte keine andere Wahl. Ohne ausreichenden Nachwuchs, den man in der Tradition der Zivilisation erzog und dem man technische Fertigkeiten beibringen konnte, war Helicon zum langsamen Aussterben verurteilt.

Dabei hatten sie Glück, denn in der Außenwelt hatten sich einige Elemente der Zivilisation erhalten. Jene Menschen, die später »Irre« genannt werden sollten, weil ihre von Idealismus geprägte Lebensweise der Mehrheit sinnlos erschien, erfaßten sehr rasch die Vorteile einer Zusammenarbeit. Sie versorgten Helicon mit frischem Blut und wiesen darauf hin, daß man viele Barbaren für Helicon rekrutieren könne, wenn man ihnen zu verstehen gäbe, daß eine Rückkehr absolut unmöglich sei. Und so wurde aus Helicon der Berg des Todes – ein ehrenhafter Tod für die Tapferen. Ein regelmäßiger und geheimgehaltener Handel wurde eingerichtet, als Helicon einen Teil seiner gewaltigen technischen Hilfsmittel für die Herstellung von Werkzeug und Maschinen verwandte, während die Irren Holz und Oberflächen-Gewächse lieferten, die den aus hydroponischen Anlagen stammenden Nahrungsmitteln bei weitem vorzuziehen waren.

Die Irren erwiesen sich als weitblickender als die Gründer von Helicon, denn die Irren waren in ständigem Kontakt mit der wirklichen Welt. Daher auch ihre pragmatische Haltung den Nomaden gegenüber, trotz deren geringer Meinung von den Irren. Sie bestellten Waffen aus den Werkstätten Helicons – keine modernen Waffen, sondern einfache Nomadenwaffen. Schwerter und Dolche, Keulen und Stangen. Diese überließen sie den Nomaden als Gegenleistung für ihren Gehorsam in einem gewissen Punkt: die Waffen durften nur im förmlichen Kampf verwendet wergen. Wer nicht kämpfte, galt als unantastbar. Niemand durfte seiner persönlichen Freiheit beraubt werden.

Die Einhaltung wurde auf indirekte aber wirksame Weise erzwungen: Gebiete, die sich nicht an diese Regeln hielten, wurden von den Irren nicht mehr beliefert. Da die Metallwaffen den primitiven, selbstgefertigten haushoch überlegen waren, breitete sich das »Irren-Gebiet« sehr rasch und so weit aus, wie der Nachschub transportiert werden konnte. Ihre Dienste schlossen bald auch medizinische Versorgung und die Unterbringung in Herbergen ein, die in Helicon vorfabriziert wurden. Die Irren hatten als Gegenleistung für die vielfältige Hilfe Helicons nichts Direktes zu bieten – doch der zivilisatorische

Stand wurde so angehoben, daß es immer mehr Rekruten gab – sowohl für die Irren als auch für Helicon. So profitierten alle drei Beteiligten an der ganzen Entwicklung.

Aber Helicon behielt die Schlüsselstellung. Nur dort konnten qualitativ hochwertige Dinge produziert werden.

Und dann war Helicon zerstört worden. Und das Einflußgebiet der Irren brach zusammen.

»Unser System war das beste der Welt«, schloß Vara. »Es gibt andere Helicons in anderen Teilen der Welt, die aber waren nicht so gut, wie unseres und auch lange nicht so wirkungsvoll. Var und ich mußten das während unserer Wanderjahre entdecken. Im Norden hat man Schußwaffen und elektrischen Strom, doch die Menschen sind alles andere als zugänglich. In Asien hat man Kraftfahrzeue und Schiffe und Häuser, aber – nun, für uns ist unser System wohl nach wie vor das beste. Und deswegen machen wir uns daran, Helicon aufzubauen ...«

Neq führte sie durch den von der Herberge aus betretbaren Gang ins Innere. »Das bleibt unser Geheimnis«, sagte er. »Die neu Bekehrten müssen es außen über den Berg versuchen. Aber die Irren können außen keine Laster hochschicken. Sie bringen ihre Sachen hierher. Diese Herberge wird normalerweise von den Nomaden selten aufgesucht, weil sie eine Endstation und keine Wanderstation darstellt.«

Der Tunnel hatte eine Krümmung und verlief in der Finsternis. »Der Lift ist an den Herbergsstrom angeschlossen«, erklärte Neq, dem Neqas Erklärungen einfielen. »Wir werden die Energieversorgung Helicons wieder hinkriegen ... aber im Augenblick tun es auch Laternen.«

Kaum waren alle im Vorratsraum versammelt, öffnete er die Wandverkleidung und zeigte ihnen die unterirdischen Schienenstränge. Da stand auch ein Wagen. Er hatte ihn heraufgeschafft, als er die langwierige und schmutzige Säuberungsaktion beendet hatte. In dem Wagen fanden nur wenige Platz, zudem mußte er von Hand geschoben werden, doch würde der Transport auf diese Weise doch kürzer ausfallen, als wenn alle zu Fuß liefen. Und die Neulinge verhielten sich in diesen Tiefen besonders nervös.

Als alle auf der Plattform am anderen Ende versammelt waren, führte er sie die Rampe entlang nach oben und zeigte ihnen die ganze Anlage. Die Nomaden waren beklommen, die Irren beeindruckt, und die Überlebenden von Helicon sprachlos und überwältigt. Alles war leer und aufgeräumt – zweifellos ein großer Kontrast zu ihren letzten Erinnerungen.

Im Speisesaal legte er eine Pause ein. Er spürte, wie ihn ein Frösteln überlief. Er wußte noch, wie er den Raum zurückgelassen hatte, nachdem er die Leichen hinausgeschleppt und die verkohlten Einrichtungsgegenstände weggeräumt hatte. Was noch brauchbar war, hatte er in einer Ecke gestapelt. In der Küche hatte er mehrere Packungen haltbarer Lebensmittel zurückgelassen.

Einer der Tische war verschoben worden. Von den getrockneten Bohnen hatte jemand gegessen. Jemand war hier eingedrungen.

Neq verbarg seine Enttäuschung, und setzte die Besichtigung fort. »Ich kenne den Zweck der meisten Räume nicht und schon gar nicht den Zweck der Einrichtungen«, sagte er. »In diesem Punkt rechnen wir mit der Erfahrung jener, die früher hier lebten.«

Innerlich aber war er zutiefst enttäuscht. Er und die Irren hatten nach jedem nur möglichen Überlebenden Helicons geforscht. Die ausgetauschten Erfahrungen und seine Zählung der Toten hatten ergeben, daß ihnen nur wenige entgangen sein konnten. War der Eindringling von außen gekommen? Die meisten Nomaden hatten Angst vor diesem Gebiet und würden den Berg nie betreten, selbst wenn sie einen Eingang gefunden hätten.

Natürlich hatten Tyl und seine Truppen sich hier während der Eroberung Eintritt verschafft. Diese Männer konnten hier also nach Belieben jederzeit wieder eindringen. Aber Neq hatte die Eingänge so gut als möglich verschlossen und hatte keine Anzeichen einer gewaltsamen Öffnung entdecken können. Alles war unversehrt.

Jemand war hier frech eingedrungen, hatte sich umgesehen,

hatte einen Imbiß eingenommen und war wieder verschwunden. Dieser Jemand konnte wiederkommen.

XIX

»Ja, sie ist schwanger«, erklärte Dick der Arzt. »Unter diesen Umständen sollte man sie von der – hm, Wechselrunde befreien. Unsere Kinder werden einst unser größter Trumpf sein, denn sie werden in zivilisierter Atmosphäre aufwachsen ...«

An Neq lag es nun, eine Entscheidung zu treffen. Er würde einen Präzendenzfall schaffen, denn er war sich seiner eigenen Neigung wohl bewußt. Sein Verstand sagte ihm, daß man die Frauen miteinander teilen mußte. Gefühlsmäßig aber konnte er Vara nicht teilen. »Das fällt ins Gesundheitsressort«, sagte er. »Das ist Ihr Entscheidungsbereich.«

Vara brauchte fürderhin nicht die Runde zu machen. In Wahrheit funktionierte das System ohnehin noch nicht so recht. Die Menschen brauchten eine gewisse Zeit, um sich daran zu gewöhnen. Es gab Probleme mit der Unterbringung der Frauen, denn sie wollten zurückgezogener leben, als es in den Männerzimmern möglich war, von der sexuellen Seite ganz abgesehen. Schließlich bekamen sie eigene Räumlichkeiten zugewiesen, doch es wurde erwartet, daß sie regelmäßig die Runde machten.

Wenn auch das gesellschaftliche System nur eingeschränkt funktionierte, so ging es mit dem Wiederaufbau gut voran. Der Anschluß an das Stromnetz war einfacher als gedacht. Ein paar Kabel mußten gelegt werden, einige Kreise geschlossen, ein paar Teile ausgetauscht, und auf einmal gab es Licht und Wärme und Frischluft und sanitäre Einrichtungen. Helicon war nach einem wunderbaren Plan angelegt worden. Man mußte die vorhandenen Einrichtungen nur ergänzen oder erneuern. Nach einem Monat waren sie bereits imstande, zusätzliche Maschinen laufen zu lassen: die Untergrundbahn zur Herberge, die Maschinen in den Werkstätten. Nach zwei Monaten wurden die ersten Waffen produziert: Stäbe, die von einer endlosen, aus einem automatischen Schmelzofen ausgestoßenen Stange abgeschnitten wurden. Das Metall stammte aus den gewaltigen metallischen Abfallbeständen des Berges – diese reichten noch für ein ganzes Jahrhundert aus.

Neq merkte mit einer gewissen Verwunderung, daß es klappte! Helicon erwachte wieder zum Leben und funktionierte. Dieser deutliche Erfolg war hinter dem täglichen Kleinkram an Projekten und hinter den zahlreichen Krisen fast unsichtbar geblieben! Helicon bildete eigentlich eine Wesenheit in sich selbst und folgte eigenen Gesetzen. Das Vergehen der Jahre und der Personalwechsel rührten nicht an diese gewaltige Quasi-Persönlichkeit.

Während eines Nachtzyklus wurde Neq vom Alarmsignal geweckt. Die Nacht war hier ebenso künstlich wie der Tag, doch der Rhythmus der Außenwelt wurde beibehalten. Die kürzlich wieder instandgesetzte Fernsehscheibe war eingeschaltet.

»Wir haben etwas erfaßt«, sagte Jim kurz und bündig. »Es ist durch keinen der bekannten Eingänge eingedrungen, und doch befindet es sich jetzt im Inneren. Ich dachte mir, Sie würden gern dabeisein.«

»Und wie!« Neq schlüpfte in sein spezielles weitärmeliges Gewand und lief durch die matt erleuchteten Gänge zu Jims Labor. Er dachte an den geheimnisvollen Besucher. Ob er wiedergekommen war.

»Ich dachte erst, es sei eines von den Randzonen-Biestern«, sagte Jim. »Die finden immer wieder neue Schlupfwinkel . . .« Neq wußte, was er meinte. In den strahlenverseuchten äußeren Gängen des Berges lebten merkwürdige Kreaturen – Mutationsungeheuer, die sich ihre eigene groteske Ökologie geschaffen hatten. Das eigentliche Helicon war von diesen Teilen abgeschnitten, doch die Sperren waren durchlässig und wurden manchmal von Nagetieren und Amphibien überwunden. Einmal war ein toter froschähnlicher Nager aus der Wasserspülung einer Toilette geschnellt. Jim hatte das ganze Röhrensystem absuchen müssen, um die Einschlupfstelle zu finden. Es hatte sich erwiesen, daß die Sache hoffnungslos war. Das Wasser für Helicon stammte aus einem großen unterirdischen Kanal und floß auch auf diese Weise wieder ab, nachdem es eine

Abfall-Wiederaufbereitungsanlage durchlaufen hatte. Das alles war viel zu kompliziert, und überdies waren Reparaturen nicht ungefährlich, weil das Wasser heiß war – so heiß, daß in gewissen Abständen heißer Dampf aus den Entlüftungsstutzen strömte und die Wartungsgänge erfüllte. Jim mußte sich damit begnügen, in die Hauptleitung für Trinkwasser einen Filter einzuführen. Manchmal hörte man unheimliche Geräusche durch die Wand, so als würden fremdartige Lebewesen einander jagen oder miteinander kämpfen. Das stetig lauter werdende Summen der eingeschalteten Maschinen übertönte zwar das meiste – zum Glück. Denn die Nomaden waren gleich mit ihrer Gespensterfurcht bei der Hand – und daß es spukte, ließ sich nicht leugnen.

Jim hatte daraufhin ein Alarmsystem angelegt, mit dessen Hilfe man das Eindringen solcher Lebewesen erkennen und die Einschlupflöcher genau feststellen konnte, die dann gewissenhaft verstopft wurden.

»Diesmal ist das Biest sehr groß«, sagte er und führte Neq zu einem bislang unbenutzten Lagerraum. Die Rückwand sah solid aus, doch Jim hatte auf dem Boden im Staub Spuren entdeckt. Sie führten zu einem verschiebbaren Wandteil, der aussah wie echter Stein. »Menschlich oder sehr menschenähnlich«, erklärte Jim. »Es ist von der anderen Seite hereingekommen – offenbar aus einem halb eingestürzten Tunnel, der noch strahlenverseucht ist. Dann hat es den verschiebbaren Teil herausgedrückt und ihn wieder präzise zugemacht. Als nächstes querte es den Raum und lief hinaus in die Halle, wo es von meinem elektrischen Auge erfaßt wurde. Bis ich an Ort und Stelle war, war es natürlich längst über alle Berge – aber wir wissen jetzt wenigstens, wie es das geschafft hat.«

Wieder überlief Neq ein Frösteln. »Jetzt ist er wieder da, im Inneren von Helicon!« War er wiedergekommen, weil er Bohnen essen wollte, oder wollte er mehr?

Jim nickte. »Vor einer halben Stunde gab das Auge Alarm. Dem Signal nach kann ich nicht unterscheiden, ob es sich um eine Maus oder einen Elefanten handelt – äh –, das ist ein riesengroßes Tier, das vor dem Blitz existierte. Davon gibt es jede Nacht mehrere –«

»Elefanten?« »Nein, Alarmsignale. Und wenn ich nicht persönlich nachsehen gehe, weiß ich gar nichts. In der Hälfte der Fälle sind es unsere eigenen Leute, einzeln oder in Gruppen. In den hinteren Räumlichkeiten kommt es immer wieder zu Stelldicheins, müssen Sie wissen. Da muß man mit großer Vorsicht vorgehen. Die Mädchen machen zwar brav ihre Runden, wenn sie aber von einem bestimmten Mann schwanger werden möchten . . .«

Neq wußte Bescheid. Er hatte deswegen nie durchgegriffen, weil er selbst so dachte. Vara war mit seinem Kind schwanger, gleichgültig, welchen Namen es schließlich tragen würde.

»Hm, wir haben also Verspätung. Trotzdem können wir ihn noch fassen. Lassen Sie diesen Ausgang blockieren und die Gänge mit der Blumendroge vollpumpen –«

Neq war nicht einverstanden. »Hier halten sich doch ständig Leute auf«, sagte er. »Im Moment zwar nur die Nachtschicht und ein paar Mann an den Maschinen. Aber ein kleiner Hauch von den Blumen, und wir haben nachher Maschinenschaden durch den plötzlichen Personalausfall. Schlimm genug, daß kleine Mengen immer wieder zufällig ausströmen! Nein, das machen wir anders. Wie kommt es, daß so etwas ungesehen eindringen kann?«

»Der Eindringling muß sich in Helicon auskennen«, meinte Jim darauf. »Er muß Schlupfwinkel und Ausweichmöglichkeiten kennen –

»Und vor allem muß er wissen, wie er sich durchschwindelt, wenn er jemandem begegnet«, fuhr Neq fort. »Und das macht ihn gefährlich. Wir kennen seine Motive nicht.«

»Es muß sich um einen früheren Bewohner von Helicon handeln«, antwortete Jim. »Einer von der alten Garde müßte ihn erkennen.«

»Aber Helicon steht doch allen ehemaligen Mitgliedern offen. Warum hat er sich mit uns nicht in Verbindung gesetzt?«

»Vielleicht versucht er es auf diese Weise.«

»Er braucht doch nur zu rufen oder an die Wand klopfen.«

»Gehen wir ins Labor«, sagte Jim. »Wenn er weiterhin hier umherschleicht, dann wird er die Alarmanlage noch einige Male auslösen.«

Sie sollten Glück haben. Der Eindringling löste tatsächlich mehrmals das Alarmsignal aus, als er auswich, weil andere seinen Weg kreuzten. Und in den wichtigsten Verbindungsgängen war kein Fernsehauge installiert, da dies zu heillosem Durcheinander geführt hätte.

»Er hat ein bestimmtes Ziel«, sagte Jim. »Sehen Sie sich mal dieses Schema an. Ich könnte mir denken, daß er lesen kann – er hat sich einige Male in der Nähe der Mitteilungstafeln vor dem Speisesaal versteckt. Jetzt weiß er, was er will. Und wenn wir auch dahinterkommen, können wir ihn abfangen. Wir müssen ihn überrumpeln, damit er sich nicht wehren kann und dabei womöglich jemanden verletzt.«

»Rasch zu den Schlafräumen!« rief Neq nach einem Blick auf den Anlageplan aus, auf dem Jim den Weg des Eindringlings abgesteckt hatte.

»Ach – dort habe ich aus bestimmten Gründen kein Fernsehauge installiert. Wir werden ihn aus den Augen verlieren.«

»Ich lasse Wachen aufstellen.« Neq ging die Sache ganz ruhig an und weckte über die unterirdische Sprechanlage jene, die auf Abruf bereit sein mußten. Gleich darauf würden Bewaffnete alle strategischen Punkte in jenem Bereich besetzen.

Aber gleich war nicht jetzt. Neq sah im Geiste ein Schreckensbild vor sich. Jene Person, die sich in Helicon am besten auskannte, war sein früherer Führer Bob. Wenn einer entkommen konnte, dann war es Bob. Neq benutzte jetzt seinen Büroraum und wurde ständig an ihn erinnert, und zwar durch gewisse Kleinigkeiten: der Schreibtisch, der so gestellt war, daß man von ihm aus die einzige Tür im Auge behalten konnte, die Feuerwaffe im Schreibtisch, die Sprechanlagenverbindungen mit allen Teilen Helicons und die in der Raumdecke angebrachten Scheinwerfer. Der Raum glich einer kleinen Festung. Auch dort waren Fußspuren entdeckt worden wie überall in Helicon – aber kein Toter. Natürlich konnte Sol Bob anderswo gestellt und getötet haben – aber ein Beweis dafür existierte nicht. Vielleicht hatte Bob irgendwie überleben können und war jetzt zurückgekehrt, entschlossen, sich an dem Kind zu rächen, das seine perversen Annäherungsversuche vehement abgewehrt hatte . . .

Da wurde ihm plötzlich etwas anderes klar. Ja, das war der eigentliche Grund, warum Bob Soli in den Kampf und damit in den fast sicheren Tod geschickt hatte! Es war die Rache für die peinliche Lage, in die sie ihn gebracht hatte! Statt sich ihm hinzugeben, hatte sie ihn mit ihren Stöcken verjagt ... und hatte es womöglich Sol berichtet. Also mußte sie aus dem Weg geschafft werden – und dazu boten sich die belagernden Nomaden, Sols Geschlecht, geradezu an.

Hierin aber hatte Bob einen folgenschweren Fehler begangen. Er hatte nicht im Interesse Helicons gehandelt, sondern hatte seiner Rache freien Lauf gelassen. Seine persönlichen Gefühle hatten sich mit seinen Pflichten überschnitten.

»Was ist?« rief Vara aus, als Neq eintrat. »Ach, du bist es.«

So wie auch Neq seine eigenen Gefühle für dasselbe Mädchen mit seinen Pflichten nicht in Einklang bringen konnte.

»Ein Fremder ist eingedrungen und wird vielleicht hierherkommen. Deinetwegen, glaube ich. Wir konnten nicht rechtzeitig Posten –«

»Oh!« rief sie aus und faßte nach ihren Stöcken.

Er drückte sie wieder aufs Bett zurück. Sie war schon schwerfällig, und er spürte, wie groß ihre Brüste geworden waren. »Du verhältst dich ruhig! Deswegen bin ich da. Wenn er hier eindringt –«

»Aber ich habe doch gar keine Feinde, oder? Bis auf dich – vielleicht, wenn mein Bauch sich geleert hat und ich in ein paar Monaten wieder die Pflichtrunde mache.«

Er lachte auf, doch hatte ihn diese Bemerkung getroffen. Wie konnte er dieses System durchsetzen, wenn er selbst nicht überzeugt davon war? Kein Wunder, daß diese Gesellschaftsordnung auch in der Vergangenheit nicht funktioniert hatte.

Bobs Fehler ...

»Zwischen uns ist es aus«, sagte er. »Ich liebe dich zwar, doch ich bin der Herr von Helicon. Ich muß objektiv bleiben. Ich hoffe, du hast dafür Verständnis.«

»Ja, du hast recht«, sagte sie. Und nun schmerzte es ihn, daß sie sich so bereitwillig zufriedengab. »So muß es wohl sein.«

Jetzt wußte er, daß es wirklich aus war. Sie war eben ein Kind Helicons. Sie hatte das Partnertausch-System sowohl gefühlsmäßig als auch vom Verstand her akzeptiert. Er hätte sie nie halten können.

Wenige Minuten später hörten sie es beide. Rasche verstohlene Schritte auf dem Gang, die näher kamen.

Die Tür ging auf. Neq hob die Klaue, um zuzuschlagen, und wünschte sich, er hätte noch sein Schwert gehabt. Mit dem Ellbogen drückte er auf den Lichtschalter. Strahlende Helligkeit explodierte um sie herum.

Vara schrie auf.

Der Eindringling war plötzlich geblendet und hob abwehrend die Arme. Eine Frau. Nackt. Wirres Haar.

Hübsches Gesicht, gute Figur, schlanke Beine, wohlgeformte Brüste – hätte er tatsächlich noch sein Schwert gehabt, so hätte er sie jetzt damit durchbohrt, ehe er erfaßt hatte, was da vor ihm stand.

»Sosa!« rief Vara aus und raffte sich vom Bett auf.

Die zwei Frauen umarmten einander, während Neq dastand, den Arm wie erstarrt erhoben. Nicht zu fassen!

»Mutter, ich bin ja so froh!« schluchzte Vara. »Ich wußte ja, daß du noch am Leben bist . . .«

Sosa. Die Frau, die Vara als ihre wirkliche Mutter ansah – und sie Sola vorzog. Sie war zurückgekehrt, um wieder bei ihrer Tochter sein zu können. Alle anderen interessierten sie nicht. Und sie hatte in ihrer Nacktheit niemandem begegnen wollen. Sie hatte Vara sehen und sie vielleicht mit sich nehmen wollen. Allen anderen Begegnungen war sie ausgewichen. Wahrscheinlich hatte sie einen unterirdischen Flußlauf durchschwommen und hatte der Strahlung ausweichen müssen. Das Rätsel war damit gelöst.

Die zwei Frauen hatten einander, und Neq war überflüssig. Neq machte sich davon. Er würde nicht vermißt werden.

Vara ging nicht fort. Sosa blieb. Sie fügte sich so nahtlos in die Gruppe ein, als wäre sie schon immer dagewesen. Sie übernahm Varas Pflichten bei der Partnertausch-Runde, und die Männer befaßten sich gern mit ihr, obwohl sie in Neqs Alter stand. Sosa war eine kleine, lebhafte Frau, sehr gut erhalten und überaus umgänglich. Ihre unmittelbare Vergangenheit blieb ein Rätsel. Sie war nach der Zerstörung Helicons verschwunden und nun, da es wieder auflebte, aufgetaucht. Ihre Erlebnisse dazwischen behielt sie jedenfalls für sich.

Hatte Neq schon früher bezweifelt, daß Vara ihn brauchte, so waren jetzt alle Zweifel beseitigt. Vara brauchte außer Sosa niemanden. Nun war es ja gewiß von Vorteil, daß sie während ihrer schweren Zeit Trost fand, aber Neq fühlte sich plötzlich ganz verlassen und durfte nicht einmal Eifersucht fühlen.

Da wurde er wieder durch Jim übers Fernsehnetz geweckt. Wieder hatte jemand einen Alarm ausgelöst!

»In der Untergrundbahn«, meldete Jim. »Jemand will hinaus, nicht herein. Sieht mir nach einem weiblichen Wesen aus.«

Vara, dachte er erschrocken. Hatte Sosa sie schließlich doch zur Flucht überreden können, damit das Kind nicht an Helicon fiele!

»Ich sehe selbst nach«, antwortete er.

Jim nickte. Vermutlich verstand er Neqs Besorgnis. Es war eine Sache, die besser privat abgehandelt wurde.

Ja, es hielt sich jemand in der Untergrundbahn-Anlage auf, benutzte aber keinen der Wagen. Neq atmete aus, als er die Pflanzen-Kammern hinter sich hatte. Jetzt roch er einen anderen Duft, das zarte Parfum, das die Frauen gern benutzten. Ganz natürlich, daß sie keinen Wagen benutzte. Der Energieverbrauch wäre sofort registriert worden. Denn Jim verfügte über Monitoren, von denen die wenigsten eine Ahnung hatten – aus Sicherheitsgründen. Neqs Bewunderung für die verschiedenen Einrichtungen seines Vorgängers Bob wuchs immer mehr. Es war nötig, daß man über alle Vorgänge Bescheid wußte, ohne daß man dieses Wissen mit anderen teilen mußte.

Die Gleisanlagen waren staubfrei, da sie nun regelmäßig benutzt wurden. Sehen konnte er die Gesuchte nicht. Doch als er ein Ohr aufs Metall preßte, hörte er ein schwaches Streifen oder Pochen. Jemand lief die Schienen in Richtung Herberge entlang. Jemand, der schwer und ein wenig unbeholfen war ... etwa eine Frau im fortgeschrittenen Stadium der Schwangerschaft.

Er folgte ihr in den dunklen Tunnel. Lautlos lief er immer

weiter. Bald konnte er sie direkt hören. Er ging nun noch behutsamer vor, damit sie ihn nicht vorzeitig bemerkte. Er wollte sie einholen, ehe sie etwas Unüberlegtes machte. Und Vara war kein leichter Gegner . . .

Sie ging so langsam, daß er den Eindruck hatte, sie fürchte sich vor der Dunkelheit. Und es handelte sich um eine einzelne Person, nicht um zwei.

Warum war Sosa nicht bei ihr? Sosa bewegte sich in der Dunkelheit katzengeschmeidig und hätte sicher andere Fluchtwege gewußt – aber niemals hätte sie ihre Adoptivtochter den mühsamen Weg allein gehen lassen. Aber eigentlich war ja Vara selbst eine erfahrene Nachtgeherin. Eine Schwangerschaft konnte ihre Fähigkeiten doch nicht so schwerwiegend beeinflussen.

Er hatte sie eingeholt und redete sie an. »Geh nicht weiter.«

»Oh!« Ein Ausruf der Überraschung. Und dann wurde etwas fallen gelassen.

Die Stimme verriet sie. Es war Sola. Sie hatte ihre Habseligkeiten in einem Bündel mitgeschleppt und dazu ausreichend Proviant und Wasser. Kein Wunder, daß ihr Gang schwerfällig gewesen war!

»Was treibst du hier?« fragte er. Seltsam. Er war wütend, daß sie nicht Vara war.

»Ich will weg!«

Das war nicht zu übersehen.

»Niemand verläßt Helicon. Das müßtest du selbst am besten wissen.«

»Dann töte mich!« rief sie hysterisch aus. »Mit ihr zusammen kann ich nicht bleiben!«

Warum er immer wieder mit Morden in Zusammenhang gebracht wurde? »Zusammen mit Vara? Aber sie braucht dich jetzt mehr als je zuvor –«

»Mit Sosa!« Sie zischte diesen Namen haßerfüllt.

Nun erst ging ihm ein Licht auf. Wenn er schon Varas Zuneigung zu Sosa mit scheelen Blicken ansah, wie mußte es um Varas leibliche Mutter bestellt sein, die sich jetzt beiseite geschoben sah und gehofft hatte, die Zuneigung ihrer Tochter zu gewinnen?

Er hatte bislang nur gesehen, welche Wirkung Sosas Auftauchen auf ihn selbst gehabt hatte. Dabei waren ihm die ganz natürlichen Reaktionen der anderen entgangen; ein Fehler, der damals auch Bob unterlaufen war. War er dazu verurteilt, dieselben Fehler zu machen, bis schließlich dasselbe Ende über alle käme? »Du hast noch andere Verpflichtungen«, sagte er nun etwas lahm. »Du kannst nicht einfach weglaufen, nur weil es in einer Hinsicht nicht klappt.« Dabei mußte er sich eingestehen, daß er selbst immer stärker die Versuchung spürte, einfach auf und davon zu gehen, weil ihn die Verwaltungsarbeit anödete, wie damals, als er im Nomadenimperium eine Führungsposition innegehabt hatte. Und ohne Vara war das Leben für ihn noch trübsinniger geworden. »Hier in Helicon gibt es keine Bindungen, keine Partner, keine Eltern, keine Kinder – nur Aufgaben, die zu erfüllen sind.«

»Das weiß ich!« rief sie. »Das ist es ja! Mir fehlt ein Gefährte, ein Kind!«

»Alle Männer sind hier deine Partner. Du hast die Politik von Helicon ganz richtig beschrieben: Partnertausch.«

Sie lachte verbittert auf. »Ich bin eine alte Frau. Die Männer mögen es gar nicht, wenn ich an der Reihe bin.«

Neq merkte nun, daß ihr Groll gegen die Unterwelt nicht von ungefähr kam. Wäre er seiner Aufgabe ordentlich nachgekommen, hätte er dieses Problem längst sehen müssen. Er mußte jetzt etwas dagegen unternehmen, andernfalls würde er eingestehen, daß er ein schwächerer Führer war als Bob. Doch es war unmöglich, ihr die sexuelle Anziehungskraft wiederzugeben, die sie vor einem Menschenalter besessen hatte.

Kein Wunder, daß Sola sich jämmerlich fühlte. Sie war um ihre Sexualität und ihre Mütterlichkeit betrogen worden, in einer Situation, da sie beides doppelt nötig gehabt hätte.

»Wir brauchen dich«, sagte er besänftigend. »Ich lasse dich nicht fort. Für dich gibt es draußen kein Leben.«

»Sosa kann meine Aufgabe erfüllen. Sprich mit ihr.«

»Nein! Sosa ist vom Temperament anders. Sie –« Und dann hatte er die Lösung. »Sie kann keine Kinder bekommen.«

»Glaubst du denn, ich könnte Kinder bekommen?« gab Sola scharf zurück. »Ich bin dreiunddreißig.«

»Du hast Vara geboren! Dann hast du mit einem Kastrierten zusammengelebt und als nächstes mit einem sterilen Mann. Und als du es mit Var ausprobiert hast, da war er auch steril. Alle diese Männer konnten kein Leben schaffen. Du hättest es gekonnt. Und du kannst es immer noch! Und Helicon braucht dieses Leben! Kinder sind unser wichtigstes –«

»In diesem Alter würde eine Geburt mich umbringen. Ich bin ja beinahe schon Großmutter.«

Aus ihrem Ton hörte er heraus, daß sie gern vom Gegenteil überzeugt worden wäre.

»Wenn Dick der Arzt dich behandelt, wird alles gutgehen. Er hat den Waffenlosen zu dem gemacht, was er war –«

»Ja, nämlich steril.«

»Das war ein bedauerlicher Unfall. Sieh mal, was er aus meinen Händen gemacht hat! Das hätte kein anderer geschafft, und mich hat er dabei nicht steril gemacht. Er kann Leben retten. Er wird dich retten, egal wie viele Kinder du bekommst, egal, in welchem Alter. Und wenn – ich meine, es wird nicht dazu kommen, aber angenommen, du stirbst – was macht das schon aus? Draußen in der Wildnis würdest du mit Sicherheit umkommen.«

Diese unverfrorene und grausame Äußerung zauberte einen perversen Hoffnungsschimmer in ihre Augen, der jäh wieder erlosch. »Kein Mann wird mich anfassen«, sagte sie verbittert.

»Alle werden dich anfassen!« rief er. »Wir sind in Helicon, und ich bin hier der Herr! Ich lasse –« Er brach unvermittelt ab, weil er merkte, daß er die Sache verkehrt angepackt hatte. Seine Formulierung gab ihr bloß zu verstehen, daß man die Männer tatsächlich zwingen mußte, und damit würde sie sich nicht zufriedengeben.

»Siehst du? Du machst die Runde ja nicht. Du weißt also, was ich meine.«

Er wußte es. Und er sah jetzt klar seine Pflicht vor sich. »Als ich dich zum ersten Mal sah, da warst du sechzehn. Du warst schön – sehr viel schöner als ich. Und ich sah dich oft in meinen Träumen – wollüstigen Träumen.«

»Ach?« Sie schien tatsächlich geschmeichelt.

»Jetzt bist du älter – und ich auch. Du bist verbittert – ich bin es auch. Aber was die Jungen können, das können wir beide noch lange. Ich werde dir dein Kind geben – ein Kind, das dir niemand wegnehmen kann.«

»Du hast deine Pflicht bereits bei meiner Tochter erfüllt«, entgegnete sie mit der Andeutung eines Lächelns in der Stimme.

»Das ist vorbei. Ihr Kind wird nicht meinen Namen tragen. Ich mußte ihr nur wiedergeben, was ich ihr genommen hatte. Sie wird bald wieder die Runde machen – und ich auch. Und du, du bist noch immer eine Schönheit.«

»Wirklich?« Wie ein kleines Mädchen, das um etwas bettelte.

Da nahm er sie auf den Schienen. Und in der Finsternis mußte er entdecken, daß er die Wahrheit gesagt hatte. Sie hatte sehr viel von Vara in sich, und es lief besser, als er erwartet hatte.

XX

Es war nur ein schwaches Lüftchen, und doch erweckte es in ihm eine Sturzflut sonderbarer Gefühle. Neq brauchte nur seiner Nase zu folgen.

In der Wand entdeckte er einen feinen Spalt, den er bisher übersehen hatte. Aus der Entfernung sah er aus wie eine kleine Unebenheit in der Oberfläche, nun aber sah er, daß er tiefer war. Hatte Bob sich in seinem Büro zusammen mit all den anderen Einrichtungen auch ein Geheimfach einrichten lassen?

Er führte in den haarfeinen Spalt ein Blatt Papier ein und schob es immer tiefer. Das Papier verschwand – und mit ihm die statistischen Werte über die Waffenproduktion des vergangenen Monats! Tatsächlich, dahinter lag ein leerer Raum, aus dem ein schwacher Geruch drang.

Er nahm einen Dolch und schob ihn mit Hilfe der Greifer in den Spalt, die Hebelwirkung nützend. Da hörte er ein Schnappen, und ein Teil der Wand öffnete sich zu ihm hin. Vor ihm lag ein Gang, ein Gang, den er übersehen hatte und den er nie gefunden hätte, wäre da nicht der fast unmerkliche Geruch gewesen.

Er spähte hinein. Dunkel, natürlich, und ein warmer Luftzug. Der Geruch war nun viel intensiver.

Es war ein von Menschenhand geschaffener Tunnel in die unerforschte unterirdische Wildnis des Mount Helicon. Da unten konnte alles mögliche sein. Die Möglichkeit, daß man gefährlichen, ja tödlichen Dingen begegnete, war sehr groß. Also wäre der Einsatz einer bewaffneten Gruppe angebracht gewesen.

Aber Neq drang allein in den Gang ein. Der belebende Duft kam ihm entgegen, beflügelte seine Schritte und bewirkte, daß die Wände aus Stein und Metall sich plötzlich weiteten. Das war Bobs Fluchtweg. Er hatte recht behalten – ein Mann brauchte einen Ausweg aus der Öde des Führeramtes . . .

Vara hatte einen strammen Jungen geboren, den sie Vari nannte. Danach hatte sie sich eine längere Ruhepause gegönnt und das Kind genährt. Erst dann hatte sie wieder begonnen, die Runde zu machen. Auch Sosa verbrachte viel Zeit mit dem Kind. Fast sah es aus, als wäre Vari ihr Kleines. Drei Monate nach ihrer Entbindung war Vara wieder guter Hoffnung. Diesmal nicht von Neq.

Auch Sola hatte ein Kind empfangen, und die Freude darüber veränderte sie gewaltig. Die zwei Frauen kamen einander immer näher, nicht als Mutter und Tochter, sondern als schwangere Schwestern, die sich über ihre Erfahrungen unterhielten und eifrig Pläne für Krabbelstuben und Schulen erörterten. Sie waren für die anderen ein gutes Beispiel, und die Probleme des Partnertausch-Systems traten ein wenig in den Hintergrund. Neq tastete sich weiter den Gang entlang, in Erinnerungen befangen, trotz der vor ihm lauernden unbekannten Gefahren. Er hatte immer eine Taschenlampe bei sich, weil er in Helicon nie voraussehen konnte, wann er Licht brauchen würde. Die holte er hervor und ließ den Lichtstrahl vor sich tanzen. Die Wände waren nun nicht mehr metallverkleidet. Statt dessen trugen sie eine moosähnliche Schicht, die stellenweise baumartige Auswüchse hatte.

Jim hatte die Instandsetzung der Maschinen beendet und ein Ausbildungsprogramm für Betrieb und Instandhaltung ausgearbeitet, so daß alles auch ohne ihn weiterlaufen konnte.

»Ich will nicht weg«, hatte er erklärt. »Mir gefällt es hier gut. Maschinen sind genau mein Fall, und diese hier sind wahre Wunderwerke! Aber Unfälle passieren immer mal, und schließlich werde ich auch nicht jünger.«

Als der Maschinenpark Helicons die Kapazitätsgrenze erreichte – jene der menschlichen Arbeitskräfte, keinesfalls die der Maschinen –, wurde der Export an die Irren gesteigert. Die alten Laster wurden repariert, denn Helicon produzierte unter anderem auch Motoren, Reifen, Benzin und Getriebe. Aus den sechs Fahrzeugen, die den Irren geblieben waren, wurden zwanzig und schließlich fünfzig. Es erwies sich als nötig, Nomaden als Fahrer und Bewacher anzuwerben, die man dann mit Naturalien, guten Waffen und Medikamenten entlohnte. Die Laster wurden immer in einem Konvoi zu dritt losgeschickt. Einen belud man mit der Warenladung, auf dem zweiten waren die bewaffneten und nach Kämpfen lechzenden Krieger, und der dritte beförderte Treibstoff, Ersatzteile und Proviant. Mit der Zeit bildete sich ein neuer Stamm heraus, der Stamm der Lastwagenfahrer, die ihrer Aufgabe mit Feuereifer nachkamen. Die Existenz und Funktionsweise von Helicon war natürlich längst kein Geheimnis mehr, die Zulassungsbedingungen blieben jedoch gleich streng. Die Lastwagenführer lebten in dem Gefühl, sie hätten es am allerbesten erwischt: Vorräte aus Helicon in Verbindung mit einem ungebundenen Nomadenleben. Viele von ihnen kamen bei Kämpfen mit gierigen Gesetzlosen um, aber dies war ebenso Bestandteil eines Nomadenlebens. Heldentum.

Der Pfad wand sich zwischen überhängenden Bäumen tunnelähnlich dahin. Neq beschleunigte seine Schritte, weil er schneller an sein Ziel kommen wollte.

Er hatte geplant, eine Telefonleitung von Helicon zur wichtigsten Außenstelle der Irren legen zu lassen. Der dafür nötige Aufwand hinderte ihn daran, denn man hätte das Kabel entweder sehr hoch, nämlich außer Reichweite der Gesetzlosen, legen müssen oder aber unterirdisch, wo sie es auch nicht finden konnten. Der Verlegung dieses Kabels stellten sich Gebirge, Flüsse und Ödlandgebiet in den Weg. Schließlich hatte er sich mit ständigem Funkkontakt begnügen müssen, der bald in einen Fernsehkontakt umgewandelt sein würde.

Dick der Chirurg richtete ein Krankenhaus ein, in dem Nomaden ärztlich versorgt wurden und die nötigen Medikamente bekamen. Damit aber entstand ein neues Problem. Dick mußte Helicon verlassen, oder aber man mußte Nomaden vorübergehend Zutritt gewähren. Die alten Richtlinien erwiesen sich somit als ungenügend. Neq setzte sie außer Kraft. Ein Teil der Unterwelt war von den übrigen Anlagen völlig abgeschnitten. Dort wurde nun ein neuer Eingang angelegt, und Dick veranstaltete für medizinisch interessierte Nomaden Kurse, obgleich die meisten unwissende Analphabeten waren. Er mußte vereinfachte Bildsymbole für die einzelnen Medikamente erfinden. Ein Kreis mit gezacktem Pfeil stellte den Zusammenhang Kopfschmerz – Aspirin her, die Umrisse eines Zahnes waren das Zeichen für Novocain. Dick stellte sicher, daß gefährliche Medikamente nur durch ihn verabreicht werden sollten und anderen nicht zugänglich waren. Dieses System bewährte sich im großen und ganzen, denn die Nomaden-Lehrlinge waren ja nicht dumm, sie waren nur unwissend und mußten lernen.

Neq erklärte ganz einfach, daß die Kinder Helicons lesen und schreiben lernen sollten. Er selbst ging mit gutem Beispiel voran und schaffte mit großer Mühe die Worte: Mann, Zimmer, Essen, Ehre. In den alten Büchern stand eine Unmenge Wissen verzeichnet, und die junge Generation würde über die Vergangenheit nicht hinauswachsen können, wenn sie diese nicht verstand. Die gegenwärtige Generation war viel zu beschäftigt, um sich mit Lesen zu beschäftigen, und Neq mußte den Kurs aufgeben, nachdem er etwa zwanzig Wörter gemeistert hatte. Aber er wußte genau, daß man die Prioritäten anders setzen würde, sobald die Aufbauphase überwunden war.

Ja, alles lief klaglos. Neq war in der Führung Helicons so erfolgreich, wie er es in der Führung des eigenen Stammes für das Imperium gewesen war.

Nun wurde die Gegend vertraut. Der Verlauf des Weges, das Aussehen des Waldes – ja, da stand die Riesenfichte mit Toten behängt, an die er sich erinnern konnte. Schmerzliche Erinnerungen überfielen ihn, doch er mußte weiter.

Varas Liebe hatte sich als trügerisch erwiesen. Ihm war nun klar, daß die kurze Affäre mit ihm das Pendel zur anderen Seite hatte ausschlagen lassen, sozusagen als Ausgleich für ihren früheren Haß. Und seine Liebe zu ihr – sie konnte nicht mit der sublimen Leidenschaft verglichen werden, die er für Neqa empfunden hatte. Er hatte der Verlockung des jungen Fleisches nachgegeben und das ganze Erlebnis für bedeutungsvoller gehalten, als es war. Aber Vara hatte sehr früh wieder mit ihren Pflichten beim Partnertausch begonnen, damit Helicon rasch bevölkert würde. Neqa. Auf sie war alles zurückzuführen, was hier geschah. Er hatte alles in seinen Kräften Stehende getan, um die Welt wiederaufleben zu lassen, die ihresgleichen hervorgebracht hatte – aber sie selbst hatte er nicht wieder aufleben lassen können. Das war nun die Stelle, wo Yod den Weg verbarrikadiert hatte und ihren Wagen stoppte. Jetzt war auch Yods Stamm nicht mehr am Leben, und auch die auf Stangen gespießten Schädel gab es nicht mehr. Rache . . .

Langsam wurde es Zeit, daß er sein Lager aufschlug, denn er war sehr weit gegangen. Neq entblößte sein Schwert. Er wollte ein paar junge Bäumchen fällen und sich einen provisorischen Unterstand schaffen.

Beim Anblick des blanken Stahles fiel ihm jedoch ein: hätte er damals ein wenig mit seinem Kampfgeschick geprahlt und eingewilligt, sich Yods Gesetzlosen-Stamm anzuschließen, hätte er seine Hände und Neqas Leben damit retten können. Würde er heute in dieselbe Situation geraten, so würde er sich so verhalten. Er hätte sie zwar mit anderen Männern teilen müssen – aber hätte sich dieser Zustand so stark von Varas Runden unterschieden, nachdem sie das Kind des Mörders ihres Mannes ausgetragen hatte? Wäre Neqa seiner Liebe unwürdig gewesen, nachdem sie etwa Yods Kind geboren hatte? Seinetwegen hätte sie fünfzig Kinder anderer Männer gebären können, wenn sie nur am Leben geblieben wäre! Mit der nötigen Vorsicht hätte er nach einiger Zeit die Herrschaft über den Stamm an sich bringen und seine Frau wiedergewinnen können. Er hatte übereilt gehandelt und dafür einen traurigen Preis bezahlen müssen.

Dämmerung – und es kam jemand näher!

Neqs Klinge blieb kampfbereit erhoben. Er wollte nicht töten, doch diese Stelle war ihm heilig, und wer hier seine Abgeschiedenheit störte, würde dafür büßen.

In der Abenddunkelheit im tiefen Wald beschlich Neq den Mann, indem er sich mehr auf sein Gehör als auf die Augen verließ. Der Schritt des anderen war leichtfüßig, ließ aber keine heimlichen Absichten erkennen.

Und jetzt sah er die Gestalt: klein, ganz klein, und ohne sichtbare Waffe.

»Neq!«

Er erkannte sie an der Stimme. Sosa.

»Was treibst du da?« fragte er, wohl wissend, daß sie ihm den ganzen Weg vom Berg bis hierher gefolgt war, mehrere Tage bei raschem Tempo. Wollte sie ihn zurückholen, wie er Sola zurückgebracht hatte?

»Ich roch den Blütenduft«, sagte sie.

»Und da dachte ich, es gäbe irgendwo ein Leck und sah nach – ich habe jetzt die Pflege der Pflanzen übernommen. Die Duftspur führte mich in dein Büro . . . Nach den vielen Monaten zusammen mit der Pflanze, war ich fast schon immun. Aber du –«

Neq trat auf sie zu, das Schwert noch immer erhoben. Doch nicht einmal am Zenith seines Rachefeldzuges hatte er Frauen angegriffen.

»Das hatte ich befürchtet«, murmelte sie. »Ich werde gut auf dich achtgeben müssen, bis ich den Standort der Pflanzen entdeckt und sie unschädlich gemacht habe.«

Sie schritt an ihm vorüber, ganz dicht, und er bekam eine Ahnung von ihrem durchtrainierten und erstaunlich anziehenden Körper. Frauen waren nicht unbedingt zum Verblühen verdammt, wenn sie älter wurden! Nachdenklich folgte er ihr, ungewiß, was sie vorhatte.

Doch dann erkannte er, welchem Ziel sie zustrebte. »Halte dich von diesem Grab fern!« rief er drohend.

Sie aber fing an, Laub und Zweige von Neqas Grab zu kratzen. Rasch wurde das blanke Erdreich sichtbar. »Das ist Abfall!« rief sie aus.

Neq hob von neuem das Schwert. »Halt ein, oder du mußt sterben!«

»Ich tue das deinetwegen«, sagte sie und ließ sich nicht stören. »Der Luftzug führt die Düfte mit sich. Die Blumen müssen direkt unter diesem Abfallhaufen sein.«

»Ich habe niemals eine Frau getötet«, sagte Neq, die Klinge über ihr haltend. »Aber wenn es sein muß –«

»Ich bin gleich fertig«, sagte sie. »Bedroh mich nicht mit diesem Ding. Wenn du wüßtest, wie oft ich Witwe geworden bin, würdest du einsehen, daß du mit deinem Kummer nicht allein stehst. Außerdem ist es mir gleichgültig, was du hier zu sehen vermeinst. Ich habe hier etwas zu erledigen.«

Er sah nun, daß sie nicht aufzuhalten war. Und doch konnte er nicht zulassen, daß man Neqas Gebeine entweihte.

Er breitete die Arme aus, so daß sein Schwertarm sie nicht verletzen konnte, ging auf sie zu und schob sie mit seinem Leib weg. Mit seinem Leib schützte er die geheiligte Erde!

Aber Sosa erhob die schmutzverkrusteten Hände und schlug sie ihm in den Nacken, daß er nach Luft rang. Und mit einem Schulterstoß brachte sie es fertig, ihn abzudrängen. »Komm nicht zu nahe heran«, sagte sie leise. »Es könnte gefährlich werden, und ich muß hier dieses Zeug wegschaffen.«

Jetzt fiel ihm ein, was Vara von dieser Frau behauptet hatte. Sie war geübt, kannte den Zweikampf im Ring und konnte mit bloßen Händen kämpfen. Sie hatte den Waffenlosen seine Kunst gelehrt. Sich mit ihr in ein Handgemenge einzulassen, war reine Torheit.

Wie betäubt sah er zu, wie das Loch immer tiefer wurde. Es waren sicher nicht nur die Gebeine, die sie ausgraben wollte. Er hatte keine Ahnung, ob nach all den Jahren von Neqa überhaupt etwas übriggeblieben war. Alles, was mit Neqa zusammenhing – die Umstände ihres Todes, sein Verhalten danach, das alles gehörte zur Nachtseite seines Nomadentraumes, den er versucht hatte zu verdrängen. Vergewaltigung, Mord, Angst, Rache, Sinnlosigkeit . . .

Da traf sie auf etwas Festes auf. Entsetzt richtete Neq den Strahl seiner Taschenlampe hinunter in die Vertiefung, schnappte nach Luft und zog etwas herauf.

Einen hufähnlichen Fuß.

Erschrocken wich er zurück. Dies hier war das Grab von Var dem Stock – der zweite Alptraum!

Der Fuß bewegte sich, die dicken verbildeten Zehen krümmten sich. Erde rieselte, als das behaarte Bein um sich trat.

»Oh«, rief Sosa aus. »Das habe ich nicht erwartet!« Sie kroch eilig fort.

Ein Arm wurde sichtbar, der sich aufstemmte. Dann der Körper. Der Leichnam setzte sich auf.

Dieser Schock ernüchterte Neq momentan. Er merkte, daß er unter dem Einfluß der betäubend wirkenden Blüten stand, wie Sosa es ihm vorhin erklärt hatte. Die Pflanzen mußten hier ihre Samen abgeworfen haben, denn die Dünste stammten vom Blütenstaub. Es mußte irgendwo Leckstellen geben. Erde, Feuchtigkeit und etwas Licht hatten bewirkt, daß die Pflanze Wurzeln geschlagen und Blüten getragen hatte.

Der Leichnam war weder Neqa noch Var. Statt dessen stieg etwas Lebendiges aus der Vertiefung. Etwas Menschenähnliches – aber was nur? Sein Sichtvermögen spielte ihm wieder einen Streich, denn die Duftschwaden lagerten schwer in diesem von jeder Luftzirkulation abgeschnittenen Raum.

Neq schlug mit den Klauen gegen das Glockenspiel. Leider wollte ihm kein passendes Lied für diese Gelegenheit einfallen.

»Ich habe dich für tot gehalten!« rief Sosa der Gestalt zu.

Ein grotesk formloses Haupt wandte sich ihr zu. »Helicon ist tot!« knurrte er.

»Helicon lebt!« rief Neq, der nach den kurz zuvor überwundenen, von den Düften verstärkten Zweifeln wieder seine Loyalität entdeckte. Er schwang sein Schwert hoch – und hielt inne, weil er wußte, daß sein Bewußtsein von der Droge gelenkt wurde, solange er es als Schwert ansah. »Vernichte die Blumen!« rief er Neqa zu. »Nimm meine Lampe –«

Sie nahm das Licht, und ließ den Strahl ins Loch einfallen und suchte nach den Pflanzen, die hier irgendwo in unmittelbarer Nähe sein mußten.

Neq wandte sich dem Wesen zu. »Wer bist du?« fragte er.

»Tot!« wiederholte das Ding. Es stand mannhoch neben dem Grab, haarlos, mit vernarbtem Kopf.

»Es ist Bob«, sagte Sosa. »Der Herr Helicons.«

Der frühere Herr! Er hatte also Sols Rache entkommen können.

»Jetzt bin ich der Herr«, sagte Neq. »Wir beide müssen uns einig werden.«

»Neq, lauf weg! Er ist ein Mörder!« rief Sosa. »Und du stehst unter dem Einfluß von –«

»Hier entlang«, sagte Bob. Seine Stimme klang, als wäre sie seit Jahren nicht mehr benutzt worden.

»Geh nicht!« rief Sosa verzweifelt. »Er ist wahnsinnig!«

Die Männer hörten nicht auf sie. Bob stieg ins Grab und Neq ihm nach. Dabei betastete er mit den Greifklauen den Umfang der Vertiefung. Auf Ellbogen und Knien kroch er weiter und achtete darauf, daß sein Schwert sich nicht an den Steinen stieß. Sosa war oben geblieben.

Sie gelangten nun in eine geradezu üppig ausgestattete Höhle, deren Boden sich zu einem dampfenden Gewässer hin neigte – dem Fluß, der Helicon das Wasser lieferte. Heiß war es da drinnen und hell. Das Licht stammte aus Glühbirnen, die in die Decke eingelassen waren.

»Du hast elektrischen Strom hier gehabt – die ganze Zeit über?«

»Aber sicher.« Bobs Stimme war nun klarer, da er sich auf ureigenem Boden befand und die Wirkung des Blütenduftes nachließ. »Ich habe mir diesen Zufluchtsort behaglich eingerichtet – für alle Fälle. Zum Berggipfel führt eine Röhre samt Leiter und Lukendeckel.«

»Warum bist du hier unten geblieben?«

»Dort oben ist es zu kalt.«

Das war eine gelinde Untertreibung. Der Gipfel war mit ewigem Schnee bedeckt und der Tod lauerte überall in Form zahlloser Felsabstürze, Schluchten und Lawinen. Von den Gletschern wehten mächtige Winde und nährten die Schmelzbäche an der Schneegrenze, deren Wasser sich in diese mittels Atomkraft beheizten inneren Höhlen ergoß.

Nur in allerletzter höchster Verzweiflung würde ein Mensch diesen Komfort hier verlassen, um sich den Unbilden des Gipfels auszusetzen.

»Du bist hier allein?« Es war kaum zu glauben, daß ein Mensch sieben Jahre in völliger Abgeschiedenheit verbringen konnte.

»Keine Spur. Ich herrsche über einen sehr gehorsamen und disziplinierten Stamm. Komm – das mußt du sehen. Ich beneide dich nicht um deine Stellung.« Und er ging ihm voraus, den Fluß entlang zu einer Reihe ein wenig entfernterer Höhlen.

Und dort hausten Tiere – Ödlandmutationen verschiedener Gestalt und Größe. Einige verkrochen sich bei ihrer Annäherung, andere wieder schienen ganz zahm. »Diese da?« fragte Neq.

»Das ist nur ein Teil. Das hier sind Arbeiter und Sammler – ohne Schulbildung, versteht sich. Zur Pflege und Ernte der hydroponischen Wasserkulturen eignen sie sich hervorragend, aber mit ihrer Intelligenz ist es nicht weit her.«

Neq bemerkte, daß die rattenähnlichen Individuen aus den Spalten im Gestein Schwämme nagten und sie davonschleppten. »Wasserkulturen«, wiederholte er.

»Du mußt unbedingt meine Frau kennenlernen«, meinte Bob überschwenglich. »Das Leben des Herrn von Helicon hat einen großen Nachteil – keine eigene Frau.«

»Ich weiß.« Hm, war also auch eine der Frauen mitgekommen.

»Diese erzwungene Objektivität und dabei ständige Entscheidungen über Leben und Tod, und daneben kein Privatleben – mein Lieber, du hast nicht Helicon geerbt, sondern die Hölle!«

Neq hatte aus seinen Liedern von der Hölle erfahren. Die Parallele erschien ihm treffend. »Ich habe deine Spuren im Speisesaal gesehen. Damals war ich sehr neugierig, wer uns besucht hatte.«

»Spuren? Das waren nicht meine. Ich habe den Zugang mit Abfall verstopft und ihn niemals benutzt. Erst als du von außen zu scharren anfingst, da mußte ich nachsehen, ist doch klar –«

Abfall – in den die Sporen der Blüte gefallen waren und Wurzeln schlugen. Und der Wind hatte sie auf Helicon zu – und von Bobs Höhle weggeweht. Sie waren emporgeschossen, hatten geblüht und hatten das Geheimnis verraten. Sosa hatte nicht Neqas oder Vars Grab ausgegraben, sondern Bobs Schlupfwinkel.

»Warum wolltest du das Kind Soli töten?« fragte Neq und tat so, als stelle er die Frage aus purer Neugier. Sobald er eine klare Antwort bekommen hatte, die mit dem, was er schon wußte, zusammenpaßte, wollte er seine nächsten Schritte überlegen. Diesmal wollte er es vermeiden, überstürzt und falsch zu handeln.

»Ich wollte sie niemals töten. Ich wollte Helicon retten.«

»Es ist dir nicht geglückt.«

»Mein Fehler war es nicht. Ich wußte, kein Nomade würde eine Frau oder ein Kind töten, schon gar nicht ein so reizendes wie Soli. Ich wußte, daß der Barbarenkrieger, in der Einsamkeit des Gipfelplateaus mit ihr allein, ihr entweder den Sieg lassen oder sie unversehrt verstecken würde. Sodann würde er behaupten, er hätte gesiegt. So oder so, Helicon wäre gerettet gewesen.«

Bob, der hier unten eingesperrt war, konnte unmöglich die Geschichte von Var und Soli erfahren haben. Seine Rechnung war aufgegangen – bis auf den menschlichen Faktor in Helicon.

»Gerettet?« wiederholte Neq.

»Wäre der Sieg an Soli gefallen, hätten die Nomaden die Belagerung aufheben müssen, das hätte ihnen die Ehre geboten. Wäre sie als tot gemeldet worden, hätte ich ihre wahre Identität enthüllt, und der Nomadenführer hätte sich auf einen neutralen Standpunkt zurückgezogen – mit demselben Effekt. Sos wußte, wie man den Berg unter Druck setzen konnte. Er war ein hervorragender militärischer Taktiker und hatte unser Verteidigungssystem von innen her studiert. Er hätte uns kriegen können – aber von den anderen Nomaden hätte keiner ein Motiv dazu oder gar die Befähigung besessen.«

Das erschien Neq sinnvoll – bis auf die Tatsache, daß der Plan fehlgeschlagen war. »Warum hast du die anderen in deine Strategie nicht eingeweiht?«

»Ein Führer läßt sich nicht im vorhinein in die Karten blikken. Das weißt du sicher aus eigener Erfahrung. Ich mußte dafür sorgen, daß es klappte. Erst im nachhinein sollten Erklärungen folgen – oder auch nicht, wie es die Lage eben erforderte. Voreiliges Bekanntwerden hätte verheerende Folgen haben können.«

Neq fragte sich nun, ob er mit seinem Lieder- und Blumen-Spiel durchgekommen wäre, hätte die Gruppe geahnt, was er war, ehe er die Führerschaft anstrebte. Aber er kannte die Antwort darauf. Bob hatte ganz recht. Bis auf eines.

»Aber Sol hat Helicon doch in Brand gesetzt?« fragte er.

Bod sah ihn verdutzt an. »Dieser Barbar? Der war viel zu dumm dazu. Ich habe das Feuer in Helicon gelegt.«

Neq war so verblüfft, daß er nichts sagte.

»Dieser alberne Bibliothekar bekam irgendwie Wind von der Sache, und die Nachricht verbreitete sich blitzschnell, noch ehe ich Zeit hatte, alles näher zu erklären. Sol kam gelaufen und wollte mich persönlich attackieren, und in den Monitoren sah ich, daß die anderen zu ihm hielten. Nun, für diese Kurzsichtigkeit konnte ich kein Verständnis aufbringen. Ich drückte also den Vernichtungsknopf an meinem Schreibtisch und habe mich hierher zurückgezogen. Ich bin kein einziges Mal zurückgegangen. Nein, das wäre zu schrecklich gewesen.«

»Rache?« fragte Neq leise. Seine Nerven waren zum Zerreißen gespannt. »Rache ist ganz und gar sinnlos. Das wirst du eines Tages selbst entdecken«, erklärte Bob von oben herab. »Nein, es geschah aus praktischen Gründen. Wenn es mit der Disziplin einmal bergab geht, dann ist die ganze Organisation nichts mehr wert. Am besten, man macht dann radikal Schluß.«

»Aber die gesamte Nomadengesellschaft ist zusammengebrochen!«

Bob zog die Schultern hoch. »Man muß die Folgen seiner Fehler einfach hinnehmen.«

Nun ja, das klang alles recht plausibel. Bob hatte genau gewußt, was er tat. Als ihn die anderen daran hindern wollten, hatte er die Meuterei sehr erfolgreich niedergeworfen. Das war eine wahre Führernatur. Wäre Bob vor sieben Jahren in Neqs Lage gewesen, hätte er es fertiggebracht, Yod zu töten, ohne daß Neqa überhaupt in Gefahr geriet. Neq wußte, daß er gemessen an diesem Mann ein Unschuldslamm war. Ihm fehlte der Mut, das zu tun, was nötig war. Neq war irgendwie durchs Leben gestolpert, entweder überraschend die Oberhand gewinnend oder aber tiefes Leid erfahrend.

Sie kamen zu einer zweiten großen Höhle. »Ach, da ist sie ja«, sagte Bob. »Eine gute, treue Frau, die die von mir geforderten Prinzipien des Gehorsams der Treue und Verschwiegenheit verkörpert. Wären die oberen Ränge Helicons ebenso veranlagt gewesen –«

Eine zottige, bärenähnliche Gestalt mit flossenartigen Füßen kam herbeigeschlurft. Eine aus der Randzone stammende Gattung. »Freut mich, dich kennenzulernen, Boba«, sagte Neq.

»Doch nicht Boba – das wäre ja dekadentes Nomadenbrauchtum«, berichtigte Bob ihn. »Nenn sie Mrs. Bob.«

Neq nickte bedächtig. »Ich verstehe.«

Als er aus der Grabhöhle kroch, wurde er von den anderen bereits erwartet.

»Was ist passiert?« fragte Jim. »Haben Sie ihn getötet?«

»Aber nein«, sagte Neq und schritt tüchtig aus. »Rache führt nirgendwohin.«

»Aber Bob trägt die Verantwortung für all das –« setzte Sosa an.

»Er hat die Folgen seiner Fehler akzeptiert«, erklärte Neq. »Genau wie ich. Blockiert den Zugang und macht euch keine Sorgen wegen der Pflanzen, die dort wachsen. Die stören nicht weiter.« Der Duft war hier sehr intensiv, und Neq wollte fort, ehe sein Urteilsvermögen wieder getrübt wurde.

»Ach, fast hätte ich es vergessen«, sagte Jim. »Eben hat jemand mit uns per Funk Kontakt aufgenommen. Kein Irrer. Ich ließ auf Ihr Büro umschalten, aber –«

Augenblicke später war Neq zur Stelle. Die Stimme, die aus dem Lautsprecher drang, klang ausländisch. Er lief die letzten Schritte aus dem Tunnel und drückte den Knopf auf »Sendung«.

»Sprechen Sie englisch!« rief er. »Hier ist Helicon!« Zu dumm, daß der Betäubungsduft einem nicht alles verständlich machen konnte.

Nach einer kurzen Pause hörte er eine andere Stimme. Diesmal mit schwerem Akzent. »Hier spricht die Anden-Station. Wir haben versucht, Sie zu erreichen. Seit sieben Jahren konnten wir keinen Kontakt mehr aufnehmen –«

»Eine kleine Unterbrechung«, gab Neq zurück.

»Vor zwei Jahren schickten wir per Helikopter einen Kurier. Der meldete uns, daß die Gegend verlassen wäre –«

Das war also der geheimnisvolle Besucher gewesen! »Wir haben gewisse personelle Umbildungen vorgenommen. Wir bedauern, daß Bob, unser ehemaliger Führer, sich zurückziehen mußte. Ich bin Neq. Von nun an werdet ihr es mit mir zu tun haben.«

Die Stimme klang nicht wenig besorgt. »Wir haben jahrelang mit Robert verhandelt. Wie ist er ums Leben gekommen?«

»Bitte, Anden!« rief Neq mit gespielter Empörung. »Helicon ist zivilisiert! Bob hat sein Amt aufgegeben, weil er sich voll und ganz seiner Frau widmen wollte – einer bezaubernden Person übrigens. Schickt uns euren Vertreter, und wir werden ihn empfangen.«

Eine kleine Pause. Dann wieder die Stimme: »Das wird nicht nötig sein. Funktioniert bei euch wieder alles normal? Braucht ihr Hilfe?«

»Wie sieht es bei euch mit heiratsfähigen jungen Frauen aus?« fragte Neq.

»Und wie sieht es bei euch mit den Lagerbeständen an elektronischen Geräten aus?«

Neq schmunzelte. Vor ihm lag eine große Aufgabe, und er freute sich darauf.

ENDE

SCIENCE
FICTION

Band 24 083
Kim Stanley Robinson
Das wilde Ufer
Deutsche Erstveröffentlichung

Praktisch über Nacht gelang Kim Stanley Robinson der Sprung in die amerikanischen Science Fiction-Bestsellerlisten. Nach ersten Gehversuchen als Autor von eigenwilligen Kurzgeschichten, legte Kim Stanley Robinson mit DAS WILDE UFER einen sensationellen ersten Roman vor, der sowohl von der Kritik als auch von den SF-Fans enthusiastisch aufgenommen wurde. Gekrönt wurde dieser Erfolg von der Tatsache, daß DAS WILDE UFER wenig später auf den Nominierungslisten der bedeutendsten SF-Literaturpreise – HUGO und NEBULA – jeweils in den obersten Rängen zu finden war.

BASTEI LÜBBE

Sie erhalten diesen Band im Buchhandel, bei Ihrem Zeitschriftenhändler sowie im Bahnhofsbuchhandel.

SCIENCE
FICTION

Band 24 085
Harry Harrison
Der
Planeten-Retter
Deutsche
Erstveröffentlichung

Er ist Brion Brand. Champion und Sieger der Spiele von Anvhar, des denkbar härtesten Tests aller menschlichen Fähigkeiten. Kein Wunder, daß die Gesellschaft für kulturelle Beziehungen ihn zu ihrem Star-Agenten macht. Seine Aufgabe ist einfach: Welten retten.
Sein erster Auftrag führt ihn nach Dis, einem unwirtlichen, wilden Planeten, dessen ehemals menschliche Bewohner sich auf seltsame Weise verändert haben; Haß auf alles Fremde beherrscht sie, die Vernichtung des gesamten Planeten scheint geplant und unabwendbar . . .

BASTEI
LÜBBE

Sie erhalten diesen Band im Buchhandel, bei Ihrem Zeitschriftenhändler sowie im Bahnhofsbuchhandel.

Band 13 050

John Calvin Batchelor

Aufstieg und Fall der Volksrepublik Antarktis

Deutsche Erstveröffentlichung

Der staatenlose Grim Fiddle ist eine moderne Version des legendären Beowulf. In einer Zeit der neuen Völkerwanderung um das Jahr 2000 wird er zum Volksführer und Staatengründer. Seine Anhänger folgen ihm von Stockholm über den Atlantischen Ozean nach Süden zu den Falkland-Inseln und danach in die Antarktis. Auf seinem Weg trifft Grim Fiddle Persönlichkeiten wie Israel, Labyrinth, Lazarus, Kleopatra, Orlando und Germanicus. Das Schiff, mit dem er seine Reise unternimmt, heißt *Engel des Todes* und ist mit jungen Wölfen und einem Albatros bevölkert.
Grim Fiddle nimmt am Kriegsgeschehen in den baltischen Staaten und auf den Falkland-Inseln teil und schlägt seine letzte Schlacht im ewigen Eis am Südpol. Dort gründet er die Volksrepublik Antarktis, ein neuer, besserer Staat, der die Fehler anderer, früherer Staaten vermeiden soll.

BASTEI LÜBBE

Sie erhalten diesen Band im Buchhandel, bei Ihrem Zeitschriftenhändler sowie im Bahnhofsbuchhandel.